Stephen King

Abgrund

Unheimliche Geschichten

Aus dem Englischen
von Joachim Körber

Ullstein

Besuchen Sie uns im Internet:
www.ullstein-taschenbuch.de

Umwelthinweis:
Dieses Buch wurde auf chlor- und säurefreiem Papier gedruckt.

Ungekürzte Ausgabe im Ullstein Taschenbuch
1. Auflage Juli 2006
2. Auflage 2006

Titel der amerikanischen Originalausgabe:
Nightmares and Dreamscapes (Viking, New York)
Die Rechte an der deutschen Übersetzung von Joachim Körber liegen
beim Wilhelm Heyne Verlag, München, einem Unternehmen
der Verlagsgruppe Random House GmbH, München
Umschlaggestaltung: Büro Hamburg
Titelabbildung: © zefa/masterfile/Ric Frazier
Druck und Bindearbeiten: Ebner & Spiegel, Ulm
Printed in Germany
ISBN-13: 978-3-548-26437-0
ISBN-10: 3-548-26437-9

Zur Erinnerung an
THOMAS WILLIAMS (1926–1991),
den Dichter, Romancier und
großen amerikanischen Erzähler

Inhalt

VORWORT

Mythen, Glauben, Überzeugung und Ripley's Unglaublich, aber wahr!

Als ich ein Kind war, glaubte ich alles, was mir gesagt wurde, was ich las, und jede Ausgeburt meiner übersteigerten Phantasie. Das genügte zwar für mehr als nur ein paar schlaflose Nächte, aber es erfüllte die Welt, in der ich lebte, mit Farben und Formen, die ich nicht für ein ganzes Leben voll geruhsamer Nächte eingetauscht hätte. Sehen Sie, ich wußte schon damals, daß es Menschen auf der Welt gab – sogar zu viele –, deren Phantasie entweder verkümmert oder abgestorben war, die in einem geistigen Zustand lebten, der völliger Farbenblindheit nahekam. Sie taten mir immer leid; ich hätte mir nie träumen lassen (jedenfalls damals nicht), daß viele dieser phantasielosen Typen mich entweder bemitleideten oder verächtlich auf mich herabsahen – nicht nur, weil ich unter einer Vielzahl irrationaler Ängste litt, sondern auch, weil ich in fast jeder Hinsicht zutiefst und rückhaltlos leichtgläubig war. »Das ist ein Junge«, müssen einige von ihnen gedacht haben (von meiner Mutter weiß ich es ganz sicher), »der die Brooklyn Bridge nicht nur einmal kaufen wird, sondern immer wieder, sein ganzes Leben lang.«

Das traf damals sicher zu, schätze ich, und wenn ich ganz ehrlich sein will, dann ist auch heute noch etwas Wahres daran. Meine Frau erzählt den Leuten noch heute mit größtem Vergnügen, daß ihr Mann im zarten Alter von einundzwanzig Jahren bei seiner ersten Präsidentschaftswahl für Richard Nixon gestimmt habe. »Nixon sagte, er hätte einen Plan, wie wir uns aus Vietnam zurückziehen können«, sagt sie, gewöhnlich mit einem vergnügten Funkeln in den Augen, *»und Steve hat ihm geglaubt!«*

Das stimmt; Steve hat ihm geglaubt. Und das ist längst nicht alles, was Steve im Verlauf seiner manchmal exzentrischen fünfundvierzig Lebensjahre geglaubt hat. Beispielsweise war ich der letzte Junge in unserem Viertel, der sich zu der Auffassung bekehren ließ, die vielen Nikoläuse an jeder Straßenecke bedeuteten nur, daß es keinen *echten* Nikolaus gab (ich zweifle immer noch an der Logik dieses Gedankengangs; es ist, als sagte man, eine Million Schüler seien der Beweis dafür, daß es keinen Lehrer gibt). Ich zweifelte nie an der Behauptung meines Onkels Oren, daß man den Schatten eines Menschen mit einem stählernen Zelthering abtrennen konnte (das heißt, wenn man genau am Mittag hineinstach), oder an der Theorie seiner Frau, daß jedesmal, wenn man fröstelte, eine Gans über die Stelle lief, an der man einmal sein Grab haben würde. Wenn ich dabei an *mein* Leben denke, so heißt das, daß es mein Schicksal ist, hinter Tante Rhodys Scheune draußen in Goose Wallow, Wyoming, begraben zu werden.

Außerdem glaubte ich alles, was mir auf dem Schulhof erzählt wurde; ich schluckte kleine Fische genau so arglos wie Brocken, so groß wie Wale. Ein Junge erzählte mir einmal im Brustton der Überzeugung, wenn man ein Zehncentstück auf die Eisenbahnschienen legte, würde der nächste Zug darauf entgleisen. Ein anderer Junge brachte mir bei, wenn man ein Zehncentstück auf die Eisenbahnschienen legte, würde es vom nächsten Zug, der des Weges kam, total plattgedrückt werden, und wenn der Zug vorbei war, könnte man eine flexible und beinahe durchsichtige Münze von der Schiene nehmen, so groß wie ein Silberdollar. Ich war der Meinung, daß beides zutraf: die Zehncentstücke wurden auf den Schienen total plattgequetscht, bevor sie die Züge zum Entgleisen brachten, die das Plattquetschen besorgt hatten.

Andere faszinierende Schulhoftatsachen, die ich in den Jahren an der Center School in Stratford, Connecticut, und der Durham Elementary School in Durham, Maine, in mich aufnahm, betrafen so grundverschiedene Dinge wie Golfbälle (innen giftig und ätzend), Fehlgeburten (die manchmal lebend, als mißgebildete Monster, zur Welt kamen und von medizinischen Angestellten, die geheimnisvoll als »spezielle Krankenpfleger« bezeichnet wurden, getötet werden mußten), schwarze Katzen (wenn einem eine über den Weg lief, mußte man sofort das Zeichen gegen den bösen Blick machen, andernfalls riskierte man den fast sicheren Tod vor Sonnenuntergang) und Risse auf dem Gehsteig. Ich denke, ich muß nicht ausdrücklich erklären, welche gefährlichen Zusammenhänge zwischen letzteren und den Wirbelsäulen vollkommen unschuldiger Mütter bestehen.

Eine der Hauptquellen für wunderbare und erstaunliche Tatsachen waren damals die Taschenbuchausgaben von *Ripley's Unglaublich, aber wahr!*, die Pocket Books herausbrachte. Durch *Ripley's* fand ich heraus, daß man einen starken Sprengstoff herstellen konnte, indem man das Zelluloid von den Rückseiten von Spielkarten schabte und das Zeug dann in ein Stück Rohr steckte; daß man sich ein Loch in den Kopf bohren und dann eine Kerze hineinstecken konnte, wodurch man zu einer Art menschlichem Nachttischlicht wurde (die Frage, warum jemand so etwas machen sollte, kam mir erst Jahre später); daß es wirklich Riesen gab (ein Mann war über zwei Meter vierzig groß), wirklich Elfen (eine Frau war kaum größer als fünfunddreißig Zentimeter) und UNGEHEUER, SO SCHRECKLICH, DASS MAN SIE NICHT BESCHREIBEN KONNTE …, aber in *Ripley's* wurden sie alle beschrieben, genüßlich, in allen Einzelheiten, und gewöhnlich sogar mit Bild (selbst wenn ich hundert Jahre alt werden sollte, werde ich nie das von dem Mann vergessen, der eine Kerze mitten in seinem rasierten Schädel stecken hatte).

Diese Taschenbuchreihe war – jedenfalls für mich – die wunderbarste Kuriositätenschau der Welt, die ich in der Gesäßtasche herumtragen und mit der ich mich an Regentagen beschäftigen konnte, wenn keine Baseballspiele stattfanden und alle von Monopoly die Nase voll hatten. Gab es all die sagenhaften Kuriositäten und menschlichen Monster von *Ripley's* wirklich? Das scheint in diesem Zusammenhang kaum wichtig zu sein. Für *mich* gab es sie, und das ist wahrscheinlich das Entscheidende – in den Jahren von sechs bis elf, in denen die menschliche Phantasie weitgehend geformt wird, gab es sie *tatsächlich.* Ich glaubte daran, so wie ich glaubte, daß man mit einem Zehncentstück einen Zug entgleisen lassen konnte und daß einem der weiche Glibber in der Mitte eines Golfballs die Hand vom Arm ätzen würde, wenn man unachtsam war und etwas davon abbekam. Durch *Ripley's Unglaublich, aber wahr!* sah ich zum erstenmal, wie schmal die Grenze zwischen dem Sagenhaften und dem Schwindel manchmal sein konnte, und mir wurde klar, daß der Vergleich von beidem ebensosehr dazu beitrug, die gewöhnlichen Aspekte des Lebens wie die gelegentlichen Ausbrüche des Unheimlichen zu erhellen. Vergessen Sie nicht, wir sprechen hier vom *Glauben,* und Glauben ist die Wiege von Mythen. Was ist mit der Wirklichkeit, fragen Sie? Nun, soweit es mich betrifft, kann die Wirklichkeit sich einpökeln lassen. Ich habe nie auch nur einen Dreck auf die Wirklichkeit gegeben, zumindest in meinen Büchern nicht. Sie ist für die Phantasie nicht selten das, was Pfähle für Vampire sind.

Ich glaube, Mythen und Phantasie sind in Wirklichkeit fast austauschbare Konzepte, und Glaube ist der Ursprung von beiden. Glaube woran? Ich finde, das spielt eigentlich keine besonders wichtige Rolle, um die Wahrheit zu sagen. An einen Gott oder viele. Oder daran, daß ein Zehncentstück einen Güterzug entgleisen lassen kann.

Meine Gutgläubigkeit hatte nichts mit religiösem Glauben zu tun; das jedenfalls sollte eindeutig klar sein. Ich wurde methodistisch erzogen und halte mich noch so weit an die fundamentalistischen Lehren meiner Kindheit, daß ich glaube, ein solcher Anspruch wäre bestenfalls anmaßend und schlimmstenfalls regelrecht blasphemisch. Ich glaubte diese ganzen unheimlichen Geschichten, weil ich *dazu geschaffen* war, sie zu glauben. Manche Menschen gewinnen Rennen, weil sie geschaffen wurden, schnell zu laufen; oder sie spielen Basketball, weil Gott sie einen Meter neunzig groß geschaffen hat; oder sie lösen lange, komplizierte Gleichungen an der Wandtafel, weil sie geschaffen wurden, die Stellen zu sehen, wo die Zahlen zusammenpassen.

Und doch kommt auch der Glaube an irgendeiner Stelle ins Spiel, und ich glaube, diese Stelle hat etwas damit zu tun, daß man immer und immer wieder dasselbe macht, obwohl man im Grunde seines Herzens der Überzeugung ist, man kann es nie besser machen, als es schon ist, und wenn man unbedingt weiterdrängt, kann es eigentlich nur bergab gehen. Wenn man seinen ersten Versuch an der *Piñata* unternimmt, hat man eigentlich nichts zu verlieren, aber beim zweiten (und dritten ... und vierten ... und vierunddreißigsten) riskiert man Versagen, Depressionen und im Falle eines Geschichtenerzählers, der innerhalb eines fest umrissenen Genres arbeitet, Selbstparodie. Aber wir machen weiter, die meisten jedenfalls, und es wird immer schwieriger. Ich selbst hätte das vor zwanzig Jahren nicht geglaubt, nicht einmal vor zehn, aber es stimmt. Es wird schwieriger. An manchen Tagen denke ich, daß dieser alte Wang-Textcomputer vor fünf Jahren aufgehört hat, elektrischen Strom zu verbrauchen; daß er von *Stark – The Dark Half* an nur noch mit Glauben läuft. Aber das ist schließlich egal, wenn nur die Worte auf dem Bildschirm erscheinen, richtig?

Der Einfall zu jeder einzelnen Geschichte in diesem Buch kam mir in einem Augenblick des Glaubens, und sie wurden in einer Aufwallung von Glauben, Glücksgefühl und Optimismus geschrieben. Freilich haben diese positiven Empfindungen ihre dunklen Kehrseiten, und die Angst vor dem Versagen ist bei weitem nicht die schlimmste. Die schlimmste – jedenfalls für mich – ist die nagende Spekulation, ich könnte schon alles gesagt haben, was ich zu sagen hatte, und daß ich dem Quaken meiner eigenen Stimme nur noch zuhöre, weil die Stille, wenn sie verstummt, zu unheimlich ist.

Der Glaubenssprung, der erforderlich ist, um Geschichten zustande zu bringen, ist mir in den letzten Jahren immer besonders schwergefallen; heutzutage kommt es mir vor, als wollte alles ein Roman werden, und jeder Roman schätzungsweise viertausend Seiten lang. Darauf haben eine Menge Kritiker hingewiesen, gewöhnlich nicht wohlwollend. In Kritiken jedes langen Romans, den ich geschrieben habe, von *The Stand* bis zu *In einer kleinen Stadt,* wurde mir vorgeworfen, ich schriebe zu ausufernd. In manchen Fällen ist die Kritik berechtigt; in anderen Fällen handelt es sich nur um das übellaunige Gekläff von Männern und Frauen, die die literarische Appetitlosigkeit der letzten dreißig Jahre mit einem (für meine Begriffe) erstaunlichen Mangel von Diskussion und Widerspruch akzeptiert haben. Diese selbsternannten Kirchenvorsteher der amerikanischen Literatur der Letzten Tage scheinen Großzügigkeit mit Argwohn, Stil mit Widerwillen und jeden größeren literarischen Treffer mit regelrechtem Haß zu betrachten. Die Folge ist ein seltsames und unfruchtbares literarisches Klima, in dem eine harmlose Fingerübung wie Nicholson Bakers *Vox* zum Gegenstand faszinierter Debatten und Analysen wird, während man einen wahrhaft ambitionierten amerikanischen Roman wie Greg Matthews *Heart of the Country* dagegen praktisch ignoriert.

Aber das alles ist müßig; es geht nicht nur am Thema vorbei, sondern klingt auch ein bißchen weinerlich. Hat es je einen Schriftsteller oder eine Schriftstellerin gegeben, die nicht geglaubt hätten, von den Kritikern schlecht behandelt zu werden? Bevor ich mich zu dieser Abschweifung verführen ließ, wollte ich eigentlich nur sagen, daß der Akt des Glaubens, der einen Augenblick der Gutgläubigkeit in einen echten Gegenstand verwandelt – z. B. eine Erzählung, die die Leute tatsächlich lesen wollen –, für mich in den letzten Jahren immer ein bißchen schwerer aufzubringen war.

»Nun, dann schreib ich eben keine mehr«, könnte jetzt jemand sagen (zumeist ist es eine Stimme, die ich in meinem eigenen Kopf höre, wie Jessie Burlingame in *Das Spiel*). »Das Geld, das sie dir einbringen, brauchst du doch sowieso nicht mehr.«

Das ist schon richtig. Die Zeiten, in denen der Scheck für ein rund viertausend Worte langes Wunder dazu verwendet wurde, Penicillin für die Ohrenentzündung eines der Kinder oder die Miete zu bezahlen, sind längst vorbei. Aber die Logik ist mehr als falsch, sie ist gefährlich. Denn sehen Sie, das Geld, das die *Romane* einbringen, brauche ich eigentlich auch nicht mehr. Wenn es nur um Geld ginge, könnte ich das Trikot an den Nagel hängen und duschen gehen ... oder den Rest meines Lebens auf einer Karibikinsel verbringen, Sonne tanken und herausfinden, wie lang ich meine Fingernägel wachsen lassen kann.

Aber es geht *nicht* um das Geld, was die Regenbogenpresse auch immer schreiben mag, und auch nicht um den Ausverkauf, wie die arroganteren Kritiker tatsächlich zu glauben scheinen. Das Grundsätzliche gilt immer noch, obwohl die Zeit vergeht, und für mich hat sich das Thema nicht geändert. Die Aufgabe besteht nach wie vor darin, zu *Ihnen* durchzudringen, meine Dauerleser, Sie an den kurzen Haaren zu packen und, hoffentlich, so sehr zu ängstigen, daß Sie nicht schlafen können, wenn im Badezimmer kein Licht brennt. Es geht immer noch darum, erstmals das Unmögliche zu sehen ... und es sogar auszusprechen. Es geht immer noch darum, Sie glauben zu machen, was ich glaube, zumindest für eine Weile.

Ich spreche nicht oft darüber, weil es mir peinlich ist und weil es anmaßend klingt, aber ich sehe in Erzählungen immer noch etwas Hervorragendes, etwas, das das Leben nicht nur verbessert, sondern tatsächlich rettet. Und ich meine das auch nicht im übertragenen Sinn. Gute Literatur – gute *Stories* – sind der Schlagbolzen der Phantasie, und der Zweck der Phantasie ist es, glaube ich, uns Trost und Zuflucht vor Situationen und Lebensabschnitten zu bieten, die sich andernfalls als unerträglich erweisen würden. Natürlich kann ich da nur aus eigener Erfahrung sprechen, aber mir hat die Phantasie, die mich als Kind so oft wach und in Angst und Schrecken gehalten hat, als Erwachsenem durch eine Vielzahl von schrecklichen Anfällen tobsüchtiger Wirklichkeit hindurchgeholfen. Wenn die Geschichten, die dieser Phantasie entspringen, dasselbe bei einigen Leuten bewirken, die sie gelesen haben, dann bin ich vollauf zufrieden und rundum glücklich – Empfindungen, die man meines Wissens weder mit noch so üppigen Filmgeschäften noch mit Multi-Millionen-Dollar-Buchverträgen kaufen kann.

Nichtsdestoweniger ist die Erzählung eine schwierige und herausfordernde literarische Form, und gerade deshalb war ich so erfreut – und so überrascht –, daß ich genug für einen neuen Geschichtenband beisammen hatte. Er kommt überdies zu einem günstigen Zeitpunkt: denn etwas, woran ich als Kind felsenfest glaubte (wahrscheinlich habe ich es auch in *Ripley's Unglaublich, aber wahr!* aufgeschnappt), ist, daß sich die Menschen alle sieben Jahre vollkommen erneuern: jedes Gewebe, jedes Organ, jeder Muskel wird von völlig neuen Zellen ersetzt. Ich habe *Alpträume* im Sommer des Jahres 1992 zusammengestellt, sieben Jahre nach der Veröffentlichung von *Skeleton Crew**, meiner letzten Geschichtensammlung, und *Skeleton Crew* wurde sieben Jahre nach *Nachtschicht* veröffentlicht, meinem ersten Storyband. Das schönste daran ist die Gewißheit, daß ich es immer noch kann, auch wenn es schwerer geworden ist, den notwendigen Glaubenssprung auszuführen, der einen Einfall in etwas Reales umsetzt (wissen Sie, die Sprungmuskeln werden jeden Tag ein bißchen älter). Und das zweitschönste ist die Gewißheit, daß sie immer noch jemand lesen will – das sind Sie, Dauerleser, ob Sie es glauben oder nicht.

Die allergrößte Mühe habe ich mir gegeben, mich von überholten Dingen fernzuhalten, den Stories aus der Truhe, dem Schubladenmaterial. Etwa seit 1980 behaupten einige Kritiker, ich könnte meine Wäscheliste veröffentlichen und würde eine Million Exemplare davon verkaufen, aber das sind überwiegend Kritiker, die glauben, daß ich sowieso nichts anderes mache. Die Leute, die meine Bücher zum Vergnügen lesen, sind da offensichtlich anderer Meinung, und ich habe beim Zusammenstellen dieses Buches in erster Linie an die Leser gedacht, nicht an die Kritiker. Das Ergebnis ist, wie ich finde, ein Buch, das eine Trilogie vollendet, deren erste Bände *Nachtschicht* und *Skeleton Crew* sind. Jetzt liegen alle guten Geschichten gesammelt in Buchform vor; die schlechten habe ich, soweit ich konnte, unter den Teppich gekehrt, und da sollen sie auch bleiben. Sollte es je einen neuen Erzählungenband geben, so wird er ausschließlich aus Geschichten bestehen, die bis jetzt weder geschrieben noch ausgedacht sind, und ich glaube, er wird erst in einem Jahr das Licht der Welt erblicken, das mit einer Zwei anfängt.

Bis dahin haben wir hier diese zwölf zum Teil *sehr* sonder-

---

* Deutsche Titel: Im Morgengrauen (Heyne Tb. 01/6553), Der Gesang der Toten (Heyne Tb. 01/6705), Der Fornit (Heyne Tb. 01/6888)

baren Geschichten. Jede enthält etwas, woran ich eine Zeitlang geglaubt habe. Ich weiß, einiges davon ist ein wenig furchteinflößend, aber ich denke, wenn wir zusammenbleiben, wird uns nichts geschehen. Wiederholen Sie vorher noch den Katechismus mit mir:

Ich glaube, daß ein Zehncentstück einen Güterzug zum Entgleisen bringen kann.

Ich glaube, daß im Abwassersystem der Stadt New York Alligatoren hausen, ganz zu schweigen von Ratten, so groß wie Shetlandponies.

Ich glaube, daß man jemandem mit einem stählernen Zelthering den Schatten abreißen kann.

Ich glaube, daß es wirklich einen Nikolaus gibt und daß all die Typen in roten Anzügen, die man um die Weihnachtszeit sieht, nur seine Gehilfen sind.

Ich glaube, daß es eine unsichtbare Welt um uns herum gibt.

Ich glaube, daß Tennisbälle voller Giftgas sind, und wenn man einen aufschneidet und einatmet, was herauskommt, bringt es einen um.

Vor allem aber *glaube* ich an Gespenster, ich *glaube* an Gespenster, ich *glaube* an Gespenster.

Okay? Fertig? Fein. Hier, nehmen Sie meine Hand. Wir gehen jetzt. Ich kenne den Weg. Sie müssen sich nur gut festhalten – und *glauben.*

6. November 1992 Bangor, Maine

Regenzeit

Als John und Elise Graham schließlich den Weg in das kleine Dorf fanden, das wie ein Sandkörnchen in der Mitte einer fragwürdigen Perle im Zentrum von Willow, Maine, lag, war es schon halb sechs Uhr nachmittags. Das Dorf lag keine zwei Meilen von Hempstead Place entfernt, aber sie waren unterwegs zweimal falsch abgebogen. Als sie schließlich auf der Main Street anlangten, waren sie beide verschwitzt und gereizt. Die Klimaanlage des Ford hatte auf der Fahrt von St. Louis den Geist aufgegeben, und die Außentemperatur schien bei vierzig Grad zu liegen. Natürlich war es in Wirklichkeit längst nicht so heiß, dachte John Graham. Wie die Alten sagten, lag es nicht an der Hitze, sondern an der Luftfeuchtigkeit. Ihm war, als könnte man heute einfach die Hände ausstrecken und die Feuchtigkeit aus der Luft wringen. Der Himmel über ihnen war klar und strahlend blau, aber wegen der hohen Luftfeuchtigkeit dachte man, es müßte jeden Moment anfangen zu regnen. Scheiß drauf – es schien, als regnete es *schon*.

»Da ist der Laden, von dem uns Milly Cousins erzählt hat«, sagte Elise und deutete darauf.

John grunzte. »Sieht nicht gerade wie ein Supermarkt der Zukunft aus.«

»Nein«, stimmte Elise vorsichtig zu. Sie waren beide vorsichtig. Sie waren seit fast zwei Jahren verheiratet und immer noch sehr ineinander verliebt, aber die Fahrt von St. Louis quer durch das Land war lang gewesen, zumal in einem Wagen mit defektem Radio und ausgefallener Klimaanlage. John hoffte sehr, daß sie den Sommer hier in Willow genießen würden (warum auch nicht, solange die Universität von Missouri die Rechnungen bezahlte), aber er glaubte auch, daß sie mindestens eine Woche brauchen würden, bis sie sich eingewöhnt und eingelebt hatten. Und wenn das Wetter derart knallheiß wurde wie jetzt, konnte man im Handumdrehen in Streit geraten. Keiner der beiden wollte so einen Start in den Sommer.

John fuhr langsam die Main Street entlang in Richtung des Einkaufszentrums von Willow. An einer Ecke der Veranda hing ein rostiges Schild mit einem blauen Adler darauf, und er begriff, daß dies gleichzeitig das Postamt war. Im Nachmittagslicht machte der Markt einen verschlafenen Eindruck, nur ein einziger klappriger Volvo parkte neben der Werbetafel für ITALIENISCHE SANDWICHES • PIZZA • GROCERIES • ANGELSCHEINE, aber verglichen mit dem Rest der Stadt wirkte es noch relativ lebendig. Im Schaufenster blinkte eine Neonreklame für Dosenbier vor sich hin, obwohl es erst in drei Stunden dunkel werden würde. *Ziemlich radikal,* dachte John. *Ich hoffe nur, der Inhaber hat das Schild mit dem Stadtrat abgesprochen, bevor er es aufgestellt hat.*

»Ich dachte, im Sommer wäre Maine ein Ferienparadies«, murmelte Elise.

»Nach allem, was wir bisher gesehen haben, liegt Willow ein wenig abseits der Touristenrouten«, antwortete er.

Sie stiegen aus dem Auto aus und gingen die Stufen hinauf. Ein älterer Mann mit Strohhut saß auf einem Schaukelstuhl mit geflochtenem Sitz und sah sie mit listigen, kleinen blauen Augen an. Er rollte gerade eine selbstgedrehte Zigarette zusammen und ließ dabei Tabak auf den Hund krümeln, der langgestreckt zu seinen Füßen lag. Es war ein großer, gelblicher Hund ohne erkennbare Rassenmerkmale. Seine Pfoten lagen genau unter der gekrümmten Kufe des Schaukelstuhls. Der alte Mann schenkte dem Hund keine Beachtung, schien nicht einmal zu wissen, daß er überhaupt da war, aber die Kufe stoppte jedesmal einen Zentimeter über den empfindlichen Pfoten des Tieres, wenn der alte Mann nach vorne schaukelte.

Elise fand das auf unerklärliche Weise faszinierend.

»Guten Tag, die Herrschaften«, sagte der alte Mann.

»Hallo«, antwortete Elise und schenkte ihm ein zaghaftes Lächeln.

»Hi«, sagte John. »Ich bin ...«

»Mr. Graham«, fuhr der alte Mann gelassen fort. »Mr. und Mrs. Graham. Die Hempstead Place für den Sommer gemietet haben. Hab gehört, daß Sie 'ne Art Buch schreiben.«

»Über französische Einwanderer im siebzehnten Jahrhundert«, bestätigte John. »Neuigkeiten sprechen sich hier schnell herum, was?«

»So ist es«, stimmte der alte Mann zu. »Eine Kleinstadt, Sie wissen ja.« Er steckte die Zigarette in den Mund, wo sie sich prompt auflöste; Tabakkrümel rieselten über seine Beine und über das reglose Fell des Hundes. Der Hund rührte sich nicht. »Ach, verdammt«, sagte der alte Mann und zupfte sich das aufgerollte Papier von der Unterlippe. »Die Frau will sowieso nicht, daß ich rauche. Sagt, sie hat gelesen, daß sie davon auch Krebs bekommt, nicht nur ich.«

»Wir sind in die Stadt gekommen, um ein paar Vorräte einzukaufen«, sagte Elise. »Es ist ein wunderschönes altes Haus, aber der Kühlschrank ist leer.«

»A-hm«, sagte der alte Mann. »Schön, euch kennenzulernen, Leute. Ich bin Henry Eden.« Er streckte eine arthritische Hand aus. John schüttelte sie, Elise schloß sich an. Beide ließen dabei Behutsamkeit obwalten, und der alte Mann nickte, wie um zu zeigen, daß er das zu schätzen wußte. »Ich habe Sie schon vor einer halben Stunde erwartet. Schätze, Sie sind einoder zweimal falsch abgebogen. Wissen Sie, für so ein kleines Kaff haben wir eine Menge Straßen hier.« Er lachte. Es war ein hohles, bronchitisches Geräusch, das in einen verschleimten Raucherhusten überging. »Wir haben eine Unmenge Straßen hier in Willow, oh, a-hm!« Und er lachte noch einmal.

John runzelte die Stirn. »Wieso haben Sie uns erwartet?«

»Lucy Doucette hat angerufen und gesagt, sie hätte die neuen Leute vorbeifahren sehen«, erklärte Eden. Er holte seinen Tabaksbeutel heraus, machte ihn auf, griff hinein und fischte eine Packung Blättchen heraus. »Sie kennen Lucy nicht, aber sie sagt, Sie kennen ihre Großnichte, Missus.«

»Ist das etwa Milly Cousins' Großtante?« fragte Elise.

»Ganz richtig«, stimmte Eden zu und fing wieder an, Tabak zu zerkrümeln. Ein Teil landete auf dem Zigarettenpapier, aber der größte Teil auf dem Hund. Als sich John Graham schon fragte, ob der Hund möglicherweise tot war, hob dieser den Schwanz und furzte. Soviel zu *der* Befürchtung, dachte John. »In Willow ist praktisch jeder mit jedem verwandt. Lucy wohnt unten am Fuß des Hügels. Ich wollte Sie schon anrufen, aber weil sie gesagt hat, daß Sie sowieso hierherkämen ...«

»Woher wußten Sie, daß wir *hierher* kommen würden?« fragte John.

Henry Eden zuckte die Achseln, als wollte er sagen: *Wohin könnte man hier sonst gehen?*

»Wollten Sie etwa mit uns reden?« fragte Elise.

»Nun, das muß ich sozusagen«, meinte Eden. Er klebte die Zigarette zu und steckte sie in den Mund. John erwartete, daß sie auch auseinanderfallen würde wie die andere. Dies alles erfüllte ihn mit einem vagen Gefühl der Verwirrung, als wäre er unwissentlich in eine ländliche Version des CIA geraten.

Irgendwie hielt die Zigarette zusammen. An einer Armlehne des Schaukelstuhls war ein rußiges Stück Sandpapier festgenagelt. Eden strich mit einem Streichholz daran entlang und hielt die Flamme an die Zigarette, die schon beim ersten Kontakt mit dem Feuer zur Hälfte abbrannte.

»Ich glaube, Sie und die Missus möchten die Nacht vielleicht außerhalb der Stadt verbringen«, sagte er schließlich.

John sah ihn blinzelnd an. »Außerhalb der Stadt? Warum sollten wir? Wir sind gerade erst angekommen.«

»Wäre aber keine schlechte Idee, Mister«, sagte eine Stimme hinter Eden.

Die Grahams drehten sich um und erblickten eine große Frau mit hängenden Schultern, die hinter der rostigen Fliegengittertür des Ladens stand. Ihr Gesicht sah über einem alten Blechreklameschild für Chesterfield Zigaretten zu ihnen heraus – EINUNDZWANZIG ERLESENE TABAKSORTEN SORGEN FÜR EINUNDZWANZIGMAL ERLESENEN RAUCHGENUSS. Sie machte die Tür auf und kam auf die Veranda heraus. Ihr Gesicht wirkte bleich und erschöpft, aber nicht dumm. In einer Hand hielt sie einen Laib Brot, in der anderen einen Sechserpack Dawson's Ale.

»Ich bin Laura Stanton«, sagte sie. »Schön, Sie kennenzulernen. Wir möchten hier in Willow nicht ungastlich erscheinen, aber heute abend ist Regenzeit.«

John und Elise wechselten verständnislose Blicke. Elise sah zum Himmel hinauf. Abgesehen von einigen kleinen Schönwetterwölkchen war er makellos blau und strahlend.

»Ich weiß, wie das Wetter aussieht«, sagte die Stanton, »aber das hat überhaupt nichts zu sagen, richtig, Henry?«

»Richtig, Ma'am«, sagte Eden und sog einmal tief an seiner zerknüllten Zigarette, dann warf er sie über das Verandageländer.

»Man kann die Feuchtigkeit in der Luft spüren«, sagte die Stanton. »*Das* ist das Wesentliche, oder nicht, Henry?«

»Nun«, wandte Eden ein, »ä-hm. Und es *ist* sieben Jahre her. Auf den Tag genau.«

»Auf den Tag genau«, stimmte Laura Stanton zu.

Beide sahen die Grahams erwartungsvoll an.

»Pardon«, sagte Elise schließlich, »aber ich verstehe überhaupt nichts. Ist das eine Art lokaler Scherz?«

Diesmal wechselten Henry Eden und Laura Stanton Blikke, dann seufzten sie beide gleichzeitig, wie abgesprochen.

»Ich *hasse* das«, sagte Laura, aber John Graham hatte keine Ahnung, ob zu sich selbst oder dem alten Mann.

»Aber es muß sein«, antwortete Eden.

Sie nickte, dann seufzte sie. Es war das Seufzen einer Frau, die eine schwere Last abgestellt hat und nun weiß, daß sie sie wieder aufheben muß.

»Es passiert nicht besonders häufig«, sagte sie, »weil die Regenzeit nur alle sieben Jahre nach Willow kommt ...«

»Am siebzehnten Juni«, warf Eden ein. »Regenzeit ist alle sieben Jahre am siebzehnten Juni. Das ändert sich nie, nicht einmal in einem Schaltjahr. Dauert nur eine Nacht, ist aber schon immer Regenzeit genannt worden. Keine Ahnung, warum. Weißt du, warum, Laura?«

»Nein«, sagte sie, »und ich wünschte, du würdest dich nicht immer einmischen, Henry. Ich glaube, du wirst senil.«

»Entschuldige bitte, daß ich noch lebe. Bin dem Tod gerade noch mal von der Schippe gesprungen«, sagte der alte Mann deutlich gekränkt.

Elise warf John einen etwas ängstlichen Blick zu. *Nehmen uns diese Leute auf den Arm?* schien er zu besagen. *Oder sind sie beide verrückt?*

John wußte es nicht, aber er wünschte sich von ganzem Herzen, sie wären nach Augusta zum Einkaufen gefahren; sie hätten an einer der Buden an der Route 17 sogar zu Abend essen können.

»Also hören Sie zu«, sagte die Stanton freundlich. »Wir haben im Wonderview Motel an der Woolwich Road für Sie ein Zimmer reserviert, wenn Sie wollen. Es ist ausgebucht, aber der Geschäftsführer ist mein Vetter, er könnte noch ein Zimmer für mich freimachen. Sie könnten morgen wiederkommen und den Rest des Sommers bei uns verbringen. Wir würden uns freuen.«

»*Wenn* das ein Witz sein soll, verstehe ich die Pointe nicht«, sagte John.

»Es ist kein Witz«, sagte sie. Sie warf Eden einen Blick zu, und dieser nickte, als wollte er sagen: *Los, weiter, hör jetzt nicht auf.* Die Frau sah John und Elise wieder an, schien sich zu wappnen, und sagte dann: »Sehen Sie, in Willow regnet es alle sieben Jahre Kröten. So. Jetzt wissen Sie es.«

»Kröten«, sagte Elise mit einer abwesenden, nachdenklichen Sagt-mir-daß-ich-das-alles-nur-träume-Stimme.

»Kröten, a-hm!« bekräftigte Henry Eden fröhlich.

John sah sich verstohlen nach Hilfe um, sollte Hilfe vonnöten sein. Aber die Main Street war völlig leer. Nicht nur leer, sondern wie *abgeriegelt.* Kein Wagen war unterwegs. Auf keinem der beiden Gehsteige war auch nur ein einziger Fußgänger zu sehen.

Wir könnten hier in Gefahr sein, dachte er. *Wenn diese Leute so verrückt sind, wie sie sich anhören, könnten wir in Gefahr sein.* Plötzlich mußte er zum ersten Mal, seit er sie in der Junior High School gelesen hatte, an Shirley Jacksons Kurzgeschichte »Die Lotterie« denken.

»Kommen Sie nicht auf die Idee, daß ich hier stehe und

wie eine Verrückte rede, weil es mir Spaß macht«, sagte Laura Stanton. »In Wahrheit tue ich nur meine Pflicht. Henry auch. Sehen Sie, es *tröpfelt* nicht nur Kröten. Es ist eine *Sturzflut*.«

»Komm mit«, sagte John zu Elise und faßte ihren Arm oberhalb des Ellbogens. Er schenkte ihnen ein Lächeln, das so echt wirkte wie ein Sechsdollarschein. »War schön, Sie kennenzulernen, Leute.« Er führte Elise die Verandastufen hinunter und drehte sich dabei noch zwei- oder dreimal zu dem alten Mann und der bleichen Frau mit den hängenden Schultern um. Es schien nicht geraten zu sein, ihnen ganz den Rücken zuzukehren.

Die Frau kam einen Schritt auf sie zu, woraufhin John beinahe gestolpert und von der letzten Stufe gefallen wäre.

»Es *ist* schwer zu glauben, zugegeben«, stimmte sie zu. »Wahrscheinlich halten Sie mich jetzt für ganz und gar verrückt.«

»Oh, durchaus nicht«, sagte John. Das falsche Lächeln auf seinem Gesicht reichte mittlerweile bis zu den Ohrläppchen. Grundgütiger Herrgott, warum hatte er St. Louis nur jemals verlassen? Er war fast fünfzehnhundert Meilen mit defektem Radio und ausgefallener Klimaanlage gefahren, um Farmer Jekyll und Missus Hyde kennenzulernen.

»Aber das macht nichts«, fuhr Laura Stanton fort, und der unheimliche Ernst ihrer Stimme und ihres Gesichts bewirkte, daß John vor dem Schild ITALIENISCHE SANDWICHES stehenblieb, noch sechs Schritte von dem Ford entfernt. »Sogar Leute, die davon gehört haben, daß es Frösche oder Kröten oder Vögel oder so etwas regnet, haben keine Ahnung, was sich alle sieben Jahre in Willow abspielt. Aber lassen Sie sich einen Rat geben: Wenn Sie bleiben möchten, dann sind Sie gut beraten, sich im Haus aufzuhalten. Im Haus wird Ihnen wahrscheinlich nichts passieren.«

»Aber Sie sollten die Läden schließen«, fügte Eden hinzu. Der Hund hob den Schwanz und ließ noch einen langen, stöhnenden Hundefurz, wie um den Worten Nachdruck zu verleihen.

»Nun – das machen wir«, sagte Elise leise, und dann hatte

John die Beifahrertür des Ford aufgerissen und schaufelte sie förmlich hinein.

»Auf jeden Fall«, sagte er durch sein breites, erstarrtes Grinsen hindurch.

»Und besuchen Sie uns morgen wieder«, rief Eden, während John um den Ford herum zu seiner Seite hastete. »Ich glaube, morgen werden Sie sich bei uns viel, viel sicherer fühlen.« Nach einer Pause fügte er hinzu: »Das heißt natürlich, falls Sie dann überhaupt noch da sind.«

John winkte, setzte sich ans Steuer und fuhr davon.

Einen Moment lang herrschte Schweigen auf der Veranda, während der alte Mann und die Frau mit der blassen, ungesunden Hautfarbe dem Ford nachblickten, der auf der Main Street davonfuhr. Er entfernte sich mit deutlich höherer Geschwindigkeit, als er gekommen war.

»Nun, wir haben es getan«, sagte der alte Mann zufrieden.

»Ja«, stimmte sie zu, »und ich komme mir vor wie ein Arsch. Ich komme mir *immer* vor wie ein Arsch, wenn ich sehe, wie sie uns anstarren. Wie sie mich anstarren.«

»Nun«, sagte er, »es passiert ja nur alle sieben Jahre. Und es muß so gemacht werden. Weil …«

»Weil es ein Teil des Rituals ist«, sagte sie verdrossen.

»A-hm. Es gehört zum Ritual.«

Wie um zu bekunden, daß er der gleichen Meinung war, hob der Hund den Schwanz und furzte noch einmal.

Die Frau versetzte ihm einen Tritt und drehte sich dann zu dem alten Mann um. »Das ist der stinkendste Köter in vier Ortschaften, Henry Eden!«

Der Hund erhob sich mit einem Grunzen, trottete die Verandastufen hinunter und verweilte dort gerade so lange, um Laura Stanton einen vorwurfsvollen Blick zuzuwerfen.

»Er kann nichts dafür«, sagte Eden.

Sie seufzte und sah die Straße entlang, dem Ford hinterher. »Zu schade«, sagte sie. »Sie schienen so *nette* Leute zu sein.«

»Aber *wir* können nichts *dafür*«, sagte Henry Eden und drehte sich eine neue Zigarette.

Und so hatten die Grahams ihr Abendessen zuletzt doch noch in einem Schnellimbiß am Straßenrand. Sie fanden es im Nachbarort Woolwich (»Heimat des malerischen Wonderview Motels«, stand auf dem Schild, auf das John Elise aufmerksam machte, allerdings ohne ihr ein Lächeln zu entlocken), wo sie an einem Picknicktisch unter den ausladenden Ästen einer alten Fichte saßen. Die Imbißbude bildete einen schroffen, fast unerträglichen Kontrast zu den Häusern an der Main Street von Willow. Der Parkplatz war fast belegt (die meisten Autos hatten, wie ihres, Nummernschilder aus anderen Bundesstaaten), und kreischende Kinder mit Eiscreme auf den Gesichtern spielten Fangen, während ihre Eltern herumschlenderten, nach Fliegen schlugen und darauf warteten, daß ihre Essensnummer über Lautsprecher aufgerufen wurde. Die Bude hatte eine vergleichsweise umfangreiche Speisekarte. Tatsächlich, dachte John, konnte man fast alles bekommen, was man wollte, wenn es nicht so groß war, daß es nicht in die Friteuse paßte.

»Ich weiß nicht, ob ich zwei *Tage* in dieser Stadt verbringen kann, geschweige denn zwei Monate«, sagte Elise. »Meiner Mutter Tochter hat die Nase gestrichen voll, Johnny.«

»Es war ein Witz, mehr nicht. Wie sie Einheimische eben gern mit Touristen machen. Nur sind sie hier ein bißchen weit gegangen. Wahrscheinlich treten sie sich deswegen gerade selbst in den Hintern.«

»Sie haben aber ausgesehen, als wäre es ihr Ernst«, sagte sie. »Wie soll ich mich nun benehmen, wenn ich dem alten Mann wieder begegne?«

»Darüber würde ich mir keine Sorgen machen – seinen Zigaretten nach zu urteilen, hat er das Alter erreicht, in dem er *jedem* zum ersten Mal begegnet. Auch seinen ältesten Freunden.«

Elise versuchte, die zuckenden Mundwinkel zu beherrschen, dann gab sie auf und prustete vor Lachen. »Du bist gemein!«

»Vielleicht ehrlich, aber nicht gemein. Ich will nicht sagen, daß er an der Alzheimerschen leidet, aber er hat ausgesehen, als bräuchte er eine Landkarte, um den Weg aufs Klo zu finden.«

»Was meinst du, wo alle anderen gewesen sind? Der Ort hat einen gänzlich verlassenen Eindruck gemacht.«

»Wahrscheinlich beim Bohnenessen im Grange oder bei einem Kartenspielturnier im Eastern Star«, sagte Johnny und streckte sich. »Du hast nicht viel gegessen, Liebes.«

»Liebes war nicht besonders hungrig.«

»Ich sage dir doch, es war ein *Witz*«, sagte er und nahm ihre Hände. »Sei wieder fröhlich.«

»Bist du ganz, ganz sicher, daß es nur das war?«

»Ganz, ganz. Ich meine – he, alle sieben Jahre regnet es Kröten in Willow, Maine? Hört sich an wie ein Zitat aus einem Monolog von Steven Wright.«

Sie lächelte zaghaft. »Es regnet nicht«, sagte sie, »es schüttet.«

»Ich nehme an, sie halten sich an die alte Anglermaxime – wenn du schon einen erzählst, dann aber einen mit Pfiff. Als ich ein Junge war, im Ferienlager, war es die Schnepfenjagd. Dies ist nicht viel anders. Und wenn man einmal darüber nachdenkt, ist es eigentlich gar nicht so überraschend.«

»Was?«

»Daß Menschen, die den größten Teil ihres Jahreseinkommens mit Sommergästen verdienen, eine Ferienlagermentalität entwickeln.«

»Die Frau hat sich nicht so *benommen,* als wäre es ein Witz. Ich will dir die Wahrheit sagen, Johnny – sie hat mir irgendwie angst gemacht.«

John Grahams freundliches Gesicht wurde streng und verkniffen. Der Ausdruck wirkte fehl am Platz, aber er sah auch nicht gespielt oder halbherzig aus.

»Ich weiß«, sagte er und hob ihre Verpackungen und Servietten und Plastikkörbchen auf. »Und dafür wird eine Entschuldigung fällig sein. Ein kleiner Spaß zur allgemeinen Erheiterung, dagegen ist nichts einzuwenden, aber wenn jemand meiner Frau angst macht – verdammt, sie haben sogar *mir* ein bißchen Angst eingejagt –, dann hört der Spaß auf. Gehen wir?«

»Kannst du es wiederfinden?«

Er grinste und sah augenblicklich wieder aus wie er selbst.

»Ich habe eine Spur aus Brotkrumen gelegt.«

»Wie klug du bist, mein Liebling«, sagte sie und stand auf. Sie lächelte wieder, und John war froh darüber. Sie holte tief Luft – was beim Vorderteil des blaukarierten Hemdes, das sie trug, Wunder bewirkte – und ließ sie wieder ausströmen. »Die Luftfeuchtigkeit scheint zurückgegangen zu sein.«

»Ja.« John warf ihren Abfall mit einem linken Haken in die Mülltonne und zwinkerte ihr zu. »Soviel zur Regenzeit.«

Als sie auf die Hempstead Road einbogen, war die Luftfeuchtigkeit mit Macht zurückgekehrt. John fühlte sich, als hätte sich sein T-Shirt in eine klamme Masse von Spinnweben verwandelt, die ihm an Brust und Rücken klebten. Der Himmel, an dem man inzwischen ein leichtes Abendrot sehen konnte, war immer noch klar, aber John war, als hätte er direkt aus der Luft trinken können, wenn er einen Strohhalm gehabt hätte.

Nur noch ein einziges Haus lag an der Straße, am Fuß des Hügels, auf dessen Gipfel Hempstead Place stand. Als sie daran vorbeifuhren, sah John die Silhouette einer Frau, die reglos an einem der Fenster stand und zu ihnen heruntersah.

»Nun, da haben wir die Großtante deiner Freundin Milly«, sagte John. »Sie hat uns einen Bärendienst erwiesen, als sie die Irren da unten im Laden angerufen und ihnen gesagt hat, daß wir kommen. Ich frage mich, was für Furzblasen und Klapperzähne sie sonst noch rausgeholt hätten, wenn wir ein bißchen länger geblieben wären.«

»Der Hund hatte seine eigene eingebaute Furzblase.«

John lachte und nickte.

Fünf Minuten später bogen sie in ihre eigene Einfahrt ein. Sie war mit Unkraut und Zwergbüschen zugewuchert, und John beschloß, sich *darum* zu kümmern, bevor der Sommer noch viel älter wurde. Hempstead Place selbst war ein geräumiges Farmhaus, von mehreren Generationen ausgebaut, so oft sich die Notwendigkeit – oder vielleicht auch einfach nur der Drang – zu bauen ergab. Dahinter stand eine Scheune, die durch drei verfallene Schuppen mit dem Haus verbunden war. Zwei der drei Schuppen waren im üppigen Frühsommer von duftendem Geißblatt überwachsen.

Man hatte eine atemberaubende Aussicht auf die Stadt, besonders in klaren Nächten wie dieser. John fragte sich kurz, *wie* es bei der hohen Luftfeuchtigkeit so klar sein konnte. Elise gesellte sich vor dem Auto zu ihm, dann blieben sie beide einen Moment stehen, nahmen sich in die Arme, betrachteten die Hügel, die sich in sanften Wellen bis Augusta erstreckten, und verloren sich in den Schatten des Abends.

»Wunderschön«, murmelte sie.

»Und hör doch«, sagte er.

Rund fünfzig Meter hinter der Scheune lag ein sumpfiges Stück Land. Dort ließ ein Froschchor die Stimmen ertönen und die elastischen Bänder schnalzen, die ihnen Gott aus unerfindlichen Gründen eingepflanzt hatte.

»Nun«, sagte sie, »die Frösche sind jedenfalls schon zur Stelle.«

»Aber keine Kröten.« Er sah zum klaren Himmel hinauf, an dem die Venus gerade ihr kalt brennendes Auge geöffnet hatte. »Da sind sie, Elise! Da oben! Ganze Wolken von Kröten!«

Sie kicherte.

»›Heute nacht‹«, intonierte er, »›trafen in der Kleinstadt Willow eine Kaltwetterfront von Kröten und eine Warmluftfront von Lurchen aufeinander, und die Folge war …‹«

Sie stieß ihn mit dem Ellbogen an. »Ach, *du*«, sagte sie. »Gehen wir rein.«

Sie gingen hinein. Und gingen gleich zu Bett.

Ungefähr eine Stunde später wurde Elise durch ein Plumpsen auf dem Dach aus dem Schlaf gerissen. Sie stützte sich auf die Ellbogen. »Was war das, Johnny?«

»Grmpf«, sagte Johnny und drehte sich auf die Seite.

Kröten, dachte sie und kicherte – aber es war ein nervöses Kichern. Sie stand auf und ging zum Fenster, aber bevor sie nach etwas suchte, das auf den Boden gefallen sein könnte, sah sie zum Himmel.

Der war immer noch wolkenlos, und inzwischen prangten

eine Milliarde funkelnde Sterne da oben. Sie betrachtete sie für einen Augenblick, hypnotisiert von ihrer schlichten, stummen Schönheit.

Platsch.

Sie zuckte vom Fenster zurück und sah zur Decke. Was immer es war, es war gleichfalls auf dem Dach gelandet.

»John! Johnny! Wach auf!«

»Hä? Was?« Er richtete sich auf, und sein Haar war völlig zerzaust.

»Er hat angefangen«, sagte sie und kicherte schrill. »Der Froschregen.«

»Kröten«, verbesserte er sie. »Ellie, wovon redest du ...«

Platsch-platsch.

Er sah sich um, dann schwang er die Füße aus dem Bett.

»Das ist lächerlich«, sagte er leise und wütend.

»Was meinst du ...«

Platsch-RUMMS! Irgendwo unten klirrte Glas.

»Oh, gottverdammt«, sagte er, stand auf und zog seine Jeans an. »Es reicht. Wirklich und wahrhaftig ... es ... *reicht*.«

Mehrfaches Platschen ertönte an der Seite des Hauses und auf dem Dach. Sie drängte sich ängstlich an ihn.

»Was meinst du?«

»Ich meine, daß die verrückte Frau und der alte Mann und wahrscheinlich ein paar ihrer Freunde da draußen sind und etwas auf das Haus werfen«, sagte er, »und ich werde auf der Stelle dafür sorgen, daß das ein Ende hat. Vielleicht haben sie einen Brauch, Neuankömmlingen in dieser kleinen Stadt Streiche zu spielen, aber ...«

PLATSCH! SCHEPPER! Aus der Küche.

»*GOTTVERDAMMT!*« schrie John und rannte auf den Flur hinaus.

»Laß mich nicht allein!« kreischte Elise und stürzte ihm nach.

Er schaltete das Licht im Flur an, bevor er nach unten stapfte. Leises Platschen und Prasseln ertönte nun in zunehmendem Maße auf dem Haus, und Elise konnte noch denken: *Wie viele Leute aus der Stadt sind da draußen? Wie viele müssen es sein, um das zu tun? Und was werfen sie da? In Kissenbezüge gewickelte Steine?*

John hatte das untere Ende der Treppe erreicht und trat ins Wohnzimmer. Da gab es ein großes Fenster mit demselben Ausblick, den sie vorhin bewundert hatten. Das Fenster war zersplittert. Glasscherben lagen auf dem Teppichboden verstreut. Er wollte zum Fenster gehen und etwas zu ihnen hinausrufen, zum Beispiel, daß er seine Schrotflinte holen würde. Dann betrachtete er wieder die Scherben, überlegte sich, daß seine Füße bloß waren, und blieb stehen. Einen Augenblick wußte er nicht, was er tun sollte. Dann sah er einen dunklen Umriß inmitten der Glasscherben – der Stein, mit dem eines dieser vom Inzest verblödeten Arschlöcher das Fenster eingeworfen hatte, vermutete er – und sah rot. Er wäre wahrscheinlich doch zum Fenster gelaufen, barfuß hin oder her, aber da zuckte der Stein.

Das ist kein Stein, dachte er. *Das ist eine …*

»John?« fragte Elise. Inzwischen hallte das Haus von leisem Platschen wider. Es war, als würden sie mit großen, von Fäulnis aufgeweichten Hagelkörnern bombardiert. »John, was ist das?«

»Eine Kröte«, sagte er dümmlich. Er betrachtete immer noch die zuckende Form inmitten der Glasscherben und sprach mehr zu sich selbst als zu seiner Frau.

Er sah auf und schaute zum Fenster hinaus. Was er da draußen erblickte, verschlug ihm die Sprache. Die Hügel und der Horizont waren nicht mehr zu erkennen – verdammt, er konnte kaum die Scheune sehen, und die war keine vierzig Meter entfernt.

Die Luft war von fallenden Umrissen erfüllt.

Drei weitere kamen durch das zerschellte Fenster herein. Eine landete auf dem Boden, nicht weit von ihrer zuckenden Artgenossin entfernt. Sie landete auf einer Glasscheibe, schwarze Flüssigkeit quoll in dicken Spritzern aus dem Körper hervor.

Elise schrie.

Die beiden anderen hatten sich in den Vorhängen verfangen, die bebten und flatterten wie in einer stürmischen Brise.

Einer von ihnen gelang es, sich zu befreien. Sie landete auf dem Boden und hüpfte dann auf John zu.

Er tastete mit einer Hand, die sich anfühlte, als gehörte sie überhaupt nicht zu ihm, nach der Wand. Seine Finger glitten über den Lichtschalter und drückten darauf.

Das Ding, das da auf dem scherbenübersäten Boden auf ihn zugehüpft kam, war eine Kröte, und doch auch wieder nicht. Der grünschwarze Körper war zu groß, zu wulstig. Die schwarzgoldenen Augen quollen hervor wie mißgebildete Eier. Und aus dem Maul ragte ein Bouquet großer, nadelspitzer Zähne, die fast den Kiefer ausrenkten.

Die Körte gab ein dumpfes Krächzen von sich und sprang John an wie auf Sprungfedern. Hinter ihr fielen noch mehr durch das Fenster herein. Diejenigen, die auf den Boden gefallen waren, waren entweder verstümmelt worden oder auf der Stelle gestorben, aber viele andere – zu viele andere – benützten die Gardinen als Sicherheitsnetz und taumelten unversehrt zu Boden.

»Raus hier!« rief John seiner Frau zu und trat nach der Kröte, die – es war Wahnsinn, aber es stimmte – ihn angriff. Die Kröte zuckte nicht vor dem Fuß zurück, sondern biß mit dem Maul voll schiefer Nadeln zuerst auf und dann in die Zehen. Der Schmerz durchzuckte ihn mit quälender Heftigkeit. Ohne nachzudenken, machte er eine halbe Drehung und trat, so fest er konnte, gegen die Wand. Er spürte, wie seine Zehen brachen, aber die Kröte zerplatzte und verspritzte ihr schwarzes Blut über die Wandtäfelung, wie ein Fächer. Seine Zehen waren zu einem irren Verkehrsschild geworden, das gleichzeitig in alle Richtungen deutete.

Elise stand starr unter der Flurtür. Jetzt hörte sie überall im Haus Scheiben klirren. Nachdem sie miteinander geschlafen hatten, hatte sie eines von Johns T-Shirts angezogen; sie hielt den Kragen mit beiden Händen umklammert. Von überallher kam häßliches Krächzen.

»Raus, Elise!« schrie John. Er drehte sich um und schüttelte den blutigen Fuß. Die Kröte, die ihn gebissen hatte, war tot, aber ihre Zähne steckten immer noch in seinem Fleisch wie

Angelhaken. Diesmal trat er in die Luft wie ein Mann, der einen Fußball fortkickt, und die Kröte flog endlich davon.

Der verblichene Wohnzimmerteppichboden war jetzt von aufgeblähten, hüpfenden Leibern bedeckt. Und alle kamen *auf sie zu*.

John rannte zur Tür. Er landete mit dem Fuß auf einer der Kröten; sie zerplatzte. Seine Ferse rutschte in dem kalten Glibber aus, der aus ihrem Körper herausquoll, und er wäre um ein Haar gestürzt. Elise ließ den Kragen des T-Shirts los, den sie in Todesangst umklammert hielt, und packte John. Gemeinsam stolperten sie auf den Flur hinaus; John schlug die Tür zu und erwischte eine der Kröten, die gerade heraushüpfen wollte. Die Tür schnitt sie in der Mitte durch. Die vordere Hälfte zuckte und zappelte auf dem Boden, das zahnbewehrte Maul mit den schwarzen Lippen klappte auf und zu, die schwarzgoldenen Augen glotzten sie an.

Elise schlug die Hände vors Gesicht und fing hysterisch an zu kreischen. John streckte die Hände nach ihr aus. Sie schüttelte den Kopf und schrak vor ihm zurück; das Haar fiel ihr ins Gesicht.

Das Platschen der Kröten, die auf dem Dach landeten, war schlimm, aber das Krächzen und Gurren war schlimmer: diese Geräusche kamen aus dem Inneren des Hauses – *überall* aus dem Inneren. Er dachte an den alten Mann, der auf der Veranda des Ladens in seinem Schaukelstuhl saß und hinter ihnen herrief: *Aber Sie sollten die Läden schließen.*

Herrgott, warum habe ich ihm nicht geglaubt?

Und gleich darauf: *Wie hätte ich so etwas glauben können? Nichts in meinem ganzen Leben hat mich darauf* vorbereitet, *ihm zu glauben!*

Und dann hörte er außer dem Lärm der Kröten, die draußen auf den Boden prasselten, und dem Klatschen der Kröten, die auf dem Dach zerplatzten, ein weiteres bedrohliches Geräusch: das kauende, splitternde Geräusch der Kröten im Wohnzimmer, die sich allmählich durch die Tür hindurchfraßen. Er sah förmlich, wie sie sich gegen die Angeln drückte, je mehr Kröten sie mit ihrem Gewicht bedrängten.

Er drehte sich um und sah Dutzende Kröten die Treppe hinunterhüpfen.

»Elise!« Er griff nach ihr. Sie kreischte und wich vor ihm zurück. Ein Ärmel des T-Shirts riß ab. Er betrachtete den zerrissenen Stoffetzen in seiner Hand einen Moment durch und durch dümmlich, dann ließ er ihn auf den Boden fallen.

»Elise, gottverdammt!«

Sie schrie und wich zurück.

Inzwischen hatten die ersten Kröten den Boden der Diele erreicht und kamen gierig auf sie zugehüpft. Ein sprödes Klirren ertönte, als das Oberlicht über der Tür zerbrach. Eine Kröte kam hindurchgesaust, landete auf dem Teppich und blieb auf dem Rücken liegen; sie entblößte ihren fleckigen rosa Bauch und zuckte mit den Schwimmfüßen.

John packte seine Frau und schüttelte sie. *»Wir müssen in den Keller runter! Im Keller sind wir in Sicherheit!«*

»Nein!« schrie Elise ihn an. Ihre Augen waren riesige schwebende Nullen, und er begriff, daß sie sich nicht weigerte, mit ihm in den Keller zu gehen – sie weigerte sich, überhaupt etwas zu tun.

Es blieb keine Zeit für sanfte Maßnahmen oder tröstende Worte. Er packte die Vorderseite ihres T-Shirts mit der Faust und zerrte sie den Flur entlang wie ein Polizist, der einen widerspenstigen Gefangenen zum Streifenwagen schleppt. Eine der Kröten aus der Vorhut der Flut, die sich nun die Treppe herunter ergoß, machte einen gigantischen Satz und biß mit dem Mundvoll nadelspitzer Zähne in die Luft, wo eine Sekunde vorher noch Elises Ferse gewesen war.

Als sie den Flur halb durchquert hatten, begriff sie, was er vorhatte, und kam freiwillig mit. Sie gelangten zur Tür. John drehte den Knauf und zog daran, aber die Tür bewegte sich nicht.

»Gottverdammt!« kreischte er und zog noch einmal daran. Vergebens. Nichts.

»John, mach schnell!«

Sie sah über die Schulter zurück und erblickte Kröten, die auf dem Flur mit riesigen Sprüngen auf sie zukamen, gegen die verblichene rosa Tapete prallten, auf dem Rücken landeten und von ihren Artgenossen überrannt wurden.

»JOHN, BITTE! BI ...«

Dann sprang eine und landete direkt oberhalb des Knies auf ihrem linken Schenkel. Elise schrie und packte sie, ihre Finger drangen durch die Haut in das flüssige dunkle Innere ein. Sie riß die Kröte los, und als sie die Arm hob, war das gräßliche Ding einen Moment lang direkt vor ihren Augen und mahlte mit den Zähnen wie eine kleine, aber mörderische Maschine. Elise warf die Kröte, so fest sie konnte, von sich. Sie überschlug sich in der Luft und klatschte gegenüber der Küchentür an die Wand. Dort fiel sie nicht herunter, sondern blieb am Leim ihrer eigenen Gedärme kleben.

»JOHN! O GROSSER GOTT, JOHN!«

John Graham wurde mit einem Mal klar, was er falsch machte. Er drückte gegen die Tür, statt daran zu ziehen. Die Tür schwang auf, und er wäre fast vornüber die Treppe hinabgestürzt.

Er griff mit rudernden Armen nach dem Geländer, bekam es zu fassen, und dann stieß Elise ihn fast wieder hinab, als sie an ihm vorbei nach unten stolperte und dabei schrie wie eine Feuersirene in der Nacht.

Oh, sie wird fallen, sie kann sich nicht halten, sie wird fallen und sich das Genick brechen ...

Aber irgendwie fiel sie nicht. Sie erreichte den festgestampften Kellerboden, brach zu einem schluchzenden Bündel zusammen und umklammerte den verletzten Schenkel.

Kröten hüpften und sprangen zur offenen Kellertür herein.

John erlangte das Gleichgewicht wieder, wirbelte herum und schlug die Tür zu. Mehrere Kröten auf der Innenseite der Tür sprangen ohne Umschweife vom Geländer, landete auf den Stufen und fielen durch die Öffnungen der Kellertreppe. Eine weitere sprang nahezu vertikal in die Höhe, und John wurde plötzlich von irrem Gelächter geschüttelt – er sah ein Bild von Mr. Kröte von Krötenhall vor sich, der auf einer Pogostelze statt auf einem Auto saß. Immer noch lachend, ballte er die rechte Hand und schlug der Kröte damit auf dem Höhepunkt ihres Sprungs, als sie im perfekten

Äquilibrium zwischen der Schwerkraft und ihrer eigenen Energie verweilte, in die pulsierende gallertige Brust. Die Kröte schoß davon in die Schatten, und John hörte ein leises *Plop!*, als sie gegen den Ofen prallte.

Er tastete im Dunkeln an der Wand entlang, bis seine Finger den Zylinder des uralten Kippschalters für das Licht fanden. Er drückte ihn hinunter, und da fing Elise wieder an zu schreien. Eine Kröte hatte sich in ihrem Haar verfangen, sie krächzte und zappelte und wand sich und biß Elise in den Hals, wobei sie sich zu etwas zusammenrollte, das wie ein übergroßer, deformierter Lockenwickler aussah.

Elise sprang auf die Füße und lief panisch im Kreis herum, wobei es ihr wie durch ein Wunder gelang, nicht über die Kartons und Kisten zu fallen, die hier unten aufgestapelt waren. Sie stieß gegen einen Stützbalken des Kellers, dann machte sie kehrt und rammte den Hinterkopf zweimal mit Wucht dagegen. Ein sämiges Platschen ertönte, schwarze Flüssigkeit spritzte herum, und dann fiel die Kröte aus Elises Haar, purzelte am Rücken des T-Shirts hinab und hinterließ schleimige Flecken.

Sie schrie, und der Schrei hörte sich so irre an, daß John das Blut gefror. Er stolperte die Kellertreppe hinunter und nahm sie in die Arme. Zuerst wehrte sie sich, dann gab sie nach. Ihre Schreie gingen allmählich in ein stetes Weinen über.

Dann hörten sie über das leise Donnern der Kröten hinweg, die auf Haus und Erdboden fielen, das Krächzen der Kröten, die durch die Kellertür gekommen waren. Sie wich vor ihm zurück und verdrehte die Augen.

»Wo sind sie?« keuchte sie. Ihre Stimme klang heiser, fast bellend, so sehr hatte sie geschrien. »Wo sind sie, John?«

Aber sie brauchten nicht danach zu suchen. Die Kröten hatten *sie* bereits ausgemacht und kamen gierig auf sie zu.

Die Grahams wichen zurück, und dabei sah John eine rostige Schaufel an der Wand lehnen. Er packte sie und schlug die Kröten, wie sie kamen, damit tot. Nur eine kam an ihm vorbei. Sie sprang vom Boden auf eine Kiste und von der Kiste auf Elise, verbiß sich im Vorderteil des T-Shirts und hing mit zuckenden Beinen zwischen Elises Brüsten.

»Bleib stehen«, herrschte John sie an. Er ließ die Schaufel fallen, ging zwei Schritte nach vorne, ergriff die Kröte und riß sie von dem Hemd weg. Die Kröte nahm einen Fetzen Stoff mit sich. Der Fetzen hing an einem ihrer Zähne, während sie sich in Johns Händen bewegte und zappelte und zuckte. Ihre Haut war warzig, trocken, aber widerlich kalt und irgendwie *lebendig*. Er ballte die Hände zu Fäusten und zerquetschte die Kröte. Blut und Schleim quollen zwischen seinen Fingern hervor.

Nicht einmal ein Dutzend der kleinen Monster hatten es tatsächlich durch die Kellertür geschafft, und die waren bald alle tot. John und Elise klammerten sich aneinander und lauschten dem gleichförmigen Regen der Kröten draußen.

John sah über die Schulter zu den tiefen Kellerfenstern. Sie waren bedeckt und dunkel, und plötzlich sah er, wie das Haus von außen aussehen mußte, unter einer Flut zuckender, zappelnder, hüpfender Kröten begraben.

»Wir müssen die Fenster verbarrikadieren«, sagte er heiser. »Ihr Gewicht wird die Scheiben eindrücken, und wenn das passiert, wird eine *Sturzflut* hereinkommen.«

»Womit?« fragte Elise mit ihrer heiseren, bellenden Stimme. »Was können wir nehmen?«

Er sah sich um und erblickte mehrere alte, nachgedunkelte Sperrholzplatten, die an einer Wand lehnten. Nicht viel, aber immerhin etwas.

»Damit«, sagte er. »Hilf mir, sie in kleinere Stücke zu brechen.«

Sie arbeiteten schnell und hektisch. Der Keller hatte nur vier Fenster, so klein, daß die Scheiben länger standhielten als die der größeren Fenster oben. Sie waren gerade beim letzten angelangt, als sie hörten, wie das Glas der ersten hinter der Sperrholzplatte zersprang – aber das Sperrholz hielt.

Sie stolperten wieder in die Mitte des Kellers; John hinkte mit seinem gebrochenen Fuß.

Vom oberen Ende der Treppe ertönte das Geräusch der Kröten, die sich durch die Kellertür fraßen.

»Was sollen wir tun, wenn sie durchkommen?« flüsterte Elise.

»Ich weiß es nicht«, sagte er – und in diesem Augenblick gab die Falltür des Kohlenschachts, der seit Jahren nicht mehr benutzt wurde, aber immer noch intakt war, plötzlich unter dem Gewicht der Kröten nach, die darauf gefallen oder gehüpft waren, und Hunderte ergossen sich wie ein Druckluftstrahl in den Keller.

Diesmal konnte Elise nicht schreien. Dazu hatte sie ihre Stimmbänder zu sehr überlastet.

Nachdem die Falltür des Kohlenschachts nachgegeben hatte, dauerte es nicht mehr lange für die Grahams im Keller, aber bis es vorbei war, schrie John Graham ausreichend für sie beide.

Um Mitternacht war der Wolkenbruch der Kröten in Willow zu einem gelinden, krächzenden Nieseln abgeklungen.

Gegen halb zwei Uhr morgens fiel die letzte Kröte vom dunklen Sternenhimmel. Sie landete auf einer Fichte am See, hüpfte auf den Boden und verschwand in der Nacht. Es war wieder für sieben Jahre vorbei.

Ungefähr um Viertel nach fünf breitete sich ein erstes zaghaftes Licht über den Himmel und über das Land. Willow lag unter einem zappelnden, hüpfenden, jammernden Teppich aus Kröten begraben. Die Häuser an der Main Street hatten die Ecken und Kanten verloren; alles war abgerundet und zuckte. Das Schild am Highway, auf dem WILLKOMMEN IN WILLOW, MAINE, DEM *FREUNDLICHEN* ORT! stand, sah aus, als hätte jemand etwa dreißig Ladungen Schrot hindurchgeschossen. Die Löcher stammten von fliegenden Kröten. Das Schild vor dem Einkaufszentrum, das für ITALIENISCHE SANDWICHES • PIZZA • GROCERIES • ANGELSCHEINE warb, war umgestürzt. Kröten spielten Froschhüpfen darauf. Auf jeder Zapfsäule von Donnys Sunoco-Tankstelle fand eine kleine Krötenversammlung statt. Auf der langsam kreisenden Wetterfahne über dem Ofenladen von Willow saßen zwei Kröten wie kleine mißgebildete Kinder auf einem Karussell.

Auf dem See türmten sich Kröten auf den wenigen Flößen, die schon so früh hinausgebracht worden waren (nur die abgehärtetsten Schwimmer wagten es vor dem vierten Juli, ins Wasser des Lake Willow zu gehen, ob mit oder ohne Kröten), und die Fische wurden verrückt, weil sich soviel Futter fast in Reichweite befand. Ab und zu platschte es, wenn eine oder zwei der Kröten, die um einen Platz auf den Flößen kämpften, heruntergestoßen wurden und einer hungrigen Forelle oder einem Lachs als Frühstück dienten. Die Straßen von und zur Stadt – es waren viele für so einen kleinen Ort, wie Henry Eden gesagt hatte – waren mit Kröten gepflastert. Der Strom war vorübergehend ausgefallen; Kröten hatten die Leitungen an zahlreichen Stellen im Sturzflug durchgetrennt. Die meisten Gärten waren ruiniert, aber Willow war ohnehin keine nennenswerte Farmgemeinde. Einige Einwohner hielten mäßig große Viehherden, aber die waren für diese Nacht in Sicherheit gebracht worden. Die Milcherzeuger in Willow wußten über die Regenzeit Bescheid und wollten ihre Kühe nicht an die Scharen hüpfender, fleischfressender Kröten verlieren. Was, um Himmels willen, hätten sie den Versicherungsgesellschaften sagen sollen?

Als es über Hempstead Place heller wurde, konnte man den Teppich toter Kröten auf dem Dach erkennen; Regenrinnen, die von tieffliegenden Kröten abgerissen worden waren; eine Eingangstür, die vor Kröten zuckte. Kröten hüpften zur Scheune heraus und wieder hinein; sie verstopften die Kamine, sie hüpften lässig um die Reifen von John Grahams Ford herum und saßen in krächzenden Reihen auf dem Vordersitz wie eine Kirchengemeinde, die darauf wartet, daß der Gottesdienst anfängt. Haufenweise lagen die Kröten, überwiegend tot, an den Hauswänden. Manche dieser Haufen waren fast zwei Meter hoch.

Um 6:05 Uhr stieg die Sonne über den Horizont, und als ihre Strahlen auf die Kröten fielen, fingen sie an zu schmelzen. Ihre Haut bleichte aus, wurde weiß und dann durchsichtig. Wenig später stieg Dampf, der leicht nach Sumpf roch, von den Leibern auf, und winzige blubbernde Rinnsale liefen an ihnen herab. Die Augen fielen nach innen oder heraus, je nachdem, wie die Sonne darauf schien. Die Haut der Kröten platzte mit vernehmlichen Lauten, etwa zehn Minuten lang hörte es sich an, als knallten in ganz Willow die Sektkorken.

Danach verwesten sie ausgesprochen schnell und zerflossen zu Pfützen dampfender weißer Schmiere, die wie menschlicher Samen aussah. Die Flüssigkeit rann in kleinen Bächen vom Dach des Hempstead Place und tropfte wie Eiter von den Erkern.

Die lebenden Kröten starben; die toten zerflossen einfach zu der weißlichen Flüssigkeit. Sie blubberte verhalten und versickerte langsam in der Erde. Dampfwölkchen stiegen vom Boden auf, und eine Weile sahen die Felder von Willow aus wie der Krater eines erloschenen Vulkans.

Um Viertel vor sieben war es vorbei, von den Reparaturarbeiten abgesehen, und daran waren die Einheimischen gewöhnt.

Das schien ein geringer Preis für weitere Jahre ruhiger Blüte in diesem vergessenen Hinterland von Maine.

Um fünf nach acht bog Laura Stantons klappriger Volvo in die Einfahrt des Einkaufszentrums ein. Als Laura ausstieg, sah sie blasser und elender aus denn je. Ihr war übel; den Sechserpack Dawson's Ale hielt sie noch in der Hand, aber die Flaschen waren leer. Sie hatte einen teuflischen Kater.

Henry Eden kam auf die Veranda. Sein Hund trottete hinter ihm her.

»Schaff den Köter ins Haus, sonst mach ich auf der Stelle kehrt und fahr nach Hause zurück«, sagte Laura vom unteren Ende der Treppe.

»Er kann nichts dafür, er muß eben ab und zu seine Winde ablassen, Laura.«

»Das heißt aber nicht, daß *ich* dabei sein muß, wenn er sie abläßt«, sagte Laura. »Es ist mein Ernst, Henry. Ich habe Kopfschmerzen wie ein Tier, und heute morgen habe ich am allerwenigsten Lust, deinem Hund zuzuhören, wie er mit dem Arschloch *Hail Columbia* spielt.«

»Geh rein, Toby«, sagte Henry und hielt die Tür auf.

Toby sah mit feuchten Augen zu ihm auf, als wollte er sagen: *Muß ich wirklich? Schien hier draußen gerade interessant zu werden.*

»Geh schon«, sagte Henry.

Toby trottete wieder ins Haus, und Henry machte die Tür zu. Laura wartete, bis sie das Schloß einrasten hörte, dann stieg sie die Stufen hinauf.

»Dein Schild ist umgefallen«, sagte sie und gab ihm den Karton mit den leeren Flaschen.

»Seh ich selber«, sagte Henry. Er war heute morgen auch nicht gerade bester Laune. Das galt für die meisten Leute in Willow. Einen Krötenregen zu verschlafen war eine verflixt schwierige Angelegenheit. Gott sei Dank kam er nur einmal alle sieben Jahre, sonst wäre man wahrscheinlich wahnsinnig geworden.

»Du hättest es reinnehmen sollen«, sagte sie.

Henry murmelte etwas, das sie nicht verstand.

»Was hast du gesagt?«

»Ich habe gesagt, wir hätten es nachdrücklicher versuchen sollen«, sagte Henry trotzig. »Sie waren ein nettes junges Paar. Wir hätten uns mehr Mühe geben sollen.«

Sie verspürte trotz ihrer Kopfschmerzen eine Woge der Zuneigung zu dem alten Mann und legte ihm eine Hand auf den Arm. »Es ist das Ritual«, sagte sie.

»Nun, manchmal denke ich mir, scheiß auf das Ritual!«

»Henry!« Sie zog unwillkürlich schockiert die Hand weg. Aber er wurde auch nicht jünger, vergegenwärtigte sie sich. Vielleicht setzten die Zahnräder in seinem Kopf schon ein bißchen Rost an.

»Ich fand sie *auch* nett«, sagte sie. »Aber da kann man nichts machen, Henry. Das hast du gestern abend selbst gesagt.«

»Ich weiß«, seufzte er.

»Wir zwingen sie nicht, zu bleiben«, fuhr sie fort. »Im Gegenteil. Wir warnen sie. Sie entscheiden selbst, ob sie bleiben wollen. Sie entscheiden *immer,* ob sie bleiben wollen. Sie treffen die Entscheidung selbst. Auch *das* gehört zum Ritual.«

»Ich weiß«, wiederholte er. Er holte tief Luft und verzog

das Gesicht. »Ich hasse den Geruch hinterher. Die ganze verdammte Stadt riecht wie saure Milch.«

»Bis Mittag ist es vorbei. Das weißt du genau.«

»Ja, ja. Aber ich hoffe nur, daß ich unter der Erde liege, wenn es wieder soweit ist, Laura. Und wenn nicht, dann hoffe ich, daß jemand anders die Neuankömmlinge begrüßen muß, wenn die Regenzeit da ist. Ich bezahle meine Rechnungen gern pünktlich, wie alle anderen auch, aber ich kann dir sagen, mit der Zeit hat ein Mann die Kröten satt. Selbst wenn sie nur alle sieben Jahre kommen, hat ein Mann sie satt.«

»Eine Frau auch«, sagte sie leise.

»Nun«, sagte er und sah sich seufzend um, »ich finde, wir sollten gleich damit anfangen, diese Schweinerei aufzuräumen, du nicht?«

»Klar«, sagte sie. »Und weißt du, Henry, wir haben das Ritual nicht gemacht. Wir befolgen es nur.«

»Ich weiß, aber ...«

»Und es könnte sich ändern. Man kann nicht sagen, wann oder warum, aber es könnte sein. Vielleicht war dies die letzte Regenzeit. Oder beim nächsten Mal kommt kein Fremder in die Stadt ...«

»Sag das nicht«, entgegnete er ängstlich. »Wenn niemand kommt, verschwinden die Kröten vielleicht nicht, wenn die Sonne daraufscheint.«

»Siehst du?« fragte sie. »Jetzt siehst du es wieder von meiner Warte aus.«

»Nun«, sagte er, »es ist eine lange Zeit, oder nicht? Sieben Jahre sind eine lange Zeit.«

»Ja.«

»Aber sie *waren* ein nettes junges Paar, oder nicht?«

»Ja«, sagte sie wieder.

»Scheußliche Art zu sterben«, sagte Henry Eden mit bewegter Stimme, und dieses Mal sagte sie nichts. Nach einer Weile fragte Henry sie, ob sie ihm helfen würde, das Schild wieder aufzustellen. Laura stimmte trotz ihrer schlimmen Kopfschmerzen zu. Es gefiel ihr nicht, wenn Henry so niedergeschlagen war, besonders wegen etwas, auf das er ebensowenig Einfluß hatte wie auf die Gezeiten oder die Mondphasen.

Als sie fertig waren, schien es ihm etwas besser zu gehen.

»A-hm«, sagte er. »Sieben Jahre sind eine *verdammt* lange Zeit.«

So ist es, dachte sie, *aber sie gehen immer vorbei, und die Regenzeit kommt immer wieder, und die Fremden kommen mit ihr, immer zwei, immer ein Mann und eine Frau, und wir erzählen ihnen immer genau, was passieren wird, und sie glauben uns nicht – und was geschehen soll, nimmt seinen Lauf.*

»Komm, alter Querkopf«, sagte sie, »biet mir schon eine Tasse Kaffee an, bevor mir der Kopf platzt.«

Er gab ihr eine Tasse, und noch bevor sie fertig waren, konnte man Hämmern und Sägen im Ort hören. Sie konnten vom Fenster aus die Main Street entlangsehen, wo die Leute die Läden aufmachten, sich unterhielten und lachten.

Die Luft war warm und trocken, der Himmel blaß und dunstig blau, und in Willow war die Regenzeit vorbei.

Mein hübsches Pony

Der alte Mann saß unter dem Scheunentor, wo es nach Äpfeln roch, und schaukelte; er wollte nicht rauchen – aber nicht, weil der Arzt es verboten hatte, sondern weil sein Herz unablässig flatterte. Er beobachtete Osgood, diesen dummen Bengel, der mit dem Kopf am Baum lehnte und schnell zählte, und dann sah der alte Mann, wie er sich umdrehte und Clivey erwischte und lachte, wobei er den Mund so weit aufriß, daß der alte Mann die Zähne sehen konnte, die schon in seinem Mund verfaulten; er stellte sich vor, wie der Atem des Jungen riechen würde: wie der hintere Teil eines feuchten Kellers. Dabei konnte der Frischling kaum älter als elf sein.

Der alte Mann beobachtete Osgood, wie er sein atemloses Lachen hinauswieherte. Der Junge lachte so sehr, daß er sich zuletzt vornüberbeugen und die Hände auf die Knie stützen mußte, so sehr, daß die anderen aus ihren Verstecken kamen, um nachzusehen, was los war; und als sie ihn sahen, lachten sie auch. Sie standen alle in der Morgensonne und lachten über seinen Enkel. Und da vergaß der alte Mann, wie dringend er rauchen wollte. Jetzt wollte er sehen, ob Clivey weinen würde. Er stellte fest, daß ihn diese Frage mehr interessierte als alles andere, das in den vergangenen Monaten seine Aufmerksamkeit erweckt hatte, einschließlich seines gnadenlos schnell näherrückenden Todes.

»Gefangen!« sangen die anderen lachend. »Gefangen, gefangen, gefangen!«

Clivey stand nur da, starr wie ein Stein auf einer Wiese, und wartete darauf, daß das Spiel weiterginge, daß er »drankam« und die Peinlichkeit hinter ihm lag. Nach einer Weile ging das Spiel weiter. Dann war es Mittagszeit, und die anderen Jungen gingen nach Hause. Der alte Mann beobachtete, wieviel Clivey essen würde. Nicht viel, wie sich herausstellte. Clivey stocherte in seinen Kartoffeln, schob Mais und Erbsen von einer Seite auf die andere und fütterte den Hund unter dem Tisch mit kleinen Fleischstücken. Der alte Mann beobachtete alles interessiert, gab Antwort, wenn er angesprochen wurde, schenkte aber weder ihren noch seinen eigenen Worten besondere Aufmerksamkeit. Seine Gedanken waren bei dem Jungen.

Als der Kuchen gegessen war, wollte er, was er nicht haben konnte; er entschuldigte sich, um ein Nickerchen zu machen, verweilte aber auf halber Höhe der Treppe, weil sein Herz sich anfühlte wie ein Ventilator, in den man eine Spielkarte gesteckt hat, verweilte mit gesenktem Kopf und wartete, ob dies der letzte sein würde (zwei waren ihm schon vorangegangen), und als er es nicht war, ging der alte Mann weiter hinauf, zog sich bis auf die Unterwäsche aus und legte sich auf das gestärkte weiße Laken. Ein Rechteck aus Sonnenschein fiel auf seine magere Brust; die dunklen Schatten der Fensterstreben schnitten es in drei Teile. Er verschränkte die Hände hinter dem Kopf, döste und lauschte. Nach einer Weile glaubte er den Jungen in seinem Zimmer im Untergeschoß weinen zu hören und dachte: *Darum sollte ich mich kümmern.*

Er schlief eine Stunde, und als er aufwachte, schlief die Frau in ihrem Slip neben ihm; deshalb trug er seine Kleidung auf den Flur hinaus und zog sich dort an, bevor er nach unten ging.

Clivey war draußen, er saß auf der Treppe und warf ein Stöckchen für den Hund, der eifriger apportierte, als der Junge warf. Der Hund (er hatte keinen Namen, er war einfach nur der Hund) schien verwirrt.

Der alte Mann winkte dem Jungen zu und befahl ihm, mit ihm zum Obstgarten hinaufzugehen, und der Junge gehorchte.

Der alte Mann hieß George Banning. Er war der Großvater des Jungen, und von ihm lernte Clive Banning, wie wichtig es war, in seinem Leben ein hübsches Pony zu haben. Man mußte eines haben, selbst wenn man gegen Pferde allergisch war, denn ohne ein hübsches Pony konnte man sechs Uhren in jedem Zimmer und soviel Armbanduhren haben, daß man den Arm nicht mehr heben konnte, und wußte doch nie, wie spät es war.

Die Instruktion (George Banning gab keinen Rat, nur Instruktionen) hatte an dem Tag stattgefunden, als Clive beim Versteckspielen von diesem Idioten Alden Osgood erwischt worden war. Zu dem Zeitpunkt schien Clives Großvater schon älter zu sein als Methusalem, was wahrscheinlich um die zweiundsiebzig bedeutete. Das Haus der Bannings lag in der Stadt Troy, New York, die 1961 gerade lernte, nicht mehr »Landbezirk« zu sein.

Die Instruktion fand im westlichen Obstgarten statt.

Sein Großvater stand ohne Mantel in einem Blizzard, bei dem es sich freilich nicht um späten Schnee, sondern um frühe Apfelblüten in einer starken, warmen Brise handelte. Großvater trug seine Latzhose und ein Hemd darunter, das aussah, als wäre es einmal grün gewesen, inzwischen aber, nach Dutzenden oder Hunderten von Wäschen, zu einem unkenntlichen Oliv verblaßt, und unter diesem Hemd war der runde Ausschnitt eines Unterhemds zu erkennen (selbstverständlich mit einem Schließband; damals stellten sie die mit Knöpfen schon her, aber ein Mann wie Großvater würde bis an sein Lebensende den Unterhemden mit Schließband treu bleiben), und dieses Unterhemd war sauber, aber nicht mehr wie ursprünglich weiß, sondern zur Farbe von altem Elfenbein vergilbt, und das lag an Großmutters Leitspruch, den sie häufig wiederholte und darüber hinaus noch auf ein Wandbild im Wohnzimmer gestickt hatte (wahrscheinlich für die seltenen Anlässe, wenn die Frau nicht persönlich anwesend war, um die Weisheiten zu äußern, die geäußert werden mußten): *Trag es, trag es, gib fein acht! Paß drauf auf, sei stets bedacht! Hüte es, bewahr es fein, oder aber laß es sein!* Apfelblüten hatten sich in Großvaters langem Haar verfangen, das immer noch zur Hälfte weiß war, und der Junge fand, daß der alte Mann zwischen den Bäumen großartig aussah.

Er hatte bemerkt, daß Großvater sie heute bei dem Spiel beobachtet hatte. *Ihn* beobachtet hatte. Großvater saß auf seinem Schaukelstuhl am Scheunentor. Eines der Bretter quietschte jedesmal, wenn Großvater schaukelte, und da saß er, ein aufgeschlagenes Buch verkehrt herum im Schoß, die Hände darüber gefaltet, da saß er und schaukelte zwischen den verhaltenen, lieblichen Gerüchen von Heu und Äpfeln und Apfelmost. Es war dieses Spiel, das Großvater veranlaßte, Clive Banning Instruktionen über das Thema *Zeit* zu geben und ihm zum zeigen, wie schlüpfrig sie war und wie man fast ununterbrochen kämpfen mußte, um sie in der Hand zu behalten; das Pony war hübsch, aber es hatte ein tückisches Herz. Wenn man dieses hübsche Pony nicht ständig im Auge behielt, sprang es über den Zaun und machte sich davon, und dann mußte man sein Zaumzeug nehmen und es verfolgen, ein Ausflug, der einen mit Sicherheit durch und durch müde machen würde, selbst wenn er nur kurz blieb.

Großvater begann seine Instruktion mit der Feststellung, daß Alden Osgood gemogelt hatte. Er hätte die Augen eine ganze Minute lang an der abgestorbenen Ulme beim Hackklotz abwenden müssen, eine Zeit, die er abmessen mußte, indem er bis sechzig zählte. Damit hätte er Clivey (so nannte Großvater ihn immer, und es machte ihm nichts aus, auch wenn er dachte, daß er es mit jedem Jungen oder Mann aufnehmen mußte, der ihn so nannte, wenn er einmal älter als zwölf war) und den anderen ausreichend Gelegenheit gegeben, sich zu verstecken. Clivey hatte immer noch nach einem Versteck gesucht, als Alden Osgood bei sechzig anlangte, sich umdrehte und ihn »erwischte«, wie er – als letzte Möglichkeit – versuchte, sich hinter einem Stapel Apfelkisten zu verstecken, die achtlos neben dem Schuppen mit der Presse aufgeschichtet worden waren, wo die Maschine, die die Äpfel zu Most zerquetschte, im Halbdunkel aufragte wie ein Folterinstrument.

»Es war nicht fair«, sagte Großvater. »Du hast kein Gezeter darum gemacht, und das war richtig, weil ein richtiger

Mann *niemals* ein Gezeter macht – sie nennen es Gezeter, weil es nichts für Jungen und Männer ist, die klug genug sind, es besser zu wissen, und tapfer genug, es besser zu machen. Dennoch war es nicht fair. Das kann ich jetzt sagen, weil du es vorhin nicht gesagt hast.«

Apfelblüten leuchteten im Haar des alten Mannes. Eine blieb in der Mulde unter seinem Adamsapfel haften; da haftete sie wie ein Juwel, das einmal hübsch ist, weil manche Dinge eben hübsch *sind* und gar nicht anders können, zum andern aber nicht nur hübsch, sondern um seiner Vergänglichkeit willen *wunderschön:* in wenigen Sekunden würde sie ungeduldig weggewischt werden und auf dem Boden landen, wo sie inmitten ihrer Artgenossen anonym werden würde.

Er erzählte Großvater, daß Alden *durchaus* bis sechzig gezählt hatte, wie es die Regeln verlangten, ohne zu wissen, weshalb er Partei für den Jungen ergriff, der ihn schließlich beschämte, indem er ihn nicht einmal suchen mußte, sondern einfach »erwischte«. Alden – der manchmal zuschlug wie ein Mädchen, wenn er wütend war – hatte sich nur umzudrehen brauchen, um ihn zu sehen und die mystische und unangreifbare Floskel der Niederlage zu singen: »Ich sehe Clive, ene-mene-maus und du bist raus!«

Vielleicht ergriff er nur für Alden Partei, damit er und Großvater noch nicht zurückgehen mußten, damit er sehen konnte, wie Großvaters stahlgraues Haar im Blizzard der Blüten nach hinten geweht wurde, und um das flüchtige Juwel in der Mulde am Halsansatz des alten Mannes zu bewundern.

»Klar hat er das«, sagte Großvater. »Klar hat er bis sechzig gezählt. Und jetzt schau dir das an, Clivey! Und merk es dir gut!«

Großvaters Latzhose hatte richtige Taschen – fünf im ganzen, wenn man den Känguruhbeutel im Latz mitzählte –, aber außer den Hüfttaschen gab es noch welche, die nur *aussahen* wie Taschen. In Wirklichkeit waren es Schlitze, durch die man in die Hosen greifen konnte, die man darunter trug (damals hätte die Vorstellung, daß man *keine* andere Hose darunter trug, nicht skandalös gewirkt, sondern nur lächerlich – das Verhalten von jemand, der nicht ganz richtig im Oberstübchen war). Auch Großvater trug das unvermeidliche Paar Bluejeans unter dem Overall. »Judenhosen« nannte er sie, ein Ausdruck, den sämtliche Farmer benutzten, die Clive kannte. Levis waren entweder »Judenhosen« oder einfach nur »Joozers«.

Er streckte die Hand in den rechten Schlitz des Overalls, kramte eine Weile in der rechten Tasche der Jeans und holte schließlich eine angelaufene silberne Taschenuhr heraus, die er dem unvorbereiteten Jungen in die Hand drückte. Das Gewicht der Uhr kam so überraschend, das Ticken unter der Metallhaut klang so lebhaft, daß der Junge sie um ein Haar fallen gelassen hätte.

Er sah Großvater mit großen braunen Augen an.

»Du wirst sie nicht fallen lassen«, sagte Großvater, »und wenn doch, wird sie deshalb wahrscheinlich nicht stehenbleiben – sie ist schon öfter runtergefallen, und einmal ist jemand in einer Bierkneipe in Utica sogar schon draufgetreten, aber bis jetzt ist sie noch nie stehengeblieben. Und wenn sie stehenbleiben würde, wäre es dein Schaden, nicht meiner, denn jetzt gehört sie dir.«

»Was?« Er wollte sagen, daß er nicht verstand, konnte es aber nicht, weil er glaubte, daß er es doch begriff.

»Ich schenke sie dir«, sagte Großvater. »Das wollte ich schon immer, aber der Teufel soll mich holen, wenn ich das in mein Testament schreibe. Würde wahrscheinlich beim Notar mehr kosten, als das elende Ding wert ist.«

»Großvater ... ich ... Herrgott!«

Großvater lachte, bis er anfing zu husten. Er kippte hustend und lachend vornüber, und sein Gesicht wurde dunkelrot wie eine Pflaume. Clives Freude und Staunen lösten sich teilweise in Sorge auf. Er erinnerte sich, daß seine Mutter ihm auf dem Weg hierher immer wieder eingeschärft hatte, er dürfe Großvater nicht so sehr ermüden, weil Großvater krank war. Als Clive ihn vor zwei Tagen – vorsichtig – gefragt hatte, was ihn denn krank machte, da hatte George Banning mit einem einzigen geheimnisvollen Wort geantwortet. Erst in der Nacht nach dem Gespräch im Obstgarten, als er gerade einschlief und die Taschenuhr warm in der Hand hielt, wurde Clive bewußt, daß das Wort, das Großvater ausgesprochen hatte, »Ticker«, nicht einen gefährlichen Krankheitserreger bezeichnete, sondern Großvaters Herz. Der Arzt hatte ihm das Rauchen verboten und gesagt, wenn er etwas zu Anstrengendes versuchen würde, zum Beispiel Schnee schippen oder den Garten jäten, würde er am Ende Harfe spielen. Der Junge wußte ganz genau, was *das* bedeutete.

»Du wirst sie nicht fallen lassen, und wenn doch, wird sie deshalb wahrscheinlich nicht stehenbleiben«, hatte Großvater gesagt, aber der Junge war alt genug zu wissen, daß sie eines Tages *doch* stehenbleiben würde, weil alle Uhren und Menschen eines Tages stehenblieben.

Er blieb stehen und wartete ab, ob Großvater wieder aufhören würde, und schließlich ließen Husten und Lachen nach, der alte Mann richtete sich ein wenig auf, wischte mit der linken Hand Rotz von der Nase und schleuderte ihn beiläufig fort.

»Bist ein verdammt komischer Junge, Clivey«, sagte er. »Ich hab sechzehn Enkel, aber nur zwei, von denen ich glaube, daß sie Scheißkerle sind, und du bist keiner davon – auch wenn du auf der Liste der Anwärter stehst –, aber du bist der einzige, der mich zum Lachen bringt, bis mir die Eier weh tun.«

»Ich wollte nicht, daß dir die Eier weh tun«, sagte Clive, und darauf prustete Großvater wieder los, aber dieses Mal bekam er sein Gelächter unter Kontrolle, bevor das Husten anfing.

»Du kannst dir die Kette ein- oder zweimal ums Handgelenk schlingen, wenn dich das beruhigt«, sagte Großvater. »Und wenn du ruhig bist, wirst du vielleicht ein bißchen besser zuhören.«

Er befolgte Großvaters Rat und fühlte sich *tatsächlich* wohler. Er betrachtete die Uhr in seiner Hand wie gebannt vom lebenden Gefühl des Mechanismus, vom Sonnenstern auf dem Uhrglas, vom Sekundenzeiger, der sich in seinem kleinen Kreis drehte. Aber es war immer noch Großvaters Uhr; dessen war er ganz sicher. Und gerade als er daran dachte, wehte eine Apfelblüte über das Glas und verschwand. Das geschah in nicht einmal einer Sekunde, aber es veränderte alles. Nach der Blüte stimmte es. Es war für immer seine Uhr – so lange jedenfalls, bis einer von ihnen stehenblieb und nicht mehr repariert werden konnte und weggeworfen werden mußte.

»Nun gut«, sagte Großvater. »Siehst du den Sekundenzeiger, der sich ganz von allein dreht?«

»Ja.«

»Gut. Laß ihn nicht aus den Augen. Wenn er ganz oben ist, rufst du ›Los!‹ Verstanden?«

Er nickte.

»Okay. Wenn er dort angekommen ist, läßt du einfach los, Gallagher.«

Clive betrachtete die Uhr stirnrunzelnd und mit der Konzentration eines Mathematikers, der sich der Auflösung einer entscheidenden Gleichung nähert. Er begriff bereits, was Großvater ihm zeigen wollte, und er war auch klug genug, um zu wissen, daß der Beweis nur eine Formsache war, aber dennoch demonstriert werden mußte. Es war ein Ritual, so wie man die Kirche erst verlassen durfte, wenn der Priester den Segen gesprochen hatte, auch wenn alle Lieder auf der Tafel gesungen worden waren und die Predigt endlich, gnädigerweise, vorbei war.

Als der Sekundenzeiger in seinem eigenen kleinen Zifferblatt genau auf zwölf zeigte *(meiner,* staunte er, *das ist* mein *Sekundenzeiger an* meiner *Uhr),* schrie er »Los!«, so laut er konnte, und Großvater fing mit der geölten Hast eines Auktionators an zu zählen, der zweifelhafte Ware anpreist, die er zu Höchstpreisen losschlagen will, bevor sein hypnotisiertes Publikum aufwacht und entdeckt, daß es nicht nur getäuscht, sondern regelrecht übers Ohr gehauen wurde.

»Eins-zwei-drei, vier-fünf-sechs, sieben-acht-neun, zehnelf«, sang Großvater, und vor Aufregung traten die knorrigen Flecken an seinen Wangen und die dicken purpurnen Äderchen auf seiner Nase wieder deutlich hervor. Er endete mit einem triumphierenden Aufschrei: *»Neun'nfünfzig-sechzig!«* Als er das sagte, glitt der Sekundenzeiger der Taschenuhr gerade über die siebte dunkle Linie, die fünfunddreißig Sekunden markierte.

»Wie lange?« fragte Großvater keuchend und rieb sich die Brust mit der Hand.

Clive sagte es ihm und sah Großvater voll unverhohlener Bewunderung an. »Das war wirklich schnell gezählt, Großvater!«

Großvater machte mit der Hand, mit der er die Brust gerieben hatte, eine wegwerfende Geste, aber er lächelte trotzdem. »Dabei hab ich nicht halb so schnell gezählt wie dieser Bengel Osgood«, sagte er. »Ich hab die kleine Ratte siebenundzwanzig zählen hören, und ehe ich mich's versah, war er schon bei einundvierzig.« Großvater sah ihn mit seinen Augen an, deren Farbe ein dunkles, herbstliches Blau war, ganz im Gegensatz zu Clives braunen. Er legte Clive eine seiner knotigen Hände auf die Schulter. Die Hand war von Arthritis verkrümmt, aber der Junge spürte die lebendige Kraft, die noch darin schlummerte wie in den Kabeln einer abgeschalteten Maschine. »Eins mußt du dir merken, Clivey. Die Zeit hat nichts damit zu tun, wie schnell du *zählen* kannst.«

Clive nickte langsam. Er verstand nicht alles, aber er glaubte, daß er den *Schatten* des Begreifens spürte, wie den Schatten einer Wolke, der langsam über eine Wiese wandert.

Großvater griff in die Brusttasche seiner Latzhose und holte eine Packung Kool ohne Filter heraus. Offenbar hatte er das Rauchen doch nicht ganz aufgegeben, schwaches Herz hin oder her. Aber der Junge hatte den Eindruck, als hätte Großvater es drastisch reduziert, denn die Packung sah aus, als wäre sie schon weit gereist; ihr war das Schicksal der meisten Päckchen erspart geblieben, die beim Frühstück aufgerissen und um drei Uhr nachmittags zusammengeknüllt und in den Rinnstein geworfen wurden. Großvater kramte und brachte schließlich eine Zigarette zum Vorschein, die fast so krumm war wie die Packung, aus der sie stammte. Er steckte sie in den Mundwinkel, verstaute das Päckchen wieder in der Brusttasche und holte ein Streichholz heraus, das er mit einem geübten Schnippen seines dicken, gelben Altmännerdaumennagels aufflammen ließ. Clive betrachtete das alles mit der Faszination eines Kindes, das einem Zauberer zusieht, der einen Kartenfächer aus der leeren Hand hervorzaubert. Das Daumenschnippen war immer interessant, und das Erstaunliche war, *daß das Streichholz nicht ausging*. Trotz des starken Windes, der unablässig über die Hügelkuppe wehte, hielt Großvater die winzige Flamme zuversichtlich in einer hohlen Hand, die es sich leisten konnte, träge zu sein. Er zündete sich die Zigarette an, und dann *schwenkte* er das Streichholz doch wahrhaftig, als hätte er den Wind durch simple Willenskraft überwunden. Clive studierte die Zigarette eingehend, sah aber keine schwarzen Rußspuren, die sich von der glühenden Spitze über das Papier zogen. Also hatten ihn seine Augen nicht getrogen; Großvater hatte die Zigarette direkt an der Flamme angezündet, wie ein Mann, der sich in einem geschlossenen Zimmer eine an einer Kerze anzündet. Es war Zauberei, schlicht und einfach.

Großvater nahm die Zigarette aus dem Mund und steckte statt dessen Daumen und Zeigefinger hinein, wobei er einen Moment aussah wie ein Mann, der seinem Hund pfeifen will oder einem Taxi. Statt dessen zog er sie angefeuchtet wieder heraus und drückte sie auf den Kopf des Streichholzes. Der Junge brauchte keine Erklärung; Großvater und seine Freunde hier auf dem Land fürchteten nur eines mehr als plötzliche Frosteinbrüche, und das war Feuer. Großvater ließ das Streichholz fallen und trat mit dem Absatz darauf. Als er aufsah und feststellte, wie der Junge ihn betrachtete, mißdeutete er seine Faszination.

»Ich weiß, daß ich es nicht tun sollte«, sagte er, »und ich werde dir nicht sagen, daß du lügen sollst, oder dich gar darum bitten. Wenn Großmutter dich fragt – ›Hat der alte Mann da oben geraucht?‹ –, dann wirst du es ihr sagen. Ich hab es nicht nötig, daß ein Kind für mich lügt.« Er lächelte nicht, aber sein verschlagener Blick erweckte in Clive das Gefühl, als wäre er an einer Verschwörung beteiligt, die liebenswert und frei von Sünde war. »Aber wenn Großmutter *mich* frei heraus fragt, ob du den Namen des Herrn unnötig in den Mund genommen hast, als ich dir die Uhr gegeben habe, dann werde ich ihr direkt in die Augen sehen und sagen: ›Nein. Er hat, so artig er konnte, danke gesagt, und *mehr nicht*.‹«

Jetzt war Clive derjenige, der prustend zu lachen anfing,

worauf der alte Mann grinste und seine wenigen erhaltenen Zähne zeigte.

»Aber wenn sie *keinen von uns* frei heraus fragt, dann werden wir wohl auch nichts preisgeben müssen – oder, Clivey? Ist das in Ordnung?«

»Ja«, sagte Clive. Er war kein gutaussehender Junge und würde nie ein Mann von der Art sein, die Frauen als ansehnlich bezeichnen, aber als er lächelte, weil er den rhetorischen Klimmzug des alten Mannes voll und ganz durchschaut hatte, *war* er hübsch, zumindest einen Augenblick, und Großvater zerzauste ihm das Haar.

»Bist ein guter Junge, Clivey.«

»Danke, Sir.«

Sein Großvater stand nachdenklich da, während die Kool mit unnatürlicher Geschwindigkeit abbrannte (der Tabak war trocken, und auch wenn Großvater selbst selten paffte, zog der gierige Wind auf der Hügelkuppe ununterbrochen an der Zigarette), und Clive glaubte, der alte Mann hätte nun alles gesagt, was er zu sagen hatte. Das tat ihm leid. Er hörte Großvater gern zu. Was Großvater sagte, setzte ihn immer wieder in Erstaunen, weil es immer wieder einen Sinn ergab. Seine Mutter, sein Vater, Großmutter, Onkel Don – sie erzählten alle immer wieder etwas, das er sich merken sollte, aber *das* ergab selten einen Sinn. Zum Beispiel »Was ein Häkchen werden will, krümmt sich beizeiten« – was sollte *das* bedeuten?«

Er hatte eine Schwester namens Patty, die sechs Jahre älter war. *Sie* verstand er, aber das kümmerte ihn kaum, weil das meiste, was sie von sich gab, dumm war. Den Rest machte sie ihm mit tückischen kleinen Kniffen begreiflich. Die schlimmsten davon nannte sie »Peter-Kniffe«. Sie hatte ihm einmal gesagt, wenn er *jemals* jemandem von den Peter-Kniffen erzählen würde, würde sie ihn ermorden. Patty erzählte ständig von Leuten, die sie ermorden wollte; sie hatte eine schwarze Liste, die es mit Murder, Inc., aufnehmen konnte. Man hätte lachen mögen – das heißt, bis man sich ihr dünnes, grimmiges Gesicht einmal genauer ansah. Und man mußte sich vor ihr hüten – sie hörte sich *dumm an,* war es aber ganz gewiß nicht.

»Ich will keine Verabredungen«, hatte sie eines Abends vor nicht allzu langer Zeit beim Essen verkündet – um die Zeit, zu der die Jungen ihre Mädchen traditionell entweder zum Frühlingsball oder in den Country Club oder zum Abschlußball der High School einluden. »Mir ist es gleich, wenn ich *nie* eine Verabredung habe.« Und sie hatte alle mit aufgerissenen, trotzigen Augen über ihren dampfenden Teller voll Fleisch und Gemüse hinweg angesehen.

Clive hatte das ruhige und irgendwie unheimliche Gesicht seiner Schwester durch den Dampf spähen sehen, und dabei war ihm etwas eingefallen, das sich zwei Monate zuvor zugetragen hatte, als noch Schnee auf dem Boden lag. Er war barfuß den oberen Flur entlanggegangen, und so hatte sie ihn nicht gehört, und er hatte ins Bad gesehen, weil die Tür offen stand – er hatte nicht die geringste Ahnung gehabt, daß sich Kotzbrocken Patty darin aufhielt. Als er sie sah, blieb er wie angewurzelt stehen. Hätte sie den Kopf auch nur ein klein wenig nach links gedreht, hätte sie ihn entdeckt.

Aber sie drehte sich nicht nach links. Sie war zu sehr in Selbstbetrachtung vertieft. Sie stand so nackt wie eines der Zuckerpüppchen in Foxy Brannigans abgegriffenen *Model Delights* da, und das Badetuch lag zusammengeknüllt um ihre Füße. Aber sie war kein Zuckerpüppchen – Clive wußte es, und so, wie sie aussah, wußte sie es auch. Tränen rannen an ihren pickligen Wangen hinab. Es waren große Tränen, und es waren eine ganze Menge, aber sie gab keinen Laut von sich. Schließlich gewann Clives Überlebensinstinkt so weit die Oberhand, daß er sich auf Zehenspitzen davonschlich, und er erwähnte den Vorfall nie, am allerwenigsten gegenüber Patty selbst. Er wußte nicht, ob sie wütend geworden wäre, weil ihr kleiner Bruder ihren nackten Hintern gesehen hatte, aber er konnte sich ausmalen, wie sie darauf reagieren würde, daß er sie plärren gesehen hatte (auch wenn es sich um dieses unheimliche, lautlose Plärren handelte); dafür hätte sie ihn mit Sicherheit ermordet.

»Ich finde, Jungen sind dumm, und die meisten riechen wie ranziger Hüttenkäse«, hatte sie an jenem Frühlingsabend gesagt und sich eine Gabel Roastbeef in den Mund geschoben. »Wenn mich ein Junge um eine Verabredung bitten würde, ich würde ihm ins Gesicht lachen.«

»Du wirst deine Meinung noch ändern, Punkin«, sagte Dad, der Roastbeef kaute und nicht von dem Buch aufsah, das neben seinem Teller lag. Mom hatte es aufgegeben, ihm das Lesen bei Tisch abzugewöhnen.

»Auf keinen Fall«, sagte Patty, und Clive wußte, daß es ihr ernst damit war. Das begriff Clive im Gegensatz zu seinen Eltern. Er war nicht sicher, ob es ihr Ernst war – *wirklich* ihr Ernst –, daß sie ihn ermorden würde, wenn er sie wegen der Peter-Kniffe verpetzte, aber er würde das Risiko nicht eingehen. Selbst wenn sie ihn nicht wirklich umbrachte, würde sie eine unauffällige Methode finden, ihm weh zu tun, da war er ganz sicher. Außerdem waren die Peter-Kniffe manchmal gar keine Kniffe; sie waren mehr so, wie Patty manchmal ihren kleinen Pudelmischling Brandy streichelte; er wußte, sie tat es, weil er böse war, aber er hütete ein Geheimnis, das er mit Sicherheit nicht preisgeben würde: diese anderen Peter-Kniffe, die streichelnden, fühlten sich irgendwie gut an.

Als Großvater den Mund aufmachte, dachte Clive, er würde sagen: *Es wird Zeit, wieder ins Haus zu gehen, Clivey;* aber stattdessen eröffnete er dem Jungen: »Ich werde dir etwas erzählen, wenn du es hören willst. Dauert nicht lange. Willst du es hören, Clivey?«

»Ja, Sir.«

»Wirklich und wahrhaftig?« sagte Großvater mit nachdenklicher Stimme.

»Ja, Sir.«

»Manchmal denke ich, ich sollte dich deinen Leuten entführen und für immer hierbehalten. Manchmal denke ich, wenn ich dich ständig um mich hätte, würde ich ewig leben, schwaches Herz hin oder her.«

Er nahm die Kool aus dem Mund, ließ sie auf den Boden fallen und trat sie unter einem Arbeitsstiefel tot, indem er den Absatz hin und her drehte und die Kippe anschließend, um ganz sicher zu gehen, unter der Erde begrub, die er mit dem Absatz aufgewühlt hatte. Als er wieder zu Clive sah, leuchteten seine Augen.

»Ich habe schon vor langer Zeit aufgehört, jemandem einen Rat zu geben«, sagte er. »Vor dreißig Jahren oder mehr, glaube ich. Ich habe aufgehört, als mir klar wurde, daß nur Narren einen geben und nur Narren einen annehmen. Aber *Instruktionen* ... Instruktionen sind etwas anderes. Ein kluger Mann gibt von Zeit zu Zeit welche, und ein kluger Mann oder Junge nimmt manchmal welche entgegen.«

Clive sagte nichts, er sah seinen Großvater nur wie gebannt an.

»Es gibt drei Arten von Zeit«, sagte Großvater, »und die sind alle real, aber nur eine davon ist *wirklich* real. Du solltest darauf achten, daß du alle kennst und sie immer unterscheiden kannst. Hast du das verstanden?«

»Nein, Sir.«

Großvater nickte. »Wenn du ›Ja, Sir‹ gesagt hättest, dann hätte ich dir den Hosenboden strammgezogen und dich zur Farm zurückgebracht.«

Clive sah auf die zertretenen Überreste von Großvaters Zigarette hinunter; sein Gesicht war heiß vor Röte, und er war stolz.

»Wenn man noch ein Frischling ist, so wie du, vergeht die Zeit langsam. Nehmen wir ein Beispiel. Wenn der Mai gekommen ist, denkst du, die Schule geht nie zu Ende, weil es nie Mitte Juni wird. Ist es nicht genau so?«

Clive mußte an die Last der verschlafenen, nach Kreide riechenden letzten Schultage denken und nickte.

»Und *wenn* es endlich Mitte Juli ist und der Lehrer dir das Zeugnis gibt und dich gehen läßt, dann scheint es, als würde die Schule nie wieder *anfangen*. Stimmt das nicht auch?«

Clive dachte an den Highway der Tage und nickte so heftig, daß sein Nacken knackte. »Mann, das ist richtig! Ich meine, *Sir!*« Diese Tage. Diese vielen Tage, die sich über die Ebenen des Juni und Juli bis zum unvorstellbaren Horizont des August erstreckten. So viele Tage, so viele Sonnenaufgänge, so viele Abendessen mit Salamisandwiches und Senf und gehackten rohen Zwiebeln und Riesengläsern voll Milch, während seine Mutter mit ihrem unendlich tiefen Glas Wein im Wohnzimmer saß und sich im Fernsehen die Seifenopern ansah; so viele bodenlose Nachmittage, an denen sich einem der Schweiß in der kurzen Hecke des Bürstenschnitts sammelte und einem die Wangen hinunterrann. Nachmittage, an denen einem immer wieder auffiel, daß der Umriß des eigenen Schattens plötzlich zu einem richtigen Jungen geworden war; so viele endlose Dämmerungen, wenn einem der Schweiß auf Wangen und Unterarmen zu einem Geruch wie Aftershave austrocknete, während man Fangen oder Verstecken oder Suchen spielte; Geräusche von Fahrradketten, deren Glieder sauber über geölte Zahnräder surrten, Gerüche von Geißblatt und abkühlendem Asphalt und grünen Blättern und gemähtem Gras; Geräusche wie das Klatschen von Baseballkarten, die auf dem Gehweg ausgelegt wurden, ernste und feierliche Tauschgeschäfte, bei denen Gesichter beider Ligen den Besitzer wechselten; Kriegsrat, der in der schrägen Neigung eines Juliabends abgehalten wurde, bis der Ruf *»Cliiiiiive! Abendessen!«* dem ein Ende machte; und dieser Ruf kam stets so erwartet und doch so unvermittelt wie dieser mittägliche Schatten, der gegen drei Uhr zur schwarzen Gestalt eines Jungen wurde, der neben ihm herlief – und gegen fünf war der Junge, der an seinen Fersen klebte, wahrhaftig zu einem Mann geworden, wenn auch zu einem außergewöhnlich mageren; samtfarbene Abende, an denen der Fernseher lief, das gelegentliche Rascheln von Seiten, wenn sein Vater ein Buch nach dem anderen las (er wurde ihrer nie überdrüssig; Worte, Worte, Worte, aber Dad wurde ihrer nie überdrüssig – Clive hatte ihn einmal fragen wollen, wie das sein konnte, aber er hatte nicht den Mut dazu aufgebracht); seine Mutter, die ab und zu aufstand und in die Küche ging, wobei ihr nur der besorgte, wütende Blick seiner Schwester und sein eigener, neugieriger, folgten; das leise Klicken, wenn Mom ein Glas nachfüllte, das seit elf Uhr morgens nicht mehr leer gewesen war (und dabei sah der Vater nie von seinem Buch auf, obwohl Clive vermutete, daß er alles hörte und alles wußte, auch wenn Patty ihn einen dummen Lügner genannt und ihm einen Peter-Kniff verpaßt hatte, der den ganzen Tag weh tat, als er es einmal gewagt hatte, ihr diese Vermutung mitzuteilen); das Geräusch von Moskitos, die gegen das Fliegengitter surrten, was sich, so schien es, immer viel lauter anhörte, wenn die Sonne untergegangen war; das Dekret der Schlafenszeit, so unfair und unvermeidlich, sämtliche Widerworte vergebens, noch ehe sie ausgesprochen waren; der brüske Gutenachtkuß seines Vaters, der sanftere seiner Mutter, beide zuckrig und sauer vom Geruch nach Wein; die Stimme seiner Schwester, die zu Mom sagte, sie solle zu Bett gehen, nachdem Dad in die Kneipe an der Ecke gegangen war, um ein paar Bier zu trinken und die Ringkämpfe im Fernseher über der Bar anzusehen; die Stimme seiner Mutter, die Patty sagte, sie solle sich um ihren eigenen Kram kümmern, ein Konversationsmuster, das beunruhigend war, was den Inhalt anbetraf, aber irgendwie tröstlich in seiner Vorhersehbarkeit; Glühwürmchen, die in der Dämmerung leuchteten; eine Autohupe in der Ferne, wenn er gerade in den langen, dunklen Tunnel des Schlafs hinabglitt; der nächste Tag, der derselbe wie der vorherige zu sein schien, es aber nicht war, nicht ganz. Sommer. Das war der Sommer. Und er schien nicht nur lang zu sein; er *war* lang.

Großvater betrachtete ihn eingehend und schien das alles in den braunen Augen zu lesen, schien die Worte für alles zu wissen, was der Junge selbst nie hätte aussprechen können, Worte, die nie aus ihm herauskonnten, weil sein Mund nicht imstande war, die Sprache seines Herzens zu artikulieren. Und Großvater nickte, als wollte er genau das bestätigen, und plötzlich hatte der Junge schreckliche Angst, Großvater könnte alles verderben, indem er etwas Tröstliches und Besänftigendes und Sinnloses sagte. Klar, würde er sagen. Das weiß ich alles, Clivey – weißt du, ich bin auch einmal ein Junge gewesen.

Aber das tat er nicht, und Clivey wußte, daß es dumm gewesen war, diese Möglichkeit auch nur einen Augenblick zu fürchten. Schlimmer, ohne Vertrauen. Denn schließlich hatte er es mit *Großvater* zu tun, und Großvater sagte *nie* sinnlose Scheiße wie die anderen Erwachsenen so oft. Statt dessen sprach er leise und beruhigend weiter, er sprach mit der trockenen Endgültigkeit eines Richters, der eine strenge Strafe für ein Kapitalverbrechen verkündet.

»Das ändert sich alles«, sagte er.

Clive sah zu ihm auf und mißbilligte die Vorstellung ein wenig, aber ihm gefiel die wilde Art, auf die der Wind dem alten Mann das Haar um den Kopf wehte. Er dachte, Großvater sah aus, wie der Pfarrer in der Kirche aussehen würde, wüßte er tatsächlich die Wahrheit über Gott, statt nur Vermutungen anzustellen. »Die *Zeit?* Bist du sicher?«

»Ja. Wenn du in ein bestimmtes Alter kommst – so um die vierzehn, glaube ich, wenn die beiden Hälften der Menschheit den Fehler machen, einander zu entdecken –, dann fängt die Zeit an, *wirkliche* Zeit zu sein. Die *echte* wirkliche Zeit. Sie ist nie so lang, wie sie war, oder so kurz, wie sie sein wird. So ist es nämlich, weißt du. Aber für den größten Teil deines Lebens ist sie die *echte* wirkliche Zeit. Weißt du, was das ist, Clivey?«

»Nein, Sir.«

»Dann hör dir folgende Instruktion an: Die *echte* Zeit ist dein hübsches Pony. Sprich mir nach: ›Mein hübsches Pony.‹«

Clive kam sich ein wenig dumm vor und fragte sich, ob Großvater ihn verarschen wollte (»dich an der Nase rumführen«, wie Onkel Don immer sagte), sagte aber, was er sagen sollte. Er wartete darauf, daß der alte Mann lachen und sagen würde: »Mann, dieses Mal habe ich dich aber echt an der Nase herumgeführt, Clivey!« Aber Großvater nickte nur so sachlich, daß es überhaupt nicht mehr albern war.

»Mein hübsches Pony. Das sind drei Worte, die du nie mehr vergessen wirst, wenn du so klug bist, wie ich glaube. Mein hübsches Pony. Das ist die Wahrheit der Zeit.«

Großvater holte das zerdrückte Päckchen Zigaretten aus der Tasche, überlegte kurz und steckte es wieder weg.

»Von dem Moment an, wo du vierzehn bist, bis du, sagen wir einmal, sechzig wirst, ist der größte Teil der Zeit Mein-hübsches-Pony-Zeit. Manchmal vergeht sie so langsam wie damals, als du ein Junge warst, aber das sind dann keine guten Zeiten mehr. Dann würdest du deine Seele für ein bißchen Mein-hübsches-Pony-Zeit verkaufen, ganz zu schweigen von kurzer Zeit. Wenn du Großmutter erzählen würdest, was ich dir gerade gesagt habe, würde sie mich einen Gotteslästerer nennen und mir eine Woche lang keine Wärmflasche bringen. Vielleicht sogar zwei.«

Und dennoch verzogen sich Großvaters Lippen zu einer verbitterten, reuelosen Kurve.

»Wenn ich es diesem Reverend Chadband erzählen würde, auf den die Frau so große Stücke hält, dann würde *er* die alte Leier ablassen, daß wir durch ein dunkles Glas sehen, oder den abgedroschenen Spruch, daß Gott seine Wunder auf geheimnisvolle Weise wirken läßt. Aber ich will dir was sagen, Clivey. Ich finde, Gott muß ein gemeiner Dreckskerl sein, wenn er die einzigen langen Zeiten, die ein Erwachsener hat, zu Zeiten macht, in denen man schlimme Schmerzen erleidet, zum Beispiel mit gebrochenen Rippen oder Bauchgrimmen. Dieser Gott, der macht, daß Kinder, die Nadeln in Käfer bohren, wie dieser Heilige aussehen, der so gut gewesen ist, daß die Vögel sich auf ihm niedergelassen haben. Ich muß immer daran denken, wie lang die Wochen waren, nachdem dieser Heuwender Hackfleisch aus mir gemacht hatte, und ich fragte mich, warum Gott überhaupt erst Lebewesen erschaffen wollte. Wenn Er etwas gebraucht hat, um draufzupissen, warum hat er dann nicht einfach ein paar Sumachbüsche gemacht und es dabei bewenden lassen? Oder was ist mit dem armen alten John Brinkmayer, der letztes Jahr an Knochenkrebs gestorben ist?«

Letzteres hörte Clivey kaum, obwohl ihm später, während der Heimfahrt in die Stadt, wieder einfiel, daß John Brinkmayer, dem das Lebensmittelgeschäft gehörte, wie seine Mutter und sein Vater immer sagten, das Großvater und Großmutter aber immer noch als den »Kramladen« bezeichneten, der einzige Mann war, der Großvater einmal die Woche besuchen kam. Auf der langen Fahrt zurück in die Stadt fiel Clive ein, daß Johnny Brinkmayer, den er vage als einen Mann mit einer ungeheuer großen Warze auf der Stirn und der Angewohnheit, beim Laufen mit der Hand den Schritt hochzuziehen, in Erinnerung hatte, Großvaters einziger echter Freund gewesen sein mußte. Die Tatsache, daß Großmutter nur die Nase rümpfte, wenn Brinkmayers Name erwähnt wurde – und sich häufig darüber beschwerte, wie der Mann gerochen hätte –, verstärkte diesen Eindruck noch.

Derartige Überlegungen wären im Augenblick freilich unmöglich gewesen, weil Clive atemlos darauf wartete, daß Gott einen Blitz herniederfahren und Großvater niederstrecken lassen würde. Gewiß würde Er das für so eine Blasphemie tun. Niemand kam ungeschoren davon, wenn er *Gott den allmächtigen Vater* einen gemeinen alten Dreckskerl nannte oder andeutete, daß der Schöpfer des Weltalls nicht besser war als ein gemeiner Drittkläßler, den es aufgeilte, Nadeln in Käfer zu bohren.

Clive entfernte sich nervös einen Schritt von der Gestalt in der Latzhose, die nicht mehr sein Großvater, sondern statt dessen ein Blitzableiter geworden war. Jeden Moment würde ein Blitz aus heiterem Himmel niederfahren, Großvater so tot wie Hundescheiße machen und die Apfelbäume in Fakkeln verwandeln, die für alle Zeiten von der ewigen Verdammnis des alten Mannes kündeten. Die Apfelblüten, die durch die Luft wehten, würden so etwas sein wie die Ascheflocken, die aus dem Ofen im Hof emporstoben, wenn sein Vater sonntagnachmittags die ausgelesenen Zeitungen der Woche verbrannte.

Nichts passierte.

Clive wartete, während seine schreckliche Gewißheit ins Wanken geriet, und als in der Nähe fröhlich ein Rotkehlchen zwitscherte (als hätte Großvater nichts Schrecklicheres gesagt als »Leck mich«), da wußte er, daß kein Blitz kommen würde. Und im Augenblick dieser Erkenntnis fand eine kleine, aber entscheidende Veränderung in Clive Bannings Leben statt. Die ungestrafte Blasphemie seines Großvaters machte ihn nicht zu einem Kriminellen oder bösen Jungen oder auch nur etwas so Harmlosem wie einem »Problemkind« (ein Ausdruck, der erst jüngst in Mode gekommen war). Aber der Nordpol seiner Überzeugungen verrutschte um eine Winzigkeit in Clives Denken, und die Art, wie er seinem Großvater zuhörte, veränderte sich auf der Stelle. Bisher hatte er dem alten Mann *zugehört.* Jetzt *schenkte er ihm Aufmerksamkeit.*

»Es scheint, als würden Zeiten, wenn man Schmerzen hat,

ewig dauern«, sagte Großvater. »Glaub mir, Clivey – eine Woche mit Schmerzen, und die besten Sommerferien, die du als Kind gehabt hast, wirken dagegen wie ein Wochenende. Verdammt, wie ein Samstagvormittag! Wenn ich an die sieben Monate denke, die Johnny da lag mit diesem – diesem *Ding* in sich, diesem Ding, das seine *Eingeweide* fraß ... Herrgott, ich sollte nicht so mit einem Kind reden. Deine Großmutter hat recht. Ich habe ein richtiges Spatzenhirn.«

Großvater sah einen Moment düster auf seine Schuhe hinab. Schließlich blickte er auf und schüttelte den Kopf, aber nicht finster, sondern mit einer brüsken, fast heiteren Unbekümmertheit.

»Ist auch alles gar nicht wichtig. Ich hab gesagt, ich würde dir Instruktionen geben, und statt dessen stehe ich hier und heule wie ein Jammerhund. Weiß du, was ein Jammerhund ist, Clivey?«

Der Junge schüttelte den Kopf.

»Vergiß es; das heben wir uns für einen anderen Tag auf.« Selbstverständlich hatte es nie einen anderen Tag gegeben, denn als er Großvater das nächste Mal sah, lag er in einem Sarg, und Clive vermutete, daß das ein wichtiger Teil der Instruktionen war, die Großvater ihm an diesem Tag gegeben hatte. Die Tatsache, daß der alte Mann nicht gewußt hatte, daß er sie gab, machte sie nicht weniger wichtig. »Alte Männer sind wie Züge auf einer Drehscheibe, Clivey – verdammt zu viele Gleise. Und darum drehen sie sich fünfmal um das verdammte Depot, bevor sie endlich reinfahren.«

»Das macht nichts, Großvater.«

»Ich will damit sagen, jedesmal, wenn ich auf einen Punkt zusteuere, lande ich woanders.«

»Ich weiß, aber dieses Woanders ist ziemlich interessant.«

Großvater lächelte. »Wenn du ein Heuchler bist, Clivey, dann aber ein verdammt guter.«

Clive lächelte zurück, und da schien sich die Düsternis von Großvaters Erinnerung an Johnny Brinkmayer aufzuhellen. Als er weitersprach, klang seine Stimme nüchterner.

»Wie auch immer! Vergiß das ganze Geplapper. Daß man lange Zeit durchlebt, wenn man Schmerzen hat, ist nur eine kleine Zugabe des Herrn. Weißt du, wie man Rabattmarken sammeln und gegen so was wie ein Messingbarometer eintauschen kann, das man auf die Veranda hängt, oder gegen einen neuen Satz Steakmesser, Clivey?«

Clive nickte.

»Nun, so ist es mit der Zeit der Schmerzen – nur ist es mehr ein *Spott*preis als ein richtiger, könnte man wohl sagen. Das Wichtigste ist, wenn man alt wird, dann wird die echte Zeit – Mein-hübsches-Pony-Zeit – zu *kurzer* Zeit. Als wäre man ein Kind, nur umgekehrt.«

»Rückwärts.«

»Genau.«

Die Vorstellung, daß die Zeit *schneller* verging, wenn man alt war, überstieg das Denkvermögen des Jungen, aber er war klug genug, das Konzept einzusehen. Er wußte, wenn eine Wippe an einem Ende hochging, mußte sie am anderen runter. Großvater, überlegte er sich, mußte vom selben Prinzip sprechen: Gewicht und Gegengewicht. *Na gut, das ist ein Standpunkt,* hätte Clives Vater wahrscheinlich dazu gesagt.

Großvater holte wieder die Packung Kools aus dem Känguruhbeutel der Latzhose, und dieses Mal zog er vorsichtig eine Zigarette heraus – nicht nur die letzte im Päckchen, sondern auch die letzte, die der Junge ihn jemals rauchen sah. Der alte Mann knüllte die Packung zusammen und verstaute sie wieder dort, wo er sie hergeholt hatte. Diese letzte Zigarette zündete er genau wie die andere an, mit derselben beiläufigen Mühelosigkeit. Er ignorierte den Wind auf dem Hügel nicht nur; er schien ihn irgendwie *auszuschalten.*

»Wann passiert das, Großvater?«

»Das kann ich dir nicht genau sagen, und es passiert auch nicht auf einmal«, sagte Großvater und befeuchtete das Streichholz wie seinen Vorgänger. »Schleicht sich irgendwie an, wie eine Katze an ein Eichhörnchen. Irgendwann einmal bemerkst du es. Und *wenn* du es bemerkst, ist es ebenso unfair wie die Art, auf die der junge Osgood gezählt hat.«

»Na gut, und *was* passiert? Wie bemerkt man es?«

Großvater klopfte Asche von der Zigarette, ohne sie aus dem Mund zu nehmen. Er machte es mit dem Daumen, indem er an die Zigarette tippte wie ein Mann, der leise auf einen Tisch klopft. Der Junge vergaß dieses leise Geräusch nie.

»Ich glaube, was man als erstes bemerkt, ist für jeden anders«, sagte der alte Mann, »aber für mich fing es an, als ich über vierzig war. Ich kann mich nicht mehr erinnern, wie alt ich genau gewesen bin, aber ich kann mich auf jeden Fall erinnern, *wo* ich war ... in Davis' Drugstore. Kennst du das?«

Clive nickte. Sein Vater nahm ihn und seine Schwester fast immer auf ein Eis dorthin mit, wenn sie Großvater und Großmutter besuchten. Sein Vater nannte sie das Fürst-Pückler-Trio, weil ihre Bestellung immer die gleiche war: der Vater nahm stets Vanille, Patty Schokolade und Clive Erdbeer. Und ihr Vater saß zwischen ihnen und las, während sie die kalte Süßigkeit langsam verzehrten. Patty hatte ganz recht, wenn sie sagte, daß man mit allem davonkam, wenn ihr Vater las, was er fast immer tat, aber wenn er sein Buch beiseite legte und aufsah, mußte man seine besten Manieren zur Schau stellen, weil man andernfalls eins auf die Rübe bekam.

»Nun, ich war dort«, fuhr Großvater mit in die Ferne gerichtetem Blick fort und beobachtete dabei eine Wolke in Form eines hornblasenden Soldaten, die rasch über den Frühlingshimmel trieb, »um Medizin für die Arthritis deiner Großmutter zu besorgen. Es hatte eine Woche geregnet, und sie hatte ständig Schmerzen. Und auf einmal sah ich eine neue Auslage. Wäre auch kaum zu übersehen gewesen, weil sie nämlich einen halben Gang beanspruchte, so war es. Da gab es Masken und Faltdekorationen mit schwarzen Katzen und Hexen auf Besenstielen und all so was, und da waren diese Papierkürbisse, die sie früher verkauft haben. Man bekam sie in einer Tüte, die mit einem Gummiband versehen war. Die Kinder sollten die Kürbisse aus dem Karton ausschneiden und ihren Müttern dann zu einem ruhigen Nachmittag verhelfen, indem sie sie anmalten und vielleicht die Spiele auf der Rückseite spielten. Wenn man fertig war, konnte man sie als Zierde an die Tür hängen, und wenn die Eltern des Kindes so arm waren, daß sie ihm keine Maske im Laden kaufen konnten, oder zu ungeschickt, um ein Kostüm aus dem zu machen, was sie im Haus hatten, dann konnte man das Gummiband an dem Ding befestigen, und das Kind konnte es tragen. Am Halloweenabend konnte man eine Menge Kinder mit Tüten in der Hand und diesen Kürbismasken von Davis' Drugstore vor den Gesichtern durch die Stadt laufen sehen, Clivey! Und selbstverständlich hatte er auch Süßigkeiten anzubieten. Er hatte immer sein Süßigkeitenglas auf der Theke neben der Eismaschine stehen, du weißt, welche ich meine ...«

Clive lächelte. Er wußte es.

»... aber das war etwas anderes. Das waren Süßigkeiten in Massen. Ein ganzer Lastwagen voll Fruchtgummi und Zuckermais und Wurzelbierfäßchen und Lakritzstangen.

Und ich dachte, daß der alte Davis – damals gab es wirklich einen Mann namens Davis, dem der Laden gehörte, sein Vater hatte ihn um 1910 eröffnet – nicht mehr alle Tassen im Schrank hatte. Herrgott, dachte ich bei mir, Frank Davis hat seine Halloweensüßigkeiten aufgestellt, dabei ist der Sommer noch nicht einmal vorbei. Mir ging durch den Kopf, ob ich zum Rezepttresen, wo er stand, gehen und es ihm sagen sollte, aber da sagte ein Teil von mir: He, Moment mal, George – *du* bist es ja selber, der nicht mehr alle Tassen im Schrank hat. Und damit lag ich gar nicht so falsch, Clivey, weil es *nicht mehr* Sommer war, und das wußte ich so sicher, wie ich weiß, daß wir jetzt hier stehen. Siehst du, ich möchte, daß du das begreifst – *daß ich es besser gewußt habe.*

War ich nicht schon auf der Suche nach Apfelpflückern aus der Stadt, und hatte ich nicht bereits fünfhundert Handzettel bestellt, die über die Grenze nach Kanada sollten? Und hatte ich nicht schon diesen Tim Warburton ins Auge gefaßt, der von Schenectady gekommen war und Arbeit suchte? Er hatte eine ehrliche Art an sich, und ich dachte mir, er würde einen guten Vorarbeiter abgeben, wenn die Zeit zu pflücken gekommen war. Hatte ich ihn nicht schon morgen fragen wollen, und *wußte* er nicht, daß ich ihn fragen wollte, weil er überall verbreitet hatte, er würde sich um die-und-die Uhrzeit da-und-dort die Haare schneiden lassen? Ich dachte mir: Verflixt noch mal, George, bist du nicht 'n bißchen jung, um schon senil zu werden? Ja, der alte Frank hatte seine Halloweensüßigkeiten ein bißchen früh rausgestellt, aber *Sommer?* Der war vorbei, mein guter Junge.

Ich wußte das genau, aber einen Augenblick, Clivey – vielleicht waren es auch eine ganze Reihe Augenblicke –, *schien* es Sommer zu sein, oder als *müßte* es Sommer sein, weil es eben einfach Sommer *war*. Kapiert, was ich meine? Es dauerte nicht lange, bis ich wieder im Kopf hatte, daß wir September schrieben, aber bis dahin war mir ... du weißt schon, war mir ...« Er runzelte die Stirn, dann sprach er widerwillig ein Wort aus, das er kannte, aber niemals in einem Gespräch mit einem anderen Farmer gebraucht haben würde, damit man ihm nicht den Vorwurf machen konnte (und sei es nur im Geiste des Gesprächspartners), er wäre überheblich. »Ich fühlte mich *betroffen*. Anders kann ich es nicht ausdrücken. Betroffen. So war es bei mir das erste Mal.«

Er betrachtete den Jungen, der ihn nur ansah und nicht einmal nickte, so sehr konzentrierte er sich. Großvater nickte für sie beide und klopfte noch einmal Asche mit dem Daumen von seiner Zigarette. Der Junge glaubte, Großvater wäre so sehr mit Nachdenken beschäftigt, daß der Wind sie praktisch ganz allein rauchte.

»Es ist, als träte man vor den Badezimmerspiegel, um sich zu rasieren, und entdeckte dabei die ersten grauen Haare auf dem Kopf. Verstehst du das, Clivey?«

»Ja.«

»Okay. Und nach dem ersten Mal ging es mit *allen* Ferien so. Man dachte, sie stellten die Sachen zu früh raus, und manchmal sagte man es sogar zu einem, aber man sagte es immer vorsichtig, damit es sich so anhörte, als wären die Ladenbesitzer habgierig. Als stimmte mit *ihnen* was nicht, und nicht mit einem *selbst*. Hast du *das* verstanden?«

»Ja.«

»Weil«, sagte Großvater, »ein habgieriger Ladenbesitzer etwas ist, das man begreifen kann – manche Männer bewundern es sogar, aber zu denen habe ich nie gehört. ›Bei So-und-so herrschen rauhe Sitten‹, pflegten sie zueinander zu sagen, als wären rauhe Sitten – zum Beispiel, wenn Metzger Radwick immer den Daumen auf die Waage drückte, wenn keiner hinsah –, als wäre das eine wirklich anständige Art, sich zu gebärden. Ich habe nie so gedacht, aber ich konnte es verstehen. Aber etwas zu sagen, wobei man denken mußte, man wäre ein bißchen versponnen im Kopf, das steht auf einem ganz anderen Blatt. Darum sagte man etwas wie ›Mein Gott, sie haben Christbaumschmuck und Lametta ausgepackt, bevor das Heu für nächstes Jahr in der Scheune ist‹, und jeder, zu dem man das sagte, erwiderte, das wäre nichts anderes als die lautere Wahrheit. Aber es war *nicht* die lautere Wahrheit, und wenn ich mir die Mühe mache und es mal nachprüfe, Clivey, dann muß ich zugeben, daß sie die Sachen jedes Jahr um dieselbe Zeit rausstellten.

Und dann passierte mir noch etwas anderes. Es kann fünf Jahre später gewesen sein, meinethalben auch sieben. Ich muß um die fünfzig gewesen sein, kurz davor oder kurz danach. Wie dem auch sei, ich wurde zum Geschworenen berufen. Lästige Sache, aber ich ging hin. Der Gerichtsdiener vereidigte mich und fragte, ob ich meine Pflicht tun würde, so wahr mir Gott helfe, und ich sagte, das würde ich – als hätte ich nicht mein ganzes Leben lang so oder so meine Pflicht getan, so wahr mir Gott helfe. Dann holte er den Schreiber heraus und fragte mich nach meiner Adresse, und ich sagte sie ihm, wie es sich gehört. Dann fragte er mich, wie alt ich wäre, und ich machte den Mund auf und wollte siebenunddreißig sagen.«

Großvater warf den Kopf zurück und lachte zu der Wolke hinauf, die wie ein Soldat aussah. Die Wolke, deren Horn inzwischen so lang wie ein Posaune geworden war, hatte inzwischen den halben Weg von einem Horizont zum anderen zurückgelegt.

»Warum wolltest du das sagen, Großvater?« Clive glaubte, daß er bis hierhin alles ziemlich gut verstanden hatte, aber jetzt kam er ins Schwimmen.

»Ich wollte es sagen, weil es mir als erstes eingefallen war! Verflucht! Wie auch immer, ich wußte, daß ich mich irrte, darum verstummte ich einen Moment. Ich glaube nicht, daß es dem Gerichtsdiener oder sonst jemandem im Gerichtssaal aufgefallen ist – es schien, als wären die meisten schon eingeschlafen –, aber selbst wenn sie so hellwach gewesen wären wie der Bursche, der gerade den Besenstiel der Witwe Brown in den Allerwertesten gerammt bekommen hat, hätte sich wahrscheinlich niemand daran gestört. War nicht anders, als wenn ein Mann vor einem entscheidenden Schlag den Schläger zweimal zur Probe schwingt. Aber Scheiße! Wenn man einen Mann fragt, wie *alt* er ist, dann ist das nicht wie ein Schlag mit dem Ball. Ich kam mir wie ein Mogler vor. In diesem Augenblick schien mir, als *wüßte* ich nicht, wie alt ich war, wenn ich nicht siebenunddreißig war. Eine Sekunde schien es, als könnte ich sieben oder siebzehn oder siebenundsiebzig sein. Dann kam ich wieder drauf und sagte achtundvierzig oder einundfünfzig oder was weiß ich. Aber wenn man nicht mehr weiß, wie alt man ist, und sei es nur für einen Moment ... *puh!*«

Großvater ließ die Zigarette fallen, trat mit dem Absatz darauf und begann das Ritual, sie zuerst zu ermorden und dann zu begraben.

»Aber das ist nur der *Anfang,* Clivey, mein Junge«, fuhr er fort, und obwohl er mit jenem irischen Akzent sprach, in den er manchmal verfiel, dachte der Junge: Ich wünschte, ich *wäre* dein Sohn. Deiner statt seiner. »Nach einer Weile schaltet die Zeit vom ersten in den zweiten, und ehe man sich's versieht, ist sie in einem höheren Gang und braust dahin, wie die Leute heutzutage auf den Autobahnen, so schnell, daß ihre Autos im Herbst das Laub von den Bäumen reißen.«

»Wie meinst du das?«

»Wie sich die Jahreszeiten ändern, das ist das schlimmste«, sagte der alte Mann verträumt, als hätte er den Jungen gar nicht gehört. »Verschiedene Jahreszeiten *sind* keine verschiedenen Jahreszeiten mehr. Man denkt, daß Mutter kaum die Stiefel und Handschuhe und Schals vom Boden geholt hat, da ist auch schon Schlammzeit, und man sollte meinen, daß ein Mann *froh* sein müßte, wenn die Schlammzeit vorbei ist – Scheiße, *ich* war immer froh darüber –, aber man ist nicht so froh, daß sie vorbei ist, wenn es scheint, als wäre der Schlamm verschwunden, noch ehe man richtig den Traktor aus dem ersten Schlammloch gezogen hat, in dem er steckengeblieben ist. Und dann denkt man, daß man gerade zum erstenmal den Strohhut für das erste Konzert des Jahres aufgesetzt hat, und da fangen die Pappeln schon an, ihr Unterkleid anzuziehen.«

Großvater sah ihn an und zog ironisch eine Augenbraue hoch, als rechnete er damit, daß der Junge um eine Erklärung bitten würde, aber Clive lächelte nur entzückt – er wußte, was ein Unterkleid war, weil seine Mutter manchmal bis vier Uhr nachmittags nichts anderes trug, jedenfalls solange sein Vater unterwegs war und Küchengeräte und Geschirr und Versicherungen verkaufte. Wenn sein Vater unterwegs war, machte seine Mutter richtig Ernst mit dem Trinken, und das war manchmal so ernst, daß sie sich erst anziehen konnte, wenn die Sonne schon unterging. Dann ging sie manchmal aus und besuchte eine kranke Freundin und ließ ihn in Pattys Obhut zurück. Einmal sagte er zu Patty: »Moms Freundinnen werden häufiger krank, wenn Dad unterwegs ist, ist dir das auch schon aufgefallen?« Und Patty lachte, bis ihr die Tränen die Wangen herunterliefen, und sagte *ja*, das wäre ihr schon aufgefallen, auf jeden Fall.

Was Großvater gerade erzählt hatte, erinnerte ihn daran, wie sich die Pappeln irgendwie veränderten, sobald die Ferien allmählich wieder der Schule entgegengingen. Wenn der Wind wehte, ließen sie die Unterseiten ihrer Blätter erkennen, die genau die Farbe von Moms hübschestem Unterkleid hatten, eine silberne Farbe, die überraschenderweise ebenso traurig wie liebreizend war: eine Farbe, die das Ende von etwas bedeutete, von dem man geglaubt hatte, es würde ewig währen.

»Dann«, fuhr Großvater fort, »verliert man in Gedanken den Überblick. Nicht sehr – man wird Gott sei Dank nicht senil wie der arme, alte Hayden unten an der Straße –, aber es ist trotzdem eine beschissene Angelegenheit, wie man den Überblick verliert. Es ist nicht so, daß man etwas vergäße; das wäre eines. Nein, man erinnert sich schon, bringt aber alles durcheinander. Ich war doch völlig sicher, ich hätte mir den Arm gebrochen, *nachdem* unser Billy 1958 bei diesem Autounfall ums Leben gekommen war. *Das* war auch so eine beschissene Sache. Davon könnte ich diesem Reverend

Chadband einmal erzählen. Billy fuhr hinter einem Kieslaster her, nicht schneller als zwanzig Meilen die Stunde, als ein Kieselstein, nicht größer als das Zifferblatt der Uhr, die ich dir geschenkt habe, von diesem Laster runterfiel, auf die Straße prallte, abhüpfte und die Windschutzscheibe von unserem Ford zertrümmerte. Billy bekam Glas in die Augen, und der Arzt sagte, er wäre auf einem, möglicherweise auf beiden blind gewesen, wenn er überlebt hätte. Aber das hat er nicht – er fuhr von der Straße runter gegen einen Leitungsmast. Der stürzte auf den Wagen, und Bill wurde geröstet wie ein tollwütiger Killer auf dem elektrischen Stuhl von Sing-Sing. Dabei war das Schlimmste, was er je getan hat, sich manchmal krankzustellen, wenn es darum ging, Bohnen zu ernten, als wir den Garten noch hatten.

Aber ich wollte sagen, wie sicher ich war, daß ich mir den gottverdammten Arm *danach* gebrochen hätte – ich hätte jeden Eid geschworen, daß ich mich erinnern konnte, wie ich mit dem Arm in der Schlinge zur Beerdigung gegangen war! Sarah mußte mir zuerst die Familienbibel und dann die Unterlagen von der Versicherung zeigen, bis ich glaubte, daß sie recht hatte; es war ganze zwei Monate vorher gewesen, und als wir Billy begruben, war der Grips schon runter. Sie nannte mich einen alten Narren, und ich dachte, ich müßte ihr eine kleben, so wütend war ich, aber ich war wütend, weil ich mich *schämte,* und zumindest hatte ich genug Verstand, das einzusehen und sie in Ruhe zu lassen. Sie war nur wütend, weil sie nicht gerne an Bill erinnert wird. Er war ihr Augapfel, das war er.«

»Mann!« sagte Clive.

»Es ist nicht so, daß man einfach blöde wird; es ist eher wie in New York, wo diese Typen mit drei Nußschalen auf der Straße stehen, und unter einer ist eine Erbse und sie wetten, daß man nicht sagen kann, unter welcher die Erbse ist, aber man selbst ist sicher, daß man es kann, und dann vertauschen sie die Nußschalen so gottverdammt schnell, daß sie einen jedesmal überlisten. Man verliert den Überblick. Und anscheinend kann man nichts dagegen machen.«

Er seufzte und sah sich um, als wollte er sich ins Gedächtnis rufen, wo sie sich genau befanden. Einen Augenblick wirkte sein Gesicht so durch und durch hilflos, daß der Junge ebenso erschrocken wie ängstlich war. Er wollte nicht so empfinden, konnte aber nicht anders. Es war, als hätte Großvater einen Verband abgenommen und dem Jungen eine Schwäre gezeigt, die ein Symptom für etwas Schreckliches ist. Etwas wie Lepra.

»Es ist, als hätte der Frühling erst letzte Woche angefangen«, sagte Großvater, »aber die Blüten werden morgen verschwunden sein, wenn der Wind weiter so bläst, und hol's der Teufel, es sieht ganz so aus, als würde er das. Man kann nicht in Zusammenhängen denken, wenn alles so schnell geht. Man kann nicht sagen: He, Moment mal, etwas langsamer, bis ich wieder alles auf der Reihe habe! Es gibt niemanden, *zu dem* man das sagen könnte. Als wäre man in einem Fahrzeug ohne Fahrer, wenn du verstehst, was ich meine. Also, was machst du nun daraus, Clivey?«

»Nun«, sagte der Junge, »mit einem hast du recht, Großvater – es hört sich an, als hätte ein Mogler die ganze Sache erfunden.«

Er hatte nicht gewollt, daß es sich komisch anhörte, aber Großvater lachte, bis sein Gesicht wieder diesen beängstigenden Purpurton angenommen hatte, und diesmal mußte er sich nicht nur bücken und die Hände auf die Knie stützen, sondern er mußte dem Jungen obendrein eine Hand um die Schultern legen, damit er nicht stürzte. Sie wären sicher beide gefallen, wenn Großvaters Husten und Keuchen nicht genau in dem Augenblick aufgehört hätte, in dem der Junge überzeugt war, das Blut müßte aus Großvaters Gesicht herausplatzen, so purpurn geschwollen war es vor Heiterkeit.

»Was bist du ein Witzbold!« sagte Großvater, als er sich endlich wieder aufrichtete. »Was bist du für *einer!*«

»Großvater? Alles in Ordnung? Vielleicht sollten wir …«

»Scheiße, nein, mir geht es prächtig. Ich habe in den letzten beiden Jahren zwei Herzanfälle gehabt, und wenn ich noch einmal zwei Jahre lebe, dann wird das keinen mehr überraschen als mich selbst. Aber das ist nichts Neues für die menschliche Rasse, Junge. Eigentlich wollte ich von Anfang an nur sagen, ob alt oder jung, ob schnelle oder langsame Zeit, du kannst auf dem rechten Weg bleiben, wenn du immer an dieses Pony denkst. Denn wenn du zählst und zwischen den Zahlen ›mein hübsches Pony‹ sagst, dann kann die Zeit nichts anderes sein als Zeit. Wenn du das machst, glaub mir, dann hast du das Miststück gezähmt. Du kannst nicht *immer* zählen – das sieht Gottes Plan nicht vor. Soweit zumindest stimme ich mit diesem kleinen Pisser Chadband mit seinem fettigen Gesicht überein. Aber du darfst nie vergessen, daß *du* nicht die Zeit hast; die *Zeit* hat *dich*. Sie verläuft außerhalb von dir jede Sekunde eines jeden Tages mit derselben Geschwindigkeit. Der Zeit selbst bist du scheißegal, aber das macht nichts, wenn du ein hübsches Pony hast. Wenn du ein hübsches Pony hast, Clivey, dann hast du das Miststück fest an seinem Ding-Ding und kannst alle Alden Osgoods dieser Welt vergessen.«

Er bückte sich zu Clive Banning.

»Hast du das verstanden?«

»Nein, Sir.«

»Das wußte ich. Wirst du es im Gedächtnis behalten?«

»Ja, Sir.«

Großvater Bannings Augen studierten ihn so lange, daß der Junge nervös und zappelig wurde. Schließlich nickte er. »Ja, ich glaube, das wirst du. Hol's der Teufel, wenn es nicht so ist.«

Der Junge sagte nichts. Um die Wahrheit zu sagen, fiel ihm auch nichts ein, das er sagen konnte.

»Jetzt hast du Instruktionen bekommen«, sagte Großvater.

»Ich habe keine Instruktionen bekommen, wenn ich nichts *verstanden* habe!« schrie Clive so frustriert und erbost, daß er selbst überrascht war. »Und das habe ich *nicht!*«

»Scheiß auf das *Verstehen*«, sagte der alte Mann ruhig. Er legte dem Jungen wieder einen Arm um die Schultern und zog ihn an sich – zum letzten Mal, bevor Großmutter ihn einen Monat später mausetot im Bett finden sollte. Sie wachte einfach auf, und da lag Großvater, und Großvaters Pony hatte Großvaters Zäune niedergetrampelt und war über alle Berge der Welt verschwunden.

Tückisches Herz, tückisches Herz. Hübsch, aber mit einem tückischen Herzen.

»Verstehen und Instruktionen, das sind zwei paar Schuhe«, sagte Großvater an jenem Tag unter den Apfelbäumen.

»Und was *sind* Instruktionen dann?«

»Erinnerung«, sagte der alte Mann ernst. »Wirst du das Pony im Gedächtnis behalten?«

»Ja, Sir.«

»Was hat es für einen Namen?«

Der Junge überlegte.

»Zeit – glaube ich.«

»Gut. Und was für eine Farbe hat es?«

Dieses Mal dachte der Junge länger nach. Sein Verstand erblühte wie eine Iris in der Dunkelheit. »Ich weiß es nicht«, sagte er schließlich.

»Ich auch nicht«, sagte der alte Mann und erlöste ihn. »Ich glaube nicht, daß es eine hat, und ich glaube auch nicht, daß das wichtig ist. Wichtig ist, wirst du es erkennen?«

»Ja, Sir«, antwortete der Junge wie aus der Pistole geschossen. Ein glänzendes, fiebriges Auge zog Herz und Verstand des Jungen wie eine Klammer zusammen.

»Wie?«

»Es wird hübsch sein«, sagte Clive Banning mit unerschütterlicher Gewißheit.

Großvater lächelte. »Na also!« sagte er. »Clive hat eine kleine Instruktion erhalten, und das macht ihn klüger und ein bißchen gesegneter – oder andersrum. Möchtest du ein Stück Pfirsichkuchen?«

»Ja, Sir!«

»Was hast du dann hier oben zu suchen? Gehen wir.«

Sie gingen.

Und Clive Banning vergaß nie den Namen, nämlich Zeit, und die Farbe, nämlich keine, und den Anblick, der weder schön noch häßlich war – sondern nur hübsch. Noch vergaß er je seine Natur, nämlich tückisch, oder was Großvater auf dem Weg nach unten sagte, wo der Wind seine Worte fast davonriß: Ein Pony zum Reiten zu haben war besser, als keines zu haben, wie sehr das Wetter seines Herzens auch trügen mochte.

Entschuldigung, richtig verbunden

ANMERKUNG DES AUTORS: Abkürzungen in Drehbüchern sind einfach und existieren nach Meinung des Autors nur, damit sich Drehbuchschreiber wie Logenbrüder fühlen können. Wie auch immer, Sie sollten wissen: CU heißt *Close Up* (Nahaufnahme); ECU heißt *Extreme Close Up* (totale Nahaufnahme); INT heißt *Interior* (Innen), EXT heißt *Exterior* (Außen); BG heißt *Background* (Hintergrund); POV heißt *Point of View* (Einstellung). Wahrscheinlich haben die meisten von Ihnen das sowieso schon gewußt, richtig?

ERSTER AKT

EINBLENDEN AUF:
KATIE WEIDERMANS MUND, ECU
Sie spricht in einen Telefonhörer. Hübscher Mund; in wenigen Sekunden werden wir sehen, daß Rest von ihr ebenso hübsch ist.

KATIE
Bill? Oh, er sagt, er fühlt sich nicht besonders wohl, aber so ist er immer zwischen zwei Büchern ... kann nicht schlafen, hält jeden Kopfschmerz für das erste Symptom eines Gehirntumors ... wenn er erst mal was Neues angefangen hat, geht es ihm wieder gut.

TON, BG: DER FERNSEHER.
DIE KAMERA FÄHRT ZURÜCK. KATIE sitzt in der Telefonnische in der Küche und hält ein Schwätzchen mit ihrer

Schwester, während sie verschiedene Kataloge durchblättert. Wir sollten etwas Außergewöhnliches an ihrem Telefon bemerken: es handelt sich um eines mit zwei Leitungen. Leuchtknöpfe zeigen an, welche gerade in Betrieb ist. Im Augenblick nur eine – die von KATIE. Während Katie ihre Unterhaltung fortsetzt, schwenkt die Kamera weg von ihr und durch die Küche, dann durch den Torbogen, der ins Wohnzimmer führt.

KATIE (Stimme wird leiser)
Oh, ich habe heute Janie Charleton getroffen … ja!
So unförmig wie ein *Haus* …!

Wird ausgeblendet. Der Fernseher wird lauter. Drei Kinder kommen ins Bild: JEFF, acht, CONNIE, zehn, und DENNIS, dreizehn. Es läuft *Glücksrad,* aber sie sehen nicht zu. Stattdessen streiten sie sich darum, was später eingeschaltet werden soll.

JEFF
Kommt schon! Es war sein *erstes* Buch!

CONNIE
Sein erster *Reißer*.

DENNIS
Wir sehen uns *Cheers* und *Wings* an, wie jede Woche, Jeff.

DENNIS spricht mit der Endgültigkeit, die nur ein großer Bruder aufbringen kann. »Wollen wir uns noch mal darüber unterhalten und feststellen, wieviel Schmerzen ich deinem mickrigen Körper zufügen kann?« sagt sein Gesichtsausdruck.

JEFF
Können wir es wenigstens aufnehmen?

CONNIE
Wir nehmen CNN für Mom auf. Sie hat gesagt, daß sie ziemlich lange mit Tante Lois telefonieren wird.

JEFF
Wie kann man denn CNN aufnehmen, um Gottes willen? Das hört doch *nie* auf!

DENNIS
Das gefällt ihr ja daran.

CONNIE
Und sag nicht um Gottes willen, Jeffie – du bist noch nicht alt genug, um Gottes Namen in den Mund zu nehmen, außer in der Kirche.

JEFF
Nenn mich nicht Jeffie.

CONNIE
Jeffie, Jeffie, Jeffie.

JEFF steht auf, geht zum Fenster und sieht in die Dunkelheit hinaus. Er ist stocksauer. DENNIS und CONNIE nehmen es in bester Tradition älterer Geschwister mit Vergnügen zur Kenntnis.

DENNIS
Armer Jeffie.

CONNIE
Ich glaube, er wird Selbstmord begehen.

JEFF (dreht sich zu ihnen um)
Es war sein *erstes* Buch! Ist euch denn *alles* egal?

CONNIE
Du kannst es ja morgen in der Videothek ausleihen, wenn du es unbedingt sehen möchtest.

JEFF
Die verleihen keine nichtjugendfreien Videos an Kinder, das wißt ihr ganz genau!

CONNIE (verträumt)
Sei still, da ist Vanna! Ich *liebe* Vanna!

JEFF
Dennis …

DENNIS

Geh Dad fragen, ob du es mit dem Recorder in seinem Arbeitszimmer aufnehmen darfst – und hör auf, so eine unerträgliche Nervensäge zu sein.

JEFF durchquert das Zimmer und streckt im Vorübergehen Vanna White die Zunge heraus. Die KAMERA FOLGT ihm in die Küche.

KATIE

… und als er mich fragte, ob *Pollys* Streptest positiv verlaufen ist, mußte ich ihn daran erinnern, daß sie nicht hier, sondern in der Schule ist … und, Herrgott, Lois, sie fehlt mir so …

JEFF geht auf dem Weg zur Treppe gerade vorbei.

KATIE

Würdet ihr Kinder *bitte* ruhig sein?

JEFF (verdrossen)

Sie werden ruhig sein. *Jetzt schon.*

Er geht ein wenig gekränkt die Treppe hinauf. KATIE sieht ihm einen Moment liebevoll und besorgt nach.

KATIE

Sie zanken sich schon wieder. Polly hat sie normalerweise im Griff gehabt, aber jetzt, wo sie in der Schule ist … ich weiß nicht … vielleicht war es doch keine so tolle Idee, sie nach Bolton zu schicken. Manchmal, wenn sie zu Hause anruft, klingt sie so *unglücklich.*

INT. BELA LUGOSI ALS DRACULA, CU

Dracula steht vor dem Tor seines Schlosses in Transsilvanien. Jemand hat ihm eine Sprechblase an den Mund geklebt, in der steht: »Hört doch! Meine Kinder der Nacht. Welch liebliche Musik sie machen!« Das Poster hängt an einer Tür, aber das sehen wir erst, als JEFF sie öffnet und das Arbeitszimmer seines Vaters betritt.

INT. EINE FOTOGRAFIE VON KATIE, CU

DIE KAMERA VERWEILT DARAUF, DANN SCHWENKT SIE LANGSAM NACH RECHTS. Wir sehen ein zweites Foto, es zeigt Polly, die in der Internatsschule ist. Ein hübsches, etwa sechzehnjähriges Mädchen. Neben POLLY steht DENNIS ... dann CONNIE ... dann JEFF.

DIE KAMERA KREIST WEITER UND FÄHRT GLEICHZEITIG ZURÜCK, so daß wir BILL WEIDERMAN sehen können, einen etwa vierundvierzigjährigen Mann. Er sieht müde aus. Er betrachtet den Textcomputer auf seinem Schreibtisch, aber seine geistige Kristallkugel scheint den Abend frei zu haben; der Bildschirm ist leer. An den Wänden sehen wir gerahmte Schutzumschläge von Büchern. Alle sind unheimlich. Ein Titel lautet *Der Geisterkuß*.

JEFF schleicht sich hinter seinen Vater. Der Teppich dämpft seine Schritte. Bill seufzt und schaltet den Textcomputer aus. Einen Augenblick später legt JEFF seinem Vater die Hände auf die Schultern.

JEFF
Buh!

BILL
Hi, Jeffie.

Er dreht sich mit dem Stuhl um und sieht seinen Sohn an, der enttäuscht ist.

JEFF
Wieso bist du nicht erschrocken?

BILL
Es ist mein Beruf, andere zu erschrecken. Ich bin abgebrüht. Stimmt was nicht?

JEFF
Daddy, kann ich mir die erste Stunde vom *Geisterkuß* ansehen, und du nimmst den Rest auf? Dennis und Connie blockieren *alles*.

BILL dreht sich wieder um und betrachtet nachdenklich den Schutzumschlag.

BILL
Bist du sicher, daß du dir *das* ansehen willst? Es ist ziemlich …

JEFF
Ja!

INT. KATIE IN DER TELEFONNISCHE

In dieser Einstellung sehen wir deutlich die Treppe, die hinter ihr zum Arbeitszimmer ihres Mannes führt.

KATIE
Ich glaube *wirklich,* daß Jeff die kieferorthopädische Behandlung braucht, aber du kennst ja Bill …

Die andere Leitung läutet. Das andere Licht blinkt.

KATIE
Das ist nur die andere Leitung, Bill wird …

Aber jetzt sehen wir BILL und JEFF, die hinter ihr die Treppe herunterkommen.

BILL
Liebling, wo sind die unbespielten Videokassetten?
Ich kann im Arbeitszimmer keine finden und …

KATIE (zu BILL)
Augenblick!

(zu LOIS)
Bleib bitte einen Moment dran, Lo.

Sie fügt sich. Jetzt blinken beide Leitungen. Sie drückt auf das obere Licht, wo der neue Anruf gerade hereingekommen ist.

KATIE
Hallo, hier Weiderman.

TON: VERZWEIFELTES SCHLUCHZEN

SCHLUCHZENDE STIMME (Filter)
Nimm ... bitte nimm ... n-n ...

KATIE
Polly? Bist du das? Was ist denn?

TON: SCHLUCHZEN. Es ist schrecklich, zum Steinerweichen.

SCHLUCHZENDE STIMME (Filter)
Bitte ... schnell ...

TON: SCHLUCHZEN ... Dann: KLICK! Die Verbindung ist unterbrochen.

KATIE
Polly, beruhige dich! Was immer es ist, es kann nicht so schlimm ...

SUMMEN DER FREIEN LEITUNG

JEFF ist ins Fernsehzimmer geschlendert und hofft, dort eine unbespielte Kassette zu finden.

BILL
Wer war das?

Ohne ihren Mann anzusehen oder ihm zu antworten, drückt KATIE wieder auf den unteren Knopf.

KATIE
Lois? Hör zu, ich ruf zurück. Das war Polly, und sie schien völlig fassungslos zu sein. Nein ... sie hat aufgelegt. Ja. Mach ich. Danke.

Sie legt auf.

BILL (besorgt)
War das Polly?

KATIE
Sie weint zum Steinerweichen. Und es hörte sich an, als wollte sie sagen »Bitte, hol mich nach Hause« ... Ich wuß-

te, daß diese verdammte Schule nichts für sie ist … Wie konnte ich mich nur dazu überreden lassen …

Sie kramt hektisch auf dem kleinen Telefontisch herum. Kataloge rutschen rings um ihren Stuhl herum auf den Boden.

KATIE
Connie, hast du mein Adreßbuch weggenommen?

CONNIE (Stimme)
Nein, Mom.

BILL zieht ein zerfleddertes Buch aus der Gesäßtasche und blättert es durch.

BILL
Ich habe es. Aber …

KATIE
Ich weiß, das verdammte Telefon im Schlafsaal ist immer besetzt. Gib her.

BILL
Liebling, beruhige dich.

KATIE
Ich beruhige mich, wenn ich mit ihr gesprochen habe. Sie ist sechzehn, Bill. Sechzehnjährige Mädchen sind anfällig für depressive Phasen. Manchmal geht es sogar soweit, daß sie … ach, gib mir einfach die verdammte Nummer!

BILL
617-555-8641.

Während sie die Nummer wählt, GEHT DIE KAMERA AUF CU.

KATIE
Komm schon, komm schon … nicht das Besetztzeichen … nur dieses eine Mal …

TON: KLICKEN. Eine Pause. Dann fängt das Telefon an zu läuten.

KATIE (mit geschlossenen Augen)
Gott sei Dank.

STIMME (Filter)
Hartshorn Hall, hier spricht Frieda. Wenn du Christine die Sex-Königin sprechen willst, Arnie, die steht noch unter der Dusche.

KATIE
Könntest du bitte Polly ans Telefon holen? Polly Weiderman? Hier spricht Katie Weiderman. Ihre Mutter.

STIMME (Filter)
Ach, du lieber Gott! Entschuldigung! Ich dachte – warten Sie bitte einen Moment, Mrs. Weiderman.

TON: DER HÖRER WIRD WEGGELEGT.

STIMME (Filter und sehr leise)
Polly? Pol? Telefon! ... Es ist deine Mutter!

INT. DIE TELEFONNISCHE AUS GRÖSSERER ENTFERNUNG, MIT BILL

BILL
Und?

KATIE
Jemand holt sie. Hoffe ich.

JEFF kommt mit einer Kassette zurück.

JEFF
Ich hab eine gefunden. Dennis hatte sie versteckt. Wie üblich.

BILL
Gleich, Jeff. Geh fernsehen.

JEFF
Aber ...

BILL
Ich vergesse es schon nicht. Und jetzt *geh*.

JEFF geht.

KATIE
Komm schon, komm schon, komm schon …

BILL
Beruhige dich, Katie.

KATIE (schnappt)
Wenn du sie gehört hättest, würdest du mir nicht sagen, daß ich mich beruhigen soll. Sie hat sich angehört wie …

POLLY (Filter, fröhliche Stimme)
Hi, Mom!

KATIE
Pol? Liebes? Alles in Ordnung?

POLLY (vor Glück überschäumende Stimme)
Ob *alles in Ordnung* ist? Ich habe meine Bioprüfung mit Eins bestanden, eine Zwei für meinen Französischaufsatz bekommen, und Ronnie Hansen hat mich zum Thanksgiving-Ball eingeladen. Es ist so sehr alles in Ordnung, daß ich, wenn mir heute noch etwas Gutes zustößt, wahrscheinlich explodiere wie die *Hindenburg*.

KATIE
Du hast mich nicht gerade eben angerufen und zum Steinerweichen geweint?

Man sieht dem Gesicht von KATIE an, daß sie die Antwort auf diese Frage schon kennt.

POLLY (Filter)
Herrje, nein!

KATIE
Das mit deiner Prüfung und deiner Verabredung freut mich, Liebes. Dann muß es wohl jemand anderes gewesen sein. Ich ruf zurück, okay?

POLLY (Filter)
Okay. Sag Dad einen Gruß!

KATIE
Mach ich.

INT. DIE TELEFONNISCHE, WEITERE PERSPEKTIVE

BILL
Alles in Ordnung mit ihr?

KATIE
Bestens. Ich hätte *schwören* können, daß es Polly war, aber ... sie geht auf Wolken.

BILL
Dann war es ein schlechter Scherz. Oder jemand hat vor lauter Weinen die falsche Nummer gewählt ... »durch einen Schleier funkelnder Tränen«, wie wir Schundschreiberveteranen das ausdrücken würden.

KATIE
Es war kein Scherz, und es war keine falsche Nummer! Es war jemand *von meiner Familie!*

BILL
Liebling, das kannst du nicht wissen.

KATIE
Nicht? Wenn Jeffie anrufen und nur weinen würde, wüßtest du dann nicht, daß er es ist?

BILL (einlenkend)
Doch, möglicherweise. Wahrscheinlich schon.

KATIE hört nicht zu. Sie wählt hastig eine Nummer.

BILL
Wen rufst du an?

Sie antwortet nicht. TON: TELEFON LÄUTET ZWEIMAL. Dann:

ÄLTERE WEIBLICHE STIMME (Filter)
Hallo?

KATIE
Mom? Bist du ... (Pause) Hast du vor ein paar Sekunden hier angerufen?

STIMME (Filter)
Nein, Liebes ... warum?

KATIE
Oh ... du kennst ja diese Telefone. Ich habe mit Lois gesprochen und den anderen Anruf verloren.

STIMME (Filter)
Nun, ich war es nicht. Katie, ich habe heute in La Boutique ein bildhübsches Kleid gesehen und ...

KATIE
Wir reden später darüber, Mom, okay?

STIMME (Filter)
Katie, geht es dir gut?

KATIE
Ich muß ... Mom, ich glaube, ich habe Durchfall. Ich muß gehen. Tschau.

Sie legt auf. BILL nimmt sich zusammen, bis sie aufgelegt hat, dann bricht er in wieherndes Gelächter aus.

BILL
O Mann ... *Durchfall* ... das muß ich mir merken, wenn mein Agent das nächste Mal anruft ... O Katie, das war so *cool* ...

KATIE (schreit fast)
Das ist nicht komisch!

BILL hört auf zu lachen.

INT. DAS FERNSEHZIMMER

JEFF und DENNIS haben sich gezankt. Sie hören auf. Alle drei Kinder sehen zur Küche.

INT. DIE TELEFONNISCHE MIT BILL UND KATIE

KATIE
Ich sage dir, es war jemand aus meiner Familie, und es hat sich angehört wie … ach, das verstehst du nicht. Ich *kannte* diese Stimme.

BILL
Aber wenn es Polly gutgeht und deine Mom …

KATIE (überzeugt)
Es war Dawn.

BILL
Komm schon, Liebling, vor einer Minute warst du noch überzeugt, daß es Polly war.

KATIE
Es *muß* Dawn sein. Mit Lois habe ich telefoniert, und Mom geht es gut, also *kann* es nur noch Dawn gewesen sein. Sie ist meine jüngste Schwester … ich hätte sie mit Polly verwechseln können … und sie ist mit dem Baby ganz allein da draußen in diesem Farmhaus!

BILL (erschrocken)
Was meinst du damit, allein?

KATIE
Jerry ist in Burlington! Es ist Dawn! *Dawn ist etwas passiert!*

CONNIE kommt besorgt in die Küche.

CONNIE
Mom, ist mit Tante Dawn alles in Ordnung?

BILL
Soweit wir wissen, geht es ihr gut. Reg dich nicht auf, Püppchen. Mach dir nicht unnötig Sorgen.

KATIE wählt eine Nummer und lauscht. TON: Das TUT-TUT-TUT des Besetztzeichens. KATIE legt auf. BILL sieht sie mit hochgezogenen Brauen fragend an.

KATIE
Besetzt.

BILL
Katie, bist du sicher …

KATIE
Sie ist als einzige noch übrig – sie muß es sein. Bill, ich habe Angst. Würdest du mich hinfahren?

BILL nimmt ihr den Hörer ab.

BILL
Wie war noch ihre Nummer?

KATIE
555-6169.

BILL wählt. Bekommt das Besetztzeichen. Legt auf und wählt Null.

VERMITTLUNG (Filter)
Vermittlung.

BILL
Ich versuche, meine Schwägerin zu erreichen. Die Leitung ist besetzt. Ich befürchte, es könnte etwas passiert sein. Könnten Sie sich bitte in das Gespräch einschalten?

INT. DIE TÜR ZUM FERNSEHZIMMER

Alle drei Kinder stehen stumm und besorgt da.

INT. DIE TELEFONNISCHE MIT BILL UND KATIE

VERMITTLUNG (Filter)
Wie ist Ihr Name, Sir?

BILL
William Weiderman. Meine Nummer ist …

VERMITTLUNG (Filter)
Doch nicht der William Weiderman, der *Fluch der Spinne* geschrieben hat?

BILL
Doch, das bin ich. Wenn ich jetzt …

VERMITTLUNG (Filter)
O mein Gott, ich habe das Buch *verschlungen*! Ich *liebe* alle Ihre Bücher! Ich …

BILL
Das freut mich. Aber im Augenblick macht sich meine Frau große Sorgen um ihre Schwester. Wenn Sie vielleicht …

VERMITTLUNG (Filter)
Ja, das kann ich. Bitte geben Sie mir Ihre Nummer, Mr. Weiderman, für die Unterlagen. (Sie kichert)
Ich *verspreche*, daß ich sie nicht weitergebe.

BILL
Die ist 555-4408.

VERMITTLUNG (Filter)
Und die Nummer des Gesprächspartners?

BILL (sieht zu KATIE)
Äh …

KATIE
555-6169.

BILL
555-6169.

VERMITTLUNG (Filter)
Einen Augenblick bitte, Mr. Weiderman … *Die Nacht der Bestie* war übrigens auch riesig. Bleiben Sie dran.

TON: KLICKEN UND KLACKEN IN DER LEITUNG

KATIE
Ist sie …

BILL
Ja. Nur …

Ein letztes Klicken.

VERMITTLUNG (Filter)
Tut mir leid, Mr. Weiderman, aber die Leitung ist nicht besetzt. Der Hörer ist ausgehängt. Ach, nur eine Frage – wenn ich Ihnen mein Exemplar von *Fluch der Spinne* zuschicken würde …

BILL legt den Hörer auf.

KATIE
Warum hast du aufgelegt?

BILL
Sie kann nicht unterbrechen. Das Telefon ist nicht besetzt. Der Hörer ist nicht eingehängt.

Sie sehen einander ratlos an.

EXT. EIN TIEFGELEGTER SPORTWAGEN FÄHRT AN DER KAMERA VORBEI. NACHT.

INT. DAS AUTO, MIT KATIE UND BILL

KATIE hat Angst. BILL, der das Lenkrad hält, ist auch nicht die Ruhe selbst.

KATIE
Ach, Bill – sag mir, daß es ihr gutgeht.

BILL
Es geht ihr gut.

KATIE
Und jetzt sag mir, was du wirklich denkst.

BILL
Jeff hat sich vorhin von hinten an mich rangeschlichen und die alte Buh-Nummer an mir ausprobiert. Er war zu Tode enttäuscht, weil ich nicht erschrocken bin. Ich sagte ihm, ich wäre abgebrüht. (Pause) Ich habe gelogen.

KATIE
Warum mußte Jerry da rausziehen, wenn er sowieso die halbe Zeit nicht da ist? Nur sie und das Baby. *Warum*?

BILL
Pssst, Katie. Wir sind fast da.

KATIE
Fahr schneller.

EXT. DAS AUTO

Er gehorcht. Der Auspuff qualmt.

INT. DAS FERNSEHZIMMER DER WEIDERMANS

Der Fernseher läuft noch, die Kinder sind noch da, aber das Herumalbern hat aufgehört.

CONNIE
Dennis, glaubst du, mit Tante Dawn ist alles okay?

DENNIS (glaubt, sie ist tot, von einem Irren geköpft)
Klar. Bestimmt.

INT. DAS TELEFON, POV VOM FERNSEHZIMMER

Hängt in der Telefonnische an der Wand, die Lichter sind dunkel, und sieht aus wie eine Schlange vor dem tödlichen Biß.

AUSBLENDEN

ZWEITER AKT

EXT. EIN ABGELEGENES FARMHAUS

Eine lange Zufahrt führt zu dem Haus. Im Wohnzimmer brennt ein Licht. Autoscheinwerfer bewegen sich die Einfahrt entlang. Das Auto der WEIDERMANS fährt vor der Garage vor und bleibt stehen.

INT. DAS AUTO, MIT BILL UND KATIE

KATIE
Ich habe Angst.

BILL greift unter den Sitz und holt eine Pistole hervor.

BILL (ernst)
Buh!

KATIE (völlig überrascht)
Wie lange hast du die schon?

BILL
Seit letztem Jahr. Ich wollte dir oder den Kindern keine Angst machen. Ich habe einen Waffenschein dafür. Komm mit.

EXT. BILL UND KATIE

BILL
Ihr Wagen ist hier.

DIE KAMERA FÄHRT mit ihnen zur Eingangstür. Jetzt können wir den FERNSEHER hören, LAUT AUFGEDREHT. BILL läutet. Wir hören es drinnen. Sie warten. KATIE läutet. Immer noch keine Reaktion. Sie läutet noch einmal, nimmt aber den Finger nicht von der Klingel. Bill schaut hinunter auf:

EXT. DAS TÜRSCHLOSS

Große Kratzer darauf.

EXT. BILL UND KATIE

BILL (leise)
An dem Schloß hat sich wer zu schaffen gemacht.

KATIE sieht hin und zuckt zusammen. BILL drückt gegen die Tür. Sie geht auf. Der Fernseher wird lauter.

BILL
Bleib hinter mir. Und verschwinde, wenn irgendwas passiert. Herrgott, wenn ich dich doch nur zu Hause gelassen hätte, Katie.

Er geht hinein. KATIE folgt ihm ängstlich, den Tränen nahe.

INT. DAWNS UND JERRYS WOHNZIMMER

Aus diesem Winkel sehen wir nur einen kleinen Ausschnitt des Zimmers. Der Fernseher wird viel lauter. BILL betritt das Zimmer mit gezückter Waffe. Er schaut nach rechts ... und plötzlich fällt alle Spannung von ihm ab. Er läßt die Waffe sinken.

KATIE (tritt neben ihn)
Bill ... was ...

Er deutet mit dem Finger.

INT. DAS WOHNZIMMER

Es sieht aus, als wäre ein Wirbelsturm hindurchgefegt ... aber nicht Einbruch und Mord sind die Ursache für das Durcheinander; nur ein gesundes, achtzehn Monate altes Baby. Nach einem anstrengenden Tag, in dessen Verlauf es das Wohnzimmer auseinandergenommen hat, ist das Baby ebenso wie seine Mommy müde geworden; beide sind auf dem Sofa eingeschlafen. Das Baby liegt auf DAWNS Schoß. Sie trägt einen Walkman-Kopfhörer über den Ohren. Spielsachen – überwiegend Sesame Street und PlaySkool aus stabilem Plastik – liegen überall herum. Das Baby hat fast alle Bücher aus dem Regal gezogen. Wie es aussieht, hat es eines davon auch kräftig angenagt. BILL geht hin und hebt es auf. Es ist *Der Geisterkuß*.

BILL
Mir haben schon Leute gesagt, daß sie meine Bücher verschlingen; aber das ist lächerlich.

Er ist amüsiert. KATIE nicht. Sie geht zu ihrer Schwester, und es sieht aus, als wollte sie wütend werden ... aber sie sieht, wie erschöpft DAWN wirklich aussieht, und beruhigt sich.

INT. DAWN UND DAS BABY

Fest schlafend, wie ein Porträt Raphaels der Heiligen Jungfrau mit Kind. DIE KAMERA ZOOMT AUF den Walkman. Wir hören leise Klänge von Huey Lewis and the News. DIE KAMERA FÄHRT EIN STÜCK WEITER auf ein Telefon Marke Princess auf dem Tisch neben dem Sessel. Der Hörer ist ausgehängt. Nicht ganz; nur so weit, daß die Leitung besetzt ist und Leute zu Tode erschreckt.

INT. KATIE

Sie bückt sich und legt den Hörer richtig auf. Dann drückt sie den STOP-Knopf am Walkman.

INT. DAWN, BILL UND KATIE

DAWN wacht auf, als die Musik aufhört. Sieht BILL und KATIE verwirrt an.

DAWN (verschlafen)
Oh … hi.

Sie stellt fest, daß sie den Kopfhörer noch aufhat; sie nimmt ihn ab.

BILL
Hi, Dawn.

DAWN (immer noch im Halbschlaf)
Ihr hättet anrufen sollen. Hier sieht's furchtbar aus.

Sie lächelt. Sie sieht strahlend aus, wenn sie lächelt.

KATIE
Wir haben es *versucht*. Die Vermittlung hat Bill gesagt, daß der Hörer ausgehängt ist. Ich habe gedacht, es wäre etwas passiert. Wie kannst du nur bei dieser lauten Musik schlafen?

DAWN
Die wirkt beruhigend. (Sieht das zerbissene Buch, das BILL in der Hand hält) Ach du liebe Zeit, Bill, es tut mir leid! Justin zahnt und …

BILL
Es gibt Kritiker, die würden sagen, er hätte sich genau das richtige ausgesucht, um sich die Zähne dran auszubeißen. Ich will dir keine Angst machen, Hübsche, aber jemand hat sich mit einem Schraubenzieher oder so was an eurer Eingangstür zu schaffen gemacht. Wer immer es war, er hat sie aufgebrochen.

DAWN
Herrje, nein! Das war Jerry, letzte Woche. Ich hatte uns aus Versehen ausgesperrt, er hatte seinen Schlüssel nicht dabei, und der Ersatzschlüssel lag nicht über der Tür, wo er eigentlich hingehört. Er war wütend, weil er ziemlich dringend Pipi machen mußte, und darum hat er das Schloß mit dem Schraubenzieher bearbeitet. Hat aber nicht funktioniert – es ist ein gutes Schloß. (Pause) Bis ich meinen Schlüssel gefunden hatte, hatte er sich schon in die Büsche geschlagen.

BILL
Wenn es nicht aufgebrochen wurde, wieso konnte ich dann einfach die Tür aufmachen und hereinspazieren?

DAWN (schuldbewußt)
Nun … ich vergesse manchmal, abzuschließen.

KATIE
Du hast mich heute abend nicht angerufen?

DAWN
Himmel, nein! Ich habe *keinen Menschen* angerufen! Ich war viel zu sehr damit beschäftigt, hinter Justin herzujagen. Er wollte den Weichspüler austrinken! Dann wurde ich müde und dachte, ich setze mich ein bißchen hin und höre Musik, bis dein Film anfängt, Bill – und dabei bin ich eingeschlafen …

Als der Film erwähnt wird, zuckt BILL sichtlich zusammen und betrachtet das Buch. Dann schaut er auf die Uhr.

BILL
Ich habe versprochen, ihn für Jeff aufzunehmen. Komm mit, Katie, wir schaffen es noch rechtzeitig bis nach Hause.

KATIE
Augenblick noch.

Sie greift zum Telefon und wählt.

DAWN
Herrje, Bill, glaubst du wirklich, Jeff ist alt genug, sich so was anzusehen?

BILL
Es ist Kabelfernsehen. Da schneiden sie die Blutblasen raus.

DAWN (verwirrt, aber liebenswürdig)
Oh. Das ist gut.

INT. KATIE, CU

DENNIS (Filter)
Hallo?

KATIE
Ich wollte euch nur sagen, daß es eurer Tante Dawn bestens geht.

DENNIS (Filter)
Oh! Toll. Danke, Mom.

INT. DIE TELEFONNISCHE MIT DENNIS UND DEN ANDEREN

Er sieht *sehr* erleichtert aus.

DENNIS
Mit Tante Dawn ist alles in Ordnung.

INT. DAS AUTO MIT BILL UND KATIE

Sie fahren eine Zeitlang schweigend.

KATIE
Du hältst mich für eine hysterische Irre, richtig?

BILL (aufrichtig überrascht)
Nein! Ich habe mir auch Sorgen gemacht.

KATIE
Bist du sicher, daß du nicht wütend bist?

BILL
Dazu bin ich zu erleichtert. (Lacht) Sie ist ein Wirrkopf, die gute Dawn, aber ich hab sie gern.

KATIE (beugt sich zu ihm und küßt ihn)
Und ich liebe dich. Du bist ein toller Kerl.

BILL
Ich bin der *Schwarze Mann!*

KATIE
Mir kannst du nichts vormachen, Herzblatt!

EXT. DAS AUTO FÄHRT AN DER KAMERA VORBEI. ÜBERBLENDUNG ZU:

INT. JEFF, IM BETT

Sein Zimmer ist dunkel. Die Bettdecke hat er bis zum Kinn hochgezogen.

JEFF
Versprichst du mir, daß du den Rest aufnimmst?

DIE KAMERA FÄHRT ZURÜCK. BILL sitzt auf dem Bett.

BILL
Ich verspreche es.

JEFF
Besonders gut hat mir die Stelle gefallen, wo der tote Typ dem Punkrocker den Kopf abgerissen hat.

BILL
Ach ... *früher* haben sie all diese Sachen geschnitten.

JEFF
Warum, Dad?

BILL
Nichts. Ich hab dich lieb, Jeffie.

JEFF
Ich hab dich auch lieb. Und Rambo.

JEFF hält einen Plüschdrachen von entschieden unmilitantem Aussehen hoch. BILL gibt dem Drachen einen Kuß, dann JEFF.

BILL
Nacht.

JEFF
Nacht. (Als BILL zur Tür geht) Ich bin froh, daß Tante Dawn okay war.

BILL
Ich auch.

Er geht hinaus.

INT. FERNSEHER, CU

Ein Mann, der aussieht, als wäre er zwei Wochen vor Drehbeginn bei einem Autounfall gestorben (und seitdem ununterbrochen der heißen Witterung ausgesetzt gewesen), taumelt aus einer Gruft. Die KAMERA FÄHRT ZURÜCK und zeigt BILL, der die Pausentaste des Videorecorders losläßt.

KATIE (Stimme)
Buh!

Bill sieht sich gelassen um. Die KAMERA FÄHRT WEITER ZURÜCK und zeigt KATIE, die ein sexy Nachthemd trägt.

BILL
Selber buh! Ich habe die ersten vierzig Sekunden nach der Pause verpaßt. Und ich mußte Rambo einen Kuß geben.

KATIE
Bist du ganz sicher, daß du nicht wütend auf mich bist, Bill?

Er geht zu ihr und küßt sie.

BILL
Nicht einmal eingeschnappt.

KATIE
Ich hätte schwören können, daß es einer meiner Verwandten war. Weißt du, was ich meine? Einer meiner Angehörigen?

BILL
Ja.

KATIE
Ich kann das Schluchzen immer noch hören. So hilflos … so herzzerreißend.

BILL
Katie, ist es dir jemals passiert, daß du auf der Straße jemanden erkannt und angerufen hast, und als sie sich umdrehte, war es eine völlig Fremde?

KATIE
Ja, einmal. In Seattle. Ich war in einem Einkaufszentrum und dachte, ich hätte meine alte Zimmergenossin gesehen. Ich … oh, ich verstehe, worauf du hinauswillst.

BILL
Klar. Es gibt Leute, die sich ähnlich anhören, so wie es welche gibt, sie sich ähnlich sehen.

KATIE
Aber … *man kennt seine Angehörigen*. Jedenfalls habe ich das bis heute gedacht.

Sie legt die Wange an seine Schulter und sieht beunruhigt aus.

KATIE
Ich war so *sicher*, daß es Polly war …

BILL
Weil du dir Sorgen gemacht hast, ob sie in ihrer neuen Schule nicht möglicherweise überfordert ist. Aber nach allem, was sie dir heute abend gesagt hat, würde ich meinen, sie kommt bestens zurecht. Findest du nicht auch?

KATIE
Doch – das kann man sagen.

BILL
Laß es dabei bewenden, Liebes.

KATIE (sieht ihn genauer an)
Es gefällt mir nicht, wenn du so müde aussiehst. Beeil dich, vielleicht hast du dann eine gute Idee.

BILL
Ich will's versuchen.

KATIE
Kommst du ins Bett?

BILL
Sobald ich das für Jeff aufgenommen habe.

KATIE (amüsiert)
Bill, diese Maschine wurde von japanischen Ingenieuren gebaut, die an rein alles denken. Sie läuft von ganz allein.

BILL
Schon, aber es ist lange her, seit ich den Film zum letztenmal gesehen habe, und ...

KATIE
Schon gut. Viel Spaß. Ich glaube, ich bin noch eine Weile wach. (Pause) Ich hab schon eine Idee.

BILL (lächelt)
Tatsächlich?

KATIE
Tatsächlich.

Sie geht hinaus und zeigt dabei eine Menge Bein, bleibt aber unter der Tür stehen, weil ihr noch etwas einfällt.

KATIE
Wenn sie den Teil zeigen, wo dem Punk der Kopf abge ...

BILL (schuldbewußt)
Den schneid ich raus.

KATIE
Nacht. Und noch mal danke. Für alles.

Sie geht hinaus. BILL bleibt auf seinem Stuhl sitzen.

INT. FERNSEHER, CU

Ein Pärchen fummelt in einem Auto. Plötzlich wird die Beifahrertür von dem toten Mann aufgerissen. ÜBERBLENDEN ZU:

INT. KATIE, IM BETT

Es ist dunkel. Sie schläft. Sie wacht auf – gewissermaßen.

KATIE (verschlafen)
He, Großer …

Sie tastet nach ihm, aber seine Seite des Bettes ist leer, die Decke noch hochgezogen. Sie setzt sich auf. Schaut auf:

INT. EINE UHR AUF DEM NACHTTISCH.

Die Uhr zeigt 2:03. Dann wechselt sie blinkend auf 2:04.

INT. KATIE

Jetzt hellwach. Und besorgt. Sie steht auf, zieht den Morgenmantel über und verläßt das Schlafzimmer.

INT. DER BILDSCHIRM DES FERNSEHERS, CU

Schnee.

KATIE (Stimme, näherkommend)
Bill? Liebling? Alles in Ordnung? Bill? …

INT. KATIE IN BILLS ARBEITSZIMMER

Sie erstarrt und reißt entsetzt die Augen auf.

INT. BILL, AUF SEINEM STUHL

Er ist auf eine Seite gesunken, hat die Augen geschlossen, eine Hand in seinem Hemd. DAWN hat geschlafen – BILL schläft nicht.

EXT. EIN SARG WIRD IN EIN GRAB HINABGELASSEN

PRIESTER (Stimme)
Und hiermit übergeben wir die sterblichen Überreste von William Weiderman der Erde und beten für seine Seele. »Lasset euch nicht unterwerfen, Brüder …«

EXT. AM GRAB

Alle Weidermans sind versammelt. KATIE und POLLY tragen identische schwarze Kleider und Schleier. CONNIE trägt einen schwarzen Rock mit weißer Bluse. DENNIS und JEFF haben schwarze Anzüge an. JEFF weint. Er hat Rambo, den Drachen, zum Trost unter einen Arm geklemmt.

DIE KAMERA FÄHRT AUF KATIE. Tränen rollen langsam ihre Wange hinab. Sie bückt sich und hebt eine Handvoll Erde auf. Wirft sie in das Grab.

KATIE
Ich liebe dich, Großer.

EXT. JEFF

Weint.

EXT. BLICK IN DAS OFFENE GRAB

Erde auf dem Sarg.

ÜBERBLENDEN ZU:

EXT. DAS GRAB

EIN TOTENGRÄBER klopft die letzte Erde fest.

TOTENGRÄBER
Meine Frau hat gesagt, sie wünschte sich, du hättest noch ein paar Bücher geschrieben, bevor du deinen Herzanfall hattest, Mister. (Pause) Ich lese lieber Western.

DER TOTENGRÄBER geht pfeifend davon.

ÜBERBLENDEN ZU:

EXT. EINE KIRCHE. TAG

UNTERTITEL: FÜNF JAHRE SPÄTER

DER HOCHZEITSMARSCH wird gespielt. POLLY, älter und strahlend vor Freude, erscheint inmitten eines prasselnden Schauers von Reis. Sie trägt ein Hochzeitskleid und geht an der Seite ihres frischgebackenen Ehemanns.

Gäste, die Reis werfen, stehen auf beiden Seiten des Wegs. Hinter Braut und Bräutigam kommen weitere Gäste. Darunter KATIE, DENNIS, CONNIE und JEFF ... alle fünf Jahre älter. KATIE ist in Begleitung eines anderen Mannes. Das ist HANK. Inzwischen hat auch KATIE wieder geheiratet.

POLLY dreht sich um und sieht ihre Mutter an.

POLLY
Danke, Mom.

KATIE (weinend)
Oh, Püppchen, nichts zu danken.

Sie umarmen einander. Nach einem Augenblick weicht POLLY zurück und sieht HANK an. Nach einem kurzen, nervösen Zögern umarmt POLLY auch HANK.

POLLY
Danke auch dir, Hank. Tut mir leid, daß ich so lange so abscheulich war ...

HANK (unbekümmert)
Du warst nicht abscheulich, Pol. Ein Mädchen hat nur einen Vater.

CONNIE (flüsternd)
Wirf ihn! Wirf ihn!

Nach einem Augenblick wirft POLLY den Brautstrauß.

EXT. DER BRAUTSTRAUSS, CU, ZEITLUPE

Dreht sich und wirbelt in der Luft.

ÜBERBLENDEN AUF:

INT. DAS ARBEITSZIMMER MIT KATIE. NACHT

Die Bilder stehen noch auf dem Schreibtisch, aber der Textcomputer ist einer breiten Lampe über einem Stapel Blaupausen gewichen. Statt der Buchumschläge hängen Fotos von Gebäuden an den Wänden. Wahrscheinlich Gebäude, die HANK selbst entworfen hat.

KATIE betrachtet den Schreibtisch nachdenklich und ein bißchen traurig.

HANK (Stimme)
Kommst du ins Bett, Katie?

Sie dreht sich um, DIE KAMERA FÄHRT ZURÜCK und zeigt uns HANK. Er trägt einen Morgenmantel über dem Pyjama. Sie geht zu ihm und umarmt ihn lächelnd. Möglicherweise bemerken wir ein paar graue Strähnen in ihrem Haar. Ihr hübsches Pony ist eine weite Strecke gelaufen, seit BILL gestorben ist.

KATIE
Gleich. Weißt du, eine Frau erlebt es nicht jeden Tag, daß ihre Älteste heiratet.

HANK
Ich weiß.

DIE KAMERA FOLGT, als sie vom Arbeitsbereich des Zimmers in den behaglicheren Bereich gehen. Er sieht fast genauso aus wie früher, Kaffeetischchen, Stereoanlage, Fernseher, Sofa und BILLS alter Schaukelstuhl. Den betrachtet sie.

HANK
Du vermißt ihn immer noch, was?

KATIE
Manchmal mehr, manchmal weniger. Du hast es nicht gewußt, und Polly hat nicht daran gedacht.

HANK (zärtlich)
Woran gedacht, Püppchen?

KATIE
Polly hat am fünften Jahrestag von Bills Tod geheiratet.

HANK (nimmt sie in den Arm)
Warum kommst du nicht mit ins Bett?

KATIE
Gleich.

HANK
Okay. Vielleicht bin ich noch wach.

KATIE
Hast eine gute Idee, was?

HANK
Schon möglich.

KATIE
Wie schön.

Er küßt sie, dann geht er und macht die Tür hinter sich zu. KATIE nimmt in Bills altem Sessel Platz. In der Nähe, auf dem Kaffeetischchen, liegt die Fernbedienung des Fernsehers und ein Nebenapparat des Telefons. KATIE sieht zu dem ausgeschalteten Fernseher, und die KAMERA ZOOMT auf ihr Gesicht. Eine Träne funkelt in ihrem Auge wie ein Saphir.

KATIE
Ich vermisse dich *wirklich* noch, Großer. Sogar sehr. Jeden Tag. Und weißt du was? Es tut weh.

Die Träne fällt herunter. Sie greift nach der Fernbedienung und drückt auf den Knopf EIN.

INT. FERNSEHER

Eine Werbung für Ginsu-Messer geht gerade zu Ende und weicht einem STERNENEMBLEM.

SPRECHER (Stimme)
Und jetzt wieder zum Star-Time-Film am Donnerstagabend … *Der Geisterkuß*.

Das EMBLEM weicht einem Mann, der aussieht, als wäre er zwei Wochen vor Drehbeginn bei einem Autounfall gestorben und seitdem ununterbrochen der heißen Witterung ausgesetzt gewesen. Er taumelt aus derselben altbekannten Gruft.

INT. KATIE

Sie ist schrecklich erschrocken – fast entsetzt. Sie drückt auf den Knopf AUS auf der Fernbedienung. Der Bildschirm wird matt.

KATIES Gesicht bebt. Sie wehrt sich gegen die bevorstehende Gefühlsaufwallung, aber der Zufall mit dem Film ist der Tropfen, der das Faß an diesem ohnedies anstrengenden Tag ihres Lebens zum Überlaufen bringt. Der Damm bricht, und sie fängt an zu schluchzen … ein schrecklich herzzerreißendes Schluchzen. Sie greift nach dem kleinen Tischchen neben dem Sessel und will die Fernbedienung darauflegen, dabei stößt sie das Telefon herunter.

TON: DAS SUMMEN DER FREIEN LEITUNG

Ihr tränenüberströmtes Gesicht wird plötzlich ruhig, als sie das Telefon betrachtet. Etwas dämmert darin … ein Gedanke? Eine Intuition? Schwer zu sagen. Vielleicht spielt es auch gar keine Rolle.

INT. DAS TELEFON

DIE KAMERA ZOOMT ZU EINER ECU … ZOOMT, bis die Pünktchen des ausgehängten Hörers wie Krater aussehen.

DAS SUMMEN DER FREIEN LEITUNG schwillt an.

WIR GEHEN IN DIE SCHWÄRZE – und hören

BILL (Stimme)

Wen rufst du an? Wen *möchtest* du anrufen? Wen *würdest* du anrufen, wenn es nicht zu spät wäre?

INT. KATIE

Sie hat jetzt einen seltsam hypnotisierten Gesichtsausdruck. Sie streckt die Hand aus, hebt das Telefon auf und tippt, scheinbar beiläufig, eine Nummer ein.

TON: DAS TELEFON LÄUTET.

KATIES Ausdruck bleibt unverändert, bis das Telefon abgenommen wird … *und sie sich selbst* am anderen Ende der Leitung hört.

KATIE (Filter)
Hallo, hier bei Weiderman.

KATIE – unsere heutige KATIE mit den grauen Strähnen im Haar – schluchzt weiter, doch dann nimmt ihr Gesicht einen Ausdruck verzweifelter Hoffnung an. Irgendwie begreift sie, daß das Ausmaß ihres Kummers eine Art telefonischer Zeitreise ermöglicht hat. Sie versucht zu sprechen, preßt die Worte hinaus.

KATIE (schluchzend)
Nimm ... bitte nimm ... n-n ...

INT. KATIE, IN DER TELEFONNISCHE, WIEDERHOLUNG

Vor fünf Jahren. BILL steht neben ihr und sieht besorgt drein. JEFF geht ins Nebenzimmer, um nach einer Leerkassette zu suchen.

KATIE
Polly? Bist du das? Was ist denn?

INT. KATIE IM ARBEITSZIMMER

KATIE (schluchzend)
Bitte ... schnell ...

TON: DAS KLICKEN EINER UNTERBROCHENEN VERBINDUNG

KATIE (schreit)
Geh mit ihm ins Krankenhaus! Wenn du willst, daß er überlebt, dann geh mit ihm ins Krankenhaus! Er wird einen Herzanfall haben! Er ...

TON: SUMMEN DER FREIEN LEITUNG

Langsam, ganz langsam legt Katie den Hörer auf. Dann, nach einem Augenblick, hebt sie ihn wieder ab. Sie spricht geistesabwesend laut. Merkt wahrscheinlich nicht einmal, daß sie es tut.

KATIE
Ich habe die alte Nummer gewählt. Ich habe die alte ...

SCHARFER SCHNITT AUF:

INT. BILL IN DER TELEFONNISCHE, KATIE NEBEN IHM

Er hat KATIE gerade den Hörer abgenommen und spricht mit der Vermittlung.

VERMITTLUNG (Filter, kichernd)
Ich *verspreche*, daß ich sie nicht weitergebe.

BILL
Sie lautet 555-

SCHARFER SCHNITT AUF:

INT. KATIE, IN BILLS ALTEM SESSEL, CU

KATIE (spricht zu Ende)
-4408.

INT. DAS TELEFON, CU

KATIES zitternder Finger wählt sorgfältig die Nummer, wir hören das zugehörige Klicken: 555-4408.

INT. KATIE, IN BILLS ALTEM SESSEL, CU

Sie macht die Augen zu, als DAS TELEFON ANFÄNGT ZU LÄUTEN. Ihr Gesicht ist von einer quälenden Mischung aus Hoffnung und Angst erfüllt. Wenn sie doch nur noch eine Chance bekäme, die wichtige Nachricht an den Mann zu bringen, sagt dieser Ausdruck ... nur eine einzige Chance.

KATIE (leise)
Bitte ... bitte ...

TONBANDANSAGE (Filter)
Die angewählte Nummer ist außer Betrieb. Bitte legen Sie auf und wählen Sie noch einmal. Wenn Sie Unterstützung brauchen ...

KATIE legt wieder auf. Tränen laufen an ihren Wangen hinab. DIE KAMERA FÄHRT WEG und auf das Telefon hinunter.

INT. DIE TELEFONNISCHE MIT KATIE UND BILL, WIEDERHOLUNG

BILL

Dann war es ein schlechter Scherz. Oder jemand hat vor lauter Weinen die falsche Nummer gewählt … »durch einen Schleier funkelnder Tränen«, wie wir Schundschreiberveteranen das ausdrücken würden.

KATIE

Es war kein Scherz, und es war keine falsche Nummer! Es war jemand aus *meiner Familie!*

INT. KATIE (GEGENWART) IN BILLS ARBEITSZIMMER

KATIE

Ja. Jemand aus meiner Familie. Eine sehr nahe Verwandte. (Pause) *Ich.*

Plötzlich wirft sie das Telefon durch das Zimmer. Dann fängt sie wieder an zu schluchzen und legt die Hände vors Gesicht. DIE KAMERA VERWEILT einen Moment auf ihr, dann FÄHRT SIE ZUM

INT. TELEFON

Es liegt auf dem Teppich und sieht nichtssagend und irgendwie bedrohlich zugleich aus. KAMERA ZOOMT AUF ECU – die Löcher im Hörer sehen wieder wie Krater aus. Die Einstellung wird GEHALTEN, dann

AUSBLENDEN.

Die Zehn-Uhr-Leute

1

Pearson versuchte zu schreien, aber der Schreck raubte ihm die Stimme, und er brachte nur ein leises, ersticktes Bellen zustande – den Laut eines Mannes, der im Schlaf stöhnt. Er holte Luft, um es noch einmal zu versuchen, aber bevor er loslegen konnte, packte ihn eine Hand am linken Arm oberhalb des Ellbogens und drückte mit einem kräftigen Klammergriff zu.

»Das wäre ein Fehler«, sagte die Stimme, die zu der Hand gehörte. Die Stimme sprach kaum lauter als ein Flüstern, und sie sprach direkt in Pearsons linkes Ohr. »Ein fataler. Glauben Sie mir, es ist so.«

Pearson drehte sich um. Das Ding, das den Wunsch – nein, den Zwang zu schreien ausgelöst hatte, war inzwischen, erstaunlicherweise unangefochten, in der Bank verschwunden, und Pearson stellte fest, daß er sich umdrehen konnte. Er war von einem gutaussehenden Schwarzen in einem cremefarbenen Anzug gepackt worden. Pearson kannte ihn nicht, erkannte ihn aber. Er erkannte die meisten Mitglieder des seltsamen kleines Stamms, den er die »Zehn-Uhr-Leute« nannte, wenn er sie sah – so wie sie, vermutete er, ihn erkannten.

Der gutaussehende junge Farbige musterte ihn argwöhnisch.

»Haben Sie das gesehen?« fragte Pearson. Er sprach mit einer schrillen, quengelnden Stimme, die mit seinem gewöhnlichen selbstbewußten Tonfall keinerlei Ähnlichkeit hatte.

Der gutaussehende junge Farbige hatte Pearsons Arm erst dann losgelassen, als er hinreichend überzeugt war, daß Pearson den Vorplatz der First Mercantile Bank von Boston nicht mit einem Ausbruch wilder Schreie erschüttern würde.

Pearson streckte die Hand aus und packte den jungen farbigen Mann am Handgelenk. Es war, als könnte er noch nicht ohne die tröstliche Berührung eines anderen Menschen auskommen. Der gutaussehende Farbige versuchte nicht, ihn abzuschütteln, er betrachtete nur einen Moment lang Pearsons Hand und sah ihm dann wieder ins Gesicht.

»Ich meine, haben Sie das *gesehen?* Gräßlich! Selbst wenn es ein Make-up gewesen wäre … oder eine Maske, die sich jemand zum Spaß aufgesetzt hat …«

Aber es war kein Make-up gewesen und keine Maske. Das Ding im dunkelgrauen Anzug von Andre Cyr und mit Schuhen für fünfhundert Dollar war sehr nahe an Pearson vorbeigegangen, fast so nahe, daß er es berühren konnte (*Gott behüte,* wandte sein Denken mit einem hilflosen Erschauern des Ekels ein), und er wußte, daß es kein Make-up und keine Maske gewesen war. Denn das Fleisch des riesigen Auswuchses, bei dem es sich, vermutete Pearson, um den Kopf handelte, war *in Bewegung* gewesen, verschiedene Teile hatten sich in verschiedene Richtungen bewegt wie Schwaden exotischer Gase, die einen Planetenriesen umwogten.

»Lieber Freund«, begann der gutaussehende junge Farbige im cremefarbenen Anzug, »Sie brauchen …«

»Was war das?« unterbrach ihn Pearson. »Ich habe so etwas in meinem ganzen Leben noch nicht gesehen! Wie etwas, das man in einem, ich weiß auch nicht, in einem Gruselkabinett sehen kann … oder … oder …«

Seine Stimme kam nicht mehr von der üblichen Stelle in seinem Kopf. Statt dessen schien sie von irgendwo über ihm herabzuschweben – als wäre er in einen Riß oder eine Spalte im Boden gefallen, und diese schrille, quengelnde Stimme gehörte einem anderen, der zu ihm heruntersprach.

»Hören Sie, mein Freund …«

Und da war noch etwas. Als Pearson vor wenigen Minuten mit einer unangezündeten Marlboro zwischen den Fingern durch die Drehtür gegangen war, war der Tag verhangen gewesen – es hatte sogar nach Regen ausgesehen. Jetzt wirkte alles nicht nur grell, sondern *zu grell.* Der Rock der hübschen Blondine, die etwa fünfzehn Meter entfernt vor dem Gebäude stand (sie rauchte und las ein Taschenbuch), war so schreiend rot, daß einem die Augen weh taten; das Gelb des T-Shirts eines vorbeiradelnden Botenjungen stach ins Auge wie der Stachel einer Wespe. Die Gesichter der Menschen traten hervor wie die Gesichter in den Aufklappbüchern, die seine Tochter Jenny so liebte.

Und seine Lippen – er konnte seine Lippen nicht mehr spüren. Sie waren taub geworden wie sonst nur nach einer großen Dosis Novocain.

Pearson drehte sich zu dem gutaussehenden jungen Mann im cremefarbenen Anzug um und sagte: »Es ist lächerlich, aber ich glaube, ich werde ohnmächtig.«

»Das werden Sie nicht«, sagte der junge Mann mit solcher Überzeugung, daß Pearson ihm glaubte, jedenfalls vorläufig. Die Hand ergriff wieder seinen Arm über dem Ellbogen, aber dieses Mal weitaus sanfter. »Kommen Sie mit, Sie müssen sich setzen.«

Auf dem breiten Vorplatz der Bank waren kreisförmige, etwa neunzig Zentimeter hohe Marmorinseln verteilt, auf denen jeweils eine Vielzahl von Spätsommer- und Herbstblumen blühten. Zehn-Uhr-Leute saßen auf den meisten dieser überdimensionierten Blumentöpfen, einige lasen, einige schwatzten, einige betrachteten den Strom der Fußgänger auf den Gehsteigen der Commercial Street, und alle taten das, was sie zu Zehn-Uhr-Leuten machte – das also, um dessentwillen auch Pearson heruntergekommen und ins Freie getreten war. Auf der Insel, die Pearson am nächsten stand, blühten Astern, deren Purpur Pearson in seinem Zustand gesteigerter Wahrnehmung wundersam leuchtend vorkam. Der Rand der Insel war unbesetzt, vielleicht weil es schon nach zehn Uhr war und die Leute sich allmählich wieder nach drinnen begaben.

»Setzen Sie sich«, forderte der junge Farbige im cremefarbenen Anzug ihn auf, und obwohl sich Pearson größte Mühe gab, fiel er doch mehr, als er sich setzte. Eben stand er noch vor der rotbraunen Marmorinsel, und im nächsten Augenblick hatte ihm jemand die Bolzen aus den Kniegelenken gezogen, und er landete auf dem Hintern. Mit einiger Wucht.

»Und jetzt bücken Sie sich«, sagte der junge Mann und setzte sich neben ihn. Sein Gesicht war freundlich geblieben, aber in seinen Augen lag nichts Freundliches; sie glitten hastig über den Vorplatz hin und her.

»Warum?«

»Damit das Blut wieder in Ihren Kopf strömt«, sagte der junge Farbige. »Aber sorgen Sie dafür, daß es nicht so *aussieht*. Tun Sie so, als röchen Sie nur an den Blumen.«

»Für wen soll es nicht so aussehen?«

»Tun Sie es einfach, okay?« In der Stimme des jungen Mannes schwang ein verhaltener Tonfall von Ungeduld.

Pearson neigte den Kopf und atmete tief ein. Er mußte feststellen, daß die Blumen nicht so gut rochen, wie sie aussahen – sie verbreiteten ein schwaches Aroma von Unkraut und Hundepisse; dennoch glaubte er, daß sich sein Kopf ein wenig klärte.

»Zählen Sie die Bundesstaaten auf«, befahl der Farbige. Er kreuzte die Beine, schüttelte das Hosenbein aus, um die Bügelfalten zu schonen, und zog eine Packung Winston aus der Innentasche. Pearson stellte fest, daß seine eigene Zigarette fort war; er mußte sie im ersten Augenblick des Schreckens fallengelassen haben, als er das monströse Ding in dem teuren Anzug gesehen hatte, das die Westseite des Vorplatzes überquerte.

»Die Bundesstaaten«, sagte er verständnislos.

Der junge Mann nickte, holte ein Feuerzeug heraus, das wahrscheinlich längst nicht so teuer war, wie es auf den ersten Blick aussah, und zündete die Zigarette an. »Fangen Sie mit diesem an, und gehen Sie nach Westen«, forderte er.

»Massachusetts ... New York, glaube ich ... oder Vermont, wenn man bei der Nordgrenze anfängt ... New Jersey ...« Dann richtete er sich etwas auf und sprach mit mehr Selbstvertrauen weiter. »Pennsylvania, West Virginia, Ohio, Illinois ...«

Der Farbige zog die Brauen hoch. »West Virginia, ja? Sind Sie sicher?«

Pearson lächelte verhalten. »Ja, ziemlich sicher. Aber möglicherweise habe ich Ohio und Illinois verwechselt.«

Der Farbige zuckte die Achseln, um anzudeuten, daß das nicht wichtig war, und lächelte. »Sie wollen nicht mehr ohnmächtig werden – das sehe ich Ihnen an –, und nur darauf kommt es an. Möchten Sie eine Zigarette?«

»Danke«, sagte Pearson dankbar. Er *wollte* nicht nur eine Zigarette; er spürte, daß er eine brauchte. »Ich hatte eine, aber ich habe sie verloren. Wie ist Ihr Name?«

Der Farbige bohrte Pearson eine frische Winston zwischen die Lippen und hielt das Feuerzeug daran. »Dudley Rhineman. Sie können mich Duke nennen.«

Pearson zog heftig an der Zigarette und sah zur Drehtür, die Zugang zu den düsteren Tiefen und umwölkten Höhen der First Mercantile verschaffte. »Das war keine Halluzination, oder?« fragte er. »Was ich gesehen habe, meine ich. Sie haben es auch gesehen, richtig?«

Rhineman nickte.

»Er sollte also nicht mitbekommen, daß ich ihn gesehen habe«, sagte Pearson. Er sprach langsam und versuchte, von selbst dahinterzukommen. Seine Stimme klang wieder wie gewohnt, und schon das war eine große Erleichterung.

Rhineman nickte wieder.

»Aber wie hätte ich ihn *nicht* sehen können? Und wie konnte er es nicht wissen?«

»Haben Sie noch andere bemerkt, die sich beinahe in einen Schlaganfall hineingeschrien hätten, so wie Sie?« fragte Rhineman. »Hat irgend jemand auch nur hingesehen wie Sie? Ich zum Beispiel?«

Pearson schüttelte langsam den Kopf. Er fühlte sich nicht nur verängstigt; er fühlte sich gänzlich hilflos.

»Ich habe mich, so gut es ging, zwischen ihn und Sie gestellt, und ich glaube nicht, daß er Sie gesehen hat, aber einen Augenblick war es verdammt knapp. Sie haben ausgesehen wie ein Mann, der gerade eine Maus aus seinem Hackfleisch kriechen sieht. Sie sind in der Kreditabteilung, richtig?«

»O ja – Brandon Pearson. Tut mir leid.«

»Ich bin in der Computerabteilung. Und es macht nichts. So geht es einem meistens, wenn man seinen ersten Batman sieht.«

Duke Rhineman streckte die Hand aus, und Pearson schüttelte sie, aber sein Denken hinkte einen Schritt hinterher. *So geht es einem meistens, wenn man seinen ersten Batman sieht*, hatte der junge Mann gesagt, und nachdem Pearson das Bild des maskierten Rächers, wie er zwischen den Art-déco-Türmen von Gotham City dahinglitt, abgeschüttelt hatte, stellte er fest, daß der Ausdruck gar nicht so falsch war. Und er fand noch etwas heraus, oder möglicherweise entdeckte er es auch nur neu: Es war gut, wenn man einen Namen für etwas hatte, das einem angst machte. Die Angst wurde dadurch nicht geringer, aber man wurde bedeutend leichter damit fertig.

Nun spulte er bewußt alles, was er gesehen hatte, noch einmal vor seinem geistigen Auge ab und dachte dabei: *Batman, es war mein erster Batman.*

Er war zu der Drehtür herausgekommen und hatte nur an eines gedacht, an das, woran er immer dachte, wenn er um zehn nach unten kam – wie gut dieser erste Nikotinschub sein würde, wenn er ihn einsog. Das machte ihn zum Mitglied des Stammes der Zehn-Uhr-Leute; es war seine Version von Gebetsriemen oder tätowierten Wangen.

Zuerst hatte er festgestellt, daß der Tag seit seiner Ankunft um Viertel vor neun dunkler geworden war, und er hatte geglaubt: *Wir paffen unsere Sargnägel heute mittag im strömenden Regen, die ganze verdammte Bande.* Nicht, daß ein bißchen Regen sie gehindert hätte, keineswegs; wenn die Zehn-Uhr-Leute etwas waren, dann waren sie hartnäckig.

Er erinnerte sich: er hatte den Blick über den Vorplatz schweifen lassen und einen raschen Anwesenheitsappell durchgeführt – so rasch, daß man ihn fast unterbewußt nennen konnte. Er hatte das Mädchen im roten Rock gesehen (und sich wie immer gefragt, ob ein Mädchen, das so gut aussah, auch im Heu gut sein würde); den jungen Bebop-Hausmeister vom zweiten Stock, der die Mütze verkehrtherum trug, wenn er in Klo und Cafeteria den Fußboden wischte; den älteren Mann mit dem dünnen weißen Haar und den roten Flecken auf den Wagen; die junge Frau mit der dicken Brille, dem schmalen Gesicht und dem langen, glatten schwarzen Haar. Darüber hinaus hatte er eine Reihe anderer entdeckt, die er vom Sehen kannte. Zu ihnen gehörte natürlich auch der gutaussehende junge Farbige im cremefarbenen Anzug.

Wenn Timmy Flanders dagewesen wäre, hätte sich Pearson wahrscheinlich zu ihm gesellt, aber er war nicht da, und deshalb war Pearson auf das Zentrum des Vorplatzes zugeeilt, um sich auf eine der Marmorinseln zu setzen (tatsächlich sogar die, auf der er nun wirklich saß). Dort hätte er sich in bester Position befunden, Länge und Rundung der Schenkel der kleinen Miss Rotrock abzuschätzen – zugegebenermaßen ein billiger Kitzel, aber man mußte sich mit dem begnügen, was man hatte. Er war ein verheirateter Mann mit einer Frau, die er liebte, und einer Tochter, die er vergötterte, und er war nie in die Gefahr geraten, untreu zu werden; aber seit er auf die Vierzig zuging, hatte er feststellen müssen, daß bestimmte Instinkte in seinem Blut zur Oberfläche kamen wie Meeresungeheuer. Und er fragte sich, wie ein Mann es anstellen sollte, *nicht* auf einen roten Rock zu starren und sich zu fragen, ob die Frau darunter passende Unterwäsche trug.

Er hatte sich kaum in Bewegung gesetzt, als der Neuankömmling um die Ecke des Gebäudes kam und die Stufen des Vorplatzes hinaufging. Pearson hatte die Bewegung aus dem Augenwinkel gesehen und hätte unter normalen Umständen gar nicht darauf geachtet – er hatte sich auf den roten Rock konzentriert, kurz, eng und rot wie ein Feuerwehrauto. Aber er *hatte* sich umgedreht, denn selbst aus den Augenwinkeln und mit anderen Dingen im Kopf war ihm aufgefallen, daß mit dem Gesicht und dem Kopf, der zu der laufenden Gestalt gehörte, etwas *nicht stimmte*. Deshalb hatte er sich umgedreht und sich damit für wer weiß wie viele Nächte um den Schlaf gebracht.

Die Schuhe waren in Ordnung; der dunkelgraue Anzug von Andre Cyr, solide und verläßlich wie die Tür des Banktresors im Keller, war noch besser; die rote Krawatte war vorhersehbar, aber nicht zu auffällig. Alles zusammen war die typische Kluft eines hochdotierten Bankers am Montagmorgen (wer außer einem hochdotierten Banker hätte es sich auch leisten können, erst um zehn Uhr zu erscheinen?). Erst wenn man zum Kopf kam, stellte man fest, daß man entweder den Verstand verloren hatte oder etwas vor sich sah, für das es keinen Eintrag in der *World Book Encyclopedia* gab.

Aber warum sind sie nicht weggelaufen? fragte sich Pearson jetzt, als ein Regentropfen auf seinen Handrücken und ein zweiter auf das saubere weiße Papier seiner halbgerauchten Zigarette fiel. *Sie hätten kreischend vor ihm ausreißen müssen wir vor den Rieseninsekten in den Monsterfilmen der fünfziger Jahre.* Dann dachte er: *Aber – ich bin ja auch nicht ausgerissen.*

Richtig, aber das war etwas anderes. Er war nicht ausgerissen, weil er erstarrt gewesen war. Aber er *hatte versucht* zu schreien; und sein neuer Freund hatte ihn daran gehindert, bevor er die Stimmbänder anwerfen konnte.

Batman. Dein erster Batman.

Über den breiten Schultern des diesjährigen »eminentesten akzeptabelsten Business-Anzugs« und dem Knoten der roten Krawatte von Sulka hatte ein riesiger graubrauner Kopf geschwankt, deformiert wie ein Baseball, der eine ganze Spielzeit lang Schläge hat einstecken müssen. Schwarze Linien – möglicherweise Venen – pulsierten wie eine sinnlose Straßenkarte unter der Oberfläche des Kopfes, und die Seite, an der sich das Gesicht befinden sollte, aber nicht befand (jedenfalls nicht wie bei Menschen), war mit Klumpen bedeckt, die pulsierten und zuckten wie Tumore, die ein schreckliches, halb vernunftbegabtes Eigenleben führten. Die rudimentären Gesichtszüge waren eng zusammengedrückt – ausdruckslose, runde schwarze Augen, die gierig aus der Fratze starrten wie die eines Hais oder eines aufgeblähten Insekts; mißgebildete Ohren ohne Läppchen oder Muscheln. Eine Nase hatte es nicht gehabt, jedenfalls hatte Pearson keine erkennen können, aber aus dem verfilzten Dickicht von Haaren dicht unterhalb der Augen hatten zwei Auswüchse hervorgeragt wie die Stoßzähne eines Elefanten. Das Gesicht des Dinges bestand zum größten Teil aus Mund – ein riesiger schwarzer Halbmond mit dreieckigen Zähnen. Für eine

Kreatur mit solchen Zähnen, überlegte Pearson später, wäre es ein Sakrileg, das Essen kleinzuschneiden.

Sein allererster Gedanke, als er die gräßliche Erscheinung betrachtete – eine Erscheinung, die in einer makellos manikürten Hand einen Aktenkoffer von Bally trug –, war der: *Es ist der Elefantenmensch.* Aber dann wurde ihm klar, die Kreatur hatte nicht das geringste mit diesem mißgebildeten, aber doch menschlichen Geschöpf in dem alten Film zu tun. Duke Rhineman traf den Kern genauer; die schwarzen Augen und der hochgezogene Mund waren Merkmale jener pelzigen, piepsenden Tiere, die nachts Fliegen fraßen und tagsüber kopfunter an dunklen Orten hingen.

Doch all das hatte ihn nicht bewogen, es zuerst mit einem Schrei zu versuchen; dieser Drang hatte sich erst eingestellt, als die Kreatur im Maßanzug von Andre Cyr an ihm vorbeiging und die glitzernden Insektenaugen schon auf die Drehtür gerichtet hatte. In diesen ein oder zwei Sekunden war es ihm am nächsten, und da hatte Pearson gesehen, wie sich das tumorübersäte Gesicht unter den Strähnen drahtigen Haars bewegte, die daraus hervorwuchsen. Er wußte nicht, wie so etwas überhaupt möglich sein konnte, aber es *war* so – er sah es mit eigenen Augen, sah die Haut des Mannes über die knotigen Rundungen des Schädels und in Wogen über den dicken Knauf des Kiefers fließen. Dazwischen erhaschte er Blicke auf eine scheußliche rosa Substanz, über die er nicht eingehender nachdenken wollte ... aber jetzt, da es ihm wieder einfiel, schien es, als könnte er nicht mehr aufhören, daran zu denken.

Regentropfen fielen ihm auf Hände und Gesicht. Neben ihm zog Rhineman auf dem runden Marmorrand ein letztes Mal an seiner Zigarette, schnippte sie fort und stand auf. »Kommen Sie«, sagte er. »Es fängt an zu regnen.«

Pearson sah ihn mit aufgerissenen Augen an, dann zur Bank. Die Blondine im roten Rock, das Buch unter den Arm geklemmt, ging gerade hinein. Dicht auf den Fersen (und ohne sie aus den Augen zu verlieren) folgte ihr ein ältlicher Gentleman mit dem korrekt gescheitelten weißen Haar eines Magnaten.

Pearson richtete den Blick wieder auf Rhineman und sagte: »Da reingehen? Ist das Ihr Ernst? Dieses *Ding* ist da reingegangen!«

»Ich weiß.«

»Möchten Sie etwas vollkommen Verrücktes hören?« fragte Pearson und warf die eigene Zigarette weg. Er hatte keine Ahnung, wohin er jetzt gehen würde, nach Hause, vermutete er, aber er kannte einen Ort, wo er ganz eindeutig *nicht* hingehen würde, und das war die First Mercantile Bank von Boston.

»Klar«, stimmte Rhineman zu. »Warum nicht?«

»Dieses Ding sah genau so aus wie unser geschätzter Direktor Douglas Keefer – das heißt, bis auf den Kopf. Derselbe Gedanke, was Anzüge und Aktenkoffer angeht.«

»Was für eine Überraschung«, sagte Duke Rhineman trokken.

Pearson betrachtete ihn mit unbehaglichen Blicken. »Was meinen Sie damit?«

»Ich glaube, das wissen Sie bereits. Aber Sie hatten einen schweren Morgen, daher will ich es noch einmal deutlich sagen. Das *war* Keefer.«

Pearson lächelte nervös. Rhineman erwiderte das Lächeln nicht. Er stand auf, ergriff Pearsons Arm und zog ihn hoch, bis ihre Gesichter nur noch Zentimeter voneinander entfernt waren.

»Ich habe Ihnen gerade das Leben gerettet. Glauben Sie mir das, Mr. Pearson?«

Pearson dachte darüber nach und stellte fest, daß er es glaubte. Dieses außerirdische, fledermausähnliche Gesicht mit den schwarzen Augen und spitzen Zähnen leuchtete in seinen Gedanken wie ein dunkles Fanal. »Ja, ich denke schon.«

»Okay. Dann tun Sie mir den Gefallen, und hören Sie genau zu, wenn ich Ihnen jetzt dreierlei sage – werden Sie das?«

»Ich ... ja, sicher.«

»Erstens: das *war* Douglas Keefer, Direktor der First Mercantile Bank von Boston, enger Freund des Bürgermeisters und nebenbei Ehrenvorsitzender des Komitees zur Beschaffung von Mitteln für das Bostoner Kinderkrankenhaus. Zweitens: es arbeiten noch mindestens drei weitere Fledermäuse in der Bank, eine davon auf Ihrer Etage. Drittens: Sie *werden* wieder da reingehen. Das heißt, wenn Ihnen Ihr Leben liebt ist.«

Pearson starrte ihn an und sah sich einen Moment außerstande zu antworten – hätte er es versucht, hätte er nur noch mehr von diesen erstickten, bellenden Lauten zustande gebracht. Duke faßte ihn am Ellbogen und zog ihn auf die Drehtür zu. »Kommen Sie, Kollege«, sagte er mit seltsam sanfter Stimme. »Es fängt an, stärker zu regnen. Wenn wir noch länger hier draußen stehenbleiben, ziehen wir Aufmerksamkeit auf uns, und das können sich Leute in unserer Position nicht leisten.«

Pearson folgte Duke zuerst, aber dann mußte er daran denken, wie die schwarzen Nester der Adern an dem Kopf des Dinges gezuckt und pulsiert hatten. Dieses Bild bewirkte, daß er unmittelbar vor der Drehtür ruckartig stehenblieb. Die polierte Fläche des Vorplatzes war mittlerweile so naß, daß unter ihm ein zweiter Brandon Pearson zu sehen war, ein schimmerndes Spiegelbild, das an seinen Schuhen hing wie eine Fledermaus anderer Färbung.

»Ich … ich glaube nicht, daß ich das kann«, sagte er mit stockender kläglicher Stimme.

»Sie können«, sagte Rhineman. Er sah kurz auf Pearsons linke Hand hinab. »Verheiratet, wie ich sehe. – Kinder?«

»Eins. Eine Tochter.« Pearson spähte in die Halle der Bank. Die Scheiben der Drehtür waren polarisiert, deshalb wirkte der große Raum sehr dunkel. *Wie eine Höhle*, dachte er. *Eine Fledermaushöhle, voll von halbblinden Krankheitsüberträgern.*

»Möchten Sie, daß Ihre Frau und Ihr Kind morgen in der Zeitung lesen, daß die Polizei ihren Daddy mit durchschnittener Kehle aus dem Hafen von Boston gefischt hat?«

Pearson sah Rhineman mit großen Augen an. Regentropfen klatschten ihm auf Wangen und Stirn.

»Es wird so aussehen, als hätten es Junkies getan«, sagte Rhineman, »und das klappt. Es klappt *immer*. Weil sie schlau sind, und weil sie Freunde an höchster Stelle haben. Verdammt, sie sind selbst nur an den höchsten Stellen.«

»Ich verstehe Sie nicht«, sagte Pearson. »Ich verstehe *überhaupt nichts* von alledem.«

»Das weiß ich«, entgegnete Rhineman. »Dies ist eine gefährliche Zeit für Sie, also tun Sie einfach, was ich Ihnen sage. Ich empfehle Ihnen jetzt, wieder an Ihren Schreibtisch zu gehen, bevor man Sie vermißt, und den Rest des Tages lächelnd hinter sich zu bringen. Vergessen Sie nicht zu lächeln, mein Freund, wie beschissen es auch werden mag.« Er zögerte, dann sagte er: »Wenn Sie versagen, ist das wahrscheinlich Ihr Tod.«

Das Regenwasser hinterließ glänzende Spuren auf dem glatten, dunklen Gesicht des jungen Mannes, und Pearson sah plötzlich, was die ganze Zeit dagewesen war – er hatte es nur wegen seines eigenen Schocks übersehen: Dieser Mann litt Todesangst, und er hatte eine Menge riskiert, um Pearson daran zu hindern, in eine schreckliche Falle zu stolpern.

»Ich kann nicht mehr hier draußen bleiben«, sagte Rhineman. »Es ist gefährlich.«

»Okay«, sagte Pearson und war selbst erstaunt, wie normal, sogar gelassen sich seine eigene Stimme anhörte. »Dann machen wir uns wieder an die Arbeit.«

Rhineman sah erleichtert aus. »Okay, Mann. Und was Sie an diesem Tag auch immer sehen mögen, lassen Sie sich Ihre Überraschung *nicht* anmerken. Haben Sie das verstanden?«

»Ja«, sagte Pearson. Er verstand überhaupt nichts.

»Können Sie früher Feierabend machen, so gegen drei?«

Pearson dachte nach, dann nickte er. »Klar, ich denke, das könnte ich einrichten.«

»Gut. Wir treffen uns an der Ecke Milk Street.«

»Geht klar.«

»Sie machen das toll, Mann«, sagte Rhineman. »Sie schaffen es. Wir sehen uns um drei.« Er ging zur Drehtür und gab ihr einen Schubs. Pearson trat in das Segment hinter ihm und fühlte sich, als hätte er seinen Verstand irgendwie draußen auf dem Vorplatz zurückgelassen – das heißt, bis auf den Teil, den es schon wieder nach einer Zigarette verlangte.

Der Tag schleppte sich dahin, und alles ging gut, bis er mit Tim Flanders vom Mittagessen (und zwei Zigaretten) zurückkam. Sie traten im zweiten Stock aus dem Fahrstuhl, und da erblickte Pearson als erstes einen weiteren Batman; nur handelte es sich hierbei tatsächlich um ein Batgirl mit schwarzen Pumps, schwarzer Strumpfhose und einem exquisiten Hosenanzug aus Tweed – von Samuel Blue, vermutete Pearson. Die perfekte Macht-Kluft – das heißt, bis man zum Kopf kam, der darüber schwebte wie eine mutierte Sonnenblume.

»Hallo, Männer.« Eine süße Baritonstimme ertönte aus dem hasenschartigen Loch, das der Mund war.

Das ist Suzanne Holding, dachte Pearson. *Es kann nicht sein, aber sie ist es.*

»Hallo, Suzy-Darling«, hörte er sich sagen und dachte: *Wenn sie in meine Nähe kommt und versucht, mich zu berühren, dann schreie ich. Ich werde nicht anders können, einerlei, was mir der Junge gesagt hat.*

»Alles in Ordnung, Brand? Du siehst blaß aus.«

»Wahrscheinlich habe ich mir geholt, was eben gerade umgeht«, sagte er wieder und war erneut verblüfft, wie ungezwungen seine Stimme klang. »Aber ich denke, ich komme drüber weg.«

»Gut«, sagte die Stimme von Suzanne Holding hinter dem Fledermausgesicht und der seltsam wabernden Haut. »Aber keine Zungenküsse, bis es dir wieder besser geht. Hauch mich nicht einmal an. Ich kann mir nicht leisten, krank zu sein – am Mittwoch kommen die Japaner.«

Kein Problem, Süße – kein Problem, das kannst du mir ruhig glauben.

»Ich werde versuchen, mich zurückzuhalten.«

»Danke. Tim, würdest du bitte in mein Büro kommen und einige Auszüge mit mir durchgehen?«

Timmy Flanders legte einen Arm um die Taille des prüden Samuel-Blue-Anzugs, verbeugte sich vor Pearsons aufgerissenen Augen und hauchte einen Kuß auf das tumorverunzierte, haarige Gesicht des Dinges. *Da sieht Timmy ihre Wange,* dachte Pearson und spürte, wie seine geistige Gesundheit plötzlich ins Rutschen kam wie ein geschmiertes Tau auf einer Seilwinde. *Ihre glatte, parfümierte Wange – die sieht er, mehr nicht, und er denkt, daß er sie küßt. O mein Gott. O mein Gott.*

»Da!« rief Timmy aus und machte einen knappen Knicks vor der Kreatur. »Ein Kuß, und schon bin ich Euer Sklave, Mylady!«

Er blinzelte Pearson zu und ging mit dem Monster in Richtung ihres Büros. Als sie am Trinkbrunnen vorbeigingen, ließ er den Arm sinken, den er ihr um die Taille gelegt hatte. Der kurze und sinnlose Pfau-Henne-Balztanz – ein Ritual, das sich irgendwie im Lauf der letzten zehn Jahre in der Branche entwickelt hatte, wenn der Boss eine Frau und der Untergebene ein Mann war – war abgespielt, sie entfernten sich von Pearson als sexuell Gleichgestellte und unterhielten sich über trockene Zahlen.

Vorzügliche Analyse, Brand, dachte Pearson zerstreut, als er sich von ihnen abwandte. *Du hättest Soziologe werden sollen.* Und das wäre er auch fast geworden – tatsächlich war es sein Nebenfach am College gewesen.

Als er sein Büro betrat, stellte er fest, daß er am ganzen Körper einen klebrigen Schweißfilm entwickelt hatte. Pearson vergaß die Soziologie und wartete darauf, daß es drei Uhr wurde.

Viertel vor drei wappnete er sich und steckte den Kopf zur Tür von Suzanne Holdings Büro hinein. Der außerirdische Asteroid ihres Kopfes war über den blaugrauen Monitor des Computers gebeugt, aber sie drehte sich um, als er »Klopfklopf« sagte, und die Haut ihres seltsamen Gesichts pochte unablässig, die schwarzen Augen betrachteten ihn mit der kalten Ausdruckslosigkeit eines Hais, der die Beine eines Schwimmers anvisiert.

»Ich habe Buzz Carstairs die Formulare Nummer vier für Firmen gegeben«, sagte Pearson. »Die Formulare für Einzelpersonen Nummer neun nehme ich mit nach Hause, wenn es recht ist. Ich habe meine Backupdisketten dort.«

»Ist das eine listige Umschreibung dafür, daß du desertieren wirst, mein Bester?« fragte Suzanne. Die schwarzen Venen wölbten sich auf ihrem kahlen Schädel; die Klumpen um ihre Gesichtszüge herum zitterten, und Pearson stellte fest, daß aus einem eine zähe rosa Flüssigkeit quoll, die wie blutiger Rasierschaum aussah.

Er zwang sich zu einem Lächeln. »Du hast mich ertappt.«

»Nun«, sagte Suzanne, »dann werden wir die Vier-Uhr-Orgie heute wohl ohne dich veranstalten müssen.«

»Danke, Suze.« Er wandte sich ab.

»Brand?«

Er drehte sich wieder zu ihr um, seine Angst und sein Ekel drohten zu einem grellweißen Frost der Panik zu erstarren, und er war plötzlich davon überzeugt, daß diese kalten schwarzen Augen ihn durchschaut hatten und daß das Ding, das sich als Suzanne Holding verkleidete, gleich sagen würde: *Hören wir auf mit diesen Spielchen, ja? Komm und mach die Tür zu. Mal sehen, ob du so lecker schmeckst, wie du aussiehst.*

Rhineman würde eine Weile warten, und dann würde er allein dahin gehen, wo er hingehen wollte. *Wahrscheinlich,* dachte Pearson, *wird er wissen, was passiert ist. Wahrscheinlich hat er das schon früher erlebt.*

»Ja?« fragte er und versuchte zu lächeln.

Sie betrachtete ihn eine ganze Weile abschätzend, ohne ein Wort zu sagen, während der groteske Klumpen von einem Kopf über dem eleganten Hosenanzug schwankte, dann sagte sie: »Heute nachmittag siehst du etwas besser aus.« Der Mund klaffte immer noch, die Augen blickten immer noch so tot wie die einer achtlos unter das Bett eines Kindes geworfenen Flickenpuppe, aber Pearson wußte, alle anderen hätten lediglich Suzanne Holding gesehen, die einem ihrer Untergebenen bezaubernd zulächelte und genau das richtige Maß Anteilnahme Güteklasse A zur Schau stellte. Nicht gerade Mutter Courage, aber nichtsdestoweniger fürsorglich und besorgt.

»Gut«, sagte er und entschied, daß das wahrscheinlich zu zahm war. »Klasse!«

»Wenn wir dir nur noch das Rauchen abgewöhnen könnten.«

»Nun, ich versuche es«, sagte er und lachte kläglich. Das

geschmierte Kabel auf der Seilwinde rutschte wieder ein Stück. *Laß mich gehen,* dachte er. *Laß mich gehen, du gräßliches Miststück, laß mir hier raus, bevor ich etwas so Verrücktes tue, daß man es unmöglich übersehen kann.*

»Du weißt, daß du dich für eine automatische Erhöhung deiner Versicherung qualifizierst«, sagte das Monster. Jetzt platzte die Oberfläche eines der kleinen Tumore mit einem fauligen, kurzen Plupp!, worauf noch mehr rosa Flüssigkeit herausquoll.

»Ja, ich weiß«, sagte er. »Und ich werde ernsthaft darüber nachdenken, Suzanne. Wirklich.«

»Mach das«, sagte sie und drehte sich wieder zu dem glimmenden Monitor um. Einen Augenblick war er fassungslos und konnte sein Glück kaum begreifen. Das Gespräch war zu Ende.

Als Pearson das Gebäude verließ, regnete es in Strömen, aber die Zehn-Uhr-Leute – jetzt waren es selbstverständlich die Drei-Uhr-Leute, was freilich keinen wesentlichen Unterschied machte – hatten sich trotzdem versammelt, kauerten beieinander wie Schafe und taten, was sie nicht lassen konnten. Die kleine Miss Rotrock und der Hausmeister, der die Mütze gern verkehrtherum trug, hielten eine durchnäßte Ausgabe des *Boston Globe* über sich. Sie sahen verdrossen und feucht aus, aber Pearson beneidete den Hausmeister trotzdem. Die kleine Miss Rotrock trug Giorgio-Parfüm; er hatte es im Fahrstuhl mehrmals gerochen. Und natürlich gab sie, wenn sie sich bewegte, leise Raschellaute von Seide von sich.

Verdammt, woran denkst du? fragte er sich streng und antwortete im selben Atemzug: *Daran, nicht den Verstand zu verlieren, schönen Dank auch. Ist dir das recht?*

Duke Rhineman stand unter der Markise des Blumenladens um die Ecke, hatte die Schultern gekrümmt und eine Zigarette im Mundwinkel. Pearson ging zu ihm, sah auf die Uhr und kam zu dem Ergebnis, daß er es noch eine Zeitlang aushalten konnte. Dennoch streckte er den Kopf ein wenig nach vorne und atmete das Aroma von Rhinemans Zigarette ein. Er tat es, ohne sich dessen bewußt zu sein.

»Mein Boss gehört auch zu ihnen«, berichtete er Duke. »Es sei denn, Douglas Keefer wäre ein Monster, das gern Frauenkleider trägt.«

Rhineman grinste diabolisch, sagte aber nichts.

»Sie haben gesagt, es gibt noch drei weitere. Wer sind die beiden anderen?«

»Donald Fine. Sie kennen ihn wahrscheinlich nicht – er ist für die Sicherheit zuständig. Und Carl Grosbeck.«

»Carl – der Aufsichtsratsvorsitzende? Herrgott!«

»Ich sagte Ihnen doch«, meinte Rhineman, »sie sind nur an höchster Stelle zu finden. – *He, Taxi!*«

Er schnellte unter der Markise hervor und winkte dem braun-weißen Taxi, das wie durch ein Wunder unbesetzt durch den verregneten Nachmittag fuhr. Es schwenkte zu ihnen herüber, wobei es Wasserfontänen aufwirbelte. Rhineman tänzelte behende hin, aber Pearsons Schuhe und Hosenaufschläge wurden tropfnaß. In seinem momentanen Zustand schien das nicht besonders wichtig zu sein. Er hielt Rhineman die Tür auf; er stieg ein und rutschte auf die andere Seite durch. Pearson folgte ihm und schlug die Tür zu.

»Gallagher's Pub«, sagte Rhineman. »Das liegt direkt gegenüber von ...«

»Ich weiß, wo Gallagher's ist«, sagte der Fahrer. »Aber wir fahren erst los, wenn Sie den Sargnagel ausgemacht haben, mein Freund.« Er deutete auf das Schild über dem Taxameter. RAUCHEN IN DIESEM FAHRZEUG NICHT GESTATTET stand darauf.

Die beiden Männer wechselten einen Blick. Rhineman zog die Schultern zu dem halb verlegenen, halb verdrossenen Zucken hoch, das seit etwa 1990 zum prinzipiellen Gruß der Zehn-Uhr-Leute geworden war. Dann schnippte er ohne ein böses Wort die erst zu einem Viertel gerauchte Winston in den strömenden Regen hinaus.

Pearson erzählte Rhineman, wie geschockt er war, als die Fahrstuhltür aufging und er seinen ersten wahren Blick auf Suzanne Holding hatte werfen können, aber Rhineman runzelte die Stirn, schüttelte unmerklich den Kopf und deutete mit dem Daumen verstohlen auf den Fahrer. »Wir reden später«, sagte er.

Daraufhin versank Pearson in Schweigen und begnügte sich damit, die regenverschwommenen Hochhäuser der Bostoner Innenstadt an sich vorbeiziehen zu lassen. Er stellte fest, daß er fast übernatürlich auf die kleinen Szenen des Straßenlebens eingestimmt war, die sich vor den verschmierten Scheiben des Taxis abspielten. Besonders interessierten ihn die kleinen Gruppen von Zehn-Uhr-Leuten, die er vor jedem Bürogebäude stehen sah, an dem sie vorbeikamen. Wenn es einen Unterschlupf gab, benutzten sie ihn; wenn es keinen gab, akzeptierten sie auch das – sie schlugen einfach die Kragen hoch, hielten die Hände schützend über ihre Zigaretten und rauchten trotzdem. Pearson überlegte sich, daß mindestens neunzig Prozent der protzigen Hochhäuser, die sie passierten, inzwischen Nichtraucherzonen sein mußten, genau wie das, in dem er und Rhineman arbeiteten. Weiterhin fiel ihm ein (und dieser Gedanke kam ihm mit der Wucht einer Offenbarung), daß die Zehn-Uhr-Leute in Wirklichkeit kein neuer Stamm waren, sondern die erbärmlichen Überbleibsel eines uralten; Renegaten, die vor einem neuen Besen wegliefen, der die Absicht hatte, ihre schlechte alte Angewohnheit mir nichts, dir nichts zur Tür des amerikanischen Lebens hinauszufegen. Ihr einheitliches gemeinsames Merkmal war das Unvermögen oder der fehlende Wille, damit aufzuhören, sich selbst umzubringen; sie waren Junkies in einer ständig schrumpfenden Dämmerzone der Akzeptanz. Eine exotische gesellschaftliche Gruppe, vermutete er, die aber nicht mehr lange durchhalten würde. Er schätzte, daß die Zehn-Uhr-Leute bis zum Jahr 2020, spätestens 2050, dasselbe Schicksal ereilt haben würde wie den Dodo.

Scheiße. Moment mal, dachte er. *Wir sind nur die letzten störrischen Optimisten der Welt, das ist alles – die meisten von uns machen sich auch nicht die Mühe, den Sicherheitsgurt anzulegen, und auf dem Spielfeld würden wir mit dem allergrößten Vergnügen hinter dem Home Plate sitzen, wenn sie nur dieses alberne Drahtgitter wegnähmen.*

»Was ist denn so komisch, Mr. Pearson?« fragte ihn Rhineman, und da bemerkte Pearson erst, daß er breit grinste.

»Nichts«, sagte Pearson. »Jedenfalls nichts Wichtiges.«

»Okay; flippen Sie mir bloß nicht aus.«

»Würden Sie es als ausflippen bezeichnen, wenn ich Sie bitten würde, mich Brandon zu nennen?«

»Wahrscheinlich nicht«, sagte Rhineman und tat so, als dächte er darüber nach. »Wenn Sie mich Duke nennen und wir nicht bei Bibi oder Buster oder etwas ähnlich Peinlichem landen.«

»Ich glaube, darüber brauchen Sie sich keine Sorgen zu machen. Und wollen Sie noch etwas wissen?«

»Klar.«

»Das war der erstaunlichste Tag meines Lebens.«

Duke Rhineman nickte, ohne Pearsons Lächeln zu erwidern. »Und er ist noch nicht vorbei«, sagte er.

2

Pearson fand, daß Gallagher's eine begnadete Wahl gewesen war – eine eindeutige Anomalie in Boston, mehr Gilley's als Cheers, und folglich genau der richtige Ort für zwei Bankangestellte, sich über Themen zu unterhalten, bei denen selbst ihre engsten und wohlmeinendsten Angehörigen Zweifel an ihrer geistigen Gesundheit bekommen hätten. Die längste Bar, die Pearson je gesehen hatte, außer in Filmen, erstreckte sich um eine große, glänzende Tanzfläche herum, auf der sich gerade drei Paare verträumt bewegten, während Marty Stuart und Travis Tritt harmonisch »This One's Gonna Hurt You« sangen.

In einem kleineren Etablissement wäre die Bar gerammelt voll gewesen, aber so verteilten sich die Gäste hinreichend entlang dieser erstaunlichen mahagonigetäfelten Rennstrecke, daß man tatsächlich ein wenig Abgeschiedenheit an dem Messinghandlauf haben konnte; sie brauchten sich keine Nische in den halbdunklen Niederungen des Raums zu suchen. Pearson war froh darüber. Man konnte sich zu leicht vorstellen, daß einer der Fledermausmenschen, vielleicht sogar ein Fledermauspärchen, in der Kabine nebenan saß (oder brütete) und ihrer Unterhaltung angeregt lauschte.

Nennen sie das nicht Verfolgungswahn, Alter? dachte er. *Hast aber nicht lange gebraucht, bis es soweit war, oder?*

Nein, wahrhaftig nicht, aber im Augenblick war ihm das einerlei. Er war nur froh darüber, daß er in alle Richtungen sehen konnte, während sie sich unterhielten – oder besser gesagt, während Duke redete.

»Bar okay?« fragte Duke, worauf Pearson nickte.

Es sah aus wie eine Bar, überlegte Pearson, während er Duke unter dem Schild mit der Aufschrift RAUCHER hindurch folgte, aber in Wirklichkeit waren es zwei. Ganz so wie damals, in den fünfziger Jahren, jede Theke unterhalb der Mason-Dixon-Linie eigentlich zwei gewesen waren: eine für die Weißen und eine für die Schwarzen. Und heute konnte man, wie damals, den Unterschied sehen. In der Mitte der Nichtraucherabteilung stand ein Sony-Fernseher, fast so groß wie eine Kinoleinwand; im Nikotinghetto dagegen war nur ein alter *Zenith* an der Wand festgeschraubt (auf einem Schild daneben stand zu lesen: SCHEUEN SIE SICH NICHT, UM KREDIT ZU BITTEN; WIR SCHEUEN UNS NICHT; IHNEN ZU SAGEN, SIE SOLLEN SICH VERP!!!EN). Die Oberfläche der Theke selbst war hier unten schmutziger – zuerst dachte Pearson, daß er sich das nur einbildete, aber ein zweiter Blick bestätigte das schmuddelige Aussehen des Holzes und die schwachen, überlappenden Ringe, Spuren der Geister vergangener Drinks. Und selbstverständlich herrschte der schale, abgestandene Geruch von Tabakrauch vor. Er hätte schwören können, daß er vom Barhocker hochstob, als er sich daraufsetzte, wie Popcornfürze aus einem alten Kinosessel. Der Nachrichtensprecher in dem zerkratzten, abgenutzten Fernseher schien an Arsenvergiftung zugrunde zu gehen; derselbe Typ, der weiter unten für die Gesundheitsapostel sprach, machte den Eindruck, als könnte er die fünftausend Meter laufen und anschließend noch sein Körpergewicht in kühlen Blonden stemmen.

Willkommen im hinteren Teil des Busses, dachte Pearson und betrachtete seine Zehn-Uhr-Kumpane mit einem Ausdruck resignierten Amüsements. *Oh, ihr müßt euch nicht beschweren; noch zehn Jahre, dann werden sie Raucher überhaupt nicht mehr an Bord lassen.*

»Zigarette?« fragte Duke und demonstrierte damit möglicherweise rudimentäre gedankenleserische Fähigkeiten.

Pearson sah auf die Uhr, dann akzeptierte er die Zigarette und ließ sie sich mit Dukes getürkt-teurem Feuerzeug anzünden. Er machte einen tiefen Zug, genoß es, wie der Rauch in seine Luftröhre einströmte, und genoß sogar das leichte Schwindelgefühl in seinem Kopf. *Natürlich* war die Gewohnheit gefährlich und potentiell tödlich; wie konnte es bei etwas, das einen so aufgeilte, anders sein? So lief das eben in der Welt, das war alles.

»Was ist mit Ihnen?« fragte er, als Duke die Zigaretten wieder in die Tasche steckte.

»Ich kann noch eine Weile warten«, sagte Duke lächelnd. »Konnte ein paar Züge nehmen, bevor wir in das Taxi eingestiegen sind. Außerdem muß ich die Zusätzliche ausgleichen, die ich nach dem Essen geraucht habe.«

»Sie rationieren, hm?«

»Ja. Normalerweise genehmige ich mir eine nach dem Essen. Heute hatte ich zwei. Wissen Sie, Sie haben mir eine Scheißangst gemacht.«

»Ich war selbst ziemlich erschrocken.«

Der Barkeeper kam herüber, und Pearson nahm fasziniert zur Kenntnis, wie der Mann dem dünnen Rauchfähnchen auswich, das von seiner Zigarette aufstieg. *Ich bezweifle, ob ihm überhaupt bewußt ist, daß er das macht; aber wenn ich ihm den Rauch direkt ins Gesicht blasen würde, würde er wahrscheinlich über die Theke springen und mir die Fresse polieren.*

»Kann ich den Herren helfen?«

Duke bestellte, ohne Pearson zu fragen, zwei Sam Adams. Als der Barkeeper wegging, um sie zu holen, drehte sich Duke wieder um und sagte: »Halten Sie sich zurück. Es wäre schlecht, sich jetzt zu betrinken. Sogar schlecht, sich nur einen kleinen anzududeln.«

Pearson nickte und ließ einen Fünfdollarschein auf die Theke fallen, als der Barkeeper mit den Bieren zurückkam. Er trank einen kräftigen Schluck, dann zog er an seiner Zigarette. Manche Leute glaubten, daß eine Zigarette nie besser schmeckte als nach einer Mahlzeit, aber dem konnte Pearson nicht zustimmen; er glaubte von ganzem Herzen, daß nicht der Apfel Eva in Schwierigkeiten gebracht hatte, sondern ein Bier und eine Zigarette.

»Was haben Sie benutzt?« fragte Duke ihn. »Das Pflaster? Hypnose? Gute alte amerikanische Willenskraft? Wenn ich Sie so ansehe, dann schätze ich, es war das Pflaster.«

Falls das Dukes humorvoller Versuch eines Seitenhiebs gewesen sein sollte, ging es voll daneben. Pearson hatte heute nachmittag viel über das Rauchen nachgedacht. »Ja, das Pflaster«, sagte er. »Ich habe es zwei Jahre getragen, und angefangen habe ich kurz nach der Geburt meiner Tochter. Ich habe sie einmal durch das Fenster der Säuglingsstation angesehen und mir geschworen, daß ich es mir abgewöhnen würde. Es schien mir ein Wahnsinn zu sein, vierzig oder fünfzig Zigaretten täglich anzuzünden, nachdem ich gerade für achtzehn Jahre die Verantwortung für ein brandneues Menschenwesen übernommen hatte.« *In das ich mich auf den ersten Blick verliebte,* hätte er hinzufügen können, aber er hatte eine Ahnung, als wüßte Duke das bereits.

»Ganz zu schweigen von der lebenslänglichen Verantwortung für Ihre Frau.«

»Ganz zu schweigen von meiner Frau«, stimmte Pearson zu.

»Plus verschiedene Brüder, Schwägerinnen, Gläubiger, Ratenzahler und Günstlinge des Hofes.«

Pearson lachte und nickte. »Ja, Sie haben's erfaßt.«

»Ist aber nicht so einfach, wie man glaubt, was? Wenn es vier Uhr nachts ist und man nicht schlafen kann, dann sind alle frommen Wünsche schnell vergessen.«

Pearson verzog das Gesicht. »Oder wenn man nach oben beordert wird und vor Grosbeck und Keefer und Fine und dem Rest der Boys vom Aufsichtsrat Purzelbäume schlagen muß. Als ich das das erste Mal tun mußte, ohne mir vorher eine Zigarette reinzuziehen – Mann, das war hart.«

»Aber Sie *haben* aufgehört, jedenfalls eine Zeitlang.«

Pearson sah Duke ob dessen Hartnäckigkeit nur ein bißchen erstaunt an und nickte. »Etwa sechs Monate. Aber *im Geiste* habe ich nie aufgehört, verstehen Sie, was ich meine?«

»Natürlich verstehe ich das.«

»Schließlich fing ich wieder an zu paffen. Das war 1992, etwa zu der Zeit, als Meldungen auftauchten, wonach Leute, die rauchten, während sie das Pflaster trugen, Herzanfälle hatten. Können Sie sich noch daran erinnern?«

»Hm-hmm«, sagte Duke und tippte sich an die Stirn. »Ich habe ein ganzes Archiv von Raucherstories hier gespeichert, Mann, in alphabetischer Ordnung. Rauchen und die Alzheimersche Krankheit, Rauchen und Blutdruck, Rauchen und grauer Star … Sie wissen schon.«

»Ich stand also vor der Wahl«, sagte Pearson. Er lächelte ein knappes verwirrtes Lächeln – das Lächeln eines Mannes, der weiß, er hat sich wie ein Arschloch benommen, benimmt sich *noch* wie ein Arschloch, weiß aber eigentlich nicht, warum. »Ich konnte aufhören, zu paffen, oder aufhören, das Pflaster zu tragen. Also habe ich …«

»Aufgehört, das Pflaster zu tragen!« beendeten sie den Satz im Chor, und dann brachen sie in schallendes Gelächter aus, bei dem ein geschniegelter Gast der Nichtraucherabteilung einen Moment zu ihnen herübersah, die Stirn runzelte und dann die Aufmerksamkeit wieder dem Nachrichtensprecher auf dem Bildschirm zuwandte.

»Das Leben ist schon eine beschissene Angelegenheit, was?« fragte Duke immer noch lachend und wollte in die Innentasche seines cremefarbenen Anzugs greifen. Er hielt inne, als er sah, wie ihm Pearson seine Packung Marlboro entgegenstreckte, aus der eine Zigarette herausragte. Sie wechselten noch einen Blick, Duke überrascht und Pearson wissend, und dann prusteten sie noch einmal vor Lachen. Der geschniegelte Typ in der Nichtraucherabteilung sah wieder her, diesmal mit noch deutlicher gerunzelter Stirn. Die beiden Männer bemerkten es nicht. Duke nahm die angebotene Zigarette und zündete sie an. Die ganze Sache dauerte nicht einmal zehn Sekunden, aber das reichte aus, die beiden Männer zu Freunden zu machen.

»Seit ich fünfzehn war, bis ich 1991 geheiratet habe, habe ich geraucht wie ein Schlot«, sagte Duke. »Meiner Mutter hat es nicht gefallen, aber sie war immerhin froh, daß ich kein Hasch geraucht oder gedealt habe, wie die Hälfte der anderen Jungs in unserer Straße – ich spreche hier von Roxbury, wissen Sie –, und darum hat sie nichts gesagt.

In den Flitterwochen sind Wendy und ich eine Woche nach Hawaii geflogen, und am Tag unserer Rückkehr hat sie mir etwas geschenkt.« Duke machte einen kräftigen Zug, dann blies er zwei Fächer blaugrauen Rauchs aus den Nasenlöchern. »Sie hatte es im Katalog von *The Sharper Image* gefunden, glaube ich, vielleicht aber auch in einem anderen. Hatte einen schicken Namen, aber an den kann ich mich nicht mehr erinnern; ich nannte das gottverdammte Ding immer nur Pawlows Daumenschraube. Aber ich liebte sie wie verrückt – und liebe sie immer noch, das können Sie mir ruhig glauben –, daher hielt ich mich zurück und gab mir die größte Mühe. Und es war gar nicht so schlimm, wie ich gedacht hatte. Kennen Sie das Ding, von dem ich spreche?«

»Aber klar«, sagte Pearson. »Der Piepser. Läßt einen auf jede Zigarette ein bißchen länger warten. Lisabeth – *meine* Frau – hat mir meine vorgezählt, als sie mit Jenny schwanger war. Etwa so subtil, als fiele einem von einem Gerüst eine Schubkarre voll Beton auf den Kopf, Sie wissen schon.«

Duke nickte lächelnd, und als der Barkeeper vorbeigeschwebt kam, deutete er auf die Gläser und bestellte dasselbe noch einmal. Dann drehte er sich zu Pearson um. »Abgesehen davon, daß ich Pawlows Daumenschrauben statt des Pflasters benutzt habe, ist meine Geschichte dieselbe wir Ihre. Ich habe es bis zu der Stelle geschafft, wo die Maschine eine beschissene kleine Version des Freiheitschors oder so was spielt, aber ich konnte die Gewohnheit nicht lassen. Sie ist schwerer zu töten als eine Schlange mit zwei Herzen.« Der Barkeeper brachte die beiden frischen Biere, dieses Mal bezahlte Duke, trank einen Schluck von seinem und sagte: »Ich muß mal telefonieren. Dauert etwa fünf Minuten.«

»Okay«, sagte Pearson. Er sah sich um, stellte fest, daß sich der Barkeeper wieder in die relative Sicherheit der Nichtraucherzone verzogen hatte (*spätestens im Jahr 2005 werden die Gewerkschaften auf zwei Barkeepern bestehen,* dachte er, *einen für die Raucher und einen für die Nichtraucher*), und wandte sich wieder Duke zu. Als er dieses Mal sprach, hatte er die Stimme gedämpft. »Ich dachte, wir wollten uns über die Batmen unterhalten.«

Duke betrachtete ihn einen Moment mit seinen dunkelbraunen Augen und sagte dann: »Das *haben* wir schon, Mann. Das *haben* wir schon.«

Und bevor Pearson noch etwas sagen konnte, war Duke in den düsteren (aber fast völlig rauchfreien) Tiefen von Gallagher's verschwunden und suchte nach der Stelle, an der die Münzfernsprecher versteckt waren.

Er war eher zehn Minuten als fünf weg, und Pearson überlegte schon, ob er vielleicht nach ihm sehen sollte, als er zum Fernseher blickte, wo der Nachrichtensprecher von einem Aufruhr berichtete, den der Vizepräsident der Vereinigten Staaten ausgelöst hatte. Der Vize hatte in einer Rede vor der NEA angedeutet, daß alle von der Regierung finanzierten Kindertagesstätten einer eingehenden Prüfung unterzogen und wenn möglich geschlossen werden sollten.

Schnitt auf ein Videoband, das am selben Tag etwas früher in einem Versammlungszentrum in Washington, D. C., aufgenommen worden war, und als die Kamera von der Totalen des einleitenden Kommentars auf eine Nahaufnahme des Vize ging, umklammerte Pearson die Bar mit beiden Händen so fest, daß seine Finger ein wenig in die Polsterung einsanken. Ihm fiel wieder ein, was Duke heute morgen auf dem Vorplatz zu ihm gesagt hatte: *Weil sie Freunde an höchster Stelle haben. Verdammt, sie sind selbst nur an den höchsten Stellen.*

»Wir führen keinen Feldzug gegen die berufstätigen Mütter Amerikas«, sagte das mißgebildete, fledermausgesichtige

Monster, das auf einem Podium mit dem blauen Wappen des Vizepräsidenten stand, »und keinen Feldzug gegen die notleidenden Armen. Wir sind jedoch der einhelligen Meinung …«

Eine Hand wurde auf Pearsons Schultern gelegt, und er mußte sich auf die Zunge beißen, damit er nicht aufschrie. Er drehte sich um und sah Duke. Eine Veränderung war mit dem jungen Mann vonstatten gegangen – seine Augen funkelten strahlend, und er hatte feine Schweißperlen auf der Stirn. Pearson fand, er sah aus, als hätte er gerade das große Los in der Lotterie gewonnen.

»Machen Sie so was nie wieder«, sagte Pearson, und Duke, der sich gerade wieder auf den Barhocker setzen wollte, erstarrte. »Ich glaube, mir ist gerade das Herz stehengeblieben.«

Duke schaute ihn überrascht an, dann sah er zum Fernseher. Verstehen dämmerte auf seinem Gesicht. »Oh«, sagte er. »Herrgott, das tut mir leid, Brandon. Wirklich. Ich vergesse dauernd, daß Sie erst in der Mitte des Films ins Kino gekommen sind.«

»Was ist mit dem Präsidenten?« fragte Pearson. Er bemühte sich, mit gedämpfter Stimme zu sprechen, was ihm auch beinahe gelungen wäre. »Ich schätze, ich kann mit diesem Arschloch leben, aber was ist mit dem Präsidenten? Ist er …«

»Nein«, sagte Duke. Er zögerte, dann fügte er hinzu: »Jedenfalls *noch* nicht.«

Pearson beugte sich zu ihm und stellte fest, daß diese seltsame Taubheit wieder in seine Lippen kroch. »Was *meinen* Sie damit, noch nicht? Was geht hier vor sich, Duke? Was sind sie? Woher kommen sie? Was tun sie, und was wollen sie?«

»Ich werde Ihnen sagen, was ich weiß«, sagte Duke, »aber vorher wollte ich Sie fragen, ob Sie mich heute abend zu einer kleinen Versammlung begleiten können. Gegen sechs? Ginge das?«

»Geht es um dies hier?«

»Logisch.«

Pearson überlegte. »Also gut. Aber ich muß Lisabeth anrufen.«

Duke sah erschrocken drein. »Aber erzählen Sie nichts von …«

»Selbstverständlich nicht. Ich werde ihr sagen, *La Belle Dame sans merci* möchte noch einmal ihre kostbare Präsentation durchgehen, bevor sie sie den Japanern zeigt. Das wird sie mir abkaufen; sie weiß, daß die Holding wegen der bevorstehenden Ankunft unserer Freunde vom Rand des Pazifik total außer Rand und Band ist. In Ordnung?«

»Ja.«

»Finde ich auch, aber ich komme mir trotzdem ein bißchen schäbig vor.«

»Es ist nicht schäbig, wenn Sie versuchen, die Fledermäuse, so gut es geht, von Ihrer Frau fernzuhalten. Ich meine, schließlich führe ich Sie nicht in einen Massagesalon, Bruder.«

»Wahrscheinlich nicht. Also schießen Sie los.«

»Na gut. Ich glaube, ich fange am besten damit an, daß ich Ihnen etwas von Ihrer Rauchgewohnheit erzähle.«

Die Musikbox, die in den letzten Minuten stumm gewesen war, ließ jetzt eine müde klingende Version von Billy Ray Cyrus' goldener Kitschkiste »Achy Breaky Heart« ertönen. Pearson starrte Duke Rhineman mit verwirrtem Blick an und machte den Mund auf, um zu fragen, was seine Rauchgewohnheiten mit dem Preis von Kaffee in San Diego zu tun hatten. Aber er brachte nichts heraus. Gar nichts.

»Man hört auf … dann fängt man wieder an zu paffen … aber man weiß, wenn man nicht aufpaßt, ist man in einem oder zwei Monaten wieder genau da, wo man angefangen hat«, sagte Duke. »Richtig?«

»Ja, aber ich verstehe nicht …«

»Sie werden.« Duke holte ein Taschentuch heraus und wischte sich die Stirn. Als er vom Telefonieren zurückgekommen war, hatte Pearson den Eindruck gehabt, als würde er gleich vor Aufregung platzen. Dabei blieb es, aber jetzt fiel Pearson noch etwas auf: Duke hatte Todesangst. »Hören Sie mir einfach zu.«

»Okay.«

»Wie auch immer, Sie haben einen Kompromiß mit Ihrer Gewohnheit geschlossen. Einen – wie sagt man? – *modus vivendi*. Sie bringen es nicht über sich, aufzuhören, aber Sie haben festgestellt, daß das nicht das Ende der Welt ist – schließlich sind Sie kein Kokser, der ein Sklave seiner Sucht ist, und kein Säufer, der am Fusel zugrunde geht. Rauchen ist eine elende Angewohnheit, aber es gibt *wirklich* einen Mittelweg zwischen zwei oder drei Schachteln pro Tag und völliger Abstinenz.«

Pearson sah ihn mit großen Augen an, und Duke lächelte.

»Ich lese nicht Ihre Gedanken, wenn Sie das denken. Ich meine, schließlich *kennen* wir uns, oder nicht?«

»Ich denke ja«, sagte Pearson nachdenklich. »Ich hatte nur einen Moment vergessen, daß wir beide Zehn-Uhr-Leute sind.«

»*Was* sind wir?«

Und so erklärte Pearson die Zehn-Uhr-Leute und ihr Stammesverhalten (verdrossene Blicke angesichts von RAUCHEN VERBOTEN-Schildern, verdrossenes Schulterzucken, wenn man von einer akkreditierten Autorität gebeten wurde, *bitte* die Zigarette auszumachen, Sir), ihre Stammesrituale (Kaugummi, Lutschbonbons, Zahnstocher und selbstverständlich kleine Spraydosen Binaca Mundspray) und ihre Stammeslitaneien (*Ich höre nächstes Jahr bestimmt auf*, gehörte zu den häufigsten).

Duke hörte fasziniert zu, und als Pearson fertig war, sagte er: »Herrgott, Brandon! Sie haben den Verlorenen Stamm Israel gefunden! Die armen Irren sind allesamt vom rechten Weg abgekommen, weil sie Joe Camel gefolgt sind!«

Pearson lachte schallend, was ihm wieder einen erbosten, verwirrten Blick des geschniegelten Burschen in der Nichtraucherabteilung einbrachte.

»Wie auch immer, es paßt alles zusammen«, sagte Duke zu ihm. »Darf ich Sie etwas fragen – rauchen Sie noch, wenn Ihr Kind dabei ist?«

»Himmel, nein!« rief Pearson aus.

»Ihre Frau?«

»Nein, nicht mehr.«

»Wann haben Sie zum letzten Mal in einem Restaurant geraucht?«

Pearson überlegte und stellte etwas Merkwürdiges fest: er wußte es nicht. Gewöhnlich saß er, auch wenn er allein war, in der Nichtraucherabteilung und hob sich die Zigarette auf, bis er gegessen und bezahlt hatte und gegangen war. Und die Zeiten, als er tatsächlich zwischen den Gängen geraucht hatte, waren selbstverständlich schon lange vorbei.

»Zehn-Uhr-Leute«, sagte Duke mit fassungsloser Stimme. »Mann, das gefällt mir. Es gefällt mir, daß wir einen Namen haben. Und es ist *wirklich*, als würde man einem Stamm angehören. Es ist ...«

Er verstummte plötzlich und sah zum Fenster hinaus. Ein Polizist der Stadt Boston ging vorbei und unterhielt sich mit einer hübschen jungen Frau. Diese betrachtete ihm mit einer Mischung aus Bewunderung und Sex-Appeal und bemerkte nichts von den kalten schwarzen Augen und den dreieckigen Zähnen direkt über ihr.

»Großer Gott, sehen Sie sich das an«, sagte Pearson mit gedämpfter Stimme.

»Ja«, sagte Duke. »Und es passiert immer häufiger. Jeden Tag häufiger.« Er schwieg eine ganze Weile und sah in sein halbleeres Bierglas. Dann schien er sich mühsam aus seinem Nachdenken zu reißen. »Was auch immer wir sind«, sagte er zu Pearson, »wir sind die einzigen Menschen auf der ganzen Scheißwelt, *die sie sehen.*«

»Was, *Raucher?*« fragte Pearson ungläubig. Er hätte selbstverständlich bemerken müssen, daß Duke darauf hinauswollte, aber trotzdem ...

»Nein«, sagte Duke geduldig. »*Raucher* sehen sie nicht. *Nichtraucher* sehen sie auch nicht.« Er maß Pearson mit den Augen. »Nur Menschen wie wir sehen sie, Brandon – Menschen, die weder Fleisch noch Fisch sind.

Nur Zehn-Uhr-Leute wie wir.«

Als sie Gallagher's fünfzehn Minuten später verließen (Pearson hatte seine Frau angerufen, ihr seine erfundene Leidensgeschichte erzählt und versprochen, daß er bis zehn Uhr zu Hause sein würde), war der Regen zu einem leichten Nieseln abgeklungen, und Duke machte den Vorschlag, sie sollten ein Stück zu Fuß gehen. Nicht ganz bis Cambridge, wo ihr Ziel lag, aber so weit, daß Duke seine Ausführungen zu Ende bringen konnte. Die Straßen waren so gut wie menschenleer, deshalb konnten sie ihr Gespräch fortsetzen, ohne ständig über die Schultern sehen zu müssen.

»Es ist irgendwie wie der erste Orgasmus«, sagte Duke, während sie durch einen feinen Bodennebel zum Charles River gingen. »Wenn das einmal anspringt, zum Bestandteil des Lebens wird, ist es einfach für einen da. Hier ist es genau so. Eines Tages haben die Chemikalien im Hirn genau das richtige Gleichgewicht, und dann *sieht* man einen. Wissen Sie, ich habe mich gefragt, wie viele Menschen in dem Augenblick schlichtweg vor Schreck umgefallen sind. Ich wette, jede Menge.«

Pearson betrachtete die blutige Schliere der Ampelspiegelung auf dem glänzenden, schwarzen Asphalt der Boylston Street und mußte an den Schock seiner ersten Begegnung denken. »Sie sind so gräßlich. So abscheulich. Wie ihre Haut auf dem Kopf zu wabbeln scheint ... Man kann es eigentlich nicht richtig aussprechen, oder?«

Duke nickte. »Stimmt, sie sind häßliche Wichser. Ich fuhr mit der Linie Rot und war auf dem Rückweg nach Milton, als ich meinen ersten gesehen habe. Er stand auf dem Bahnsteig Park Street Richtung Innenstadt. Wir sind direkt an ihm vorbeigefahren. Ein Glück, daß ich im Zug saß und von ihm weg fuhr, ich habe nämlich geschrien.«

»Was ist dann passiert?«

Dukes Lächeln war zumindest vorübergehend zu einer Grimasse der Verlegenheit geworden. »Die Leute haben mich angesehen, und dann ganz schnell wieder weg. Sie wissen ja, wie das in der Stadt ist; an jeder Ecke steht ein Verrückter und predigt, daß Jesus Tupperware liebt.«

Pearson nickte. Er wußte durchaus, wie es in der Stadt war. Jedenfalls hatte er das bis heute geglaubt.

»Ein großer, schlaksiger Rothaariger mit schätzungsweise

einer Million Sommersprossen im Gesicht setzte sich auf den Sitz neben mir und packte meinen Ellbogen, etwa so, wie ich heute Ihren gepackt habe. Er heißt Robbie Delray. Von Beruf Anstreicher. Sie werden ihn heute abend bei Kate kennenlernen.«

»Wer ist Kate?«

»Buchhändlerin in Cambridge. Krimis. Wir treffen uns ein- bis zweimal wöchentlich. Nette Unterkunft. Nette Leute, die meisten jedenfalls. Sie werden schon sehen. Wie auch immer, Robbie hielt meinen Ellbogen und sagte: ›Sie sind nicht verrückt, ich habe ihn auch gesehen. Er war echt – das war ein Batman.‹ Das war alles, und was mich betraf, hätte er total high von Amphetamin sein können ... aber ich *hatte* es gesehen, und die Erleichterung ...«

»Ja«, sagte Pearson, der wieder an heute vormittag denken mußte. Sie blieben am Storrow Drive stehen, ließen einen Tanklaster passieren und überquerten dann hastig die nasse Straße. Pearson ließ sich einen Moment von einem verblassenden, aufgesprühten Graffito auf der Rückseite einer Parkbank am Fluß faszinieren. DIE AUSSERIRDISCHEN SIND GELANDET, stand da. WIR HABEN 2 IM SEAFOOD-RESTAURANT GEGESSEN.

»Wie gut, daß Sie heute morgen da waren«, sagte Pearson. »Das war mein Glück.«

Duke nickte. »Stimmt, Mann, so ist es. Wenn die Bats einen fertigmachen, dann machen sie einen fertig – normalerweise sammeln die Bullen die Überreste ihrer Parties in einem Abfallkorb. Haben Sie das verstanden?«

Pearson nickte.

»Und niemand weiß, daß die Opfer alle eines gemeinsam haben – sie alle hatten das Rauchen auf fünf bis zehn Zigaretten täglich eingeschränkt. Ich könnte mir denken, diese Gemeinsamkeit ist selbst für das FBI ein bißchen zu obskur.«

»Aber warum töten sie uns?« fragte Pearson. »Ich meine, wenn einer rumläuft und erzählt, daß sein Boss ein Marsianer ist, dann schicken sie normalerweise nicht die Nationalgarde los; sie sperren den Kerl in die Klapsmühle!«

»Kommen Sie, Mann, bleiben Sie ernst«, sagte Duke. »Sie haben die Schönheiten doch selbst gesehen.«

»Es ... es macht ihnen Spaß?«

»Ja, es macht ihnen Spaß. Aber damit zäumen wir das Pferd vom Schwanz her auf. Sie sind wie Wölfe, Brandon, unsichtbare Wölfe, die durch eine Schafherde streichen. Und jetzt verraten Sie mir eins – was wollen Wölfe mit Schafen, davon abgesehen, daß ihnen jedesmal einer abgeht, wenn sie eins getötet haben?«

»Sie ... was wollen Sie damit sagen?« Pearson senkte die Stimme zu einem Flüstern. »Wollen Sie behaupten, sie *essen* uns?«

»Sie essen einige Teile von uns«, sagte Duke. »Das hat Robbie Delray an dem Tag geglaubt, an dem ich ihn kennengelernt habe, und das glauben die meisten von uns immer noch.«

»Wer ist ›uns‹, Duke?«

»Die Leute, zu denen ich Sie bringe. Wir werden nicht alle anwesend sein, aber heute ist der größte Teil da. Es ist etwas im Busch. Etwas Großes.«

»Was?«

Darauf schüttelte Duke nur den Kopf und fragte: »Ist es schon so weit für ein Taxi? Wird es Ihnen allmählich zu feucht?«

Pearson wurde es feucht, aber für ein Taxi war es noch nicht so weit. Der Spaziergang hatte ihn erfrischt – aber nicht nur der Spaziergang. Er glaubte nicht, daß er es Duke sagen konnte – wenigstens noch nicht –, aber dies alles hatte definitiv eine gute Seite ... eine *romantische* gute Seite. Es war, als wäre er in eine unheimliche, aber aufregende Abenteuergeschichte für Knaben geraten; er konnte die Illustrationen von N. C. Wyeth fast vor sich sehen. Er betrachtete die Kegel weißen Lichts, die langsam um die Straßenlaternen am Storrow Drive kreisten, und lächelte verhalten. *Etwas Großes ist im Busch*, dachte er. *Agent X-2 hat sich mit guten Nachrichten aus dem unterirdischen Stützpunkt gemeldet. Wir haben das Batgift gefunden, nach dem wir gesucht haben!*

»Die Aufregung läßt nach, glauben Sie mir«, sagte Duke trocken.

Pearson drehte verblüfft den Kopf herum. Offenbar hatte Duke schon zum zweiten Mal an diesem Tag seine Gedanken gelesen.

»Wenn man Ihren Freund mit halbem Kopf aus dem Hafen von Boston fischt, werden Sie schon merken, daß kein Tom Swift vorbeikommen wird, um Ihnen zu helfen, den verdammten Zaun zu weißeln.«

»Tom Sawyer«, murmelte Pearson und wischte sich Regenwasser aus den Augen. Er konnte spüren, wie er errötete.

»Sie essen etwas, das unser Gehirn erzeugt, meint jedenfalls Robbie. Möglicherweise ein Enzym, sagt er, möglicherweise eine spezielle elektromagnetische Strahlung. Er sagt, es könnte dasselbe sein, weshalb wir – jedenfalls einige von uns – sie sehen können, und daß wir für sie wie Tomaten im Garten eines Farmers sind, die sie pflücken, wenn sie denken, daß wir reif sind. Ich wurde als Baptist erzogen und bin darum bereit, gleich zum Kern der Sache zu kommen – nichts mit dieser Farmer-John-Scheiße. Ich glaube, sie sind Seelenfresser.«

»Echt? Nehmen Sie mich auf den Arm, oder glauben Sie das wirklich?«

Duke lachte, zuckte die Achseln und sah trotzig drein – alles gleichzeitig. »Scheiße, ich weiß es nicht, Mann. Das alles tauchte etwa zum selben Zeitpunkt in meinem Leben auf, als ich überzeugt war, der Himmel wäre ein Märchen und die Hölle waren andere Menschen. Jetzt bin ich wieder total im Eimer. Aber das ist eigentlich nicht wichtig. Nur eines ist wichtig, nur eines muß man sich immer vor Augen halten, nämlich daß sie *eine Menge* Gründe haben, uns zu töten. Zuerst einmal, weil sie befürchten, wir könnten genau das tun, was wir jetzt auch tun – uns zusammenschließen, organisieren, versuchen, ihnen Schaden zuzufügen ...«

Er machte eine Pause, dachte darüber nach, schüttelte den Kopf. Dann sah er sich um und sah aus wie ein Mann, der Zwiesprache mit sich selbst hält und wieder einmal versucht, einige Fragen zu beantworten, um derentwegen er schon zu viele schlaflose Nächte verbracht hat.

»Befürchten? Ich weiß nicht, ob das richtig ist. Aber sie gehen nicht viele Risiken ein, daran kann kein Zweifel bestehen. Und an etwas anderem besteht auch kein Zweifel – sie hassen die Tatsache, daß manche von uns sie sehen können. Das hassen sie *wie die Pest*. Wir haben einmal einen gefangengenommen, und das war, als hielte man einen Sturm im Wasserglas gefangen. Wir ...«

»Einen *gefangen!*«

»Freilich«, sagte Duke und schenkte ihm ein hartes, humorloses Lächeln. »Wir haben ihn auf einem Rastplatz an der I-95 droben bei Newburyport gestellt. Wir waren zu sechst – mein Freund Robbie hatte das Kommando. Wir brachten ihn in ein Farmhaus, und als die Wirkung der Wagenladung Schlafmittel, die wir ihm verpaßt hatten, nachließ – übrigens viel zu schnell –, versuchten wir, ihn zu verhören, um bessere Antworten auf einige der Fragen zu bekommen, die Sie auch schon gestellt haben. Wir hatten ihm Handschellen und Fußfesseln angelegt; wir hatten soviel Nylonseil um ihn gewickelt, daß er wie eine Mumie aussah. Wissen Sie, woran ich mich noch am besten erinnere?«

Pearson schüttelte den Kopf. Das Gefühl, er lebte zwischen den Seiten einer Abenteuergeschichte für Knaben, war verschwunden.

»Wie er aufgewacht ist«, sagte Duke. »Es gab keine Übergangsphase. Eben war er noch völlig weggetreten, und im nächsten Augenblick war er hellwach und starrte uns mit diesen gräßlichen Augen an. Fledermausaugen. Sie *haben* nämlich Augen, wissen Sie – das ist den Leuten nicht immer ganz klar. Dieses Gerücht, daß sie blind wären, muß das Werk eines guten Presseagenten sein.

Er weigerte sich, mit uns zu reden. Kein einziges Wort. Ich glaube, er wußte, daß er diese Scheune nicht mehr verlassen würde, aber er zeigte keine Angst. Nur Haß. Mein Gott, der Haß in seinen Augen!«

»Was ist passiert?«

»Er hat die Handschellenkette zerrissen wie ein Papiertaschentuch. Die Fußfesseln waren schwieriger – wir hatten diese Klemmen aus Eisen in hohen Stiefeln, die man direkt am Boden festnageln kann. Aber das Nylonseil – er hat angefangen, es durchzubeißen, wo es über seine Schulter hing. Sie haben die Zähne ja gesehen – es war, als nagte eine Ratte eine Strohschnur durch. Wir standen alle da wie vom Donner gerührt. Sogar Robbie. Wir konnten nicht glauben, was wir da sahen. Vielleicht hatte er uns auch hypnotisiert. Wissen Sie, das habe ich mich oft gefragt, ob das nicht möglich gewesen wäre. Gott sei Dank hatten wir Lester Olson. Wir hatten einen Ford Econoline benutzt, den Robbie und Moira gestohlen hatten, und Lester hatte panische Angst, man könnte ihn von der Straße aus sehen. Er ging raus, um nachzusehen, und als er zurückkam und feststellte, daß das Ding sich fast befreit hatte, bis auf die Füße, schoß er ihm dreimal in den Kopf. Einfach peng-peng-peng.«

Duke schüttelte den Kopf.

»Hat ihn getötet«, sagte Pearson. »Einfach peng-peng-peng.«

Seine Stimme schien außerhalb seines Kopfes zu ertönen wie heute vormittag auf dem Vorplatz der Bank, und plötzlich kam ihm ein gräßlicher und doch plausibler Gedanke: daß es gar keine Batmen *gab*. Sie waren eine Massenhalluzination, mehr nicht, nicht viel anders, als sie Peyoteesser manchmal während ihrer Drogenversammlungen hatten. Eine Massenhalluzination, die sich auf die Zehn-Uhr-Leute beschränkte und einfach von genau der falschen Menge Tabak ausgelöst wurde. Die Leute zu denen Duke ihn führte, hatten in dieser irren Wahnvorstellung mindestens einen unschuldigen Menschen getötet und würden wahrscheinlich weitere töten. Würden mit der Zeit *mit Sicherheit* weitere töten. Und wenn er sich nicht bald von dem Einfluß dieses verrückten Bankers befreite, wurde er vielleicht einer von ihnen. Er hatte schon zwei Batmen – Fledermausmenschen – gesehen – nein, drei, wenn man den Polizisten mitzählte, und vier mit dem Vizepräsidenten. Und das brachte das Kartenhaus wirklich zum Einstürzen, die Vorstellung, daß *der Vizepräsident der Vereinigten Staaten …*

Dukes Gesichtsausdruck erweckte in Pearson die Überzeugung, daß seine Gedanken ein rekordverdächtiges drittes Mal an diesem Tag gelesen wurden. »Sie fragen sich allmählich, ob wir vielleicht nicht mehr alle Tassen im Schrank haben, Sie eingeschlossen«, sagte Duke. »Ist es nicht so?«

»Natürlich ist es so«, sagte Pearson etwas schneidender, als er beabsichtigt hatte.

»Sie verschwinden«, sagte Duke einfach nur. »Ich habe *gesehen*, wie der in der Scheune verschwunden ist.«

»Was?«

»Sie werden durchsichtig, lösen sich in Rauch auf, verschwinden. Ich weiß, wie verrückt sich das anhört, aber ich könnte niemals die Worte finden, um Ihnen begreiflich zu machen, wie verrückt es war, tatsächlich dabeizusein und zu sehen, wie es passierte.

Zuerst denkt man, es kann nicht sein, obwohl es sich vor den eigenen Augen abspielt; man glaubt, man muß es träumen, oder daß man möglicherweise in einen Film hineingeraten ist, einen Film voller toller Spezialeffekte, wie die alten *Krieg-der-Sterne*-Filme. Dann riecht man etwas wie Staub und Pisse und scharfe Chilischoten in einem. Verätzt die Augen, und man möchte kotzen. Lester *hat* gekotzt, und Janet hat eine Stunde hinterher noch geniest. Sie sagte, normalerweise passiert ihr das nur bei Ambrosia und Brennessel. Wie auch immer, ich ging zu dem Stuhl, wo er gewesen war. Die Seile waren noch da, ebenso die Handschellen und seine Kleider. Das Hemd war noch zugeknöpft. Die Krawatte geknotet. Ich machte den Reißverschluß seiner Hose auf – ganz vorsichtig, als könnte sein Pimmel rausgeschnellt kommen und mir die Nase abbeißen –, aber ich sah nur seine Unterwäsche in den Hosen. Gewöhnliche weiße Boxershorts. Das war alles, aber es genügte, denn *die* waren auch leer. Ich will Ihnen sagen, Bruder – man hat nichts Unheimliches gesehen, wenn man nicht die Kleidung von einem Typen so ordentlich in Schichten gesehen hat, ohne den Typ drinnen.«

»Verwandeln sich in Rauch und verschwinden«, sagte Pearson. »Jesus Christus.«

»Ja. Ganz am Ende hat er so ausgesehen.« Er deutete auf eine der Straßenlaternen mit ihrem hellen, kreisenden Nimbus aus Feuchtigkeit.

»Und was passiert mit ...« Pearson war einen Moment unsicher, wie er seine Frage formulieren sollte. »Werden sie als vermißt gemeldet? Sind sie …« Dann fiel ihm ein, was er wirklich wissen wollte. »Duke, wo ist der *echte* Douglas Keefer? Und die echte Suzanne Holding?«

Duke schüttelte den Kopf. »Das weiß ich nicht. Ich weiß nur, in gewisser Weise war es der echte Keefer, den Sie heute morgen gesehen haben, Brandon, und auch die echte Suzanne Holding. Wir glauben, daß die Köpfe, wie wir sehen, in Wirklichkeit gar nicht da sind, daß unser Gehirn nur das, was die Fledermäuse wirklich sind – ihre Herzen und Seelen – in visuelle Bilder übersetzt.«

»Spirituelle Telepathie?«

Duke grinste. »Sie können mit Worten umgehen, Bruder – aber man könnte es so nennen. Sie müssen sich mit Lester unterhalten. Wenn es um die Fledermäuse geht, ist er beinahe ein Dichter.«

Als er den Namen hörte, klingelte etwas in ihm, und nach einem Augenblick des Nachdenkens glaubte Pearson, daß er auch den Grund dafür kannte.

»Ist das ein älterer Mann mit dichtem weißen Haar? Sieht irgendwie aus wie ein alternder Magnat in einer Seifenoper?«

Duke prustete vor Lachen. »Ja, das ist Les.«

Sie gingen eine Weile schweigend nebeneinander her. Der Fluß rauschte geheimnisvoll rechts von ihnen vorbei, und sie konnten die Lichter von Cambridge auf der andere Seite sehen. Pearson dachte, daß er Boston noch nie so schön gesehen hatte.

»Die Batmen haben sich vielleicht nur einmal einen Virus oder so geholt …«, begann Pearson wieder und tastete sich so an das Thema heran.

»Ja, nun, manche Leute glauben an die Virustheorie, aber ich nicht. Denn überlegen Sie mal: Sie sehen nie einen Bat*hausmeister* oder eine Batgirl*kellnerin*. Sie stehen auf *Macht*, und sie bewegen sich nur im Umfeld der Macht. Haben Sie je von einem Virus gehört, der nur reiche Leute befällt, Brandon?«

»Nein.«

»Ich auch nicht.«

»Diese Leute, mit denen wir uns treffen werden … sind sie …« Pearson stellte mit einer gewissen Erheiterung fest, daß er sich überwinden mußte, die nächsten Worte auszusprechen. Es war nicht gerade eine Rückkehr ins Land der Abenteuerbücher für Knaben, aber nahe daran. »Sind sie Widerstandskämpfer?«

Duke dachte darüber nach, dann nickte er und zuckte gleichzeitig die Achseln – eine faszinierende Geste, als wollte sein Körper gleichzeitig ja und nein sagen. »Noch nicht«, sagte er, »aber nach heute abend werden wir es vielleicht sein.«

Bevor Pearson ihn fragen konnte, was er damit gemeint hatte, erspähte Duke wieder ein freies Taxi, dieses Mal auf der anderen Seite des Storrow Drive, und sprang in den Rinnstein, um es herbeizuwinken. Es fuhr eine illegale U-Kurve und hielt am Bordstein, damit sie einsteigen konnten.

Im Taxi unterhielten sie sich über Sport – die nervtötenden Red Sox, die deprimierenden Patriots, die schlappen Celtics – und ließen das Thema Fledermausmenschen ruhen. Doch als sie vor einem freistehenden Holzhaus auf der Cambridger Seite des Flusses ausstiegen (KATES KRIMISHOP stand auf einem Schild mit einer fauchenden schwarzen Katze, die einen Buckel machte), hielt Pearson Duke Rhinemans Arm fest und sagte: »Ich habe noch ein paar Fragen.«

Duke sah auf die Uhr. »Keine Zeit, Brandon – ich glaube, unser Spaziergang hat ein bißchen zu lange gedauert.«

»Dann nur zwei.«

»Mein Gott, Sie sind wie dieser Typ im Fernsehen, der in dem schmutzigen alten Regenmantel. Ich bezweifle sowieso, daß ich sie beantworten kann – ich weiß viel weniger von alledem, als Sie zu glauben scheinen.«

»Wann hat es angefangen?«

»Sehen Sie? Genau das meine ich. Ich weiß es nicht, und das Ding, das wir gefangen hatten, wollte es uns nicht verraten. Es hat uns seinen Namen, Dienstgrad und Dienstausweisnummer nicht genannt. Robbie Delray, von dem ich Ihnen erzählt habe, hat gesagt, daß er seine ersten vor mehr als fünf Jahren gesehen hat, als er einen Lhasa Apso auf dem Boston Common ausführte. Er sagt, daß es jedes Jahr mehr werden. Im Vergleich zu uns sind es immer noch nicht viele, aber ihre Zahl steigt … exponentiell? … ist das das Wort, nach dem ich suche?«

»Ich hoffe nicht«, sagte Pearson. »Das ist ein beängstigendes Wort.«

»Und Ihre andere Frage, Brandon? Beeilen Sie sich.«

»Was ist mit anderen Städten? Gibt es dort mehr Bats? Und andere Menschen, die sie sehen? Was haben Sie darüber gehört?«

»Davon wissen wir nichts. Sie könnten überall auf der Welt sein, aber wir sind ziemlich sicher, daß Amerika das einzige Land auf der Welt ist, wo mehr als eine Handvoll Menschen sie sehen können.«

»Warum?«

»Weil es das einzige Land ist, wo die Leute wegen Zigaretten förmlich durchdrehen. Wahrscheinlich ist es das einzige Land, in dem die Menschen glauben – und im Grunde ihres Herzens tun sie das wirklich –, wenn sie genau die richtigen Lebensmittel essen, die richtige Kombination von Vitaminen zu sich nehmen, ausreichend richtige Gedanken denken und sich die Ärsche mit der richtigen Klopapiermarke abwischen, dann werden sie ewig leben und die ganze Zeit sexuell aktiv sein. Was das Rauchen anbelangt, sind die Fronten abgesteckt, und das Ergebnis sind diese seltsamen Hybriden. Wir, mit anderen Worten.«

»Die Zehn-Uhr-Leute«, sagte Pearson lächelnd.

»Richtig. Die Zehn-Uhr-Leute.« Er sah über Pearsons Schulter. »Moira! Hi.«

Es überraschte Pearson nicht besonders, daß er Giorgio roch. Er drehte sich um und sah die kleine Miss Rotrock.

»Moira Richardson, Brandon Pearson.«

»Hallo«, sagte Pearson und ergriff ihre ausgestreckte Hand. »Kreditassistentin, richtig?«

»Das ist etwa so, als würde man einen Müllkutscher Sanitärtechniker nennen«, sagte sie mit einem fröhlichen Grinsen. Es war ein Grinsen, fand Pearson, in das ein Mann sich verlieben konnte, wenn er nicht auf sich achtgab. »Normalerweise kümmere ich mich nur um Kreditwürdigkeit. Wenn Sie einen neuen Porsche kaufen wollen, dann stelle ich fest, ob Sie tatsächlich eine Porsche-Typ sind. Natürlich nur im finanziellen Sinn.«

»Natürlich«, sagte Pearson und erwiderte das Grinsen.

»Cam!« rief sie. »Komm her!«

Das war der Hausmeister, der die Mütze verkehrtherum trug, wenn er das Klo putzte. In Straßenkleidung schien er etwa fünfzig IQ-Punkte mehr zu haben und eine erstaunliche Ähnlichkeit mit Armand Assante. Pearson verspürte einen kleinen Stich, aber keine echte Überraschung, als der Mann den Arm um Moira Richardsons begehrenswerte schlanke Taille legte und ihr einen Kuß auf ihren begehrenswert kleinen Mundwinkel gab. Dann hielt er Brandon die Hand hin.

»Cameron Stevens.«

»Brandon Pearson.«

»Ich freue mich, Sie hier zu sehen«, sagte Stevens. »Heute morgen habe ich wirklich geglaubt, Sie würden es vermasseln.«

»Wie viele von Ihnen haben mich denn beobachtet?« fragte Pearson. Er versuchte, sich an zehn Uhr auf dem Vorplatz zu erinnern, stellte aber fest, daß er das nicht konnte – alles war hinter dem weißen Nebel des Schreckens verschwunden.

»Fast alle in der Bank, die Sie sehen können«, sagte Moira leise. »Aber das macht nichts, Mr. Pearson …«

»Brandon, bitte.«

Sie nickte. »Wir haben nichts anderes getan, als auf Sie aufzupassen, Brandon. Komm mit, Cam.«

Sie eilten die Stufen zur Veranda des keinen Holzhauses hinauf und verschwanden im Inneren. Pearson konnte gerade einen flüchtigen Blick auf gedämpftes Licht erkennen, bevor die Tür wieder zufiel. Dann drehte er sich wieder zu Duke um.

»Das ist alles echt, richtig?«

Duke sah ihn verständnisvoll an. »Unglücklicherweise ja.« Nach einer Pause fügte er hinzu: »Aber etwas Gutes hat es.«

»Ach ja? Und das wäre?«

Dukes weiße Zähne blitzen in der nieseligen Düsternis. »Sie werden Ihre erste Versammlung seit wahrscheinlich zehn Jahren besuchen, bei der das Rauchen gestattet ist«, sagte er. »Kommen Sie – gehen wir rein.«

3

Das Foyer und die Buchhandlung dahinter waren dunkel; das Licht und die Stimmen kamen die steile Treppe links von ihnen empor.

»Nun«, sagte Duke, »hier sind wir. Um die Dead zu zitieren, What a long strange trip it's been – was für eine lange, seltsame Reise ist es doch gewesen.«

»Das können Sie laut sagen«, stimmte Pearson zu. »Ist Kate ein Zehn-Uhr-Mensch?«

»Die Besitzerin? Nein. Ich habe sie nur zweimal gesehen, aber ich glaube, sie ist eine überzeugte Nichtraucherin. Es war Robbies Idee, hierherzukommen. Was Kate betrifft, sind wir die Bostoner Gesellschaft der Krimifreunde.«

Pearson zog die Brauen hoch. »Wie bitte?«

»Eine kleine Gruppe treuer Fans, die sich jede Woche treffen, um über die Werke von Raymond Chandler, Dashiell Hammett, Ross Macdonald und Konsorten zu diskutieren. Falls Sie keinen von ihnen gelesen haben, sollten Sie es vielleicht nachholen. Es kann nie schaden, wenn man vorbereitet ist. Und so schwer ist es gar nicht; manche von ihnen sind sogar ziemlich gut.«

Sie gingen nach unten, Duke voraus – die Treppe war so schmal, daß sie nicht nebeneinander gehen konnten –, und betraten durch eine offene Tür einen hell erleuchteten Kellerraum mit niederer Decke, der wahrscheinlich die gesamte Länge des umgebauten Holzhauses oben umfaßte. Etwa dreißig Klappstühle waren aufgestellt worden, und vor ihnen stand eine mit blauem Tuch verhängte Staffelei. Hinter der Staffelei stapelten sich Versandkartons verschiedener Verlage. Pearson bemerkte amüsiert ein gerahmtes Bild an der Wand, darunter ein Schild mit der Aufschrift: DASHIELL HAMMETT: HEIL UNSEREM FURCHTLOSEN VORBILD.

»Duke?« fragte eine Frau links von Pearson. »Gott sei Dank – ich dachte schon, dir wäre etwas zugestoßen.«

Auch sie kannte Pearson – eine junge Frau mit ernster Miene, dicker Brille und langem, glattem schwarzem Haar. Heute abend sah sie in engen Jeans und einem T-Shirt der Georgetown University, unter dem sie eindeutig keinen BH trug, nicht ganz so ernst aus. Pearson gewann den Eindruck, sollte Dukes Frau je mitbekommen, wie diese junge Frau ihren Mann ansah, dann würde sie Duke an den Ohren aus Kates Kellerraum zerren, ohne sich um alle Fledermausmenschen der Welt zu scheren.

»Mir geht es prächtig, Darling«, sagte er. »Ich habe einen weiteren Konvertiten zur Kirche der Versauten Fledermaus mitgebracht, das ist alles. Janet Brightwood, Brandon Pearson.«

Brandon schüttelte ihr die Hand und dachte: *Du bist doch die, die ständig geniest hat.*

»Freut mich außerordentlich, Sie kennenzulernen, Brandon«, sagte sie und lächelte dann wieder Duke zu, der unter ihrem durchdringenden Blick ein bißchen verlegen wirkte. »Gehen wir hinterher noch einen Kaffee trinken?« fragte sie ihn.

»Nun – wir werden sehen, Darling. Okay?«

»Okay«, sagte sie, und ihr Lächeln verriet, daß sie drei Jahre darauf warten würde, mit Duke einen Kaffee trinken zu gehen, wenn Duke es so wollte.

Was habe ich hier zu suchen? fragte sich Pearson plötzlich. *Das ist völliger Wahnsinn … wie ein Treffen der Anonymen Alkoholiker im Irrenhaus.*

Die Mitglieder der Kirche der Versauten Fledermaus nahmen Aschenbecher von einem Stapel auf einer der Bücherkissen und zündeten sich voll offensichtlicher Wonne Zigaretten an, während sie zu ihren Plätzen gingen. Pearson schätzte, daß nur noch wenige Klappstühle übrig sein würden, wenn alle Platz genommen hatten.

»Heute sind so gut wie alle anwesend«, sagte Duke und führte ihn zu zwei Stühlen in der hinteren Reihe, weit weg von Janet Brightwood, die über ihre Kaffeemaschine wachte. Pearson hatte keine Ahnung, ob das ein Zufall war oder nicht. »Das ist gut … passen Sie auf die Fensterstange auf, Brandon.«

Die Stange, mit einem Haken am oberen Ende, um die hochgelegenen Kellerfenster zu öffnen, lehnte an einer weißgetünchten Backsteinwand. Pearson war versehentlich dagegen getreten, als er sich gesetzt hatte. Duke packte sie, bevor sie umfallen und möglicherweise jemanden erschlagen konnte, brachte sie an einen vergleichsweise sicheren Ort, ging den Gang entlang und holte einen Aschenbecher.

»Sie *können* Gedanken lesen«, sagte Pearson dankbar und zündete sich eine an. Es kam ihm ungeheuer seltsam (aber herrlich) vor, dies inmitten einer so großen Gruppe zu tun.

Duke zündete sich auch eine an, dann deutete er auf einen hageren, sommersprossigen Mann, der neben der Staffelei stand. Der Sommersprossige unterhielt sich angeregt mit Lester Olson, der in der Scheune in Newsbury den Batman erschossen hatte, peng-peng-peng.

»Der Rothaarige ist Robbie Delray«, sagte Duke fast ehrerbietig. »Wenn man die Rollen für eine Fernsehserie besetzen müßte, würde man ihn kaum als Retter der Menschheit aussuchen, was? Aber genau das könnte er sein.«

Delray nickte Olson zu, klopfte ihm den Rücken und sagte etwas, bei dem der weißhaarige Mann lachen mußte. Dann ging Olson zu seinem Sitz zurück – erste Reihe Mitte –, und Delray begab sich zu der verhängten Staffelei.

Inzwischen waren sämtliche Stühle belegt; im hinteren Teil des Raumes, bei der Kaffeemaschine, standen sogar ein paar Leute. Angeregte und nervöse Unterhaltungen schwirrten durch den Raum wie Billardkugeln nach einem harten Eröffnungsstoß. Unter der Decke hing bereits eine Wolke blaugrauen Zigarettenrauchs.

Gütiger Himmel, die sind aufgedreht, dachte er. *Total aufgedreht. Ich wette, 1940, während des Blitzkriegs, hat in den Kellern von London dieselbe Stimmung geherrscht.*

Er drehte sich zu Duke um. »Mit wem haben Sie gesprochen? Wer hat Ihnen gesagt, daß heute nacht etwas Großes im Busch ist?«

»Janet«, sagte Duke, ohne ihn anzusehen. Er hatte seine ausdrucksvollen braunen Augen auf Robbie Delray gerichtet, der ihn einmal während einer Fahrt mit der Red Line davor bewahrt hatte, den Verstand zu verlieren. Pearson glaubte, daß er neben Bewunderung so etwas wie Vergötterung in Dukes Augen sah.

»Duke? Dies ist echt eine große Versammlung, was?«

»Für uns ja, die größte, die ich je gesehen habe.«

»Macht es Sie nervös? Daß so viele Leute auf einem Fleck versammelt sind?«

»Nein«, sagte Duke einfach. »Robbie kann die Bats *riechen*. Er ... *pssst*, es geht los.«

Robbie Delray lächelte, hob die Hände, und das Murmeln verstummte fast augenblicklich. Pearson sah Dukes bewundernden Gesichtsausdruck auch in vielen anderen Gesichtern. In keinem aber weniger als Respekt.

»Danke, daß ihr gekommen seid«, sagte Delray leise. »Ich glaube, wir haben endlich erreicht, worauf manche von uns schon seit fünf Jahren warten.«

Das löste spontanen Beifall aus. Delray ließ sie einen Augenblick gewähren. Schließlich hob er die Hände und bat um Ruhe. Pearson machte eine beunruhigende Feststellung, als der Applaus (an dem er sich nicht beteiligte) abklang: Er konnte Dukes Freund und Mentor nicht leiden. Wahrscheinlich, vermutete er, verspürte er eine Anwandlung von Eifersucht – seit Delray vorne seine Nummer abzog, hatte Duke ganz offensichtlich vergessen, daß es Pearson überhaupt gab. Aber er glaubte nicht, daß das alles war. Diese »Bitte-Ruhe«-Geste mit erhobenen Händen hatte etwas Arglistiges und Selbstbeweihräucherndes; es hatte etwas von der fast unbewußten Verachtung eines Politikers für sein Publikum.

Hör auf damit, ermahnte sich Pearson. *Das kannst du nicht wissen.*

Richtig, durchaus richtig, und Pearson bemühte sich, den Eindruck aus seinem Denken zu verdrängen und Delray eine Chance zu geben, und wenn es auch nur um Dukes willen war.

»Bevor wir anfangen«, fuhr Delray fort, »möchte ich Sie gern mit einem brandneuen Mitglied unserer Gruppe bekannt machen: Brandon Pearson, aus dem tiefsten, dunkelsten Medford. Bitte stehen Sie kurz auf, Brandon, und zeigen Sie Ihren neuen Freunden, wie Sie aussehen.«

Pearson sah Duke verblüfft an. Duke grinste, zuckte die Achseln und gab Pearson dann mit dem Handballen einen Schubs an der Schulter. »Los doch, die beißen nicht.«

Dessen war sich Pearson nicht sicher. Dennoch stand er mit knallrotem Gesicht auf und spürte überdeutlich die Blicke der Anwesenden, die die Hälse verdrehten, um ihn zu mustern. Besonders deutlich merkte er das Grinsen von Lester Olson – es war, wie sein Haar, irgendwie so auffällig, daß es einfach verdächtig wirken mußte.

Seine Kollegen von den Zehn-Uhr-Leuten applaudierten wieder, aber dieses Mal applaudierten sie ihm: Brandon Pearson, Banker mittleren Ranges und störrischer Raucher. Er fragte sich wieder, ob er nicht doch durch Zufall in eine Versammlung der Anonymen Alkoholiker geraten war, die ausschließlich für Psychopathen bestimmt war (ganz zu schweigen davon, daß sie von welchen geleitet wurde). Als er wieder auf seinem Klappstuhl Platz nahm, waren seine Wangen purpurrot.

»Darauf hätte ich gern verzichten können«, flüsterte er Duke zu.

»Nur die Ruhe«, sagte Duke immer noch grinsend. »Das ist bei allen dasselbe. Und es muß Ihnen doch gefallen, Mann, oder nicht? Ich meine, Scheiße, es ist so *typisch* neunziger Jahre.«

»Es ist typisch neunziger Jahre, das stimmt, aber deshalb muß es mir noch lange nicht gefallen«, sagte Pearson. Sein Herz klopfte zu heftig, und die Röte seiner Wangen ließ nicht nach. Ihm schien sogar, als nähme sie weiter zu. *Was ist das?* fragte er sich. *Hitzewallungen? Männliche Wechseljahre?*

Robbie Delray bückte sich, unterhielt sich kurz mit der brünetten Brillenträgerin, die neben Olson saß, sah auf die

Uhr, ging zu der verhängnisvollen Leinwand zurück und trat dann wieder vor die Gruppe. Mit seinem offenen, sommersprossigen Gesicht sah er wie ein Sonntagsschüler oder Chorknabe aus, der unter der Woche alle möglichen harmlosen Streiche ausheckt – Mädchen Frösche in die Blusen stekken, dem kleinen Bruder die Bettdecke wegziehen, solche Sachen.

»Danke, Freunde, und willkommen in unserer Mitte, Brandon«, sagte er.

Pearson murmelte, daß er sich freute, hier zu sein, aber das stimmte nicht – was wäre, wenn sich seine Zehn-Uhr-Brüder und -Schwestern als eine Bande besserer New-Age-Arschlöcher herausstellten? Angenommen, er dachte genau so über sie wie über die meisten Gäste, die er in Oprah sah, oder über die gutgekleideten religiösen Fanatiker, die nach dem Psalm immer ihren Auftritt im *P T. L. Club* hatten? Was *dann?*

Ach, hör auf, sagte er zu sich. *Du kannst Duke doch gut leiden, oder nicht?*

Ja, er konnte Duke gut leiden, und er dachte sich, daß er Moira Richardson wahrscheinlich auch gut leiden können würde – das hieß, wenn er erst einmal hinter ihrem Äußeren die Persönlichkeit im Inneren entdecken konnte. Zweifellos würde er sich auch mit anderen anfreunden; er war ein geselliger Typ. Und er hatte, zumindest vorübergehend, den gemeinsamen Grund vergessen, weshalb sie sich alle hier in diesem Keller versammelt hatten: die Fledermausmenschen. Angesichts dieser Bedrohung konnte er ein paar Irre und New Ager tolerieren, oder nicht?

Wahrscheinlich.

Gut! Vorzüglich! Und jetzt lehn dich zurück, entspann dich und sieh dir die Parade an.

Er lehnte sich zurück, stellte aber fest, daß er sich nicht entspannen konnte, jedenfalls nicht völlig. Teilweise lag das daran, daß er der Neue war. Teilweise lag es daran, daß ihm ein auf diese Art erzwungener gesellschaftlicher Umfang mißfiel – er betrachtete Menschen, die ihn sofort und ohne Aufforderung beim Vornamen ansprachen, als eine Art Eindringlinge. Und teilweise ...

Ach, hör auf! Hast du es immer noch nicht kapiert? Du hast in dieser Angelegenheit keine Wahl!

Ein unangenehmer Gedanke, dem er aber nichts entgegenzusetzen hatte. Er hatte heute morgen eine Grenze überschritten, als er beiläufig den Kopf gedreht und gesehen hatte, was heutzutage *wirklich* in Douglas Keefers Kleidung steckte. Er glaubte, daß er das zumindest gewußt hatte, aber erst heute abend war ihm deutlich geworden, wie endgültig diese Grenze war und wie gering die Chance, sie jemals wieder in der Gegenrichtung zu überschreiten. Auf die *sichere* Seite.

Nein, er konnte sich nicht entspannen. Jedenfalls noch nicht.

»Bevor wir zur Sache kommen, möchte ich mich bei euch allen bedanken, daß ihr so kurzfristig gekommen seid«, sagte Robbie Delray. »Ich weiß, es ist nicht immer leicht, sich davonzumachen, ohne verwunderte Blicke zu ernten, und manchmal ist es regelrecht gefährlich. Ich glaube, es ist nicht übertrieben, zu sagen, daß wir schon verdammt viel zusammen durchgemacht haben … durch jede Menge Hochwasser gewatet sind …«

Ein höfliches, gemurmeltes Kichern aus dem Publikum. Die meisten schienen jedes Wort von Delray aufzusaugen.

»… und niemand weiß besser als ich, wie schwer es ist, zu den wenigen Menschen zu gehören, die tatsächlich die Wahrheit kennen. Seit ich vor fünf Jahren meinen ersten Bat gesehen habe …«

Pearson wurde bereits unruhig und verspürte das einzige Gefühl, mit dem er heute abend nicht gerechnet hatte: Langeweile. Daß dieser seltsame Tag so zu Ende gehen sollte, mit einer Gruppe Menschen, die im Keller einer Buchhandlung saßen und einem sommersprossigen Anstreicher zuhörten, der eine Rede hielt, die wie eine schlechte Ansprache im Rotary Club klang …

Doch die anderen schienen völlig gebannt zu sein; Pearson sah sich noch einmal um und vergewisserte sich. In Dukes Augen leuchtete selbstvergessene Faszination – ein Gesichtsausdruck, wie ihn auch Buddy, Pearsons Hund aus Kindertagen, zur Schau gestellt hatte, wenn Pearson seinen Freßnapf aus dem Fach unter der Spüle holte. Cameron Stevens und Moira Richardson hatten die Arme umeinandergelegt und betrachteten Robbie Delray mit gebannter Aufmerksamkeit. Ebenso Janet Brightwood. Ebenso der Rest der kleinen Gruppe um die Kaffeemaschine herum.

Ebenso alle, dachte er, *ausgenommen Brandon Pearson. Komm schon, Kleiner, versuch, dem Programm zu folgen.*

Aber er konnte es nicht, und auf eine merkwürdige Weise schien es, als könnte Robbie Delray es auch nicht. Pearson beendete seine Begutachtung des Publikums gerade rechtzeitig, um zu sehen, wie Delray wieder hastig auf die Uhr sah. Es war eine Geste, die Pearson nur allzu bekannt war, seit er sich in den Kreis der Zehn-Uhr-Leute eingereiht hatte. Er vermutete, daß der Mann die Minuten bis zu seiner nächsten Zigarette zählte.

Während Delray weiter schwadronierte, verloren auch einige andere das Interesse – Pearson hörte unterdrücktes Husten und das Scharren von Füßen. Delray segelte dessenungeachtet weiter und schien nicht zu bemerken, daß er im Begriff war, die Geduld seiner Zuhörerschaft zu strapazieren, geliebter Anführer der Rebellen hin oder her.

»... deshalb haben wir uns durchgeschlagen, so gut wir konnten«, sagte er gerade, »und wir haben unsere Verluste hingenommen, so gut es ging, und unsere Tränen verborgen, wie es wahrscheinlich alle zu allen Zeiten tun mußten, die in heimlichen Kriegen gekämpft haben, derweil wir stets den Glauben hegten, daß der Tag kommen wird, da das Geheimnis offenbart wird und wir ...«

Und wieder ein rascher Blick auf die Uhr ...

»... imstande sein werden, unser Wissen mit allen Männern und Frauen da draußen zu teilen, die schauen, aber nicht sehen können.«

Retter der Menschheit? dachte Pearson. *Gott steh uns bei! Der Kerl hört sich eher an wie Jesse Helms bei einem Hinhaltemanöver.*

Er betrachtete Duke und stellte erleichtert fest, daß dieser zwar immer noch zuhörte, aber auf seinem Sitz hin und her rutschte und Anzeichen erkennen ließ, daß er aus seiner Trance erwachte.

Pearson berührte sein Gesicht und stellte fest, daß es immer noch heiß war. Er drückte die Fingerspitzen auf die Halsschlagader und fühlte den Puls – immer noch rasend schnell. Jetzt lag es nicht mehr an der Peinlichkeit, daß er aufstehen und sich begaffen lassen mußte wie in der Endrunde der Wahl zur Miss America; die anderen hatten vergessen, daß er existierte, jedenfalls vorübergehend. Nein, es war etwas anderes. Und bestimmt nichts Gutes.

»... wir sind dabei geblieben und haben uns daran gehalten, wir haben die Füße bewegt, auch wenn die Musik nicht nach unserem Geschmack war ...«, laberte Delray.

Es liegt an dem, was du vorhin schon gedacht hast, sagte Brandon Pearson zu sich selbst. *Es ist die Angst, daß du in eine Gruppe von Leuten hineingeraten bist, die derselben tödlichen Halluzination zum Opfer gefallen sind.*

»Nein, das ist es *nicht*«, murmelte er. Duke drehte sich mit hochgezogenen Brauen zu ihm um, worauf Pearson den Kopf schüttelte. Duke richtete seine Aufmerksamkeit wieder auf den vorderen Teil des Raumes.

Er hatte tatsächlich Angst, aber nicht davor, daß er in einen seltsamen Kult geraten war, der aus Nervenkitzel tötete. Vielleicht *hatten* die Leute in diesem Raum getötet – zumindest einige –, vielleicht *hatte* sich die Episode in der Scheune in Newburyport tatsächlich abgespielt, aber von der Energie, die für derartige Verzweiflungsmaßnahmen erforderlich war, war in diesem Raum voller Yuppies, über die Dashiell Hammett wachte, nichts zu spüren. Er spürte lediglich schläfrige Halbherzigkeit, eine Art reduzierte Aufmerksamkeit, die es Leuten ermöglichte, langweilige Ansprachen wie diese zu überstehen, ohne einzuschlafen oder aufzustehen und den Saal zu verlassen.

»Robbie, komm zum Thema!« rief ein wohlmeinender Geist aus dem hinteren Teil des Raumes, worauf nervöses Gelächter ertönte.

Robbie Delray warf einen irritierten Blick in die Richtung, aus der die Stimme erklungen war, dann lächelte er und sah wieder auf die Uhr. »Ja, okay«, sagte er. »Ich gebe zu, ich bin abgeschweift. Lester, würdest du mir kurz helfen?«

Lester stand auf. Die beiden Männer verschwanden hinter dem Stapel Bücherkartons, trugen eine große Lederkiste an Gurten nach vorn und stellten sie unmittelbar vor der Staffelei ab.

»Danke, Les«, sagte Robbie.

Lester nickte und setzte sich wieder.

»Was ist in der Kiste?« flüsterte Pearson Duke ins Ohr.

Duke schüttelte den Kopf. Er sah verwirrt und mit einem Mal ein wenig unbehaglich drein – aber längst nicht so unbehaglich, wie Pearson zumute war.

»Okay, Mac hat recht«, sagte Delray. »Ich habe mich wahrscheinlich hinreißen lassen, aber ich finde, dies ist ein historischer Anlaß. Weiter im Programm.«

Er legte eine wirkungsvolle Pause ein, dann riß er das blaue Tuch von der Leinwand. Die Leute im Publikum beugten sich auf ihren Stühlen nach vorn und bereiteten sich auf eine Überraschung vor, dann ließen sie sich mit einem kollektiven Seufzer der Enttäuschung zurücksinken. Es handelte sich um die Schwarzweißfotografie eines scheinbar leerstehenden Lagerhauses. Das Foto war so weit vergrößert worden, daß das Auge mühelos das Durcheinander von Papierfetzen, Kondomen und leeren Weinflaschen in den Ladebuchten erkennen und das Wirrwarr aufgesprühter Sprüche an den Wänden lesen konnte. Der deutlichste Spruch lautete: DIE TOHUWABOHUSCHWESTERN HERRSCHEN.

Ein flüsterndes Murmeln lief durch den Raum.

»Vor fünf Wochen«, sagte Delray eindrucksvoll, »haben Lester, Kendra und ich zwei Batmen bis zu diesem leerstehenden Lagerhaus im Stadtteil Clark Bay von Revere verfolgt.«

Die dunkelhaarige Frau mit der runden, randlosen Brille, die neben Lester Olson saß, drehte sich selbstgefällig um – und Pearson sollte der Teufel holen, wenn sie danach nicht auf *ihre* Uhr sah.

»An dieser Stelle« – Delray deutete auf eine der abfallübersäten Ladebuchten – »trafen sie sich mit drei weiteren Fledermausmännern und zwei Frauen. Sie gingen hinein. Seither halten sechs oder sieben von uns rund um die Uhr dort Wache. Wir konnten feststellen …«

Pearson drehte sich um und sah Dukes verletztes, fassungsloses Gesicht. Er hätte sich ebensogut WARUM WURDE ICH NICHT AUSGEWÄHLT? auf die Stirn tätowieren lassen können.

»… daß es sich dabei um eine Art Treffpunkt für die Bats in der Bostoner Gegend handelt …«

Die Boston Bats, dachte Pearson, *toller Name für ein Baseballteam.* Und dann überfielen ihn wieder die Zweifel. *Bin ich das tatsächlich, der hier sitzt und sich diesen Irrsinn anhört? Bin ich es* wirklich?

Im Kielwasser dieses Gedankens, als hätten seine momentanen Zweifel irgendwie die Erinnerung ausgelöst, hörte er Delray wieder den versammelten Batjägern sagen, daß ihr jüngstes Mitglied Brandon Pearson aus dem tiefsten, dunkelsten Medford kam.

Er drehte sich wieder zu Duke um und flüsterte ihm leise ins Ohr.

»Als Sie mit Janet telefoniert haben – vorhin im Gallagher's –, da haben Sie ihr gesagt, daß Sie mich mitbringen würden, richtig?«

Duke bedachte ihn mit einem ungeduldigen Ich-möchte-zuhören-Blick, in dem immer noch eine Spur Betroffenheit mitschwang. »Klar«, sagte er.

»Haben Sie ihr gesagt, daß ich aus Medford stamme?«

»Nein«, sagte Duke. »Woher soll ich wissen, von wo Sie kommen? Lassen Sie mich zuhören, Brand!« Damit drehte er sich weg.

»Wir haben über fünfunddreißig Fahrzeuge beobachtet – überwiegend Luxusschlitten und Limousinen –, die dieses verlassene, abgelegene Lagerhaus besucht haben«, sagte Delray. Er wartete, bis das verdaut war, und warf noch einen hastigen Blick auf die Uhr. »Viele davon haben das Lagerhaus zehn- bis ein dutzendmal besucht. Die Bats sind zweifellos ungeheuer stolz darauf, daß sie sich so eine abgelegene Unterkunft als Versammlungsort oder gesellschaftlichen

Club oder was auch immer ausgesucht haben, aber ich glaube, sie werden feststellen, sie haben sich statt dessen in einer Ecke eingesperrt. Weil ... einen Augenblick bitte, Leute ...«

Er wandte sich ab und begann eine leise Unterhaltung mit Lester Olson. Die Frau namens Kendra schaltete sich ein und bewegte dabei den Kopf hin und her, als beobachtete sie ein Tischtennisspiel. Das sitzende Publikum verfolgte die geflüsterte Konferenz mit bestürzten und verwirrten Mienen.

Pearson wußte, wie ihnen zumute war. *Etwas Großes,* hatte Duke versprochen, und nach der Stimmung zu urteilen, die herrschte, als sie eingetroffen waren, hatten alle anderen etwas Ähnliches versprochen bekommen. »Etwas Großes«, hatte sich nun als ein einziges Schwarzweißfoto entpuppt, das nichts weiter als ein leerstehendes Lagerhaus inmitten eines Meers von Abfall, weggeworfener Unterwäsche und gebrauchten Gummis zeigte. Scheiße, was stimmte mit diesem Bild nicht?

Der Knüller muß in der Truhe stecken, dachte Pearson. *Übrigens, Sommersprosse, woher hast du gewußt, daß ich aus Medford komme? Glaub mir, das werde ich mir für die Fragerunde nach deiner Rede aufheben.*

Das Gefühl – gerötetes Gesicht, Herzklopfen, vor allem aber der Wunsch nach einer neuen Zigarette – war stärker denn je. Wie die Angstanfälle, die er manchmal am College gehabt hatte. Um was *handelte* es sich dabei? Wenn es nicht Angst war, was dann?

Oh, es ist durchaus Angst – und nicht nur die Angst, der einzige vernünftige Mensch in einer Schlangengrube zu sein. Du weißt, daß die Bats echt sind; du bist nicht verrückt, ebensowenig wie Duke oder Moira oder Cam Stevens oder Janet Brightwood. Aber trotzdem stimmt mit diesem Bild etwas nicht – ganz entschieden *nicht. Und ich glaube, er ist es. Robbie Delray, Anstreicher und Retter der Menschheit. Er wußte, woher ich komme. Brightwood hat ihn angerufen und ihm gesagt, daß Duke jemanden von der First Merc mitbringt, Brandon Pearson heißt er. Und Robbie hat mich überprüft. Warum hat er das getan? Und wie hat er es gemacht?*

Im Geiste hörte er Duke Rhineman plötzlich sagen: *Weil sie*

Freunde an höchster Stelle haben. Verdammt, sie sind selbst nur an den höchsten Stellen.

Wenn man Freunde an höchster Stelle hatte, konnte man jemanden in aller Eile überprüfen, oder nicht? Ja. Leute an höchster Stelle hatten Zugang zu allen richtigen Computerpaßwörtern, zu allen richtigen Unterlagen, allen Zahlen, die die richtigen Statistiken ausmachten ...

Pearson regte sich auf seinem Stuhl wie ein Mann, der aus einem schrecklichen Traum erwacht. Er streckte unwillkürlich den Fuß aus und trat wieder gegen die Fensterstange. Sie geriet ins Rutschen. Derweil wurde das Flüstern im vorderen Teil des Raums unter allgemeinem Nicken beendet.

»Les?« fragte Delray. »Würdest du und Kendra mir noch einmal helfen?«

Pearson griff nach der Stange, bevor sie umfallen und jemandem den Schädel einschlagen oder möglicherweise jemandem mit dem spitzen Haken am Ende die Kopfhaut aufreißen konnte. Er bekam sie zu fassen, wollte sie wieder an die Wand lehnen und sah dabei das Trollgesicht, das zum Kellerfenster hereinstarrte. Die schwarzen Augen, die denen einer vergessenen Flickenpuppe glichen, sahen direkt in Pearsons blaue. Hautstreifen rotierten wie Luftschleier um einen dieser Planeten, die die Astronomen Gasriesen nannten. Die schwarzen Schlangen der Adern über dem knotigen, nackten Schädel pulsierten. Die Zähne glitzerten in dem klaffenden Maul.

»Helft mir nur mit den Schnallen an diesem verfluchten Ding«, sagte Delray vom anderen Ende der Milchstraße. Er gab ein kurzes, freundliches Kichern von sich. »Ich glaube, sie sind ein bißchen verklemmt.«

Brandon Pearson kam es vor, als wäre die Zeit wieder zum heutigen Vormittag zurückgelaufen. Er versuchte wieder zu schreien, und wieder raubte ihm der Schrecken die Stimme, und er bekam nur ein leises, ersticktes Bellen heraus – den Laut eines Mannes, der im Schlaf stöhnt.

Die endlose Ansprache.

Das sinnlose Foto.

Die ständigen Blicke auf die Uhr.

Macht es Sie nervös? Daß so viele Leute an einer Stelle versammelt sind? hatte er gefragt, und Duke hatte geantwortet: *Nein, Robbie kann die Bats riechen.*

Diesmal konnte ihn niemand aufhalten, und diesmal war seiner Anstrengung Erfolg beschieden.

»ES IST EINE FALLE!« schrie er und sprang auf die Füße. *»ES IST EINE FALLE, WIR MÜSSEN HIER RAUS!«*

Verblüffte Gesichter drehten sich zu ihm um – aber drei brauchten sich nicht zu drehen. Sie gehörten Delray, Olson und der dunkelhaarigen Frau namens Kendra. Sie hatten gerade die Schnallen bezwungen und die Truhe geöffnet. Ihre Gesichter drückten Betroffenheit und Schuldgefühle aus – aber keine Überraschung. Dieses besondere Gefühl fehlte.

»Setzen Sie sich, Mann!« zischte Duke. »Haben Sie den Verstand ver ...«

Oben wurde die Tür aufgerissen. Stiefel stapften auf dem Boden in Richtung Treppe.

»Was ist hier los?« fragte Janet Brightwood. Sie sagte es direkt zu Duke. Ihre Augen waren groß und ängstlich. »Wovon *redet* er?«

»RAUS MIT EUCH!« brüllte Pearson. *»MACHT, DASS IHR VERSCHWINDET! ER HAT ES EUCH VERKEHRT HERUM ERZÄHLT! WIR SIND ES, DIE IN DER FALLE SITZEN!«*

Die Tür am oberen Ende der schmalen Treppe zum Keller wurde aufgestoßen, dann ertönten aus den Schatten die abstoßendsten Geräusche, die Pearson je gehört hatte – es war, als hörte man einem Rudel Pitbulls zu, die sich um ein lebendes Baby rauften, das in ihre Mitte geworfen worden war.

»Wer ist das?« schrie Janet. *»Wer ist da oben?«* Aber es war keine Frage in ihrem Gesicht zu lesen; ihr Gesicht wußte genau, wer da oben war. *Was* da oben war.

»Beruhigt auch!« schrie Robbie Delray in die verwirrte Gruppe von Leuten, die größtenteils noch auf den Klappstühlen saßen. *»Sie haben uns eine Amnestie versprochen! Habt ihr mich verstanden? Habt ihr verstanden, was ich gesagt habe? Sie haben mir ihr feierliches Versprechen ...«*

In diesem Augenblick barst das Kellerfenster links von

dem, durch das Pearson das Gesicht des ersten Bat gesehen hatte, nach innen und ließ einen Schauer aus Glasscherben auf die fassungslosen Männer und Frauen in der ersten Reihe an der Wand niederregnen. Ein Armani-bekleideter Arm schnellte durch das Fenster und packte Moira Richardson an den Haaren. Sie kreischte und schlug nach der Hand, die sie festhielt. Eigentlich war es gar keine Hand, sondern ein Bündel von Tentakeln mit langen Chitinnägeln.

Ohne nachzudenken, ergriff Pearson die Fensterstange, schnellte vorwärts und stieß in Richtung des wabernden Fledermausgesichts, das zu dem zerschellten Fenster hereinsah. Der Haken drang in ein Auge des Dinges ein. Eine zähe, schwach, aber durchdringend riechende Flüssigkeit ergoß sich über Pearsons Hände. Der Batman stieß einen heulenden, wilden Laut aus – für Pearson hörte er sich nicht wie ein Schmerzensschrei an, aber er dachte sich, daß er vielleicht hoffen durfte –, dann kippte er nach hinten und zog die Fensterstange aus Pearsons Händen in die regnerische Nacht hinaus. Bevor die Kreatur endgültig verschwand, sah Pearson weißen Nebel von ihrer tumorübersäten Haut dampfen und roch einen Hauch von *(Staub Urin scharfen Chilischoten)* etwas Widerlichem.

Cam Stevens zog Moira in seine Arme und sah Pearson mit fassungslosen Augen an. Rings um sie herum standen Männer und Frauen mit denselben fassungslosen Mienen, Männer und Frauen, die erstarrt waren wie Wild im Licht entgegenkommender Scheinwerfer.

Sie sehen nicht gerade wie Widerstandskämpfer aus, dachte Pearson. *Sie sehen aus wie Schafe, die im Schurpferch gefangen sind – und der Dreckskerl von einem Judas, der sie hereingeführt hat, steht mit seinen Mitverschwörern vorn im Raum.*

Das wilde Heulen von oben kam näher, aber nicht so schnell, wie Pearson erwartet hatte. Dann fiel ihm ein, wie schmal die Treppe war – so schmal, daß zwei Männer nicht nebeneinander gehen konnten –, und er sprach ein kurzes Dankgebet, während er vorwärts drängte. Er packte Duke an der Krawatte und zog ihn auf die Füße. »Kommen Sie«, sagte er. »Wir machen einen Abgang. Gibt es hier eine Hintertür?«

»Ich ... weiß nicht.« Duke rieb sich langsam und heftig eine Schläfe wie ein Mann, der schlimme Kopfschmerzen hat. »Robbie hat das getan? *Robbie?* Das kann nicht sein, Mann ... oder doch?« Er sah Pearson ungläubig an.

»Ich fürchte doch, Duke. Kommen Sie.«

Er ging zwei Schritte Richtung Mittelgang, ohne Dukes Krawatte loszulassen, dann blieb er stehen. Delray, Olson und Kendra hatten in der Truhe gewühlt, nun schwenkten sie automatische Waffen, so groß wie Pistolen, aber mit absurd aussehenden langen Magazinen versehen. Pearson hatte außer in Filmen noch nie eine Uzi gesehen, aber er vermutete, daß es sich darum handelte. Uzis oder enge Verwandte davon. Und was, zum Teufel, spielte das überhaupt für eine Rolle? Es waren *Waffen.*

»Halt«, sagte Delray. Er schien zu Duke und Pearson zu sprechen. Er versuchte zu lächeln, brachte aber nur etwas zustande, das wie die Grimasse eines zum Tode Verurteilten aussah, der gerade informiert worden ist, daß seine Begnadigung abgelehnt wurde. »Bleibt, wo ihr seid.«

Duke ging weiter. Er stand jetzt auf dem Mittelgang, und Pearson direkt neben ihm. Andere standen auf, folgten ihrem Beispiel und drängten nach vorn, sahen dabei aber nervös über die Schultern auf die Tür zum Treppenaufgang. Ihre Augen verrieten, daß ihnen die Waffen nicht gefielen. Aber das Fauchen und Knurren, das vom Obergeschoß ertönte, gefiel ihnen noch weniger.

»Warum, Mann?« fragte Duke, und jetzt sah Pearson, daß er den Tränen nahe war. Er hielt die Hände mit den Handflächen nach außen hoch. »Warum hast du uns verkauft?«

»Bleib stehen, Duke, ich warne dich«, sagte Lester Olson mit scotchumnebelter Stimme.

»Ihr anderen bleibt auch zurück!« schnappte Kendra. Sie hörte sich ganz und gar nicht umnebelt an. Sie verdrehte die Augen, als versuchte sie, den ganzen Raum auf einmal einzusehen.

»Wir hatten nie eine Chance«, sagte Delray zu Duke. Er hörte sich flehentlich an. »Sie waren uns auf die Schliche gekommen, sie hätten uns *jederzeit* hochnehmen können, aber sie haben mir eine Abmachung vorgeschlagen. Hast du verstanden? Ich habe uns nicht verkauft; *niemals* verkauft. *Sie* sind zu *mir* gekommen.« Er sagte es mit Nachdruck, als hätte diese Unterscheidung tatsächlich eine Bedeutung für ihn, aber das hektische Blinzeln seiner Augen verkündete eine andere Botschaft. Es war, als wäre ein anderer Robbie Delray in seinem Inneren, ein besserer Robbie Delray, der emsig versuchte, sich von diesem beschämenden Verrat reinzuwaschen.

»DU BIST EIN ELENDER LÜGNER!« kreischte Duke Rhineman mit einer Stimme, die vor verletzter Qual und wütender Erkenntnis brach. Er sprang den Mann an, der ihm im Wagen der Roten Linie die geistige Gesundheit und wahrscheinlich das Leben gerettet hatte. Und dann überstürzten sich die Ereignisse.

Pearson konnte unmöglich alles gesehen haben, und doch kam es ihm so vor. Er sah Robbie Delray zögern; dann drehte er die Waffe seitwärts, als wollte er Duke mit dem Griff schlagen, statt auf ihn zu schießen. Pearson sah Lester Olson, der den Batman in der Scheune von Newburyport erschossen hatte, bevor er den Mut verlor und beschloß, sich auf eine Abmachung einzulassen, wie er das Magazin seiner eigenen Waffe an die Gürtelschnalle drückte und den Abzug betätigte. Er sah vorübergehend blaue Funken in den Lüftungsschlitzen der Waffe auftauchen und hörte ein heiseres taktaktaktak – Pearson vermutete, daß die Waffen sich so in Wirklichkeit anhörten. Er hörte, wie etwas Unsichtbares zwei Zentimeter von seinem Gesicht entfernt durch die Luft schnitt; es war, als hörte man ein Gespenst seufzen. Und er sah, wie Duke rückwärts geschleudert wurde, Blut von seinem weißen Hemd aufspritzte und den cremefarbenen Anzug besudelte. Er sah den Mann, der direkt hinter Duke gestanden hatte, auf die Knie stolpern und die Hände vor die Augen schlagen; helles Blut quoll zwischen den Knöcheln hervor.

Jemand – möglicherweise Janet Brightwood – hatte vor Beginn der Versammlung die Tür zwischen der Treppe und dem Kellerraum zugemacht; jetzt wurde sie aufgestoßen, und zwei Fledermausmänner in Uniformen der Polizei von Boston drängten herein. Die kleinen, zusammengedrückten Gesichter sahen tückisch aus den zu groß geratenen, seltsam rastlosen Köpfen.

»*Amnestie!*« kreischte Robbie Delray. Die Sommersprossen in seinem Gesicht zeichneten sich wie Brandmale ab.

»Amnestie! Mir wurde Amnestie zugesagt, wenn ihr alle stehenbleibt, wo ihr seid, und die Hände hochnehmt!«

Mehrere Leute – überwiegend die, die sich um die Kaffeemaschine gedrängt hatten – hoben *tatsächlich* die Hände, wichen dabei aber vor den uniformierten Fledermausmännern zurück. Einer der Bats streckte mit einem tiefen Grunzen die Hand aus, packte einen Mann vorne am Hemd und zog ihn ruckartig zu sich heran; und bevor Pearson begriff, was geschah, hatte das Ding dem Mann die Augen ausgerissen. Das Ding betrachtete einen Moment die gallertartigen Überbleibsel auf seiner seltsam mißgebildeten Handfläche, dann stopfte es sie sich in den Mund.

Als zwei weitere Bats durch die Tür in den Raum drängten und sich mit ihren schwarzfunkelnden kleinen Augen umsahen, zog der andere Polizist einen Dienstrevolver und feuerte dreimal scheinbar wahllos in die Menge.

»*Nein!*« hörte Pearson Delray schreien. *»Nein, ihr habt es versprochen!«*

Janet Brightwood ergriff die Kaffeemaschine, hob sie über den Kopf und warf sie nach einem der Neuankömmlinge. Sie landete mit einem gedämpften metallischen Scheppern, heißer Kaffee ergoß sich über das Ding. Dieses Mal war nicht zu überhören, daß es sich um einen Schmerzensschrei handelte. Einer der Polizeibats streckte die Hände nach Janet aus. Sie duckte sich, versuchte zu fliehen, wurde umgestoßen und verschwand plötzlich unter einem Ansturm auf den vorderen Teil des Raumes.

Jetzt barsten sämtliche Fenster, und irgendwo in der Umgebung konnte Pearson eine Sirene hören, die immer näher kam. Er sah, wie die Bats zwei Gruppen bildeten und an den Seiten des Raums entlangliefen; sie hatten es eindeutig darauf abgesehen, die panischen Zehn-Uhr-Leute in den Vorratsraum hinter der Staffelei zu treiben, die mittlerweile umgestürzt war.

Olson warf die Waffe weg, ergriff Kendras Hand und rannte in diese Richtung. Ein Batarm schlängelte sich zu einem der Kellerfenster herein, packte eine Handvoll seines theatralisch weißen Haars und zog ihn würgend und krächzend in die Höhe. Dann griff eine zweite Hand durch das Fenster, schnitt ihm mit einem fast zehn Zentimeter langen Daumennagel die Kehle durch und entfesselte einen scharlachroten Wasserfall.

Deine Zeit, Batmen in Scheunen an der Küste abzuknallen, ist abgelaufen, mein Freund, dachte Pearson angewidert und drehte sich wieder zum vorderen Teil des Raumes um. Delray stand zwischen der offenen Truhe und der Staffelei, die Waffe baumelte an seiner Hand, seine Augen waren weit aufgerissen und ausdruckslos. Als Pearson ihm den Magazingriff aus den Fingern löste, leistete er keinen Widerstand.

»Sie haben uns Amnestie versprochen«, sagte er zu Pearson. »Sie haben es *versprochen.*«

»Haben Sie wirklich geglaubt, Sie könnten Wesen vertrauen, die *so* aussehen?« fragte Pearson und schlug Delray den Griff der Waffe mit aller Kraft, die er aufbringen konnte, ins Gesicht. Er hörte etwas brechen – wahrscheinlich Delrays Nase –, und der hirnlose Barbar, der in seiner Bankerseele erwacht war, jubilierte vor Freude.

Er wollte auf einen Durchgang zwischen den gestapelten Kartons zugehen – der von den Leuten, die bereits durchgestürmt waren, verbreitert worden waren –, blieb aber stehen, als er hinter dem Haus Gewehrfeuer hörte. Gewehrfeuer … Schreie … Triumphgebrüll.

Pearson wirbelte herum und sah Cam Stevens und Moira Richardson am Ende des Gangs zwischen den Klappstühlen stehen. Sie wirkten beide gleichermaßen schockiert und hielten einander an den Händen. Pearson hatte gerade noch Zeit zu denken: *So müssen Hänsel und Gretel ausgesehen haben,* nachdem sie endlich aus dem Knusperhäuschen entkommen sind. Dann bückte er sich, hob Kendras und Olsons Waffe auf und gab jedem eine.

Zwei weitere Bats waren durch die Hintertür eingetreten. Sie bewegten sich sorglos, als verliefe alles nach Plan ... was, wie Pearson vermutete, wohl auch zutraf. Das Geschehen hatte sich inzwischen in den hinteren Teil des Hauses verlagert – dort befand sich der wirkliche Pferch, nicht hier, aber die Bats hatten weitaus mehr und anderes im Sinn, als nur Schafe zu scheren.

»Kommt«, sagte er zu Cam und Moira. »Zeigen wir es den Dreckskerlen.«

Die Batmen im hinteren Teil des Raumes merkten zu spät, daß ein Teil der Opfer beschlossen hatte, Gegenwehr zu leisten. Einer drehte sich um, vielleicht, um zu fliehen, stieß mit einem Neuankömmling zusammen und rutschte in verschüttetem Kaffee aus. Beide stürzten. Pearson feuerte auf den, der noch stand. Die Maschinenpistole gab ihr irgendwie unbefriedigendes taktaktaktak von sich, und der Bat wurde zurückgeschleudert, sein widriges Gesicht zerspritzte und stieß eine Wolke stinkenden Nebels aus – es war, fand Pearson, als wären sie *tatsächlich* nur Illusionen.

Cam und Moira begriffen und entfesselten einen Wirbelsturm von Feuer auf die beiden anderen Bats, der sie an die Wand schleuderte, wo sie als substanzloser Nebel aus ihren Kleidern quollen, der, fand Pearson, fast genau so roch wie die Astern in der Marmorinsel vor der First Mercantile.

»Kommt«, sagte Pearson. »Wenn wir jetzt verschwinden, haben wir vielleicht noch eine Chance.«

»Aber ...«, begann Cameron. Er sah sich um und schien langsam aus seiner Benommenheit zu erwachen. Das war gut; Pearson vermutete, daß sie alle hellwach sein mußten, wenn sie dies lebend überstehen wollten.

»Vergiß es, Cam«, sagte Moira. Sie hatte sich ebenfalls umgesehen und bemerkt, daß sie die einzigen Überlebenden, Menschen wie Bats, in dem Raum waren. Alle anderen waren zur Hintertür hinausgestürmt. »Gehen wir einfach. Ich glaube, die Tür, durch die wir reingekommen sind, ist im Augenblick der sicherste Weg.«

»Ja«, sagte Pearson, »aber nicht mehr lange.«

Er warf einen letzten Blick auf Duke, der, das Gesicht zu

einem Ausdruck gequälter Ungläubigkeit erstarrt, auf dem Boden lag. Er wünschte sich, er hätte Zeit, Duke die Augen zu schließen; aber die hatte er nicht.

»Gehen wir«, sagte er, und sie gingen.

Als sie die Tür zur Veranda – und zur Cambridge Avenue dahinter – erreichten, verhallte das Gewehrfeuer hinter dem Haus allmählich. *Wieviel Tote?* fragte sich Pearson, und die erste Antwort, die ihm einfiel – *alle* –, war gräßlich, aber so plausibel, daß man sie nicht leugnen konnte. Er vermutete, daß es einem oder zwei anderen gelungen sein könnte, durchzuschlüpfen, aber sicher nicht mehr. Es war eine perfekte Falle, die still und leise um sie herum aufgebaut worden war, während Robbie Delray redete und redete, Zeit vergeudete und auf die Uhr sah – wahrscheinlich hatte er darauf gewartet, ein Signal zu geben, aber Pearson war ihm zuvorgekommen.

Wenn ich ein paar Minuten früher aufgewacht wäre, könnte Duke noch am Leben sein, dachte er verbittert. Das stimmte wahrscheinlich, aber wenn Wünsche Pferde wären, könnten Bettler reiten. Dies war nicht der Zeitpunkt für Selbstvorwürfe.

Ein Polizeibat war als Wachtposten auf der Veranda zurückgelassen worden; er blickte aber zur Straße hinüber, möglicherweise um unerwünschter Einmischung vorzubeugen. Pearson beugte sich durch die offene Tür zu ihm und sagte: »He, du häßliches Hackfleischarschloch – hast du eine Zigarette?«

Der Bat drehte sich um.

Pearson pustete ihm das Gesicht weg.

4

Kurz nach eins am nächsten Morgen rannten drei Menschen – zwei Männer und eine Frau, die zerrissene Nylons und einen schmutzigen roten Rock trug – neben einem Güterzug her, der aus dem Verladebahnhof South Station ausfuhr. Der jüngere der beiden Männer sprang behende in das offene Tor eines leeren Güterwagens, drehte sich um und hielt der Frau die Hand hin.

Sie stolperte und schrie auf, als einer ihrer hohen Absätze abbrach. Pearson legte ihr einen Arm um die Taille (er spürte einen herzzerreißenden Hauch von Giorgio unter dem viel frischeren Geruch von Schweiß und Angst), lief auf diese Weise ein Stück mit ihr und rief ihr dann zu, sie solle springen. Als sie gehorchte, packte er ihre Hüften und gab ihr einen zusätzlichen Stoß. Sie ergriff Cameron Stevens' ausgestreckte Hände, worauf Pearson ihr einen letzten großen Stoß gab, damit Stevens sie an Bord ziehen konnte.

Pearson war bei seinem Bemühen, ihr zu helfen, ein Stück zurückgefallen; jetzt konnte er den Zaun, der die Grenze des Verladebahnhofs markierte, nicht weit entfernt sehen. Der Güterzug fuhr durch eine Lücke im Zaun, aber die war nicht breit genug für den Zug und Pearson; wenn er nicht schnellstens an Bord kam, würde er auf dem Bahnhofsgelände zurückbleiben.

Cam schaute zur offenen Tür des Güterwagens heraus, sah den Zaun und streckte noch einmal die Hand aus. *»Kommen Sie!«* rief er. *»Sie schaffen es!«*

Pearson hätte es nicht geschafft – jedenfalls nicht in den alten Zwei-Schachteln-pro-Tag-Zeiten. Jetzt jedoch fand er Reserven – sowohl in den Beinen wie in den Lungen. Er sprintete auf dem tückischen, abfallübersäten Schotterwall neben den Schienen entlang, holte gegenüber dem Zug auf, hielt die Hände hoch und streckte die Finger aus, um die Hand über ihm zu erreichen, während der Zaun immer näher kam. Jetzt konnte er die Stacheldrahtschlingen sehen, die zwischen die Maschen geflochten waren.

In diesem Augenblick öffnete sich sein inneres Auge, und er sah seine Frau, die mit vom Weinen verquollenem Gesicht und roten Augen im Wohnzimmersessel saß. Er sah, wie sie zwei uniformierten Polizisten erzählte, daß ihr Mann vermißt würde. Er sah sogar den Stapel von Jennys Aufklappbüchern auf dem kleinen Tisch neben ihr. War das Wirklichkeit? Ja, in der einen oder anderen Form schon, vermutete er.

Und Lisabeth, die in ihrem ganzen Leben keine einzige Zigarette geraucht hatte, würde die schwarzen Augen und Reißzähne unter den jungen Gesichtern der Polizisten nicht bemerken, die ihr gegenüber auf der Couch saßen; sie würde auch die eiternden Tumore oder die schwarzen, pulsierenden Linien nicht sehen, die die kahlen Schädel überzogen.

Würde es nicht wissen. Würde es nicht sehen.

Gott segne ihre Blindheit, dachte Pearson. *Möge sie ewig dauern.*

Er stolperte auf den dunklen Behemoth zu, auf die orangefarbenen Funken, die von einem langsam drehenden Stahlrad emporstoben.

»Laufen Sie!« schrie Moira und beugte sich mit ausgestreckten Händen aus dem Güterwagen. *»Bitte, Brandon – nur noch ein kleines bißchen!«*

»Beeilen Sie sich, Sie lahme Ente!« schrie Cam. *»Passen Sie auf den Scheißzaun auf!«*

Kann nicht, dachte Pearson. *Kann mich nicht beeilen, kann nicht auf den Zaun aufpassen, kann nichts mehr. Will mich einfach nur hinlegen. Will einfach nur schlafen.*

Dann dachte er an Duke und schaffte es, doch noch etwas Geschwindigkeit aus sich herauszuholen. Duke war nicht alt genug gewesen, um zu wissen, daß Menschen manchmal den Mut verlieren und sich verkaufen, daß manchmal sogar diejenigen das tun, die man verehrt, aber er war alt genug gewesen, Brandon Pearsons Arm zu ergreifen und damit zu verhindern, daß er durch einen Schrei sein eigenes Todesurteil unterschrieb. Duke hätte nicht gewollt, daß er auf diesem verfluchten Güterbahnhof zurückblieb.

Er schaffte einen letzten Sprint zu ihren ausgestreckten Händen, sah dabei aus den Augenwinkeln, wie der Zaun förmlich auf ihn zuzu*rasen* schien, und ergriff Cams Finger. Er sprang, spürte Moiras Hand fest unter der Achselhöhle, und dann schlängelte er sich an Bord und zog den rechten Fuß einen Sekundenbruchteil, bevor der Zaun ihn abgerissen hätte, samt Schuh und allem, ins Innere.

»Alles an Bord für eine Abenteuergeschichte für Knaben«, keuchte er, »mit Illustrationen von N. C. Wyeth!«

»Was?« fragte Moira. »Was haben Sie gesagt?«

Er drehte sich um, sah durch verfilzte Haarsträhnen zu ihnen auf, stützte sich auf die Ellbogen und atmete keuchend. »Vergessen Sie's. Wer hat eine Zigarette? Ich würde für eine *sterben.*«

Sie sahen ihn einige Augenblicke mit weit offenen Mündern an, dann fingen sie im selben Moment an, wild und wiehernd zu lachen. Das bedeutete, vermutete Pearson, daß sie ineinander verliebt waren.

Während sie sich auf dem Boden des Güterwaggons wälzten, einander umklammerten und lachten, richtete sich Pearson auf und untersuchte langsam die Innentaschen seines schmutzigen, zerfetzten Mantels.

»Ahhh«, sagte er, als er mit der Hand in die zweite Tasche griff und die vertraute Form spürte. Er zog das zerdrückte Päckchen heraus und zeigte es herum. »Auf den Sieg!«

Der Güterwaggon rollte westwärts durch Massachusetts, und im Dunkel der offenen Tür glommen drei Glutpünktchen. Eine Woche später waren sie in Omaha, wo sie die Morgenstunden eines jeden Tages nutzten, nach Leuten Ausschau zu halten, die ihre Arbeitspausen selbst bei strömendem Regen im Freien verbrachten. Sie fahndeten nach Zehn-Uhr-Leuten, suchten nach Mitgliedern des »Verlorenen Stammes«, nach denen, die vom rechten Weg abgekommen und Joe Camel gefolgt waren.

Im November waren sie bereits zwanzig und trafen sich im Hinterzimmer eines leerstehenden Eisenwarengeschäfts in La Vista.

Zu Anfang des folgenden Jahres unternahmen sie ihren ersten Feldzug auf die andere Seite des Flusses, nach Council Bluffs, und töteten dreißig überraschte Bat-Banker aus dem Mittelwesten und ihre leitenden Bat-Angestellten. Das war nicht viel, aber Brand Pearson hatte gelernt, daß das Töten von Bats und das Einschränken des Zigarettenkonsums zumindest eines gemeinsam hatte: irgendwo mußte man anfangen.

Crouch End

Als die Frau endlich gegangen war, war es fast halb drei Uhr morgens. Vor dem Polizeirevier Crouch End war die Tottenham Lane wie ein schmaler, toter Fluß. London schlief – aber London schläft nie tief, und seine Träume sind unruhig.

Police Constable Vetter klappte sein Notizbuch zu, das er fast vollgeschrieben hatte, während die Amerikanerin ihre seltsame, verwirrende Geschichte erzählte. Er betrachtete die Schreibmaschine und den Stapel unbeschriebener Formulare daneben. »Bei Tageslicht wird das sehr merkwürdig aussehen«, sagte er.

PC Farnham trank eine Cola. Er schwieg lange Zeit. »Sie war Amerikanerin, richtig?« sagte er schließlich, als könnte das die Geschichte erklären, die sie erzählt hatte.

»Das kommt in die Akte«, stimmte Vetter zu und sah sich nach einer Zigarette um. »Aber ich frage mich ...«

Farnham lachte. »Du willst mir doch nicht erzählen, daß du auch nur einen Teil davon glaubst? Komm schon, Mann! Wo gibt's denn so was!«

»Das habe ich nicht gesagt, oder? Nein. Aber du bist neu hier.«

Farnham setzte sich ein wenig aufrechter hin. Er war siebenundzwanzig, und es war nicht *seine* Schuld, daß er von Muswell Hill im Norden hierher versetzt worden war; oder daß Vetter, der fast doppelt so alt war wie er, seine gesamte ereignislose Laufbahn im stillen, abgelegenen Londoner Stadtteil Crouch End verbracht hatte.

»Schon möglich, Sir«, sagte er, »aber – bei allem gebührenden Respekt –, ich bin trotzdem der Meinung, daß ich weiß, was ein Seemannsgarn ist, wenn ich eines sehe – oder höre.«

»Wie wär's mit einem Glimmstengel, Kollege? Spendier

uns einen«, sagte Vetter mit amüsiertem Blick. »Na also! Bist ein guter Junge.« Er zündete die Zigarette mit einem Streichholz aus einer grellroten Eisenbahnpackung an, schüttelte das Streichholz aus und warf den Rest in Farnhams Aschenbecher. Er sah den jungen Mann durch eine Wolke blauen Dunstes an. Seine eigenen Tage jugendlicher Schönheit waren längst vergangen; Vetters Gesicht wies tiefe Runzeln auf, seine Nase war eine Landkarte geplatzter Äderchen. Er trank gut und gerne seine sechs Harp pro Nacht, PC Vetter. »Also glaubst du, daß Crouch End ein ruhiges Fleckchen ist, ja?«

Farnham zuckte die Achseln. Tatsächlich war er der Überzeugung, daß Crouch End ein einziger vorstädtischer Schlafsack war – sein jüngerer Bruder hätte es mit Vergnügen »ein elendes Langweil-A-Torium« genannt.

»Ja«, sagte Vetter, »ich sehe es dir an. Und du hast recht. Nachts um elf schläft hier so gut wie alles, so ist es. Aber ich habe in Crouch End eine Menge seltsamer Dinge erlebt. Wenn du halb so lange hier bist wie ich, wirst du auch deinen Teil davon erlebt haben. Hier in diesen ruhigen sechs oder acht Blocks passieren mehr seltsame Dinge als in ganz London zusammen. Ich weiß, das sind große Worte, aber glaub mir, es ist so. Es macht mir angst. Darum trinke ich meine Bierchen, dann habe ich nicht mehr so große Angst. Sieh dir einmal Sergeant Gordon an, Farnham, und frag dich, warum er mit vierzig schon schlohweißes Haar hat. Oder ich würde sagen, sieh dir Petty an, aber das ist kaum möglich, richtig? Petty hat im Sommer 1976 Selbstmord begangen. Unserem heißen Sommer. Es war ...« Vetter schien über seine Worte nachzudenken. »Es war ziemlich schlimm in diesem Sommer. Ziemlich schlimm. Und viele von uns haben befürchtet, sie könnten durchbrechen.«

»Wer könnte wo durchbrechen?« fragte Farnham. Er spürte, wie ein verächtliches Lächeln seine Mundwinkel kräuselte, und er wußte, daß das alles andere als höflich war, aber er konnte nicht anders. Auf seine Weise faselte Vetter genau so wie die Amerikanerin. War schon immer ein bißchen merkwürdig gewesen. Wahrscheinlich der Alkohol. Dann sah er, daß Vetter ihm ebenfalls zulächelte.

»Wahrscheinlich hältst du mich für einen faselnden alten Tattergreis« sagte er.

»Ganz und gar nicht, ganz und gar nicht«, protestierte Farnham und stöhnte innerlich.

»Du bist ein guter Junge«, sagte Vetter. »Wirst dir nicht mehr hier auf der Wache den Hintern plattsitzen, wenn du in meinem Alter bist. Jedenfalls, wenn du bei der Truppe bleibst. Wirst du bleiben, was meinst du? Kannst du dir das vorstellen?«

»Ja«, sagte Farnham. Das stimmte; er *konnte* es sich vorstellen. Er hatte vor, dabeizubleiben, obwohl Sheila wollte, daß er die Polizei verließ und sich eine Stelle suchte, wo sie seiner sicher sein konnte. Wahrscheinlich am Fließband von Ford. Bei dem Gedanken, bei Ford zu arbeiten, drehte sich ihm der Magen um.

»Das dachte ich mir«, sagte Vetter und drückte die Zigarette aus. »Geht einem in Fleisch und Blut über, richtig? Du könntest es weit bringen und brauchtest nicht im langweiligen alten Crouch End zu enden. Aber du weißt noch längst nicht alles. Crouch End ist seltsam. Du solltest ab und zu mal einen Blick ins Archiv werfen, Farnham. Oh, vieles ist ganz normal ... Jungen und Mädchen, die von zu Hause ausreißen, um Hippies oder Punks zu werden, oder wie sie sich immer heutzutage nennen ... Ehemänner, die verschwinden (und wenn man einen Blick auf ihre Frauen wirft, kann man das manchmal verstehen) ... unaufgeklärte Brandstiftungen ... Straßenraub ... und so weiter. Aber dazwischen finden sich genügend Geschichten, daß dir das Blut gefriert. Und bei manchen kann einem kotzübel werden.«

»Ist das wahr?«

Vetter nickte. »Manche gleichen denen, die dieses arme amerikanische Mädchen gerade erzählt hat. Sie wird ihren Mann nie wiedersehen, das ist mal sicher.« Er sah Farnham achselzuckend an. »Glaub mir oder glaub mir nicht. Letzten Endes ist alles eins, oder nicht? Die Akte ist im Archiv. Wir nennen sie die Akte unaufgeklärter Straftaten, weil es sich besser anhört als die Flop-Akte oder die Leck-mich-am-Arsch-Akte. Schau sie dir an, Farnham. Schau sie dir an.«

Farnham sagte nichts, nahm sich aber vor, die Akte »anzuschauen«. Die Vorstellung, es könnte eine ganze Reihe Geschichten geben, wie sie das amerikanische Mädchen gerade erzählt hatte, war beunruhigend.

»Manchmal«, sagte Vetter und stibitzte noch eine von Farnhams Silk Cuts, »denke ich über Dimensionen nach.«

»Dimensionen?«

»Ja, mein guter alter Junge – Dimensionen. Science-fiction-Autoren haben es immerzu mit Dimensionen, richtig? Schon mal Science-fiction gelesen, Farnham?«

»Nein«, sagte Farnham. Er war zum Ergebnis gekommen, daß es sich hier um eine ausufernde Verarschung handelte.

»Was ist mit Lovecraft? Schon mal was von ihm gelesen?«

»Nie von ihm gehört«, sagte Farnham. Das letzte literarische Werk, das er zu seinem Vergnügen gelesen hatte, war ein kleiner viktorianischer Pastiche mit dem Titel *Zwei Gentlemen in Seidenknickers* gewesen.

»Nun, dieser Lovecraft schrieb ständig von Dimensionen«, sagte Vetter« und nahm seine Schachtel Eisenbahnstreichhölzer zur Hand. »Dimensionen, die unseren nahe sind. Voll unsterblicher Monster, die einen Menschen wahnsinnig machen konnten, wenn er sie nur ansah. Natürlich ist das Quatsch, um den Lesern angst zu machen. Aber wenn einer von diesen Leuten hier hereingestolpert kommt, dann frage ich mich, ob *wirklich* alles Quatsch ist. Dann denke ich bei mir – wenn es still und spät in der Nacht ist, so wie jetzt –, daß unsere ganze Welt und alles, was wir als nett und normal und vernünftig bezeichnen, nichts weiter als ein großer lederner Ball voll Luft sein könnte. Und an manchen Stellen ist das Leder fast durchgewetzt. An solchen Stellen sind die Barrieren dünner. Verstehst du mich?«

»Ja«, sagte Farnham und dachte: *Vielleicht solltest du mir einen Kuß geben, Vetter – ich lasse mir immer gern einen Kuß geben, wenn ich auf den Arm genommen werde.*

»Und dann denke ich: Crouch End ist eine dieser dünnen Stellen. Albern, aber ich *habe* solche Gedanken. Zuviel Phantasie, schätze ich; das hat jedenfalls meine Mutter immer gesagt.«

»Tatsächlich?«

»Ja. Weißt du, was ich noch denke?«

»Nein, Sir – keinen Schimmer.«

»Highgate ist weitgehend in Ordnung, das denke ich – in Muswell Hill und Highgate ist es so dick zwischen uns und den Dimensionen, wie man es sich nur wünschen kann. Aber jetzt denk mal an Archway und Finsbury Park. Die grenzen an Crouch End an. Ich habe Freunde in beiden Stadtteilen, die wissen, daß ich mich für Sachen interessiere, die man scheinbar nicht vernünftig erklären kann. Verrückte Geschichten, die von, nun, sagen wir einmal, Leuten erzählt werden, die nichts davon haben, wenn sie verrückte Geschichten erzählen.

Hast du dir einmal überlegt, Farnham, weshalb diese Frau uns die Geschichte aufgetischt haben sollte, wenn sie nicht der Wahrheit entspräche?«

»Nun …«

Vetter entfachte das Streichholz und sah Farnham darüber hinweg an. »Hübsche junge Frau, sechsundzwanzig, zwei Kinder im Hotel, Ehemann ein junger Anwalt, dem es in Milwaukee oder sonstwo ausgezeichnet geht. Welchen Vorteil hätte sie davon, wenn sie uns von Dingen erzählt, die man sonst nur in Hammer-Filmen zu sehen bekommt?«

»Ich weiß nicht«, sagte Farnham steif. »Aber es muß eine Erklärung ge …«

»Darum sage ich mir« – Vetter schnitt ihm das Wort ab –, »wenn es so etwas wie ›dünne Stellen‹ gibt, dann könnte diese schon in Archway und Finsbury Park *anfangen;* aber die dünnste Stelle liegt hier in Crouch End. Und ich sage mir, was wäre das für ein Tag, wenn der letzte Rest Leder zwischen uns und dem, was im Inneren dieses Balls steckt, einfach durchgerieben wird? Wäre das nicht ein unglaublicher Tag, wenn auch nur die Hälfte von dem stimmt, was diese Frau erzählt hat?«

Farnham schwieg. Er war zu dem Ergebnis gekommen, daß Vetter wahrscheinlich auch an Handlesen und Phrenologie und Rosenkreuzer glaubte.

»Lesen Sie die Akte mit den unaufgeklärten Fällen«, sagte

Vetter und stand auf. Als er die Hände auf den verlängerten Rücken legte und sich streckte, war ein leises Knacken zu hören. »Ich gehe ein wenig frische Luft schnappen.«

Er schlenderte hinaus. Farnham sah ihm mit einer Mischung aus Belustigung und Mißfallen nach. Vetter war tatsächlich tatterig. Außerdem war er ein Zigarettenschnorrer. Zigaretten waren nicht billig in dieser schönen neuen Welt des Sozialismus und des Wohlfahrtsstaates. Er nahm Vetters Notizbuch und blätterte die Geschichte der jungen Frau noch einmal durch.

Ja, er würde sich die Akte der unaufgeklärten Fälle anschauen.

Es gab ja sonst nichts zu lachen.

Das Mädchen – oder die junge Frau, wollte man politisch korrekt sein (und das wollten heutzutage scheinbar alle Amerikaner) – war am vergangen Abend um Viertel vor zehn ins Revier gestürzt; das Haar hing ihr in feuchten Strähnen um die Stirn, die Augen quollen aus den Höhlen. Sie zog die Handtasche am Tragriemen hinter sich her.

»Lonnie«, sagte sie. »Bitte, Sie müssen Lonnie finden.«

»Nun, wir werden unser Möglichstes tun«, sagte Vetter. »Aber Sie müssen uns verraten, wer Lonnie ist.«

»Er ist tot«, sagte die junge Frau. »Ich weiß es genau.« Sie fing an zu weinen. Dann fing sie an zu lachen – oder eher irre zu kichern. Sie ließ die Handtasche fallen. Sie war hysterisch.

Um diese Zeit und unter der Woche war das Revier so gut wie verlassen. Sergeant Raymond hörte einer Pakistanerin zu, die mit fast überirdischer Ruhe erzählte, wie ihr auf der Hillfield Avenue von einem Schurken mit jeder Menge Footballtätowierungen und einem blauen Irokesenschnitt die Handtasche geraubt worden war. Vetter sah Farnham aus dem Nebenzimmer kommen, wo er alte Plakate (HABEN SIE PLATZ IM HERZEN FÜR EIN UNGEWOLLTES KIND?) ab- und neue (SECHS REGELN FÜR SICHERES NACHTSCHWÄRMEN) aufgehängt hatte.

Vetter winkte Farnham nach vorne und hielt Sergeant Raymond, der sich augenblicklich umgedreht hatte, als er die halb hysterische Stimme der jungen Amerikanerin hörte, zurück. Raymond, der Taschendieben gern die Finger brach (»Ach, komm schon, Mann«, sagte er, wenn er aufgefordert wurde, sein gesetzwidriges Vorgehen zu rechtfertigen, »fünfzig Millionen Kümmeltürken können sich nicht irren«), war nicht der richtige Mann für eine hysterische Frau.

»Lonnie!« kreischte sie. »Oh, bitte, sie haben Lonnie!«

Die Pakistanerin drehte sich zu der jungen Amerikanerin um, betrachtete sie einen Augenblick gelassen, wandte sich wieder Sergeant Raymond zu und berichtete ihm weiter, wie ihre Handtasche gestohlen worden war.

»Miss …«, begann PC Farnham.

»Was geht da draußen vor?« flüsterte sie. Sie atmete kurz und heftig. Farnham bemerkte eine leichte Kratzwunde auf ihrer linken Wange. Sie war ein hübsches kleines Huhn mit netten Möpsen – klein, aber straff – und einer großen Wolke kastanienfarbenen Haars. Ihre Kleidung war mittlere Preisklasse. An einem Schuh war der Absatz abgerissen.

»Was geht da draußen *vor?*« wiederholte sie. »Monster …«

Die Pakistanerin drehte sich wieder um … und lächelte. Ihre Zähne waren verfault. Das Lächeln verschwand so schnell wie bei einem Zaubertrick, dann nahm sie das Formular für gestohlene Gegenstände, das Raymond ihr entgegenstreckte.

»Holen Sie der Dame eine Tasse Kaffee und bringen Sie sie in Zimmer drei«, sagte Vetter. »Könnten Sie eine Tasse Kaffee vertragen, Mam?«

»Lonnie«, flüsterte sie. »Ich weiß, daß er tot ist.«

»Jetzt folgen Sie einfach dem alten Ted Vetter, dann haben wir das im Handumdrehen geklärt«, sagte er und half ihr beim Aufstehen. Sie redete immer noch mit leiser, stöhnender Stimme, als er ihr einen Arm um die Taille legte und sie wegführte. Wegen des abgebrochenen Absatzes war ihr Gang unsicher.

Farnham holte Kaffee und brachte ihn in Zimmer drei, eine nüchterne weiße Zelle mit zerkratztem Tisch, vier Stühlen und einem Wasserspender in der Ecke. Er stellte den Kaffee vor sie.

»Hier, Mam«, sagte er, »das wird Ihnen guttun. Ich habe Zucker, wenn ...«

»Ich kann das nicht trinken«, sagte sie. »Ich könnte nicht ...« Und dann nahm sie die gesprungene Porzellantasse, ein längst vergessenes Souvenir aus Blackpool, in die Hände, als wollte sie sich daran wärmen. Ihre Hände zitterten schlimm, und Farnham wollte ihr sagen, sie sollte die Tasse wegstellen, bevor sie den Kaffee verschüttete und sich verbrühte.

»Ich könnte nicht«, sagte sie wieder. Dann trank sie, indem sie die Tasse immer noch mit zwei Händen hielt, so wie ein Kind eine Tasse Brühe hält. Und als sie sie ansah, war es der Blick eines Kindes – schlicht, erschöpft, flehend – und irgendwie distanziert. Es war, als hätte, was immer ihr zugestoßen war, sie durch den Schock verjüngt; als hätte eine riesige Hand vom Himmel herabgegriffen und die letzten zwanzig Jahre von ihr genommen, um ein Kind in amerikanischer Erwachsenenkleidung in diesem kleinen weißen Verhörzimmer in Crouch End zurückzulassen.

»Lonnie«, sagte sie. »Die Monster«, sagte sie. »Würden Sie mir helfen? Würden Sie mir bitte helfen? Vielleicht ist er nicht tot. Vielleicht ... *Ich bin amerikanische Staatsbürgerin!*« schrie sie plötzlich, und dann, als hätte sie etwas zutiefst Beschämendes gesagt, fing sie an zu schluchzen.

Vetter klopfte ihr auf die Schulter. »Ruhig, Mam. Ich glaube, wir können Ihnen helfen, Lonnie zu finden. Ist er Ihr Mann?«

Sie nickte immer noch schluchzend. »Danny und Norma sind noch im Hotel ... mit ihrem Babysitter ... sie werden schlafen ... und erwarten, daß er ihnen einen Kuß gibt, wenn wir nach Hause kommen ...«

»Bitte beruhigen Sie sich, und erzählen Sie uns, was passiert ist ...«

»Und *wo* es passiert ist«, fügte Farnham hinzu. Vetter sah rasch und stirnrunzelnd zu ihm auf.

»Aber das ist es ja gerade!« schrie sie. »Ich *weiß nicht,* wo es passiert ist! Ich weiß nicht einmal sicher, *was* passiert ist, ich weiß nur, es war *g-gr-gräßlich!*«

Vetter hatte sein Notizbuch zur Hand genommen. »Wie heißen Sie, Mam?«

»Doris Freeman. Mein Mann ist Lonnie Freeman. Wir wohnen im Hotel Intercontinental. Wir sind amerikanische Staatsbürger.« Dieses Mal schien es sie tatsächlich etwas zu beruhigen, als sie ihre Staatsbürgerschaft erwähnte. Sie trank von dem Kaffee und stellte die Tasse ab. Farnham sah, daß ihre Handflächen ziemlich rot waren. *Das wirst du später spüren, Süße,* dachte er.

Vetter kritzelte alles in sein Notizbuch. Dann sah er kurz zu PC Farnham, lediglich ein unauffälliges Flackern der Lider.

»Sind Sie auf Urlaub hier?« fragte er.

»Ja … zwei Wochen hier und eine in Spanien. Wir wollten eine Woche in Barcelona verbringen … aber das trägt alles nicht dazu bei, Lonnie zu finden! Warum stellen Sie mir diese dummen Fragen?«

»Ich versuche nur, mir ein Bild vom Sachverhalt zu machen, Mrs. Freeman«, sagte Farnham. Beide hatten, ohne es selbst zu bemerken, einen leisen, beschwichtigenden Tonfall angenommen. »Erzählen Sie uns jetzt bitte genau, was sich zugetragen hat. Mit Ihren eigenen Worten.«

»Warum ist es so schwierig, in London ein Taxi zu finden?« fragte sie unvermittelt.

Farnham wußte kaum, was er sagen sollte, aber Vetter antwortete, als wäre die Frage unter den gegebenen Umständen durchaus berechtigt.

»Schwer zu sagen, Mam. Hauptsächlich wegen der Touristen. Warum? Hatten Sie Schwierigkeiten, jemanden zu finden, der sie nach Crouch End fahren wollte?«

»Ja«, sagte sie. »Wir haben das Hotel um drei Uhr verlassen und sind zur Buchhandlung Foyle's gefahren. Ist das beim Cambridge Circus?«

»In der Nähe, Mam«, stimmte Vetter zu. »Hübsche große Buchhandlung, oder nicht?«

»Wir hatten keine Schwierigkeit, ein Taxi vom Intercontinental zu finden … da standen sie reihenweise. Aber als wir bei Foyle's herauskamen, nichts. Als schließlich *doch* eines anhielt, lachte der Fahrer nur und schüttelte den Kopf, als Lonnie sagte, daß wir nach Crouch End wollten.«

»Stimmt, sie können echte Arschlöcher sein, wenn es um Fahrten in die Vororte geht, bitte um Vergebung, Mam«, sagte Farnham.

»Er lehnte sogar ein Pfund Trinkgeld ab«, sagte Doris Freeman, und dabei nahm ihre Stimme einen überaus amerikanischen Tonfall der Verwirrung an. »Wir mußten fast eine Stunde warten, bis wir einen Fahrer fanden, der bereit war, uns hinzubringen. Da war es halb sechs, möglicherweise Viertel vor sechs. Und da stellte Lonnie fest, daß er die Adresse verloren hatte ...«

Sie umklammerte wieder die Tasse.

»Wen wollten Sie besuchen?« fragte Vetter.

»Einen Kollegen meines Mannes. Einen Anwalt namens John Squales. Mein Mann hatte ihn noch nicht kennengelernt, aber ihre beiden Firmen waren ...« Sie machte eine unbestimmte Geste.

»In geschäftlichem Kontakt?«

»Ja, ich nehme es an. Als Mr. Squales herausfand, daß wir unseren Urlaub in London verbringen würden, hat er uns zum Dinner eingeladen. Lonnie hatte ihn selbstverständlich immer geschäftlich angeschrieben, aber seine Privatadresse auf einem Zettel notiert. Als wir in das Taxi eingestiegen waren, stellte er fest, daß er ihn verloren hatte. Er konnte sich nur noch erinnern, daß es in Crouch End war.«

Sie sah sie ernst an.

»Crouch End – ich finde, das ist ein häßlicher Name.«

Vetter sagte: »Was haben Sie dann gemacht?«

Sie fing an zu reden. Als sie fertig war, hatte sie die erste Tasse Kaffee ganz und eine zweite fast ganz leergetrunken, und PC Vetter hatte mehrere Seiten seines Notizbuchs mit seiner eckigen, derben Handschrift vollgeschrieben.

Lonnie Freeman war ein großer Mann, und als er sich in dem Taxi nach vorn beugte und mit dem Fahrer sprach, sah er auf verblüffende Weise aus wie bei ihrer ersten Begegnung während eines Basketballspiels in ihrem Seniorenjahr am College – da saß er auf der Bank, hatte den Kopf zwischen den Knien und ließ die Hände mit ihren breiten Handgelenken zwischen den Beinen baumeln. Nur hatte er damals Basketballschuhe getragen und ein Halstuch um den Hals gelegt; jetzt trug er Anzug und Krawatte. Er hatte nie an vielen Spielen teilgenommen, weil er nicht so gut war, erinnerte sie sich liebevoll. Und er verlor ständig Adressen.

Der Taxifahrer hörte sich die Geschichte von der verlorenen Adresse geduldig an. Er war ein älterer Mann, makellos in einen grauen Sommeranzug gekleidet, das genaue Gegenteil der schmuddeligen New Yorker Taxifahrer. Nur die karierte Wollmütze auf dem Kopf des Fahrers paßte nicht dazu, aber das war erträglich; sie verlieh ihm einen gewissen Charme. Draußen auf dem Cambridge Circus herrschte reger Verkehr; ein Plakat an dem Theater in der Nähe verkündete, daß *Das Phantom der Oper* seinen offenbar endlosen Siegeszug fortsetzte.

»Nun, ich mache Ihnen einen Vorschlag, Sir«, sagte der Taxifahrer. »Ich bringe Sie nach Crouch End, wir halten an einer Telefonzelle, Sie sehen nach der Adresse Ihres Gastgebers, und schon sind wir unterwegs bis vor die Tür.«

»Das ist wunderbar«, sagte Doris aufrichtig. Sie waren seit sechs Tagen in London, und sie konnte sich nicht erinnern, jemals irgendwo gewesen zu sein, wo es freundlichere und zivilisiertere Menschen gab.

»Danke«, sagte Lonnie und lehnte sich zurück. Er legte den Arm um Doris und lächelte. »Siehst du? Kein Problem.«

»Was nicht dein Verdienst ist«, knurrte sie spöttisch-verdrossen und gab ihm einen Stoß in die Seite.

»Gut«, sagte der Taxifahrer. »Also dann, auf nach Crouch End.«

Es war Ende August, ein konstanter, heißer Wind wehte Abfall über die Straßen und zerrte an den Jacken und Röcken der Männer und Frauen, die von der Arbeit nach Hause gingen. Die Sonne ging unter, aber wenn sie zwischen den Häusern hindurchschien, konnte Doris erkennen, daß sie den rötlichen Schimmer des Abends angenommen hatte. Der Taxifahrer summte. Sie entspannte sich in Lonnies Arm – ihr schien, als hätte sie ihn in den vergangenen sechs Tagen öfter gesehen als im ganzen Jahr zuvor, und sie stellte zu ihrer großen Freude fest, daß ihr das gefiel. Sie hatte Amerika bisher noch nie verlassen gehabt, und sie mußte sich ständig daran erinnern, daß sie sich in England befand, daß sie nach *Barcelona* weiterreisen würde; Tausende sollten so glücklich sein.

Dann verschwand die Sonne hinter einer Häuserzeile, und sie verlor fast augenblicklich die Orientierung. Das war bei Taxifahrten durch London immer so, hatte sie festgestellt. Die ganze Stadt war ein einziger ausgedehnter Irrgarten von Roads und News und Hills und Closes (sogar Inns), und sie konnte nicht verstehen, wie sich überhaupt jemand hier zurechtfand. Als sie Lonnie tag zuvor darauf angesprochen hatte, erwiderte er, daß sich alle nur mit äußerster Vorsicht zurechtfanden – ob ihr nicht aufgefallen wäre, daß alle Taxifahrer den Stadtplan von London unter dem Armaturenbrett liegen hatten?

Dies war die längste Taxifahrt, die sie bisher unternommen hatten. Die gepflegten Stadtteile blieben hinter ihnen zurück (trotz des perversen Eindrucks, als führen sie ständig im Kreis). Sie kamen durch eine Gegend kolossaler Mietskasernen, die samt und sonders hätten leerstehen können, soviel Leben war zu sehen (nein, verbesserte sie sich gegenüber Vetter und Farnham in dem kleinen weißen Raum; sie hatte einen kleinen Jungen am Bordstein sitzen sehen, der mit Streichhölzern spielte); dann durch ein Viertel mit kleinen, heruntergewirtschaftet aussehenden Geschäften und Obstläden, und dann schienen sie – kein Wunder, daß Fahrten durch London für Ausländer so desorientierend waren – wieder in den gepflegten Stadtteilen zu sein.

»Da gab es sogar ein McDonald's«, berichtete sie Vetter und Farnham in einem Tonfall, den man normalerweise der Sphinx und den Hängenden Gärten vorbehielt.

»Tatsächlich?« entgegnete Vetter angemessen erstaunt und respektvoll – sie schien einen Zustand totaler Erinnerung erreicht zu haben, und der wollte diese Stimmung nicht verderben, zumindest nicht, bis sie ihnen alles gesagt hatte.

Die bessere Gegend mit dem McDonald's als Prunkstück blieb hinter ihnen zurück. Sie kamen kurz ins Freie; mittlerweile war die Sonne ein solider, orangefarbener Ball, der über dem Horizont schwebte und die Straßen mit einem seltsamen Licht erfüllte, in dem alle Fußgänger aussahen, als gingen sie gleich in Flammen auf.

»Da veränderte sich allmählich alles«, sagte sie. Ihre Stimme war ein wenig leiser geworden. Ihre Hände zitterten wieder.

Vetter beugte sich aufmerksam nach vorn. »Veränderte? Wie? Wie hat sich alles verändert, Mrs. Freeman?«

Sie kamen an einem Zeitungskiosk vorbei, sagte sie, und da stand auf einem schwarzen Brett: SECHZIG VERMISSTE BEI UNDERGROUND-HORROR.

»Lonnie, sieh dir das an!«

»Was?« Er drehte den Kopf, aber der Kiosk war schon hinter ihnen zurückgeblieben.

»Da stand: ›Sechzig Vermißte bei Underground-Horror!‹ Nennen Sie hier nicht die U-Bahn so? Underground?«

»Ja – oder ›Tube‹. War es ein Zusammenstoß?«

»Ich weiß nicht.« Sie beugte sich nach vorn. »Fahrer, wissen Sie, um was es da ging? Ein Zusammenstoß in der U-Bahn?«

»Eine Kollision, Mam? Nicht, daß ich wüßte.«

»Haben Sie ein Radio?«

»Im Taxi nicht, Mam.«

»Lonnie?«

»Ja?«

Aber sie sah, daß Lonnie das Interesse verloren hatte. Er kramte wieder in seinen Taschen (und weil er einen dreiteiligen Anzug trug, hatte er eine Menge zu kramen) und suchte noch einmal nach dem Papierfetzen mit John Squales' Adresse.

Die mit Kreide auf das schwarze Brett geschriebene Meldung ging ihr nicht aus dem Kopf: SECHZIG TOTE BEI UNDERGROUND-ZUSAMMENSTOSS hätte es heißen müssen. Aber da stand: SECHZIG VERMISSTE BEI UNDERGROUND-HORROR. Es erfüllte sie mit Unbehagen. Da stand nicht »Tote«, da stand »Vermißte«, wie Nachrichtensprecher in den alten Sendungen immer von Matrosen gesprochen hatten, die auf See ums Leben kamen.

UNDERGROUND-HORROR.

Das gefiel ihr nicht. Sie mußte dabei an Friedhöfe, Kanalisation und schwabbelige, weiße, lärmende Wesen denken, die plötzlich aus den Schächten schwärmten und ihre Arme (oder möglicherweise Tentakeln) um die hilflosen Pendler auf den Bahnsteigen schlangen und sie in die Dunkelheit zerrten ...

Sie bogen nach rechts ab. An einer Ecke standen drei Jungen in Lederkluft neben ihren abgestellten Motorrädern. Sie betrachteten das Taxi einen Augenblick – die untergehende Sonne schien ihr fast frontal ins Gesicht –, und da sah es aus, als hätten die Motorradfahrer keine Menschenköpfe. Diesen einen Augenblick war sie davon überzeugt, daß aus den schwarzen Lederjacken die schmalen Köpfe von Ratten herausragten, von Ratten, die das Taxi mit schwarzen Augen beobachteten. Dann veränderte sich das Licht ein wenig, und sie sah, daß sie sich natürlich geirrt hatte; es handelte sich um drei junge Männer, die vor der britischen Version eines amerikanischen Süßigkeitenladens Zigaretten rauchten.

»Es geht los«, sagte Lonnie, der das Suchen aufgab und zum Fenster hinausdeutete. Sie passierten das Schild mit der Aufschrift *Crouch Hill Road*. Ältere Backsteinhäuser drängten sich wie schlafende Matronen um sie herum und schienen mit ihren leeren Fenstern auf das Taxi herabzublicken. Ein paar Kinder fuhren mit Fahrrädern oder Dreirädern hin und her. Zwei weitere versuchten sich ohne nennenswerten Erfolg in Skateboardkünsten. Väter, die von der Arbeit nach Hause gekommen waren, saßen rauchend und redend beisammen und betrachteten die Kinder. Alles sah beruhigend normal aus.

Der Taxifahrer hielt vor einem trostlosen Restaurant, an dessen Frontfenster ein kleines fleckiges Schild ALKOHOLAUSSCHANK und ein weitaus größeres verkündete, daß man Currygerichte auch zum Mitnehmen bestellen konnte. Auf der inneren Fensterbank schlief eine riesige graue Katze. Neben dem Restaurant stand eine Telefonzelle.

»Da wären wir, Sir«, sagte der Taxifahrer. »Suchen Sie die Adresse Ihres Freundes, dann spüre ich ihn auf.«

»Okay«, sagte Lonnie und stieg aus.

Doris blieb einen Augenblick im Taxi sitzen, dann stieg sie ebenfalls aus, um die Beine ein wenig auszustrecken. Der heiße Wind wehte immer noch. Er peitschte ihr den Rock um die Knie und drückte ihr eine leere Eiscremeverpackung ans Schienbein. Sie entfernte sie mit einem Gefühl des Ekels. Als sie aufsah, schaute sie direkt durch das Fenster des Restaurants auf den großen grauen Kater. Er erwiderte ihren Blick gleichgültig mit einem Auge. Sein halbes Gesicht war während eines längst vergessenen Kampfes praktisch weggekratzt worden. Übrig blieb eine vernarbte rosa Masse, ein milchiges, trübes Auge und ein paar Fellbüschel.

Der Kater miaute sie durch das Glas hindurch stumm an.

Sie verspürte Abscheu, ging zu der Telefonzelle und sah durch eine der schmutzigen Scheiben hinein. Lonnie machte mit Daumen und Zeigefinger einen Kreis und blinzelte. dann warf er ein Zehnpencestück in den Schlitz und sprach mit jemandem. Er lachte – lautlos durch das Glas. Wie der Kater. Sie drehte sich nach ihm um, aber jetzt war das Fenster leer. Im Halbdunkel dahinter konnte sie Stühle auf Tischen und einen alten Mann sehen, der einen Besen schwang. Als sie sich wieder umdrehte, konnte sie sehen, daß Lonnie etwas aufschrieb. Er steckte den Kugelschreiber weg, hielt den Zettel hoch – sie konnte erkennen, daß eine Adresse daraufgekritzelt war –, sagte noch ein oder zwei Worte, legte auf und kam heraus.

Er winkte triumphierend mit dem Zettel. »Okay, das war d ...« Er sah über ihre Schulter und runzelte die Stirn. »Wo ist das blöde *Taxi* abgeblieben?«

Sie drehte sich um. Das Taxi war fort. Wo es gestanden hatte, sah sie nur Bordstein und ein paar Papiere, die träge durch den Rinnstein geweht wurden. Auf der anderen Straßenseite hielten zwei Kinder einander umarmt und kicherten. Doris fiel auf, daß eines davon eine mißgebildete Hand hatte, die eher wie eine Klaue aussah. Sie war davon ausgegangen, daß sich die Nationale Gesundheitsorganisation um so etwas kümmern sollte. Die Kinder sahen über die Straße, stellten fest, daß sie sie beobachtete, und fielen einander wieder lachend in die Arme.

»*Ich* weiß es nicht«, sagte Doris. Sie fühlte sich desorientiert und ein bißchen dumm. Die Hitze, der unablässige Wind, der unablässig ohne Böen oder Flauten zu wehen schien, Licht, das alles fast wie gemalt erscheinen ließ ...

»Wie spät war es da?« fragte Farnham plötzlich.

»Ich weiß es nicht«, sagte Doris Freeman, aus ihren Erinnerungen aufgeschreckt. »Sechs, nehme ich an. Vielleicht zwanzig nach.«

»Ich verstehe, fahren Sie fort«, sagte Farnham, der genau wußte, daß der Sonnenuntergang im August selbst bei großzügigster Auslegung erst weit nach sieben einsetzte.

»Mann, was hat der bloß *gemacht?*« fragte Lonnie, der sich immer noch umsah. Es schien fast, als rechnete er damit, daß sein Zorn das Taxi veranlassen könnte, wieder zu erscheinen. »Einfach weggefahren?«

»Vielleicht als du die Hand gehoben hast«, sagte Doris, hob den Arm und machte dieselbe Geste mit Daumen und Zeigefinger wie Lonnie in der Telefonzelle. »Vielleicht hat er gedacht, daß du ihm winkst, als du das gemacht hast.«

»Da hätte ich lange winken können, bis er wegfährt, mit zweieinhalb auf dem Taxameter«, grunzte Lonnie und ging zum Bordstein. Auf der anderen Seite der Crouch Hill kicherten immer noch die beiden Kinder. »He!« rief Lonnie. »Kinder!«

»Sind Sie Amerikaner, Sir?« rief der Junge mit der Klauenhand zurück.

»Ja«, sagte Lonnie lächelnd. »Habt ihr das Taxi hier gesehen? Habt ihr gesehen, wohin es gefahren ist?«

Die beiden Kinder schienen über die Frage nachzudenken. Bei dem Gefährten des Jungen handelte es sich um ein etwa fünfjähriges Mädchen mit zerzausten braunen Zöpfen, die in entgegengesetzten Richtungen von seinem Kopf abstanden. Es kam an den Rand des Bordsteins, bildete mit den Händen ein Megaphon und schrie immer noch lächelnd zwischen den hohlen Händen hindurch zu ihnen herüber: »*Verpiß dich, Joe!*«

Lonnie sperrte den Mund auf.

»Sir! Sir! Sir!« kreischte der Junge und salutierte hektisch mit der mißgebildeten Hand. Dann gaben die beiden Fersengeld und verschwanden hastig um die Ecke; nur das Echo ihres Lachens blieb zurück.

Lonnie sah Doris wie vom Donner gerührt an.

»Kommt mir vor, als wären einige Kinder in Crouch End nicht besonders gut auf Amerikaner zu sprechen«, sagte er lahm.

Sie sah sich nervös um. Die Straße machte jetzt einen völlig verlassenen Eindruck.

Er legte einen Arm um sie. »Nun, Mädchen, sieht aus, als müßten wir zu Fuß weiter.«

»Ich weiß nicht, ob ich das will. Diese beiden Kinder könnten ihre großen Brüder holen.« Sie lachte, um zu zeigen, daß es ein Witz war, aber es hörte sich schrill an. Der Abend hatte eine surrealistische Wendung genommen, die ihr ganz und gar nicht gefiel. Sie wünschte sich, sie wären im Hotel geblieben.

»Wird uns nichts anderes übrig bleiben«, sagte er. »Es wimmelt nicht gerade von Taxis auf der Straße, oder?«

»Lonnie, warum sollte uns der Taxifahrer einfach so zurücklassen? Er machte so einen *netten* Eindruck.«

»Keinen blassen Schimmer. Aber John hat mir den Weg genau beschrieben. Er wohnt in einer Straße namens Brass End, einer kleinen Sackgasse, die nicht im Stadtplan verzeichnet ist.« Während er sprach, führte er sie weg von der Telefonzelle, weg von dem Restaurant, wo Currygerichte zum Mitnehmen verkauft wurden, weg von dem mittlerweile verlassenen Bordstein. Sie gingen die Crouch Hill Road entlang. »Wir biegen rechts auf die Hillfield Avenue ab, auf halbem Weg nach links, dann die erste rechts – oder war es links? Wie auch immer, jedenfalls in die Petrie Street. Die zweite links ist dann Brass End.«

»Und das weißt du alles noch?«

»Ich bin ein erstklassiger Zeuge«, sagte er tapfer, und da mußte sie einfach lachen. Lonnie hatte eine Art an sich, daß alles gleich besser zu sein schien.

An der Wand im Vorraum des Polizeireviers hing eine Straßenkarte von Crouch End, die wesentlich detaillierter war als der Stadtplan von London. Farnham ging hin und studierte sie, die Hände in den Taschen. Es war mittlerweile ausgesprochen still im Revier. Vetter war immer noch draußen – und versuchte, etwas von den Hirngespinsten aus seinem Kopf zu vertreiben, hoffte man –, und Raymond war längst mit der Frau fertig, der die Handtasche gestohlen war.

Farnham tippte mit dem Finger auf die Stelle, wo der Taxifahrer sich höchstwahrscheinlich abgesetzt hatte (das hieß, wenn man überhaupt etwas an der Geschichte der jungen Frau glauben konnte). Der Weg zum Haus ihres Freundes sah aus, als wäre er nicht zu verfehlen. Crouch Hill Road bis zur Hillfield Avenue, dann links in die Vickers Lane und noch mal links in die Petrie Street. Brass End, das wie ein nachträglicher Einfall von der Petrie Street abzweigte, war nicht mehr als sechs oder acht Häuser lang. Alles in allem vielleicht eine Meile zu laufen. Selbst Amerikaner sollten so weit laufen können, ohne sich zu verirren.

»Raymond?« rief er. »Bist du noch da?«

Sergeant Raymond kam herein. Er hatte Zivil angezogen und zog gerade den Reißverschluß einer leichten Popeline-Windjacke hoch. »Gerade noch, du bartloser Jüngling.«

»Laß das«, sagte Farnham, lächelte aber trotzdem. Raymond machte ihm ein bißchen angst. Ein Blick auf den unheimlichen Gesellen verriet einem, daß er etwas zu dicht an dem Zaun stand, der den Hof der guten Jungen von dem der bösen Jungen trennte. Die unregelmäßige weiße Linie einer Narbe verlief wie eine dicke Schnur von seinem linken Mundwinkel fast bis zum Adamsapfel. Er behauptete, daß ihm ein Taschendieb einmal mit einem abgebrochenen Flaschenhals fast die Kehle durchgeschnitten hätte. Er behauptete auch, daß er Taschendieben deshalb die Finger brach. Farnham dachte, daß das Scheiße war. Er glaubte, daß Raymond ihnen die Finger brach, weil er das Geräusch gern hörte, besonders wenn sie an den Knöcheln brachen.

»Hast du eine Zigarette?« fragte Raymond.

Farnham seufzte und gab ihm eine. Als er sie anzündete,

fragte Farnham ihn: »Gibt es ein Curryrestaurant in der Crouch Hill Road?«

»Nicht, daß ich wüßte«, sagte Raymond.

»Das dachte ich mir.«

»Hast du ein Problem?«

»Nein«, sagte Farnham ein wenig zu schneidend, als er an Doris Freemans verfilztes Haar und ihre aufgerissenen Augen dachte.

In der Nähe der Kuppe der Crouch Hill Road bogen Doris und Lonnie Freeman in die Hillfield Avenue ab, die von eindrucksvollen Villen gesäumt wurde – Hüllen, dachte sie, die wahrscheinlich mit chirurgischer Präzision in Apartments und möblierte Zimmer aufgeteilt worden waren.

»So weit, so gut«, sagte Lonnie.

»Ja, es ist ...«, begann sie, und da fing das leise Stöhnen an.

Sie blieben beide stehen. Das Stöhnen kam fast direkt von ihrer Rechten, wo eine hohe Hecke einen kleinen Garten umschloß. Lonnie wollte auf das Geräusch zugehen, aber sie hielt ihn am Arm fest. »Lonnie, nein!«

»Was meinst du damit, nein?« fragte er. »Da ist jemand verletzt.«

Sie folgte ihm nervös. Die Hecke war hoch, aber dünn. Er konnte sie auseinanderdrücken und so Einblick auf ein kleines, von Blumen eingerahmtes Rasenstück bekommen. Der Rasen war stechend grün. In der Mitte war eine schwarze, rauchende Stelle – jedenfalls war das ihr erster Eindruck. Als sie wieder um Lonnies Schulter herumsah – seine Schulter war so hoch, daß sie nicht darüber hinwegsehen konnte –, erkannte sie, daß es ein Loch war vom ungefähren Umriß eines Menschen. Rauchwölkchen stiegen daraus empor.

SECHZIG VERMISSTE BEI UNDERGROUND-HORROR, dachte sie unvermittelt.

Das Stöhnen kam aus dem Loch, und Lonnie wollte sich durch die Hecke dorthin zwängen.

»Lonnie«, sagte sie, »bitte nicht ...«

»Da ist jemand verletzt«, wiederholte er und zwängte sich mit einem spröden Reißen durch die Hecke. Sie sah, wie er auf das Loch zuging, dann schnellte die Hecke zurück, so daß sie nur noch seinen vagen Umriß erkennen konnte; er ging weiter. Sie versuchte, sich zu ihm durchzuzwängen, wurde aber zum Dank für ihr Bemühen nur von den kurzen Zweigen der Hecke zerkratzt. Sie trug eine ärmellose Bluse.

»Lonnie!« rief sie und hatte plötzlich große Angst.

»Lonnie, komm zurück!«

»Augenblick, Liebes!«

Das Haus sah sie über den Rand der Hecke hinweg gleichgültig an.

Das Stöhnen dauerte fort, aber jetzt hörte es sich tiefer an – kehliger, irgendwie wonnevoll. Konnte Lonnie das nicht *hören?*

»He, ist jemand da unten?« hörte sie Lonnie fragen. »Ist da – oh! He! *Großer Gott!*« und plötzlich schrie Lonnie. Sie hatte ihn noch nie schreien gehört, und ihre Beine schienen sich bei dem Laut in Schläuche voll Wasser zu verwandeln. Sie suchte panisch nach einer Lücke in der Hecke, einem Pfad, konnte aber nirgendwo einen erkennen. Bilder wirbelten vor ihren Augen – die Motorradfahrer, die für einen Augenblick wie Ratten ausgesehen hatten, die Katze mit dem zerkratzten Gesicht, der Junge mit der Klauenhand.

»Lonnie!« versuchte sie zu kreischen, brachte aber kein Wort heraus.

Jetzt waren Geräusche eines Kampfes zu hören. Das Stöhnen hatte aufgehört. Aber von der anderen Seite der Hecke ertönten feuchte Schmatzlaute. Dann kam Lonnie plötzlich durch das steife, staubig-grüne Dickicht zurück, als hätte ihm jemand einen heftigen Stoß versetzt. Der linke Ärmel seines Jacketts war abgerissen und mit Flecken einer schwarzen Substanz vollgespritzt, die zu rauchen schien, wie die Grube im Rasen geraucht hatte.

»Doris, lauf!«

»Lonnie, was ...«

»Lauf!« Sein Gesicht war kreidebleich.

Doris sah sich panisch nach einem Polizisten um. Nach *irgend jemandem*. Aber die Hillfield Avenue hätte sich, soweit sie sah, in einer riesigen, verlassenen Stadt befinden können.

Dann schaute sie zu der Hecke zurück und stellte fest, daß sich dort etwas anderes bewegte, etwas mehr als Schwarzes; es wirkte wie Ebenholz, die Antithese von Licht.

Und es schmatzte.

Einen Augenblick später fingen die kurzen, steifen Zweige der Hecke an zu rascheln. Sie starrte wie hypnotisiert hin. Möglicherweise wäre sie ewig so dagestanden (berichtete sie Vetter und Farnham), und wenn Lonnie nicht grob ihren Arm gepackt und sie angeschrien hätte – ja, Lonnie, der nicht einmal den Kindern gegenüber jemals die Stimme hob, hatte *geschrien* –, würde sie vielleicht jetzt noch so stehen. Dastehen oder ...

Aber sie liefen weg.

Wohin? hatte Farnham gefragt, aber das wußte sie nicht. Lonnie war völlig außer sich, in einer Hysterie von Panik und Ekel – das war das einzige, das sie sicher wußte. Er umklammerte ihr Handgelenk mit Fingern wie Handschellen; dann flohen sie weg von dem Haus, das über der Hecke aufragte, und von dem rauchenden Rasen. Das wußte sie mit Bestimmtheit; alles andere war nur eine Kette vager Eindrücke.

Zuerst war es schwer gewesen, zu laufen, aber dann ging es leichter, weil sie bergab flüchteten. Sie bogen ab, dann noch einmal. Graue Häuser mit hohen Giebeln und heruntergezogenen grünen Jalousien schienen sie wie blinde Rentner anzustarren. Sie erinnerte sich, wie Lonnie das Jackett auszog, das von diesem schwarzen Glibber vollgespritzt war, und es wegwarf. Schließlich kamen sie zu einer breiteren Straße.

»Halt«, keuchte sie. »Halt, ich kann nicht mehr!« Sie drückte die rechte Hand an die Seite, die sich anfühlte, als hätte ein rotglühender Stachel sie getroffen.

Und er blieb stehen. Sie hatten das Wohnviertel hinter sich gelassen und standen an der Ecke Crouch Lane und Norris Road. Ein Schild auf der gegenüberliegenden Seite der Norris Road verkündete, daß sie nur eine Meile von Slaughter Towen entfernt waren.

Town? schlug Vetter vor.

Nein, sagte Doris Freeman. *Towen* mit einem »e«.

Raymond drückte die Zigarette aus, die er Farnham abgeluchst hatte. »Ich gehe«, verkündete er, dann musterte er Farnham eingehend. »Mein Kleiner sollte besser auf sich achtgeben. Er hat große dunkle Ringe unter den Augen. Und dazu passende Haare auf den Handflächen, mein Schmusetier?« Er lachte laut auf.

»Schon mal von einer Crouch Lane gehört?« fragte Farnham.

»Du meinst Crouch Hill Road.«

»Nein, ich meine Crouch Lane.«

»Nie gehört.«

»Was ist mit Norris Lane?«

»Da zweigt eine von der High Street in Basingstoke ab ...«

»Nein, hier.«

»Nein – hier *nicht*.«

Aus einem Grund, den er selbst nicht verstand – die Frau war wahrscheinlich völlig verwirrt gewesen –, blieb Farnham hartnäckig. »Was ist mit Slaughter Towen?«

»Towen hast du gesagt? Nicht Town?«

»Ja, ganz recht.«

»Nie davon gehört, aber wenn, dann, glaub mir, würde ich mich davon fernhalten.«

»Warum?«

»Weil in der alten Druidensprache ein Touen oder Towen ein Ort ritueller Opfer war – ein Ort, mit anderen Worten, wo sie einem Leber und Gedärme rausgeschnippelt haben.« Damit zog Raymond den Reißverschluß der Windjacke zu und ging hinaus.

Farnham sah ihm unbehaglich nach. *Das letzte hat er erfunden*, sagte er sich. *Was ein Holzkopf wie Sid Raymond von den Druiden weiß, könnte man auf einen Stecknadelkopf schreiben und hätte immer noch genug Platz für das Vaterunser.*

Genau. Und selbst *wenn* er diese Information irgendwo aufgeschnappt hätte, änderte das nichts an der Tatsache, die Frau war ...

»Ich muß den Verstand verlieren«, sagte Lonnie und lachte unsicher.

Doris hatte zuvor auf die Uhr gesehen und festgestellt, daß es schon Viertel vor acht geworden war. Das Licht hatte sich verändert – von einem klaren Orange zu einem trüben, verhangenen Rot, das sich in den Scheiben der Geschäfte an der Norris Road spiegelte und einen Kirchengiebel auf der gegenüberliegenden Seite in geronnenes Blut zu verwandeln schien. Die Sonne war eine ovale Scheibe am Horizont.

»Was ist da hinten passiert?« fragte Doris. »Was war das, Lonnie?«

»Mein Jackett habe ich auch verloren. Und die Adresse.«

»Du hast es nicht verloren, du hast es ausgezogen. Es war ganz vollgespritzt mit …«

»Mach dich nicht lächerlich!« schnappte er wütend. Aber seine Augen waren nicht wütend, sie waren sanft, erschrocken, abwesend. »Ich habe sie verloren, mehr nicht.«

»Lonnie, was hast du erlebt, als du durch die Hecke gegangen bist?«

»Nichts. Reden wir nicht davon. Wo waren wir?«

»Lonnie …«

»Ich kann mich nicht mehr daran erinnern«, sagte er leise. »Alles ist leer. Wir waren da … wir hörten ein Geräusch … dann lief ich weg. An mehr kann ich mich nicht erinnern.« Und dann fügte er mit einer ängstlichen, kindlichen Stimme hinzu: »Weshalb sollte ich mein Jackett wegwerfen? Es hat mir gefallen. Hat zu den Hosen gepaßt.« Er warf den Kopf zurück, stieß ein furchterregendes, irres Lachen aus, und da wurde Doris klar: was er hinter der Hecke gesehen hatte, mußte bewirkt haben, daß er zumindest vorübergehend ausgerastet war. Sie war nicht sicher, ob ihr nicht dasselbe zugestoßen wäre – wenn sie es gesehen hätte. Einerlei. Sie mußten hier weg. Zurück ins Hotel, wo die Kinder waren.

»Suchen wir ein Taxi. Ich will nach Hause.«

»Aber John …«, begann er.

»John ist mir völlig gleichgültig!« schrie sie. »Alles ist falsch hier. Nichts stimmt, *und ich will sofort ein Taxi und nach Hause fahren!«*

»Ja, schon gut. Okay.« Lonnie strich sich mit zitternder

Hand über die Stirn. »Ich verstehe dich. Das einzige Problem ist, hier gibt es keine.«

Tatsächlich herrschte überhaupt kein Verkehr auf der Norris Road, die breit und kopfsteingepflastert war. In der Mitte verliefen alte Straßenbahnschienen. Auf der anderen Seite, vor einem Blumenladen, parkte ein uralter dreirädriger Kabinenroller. Weiter unten auf ihrer Seite stand ein Yamaha-Motorrad schräg auf seinem Ständer. Das war alles. Sie konnten Autos *hören*, aber das Geräusch klang fern und diffus.

»Vielleicht ist die Straße wegen Reparaturarbeiten gesperrt«, murmelte Lonnie, und dann tat er etwas Seltsames – jedenfalls seltsam für ihn, der sonst so sorglos und selbstsicher war. Er sah über die Schulter, als hätte er Angst, daß sie verfolgt würden.

»Wir laufen«, sagte sie.

»Wohin?«

»Irgendwo. Weg von Crouch End. Wenn wir hier wegkommen, finden wir auch wieder ein Taxi.« Davon war sie mit einemmal überzeugt, wenn auch von sonst nichts.

»Na gut.« Jetzt schien er vollauf damit zufrieden zu sein, ihr die Führerschaft bei der ganzen Sache zu überlassen.

Sie gingen die Norris Road entlang, der untergehenden Sonne entgegen. Das ferne Verkehrsgeräusch blieb konstant, es wurde nicht leiser, schien aber auch nicht näher zu kommen. Es erinnerte an das konstante Brausen des Windes. Die Einsamkeit zerrte allmählich an ihren Nerven. Sie spürte, daß sie beobachtet wurden, versuchte, das Gefühl abzuschütteln, konnte es aber nicht. Das Geräusch ihrer Schritte

(SECHZIG VERMISSTE BEI UNDERGROUND-HORROR)

hallte zu ihnen zurück. Die Sache bei der Hecke spukte zunehmend durch ihre Gedanken, und schließlich mußte sie noch einmal fragen.

»Lonnie, was *war* es?«

Er antwortete nur: »Ich kann mich nicht erinnern. Und ich *will* es auch nicht.«

Sie kamen an einem Markt vorbei, der geschlossen hatte – ein Stapel Kokosnüsse, die wie Schrumpfköpfe aussahen, waren am Fenster aufgeschichtet. Sie passierten eine Wäscherei, in der weiße Waschmaschinen von den verblaßten rosa Wänden abgerückt worden waren wie rechteckige Zähne aus abgestorbenem Zahnfleisch. Sie ließen das schlierige Fenster eines alten Ladens hinter sich, vor dem ein Schild mit der Aufschrift ZU VERMIETEN stand. Etwas bewegte sich hinter den Schlieren, und Doris sah das räudige und zerkratzte Gesicht einer Katze herausschauen. Derselbe graue Kater.

Sie überprüfte ihre inneren Uhrwerke und Mechanismen und stellte fest, daß sie sich in einem Zustand langsam zunehmenden Grauens befand. Ihr war, als hätten ihre Eingeweide angefangen, langsam und träge im Bauch herumzukriechen. Und sie hatte einen scharfen, unangenehmen Geschmack im Mund, als hätte sie eine allzu kräftige Mundspülung benutzt. Im Sonnenuntergang quoll frisches Blut aus dem Kopfsteinpflaster der Norris Road.

Sie näherten sich einer Unterführung. Und es war dunkel da unten. *Ich kann nicht,* informierte ihr Verstand sie nüchtern. *Ich kann nicht da runter, da könnte alles mögliche lauern, verlang es nicht von mir, weil ich es schlicht und einfach nicht kann.*

Ein anderer Teil ihres Verstandes fragte, ob sie es ertragen würde, den Weg zurückzugehen, vorbei an den leerstehenden Geschäften mit der wandernden Katze darin (wie hatte sie von dem Restaurant dorthin gelangen können? Sicher war es das beste, gar nicht zu fragen und nicht zu ausgiebig darüber nachzudenken), vorbei an dem unheimlichen Durcheinander der Wäscherei, vorbei am Markt der Schrumpfköpfe. Sie glaubte nicht, daß sie das konnte.

Sie hatten sich der Unterführung weiter genähert. Ein seltsam gestrichener Zug mit sechs Waggons – weiß wie Knochen – donnerte unvermittelt plötzlich darüber hinweg, eine irre Braut aus Stahl, die ihrem Bräutigam entgegenrannte. Die Räder wirbelten grelle Funkengarben auf. Sie wichen beide unwillkürlich einen Schritt zurück, aber Lonnie war es, der aufschrie. Sie sah ihn an und stellte fest, daß er sich innerhalb der vergangenen Stunde in jemanden verwandelt hatte, der ihr vollkommen unbekannt war, mit dem sie nie gerechnet hätte. Sein Haar wirkte irgendwie grauer, und obwohl sie sich einredete – mit großem Nachdruck einredete –, daß nur das Licht daran schuld war, gab das Aussehen seines Haars den Ausschlag. Lonnie war nicht in der Verfassung, umzukehren. Also – die Unterführung.

»Komm mit«, sagte sie und ergriff seine Hand. Sie packte fest zu, damit er das Zittern ihrer eigenen Hand nicht spürte. »Je eher, desto besser.« Sie ging weiter, und er folgte ihr fügsam.

Sie waren fast draußen – es handelte sich um eine ausgesprochen kurze Unterführung, dachte sie voll lächerlicher Erleichterung –, als die Hand ihren Oberarm umklammerte.

Sie schrie nicht. Ihre Lungen schienen zusammengefallen zu sein wie zerknüllte Papiertüten. Ihr Verstand wollte den Körper zurücklassen und einfach davonfliegen. Lonnies Hand glitt aus ihrer eigenen. Er schien es nicht zu bemerken. Er schlenderte auf der anderen Seite hinaus – sie sah seine Silhouette einen Moment groß und schlaksig vor den blutigen, grellen Farben des Sonnenuntergangs, dann war er verschwunden.

Die Hand, die ihren Oberarm umklammerte, war haarig wie die eines Affen. Sie zog Doris unerbittlich auf eine schwere, kauernde Gestalt zu, die an der rußigen Betonwand lehnte. Dort hing sie im doppelten Schatten zweier Betonsäulen, und Doris konnte nicht mehr als den Umriß erkennen – den Umriß und zwei leuchtende grüne Augen.

»Gib uns eine Kippe, Süße«, sagte eine heisere Cockneystimme, und Doris roch rohes Fleisch und Fritierfett und etwas Süßliches und Abscheuliches wie die klebrigen Überreste auf dem Boden einer Mülltonne.

Die grünen Augen waren Katzenaugen. Und plötzlich war sie sich auf gräßliche Weise sicher, wenn die kauernde Gestalt aus den Schatten treten würde, würde sie das trübe Auge, die rosa Wülste des Narbengewebes und die Büschel grauen Fells sehen.

Sie riß sich los, wich zurück und spürte, wie dicht neben ihr etwas durch die Luft sauste. Eine Hand? Krallen? Ein spuckendes, zischendes Geräusch …

Dann donnerte oben wieder ein Zug vorbei. Das Dröhnen

war gewaltig, ohrenbetäubend. Ruß rieselte wie schwarzer Schnee herab. Sie floh in blinder Panik und wußte zum zweitenmal an diesem Abend nicht, wohin – oder wie lange.

Die Erkenntnis, daß Lonnie verschwunden war, holte sie in die Wirklichkeit zurück. Sie war halb gegen eine schmutzige Backsteinwand gesunken und holte mit langen, keuchenden Zügen Luft. Sie befand sich immer noch auf der Norris Road (jedenfalls glaubte sie das, erzählte sie den beiden Constables; die breite Straße war immer noch kopfsteingepflastert, die Schienen verliefen immer noch genau in der Mitte), aber die verlassenen, verfallenden Geschäfte waren verlassenen, verfallenden Lagerhallen gewichen. DAWGLISH & SÖHNE, verkündete ein rußverschmiertes Schild an einem. An einem zweiten stand der Name ALHAZRED in uraltem Grün auf verblichenem Backstein. Unter dem Namen konnte sie eine Reihe arabischer Schnörkel und Krakel erkennen.

»Lonnie!« rief sie. Kein Echo, und trotz der Stille kein Hall (nein, keine völlige Stille; es war immer noch Verkehrslärm zu hören, der ein wenig näher sein mochte, aber nicht viel). Der Name, der ihren Ehemann bezeichnete, schien aus ihrem Mund zu purzeln und wie ein Stein vor ihre Füße zu fallen. Das Blut des Sonnenuntergangs war der kühlen grauen Asche der Dämmerung gewichen. Zum erstenmal kam ihr der Gedanke, daß die Nacht sie hier in Crouch End überraschen könnte – falls sie sich *tatsächlich* noch in Crouch End befand –, und dieser Gedanke weckte neuerliches Entsetzen in ihr.

Sie berichtete Vetter und Farnham, daß sie während der unbekannten Zeitspanne zwischen ihrer Ankunft bei der Telefonzelle und dem letzten Schrecken kaum nachgedacht hatte, keiner zusammenhängenden Gedankenkette fähig war. Sie hatte einfach reagiert wie ein furchtsames Tier. Und jetzt war sie allein. Sie wollte zu Lonnie, das wußte sie, aber viel mehr wußte sie nicht. Jedenfalls machte sie sich keine Gedanken, weshalb diese Gegend, die mit Sicherheit keine fünf Meilen vom Cambridge Circus entfernt war, so völlig menschenleer sein konnte.

Doris Freeman marschierte los und rief nach ihrem Mann. Ihre Stimme erzeugte kein Echo, aber ihre Schritte fanden

Widerhall. Schatten fielen über die Norris Road. Der Himmel über ihr war mittlerweile purpurn. Es konnte sich um einen verzerrenden Effekt der Dämmerung handeln, oder es lag an ihrer Erschöpfung, jedenfalls schienen sich die Lagerhäuser gierig über die Straße zu beugen. Die Fenster, die vom Schmutz von Jahrzehnten – möglicherweise Jahrhunderten – verkrustet waren, schienen sie anzustarren. Und die Namen auf den Schildern wurden zunehmend merkwürdiger, regelrecht irre, auf jeden Fall aber unaussprechlich. Die Vokale standen an den falschen Stellen, die Konsonanten waren auf eine Weise aneinander gereiht, daß eine menschliche Zunge sie unmöglich bewältigen konnte. CTHULHU KRYON stand auf einem, darunter wieder arabische Schnörkel. YOGSOGGOTH lautete ein anderes. Und wieder ein anderes: R'YELEH. An eines konnte sie sich besonders deutlich erinnern: NRTESN NYARLAHOTEP.

»Wie kommt es, daß Sie sich an dieses Gestammel erinnern?« fragte Farnham sie.

Doris Freeman schüttelte langsam und müde den Kopf. »Ich weiß nicht«, sagte sie. »Wirklich nicht. Es ist wie ein Alptraum, den man vergessen will, sobald man aufwacht, aber er vergeht nicht, wie die meisten Träume; er bleibt einfach da.«

Die kopfsteingepflasterte, von Bahnschienen geteilte Norris Road schien sich in die Unendlichkeit zu strecken. Und obwohl sie weiterging – sie hätte nicht geglaubt, daß sie laufen gekonnt hätte, sagte sie, aber später tat sie es doch –, rief sie nicht mehr nach Lonnie. Sie wand sich im Griff einer schrecklichen, zerrüttenden Angst, einer so großen Angst, daß ein Mensch sie kaum aushalten konnte, ohne wahnsinnig zu werden oder tot umzufallen. Es war ihr unmöglich, ihre Angst zu artikulieren, außer in einer Form, und selbst das, sagte sie, verbreiterte nur die Kluft, die sich zwischen ihrem Verstand und ihrem Herzen aufgetan hatte. Es war, sagte sie, als wäre sie überhaupt nicht mehr auf der Erde, sondern auf einem anderen Planeten, einem so fremdartigen Planeten, daß der menschliche Verstand ihn nicht einmal ansatzweise begreifen konnte. Die *Winkel* schienen anders zu sein, sagte sie. Die *Farben* schienen anders zu sein. Die … aber es war hoffnungslos.

Sie konnte nur unter dem verzerrten purpurnen Himmel zwischen den schiefen Gebäuden dahinwandern und hoffen, daß es einmal ein Ende haben würde.

Und es hatte eines.

Sie bemerkte zwei Gestalten, die vor ihr auf dem Gehweg standen – die Kinder, die sie und Lonnie zuvor schon gesehen hatten. Der Junge streichelte mit seiner Klauenhand die zerzausten Zöpfe des kleinen Mädchens.

»Es ist die Amerikanerin«, sagte der Junge.

»Sie hat sich verirrt«, sagte das Mädchen.

»Hat ihren Mann verloren.«

»Ist vom Weg abgekommen.«

»Hat den dunkleren Weg gefunden.«

»Die Straße, die in den Trichter führt.«

»Hat die Hoffnung verloren.«

»Hat den Pfeifer von den Sternen gefunden …«

»… Verzehrer der Dimensionen …«

»… den blinden Flötenspieler.«

Die Worte sprudelten immer schneller hervor, eine atemlose Litanei, ein sausender Webstuhl. Ihr Kopf kreiste. Die Gebäude beugten sich über sie. Die Sterne waren aufgegangen, aber es waren nicht *ihre* Sterne, denen sie als Kind ihre Wünsche gesagt und unter denen sie sich als junge Frau verabredet hatte. Es waren irre Sterne in wahnsinnigen Konstellationen, und sie preßte die Hände auf die Ohren, aber ihre Hände konnten die Worte nicht abhalten, und schließlich schrie sie sie an:

»Wo ist mein Mann? Wo ist Lonnie? Was habt ihr mit ihm gemacht?«

Schweigen. Und dann sagte das Mädchen: »Er ist nach unten gegangen.«

Der Junge: »Zur Ziege mit den tausend Jungen.«

Das Mädchen lächelte – ein maliziöses Lächeln voll böser Unschuld. »Er hatte kaum eine andere Wahl, oder? Er trug das Mal. Du wirst auch gehen.«

»Lonnie! *Was habt ihr mit ...*«

Der Junge hob die Hand und sang in einer hohen flötenden Sprache, die sie nicht verstehen konnte – aber der Klang der Worte machte Doris Freeman halb wahnsinnig vor Angst.

»Da fing die Straße an, sich zu bewegen«, schilderte sie Vetter und Farnham. »Das Kopfsteinpflaster wellte sich wie ein Teppich. Es hob und senkte sich, hob und senkte sich. Die Schienen lösten sich und flogen in die Luft – daran kann ich mich erinnern, ich weiß noch, wie sich das Sternenlicht darauf spiegelte –, und dann lösten sich die Pflastersteine selbst, anfangs einer nach dem anderen, dann ganze Gruppen. Sie flogen einfach in die Dunkelheit davon. Ein Reißen ertönte, wenn sie abhoben. Ein knirschendes Reißen – wie sich ein Erdbeben anhören muß. Und etwas wollte *durchkommen ...*«

»Was?« fragte Vetter. Er hatte sich nach vorn gebeugt und betrachtete sie mit bohrendem Blick. »Was haben Sie gesehen? Was war es?«

»Tentakel«, sagte sie langsam und stockend. »Ich glaube, es waren Tentakel. Aber sie waren so dick wie alte Banyanbäume, und es war, als bestünde jeder einzelne aus tausend kleineren ... und es waren rosa Dinger darauf, wie Saugnäpfe ... nur sahen sie manchmal wie Gesichter aus ... eines hatte Ähnlichkeit mit Lonnies Gesicht ... und alle litten Qualen. Unter ihnen, in der Dunkelheit unter der Straße – in der Dunkelheit *unten* –, war noch etwas. So etwas wie *Augen ...*«

An der Stelle war sie zusammengebrochen und hatte eine ganze Weile nicht weitersprechen können, und wie sich herausstellte, gab es auch nichts mehr zu erzählen. Als nächstes konnte sie sich erst wieder deutlich erinnern, wie sie unter der Tür eines geschlossenen Kiosks kauerte. Dort würde sie vielleicht jetzt noch sitzen, sagte sie ihnen, aber sie hatte ein Stück weiter Autos fahren und den tröstlichen Schein von Natriumdampflampen gesehen. Zwei Passanten waren an ihr vorbeigegangen, und Doris hatte sich aus Angst vor den bösen Kindern tiefer in die Schatten gedrückt. Doch sie sah, daß es sich nicht um Kinder handelte; es war ein Teenagerpärchen, das Hand in Hand ging. Der Junge sagte etwas vom neuen Film von Martin Scorsese.

Sie hatte sich argwöhnisch auf den Gehweg geschlichen und war bereit gewesen, sofort wieder in das sichere Versteck der Kiosktür zu springen, aber dazu gab es keinen Anlaß. Fünfzig Meter entfernt befand sich eine einigermaßen befahrene Kreuzung mit Autos und Lastwagen, die vor einer Ampel hielten. Gegenüber lag ein Juwelierladen mit einer großen, beleuchteten Uhr im Schaufenster. Ein Stahlgitter war vor das Fenster gezogen worden, aber sie konnte die Zeit trotzdem erkennen. Es war fünf Minuten vor zehn.

Da war sie zu der Kreuzung gegangen, hatte aber trotz der Straßenlaternen und des beruhigenden Verkehrslärms ständig ängstliche Blicke über die Schulter geworfen. Sie hatte überall Schmerzen. Sie hinkte auf einem abgebrochenen Absatz. Sie hatte Krämpfe im Bauch und in den Beinen – im rechten Bein war es besonders schlimm, als hätte sie sich überanstrengt.

An der Kreuzung sah sie, daß sie irgendwie zur Hillfield Avenue und Tottenham Road gelangt war. Unter einer Straßenlaterne unterhielt sich eine etwa sechzigjährige Frau, deren graues Haar unter dem Fetzen hervorquoll, mit dem sie es zusammengebunden hatte, mit einem Mann etwa gleichen Alters. Sie sahen Doris beide an, als wäre sie eine furchteinflößende Erscheinung.

»Polizei«, krächzte Doris Freeman. »Wo ist das Polizeirevier? Ich bin amerikanische Staatsbürgerin ... ich habe meinen Mann verloren ... ich brauche die Polizei.«

»Was ist Ihnen denn zugestoßen, junge Dame?« fragte die Frau nicht unfreundlich. »Sie sehen aus, als wären Sie durch die Mangel gedreht worden.«

»Autounfall?« fragte ihr Begleiter.

»Nein. Kein ... kein ... Bitte, gibt es ein Polizeirevier hier in der Nähe?«

»Direkt an der Tottenham Road«, sagte der Mann. Er holte eine Packung Players aus der Tasche. »Möchten Sie eine Zigarette? Sie sehen aus, als könnten Sie eine brauchen.«

»Danke«, sagte sie und nahm die Zigarette, obwohl sie vor

fast vier Jahren aufgehört hatte zu rauchen. Der ältere Mann mußte der zitternden Spitze mit dem Feuerzeug folgen, damit er sie anzünden konnte.

Er sah die Frau an, die das Haar mit einem Fetzen hochgebunden hatte. »Ich mache nur einen kleinen Spaziergang mit ihr, Evvie. Vergewissere mich, daß sie heil ankommt.«

»Dann komme ich auch mit, oder nicht?« sagte Evvie und legte Doris einen Arm um die Schultern. »Was ist denn passiert, junge Dame? Hat jemand versucht, Sie auszurauben?«

»Nein«, sagte Doris. »Es ... ich ... ich ... die Straße ... da war eine Katze mit nur einem Auge ... die Straße ist aufgebrochen ... ich habe es *gesehen* ... und sie sagten etwas von einem blinden Flötenspieler ... ich muß Lonnie finden!«

Sie war sich bewußt, daß sie zusammenhanglos stammelte, aber sie schien außerstande, sich deutlicher auszudrücken. Und dennoch, berichtete sie Vetter und Farnham, hatte sie *so* zusammenhanglos auch wieder nicht sein können, denn der Mann und die Frau waren vor ihr zurückgewichen, als hätte Doris geantwortet, daß sie an Beulenpest erkrankt war, als Evvie sie fragte, was geschehen sei.

Der Mann hatte etwas gesagt. »... ist schon wieder passiert«, glaubte Doris zu verstehen.

Die Frau deutete die Straße entlang. »Das Polizeirevier ist gleich da vorne. Hängen Kugellampen davor. Sie werden es schon sehen.« Damit entfernten sich die beiden raschen Schrittes. Die Frau blickte noch einmal über die Schulter; Doris Freeman sah ihre großen, glänzenden Augen. Doris ging noch einen Schritt hinter ihnen her, obwohl sie selbst nicht wußte, aus welchen Gründen. »Kommen Sie nicht näher!« kreischte Evvie schrill und machte das Zeichen gegen den bösen Blick. Gleichzeitig drückte sie sich an den Mann, der einen Arm um sie legte. »Kommen Sie ja nicht näher, wenn Sie in Crouch End Towen gewesen sind!«

Und mit diesen Worten waren die beiden in der Nacht verschwunden.

Jetzt lehnte PC Farnham unter der Tür zwischen dem Wachzimmer und dem Hauptarchiv – obwohl die Akte der unaufgeklärten Fälle, von der Vetter gesprochen hatte, mit Sicherheit nicht hier aufbewahrt wurde. Farnham hatte sich eine frische Tasse Tee gemacht und rauchte die letzte Zigarette aus seinem Päckchen – die Frau hatte sich auch mehrere genommen.

Sie war in Begleitung einer Krankenschwester, die Vetter gerufen hatte, in ihr Hotel zurückgekehrt – die Schwester würde die Nacht bei ihr verbringen und morgen früh entscheiden, ob die Frau in ein Krankenhaus mußte. Die Kinder würden ein Problem sein, vermutete Farnham, und die Tatsache, daß die Frau Amerikanerin war, garantierte Schwierigkeiten erster Klasse. Er fragte sich, was sie den Kindern erzählen würde, wenn sie morgen früh aufwachten; natürlich immer vorausgesetzt, daß sie imstande sein würde, ihnen etwas zu erzählen. Würde sie ihnen schildern, wie das große böse Ungeheuer Crouch End Town

(Towen)

ihren Daddy verspeist hatte wie ein Troll im Märchen?

Farnham verzog das Gesicht und stellte die Teetasse weg. Das war nicht sein Problem. Es ging ihn nichts an; er war nur ein Police Constable, der die ganze Sache vergessen wollte. Und er hatte die Absicht, Vetter das Protokoll schreiben zu lassen. Vetter konnte es sich leisten, seinen Namen unter diesen Haufen Irrsinn zu setzen; er war ein verbrauchter alter Mann. Er würde immer noch PC der Nachtschicht sein, wenn er seine goldene Uhr, seine Pension und seine Staatswohnung bekam. Farnham dagegen hatte Ambitionen und wollte es bald zum Sergeanten bringen, was bedeutete, daß er auf jede Kleinigkeit achtgeben mußte.

Und da er gerade von Vetter sprach, wo steckte der eigentlich? Er schnappte schon ziemlich lange frische Luft.

Farnham durchquerte das Revier und ging hinaus. Er stand zwischen den beiden Kugelleuchten und sah über die Tottenham Road. Vetter war nirgends zu sehen. Es war nach drei Uhr morgens, Schweigen lag schwer und undurchdringlich über allem wie ein Leichentuch. Wie lautete die Zeile von Wordsworth? »Das große Herz ruht still und stumm« oder so ähnlich.

Er ging die Stufen hinunter, blieb auf dem Gehweg stehen und verspürte nun doch leichtes Unbehagen. Das war selbstverständlich albern, und er war wütend auf sich selbst, weil ihn die verrückte Geschichte der Frau dermaßen beeindruckt hatte. Vielleicht *verdiente* er es, daß er vor einem harten Burschen wie Sid Raymond Angst hatte.

Farnham ging langsam bis zur Ecke und beschloß, Vetter, der von seinem nächtlichen Spaziergang zurückkam, entgegenzugehen. Aber weiter würde er nicht gehen; wenn er das Revier auch nur einen Augenblick unbeaufsichtigt ließ und dabei erwischt wurde, konnte ihn das Kopf und Kragen kosten. Er kam zur Ecke und sah sich um. Seltsam – sämtliche Natriumdampflampen in dieser Richtung schienen erloschen zu sein. Ohne sie sah die ganze Straße verändert aus. Ob man davon Meldung machen mußte? fragte er weiter. Und wo steckte Vetter?

Er würde noch ein Stück weitergehen, beschloß er, und nachsehen, was hier vor sich ging. Aber nicht weit. Er durfte das Revier nicht zu lange unbeaufsichtigt lassen.

Nur ein kleines Stück.

Vetter kam keine fünf Minuten, nachdem Farnham weggegangen war, zurück. Farnham war in die andere Richtung gegangen, und wenn Vetter eine Minute früher wiedergekommen wäre, hätte er den jungen Constable einen Moment unentschlossen an der Ecke stehen sehen können, bevor er weiterging – und nie wieder gesehen wurde.

»Farnham?«

Keine Antwort, außer dem Summen der Uhr an der Wand.

»Farnham?« rief er noch einmal, dann wischte er sich den Mund mit dem Handrücken ab.

Lonnie Freeman wurde nie gefunden. Schließlich flog seine Frau (die graue Schläfen bekommen hatte) mit den Kindern nach Amerika zurück. Sie flogen mit der Concorde. Einen Monat später unternahm sie einen Selbstmordversuch. Sie verbrachte neunzig Tage in einem Sanatorium, und als sie entlassen wurde, ging es ihr schon besser. Manchmal, wenn sie nicht schlafen kann – was meistens in Nächten der Fall ist, in denen die Sonne wie ein orangeroter Feuerball untergeht –, kriecht sie in den Schrank, rutscht auf den Knien unter den hängenden Kleidern hindurch bis ganz nach hinten, und da schreibt sie mit einem weichen Bleistift immer wieder *Hütet euch vor der Ziege mit den tausend Jungen.* Irgendwie scheint es sie zu beruhigen, wenn sie das tut.

PC Farnham hinterließ eine Frau und zweijährige Zwillingsmädchen. Sheila Farnham schrieb eine Reihe wütender Briefe an ihren Unterhausabgeordneten und beharrte darauf, daß etwas vor sich ginge, daß etwas vertuscht wurde, und daß ihr Bob dazu verleitet worden war, einen gefährlichen Auftrag als verdeckter Ermittler anzunehmen. Er hätte alles getan, um es zum Sergeanten zu bringen, informierte Mrs. Farnham den Abgeordneten wiederholt. Schließlich hörte der honorige Parlamentarier auf, ihre Briefe zu beantworten, und etwa zu der Zeit, als Doris Freeman, mittlerweile fast völlig weißhaarig, aus dem Sanatorium entlassen wurde, zog Mrs. Farnham wieder nach Sussex, wo ihre Eltern wohnten. Im Lauf der Zeit heiratete sie einen Mann in einer sicheren Branche – Frank Hobbs ist Stoßstangeninspekteur am Fließband von Ford. Dazu war es nötig gewesen, daß sie sich wegen böswilligen Verlassens von ihrem Bob scheiden ließ; aber das hatte sich mühelos bewerkstelligen lassen.

Vetter ließ sich etwa vier Monate, nachdem Doris Freeman ins Polizeirevier in der Tottenham Lane gestolpert war, vorzeitig pensionieren. Er zog in eine städtische Wohnung, zwei Stockwerke über einer Geschäftszeile. Sechs Monate später fand man ihn tot auf, an einem Herzanfall gestorben, eine Flasche Harp Lager in der Hand.

Und in Crouch End, das wirklich ein ruhiger Vorort von London ist, geschehen von Zeit zu Zeit immer noch merkwürdige Dinge, und man weiß, daß Menschen sich verirren. Manche verirren sich für immer.

Das fünfte Viertel

Ich parkte die Rostlaube um die Ecke von Keenans Haus, blieb einen Moment im Dunkeln sitzen, drehte dann den Schlüssel um und stieg aus. Als ich die Tür zuschlug, konnte ich Rost von den Schwellern rieseln und auf die Straße fallen hören. Lange würde es nicht mehr so sein.

Die Waffe steckte in einem Holster und drückte meinen Brustkasten wie eine Faust. Es war Barneys .45er, und darüber war ich froh. Es verlieh der ganzen verrückten Sache einen Hauch von Ironie. Vielleicht sogar eine Art von Gerechtigkeit.

Keenans Haus war eine architektonische Monstrosität, die sich über einen Viertelmorgen Land erstreckte, nichts als schiefe Winkel und Dächer mit spitzen Giebeln hinter einem schmiedeeisernen Zaun. Wie ich gehofft hatte, hatte er das Tor nicht abgeschlossen. Vorhin hatte ich gesehen, wie er im Wohnzimmer telefoniert hatte, und eine Eingebung, der ich mich nicht entziehen konnte, hatte mir gesagt, daß er entweder mit Jagger oder dem Sarge gesprochen hatte. Wahrscheinlich dem Sarge. Das Warten war vorbei; dies war meine Nacht.

Ich ging zur Einfahrt, hielt mich dicht am Gebüsch und horchte nach ungewöhnlichen Geräuschen, abgesehen vom schneidenden Heulen des Januarwindes. Es gab keine. Es war Freitagabend, Keenans Haushälterin würde ausgegangen sein und sich auf irgendeiner Party amüsieren. Niemand zu Hause, außer diesem Dreckskerl Keenan. Der auf den Sarge wartete. Und – obwohl er es noch nicht wußte – auf mich.

Die Garage stand offen, ich schlüpfte hinein. Der ebenholzschwarze Schatten von Keenans Impala ragte vor mir auf. Ich versuchte es mit der hinteren Tür. Das Auto war ebenfalls offen. Keenan war nicht aus dem Holz, aus dem man Bösewichter schnitzt, überlegte ich mir; er war viel zu vertrauensselig. Ich stieg in das Auto, setzte mich und wartete.

Jetzt konnte ich die leisen Töne von Jazz im Wind hören, sehr leise, sehr gut. Möglicherweise Miles Davis. Keenan hörte sich Miles Davis an und hielt einen Gin Fizz in einer manikürten Hand. Wie schön für ihn.

Es wurde eine lange Wartezeit. Die Zeiger meiner Uhr krochen von halb neun auf zehn. Jede Menge Zeit zum Nachdenken. Ich dachte überwiegend über Barney nach, was nicht unbedingt eine Frage freier Entscheidung war. Ich mußte daran denken, wie er in dem kleinen Boot aussah, als ich ihn fand – wie er zu mir aufsah und sinnlose, leise Laute von sich gab. Er war zwei Tage im Meer gedriftet und sah aus wie ein gekochter Hummer. Schwarzes Blut bedeckte verkrustet seine Leibesmitte, wo er angeschossen worden war.

Er hatte das Boot, so gut er konnte, auf die Hütte zugesteuert, trotzdem hatte er hauptsächlich Glück gehabt. Glück, daß er dorthin gefunden hatte; Glück, daß er noch eine Zeitlang sprechen konnte. Hätte er nicht mehr sprechen können, so hätte ich noch eine Handvoll Schlaftabletten gehabt. Ich wollte nicht, daß er leiden mußte. Jedenfalls nicht ohne Grund. Wie sich herausstellte, gab es einen Grund. Er hatte eine Geschichte zu erzählen, einen richtigen Hammer, und er erzählte mir fast alles.

Als er tot war, ging ich zum Boot zurück und holte seine .45er. Sie war in einem kleinen Fach versteckt und in eine wasserdichte Tasche eingewickelt. Dann schleppte ich sein Boot in tiefes Wasser hinaus und versenkte es. Hätte ich eine Inschrift über seinem Kopf anbringen können, dann wäre es das Sprichwort gewesen, daß jede Minute ein Wichser geboren wurde. Und die meisten sind mit Sicherheit nette Kerle – genau wie Barney. Statt dessen fing ich an, die Männer zu suchen, die ihn allegemacht hatten. Ich brauchte sechs Monate, bis ich Keenan gefunden und sichergestellt hatte, daß der Sarge zumindest darin verwickelt war, aber ich bin eine hartnäckige Nervensäge, und darum war ich jetzt hier.

Zwanzig nach zehn kamen Scheinwerfer die gebogene Einfahrt herauf, und ich legte mich auf den Boden des Impala. Der Neuankömmling fuhr in die Garage, dicht neben Keenans Wagen. Hörte sich wie ein alter Volkswagen an. Der schwache Motor tuckerte aus, ich konnte den Sarge leise grunzen hören, als er sich aus dem kleinen Wagen herausmühte. Das Verandalicht ging an, und ich hörte, wie eine Tür geöffnet wurde.

Keenan: »Sarge! Sie sind spät dran! Kommen Sie rein und trinken Sie etwas.«

Sarge: »Scotch.«

Ich hatte vorher schon das Fenster heruntergekurbelt. Jetzt hielt ich Barneys .45er hinaus und packte den Griff mit beiden Händen. »Stehenbleiben«, sagte ich.

Der Sarge stand auf halber Höhe der Verandatreppe. Keenan, der perfekte Gastgeber, war herausgekommen, sah zu ihm hinunter und wartete darauf, daß er ganz hinaufkommen würde, damit er ihn ins Haus begleiten konnte. Im Licht von drinnen zeichneten sich ihre beiden Silhouetten perfekt ab. Ich bezweifle, daß sie mich in der Dunkelheit sehen konnten, aber sie konnten die Waffe sehen. Es war eine große Waffe.

»Zum Teufel, wer sind Sie?« frage Keenan.

»Jerry Tarkanian«, sagte ich. »Eine Bewegung, und ich puste ein so großes Loch in Sie, daß man dadurch fernsehen kann.«

»Sie hören sich wie ein Gauner an«, sagte der Sarge. Er bewegte sich aber nicht.

»Nur keine Bewegung. Um mehr brauchen Sie sich keine Gedanken zu machen.« Ich öffnete die hintere Tür des Impala und stieg vorsichtig aus. Der Sarge sah mich über die Schulter hinweg an, ich konnte seine kleinen Äuglein funkeln sehen. Eine Hand tastete sich am Revers seines Zweireihers Modell 1943 hoch.

»Oh, bitte«, sagte ich. »Nehmen Sie die Scheißhände hoch, Sie Arschloch.«

Der Sarge nahm die Hände hoch. Keenan hatte seine bereits oben.

»Kommen Sie die Treppe herunter. Alle beide.«

Sie kamen herunter, und als sie aus dem direkten Schein des Lichts heraus waren, konnte ich ihre Gesichter sehen. Keenan sah ängstlich aus, aber der Sarge hätte sich einen Vortrag über *Zen und die Kunst, ein Motorrad zu warten* anhören können. Wahrscheinlich war er es, der Barney abserviert hatte.

»Drehen Sie sich zur Wand um und lehnen Sie sich dagegen. Alle beide.«

Keenan: »Wenn Sie Geld wollen ...«

Ich lachte. »Nun, ich wollte damit anfangen, Ihnen Tupperware im Sonderangebot anzubieten, und hätte mich dann langsam zu den größeren Sachen vorgearbeitet, aber Sie haben mich durchschaut. Ja, mir geht es um Geld. Um vierhundertachtzigtausend Dollar, um genau zu sein. Die auf einer kleinen Insel namens Carmen's Folly vor Bar Harbor vergraben sind.«

Keenan zuckte zusammen, als wäre er angeschossen worden, aber der Sarge verzog nicht einmal seine steinerne Miene. Er drehte sich um, stützte die Hände an die Wangen und lehnte das Gewicht darauf. Keenan folgte seinem Beispiel widerstrebend. Ich tastete ihn ab und fand eine alberne kleine .32er mit einem dreizölligen Lauf. Mit so einer Waffe konnte man jemand die Mündung an die Schläfe drücken und trotzdem danebenschießen. Ich warf sie über die Schulter und hörte sie von einem der Autos abprallen. Sarge war sauber – ich war erleichtert, als ich von ihm zurücktreten konnte.

»Wir gehen ins Haus. Sie zuerst, Keenan, dann der Sarge, dann ich. Ohne Mätzchen, kapiert?«

Wir trotteten alle die Treppe hinauf in die Küche. Es war eine dieser keimfreien Küchen aus Chrom und Fliesen, die aussehen, als wären sie in einem Stück von einer Massenproduktionsanlage irgendwo im Mittelwesten ausgespuckt worden, die Arbeit von tüchtigen Methodistenarschlöchern, die alle wie Mr. Goodwrench aussehen und nach Cherry-Blend-

Tabak riechen. Ich bezweifle, ob man hier jemals etwas so Vulgäres wie saubermachen mußte; Keenan machte wahrscheinlich nur einmal die Woche die Tür zu und drehte die verborgene Sprinkleranlage auf.

Ich drängte sie weiter ins Wohnzimmer, ebenfalls eine Augenweide, offenbar von einem schwulen Innenarchitekten entworfen, der seine erste große Liebe zu Ernest Hemingway nie ganz verwunden hatte. Ich sah einen offenen Kamin, fast so groß wie die Kabine eines Lastenaufzugs, einen Tisch aus Teakholz, über dem ein Elchkopf an der Wand hing, und einen Getränkewagen unter einem Gewehrregal voll erstklassiger Artillerie. Die Stereoanlage hatte sich abgeschaltet.

Ich winkte mit der Waffe zum Sofa. »Einer an jedes Ende.«

Sie setzten sich, Keenan rechts, der Sarge links. Sitzend sah der Sarge noch größer aus. Eine häßliche, eingedrückte Narbe war unter seinem etwas zu lang geratenen Bürstenschnitt zu erkennen. Ich schätzte sein Gewicht auf etwa zweidreißig und fragte mich, weshalb ein Mann von dieser Größe und dem Körperbau von Mike Tyson einen Volkswagen besaß.

Ich packte einen Sessel und zog ihn über Keenans treibsandfarbenen Teppich, bis er vor ihnen stand. Dann setzte ich mich und legte die .45er auf den Schenkel. Keenan starrte sie an wie ein Vogel eine Schlange. Der Sarge dagegen sah mich an, als wäre er die Schlange und ich der Vogel. »Was jetzt?« fragte er.

»Reden wir über Karten und Geld«, sagte ich.

»Ich weiß nicht, wovon Sie sprechen«, sagte der Sarge. »Ich weiß nur, kleine Jungen sollten nicht mit Waffen spielen.«

»Wie geht es Cappy MacFarland denn heutzutage?« frage ich beiläufig.

Vom Sarge bekam ich keinen Scheißdreck, aber Keenan ließ seinen Korken knallen. »Er weiß es. Er weiß es!« Die Worte schossen aus ihm heraus wie Kugeln.

»Seien Sie still!« sagte der Sarge zu ihm. »Halten Sie den Mund!«

Keenan stöhnte unterdrückt. Dies war ein Teil des Szenarios, den er sich nie vorgestellt hatte. Ich lächelte. »Er hat recht, Sarge«, sagte ich. »Ich weiß es. Fast alles.«

»Wer sind Sie?«

»Sie kennen mich nicht. Ein Freund von Barney.«

»Was für einem Barney?« fragte der Sarge gleichgültig. »Barney Glubsch mit den Glubschaugen?«

»Er war nicht tot, Sarge. Nicht ganz.«

Der Sarge richtete einen kurzen, mörderischen Blick auf Keenan. Keenan erschauerte und machte den Mund auf. »Nichts sagen«, fuhr der Sarge ihn an. »Kein einziges Wort. Sonst drehe ich Ihnen den Hals um wie einem Huhn.«

Keenan klappte den Mund hörbar zu.

Der Sarge sah mich wieder an. »Was soll *fast* alles bedeuten?«

»Alles außer den Einzelheiten. Ich weiß von dem Panzerwagen. Der Insel. Cappy MacFarland. Wie Sie und Keenan und ein Dreckskerl namens Jagger Barney umgebracht haben. Und von der Karte. Von der weiß ich auch.«

»Es war nicht so, wie er es Ihnen erzählt hat«, sagte der Sarge. »Er wollte uns leimen.«

»Er hätte keine zwei Bretter leimen können«, sagte ich. »Er war nur ein kleiner Dummkopf, der fahren konnte.«

Er zuckte die Achseln; es war, als beobachtete man ein mittelschweres Erdbeben. »Okay. Seien Sie eben so dumm, wie Sie aussehen.«

»Ich wußte schon im vergangenen März, daß Barney etwas laufen hatte. Nur was wußte ich nicht. Und eines Nachts hatte er dann eine Waffe. *Diese* Waffe. Wie haben Sie ihn kennengelernt, Sarge?«

»Durch einen gemeinsamen Freund, der mit ihm gesessen hatte. Wir brauchten einen Fahrer, der das östliche Maine und die Gegend um Bar Harbor kannte. Keenan und ich sind zu ihm gegangen und haben es ihm erzählt. Hat ihm gefallen.«

»Ich habe im Shank mit ihm gesessen«, sagte ich. »Konnte ihn gut leiden. Man mußte ihn mögen. Er war dumm, aber er war ein guter Junge. Er brauchte mehr einen Aufpasser als einen Partner.«

»George und Lennie«, höhnte der Sarge.

»Schön zu wissen, daß Sie Ihre Zeit im Knast dazu benützt haben, das zu schulen, was Sie für Ihr Gehirn halten«, sagte ich. »Wir dachten an eine Bank in Lewiston. Er konnte nicht abwarten, bis ich es ausgeklügelt hatte. Darum liegt er jetzt unter der Erde.«

»Herrje, das ist aber traurig«, sagte der Sarge. »Mir wird richtig warm ums Herz.«

Ich hob die Waffe und ließ ihn in die Mündung sehen, und für einen Augenblick war er der Vogel und ich die Schlange. »Noch so eine blöde Bemerkung, und jage Ihnen eine Kugel in den Bauch. Glauben Sie mir das?«

Seine Zunge schnellte mit erstaunlicher Schnelligkeit heraus, leckte über die Unterlippe und verschwand wieder. Er nickte. Keenan war starr. Er sah aus, als wollte er kotzen, traute sich aber nicht richtig.

»Er sagte mir, es wäre eine große Aktion«, fuhr ich fort. »Mehr konnte ich nicht aus ihm herausbekommen. Er brach am dritten April auf. Zwei Tage später überfallen vier Mann den Postzug Portland-Bangor vor Carmel. Alle drei Wachen tot. In der Zeitung stand, die Diebe hätten zwei Straßensperren mit einem aufgemotzten achtundsiebziger Plymoth durchbrochen. Barney hatte einen Achtundsiebziger auf Betonböcken stehen und überlegte sich, ob er ihn für Rennen herrichten sollte. Ich wette, Keenan hat das Geld vorgestreckt, ihn in etwas Besseres und viel Schnelleres zu verwandeln.«

Ich sah ihn an. Keenans Gesicht sah wie Käse aus.

»Am sechsten Mai bekomme ich eine Postkarte mit dem Stempel von Bar Harbor; aber das hat nichts zu sagen – es gibt Dutzende kleiner Inseln da draußen, die ihre Post über das Amt von Bar Harbor weiterleiten. Ein Postboot klappert sie ab und sammelt die Post ein. Auf der Karte steht: ›Mom und der Familie geht es prächtig, das Geschäft läuft gut. Wir sehen uns im Juli.‹ Unterschrieben mit Barneys zweitem Vornamen. Ich mietete ein Ferienhaus an der Küste, weil Barney wußte, so war es abgesprochen. Der Juli kommt und geht, kein Barney.«

»Da müssen Sie schon einen Dauerständer gehabt haben, Junge, was?« sagte der Sarge. Wahrscheinlich wollte er mir nur zeigen, daß ich ihn nicht eingeschüchtert hatte.

Ich sah ihn ganz cool an. »Er tauchte Anfang August auf.

Das verdanken Sie Ihrem Kumpan Keenan, Sarge. Er hat die automatische Wasserpumpe im Boot vergessen. Sie haben gedacht, mit dem Leck würde es ziemlich schnell sinken, Keenan, was? Aber Sie haben ja auch geglaubt, er wäre tot. Ich habe jeden Tag eine gelbe Decke am Frenchman's Point ausgebreitet. Meilenweit sichtbar. Leicht zu erkennen. Trotzdem hatte er Glück.«

»*Zuviel* Glück!« spie der Sarge hervor.

»Eins würde mich interessieren – wußte er vor dem Ding, daß das Geld neu und jede Seriennummer notiert sein würde? Daß Sie es drei oder vier Jahre lang nicht einmal einem Geldwäscher auf den Bahamas hätten andrehen können?«

»Er wußte es«, knurrte der Sarge, und zu meiner Überraschung stellte ich fest, daß ich ihm glaubte. »Und niemand hatte vor, den Zaster auszugeben. Auch das wußte er. Ich glaube, er verließ sich auf das Ding in Lewiston, um schnell Bargeld zu bekommen, aber worauf er sich auch immer verlassen hat oder auch nicht, er kannte die Bedingungen und sagte, er könnte damit leben. Herrgott, warum auch nicht? Nehmen wir an, wir hätten *zehn* Jahre für einen Jungen wie Barney? Scheiße, er wäre erst fünfunddreißig gewesen, und ich einundsechzig.«

»Was ist mit Cappy MacFarland? Hat Barney auch von ihm gewußt?«

»Ja. Cappy gehörte zur Vereinbarung. Ein guter Mann. Ein Profi. Er bekam letztes Jahr Krebs. Inoperabel. Und er schuldete mir noch was.«

»Also sind Sie vier zu Cappys Insel gefahren«, sagte ich. »Ein kleines, unbewohntes Ding namens Carmen's Folly. Cappy hat das Geld vergraben und eine Karte gezeichnet.«

»Das war Jaggers Idee«, sagte der Sarge. »Wir wollten so heißes Geld nicht aufteilen – die Versuchung wäre zu groß gewesen. Aber wir wollten den ganzen Zaster auch nicht einem einzelnen überlassen. Cappy MacFarland war die perfekte Lösung.«

»Erzählen Sie mir von der Karte.«

»Ich dachte mir, daß wir darauf zu sprechen kommen würden«, sagte Sarge mit einem frostigen Lächeln.

»Sagen Sie es ihm nicht!« schrie Keenan heiser.

Der Sarge drehte sich zu ihm um und maß ihn mit einem Blick, der Stahl geschmolzen hätte. »Maul halten. Ich kann nicht lügen, und ich kann nicht mauern, dank Ihnen. Wissen Sie, was ich hoffe, Keenan? Daß Sie das neue Jahrhundert nicht mehr erleben werden.«

»Ihr Name steht in einem Brief«, sagte Keenan panisch. »Falls mir etwas zustoßen sollte, Ihr Name steht in einem Brief!«

»Cappy hat eine gute Karte gezeichnet«, sagte der Sarge, als wäre Keenan gar nicht da. »Er hat in Joliet eine Ausbildung zum Kartographen absolviert. Er schnitt sie in vier Teile. Für jeden von uns einen. Fünf Jahre später, am vierten Juli, wollten wir uns wiedersehen. Darüber reden. Vielleicht entscheiden, noch einmal fünf Jahre zu warten, vielleicht die Teile gleich zusammenzusetzen. Aber es gab Ärger.«

»Ja«, sagte ich. »So kann man es auch ausdrücken.«

»Wenn es Sie beruhigt – es war alles Keenans Spiel. Ich weiß nicht, ob Barney davon wußte oder nicht, aber so war es. Als Jagger und ich mit Cappys Boot wegfuhren, ging es Barney noch prächtig.«

»Sie sind ein elender Lügner!« keifte Keenan.

»Wer hat zwei Stücke der Karte in seinem Wandtresor?« wollte der Sarge wissen. »Sind Sie das, Alter?«

Er sah mich wieder an.

»Trotzdem war noch alles gut. Zwei Viertel der Karte genügten nicht. Und soll ich hier sitzen und behaupten, ich hätte lieber durch vier statt durch drei geteilt? Das würden Sie mir nicht glauben, selbst wenn es zuträfe. Und raten Sie mal, was dann passiert? Keenan ruft an. Sagt mir, wir müßten miteinander reden. Ich hatte damit gerechnet. Sie augenscheinlich auch.«

Ich nickte. Keenan war leichter zu finden gewesen als der Sarge – er führte ein auffälligeres Leben. Ich schätze, ich hätte den Sarge schließlich auch aufspüren können, war aber ziemlich sicher, daß das nicht notwendig war. Schräge Vögel ziehen sich an – und wenn einer davon ein Geier wie Keenan ist, fliegen normalerweise die Fetzen.

»Natürlich«, fuhr der Sarge fort, »sagte er mir gleich vorweg, ich solle nicht auf tödliche Gedanken kommen. Er sagt, er hätte Vorkehrungen getroffen, mein Name stünde in einem Brief, im Falle seines Todes zu öffnen, an seinen Anwalt. Er hatte sich überlegt, daß wir beide wahrscheinlich rauskriegen könnten, wo Cappy das Geld vergraben hatte, wenn wir drei der vier Teile der Karte zusammenfügten.«

»Und Sie hätten das Moos fifty-fifty teilen können«, sagte ich.

Der Sarge nickte. Keenans Gesicht war wie ein Mond, der irgendwo hoch oben in der höchsten Stratosphäre des Schreckens schwebte.

»Wo ist der Tresor?« fragte ich ihn.

Keenan sagte nichts.

Ich hatte mit der .45er geübt. Eine gute Waffe. Gefiel mir. Ich nahm sie in beide Hände und schoß Keenan dicht unterhalb des Ellbogens in den Unterarm. Der Sarge zuckte nicht einmal zusammen. Keenan fiel vom Sofa, rollte sich zu einem Ball zusammen, hielt sich den Arm und heulte.

»Der Tresor«, sagte er.

Keenan heulte weiter.

»Ich schieße Ihnen ins Knie«, sagte ich. »Ich weiß es nicht aus eigener Erfahrung, habe aber gehört, daß das teuflisch weh tun soll.«

»Hinter dem Druck«, keuchte er. »Dem Van Gogh. Nicht mehr schießen, hm?« Er sah mich an und grinste ängstlich.

Ich winkte dem Sarge mit der Waffe. »Stellen Sie sich zur Wand.«

Der Sarge stand auf, drehte sich zur Wand und ließ die Arme schlaff herunterbaumeln.

»Jetzt Sie«, sagte ich zu Keenan. »Machen Sie den Tresor auf.«

»Ich verblute«, stöhnte Keenan.

Ich ging zu ihm und fetzte ihm den Kolben der .45er über die Wange, daß die Haut aufplatzte. »*Jetzt* bluten Sie«, sagte ich zu ihm. »Machen Sie den Tresor auf, sonst bluten Sie noch mehr.«

Keenan stand auf, hielt sich den Arm und blubberte. Er

nahm mit der unverletzten Hand den Druck von der Wand und legte einen grauen Bürotresor frei. Er warf mir einen ängstlichen Blick zu, dann drehte er an der Skala. Er hatte zwei Fehlstarts und mußte noch einmal von vorne anfangen. Beim dritten Mal bekam er ihn auf. Einige Dokumente und zwei Stapel Banknoten lagen darin. Er kramte darin herum und förderte zwei quadratische Zettel mit einer Seitenlänge von rund neun Zentimetern zutage.

Ich schwöre, ich wollte ihn nicht töten. Ich hatte vor, ihn zu fesseln und zurückzulassen. Er war harmlos; das Mädchen hätte ihn gefunden, wenn sie von ihrer Modenschau zurückkam, oder wohin sie auch mit ihrem kleinen Dodge Colt gefahren sein mochte. Und Keenan hätte eine Woche nicht gewagt, die Nase zur Tür rauszustrecken. Aber es war, wie der Sarge gesagt hatte. Er besaß zwei. Und auf einem war Blut.

Ich schoß wieder auf ihn, dieses Mal nicht in den Arm. Er fiel um wie ein leerer Wäschesack.

Der Sarge verzog keine Miene. »Ich habe Ihnen keinen Scheiß erzählt. Keenan hat Ihren Freund angeschmiert. Sie waren beide Amateure. Amateure sind blöd.«

Ich antwortete nicht. Ich betrachtete die beiden Zettel und steckte sie in die Tasche. Auf keinem war das X, das die Stelle markierte.

»Was jetzt?« fragte der Sarge.

»Wir fahren zu Ihnen.«

»Wie kommen Sie darauf, daß mein Stück der Karte dort ist?«

»Ich weiß nicht. Vielleicht Telepathie. Und falls es nicht dort ist, gehen wir eben dahin, wo es ist. Ich habe es nicht eilig.«

»Sie wissen auf alles eine Antwort, ja?«

»Gehen wir.«

Wir gingen zur Garage zurück. Ich nahm auf dem Rücksitz des VW Platz, auf der von ihm abgewandten Seite. Seine Größe und die Abmessungen des Autos hätten einen Überraschungsangriff zum Lachschlager gemacht; er hätte fünf Minuten gebraucht, sich auch nur umzudrehen. Zwei Minuten später waren wir unterwegs.

Es fing an zu schneien, große, nasse Flocken, die auf der Windschutzscheibe klebenblieben und sich sofort in Matsch verwandelten, wenn sie auf dem Asphalt landeten. Die Fahrt war eine Rutschpartie, aber es war nicht viel Verkehr.

Nach einer halben Stunde auf der Route 10 bog er auf eine Nebenstraße ab. Fünfzehn Minuten später befanden wir uns auf einem ausgefahrenen Feldweg, wo uns auf beiden Seiten schneebeladene Pinien nachsahen. Weitere zwei Meilen später bogen wir in eine kurze, abfallübersäte Einfahrt ab.

Im begrenzten Bereich der Scheinwerfer des VW konnte ich einen baufälligen Hinterwaldschuppen mit Schindeldach und einer schiefen Fernsehantenne erkennen. Links stand ein zugeschneiter alter Ford in einem Graben. Hinten sah ich einen Abort und mehrere alte Autoreifen. Hernandos Versteck.

»Willkommen in Bally's East«, sagte der Sarge und stellte den Motor ab.

»Wenn das eine Finte ist, bringe ich Sie um.«

Er schien drei Viertel des Vordersitzes des winzigen Fahrzeugs auszufüllen. »Das weiß ich«, sagte er.

»Aussteigen.«

Sarge ging voran zur Eingangstür. »Aufmachen«, sagte ich. »Und dann bleiben Sie stehen.«

Er machte die Tür auf und blieb stehen. Ich blieb stehen. Wir blieben etwa drei Minuten lang stehen, und nichts geschah. Nur ein fettes graues Eichhörnchen bewegte sich, kam mitten auf den Hof gesprungen und verfluchte uns in *lingua rodenta*.

»Okay«, sagte ich. »Gehen wir rein.«

Das Haus glich einer Müllhalde, welche Überraschung. Eine kahle Sechzig-Watt-Birne warf einen trüben Schimmer über das ganze Zimmer, die Schatten in den Ecken glichen ausgehungerten Fledermäusen. Zeitungen lagen kreuz und quer durcheinander. Trocknende Kleidungsstücke hingen an einer durchhängenden Leine. In einer Ecke stand ein vorsintflutlicher Fernseher Marke Zenith. In der gegenüberliegenden Ecke gab es eine windschiefe Spüle und eine wuchtige, rostige Badewanne auf Klauenfüßen. Eine Jagdflinte stand daneben. Die vorherrschenden Gerüche waren Füße, Fürze und Chili.

»Besser als obdachlos«, sagte der Sarge.

Dem hätte ich widersprechen können, ließ es aber sein. »Wo ist Ihr Teil der Karte?«

»Im Schlafzimmer.«

»Gehen wir ihn holen.

»Noch nicht.« Er drehte sich langsam um, und sein steinernes Gesicht war verkniffen. »Ich möchte Ihr Wort darauf, daß Sie mich nicht umbringen, wenn Sie ihn haben.«

»Woher wollen Sie wissen, daß ich mich daran halten würde?«

»Scheiße, das weiß ich nicht. Ich hoffe nur, daß es mehr als nur das Geld war, was Sie auf die Palme gebracht hat. Falls es auch Barney war – wenn Sie Barneys Rechnung begleichen wollten –, das haben Sie geschafft, die ist beglichen. Keenan hat ihn umgelegt, und jetzt ist Keenan tot. Wenn Sie die Kohle auch noch wollen, okay. Vielleicht reichen drei Viertel der Karte *wirklich* aus. Und Sie haben recht – auf meinem Teil befindet sich das große X. Aber Sie bekommen ihn erst, wenn Sie mir etwas als Gegenleistung versprochen haben. Mein Leben.«

»Woher soll ich wissen, daß Sie mich nicht verfolgen?«

»Das werde ich, Junge«, sagte der Sarge leise.

Ich lachte. »Also gut. Legen Sie noch Jaggers Adresse darauf, und Sie bekommen Ihr Versprechen. Und ich werde mich daran halten.«

Der Sarge schüttelte langsam den Kopf. »Sie sollten sich nicht mit Jagger einlassen. Jagger macht Sie fertig.«

Ich hatte die .45er ein wenig sinken lassen. Jetzt hob ich sie wieder hoch.

»Na gut. Er steckt in Coleman, Massachusetts. In einer Skihütte. Reicht das?«

»Ja. Holen Sie Ihren Teil, Sarge.«

Der Sarge sah mich noch einmal eingehend an. Dann nickte er. Wir gingen ins Schlafzimmer.

Noch mehr Kolonialcharme. Auf der fleckigen Matratze auf dem Boden wimmelte es von Streichholzbriefchen, die

Wände waren mit Fotos von Frauen tapeziert, die außer einer dünnen Schicht Wesson-Öl nichts am Leibe hatten. Ein Blick in dieses Zimmer, und Dr. Ruths Kopf wäre explodiert.

Der Sarge zögerte nicht. Er nahm die Lampe vom Nachttisch und schraubte den Fuß ab. Sein Viertel der Karte steckte säuberlich zusammengerollt darin; er hielt es mir wortlos hin.

»Werfen«, forderte ich ihn auf.

Der Sarge lächelte dünn. »Sie sind ein vorsichtiger kleiner Hasenfuß, was?«

»Ich finde, das zahlt sich aus. Geben Sie auf, Sarge.«

Er warf mir das Papier zu. »Wie gewonnen, so zerronnen«, sagte er.

»Ich werde mein Versprechen halten«, sagte ich. »Sie können sich glücklich schätzen. Raus ins andere Zimmer.«

Kaltes Licht flackerte in seinen Augen. »Was werden Sie tun?«

»Dafür sorgen, daß Sie eine Zeitlang an Ort und Stelle bleiben. Bewegung!«

Wir gingen ins Wohnzimmer, eine hübsche kleine Zweierparade. Der Sarge blieb unter der kahlen Glühbirne stehen, drehte mir den Rücken zu und wartete auf den Revolverlauf, der gleich eine Delle in seinen Schädel machen würde. Ich hob gerade die Waffe, um ihm eine überzuziehen, als das Licht ausging.

Plötzlich war es pechschwarz in dem Schuppen.

Ich warf mich nach rechts; der Sarge war schon verschwunden wie ein kühler Lufthauch. Ich konnte das Poltern und das Rascheln von Zeitungen hören, als er sich mit einem Hechtsprung auf den Boden warf. Dann Stille. Vollkommene, allumfassende Stille.

Ich wartete darauf, daß meine Augen sich anpaßten, aber als es soweit war, nützte es mir nichts. Das Zimmer war ein Mausoleum, in dem tausend verschwommene Grabsteine aufragten. Und der Sarge kannte jeden einzelnen davon.

Ich wußte über den Sarge Bescheid; es war nicht schwer gewesen, Material über ihn auszugraben. Er war ein Green Beret in Vietnam gewesen, und niemand machte sich mehr die Mühe, ihn mit seinem richtigen Namen anzusprechen. Er war einfach nur der Sarge, groß und mörderisch und zäh.

Irgendwo in der Dunkelheit bewegte er sich auf mich zu. Er mußte das Haus wie seine Westentasche kennen, weil kein Laut zu hören war, kein Quietschen der Dielen, kein Fußscharren. Aber ich konnte spüren, wie er immer näher kam, wie er sich von rechts oder links anschlich oder möglicherweise etwas ganz Kitzliges versuchte und von vorne kam.

Der Griff der Waffe lag schweißnaß in meiner Hand, und ich mußte gegen den Drang ankämpfen, wild in die Gegend zu ballern. Mir war klar, daß ich drei Viertel des Kuchens in der Tasche hatte. Ich machte mir nicht die Mühe, mich zu fragen, weshalb das Licht ausgegangen war. Erst als der grelle Lichtstrahl einer Taschenlampe sich durch das Fenster hereinbohrte, als hektisches, unregelmäßiges Muster über den Boden glitt und zufällig den Sarge erwischte, der halb kauernd sieben Schritte links von mir erstarrt war. Seine Augen leuchteten grün in dem Lichtkegel, wie die einer Katze.

Er hielt ein funkelndes Rasiermesser in einer Hand, und mit einemmal fiel mir wieder ein, wie er in Keenans Garage an seinem Revers hochgetastet hatte.

Der Sarge sagte ein Wort in den Lichtstrahl der Taschenlampe. »Jagger?«

Ich weiß nicht, wer ihn als erster erwischte. Eine großkalibrige Pistole feuerte einmal hinter dem Lichtstrahl, und ich drückte zweimal den Abzug von Barneys .45er – ein reiner Reflex. Der Sarge wurde mit solcher Wucht gegen die Wand geschleudert, daß er aus einem Schuh gerissen wurde.

Die Taschenlampe erlosch.

Ich feuerte einen Schuß auf das Fenster ab, traf aber nur Glas. Ich lag auf der Seite und überlegte mir, daß ich nicht der einzige gewesen war, der darauf wartete, daß Keenans Habgier die Oberhand gewann. Jagger hatte ebenfalls gewartet. Ich hatte zwar zwölf Schuß Munition im Auto, aber nur einen hier in der Waffe.

Sie sollten sich nicht mit Jagger einlassen, hatte der Sarge gesagt. *Jagger macht Sie fertig.*

Inzwischen hatte ich mir das Zimmer ziemlich gut eingeprägt. Ich erhob mich geduckt und schlich in eine Ecke, wobei ich über die gespreizten Beine des Sarge stieg. Dann sprang ich in die Badewanne und sah über den Rand. Kein Laut war zu hören, überhaupt keiner. Der Boden der Wanne war von abgeblätterten Flocken des Wannenrings übersät. Ich wartete.

Etwa fünf Minuten vergingen. Mir kam es wie fünf Stunden vor.

Dann wurde die Taschenlampe wieder eingeschaltet, dieses Mal vor dem Schlafzimmerfenster. Ich duckte mich, als der Lichtstrahl durch die Tür schien. Er glitt einen Moment suchend umher und wurde wieder gelöscht.

Wieder Stille. Lange, hallende Stille. Auf der schmutzigen Emailoberfläche der Badewanne sah ich alles. Keenans verzweifeltes Grinsen. Barney mit dem verkrusteten Loch im Bauch, östlich des Nabels. Den Sarge, der erstarrt im Licht der Taschenlampe stand und das Rasiermesser professionell zwischen Daumen und Zeigefinger hielt. Jagger, den dunklen Schatten ohne Gesicht. Und mich. Das fünfte Viertel.

Plötzlich ertönte eine Stimme direkt vor der Tür. Sie klang leise und kultiviert, fast damenhaft, aber nicht feminin. Sie hörte sich tödlich und verflucht kompetent an.

»He, Hübscher.«

Ich blieb still. Er würde meine Nummer nicht bekommen, ohne vorher ein bißchen zu wählen.

Als die Stimme wieder ertönte, kam sie vom Fenster. »Ich werde dich umlegen, Hübscher. Ich bin gekommen, um sie umzulegen, aber du bist mir auch recht.«

Eine Pause, während der er seine Position wieder veränderte. Als die Stimme wieder ertönte, kam sie vom Fenster direkt über meinem Kopf – dem über der Badewanne. Das Herz schlug mir bis zum Hals. Wenn er jetzt die Taschenlampe einschaltete ...

Ich kann kein fünftes Rad am Wagen brauchen«, sagte Jagger. »Tut mir leid.«

Ich konnte kaum hören, wie er sich in die nächste Position begab. Wie sich herausstellte, handelte es sich um die Hintertür. »Ich habe mein Viertel bei mir. Möchtest du kommen und es dir holen?«

Ich verspürte einen Hustenreiz und unterdrückte ihn.

»Komm und hol ihn dir, Hübscher.« Die Stimme klang spöttisch. »Den ganzen Kuchen. Komm und nimm ihn mir weg.«

Aber das brauchte ich nicht, und ich nehme an, das wußte er. Ich hatte die Trümpfe in der Hand. Ich konnte das Geld finden. Jagger mit seinem einen Viertel hatte keine Chance.

Diesmal zog sich das Schweigen noch länger hin. Eine halbe Stunde, eine Stunde, ewig. Ewigkeit im Quadrat. Mein Körper verkrampfte sich. Draußen schwoll der Wind an, so daß es unmöglich wurde, etwas zu hören, abgesehen vom Prasseln des Schnees an den Wänden. Es war sehr kalt. Meine Fingerspitzen wurden taub.

Dann, gegen halb zwei, ein geisterhaftes Regen wie in der Dunkelheit wuselnde Ratten. Ich hielt den Atem an. Irgendwie war Jagger hereingekommen. Er stand mitten im Zimmer …

Dann begriff ich. *Rigor mortis*, beschleunigt von der Kälte, bewegte den Sarge ein letztes Mal. Ich entspannte mich ein wenig.

In diesem Augenblick wurde die Tür aufgerissen, und Jagger stürmte herein – geisterhaft und in einem Mantel aus weißem Schnee, groß und schlaksig und schlenkernd. Ich gab es ihm, und die Kugel bohrte ihm ein Loch seitlich in den Kopf. Im kurzen Aufleuchten des Mündungsfeuers sah ich, daß ich einer Vogelscheuche ohne Gesicht in den Kopf geschossen hatte, die in die abgetragenen Hosen und das Hemd eines Farmers gekleidet war. Der Strohkopf fiel vom Besenstiel, als sie auf dem Boden aufprallte. Dann schoß Jagger auf mich.

Er hatte eine halbautomatische Pistole bei sich, und das Innere der Badewanne war wie das hohle Becken eines Schlagzeugs. Email spritzte hoch, prallte von der Wand ab, regnete mir ins Gesicht. Holzsplitter und eine leere, heiße Hülse fielen auf mich herab.

Dann preschte er los, ohne mit dem Schießen aufzuhören.

Er wollte mich in der Wanne erschießen wie einen Goldfisch im Glas. Ich konnte nicht einmal den Kopf heben.

Der Sarge rettete mich. Jagger stolperte über einen großen, toten Fuß, taumelte und jagte Kugeln in den Boden statt über meinen Kopf. Dann schnellte ich auf die Knie. Ich tat so, als wäre ich Roger Clemens. Ich warf Barneys große .45er nach seinem Kopf.

Die Waffe traf ihn, hielt ihn aber nicht auf. Ich stolperte über den Rand der Wanne und wollte ihn zu Fall bringen, und Jagger feuerte zwei unsichere Schüsse links an mir vorbei.

Die vage Silhouette wich zurück und versuchte, einen besseren Stand zu bekommen, während er sich mit einer Hand das Ohr hielt, wo ihn die Waffe getroffen hatte. Er schoß mir durch das Handgelenk, und sein zweiter Schuß riß eine Furche in meinen Hals. Dann stolperte er unglaublicherweise noch einmal über die Füße des Sarge und fiel nach hinten. Er hob die Waffe wieder und jagte einen durchs Dach. Es war seine letzte Chance. Ich kickte ihm die Waffe aus der Hand und hörte das Geräusch brechender Knochen – wie nasses Holz. Ich trat ihm in den Unterleib; er klappte zusammen. Ich versetzte ihm noch einen Tritt, dieses Mal an den Hinterkopf, worauf seine Füße einen schnellen, unbewußten Tanz auf dem Holzboden ausführten. Da war er schon so gut wie tot, aber ich trat immer und immer wieder auf ihn ein, trat auf ihn ein, bis nur noch Brei und Erdbeermarmelade übrig waren, die niemand mehr identifizieren konnte, weder anhand der Zähne noch sonstwie. Ich trat nach ihm, bis ich das Bein nicht mehr schwingen konnte und meine Zehen sich nicht mehr bewegten.

Plötzlich fiel mir auf, daß ich schrie und daß außer Toten niemand mich hören konnte.

Ich wischte mir den Mund ab und kniete über Jaggers Leichnam.

Wie sich herausstellte, hatte er gelogen, was sein Viertel der Karte anbetraf. Das überraschte mich nicht besonders. Nein, ich nehme das zurück. Es überraschte mich überhaupt nicht.

Meine Rostlaube stand noch genau da, wo ich sie zurückgelassen hatte, um den Block von Keenans Haus; aber jetzt war sie nur noch ein geisterhafter Berg Schnee. Sarges VW hatte ich eine Meile entfernt stehen gelassen. Ich hoffte, daß meine Heizung noch funktionierte. Ich war am ganzen Körper taub. Ich machte die Tür auf und zuckte zusammen, als ich mich setzte. Die Wunde an meinem Hals war bereits verschorft, aber das Handgelenk tat höllisch weh.

Der Anlasser keuchte lange Zeit, aber schließlich sprang der Motor an. Die Heizung funktionierte, und der Scheibenwischer entfernte fast den ganzen Schnee auf der Fahrerseite. Jagger hatte gelogen, was sein Viertel anbetraf, und es war auch nicht in dem unauffälligen (und wahrscheinlich gestohlenen) Honda Ciciv gewesen, mit dem er gekommen war. Aber ich hatte seine Adresse in seiner Brieftasche gefunden, und sollte ich sein Viertel tatsächlich brauchen, rechnete ich mir gute Chancen aus, daß ich es auch finden würde. Aber ich glaubte nicht, daß das nötig sein würde; die drei Stücke müßten ausreichen, zumal das Viertel des Sarge das mit dem X war.

Ich fuhr vorsichtig aus der Parklücke. Ich würde ziemlich lange vorsichtig sein. In einem hatte der Sarge recht gehabt: Barney war ein Dummkopf gewesen. Die Tatsache, daß er auch mein Freund gewesen war, spielte jetzt keine Rolle mehr. Die Rechnung war beglichen.

Ich hatte derweil allerhand, um dessentwillen es sich lohnte, vorsichtig zu sein.

Das Haus in der Maple Street

Obwohl sie erst fünf und damit das jüngste der Bradbury-Kinder war, hatte Melissa ausgezeichnete Augen; deshalb war es eigentlich kein Wunder, daß ihr als erstes die seltsame Veränderung auffiel, die mit dem Haus in der Maple Street vonstatten gegangen war, während die Familie die Sommerferien in England verbracht hatte.

Sie lief zu Brian, ihrem älteren Bruder, und berichtete ihm, daß oben im zweiten Stock etwas nicht stimmte. Sie sagte, sie würde es ihm zeigen, aber vorher mußte er schwören, daß er *keinem* sagen würde, was sie entdeckt hatte. Brian schwor, weil er wußte, daß Lissa vor ihrem Stiefvater Angst hatte. Daddy Lew gefiel es nicht, wenn eines der Bradbury-Kinder »Albernheiten ausheckte« (so drückte er es immer aus), und er war zu dem Ergebnis gekommen, daß Melissa der Hauptunruhestifter war. Lissa, die weder dumm noch blind war, kannte Lews Vorurteile und begegnete ihnen mit Argwohn. Tatsächlich standen alle Kinder der Bradburys dem zweiten Mann ihrer Mutter mißtrauisch gegenüber.

Wahrscheinlich stellte sich heraus, daß es überhaupt nichts war, aber Brian freute sich, wieder zu Hause zu sein, und war daher bereit, seiner Babyschwester (immerhin war er ganze zwei Jahre älter als sie) den Gefallen zu tun, zumindest für eine Weile; er folgte ihr ohne Widerrede auf den Flur im zweiten Stock, und er zog sie auch nur einmal an den Zöpfen – dieses Zöpfeziehen nannte er seine »Notbremse«.

Sie mußten auf Zehenspitzen an Lews Arbeitszimmer vorbeischleichen, dem einzigen fertig ausgebauten Zimmer hier oben, weil Lew sich drinnen aufhielt, seine Notizbücher und Papiere auspackte und ungehalten vor sich hinbrabbelte.

Brians Gedanken kreisten tatsächlich darum, was heute abend im Fernsehen zu erleben war – nach drei Monaten BBC und ITV freute er sich auf eine gute amerikanische Kabelorgie –, als sie das Ende des Flurs erreichten.

Was er vor dem ausgestreckten Finger seiner kleinen Schwester sah, verdrängte alle Gedanken ans Fernsehen aus Brian Bradburys Kopf.

»Und jetzt schwör noch einmal!« flüsterte Lissa. »Erzähl es *keinem*, nicht Daddy Lew und auch sonst niemand, Hand aufs Herz.«

»Hand aufs Herz«, stimmte Brian zu und starrte das Ding immer noch an; und es verging tatsächlich eine halbe Stunde, bis er es seiner großen Schwester Laurie erzählte, die in ihrem Zimmer auspackte. Laurie hütete ihr Zimmer so eifersüchtig, wie es nur ein elfjähriges Mädchen fertigbringt, und sie machte Brian gehörig die Hölle heiß, weil er eingetreten war, ohne anzuklopfen, obwohl sie korrekt angezogen war.

»'tschuldigung«, sagte Brian, »aber ich muß dir was zeigen. Es ist *echt* unheimlich.«

»Wo?« Sie verstaute weiterhin Kleidungsstücke in den Schubladen, als wäre ihr alles egal, als gäbe es nichts, was ein törichter kleiner Siebenjähriger sagen konnte, das sie auch nur *im geringsten* interessierte. Aber sie wußte, wenn es um Beobachtungen ging, war Brian nicht gerade auf den Kopf gefallen. Er konnte sehen, wenn etwas sie interessierte, und im Augenblick war sie interessiert.

»Oben. Zweiter Stock. Am Ende des Flurs, hinter Daddy Lews Arbeitszimmer.«

Laurie rümpfte die Nase wie immer, wenn Brian oder Lissa ihn so nannten. Sie und Trent konnten sich noch an ihren richtigen Vater erinnern, und der neue gefiel ihnen ganz und gar nicht. Sie hatten beschlossen, ihn »einfach nur Lew« zu nennen. Daß Lewis Evans dies eindeutig mißfiel – daß er es sogar entschieden impertinent fand –, bestätigte nur Lauries und Trents unausgesprochene, aber nachdrückliche Überzeugung, daß es die richtige Art war, den Mann anzureden, mit dem ihre Mutter heutzutage (bäh!) schlief.

»Ich geh da nicht rauf«, sagte Laurie. »Er hat, seit wir wieder hier sind, eine Stinklaune. Trent sagt, das wird so bleiben, bis die Schule anfängt und er wieder in seinen alten Trott fallen kann.«

»Seine Tür ist zu. Wir können leise sein. Lissa und ich waren oben, und er hat es nicht mal gemerkt, daß wir da waren. Jedenfalls ist die Luft rein. Die Tür ist zu, und er führt Selbstgespräche wie immer, wenn er mit irgendwas beschäftigt ist.«

»Ich finde es widerlich, wenn er das macht«, sagte Laurie finster. »Unser richtiger Vater hat nie Selbstgespräche geführt, und er hat sich auch nicht allein in seinem Zimmer eingeschlossen.«

»Nun, ich glaube nicht, daß er sich eingeschlossen hat«, sagte Brian, »aber wenn du dir echt Sorgen machst, er könnte rauskommen, dann nimm eben einen leeren Koffer mit. Wir tun so, als wollten wir ihn in den Schrank räumen, falls er rauskommt.«

»Was *ist* denn so erstaunlich?« wollte Laurie wissen und stemmte die Fäuste in die Hüften.

»Ich zeige es dir«, sagte Brian ernst, »aber du mußt bei Moms Namen schwören, daß du es keiner Menschenseele erzählst, Hand aufs Herz.«

Nach einer Pause des Nachdenkens fuhr er fort: »Besonders Lissa darfst du es nicht erzählen, weil ich es ihr geschworen habe.«

Nun spitzte Laurie endlich die Ohren. Wahrscheinlich war es eine unwichtige Albernheit, aber sie hatte es satt, Kleidungsstücke einzuräumen. Es war echt erstaunlich, wieviel Plunder man in drei Monaten aufhäufen konnte. »Okay, ich schwöre es.«

Sie nahmen *zwei* leere Koffer mit, für jeden einen, aber ihre Vorsichtsmaßnahmen erwiesen sich als unnötig; ihr Stiefvater verließ sein Arbeitszimmer nicht. Was wahrscheinlich das beste war – wie es sich anhörte, stand er ganz schön unter Dampf. Die beiden Kinder konnten ihn herumstapfen, murmeln, Schubladen aufreißen und wieder zuknallen hören. Ein vertrauter Geruch drang unter der Tür durch – Laurie fand, daß er an verwesende Sportsocken erinnerte. Lew rauchte seine Pfeife.

Sie streckte die Zunge heraus, verdrehte die Augen und wackelte mit den Fingern an den Ohren, als sie auf Zehenspitzen an seiner Tür vorbeischlichen.

Aber einen Augenblick später, als sie auf die Stelle sah, die Lissa Brian gezeigt hatte und die Brian nun ihr zeigte, vergaß sie Lew ebenso gründlich, wie Brian all die wunderbaren Sendungen vergessen hatten, die er abends im Fernsehen hatte verfolgen wollen.

»Was *ist* das?« flüsterte sie Brian zu. »Grundgütiger, was hat das zu bedeuten?«

»Keine Ahnung«, sagte Brian, »aber vergiß nicht, daß du bei Moms Namen geschworen hast, Laurie.«

»Ja, ja, schon, aber ...«

»Sag es noch einmal!« Brian gefiel der Ausdruck in ihren Augen nicht. Es war ein *redseliger* Blick, und deshalb war er der Meinung, daß sie noch eine Bekräftigung brauchte.

»Ja, ja, bei Moms Namen«, sagte sie leichthin, »aber Brian, heilige *Kuh* ...«

»Und Hand aufs Herz, vergiß das nicht.«

»O Brian, du bist eine Nervensäge!«

»Egal, sag einfach Hand aufs Herz!«

»Hand aufs Herz, Hand aufs Herz, okay?« sagte Laurie. »Warum mußt du so ein Quälgeist sein, Bri?«

»Keine Ahnung«, sagte er und grinste auf eine Weise, die sie absolut haßte, »reine Glückssache, schätze ich.«

Sie hätte ihn erwürgen können; aber versprochen war versprochen, besonders wenn es im Namen der eigenen Mutter geschehen war. Deshalb hielt sich Laurie eine ganze Stunde zurück, bevor sie zu Trent ging und es ihm zeigte. Sie ließ ihn gleichfalls schwören, und ihre Überzeugung, daß er *sein* Versprechen halten würde, es keinem zu sagen, erwies sich als begründet. Er war fast vierzehn, und als Ältester hatte er keinen, dem er es erzählen konnte – es sei denn, einem Erwachsenen. Und weil ihre Mutter mit Kopfschmerzen zu Bett gegangen war, blieb nur Lew – und das war so gut wie niemand.

Die beiden ältesten Kinder der Bradburys hatten diesmal keine leeren Koffer als Tarnung mit nach oben nehmen müssen; ihr Stiefvater saß unten und sah sich den Vortrag eines britischen Kollegen über die Normannen und Sachsen (die Normannen und Sachsen waren Lews Spezialgebiet am College) auf Video an, während er seinen nachmittäglichen Lieblingsimbiß zu sich nahm – ein Glas Milch und ein Ketchupsandwich.

Trent stand am Ende des Flurs und betrachtete, was die anderen Kinder vor ihm betrachtet haben. Er stand lange Zeit davor.

»Was *ist* das, Trent?« fragte Laurie schließlich. Auf den Gedanken, daß Trent es nicht wissen könnte, kam sie nicht. Trent wußte *alles*. Daher war sie völlig fassungslos, als er langsam den Kopf schüttelte.

»Ich weiß nicht«, sagte er und sah in den Riß hinein. »Eine Art Metall, glaube ich. Ich wollte, ich hätte eine Taschenlampe mitgebracht.« Er steckte einen Finger in den Riß und tastete. Laurie verspürte dabei vages Unbehagen und war erleichtert, als Trent den Finger wieder herauszog. »Ja, es ist Metall.«

»Muß das da drin sein?« fragte Laurie. »Ich meine, war es da drin? Vorher?«

»Nein«, sagte Trent. »Ich weiß noch, wie sie hier neu verputzt haben. Das war, kurz nachdem Mom *ihn* geheiratet hat. Da war nichts weiter da drin als Latten.«

»Was ist das?«

»Schmale Bretter«, sagte er. »Sie liegen zwischen dem Verputz und der Außenwand des Hauses.« Trent steckte den Finger noch einmal in den Riß und tastete über das Metall, das man stumpf und weiß darin erkennen konnte. Der Riß war ungefähr zwölf Zentimeter lang und an der breitesten Stelle anderthalb breit. »Außerdem haben sie eine Isolierung aufgetragen«, sagte er, runzelte nachdenklich die Stirn und steckte die Hände in die Gesäßtaschen seiner verwaschenen Jeans. »Das weiß ich noch genau. So ein rosa flauschiges Zeug, das wie Zuckerwatte ausgesehen hat.«

»Und wo ist das abgeblieben? Ich sehe kein rosa Zeug.«

»Ich auch nicht«, sagte Trent. »Aber sie *haben* es eingefüllt. Ich weiß es noch genau.« Sein Blick wanderte an dem zwölf Zentimeter langen Riß entlang. »Das Metall in der Wand ist neu. Ich frage mich, wieviel es ist und wie weit es reicht. Ist es nur hier oben im zweiten Stock, oder …?«

»Oder was?« Laurie sah ihn mit großen runden Augen an. Sie bekam es ein wenig mit der Angst zu tun.

»Oder es ist im ganzen Haus«, kam Trent nachdenklich zum Ende.

Am nächsten Nachmittag nach der Schule berief Trent eine Versammlung aller vier Bradbury-Kinder ein. Sie nahm einen etwas peinlichen Anfang, weil Lissa Brian beschuldigte, er habe seinen, wie sie sich ausdrückte, »feierlichen Schwur« gebrochen, worauf der zutiefst beschämte Brian seinerseits Laurie vorwarf, sie hätte die Seele ihrer Mutter in ernste Gefahr gebracht, als sie Trent das Geheimnis verriet. Er beschrieb nicht besonders deutlich, was eine Seele war (die Bradburys waren Unitarier), schien aber ganz sicher zu sein, daß Laurie die ihrer Mutter zu ewiger Verdammnis verurteilt hatte.

»Nun«, sagte Laurie, »einen *Teil* der Schuld mußt du schon selbst auf dich nehmen, Brian. Ich meine, schließlich warst du es, der Mutter ins Spiel gebracht hat. Du hättest mich bei Lews Namen schwören lassen sollen. *Der* kann ruhig in der Hölle schmoren.«

Lissa, die jung und weichherzig genug war, um *niemandem* die Hölle zu wünschen, zeigte sich von dieser Wendung des Gesprächs so beunruhigt, daß sie zu weinen anfing.

»Still jetzt, alle miteinander«, sagte Trent und drückte Lissa an sich, bis sie sich wieder beruhigt hatte. »Was geschehen ist, ist geschehen, und ich finde, es hat sich alles zum Besten gewendet.«

»Wirklich?« fragte Brian. Wenn Trent sagte, daß etwas gut war, dann wäre Brian gestorben, das zu verteidigen, keine Frage, aber Laurie hatte bei *Moms Namen* geschworen.

»Etwas so Unheimliches muß untersucht werden, und wenn wir uns noch lange darüber streiten, wer recht und wer unrecht getan hat, sein Versprechen zu brechen, dann schaffen wir es nie.«

Trent sah vielsagend zur Uhr an der Wand seines Zimmers, in dem sie sich versammelt hatten. Es war zwanzig nach drei. Mehr mußte er wirklich nicht sagen. Ihre Mutter war heute morgen aufgestanden, um Lew das Frühstück zu machen – zwei Drei-Minuten-Eier mit Vollkorntoast und Marmelade war eines seiner zahlreichen täglichen Bedürfnisse –, aber danach war sie wieder ins Bett gegangen und dort geblieben. Sie litt an gräßlichen Kopfschmerzen – Migräneanfällen, die manchmal zwei oder drei Tage ihr schutzloses (und häufig bestürztes) Gehirn quälten, bevor sie wieder für einen Monat oder so nachließen.

Sie würde sie nicht im zweiten Stock erwischen und sich fragen, was sie da zu suchen hatten, aber bei »Daddy Lew« war das wieder etwas anderes. Da sich sein Arbeitszimmer auf demselben Flur nur ein Stück von dem seltsamen Riß entfernt befand, stand fest, daß sie seiner Aufmerksamkeit – und seiner Neugier – nur entgingen, wenn sie ihre Untersuchungen in seiner Abwesenheit durchführten. Und genau das sollte Trents vielsagender Blick auf die Uhr zum Ausdruck bringen.

Die Familie war ganze zehn Tage, bevor Lew wieder mit dem Unterricht beginnen mußte, in die Staaten zurückgekehrt; doch sobald er sich wieder im Umkreis von zehn Meilen um die Universität befand, konnte er ihr ebensowenig fernbleiben wie ein Fisch dem Wasser. Er war kurz nach Mittag mit einer Aktentasche voll Unterlagen weggegangen, die er an verschiedenen historisch bedeutenden Stellen Englands gesammelt hatte. Er sagte, er wollte diese Unterlagen abheften. Nach Trents Meinung hieß das, er würde sie in eine seiner Schreibtischschubladen stopfen, das Büro abschließen und anschließend in die Dozentenlounge des Historischen Fachbereichs gehen. Dort würde er mit seinen Kumpanen tratschen – nur, hatte Trent herausgefunden, wenn man Collegeprofessor war, ging es nicht an, daß man Kumpane hatte. Man mußte sagen, daß es sich um Kollegen handelte. Auf jeden Fall war er fort, und das war gut, aber er konnte jederzeit zwischen jetzt und fünf zurückkommen, und das war schlecht. Trotzdem blieb ihnen noch etwas Zeit, und Trent wollte sie nicht mit Zank darüber vergeuden, wer wem was geschworen hatte.

»Hört zu, Leute«, sagte er und stellte zufrieden fest, daß

sie *tatsächlich* zuhörten. In der Aufregung der *Untersuchung* hatten sie ihre Streitigkeiten und Vorwürfe vergessen. Außerdem bestürzte sie Trents Unvermögen, Lissas Fund zu erklären. Bis zu einem gewissen Grad teilten sie alle Brians schlichtes Gottvertrauen in Trent. Wenn Trent von etwas verwirrt war, wenn Trent fand, etwas war seltsam und möglicherweise erstaunlich, dann fanden sie das alle.

Laurie sprach für sie alle, als sie sagte: »Sag uns, was wir machen wollen, Trent – dann machen wir es.«

»Okay«, sagte Trent. »Wir brauchen ein paar Kleinigkeiten.« Er holte tief Luft und fing an zu erklären, um was es sich dabei handelte.

Als sie sich um den Riß am Ende des Flurs im zweiten Stock versammelt hatten, hob Trent Lissa hoch, damit sie mit einer kleinen Taschenlampe – es war die, mit der ihre Mutter ihre Ohren, Augen und Nasen untersuchte, wenn sie sich nicht wohl fühlten – in den Riß leuchten konnte. Sie alle konnten das Metall sehen; es war nicht so glänzend, daß es den Lichtstrahl klar reflektiert hätte; dennoch schimmerte es seidenmatt. Stahl, vermutete Trent – Stahl oder eine Art Legierung.

»Was ist eine Legierung, Trent?« fragte Brian.

Trent schüttelte den Kopf. Er wußte es selbst nicht genau. Er drehte sich zu Laurie um und bat sie, ihm den Bohrer zu geben.

Brian und Lissa wechselten einen unbehaglichen Blick, als Laurie ihm das Gerät reichte. Er stammte aus der Werkstatt im Keller, und der Keller war der einzige Ort im Haus, der noch an ihren richtigen Vater erinnerte. Daddy Lew war kein dutzendmal da unten gewesen, seit er Catherine Bradbury geheiratet hatte. Das wußten die kleineren Kinder so gut wie Trent und Laurie. Sie hatten keine Angst, Daddy Lew könnte bemerken, daß jemand den Bohrer benutzt hatte; sie machten sich Sorgen wegen der Löcher in der Wand vor seinem Arbeitszimmer. Keiner sprach es laut aus, aber Trent sah es ihren besorgten Mienen an.

»Seht«, sagte Trent und hielt ihnen den Bohrer hin, damit sie ihn gut ansehen konnten. »Das nennt man einen Nadelbohrer. Seht ihr, wie winzig er ist? Und weil wir nur hinter den Bildern bohren wollen, brauchen wir uns wahrscheinlich keine Sorgen zu machen.«

Etwa ein Dutzend gerahmte Kunstdrucke hingen an der Wand im Flur des zweiten Stocks, die Hälfte davon hinter der Arbeitszimmertür auf dem Weg zum Schrank am Ende, wo die Koffer verstaut wurden. Bei den meisten handelte es sich um alte (und uninteressante) Ansichten von Titusville, wo die Bradburys wohnten.

»Er sieht sie nicht einmal an, geschweige denn *dahinter*«, stimmte Laurie zu.

Brian strich mit einer Fingerspitze über den Bohrer, dann nickte er. Lissa beobachtete ihn, dann ahmte sie die Geste und das Nicken nach. Wenn Laurie sagte, daß etwas okay war, stimmte es wahrscheinlich; wenn beide es sagten, konnte kein Zweifel mehr bestehen.

Laurie nahm das Bild herunter, das dem kleinen Riß im Verputz am nächsten hing, und gab es Brian. Trent bohrte. Sie standen in einem engen Kreis um ihn herum und sahen ihm zu wie Feldspieler, die ihren Werfer in einem entscheidenden Augenblick des Spiels unterstützen.

Der Bohrer verschwand mühelos in der Wand, und das Loch war so winzig wie versprochen. Das dunklere Rechteck der Tapete machte ebenfalls einen beruhigenden Eindruck. Es bedeutete, daß sich schon sehr lange niemand mehr die Mühe gemacht hatte, den dunklen Stahlstich der öffentlichen Bibliothek von Titusville abzunehmen.

Nachdem er ein dutzendmal den Griff des Bohrers gedreht hatte, hielt Trent inne, drehte anders herum und zog den Bohrer heraus.

»Warum hast du aufgehört?« fragte Brian.

»Ich bin auf etwas Hartes gestoßen.«

»Wieder Metall?« fragte Lissa.

»Ich glaube schon. Holz war es jedenfalls nicht. Mal sehen.« Er leuchtete mit dem Licht hinein und drehte den Kopf hierhin und dorthin; dann schüttelte er ihn nachdrücklich. »Mein Kopf ist zu groß. Heben wir Lissa hoch.«

Laurie und Trent hoben sie hoch, Brian gab ihr die Taschenlampe. Lissa sah einen Moment blinzelnd hinein, dann sagte sie: »Genau wie in dem Riß, den ich gefunden habe.«

»Okay«, sagte Trend. »Nächstes Bild.«

Der Bohrer stieß hinter dem zweiten auf Metall, und hinter dem dritten auch. Hinter dem vierten – sie befanden sich schon ziemlich nahe an der Tür von Lews Arbeitszimmer – verschwand der Bohrer ganz in der Wand, bevor Trent ihn herauszog. Als Lissa diesmal hochgehoben wurde, sagte sie ihnen, daß sie das »rosa Zeug« sah.

»Ja, die Isolierung, von der ich dir erzählt habe«, sagte Trent zu Laurie. »Versuchen wir es auf der anderen Seite des Flurs.«

Sie mußten auf der Ostseite hinter vier Bildern bohren, bis sie zuerst auf Latten und dann auf die Isolierung hinter dem Verputz stießen ... und als sie das letzte Bild wieder aufhängten, hörten sie den Mißklang des Motors von Lews altem Porsche, der in der Einfahrt einbog.

Brian, der die Aufgabe bekommen hatte, dieses Bild aufzuhängen – wenn er sich auf Zehenspitzen stellte, reichte er gerade bis zum Haken –, ließ es fallen. Laurie packte es im Fallen am Rahmen. Einen Augenblick später zitterte sie so sehr, daß sie Trent das Bild geben mußte, sonst hätte sie es selbst fallen gelassen.

»*Du* mußt es aufhängen«, sagte sie und wandte ihrem älteren Bruder ein erschrockenes Gesicht zu. »Ich hätte es fallen lassen, wenn ich darüber nachgedacht hätte, was ich tue. Bestimmt.«

Trent hängte das Bild auf, das Pferdedroschken zeigte, die durch den Stadtpark fuhren, und stellte fest, daß es etwas schief hing. Er streckte die Hand aus, um es geradezurücken, zog sie aber zurück, bevor seine Finger den Rahmen berührten. Seine Schwestern und sein Bruder hielten ihn für so etwas wie einen Gott; Trent selbst war klug genug, zu wissen, daß er nur ein Junge war. Aber selbst ein Kind wußte – vorausgesetzt, dieses Kind verfügte auch nur über ein halbes Hirn –, wenn etwas falsch lief, sollte man es besser in Ruhe lassen. Wenn er noch weiter daran herumspielte, würde das Bild mit Sicherheit herunterfallen und Glasscherben über den ganzen Fußboden verstreuen, und das wußte Trent irgendwie.

»Geht!« flüsterte er. »Nach unten! Fernsehzimmer!«

Unten wurde die Hintertür zugeschlagen, als Lew hereinkam.

»Aber es hängt nicht *gerade!*« protestierte Lissa. »Trent, es hängt nicht …«

»*Vergiß* es!« sagte Laurie. »Tut, was Trent sagt.«

Trent und Laurie sahen einander mit großen Augen an. Wenn Lew in die Küche ging und sich noch einen Happen machte, um die Zeit bis zum Essen zu überbrücken, ging vielleicht noch alles gut. Wenn nicht, würde er Lissa und Brian auf der Treppe begegnen. Ein Blick würde ihm sagen, daß etwas im Busch war. Die beiden jüngsten Kinder der Bradburys waren alt genug, den Mund zu halten, aber nicht, sich zu verstellen.

Brian und Lissa ging schnell hinunter.

Trent und Laurie folgten langsamer und horchten. Es folgte ein Augenblick fast unerträglicher Spannung, nur die Schritte der Kinder auf der Treppe waren zu hören, und dann bellte Lew von der Küche zu ihnen hinauf: »SEID LEISE, JA? EURE MUTTER SCHLÄFT!« *Und wenn sie das nicht aufgeweckt hat,* dachte Laurie, *wird nichts sie aufwecken.*

Spät in der Nacht, als Trent gerade am Eindösen war, machte Laurie die Tür seines Zimmers auf, trat ein und setzte sich zu ihm auf das Bett.

»Du kannst ihn nicht ausstehen, aber das ist nicht alles«, sagte sie.

»Wer-wa?« fragte Trent und zog neugierig ein Lid hoch.

»Lew«, sagte sie leise. »Du weißt, wen ich meine, Trent.«

»Ja«, sagte er. »Und du hast recht. Ich kann ihn nicht ausstehen.«

»Und du hast Angst vor ihm, oder nicht?«

Nach einer ganzen Weile sagte Trent: »Ja, ein bißchen.«

»Nur ein bißchen?«

»Vielleicht ein bißchen mehr als ein bißchen«, sagte Trent. Er zwinkerte ihr zu und hoffte auf ein Lächeln, aber Laurie sah ihn nur an, und da gab Trent auf. Sie ließ sich nicht ablenken, jedenfalls heute nacht nicht.

»Warum? Glaubst du, er könnte uns etwas tun?«

Lew schrie sie häufig an, hatte aber bisher noch nie Hand an sie gelegt. Nein, fiel Laurie plötzlich ein, das stimmte nicht ganz. Einmal war Brian, ohne anzuklopfen, in sein Arbeitszimmer gegangen, und da hatte Lew ihm den Hosenboden versohlt. Fest. Brian hatte versucht, nicht zu weinen, es letztlich aber doch getan. Und Mom hatte auch geweint, aber nicht versucht, die Prügel zu verhindern. Später jedenfalls mußte sie etwas zu ihm gesagt haben, denn Laurie hatte gehört, wie er *sie* angeschrien hatte.

Nichtsdestoweniger war es eine Tracht Prügel gewesen, keine Kindesmißhandlung, und Brian *konnte* ein Quälgeist sein, wenn er es sich in den Kopf gesetzt hatte.

Hatte er es sich an jenem Abend in den Kopf gesetzt? fragte sich Laurie jetzt. Oder hatte Lew ihren Bruder verprügelt und zum Weinen gebracht, weil er einen arglosen, kindlichen Fehler begangen hatte? Sie wußte es nicht und hatte plötzlich eine unerwünschte Einsicht, einen Gedanken, bei dem sie glaubte, daß Peter Pan recht gehabt hatte, nie erwachsen werden zu wollen: Sie war nicht sicher, ob sie es wissen *wollte*. Eines wußte sie jedenfalls mit Sicherheit: wer der *wahre* Quälgeist hier war.

Sie stellte fest, daß Trent ihre Frage nicht beantwortet hatte, und gab ihm einen Stoß. »Hat es dir die Sprache verschlagen?«

»Ich hab nur nachgedacht«, sagte er. »Schwierige Frage, weißt du.«

»Ja«, sagte sie ernst. »Ich weiß.«

Diesmal ließ sie ihn nachdenken.

»Nein«, sagte er schließlich und verschränkte die Hände hinter dem Kopf. »Das glaube ich nicht, Sprotte.« Es stank ihr, wenn sie so genannt wurde, aber sie beschloß, es heute nacht dabei bewenden zu lassen. Sie konnte sich nicht erinnern, daß Trent je so bedächtig und ernst mit ihr gesprochen hatte. »Ich glaube nicht, daß er das tun *würde*. Aber ich glaube, er *könnte* es.« Er richtete sich auf einen Ellbogen auf und sah sie noch ernster an. »Aber ich glaube, er tut Mom weh, und ich glaube, daß es jeden Tag ein bißchen schlimmer für sie wird.«

»Es tut ihr leid, was?« Plötzlich war ihr nach Weinen zumute. Warum waren Erwachsene manchmal so dumm in Dingen, die Kinder auf Anhieb durchschauen konnten? Man hätte ihnen in den Hintern treten können. »Sie wollte überhaupt nicht nach England … und manchmal schreit er sie so an …«

»Vergiß nicht die Kopfschmerzen«, sagte Trent nüchtern. »Die sie sich seiner Meinung nach selbst einredet. Ja, es tut ihr wirklich leid.«

»Würde sie sich je … du weißt schon …«

»Scheiden lassen?«

»Ja«, sagte Laurie erleichtert. Sie war nicht sicher, ob sie das Wort selbst über die Lippen gebracht hätte, und wenn ihr bewußt gewesen wäre, wie ähnlich sie, was das betraf, ihrer Mutter war, hätte sie die Frage selbst beantworten können.

»Nein«, sagte Trent. »Nicht Mom.«

»Dann können wir nichts tun«, seufzte Laurie.

Trent sagte so leise, daß sie ihn fast nicht hören konnte: »Ach ja?«

In den folgenden anderthalb Wochen bohrten sie im ganzen Haus kleine Löcher, wenn niemand da war, der sie sehen konnte: hinter Postern in ihren Zimmern, hinter dem Kühlschrank in der Vorratskammer (Brian konnte sich dahinterzwängen und hatte gerade noch Platz genug, den Bohrer zu halten), in den Wandschränken im Erdgeschoß. Trent bohrte sogar eines im Eßzimmer, weit oben in einer Ecke, wo immer Schatten war. Er stand dabei auf der obersten Sprosse der Haushaltsleiter, die Laurie festhielt.

Nirgends fanden sie Metall. Nur Latten.

Die Kinder vergaßen es eine Zeitlang.

Eines Tages, etwa einen Monat später, als Lew wieder den ganzen Tag unterrichtete, kam Brian zu Trent und erzählte ihm, daß im Verputz im zweiten Stock wieder ein Riß aufgetaucht war, hinter dem man Metall sehen konnte. Trent und Lissa kamen sofort mit. Laurie war immer noch in der Schule, bei einer Probe des Schulorchesters.

Wie bei der Entdeckung des ersten Risses hatte sich ihre Mutter mit Kopfschmerzen hingelegt. Lews Laune hatte sich gebessert, seit er wieder unterrichtete (was Trent und Laurie längst vorausgesehen hatten), aber er hatte am Abend zuvor einen heftigen Streit mit ihrer Mutter wegen einer Party gehabt, die er für seine Kollegen der historischen Fakultät geben wollte. Wenn die ehemalige Mrs. Bradbury eines haßte, dann war es die Rolle der Hosteß bei Fakultätspartys. Auf dieser jedoch hatte Lew bestanden, und sie hatte schließlich eingewilligt. Jetzt lag sie mit einem feuchten Handtuch über den Augen und einer Flasche Fiorinal auf dem Nachttisch im abgedunkelten Schlafzimmer, während Lew wahrscheinlich Einladungen in der Dozentenlounge verteilte und seinen Kollegen auf den Rücken klopfte.

Der neue Riß befand sich auf der Westseite des Flurs zwischen Arbeitszimmertür und Treppe.

»Bist du sicher, daß du Metall da drin gesehen hast?« fragte Trent. »Wir hatten diese Seite *überprüft*, Bri.«

»Sieh doch selbst nach«, sagte Brian, was Trent auch tat. Er brauchte keine Taschenlampe; der Riß war breiter, und es konnte kein Zweifel bestehen, daß sich Metall darin befand.

Nachdem er den Riß lange betrachtet hatte, sagte Trent, daß er unverzüglich zum Baumarkt gehen mußte.

»Warum?« fragte Lissa.

»Ich möchte etwas Gips holen. Ich will nicht, daß er den Riß sieht.« Nach einigem Zögern fügte er hinzu: »Und ganz besonders will ich nicht, daß er das Metall darin sieht.«

Lissa sah ihn stirnrunzelnd an. »Warum nicht, Trent?«

Aber Trent wußte es nicht genau. Jedenfalls noch nicht.

Sie fingen wieder an zu bohren, und diesmal fanden sie Metall hinter *allen* Wänden im zweiten Stock, auch in Lews Arbeitszimmer. Trent schlich sich eines Nachmittags mit dem Bohrer hinein, während Lew sich im College aufhielt und ihre Mutter Einkäufe für die bevorstehende Fakultätsparty erledigte.

Die ehemalige Mrs. Bradbury sah neuerdings blaß und verhärmt aus – das war selbst Lissa aufgefallen –, aber wenn eines der Kinder sie fragte, ob alles in Ordnung war, schenkte sie ihm jedesmal ein beunruhigendes, allzu strahlendes Lächeln und versicherte, es wäre ihr nie besser gegangen, alles eitel Sonnenschein, unbeschwertes Glück. Laurie, die unverblümt sein konnte, sagte zu ihr, sie sähe zu dünn aus. O nein, entgegnete ihre Mutter, Lew hat gesagt, ich wäre in England im Begriff gewesen, mich in eine Kugel zu verwandeln – das andauernde Teetrinken. Sie versuchte nur, ihre Figur zu halten, das war alles.

Laurie wußte es besser, aber nicht einmal Laurie war so unverblümt, daß sie ihre Mutter ins Gesicht hinein eine Lügnerin nannte. Wären alle vier gleichzeitig zu ihr gegangen – hätten sie sozusagen bandenmäßig überfallen –, hätten sie wahrscheinlich eine andere Version zu hören bekommen. Aber nicht einmal Trent dachte daran.

Eines von Lews Diplomen hing in einem Rahmen an der Wand über seinem Schreibtisch. Während die anderen Kinder auf dem Flur warteten und fast vor Angst vergingen, nahm Trent das gerahmte Diplom vom Haken, legte es auf den Schreibtisch und bohrte ein Loch in der Mitte der Stelle, wo es gehangen hatte. Nach vier Zentimetern traf der Bohrer auf Metall.

Trent hängte das Diplom sehr sorgfältig wieder auf – vergewisserte sich, daß es nicht schief hing – und kam heraus.

Lissa brach in Tränen der Erleichterung aus, in die Brian sogleich einfiel; er machte einen verdrossenen Eindruck, schien aber nicht anders zu können. Laurie mußte sich größte Mühe geben, nicht auch noch anzufangen.

Sie bohrten Löcher in Abständen an der Treppe zum ersten Stock und fanden dort auch Metall. Es reichte ungefähr bis zur Hälfte des Flurs im ersten Stock und schien zur Vorderseite des Hauses hin zu wachsen. Hinter den Wänden von Brians Zimmer fand sich Metall, aber nur hinter einer Wand von Lauries Zimmer.

»Hier hat es noch nicht aufgehört zu wachsen«, sagte Laurie finster.

Trent sah sie überrascht an. »Wie?«

Bevor sie antworten konnte, hatte Brian einen Geistesblitz.

»Versuch es im Fußboden, Trent!« sagte er. »Mal sehen, ob es da auch ist.«

Trent dachte darüber nach, zuckte die Achseln und bohrte ein Loch in den Boden von Lauries Zimmer. Der Bohrer glitt ohne Widerstand ganz hinein, aber als er den Teppich vor seinem eigenen Bett zurückschlug und es da versuchte, traf er bald auf soliden Stahl – oder solides Was-auch-immer.

Dann stellte er sich auf Drängen von Lissa auf einen Stuhl und bohrte in die Decke, wobei er die Augen zukneifen mußte, weil ihm der Verputz ins Gesicht rieselte.

»Boing«, sagte er nach wenigen Augenblicken. »Auch Metall. Hören wir für heute auf.«

Laurie war die einzige, die bemerkte, wie besorgt Trent aussah.

Als in dieser Nacht die Lichter gelöscht waren, kam Trent in Lauries Zimmer, aber Laurie tat nicht einmal so, als wäre sie müde. In Wahrheit hatte keiner von ihnen in den vergangenen Wochen besonders gut geschlafen.

»Was hast du gemeint?« flüsterte Trent, als er sich neben sie gesetzt hatte.

»Womit?« fragte Laurie und stützte sich auf einen Ellbogen.

»Du hast gesagt, in deinem Zimmer wäre es noch nicht fertig gewachsen. Was hast du damit gemeint?«

»Komm schon, Trent – du bist nicht dumm.«

»Nein, das bin ich nicht«, stimmte er unverdrossen zu. »Vielleicht will ich einfach nur hören, daß du es sagst, Sprotte.«

»Wenn du mich weiter so nennst, wirst du das nie.«

»Ja. Dieses Zeug wächst über das ganze Haus.« Sie machte eine Pause. »Nein, das stimmt nicht. Es wächst *im* Haus. Es *stiehlt* das Haus. Ist das gut genug, Mr. Schlauberger?«

»Stiehlt das Haus …« Trent saß stumm neben ihr auf dem

Bett, betrachtete das Poster von Chrissie Hynde und schien das Wort auszukosten, das sie gebraucht hatte. Schließlich nickte er und ließ das Lächeln erkennen, das sie so liebte. »Ja – das ist richtig.«

»Wie immer man es nennen will, es benimmt sich wie etwas Lebendiges.«

Trent nickte. Daran hatte er auch schon gedacht. Er hatte keine Ahnung, wie Metall etwas Lebendiges sein *konnte,* aber er sah keine andere Schlußfolgerung als sie, jedenfalls im Augenblick nicht.

»Aber das ist nicht das Schlimmste.«

»Was denn?«

»Es *schleicht.*« Ihre Augen, die ernst in seine sahen, waren groß und ängstlich. »Das gefällt mir am allerwenigsten daran. Ich weiß nicht, warum es angefangen hat oder was es bedeutet, und es ist mir auch ziemlich egal. Aber es *schleicht.*«

Sie griff mit den Fingern in das dichte blonde Haar und strich es von den Schläfen zurück. Es war eine beiläufige, unbewußte Geste, aber sie erinnerte Trent auf schmerzhafte Weise an seinen Dad, dessen Haar genau dieselbe Farbe gehabt hatte.

»Ich spüre, daß etwas passieren wird, Trent, aber ich weiß nicht, was es ist, und das ist wie ein Alptraum, den man nicht loswird. Kommt es dir manchmal auch so vor?«

»Ja, ein bißchen. Aber ich *weiß,* daß etwas passieren wird. Möglicherweise sogar, was.«

Sie schnellte in eine sitzende Haltung und ergriff seine Hände. »Du *weißt* es? Was? Was ist es?«

»Ich bin nicht sicher«, sagte Trent und stand auf. »Ich *glaube,* ich weiß es, aber ich bin noch nicht bereit, zu sagen, was ich denke. Ich muß mich noch etwas umsehen.«

»Wenn wir noch mehr Löcher bohren, wird das Haus einstürzen!«

»Ich habe nicht *bohren* gesagt, ich habe *umsehen* gesagt.«

»*Wonach* umsehen?«

»Nach etwas, das noch nicht hier ist – das noch nicht gewachsen ist. Aber wenn es soweit ist, wird es sich wahrscheinlich nicht verstecken können.«

»*Sag* es mir, Trent!«

»Noch nicht«, sagte er und hauchte ihr einen raschen Kuß auf die Wange. »Außerdem – Neugier ist der Sprotte Tod.«

»Ich *hasse* dich!« schrie sie mit gedämpfter Stimme, warf sich auf das Bett zurück und zog die Decke über den Kopf. Aber es ging ihr besser, nachdem sie mit Trent gesprochen hatte, und sie schlief so gut wie schon seit einer Woche nicht mehr.

Zwei Tage vor der großen Party fand Trent, wonach er gesucht hatte. Als Ältester hätte er vielleicht bemerken sollen, daß seine Mutter erschreckend krank aussah; ihre Haut spannte sich glänzend über den Wangenknochen, ihr Teint war so blaß, daß er einen häßlichen gelben Grundton angenommen hatte. Er hätte bemerken müssen, wie häufig sie sich an den Schläfen rieb, auch wenn sie – fast in Panik – leugnete, daß sie Migräne hatte oder in der letzten Woche gehabt hatte.

Das alles bemerkte er nicht. Er war zu sehr mit Suchen beschäftigt.

In den vier oder fünf Tagen zwischen seiner nächtlichen Unterhaltung mit Laurie und dem Tag, an dem er endlich fand, wonach er suchte, durchkämmte er jeden Schrank des großen alten Hauses mindestens dreimal; den Stauraum über Lews Arbeitszimmer fünf- oder sechsmal und den großen, alten Keller fast ein dutzendmal.

Im Keller fand er es schließlich.

Was nicht heißen soll, daß er an anderen Stellen nicht auch eigentümliche Dinge gefunden hätte; das hatte er mit Sicherheit. Ein Edelstahlknauf ragte aus der Decke eines Schranks im ersten Stock. Eine gekrümmte Metallarmatur hatte die Seitenwand des Kofferschranks im zweiten Stock durchbrochen. Sie wies eine mattgraue Farbe auf – bis er sie berührte. Als er das tat, wechselte die Farbe zu einem kräftigen Altrosa, und er hörte ein leises, aber mächtiges Summen tief in der Wand. Er riß die Hand zurück, als wäre die Armatur heiß gewesen (und gleich zu Beginn, als sie die Farbe annahm, die er von den Herdplatten her kannte, hätte er schwören können, daß sie es war). Als er das tat, wurde das gekrümmte Metallding wieder grau. Das Summen hörte sofort auf.

Tags zuvor hatte er auf dem Dachboden ein Spinnennetz dünner, ineinander verschlungener Kabel entdeckt, die in einer niederen, dunklen Ecke unter dem Giebel wuchsen. Trent war auf Händen und Knien herumgekrochen, er schwitzte und machte sich schmutzig, als er das Phänomen plötzlich bemerkte. Er erstarrte auf der Stelle und beobachtete zwischen Haarsträhnen hindurch, wie sich die Kabel aus dem Nichts herauswanden (so sah es jedenfalls aus), aufeinandertrafen, sich so fest umeinanderwickelten, daß sie zu verschmelzen schienen, und sich dann weiter ausbreiteten, bis sie den Boden berührten, sich in ihn hineinbohrten und inmitten verträumter kleiner Sägemehlwölkchen verankerten. Sie schienen eine Art Stützgitter zu bilden, das aussah, als wäre es *sehr* stark und imstande, das Haus bei einer Menge Sturmböen und Stößen zusammenzuhalten.

Aber *was* für Sturmböen?

Was für Stöße?

Wieder glaubte Trent, es zu wissen. Es war schwer zu glauben, aber er glaubte, er wüßte es.

Am nördlichen Ende des Kellers gab es eine kleine Nische, weit hinter der Werkstatt und dem Heizkessel. Ihr richtiger Vater hatte sie immer den »Weinkeller« genannt, und obwohl er nur etwa zwei Dutzend Flaschen Dröhnung (bei dem Wort mußte ihre Mutter immer kichern) dort aufbewahrte, waren sie sorgfältig auf Regalen verstaut, die er selbst gebaut hatte.

Lew kam noch seltener hierher, als er die Werkstatt betrat; er trank keinen Wein. Und ihre Mutter, die mit Dad gern ab und zu ein Gläschen getrunken hatte, trank auch keinen mehr. Trent erinnerte sich, wie traurig ihr Gesicht ausgesehen hatte, als Bri sie einmal fragte, warum sie kein Gläschen Dröhnung mehr vor dem Kamin trank.

»Lew mißbilligt das Trinken«, hatte sie Brian geantwortet. »Er sagt, es wäre eine schlechte Angewohnheit.«

Die Tür zum Weinkeller war mit einem Vorhängeschloß versperrt, aber das diente nur dazu, damit die Tür nicht aufschwang und die Hitze des Heizkessels einließ. Der Schlüssel hing gleich daneben, aber Trent brauchte ihn nicht. Er hatte das Vorhängeschloß nach seiner ersten Untersuchung offengelassen, und seither war niemand hiergewesen und hatte es zugedrückt. Soweit er wußte, kam überhaupt niemand mehr in diesen Teil des Kellers.

Der saure Geruch verschütteten Weins überraschte ihn nicht im geringsten, als er sich der Tür näherte; das war nur ein weiterer Hinweis für etwas, das er und Laurie bereits wußten – die Veränderung arbeitete sich schleichend durch das ganze Haus. Er machte die Tür auf, und obwohl ihm angst machte, was er da sah, überraschte es ihn nicht.

Metallkonstruktionen waren durch zwei der Weinkellerwände gebrochen, hatten die Regale mit ihren rautenförmigen Flaschenfächern zerdrückt und die Weinflaschen herausgeschoben, so daß sie auf dem Boden zerschellt waren.

Wie bei den Kabeln auf dem Dachboden war das, was hier wuchs (um Lauries Ausdruck zu gebrauchen), noch nicht fertig. Es entstand unter Lichtblitzen, die Trent in den Augen wehtaten und eine leichte Übelkeit in ihm hervorriefen.

Aber hier waren keine Kabel zu sehen und keine gekrümmten Armaturen. Was im vergessenen Weinkeller seines Vaters wuchs, sah aus wie Schränke und Konsolen und Armaturenbretter. Vor seinen Augen blähten sich vage Umrisse in dem Metall auf wie die Köpfe aufgeregter Schlangen, wurden schärfer und verwandelten sich in Skalen und Schalter und Anzeigen. Ein paar Lichter waren auch zu sehen. Einige fingen sogar an zu blinken, als er sie ansah.

Ein leises Seufzen begleitete diesen Schöpfungsakt.

Trent ging einen vorsichtigen Schritt weiter in den kleinen Raum hinein; ein besonders grelles rotes Licht, beziehungsweise eine ganze Reihe davon, hatte seine Aufmerksamkeit geweckt. Er nieste beim Vorwärtsgehen – die Maschinen und Konsolen, die sich über das alte Mauerwerk schoben, hatte eine Menge Staub aufgewirbelt.

Die Lichter, die seine Aufmerksamkeit erregt hatten, waren Ziffern. Sie befanden sich unter einer Glasscheibe an einer Metallkonstruktion, die aus einer Konsole herauswuchs. Dieses neue Ding sah wie eine Art Stuhl aus, aber kaum jemand hätte bequem darauf Platz nehmen können. Jedenfalls niemand mit einem *menschlichen* Körper, dachte Trent erschauernd.

Die Glasscheibe befand sich in einer Armlehne dieses verzerrten Stuhls – wenn es ein Stuhl *war*. Und die Ziffern hatten seine Aufmerksamkeit erweckt, weil sie sich bewegten.

72 : 34 : 18

wurde zu

72 : 34 : 17

und dann zu

72 : 34 : 16.

Trent sah auf seine Uhr, die einen Sekundenzeiger hatte und ihm bestätigte, was seine Augen ihm bereits gesagt hatten. Bei dem Stuhl mochte es sich um einen Stuhl handeln oder auch nicht, aber die Ziffern unter dem Glas waren eindeutig eine Digitaluhr. Und die lief rückwärts. Ein Countdown, um ganz genau zu sein. Und was würde passieren, wenn die Anzeige schließlich von

00 : 00 : 01

auf

00 : 00 : 00

wechselte – in etwa drei Tagen, von diesem Nachmittag an gerechnet?

Er war ziemlich sicher, daß er es wußte. Jeder amerikanische Junge weiß, daß zweierlei passieren kann, wenn eine Uhr, die rückwärts läuft, schließlich Zero anzeigt: entweder eine Explosion oder ein Start.

Trent überlegte sich, daß zuviel Ausrüstung vorhanden war, zuviel Technik für eine bloße Explosion.

Er glaubte, daß sich etwas in das Haus geschlichen hatte, während sie in England waren. Möglicherweise eine Art

Spore, die eine Milliarde Jahre durch das Weltall getrieben war, bevor sie in den Gravitationssog der Erde geriet, durch die Erdatmosphäre schwebte wie Pusteblumen in einer leichten Brise, und schließlich in den Kamin eines Hauses in Titusville, Indiana, fiel.

Ins Haus der *Bradburys* in Titusville, Indiana.

Selbstverständlich hätte es auch etwas völlig anderes sein können, aber die Vorstellung von Sporen leuchtete Trent ein, und obwohl er das älteste Kind der Bradburys war, war er noch jung genug, um nach einer Peperonipizza um neun Uhr abends ruhig schlafen und seinen Wahrnehmungen und Intuitionen vertrauen zu können. Und letzten Endes spielte es auch keine Rolle, oder? Eine Rolle spielte nur, was *geschehen* war.

Und natürlich, was geschehen *würde*.

Als Trent dieses Mal den Weinkeller verließ, ließ er nicht nur das Vorhängeschloß einrasten, sondern nahm obendrein noch den Schlüssel mit.

Etwas Schreckliches passierte während Lews Fakultätsparty. Es passierte um Viertel vor neun, nur etwa fünfundvierzig Minuten nachdem die ersten Gäste eingetroffen waren, und Trent und Laurie hörten später, wie Lew ihre Mutter anschrie, daß sie immerhin rücksichtsvoll genug gewesen wäre, ihre Dummheit frühzeitig zu begehen – wenn sie gewartet hätte bis zehn Uhr oder so, hätten sich fünfzig oder mehr Menschen im Wohnzimmer, Eßzimmer, in der Küche und im Salon aufgehalten.

»Verdammt noch mal, was ist bloß los mit dir?« hörten Trent und Laurie ihn schreien, und als Trent spürte, wie Lauries Hand wie eine kleine, kalte Maus in seine kroch, hielt er sie fest. »Weißt du nicht, was die Leute jetzt sagen werden? Weißt du nicht, wie die Leute in der Fakultät *reden?* Ich meine, also wirklich, Catherine – das war wie etwas aus den *Drei Stooges!*«

Die einzige Antwort ihrer Mutter war ein leises, hilfloses Schluchzen; einen kurzen Augenblick verspürte Trent einen ungewollten Anflug von Haß auf sie. Warum hatte sie ihn überhaupt geheiratet? Hatte sie das nicht verdient, weil sie so eine Närrin gewesen war?

Dann schämte er sich seiner selbst, verdrängte den Gedanken, ließ ihn verschwinden und drehte sich zu Laurie um. Er sah betroffen, daß ihr Tränen über die Wangen liefen, und der stumme Kummer in ihren Augen bohrte sich in sein Herz wie eine Messerklinge.

»Tolle Party, was?« flüsterte sie und strich sich mit den Handballen über die Wangen.

»Ganz recht, Sprotte«, sagte er und nahm sie in die Arme, damit sie in seine Schulter weinen konnte und nicht gehört wurde. »Sie wird problemlos Ende des Jahres in meine Top-Ten-Liste kommen.«

Es schien, als hätte Catherine Evans (die sich nie sehnlicher gewünscht hatte, wieder Catherine Bradbury zu sein) alle belogen. Sie befand sich nicht erst einen oder zwei Tage im Griff einer brüllenden Migräne, sondern seit ganzen zwei Wochen. Während dieser Zeit hatte sie so gut wie nichts gegessen und acht Kilo abgenommen. Sie hatte Stephen Krutchmer, dem Dekan der Historischen Fakultät, und dessen Frau Canapés angeboten, als plötzlich die Farbe aus allem wich und die Welt von ihr fortschwamm. Sie war schlaff vornüber gekippt und hatte ein ganzes Tablett Frühlingsrollen auf die Vorderseite des teuren Norma-Kamali-Kleides von Mrs. Krutchmer geschüttet, das diese eigens für den Anlaß gekauft hatte.

Brian und Lissa hatten den Aufruhr gehört und waren in Pyjamas die Treppe heruntergekommen, um nachzusehen, was los war, obwohl Daddy Lew ihnen – allen vier Kindern, was das betraf – strengstens verboten hatte, die oberen Stockwerke zu verlassen, wenn die Party erst einmal angefangen hatte. »Universitätsleute sehen Kinder nicht gerne bei Fakultätspartys«, hatte Lew ihnen am Nachmittag schroff erklärt. »Dabei kommt zu leicht ein falscher Ton auf.«

Als sie ihre Mutter inmitten eines Kreises kniender, besorgter Fakultätsmitglieder auf dem Boden liegen sahen (Mrs. Krutchmer befand sich nicht darunter, sie war in die

Küche geeilt, um ihr Kleid mit Wasser zu behandeln, bevor die Soßenflecken einziehen konnten), hatten sie den Befehl ihres Stiefvaters vergessen und waren zu ihr gelaufen, Lissa weinend, Brian aufgeregt und erschrocken. Lissa brachte es fertig, den Ordinarius für Sinologie in die linke Niere zu treten. Brian, der zwei Jahre älter und fünfzehn Kilo schwerer war, machte es noch besser. Er stieß die Gastdozentin des Herbstsemesters, ein plumpes Baby in rosa Kleid und spitzen Pumps, in den offenen Kamin. Dort blieb sie benommen inmitten einer großen Wolke graublauer Asche sitzen.

»Mom! Mommy!« schrie Brian und schüttelte die ehemalige Catherine Bradbury. »*Mommy!* Wach auf!«

Mrs. Evans regte sich und stöhnte.

»Geht nach oben«, sagte Lew kalt. »Alle beide.«

Da die beiden nicht gehorchten, legte Lew Lissa eine Hand auf die Schulter und drückte zu, bis das Mädchen vor Schmerzen aufschrie. Seine Augen funkelten sie aus einem Gesicht an, das leichenblaß geworden war, abgesehen von roten Flecken, so grell wie billiges Rouge, auf beiden Wangen.

»Ich kümmere mich darum«, sagte er mit so fest zusammengebissenen Zähnen, daß er sie nicht einmal zum Sprechen ganz auseinander bekam. »Du und dein Bruder, ihr geht auf der Stelle nach o ...«

»Laß sie los, du Dreckskerl«, sagte Trent deutlich.

Lew und alle Partygäste, die früh genug eingetroffen waren, um Zeugen dieser unterhaltsamen Einlage zu werden, drehten sich zum Torbogen zwischen Wohnzimmer und Diele um. Trent und Laurie standen dort nebeneinander. Trent war so blaß wie sein Stiefvater, aber sein Gesicht war gelassen und beherrscht. Es waren Leute anwesend – nicht viele, aber einige –, die Catherine Evans' ersten Mann gekannt hatten, und sie waren sich später darin einig, daß die Ähnlichkeit zwischen Vater und Sohn bemerkenswert war. Es sah fast so aus, als wäre Bill Bradbury von den Toten auferstanden, um seinem cholerischen Nachfolger Paroli zu bieten.

»Ich will, daß ihr nach oben geht«, sagte Lew. »Alle vier. Das hier geht euch nichts an. Überhaupt nichts.«

Mrs. Krutchmer war ins Zimmer zurückgekommen; die

Büste ihres Norma-Kamali-Kleides war feucht, aber einigermaßen frei von Flecken.

»Nimm die Hand von Lissa«, sagte Trent.

»Und geh weg von unserer Mutter«, sagte Laurie.

Nun richtete sich Mrs. Evans auf, hielt die Hände an die Schläfen und sah sich benommen um. Die Kopfschmerzen waren geplatzt wie ein Ballon; zwar war sie desorientiert und schwach, aber wenigstens ohne die Qualen, die sie die letzten vierzehn Tage erdulden mußte. Sie wußte, sie hatte etwas Schreckliches getan, hatte Lew in Verlegenheit gebracht, ihm möglicherweise sogar *Schande* gemacht, aber in diesem Augenblick war ihr das einerlei, so froh war sie, daß die Schmerzen nachgelassen hatten. Die Scham würde später kommen. Jetzt wollte sie nur nach oben gehen – ganz langsam – und sich hinlegen.

»Dafür werdet ihr bestraft werden«, sagte Lew und sah seine vier Stiefkinder in dem fast schockierten Schweigen im Wohnzimmer an. Er sah sie nicht alle gleichzeitig an, sondern nacheinander, als wollte er sich Art und Ausmaß des Vergehens eines jeden einzelnen einprägen. Als sein Blick auf Lissa fiel, fing sie an zu weinen. »Ich entschuldige mich für ihr schlechtes Benehmen«, sagte er ins Zimmer. »Meine Frau ist zu nachlässig mit ihnen, fürchte ich. Was sie bräuchten, wäre eine gute englische Gouvernante …«

»Seien Sie kein Esel, Lew«, sagte Mrs. Krutchmer. Ihre Stimme war sehr laut, aber nicht besonders melodisch. Sie hörte sich an wie ein Esel beim Wiehern. Brian sprang auf, nahm seine Schwester in den Arm und fing selbst an zu weinen. »Ihre Frau ist ohnmächtig geworden. Sie haben sich Sorgen gemacht, das ist alles.«

»Und das zu Recht«, sagte die Gastdozentin, die sich bemühte, ihre nicht unerhebliche Masse aus dem Kamin zu hieven. Ihr rosa Kleid war jetzt fleckig grau, ihr Gesicht rußverschmiert. Nur ihre Schuhe mit den absurden, aber rührenden Spitzen schienen verschont geblieben zu sein; dennoch sah sie aus, als hätte ihr die ganze Sache nicht das geringste ausgemacht. »Kinder *sollten* sich um ihre Mütter sorgen. Und Ehemänner um ihre Frauen.«

Als sie das sagte, maß sie Lew Evans mit einem vielsagenden Blick, aber Lew bemerkte ihn nicht; er sah Trent und Laurie nach, die ihre Mutter die Treppe hinaufführten. Lissa und Brian trotteten hinterher wie eine Ehrengarde.

Die Party ging weiter. Der Zwischenfall wurde mehr oder weniger überspielt, wie das mit unangenehmen Vorkommnissen bei Fakultätspartys immer ist. Mrs. Evans, die in den letzten Nächten nie mehr als drei Stunden geschlafen hatte, seit ihr Mann ihr die Party angekündigt hatte, schlief bereits, noch ehe ihr Kopf richtig das Kissen berührte, und die Kinder hörten, wie Lew unten ohne sie *Bonmots* zum besten gab. Trent vermutete, er war sogar ein bißchen froh darüber, daß er sich nicht mehr mit seiner schusseligen, ängstlichen Maus von einer Frau herumärgern mußte.

Er entschuldigte sich nicht ein einziges Mal, um heraufzukommen und nach ihr zu sehen.

Nicht einmal. Bis die Party vorbei war.

Als der letzte Gast gegangen war, schritt er schweren Schrittes nach oben und befahl ihr, aufzuwachen – was sie tat, gehorsam wie stets, seit sie den Fehler begangen hatte, Lew im Beisein des Pfarrers das Jawort zu geben.

Als nächstes steckte Lew den Kopf in Trents Zimmer und musterte die Kinder mit finsterem Blick.

»Ich wußte, daß ihr alle hier sein würdet«, sagte er mit einem zufriedenen kleinen Nicken. »Um Ränke zu schmieden. Ihr wißt, daß ihr bestraft werdet. Morgen. Heute abend will ich, daß ihr sofort ins Bett geht und darüber nachdenkt. Und jetzt geht in eure Zimmer. Und kein Herumschleichen mehr.«

Lissa und Brian versuchten kein »Herumschleichen« mehr; sie waren zu erschöpft, um etwas anderes zu tun, als direkt ins Bett zu gehen und zu schlafen. Aber Laurie kam trotz des Verbots in Trents Zimmer, und die beiden hörten stumm und fassungslos zu, wie ihr Stiefvater ihrer Mutter Vorhaltungen machte, weil sie die Unverschämtheit besessen hatte, bei *seiner* Party ohnmächtig zu werden; und wie ihre Mutter weinte und kein Widerwort gab, nicht einmal leise aufbegehrte.

»Oh, Trent, was sollen wir nur tun?« fragte Laurie.

Trents Gesicht war ausgesprochen blaß und still. »Tun?« sagte er. »Wir werden gar nichts tun, Sprotte.«

»Wir *müssen!* Trent, wir *müssen!* Wir müssen ihr helfen!«

»Nein, das müssen wir nicht«, sagte Trent. Ein mildes und doch irgendwie schreckliches Lächeln umspielte seine Lippen. »Das wird das Haus für uns erledigen.« Er sah auf die Uhr und rechnete nach. »Gegen Viertel vor vier morgen nachmittag wird das Haus alles erledigen.«

Am Morgen wurden keine Strafen verteilt; Lew Evans war zu sehr mit seiner Vorlesung um acht Uhr über die Geschichte der Normannen beschäftigt. Das überraschte weder Trent noch Laurie, aber beide waren außerordentlich dankbar dafür. Er sagte ihnen, er würde sie sich am Abend in seinem Arbeitszimmer vorknöpfen, einen nach dem anderen, und jedem »eine Tracht Prügel« verpassen. Nachdem diese Drohung ausgesprochen worden war, marschierte er hocherhobenen Kopfes und mit fest unter den rechten Arm geklemmter Aktentasche hinaus. Ihre Mutter schlief noch, als sein Porsche die Straße entlangdröhnte.

Die beiden kleineren Kinder standen in der Küchentür, hielten einander umschlungen und erinnerten Laurie an eine Illustration aus *Grimms Märchen.* Lissa weinte. Brian hielt die Ohren steif, jedenfalls bisher, aber er war blaß und hatte purpurne Tränensäcke unter den Augen. »Er wird uns verprügeln«, sagte Brian zu Trent. »Und er prügelt *feste.*«

»Nein«, sagte Trent. Sie sahen ihn hoffnungsvoll, aber zweifelnd an. Immerhin hatte Lew ihnen Prügel *angedroht;* nicht einmal Trent würde diese schmerzhafte Demütigung erspart bleiben.

»Aber, Trent ...«, begann Lissa.

»Hört mir zu«, sagte Trent, zog einen Stuhl unter dem Tisch hervor und setzte sich vor den beiden Kleinen verkehrt herum darauf. »Hört genau zu, damit ihr kein Wort verpaßt. Es ist wichtig, daß keiner von uns einen Fehler macht.«

Sie sahen ihn mit großen, blaugrünen Augen stumm an.

»Sobald die Schule aus ist, kommt ihr sofort nach Hause – aber nur bis zur Ecke Maple und Walnut. Habt ihr das verstanden?«

»Ja-aa«, sagte Lissa zögernd. »Aber warum, Trent?«

»Unwichtig«, sagte Trent. Seine Augen – ebenfalls blaugrün – funkelten, aber Laurie fand, es war kein humorvolles Funkeln; sie dachte sogar, daß es etwas Gefährliches hatte. »Seid einfach da. Bleibt beim Briefkasten stehen. Ihr müßt um drei Uhr da sein, *spätestens* Viertel nach drei. Habt ihr verstanden?«

»Ja«, sagte Brian für beide. »Wir haben's kapiert.«

»Laurie und ich werden schon da sein, oder wir kommen kurz nach euch.«

»Wie sollen wir das anstellen, Trent?« fragte Laurie. »Wir kommen nicht einmal vor drei Uhr aus der Schule, ich muß zur Orchesterprobe, und der Bus braucht ...«

»Wir gehen heute *nicht* in die Schule«, sagte Trent.

»Nicht?« Laurie war fassungslos.

Lissa dagegen begriff es nicht. »Trent!« sagte sie. »Das kannst du nicht machen! Das ist ... das ist ... *Schwänzen!*«

»Und höchste Zeit«, sagte Trent grimmig. »Jetzt macht ihr beide euch für die Schule fertig. Vergeßt nicht: Ecke Maple und Walnut, drei Uhr, höchstens Viertel nach. Und was immer ihr auch tut, *kommt auf gar keinen Fall nach Hause.*« Er sah Brian und Lissa so starr an, daß sie ängstlich zusammenrückten und einander wieder in die Arme nahmen. Selbst Laurie bekam es mit der Angst. »Wartet auf uns, aber wagt es nicht, das Haus zu betreten«, sagte er. »Um *nichts* auf der Welt.«

Als die kleineren Kinder gegangen waren, packte Laurie ihn am Hemd und wollte wissen, was los sei.

»Es hat etwas mit dem zu tun, was im Haus wächst, ich weiß es, und wenn ich schon schwänzen und dir helfen soll, dann solltest du mir lieber sagen, was es ist, Trent Bradbury!«

»Komm wieder auf den Teppich, ich sag es dir«, mahnte Trent. Er löste das Hemd vorsichtig aus Lauries Griff. »Und sei leise. Ich möchte nicht, daß du Mom weckst. Sie würde uns zwingen, in die Schule zu gehen, und das wäre nicht gut.«

»Was *ist* es? Sag es mir!«

»Komm mit nach unten«, sagte Trent. »Ich will dir was zeigen.«

Er führte sie in den Weinkeller.

Trent war nicht ganz sicher, ob Laurie bei dem mitmachen würde, was er vorhatte – es kam selbst ihm schrecklich *endgültig* vor –, aber sie tat es. Wenn es nur darum gegangen wäre, eine Tracht Prügel von »Daddy Lew« über sich ergehen zu lassen, wäre sie wahrscheinlich nicht dazu bereit gewesen, aber Laurie war vom Anblick ihrer bewußtlos am Boden liegenden Mutter ebenso betroffen gewesen wie Trent von der gefühllosen Reaktion seines Stiefvaters.

»Ja«, sagte Laurie sachlich. »Ich glaube, es muß sein.« Sie betrachtete die blinkenden Ziffern an der Stuhllehne. Sie lauteten jetzt:

07 : 49 : 21.

Der Weinkeller war kein Weinkeller mehr. Er stank nach Wein, das stimmte, und zwischen den zertrümmerten Überresten der Weinregale ihres Vaters lag ein Haufen zerschellter grüner Flaschen, aber sonst sah der kleine Raum aus wie eine irre Version der Brücke des Raumschiffs *Enterprise*. Skalen kreisten. Digitale Anzeigen veränderten sich, flackerten, veränderten sich wieder. Lichter blinkten und pulsierten.

»Ja«, stimmte Trent zu, »das glaube ich auch. Der Dreckskerl, sie so anzuschreien!«

»Trent, nicht.«

»Er ist ein Arsch! Ein Dreckskerl! Ein Pißkopf!«

Aber diese wüsten Schimpfworte waren nur eine andere Version davon, auf dem Friedhof zu pfeifen, und das wußten sie beide. Wenn er die seltsame Ansammlung von Kontrollen und Instrumenten betrachtete, wurde Trent fast elend vor Zweifel und Unbehagen. Er fühlte sich an ein Buch erinnert, das sein Dad ihm als Kind vorgelesen hatte, eine Geschichte von Mercer Myer, in der ein Wesen namens Briefmarkenfressender Trollusk ein kleines Mädchen in einen Umschlag gesteckt und mit der Adresse »Wen es etwas angeht« verschickt hatte. Schlug er nicht gerade vor, genau dasselbe mit Lew Evans zu tun?

»Wenn wir nichts unternehmen, wird er sie umbringen«, sagte Laurie leise.

»Ja?« Trent drehte den Kopf so schnell herum, daß ihm der Nacken weh tat, aber Laurie sah ihn nicht an. Sie betrachtete die roten Ziffern des Countdown. Die Ziffern spiegelten sich in den Gläsern der Brille, die sie zur Schule trug. Sie wirkte wie hypnotisiert und merkte nicht, daß Trent sie ansah, merkte vielleicht nicht einmal mehr, daß er noch da war.

»Nicht mit Absicht«, sagte sie. »Vielleicht würde es ihm sogar leidtun. Jedenfalls eine Weile. Ich glaube nämlich, daß er sie liebt, irgendwie, und sie ihn auch. Du weißt schon – irgendwie. Aber er wird der Grund dafür sein, daß es ihr immer schlechter gehen wird. Sie wird nur noch krank sein, und dann – eines Tages ...«

Sie verstummte und sah ihn an, und etwas in ihrem Gesicht flößte Trent mehr Angst ein, als alles in ihrem seltsamen, veränderten, *schleichenden* Haus es vermocht hatte.

»Sag mir, Trent«, sagte sie. Ihre Hand hielt seinen Arm umklammert. Sie war sehr kalt. »Sag mir, wie wir es machen müssen.«

Sie gingen gemeinsam in Lews Arbeitszimmer. Trent wäre bereit gewesen, den Raum auseinanderzunehmen, wenn es erforderlich sein sollte, aber sie fanden in der obersten Schreibtischschublade, was sie suchten, ordentlich in einem Umschlag mit dem Vermerk ARBEITSZIMMER in Lews kleiner, ordentlicher, irgendwie hämorrhoider Handschrift. Trent steckte es ein. Sie verließen das Haus gemeinsam, als sie gerade die Dusche im ersten Stock hörten, was bedeutete, daß ihre Mom aufgestanden war.

Sie verbrachten den Tag im Park. Keiner sprach es aus, aber es war der längste Tag, den sie beide je erlebt hatten. Zweimal sahen sie den Streifenpolizisten und versteckten sich in der öffentlichen Toilette, bis er vorbei war. Es wäre schlecht gewesen, wenn sie als Schwänzer ertappt und zur Schule geschleift worden wären.

Um halb drei gab Trent Laurie einen Vierteldollar und brachte sie zur Telefonzelle an der Ostseite des Parks.

»Muß ich wirklich?« fragte sie. »Ich mache ihr nicht gern angst, besonders nach der letzten Nacht.«

»Möchtest du, daß sie im Haus ist, wenn es passiert?« fragte Trent. Laurie warf den Vierteldollar ohne weitere Einwände in den Schlitz.

Es läutete so oft, daß sie überzeugt war, ihre Mom hätte das Haus verlassen. Das konnte gut sein, möglicherweise aber auch schlecht. Auf jeden Fall war es beunruhigend. Wenn sie ausgegangen war, konnte es gut sein, daß sie zurück kam, bevor ...

»Trent, ich glaube, sie ist n ...«

»Hallo?« sagte Mrs. Evans mit verschlafener Stimme.

»Oh, hi, Mom«, sagte Laurie. »Ich dachte schon, du wärst nicht da.«

»Ich bin wieder ins Bett gegangen«, sagte sie mit einem kurzen, verlegenen Lächeln. »Auf einmal sieht es aus, als könnte ich gar nicht genug Schlaf bekommen. Ich nehme an, wenn ich schlafe, kann ich nicht darüber nachdenken, wie schrecklich ich mich gestern abend aufgeführt habe ...«

»Oh, Mom, du hast dich nicht schrecklich aufgeführt. Wenn man ohnmächtig wird, dann nicht, weil man es *will* ...«

»Laurie, warum rufst du an? Ist alles in Ordnung?«

»Klar, Mom ... nun ...«

Trent gab ihr einen Stoß in die Rippen. Einen festen.

Laurie, die sich geduckt hatte (kleiner geworden war, schien es fast), richtete sich hastig wieder auf. »Ich habe mich beim Turnen verletzt. Nur – du weißt schon, ein bißchen. Nicht schlimm.«

»Was hast du gemacht? Du rufst doch nicht aus dem Krankenhaus an, oder?«

»Herrje, nein«, sagte Laurie hastig. »Nur das Knie angeschlagen. Mrs. Kitt hat gefragt, ob du vorbeikommen und mich früher nach Hause bringen könntest. Ich weiß nicht, ob ich damit laufen kann. Tut echt weh.«

»Ich komme sofort. Du solltest versuchen, es gar nicht zu bewegen, Liebes. Du hättest dir eine Sehne zerren können. Ist die Krankenschwester da?«

»Im Augenblick nicht. Mach dir keine Sorgen, Mom. Ich paß schon auf.«

»Bist du im Zimmer der Schwester?«

»Ja«, sagte Laurie. Ihr Gesicht war rot wie die Seiten von Brians Radio-Flyer-Wagen.«

»Ich bin gleich da.«

»Danke, Mom. Tschüs.«

Sie legte auf und sah Trent an. Dann holte sie tief Luft und ließ sie als langgezogenen, zitternden Seufzer wieder entweichen.

»Das war abscheulich«, sagte sie mit tränenerstickter Stimme.

Er nahm sie fest in die Arme. »Du hast es großartig gemacht«, sagte er. »Viel besser, als ich es gekonnt hätte, Spr … Laurie. Ich bin nicht sicher, ob sie mir geglaubt hätte.«

»Ich frage mich, ob sie mir je wieder glauben wird«, sagte Laurie.

»Das wird sie«, sagte Trent. »Komm jetzt.«

Sie gingen zur Westseite des Parks, wo sie die Walnut Street beobachten konnten. Der Tag war kalt und verhangen. Gewitterwolken zogen sich am Himmel zusammen, ein feuchter Wind wehte. Sie warteten fünf endlose Minuten, dann fuhr der Subaru ihrer Mutter an ihnen vorbei und brauste Richtung Greendowne Middle School, die Trent und Laurie besuchten … *das heißt, die wir besuchen, wenn wir nicht gerade schwänzen*, dachte Laurie.

»Sie drückt echt auf die Tube«, sagte Trent. »Ich hoffe, sie hat keinen Unfall, oder so.«

»Jetzt ist es zu spät, sich Gedanken zu machen. Komm.« Laurie faßte Trents Hand und zog ihn wieder zu der Telefonzelle zurück. »*Du* darfst jetzt Lew anrufen, du Glückspilz.«

Er warf noch einen Vierteldollar ein und wählte die Nummer der Historischen Fakultät, die er von einer Karte aus seiner Geldbörse ablas. In der Nacht zuvor hatte er kaum ein Auge zugetan, aber jetzt, da alles nach Plan lief, fühlte er sich ruhig und gelassen – so cool, daß er fast gefror. Er sah auf die Uhr. Viertel vor drei. Nicht einmal mehr eine Stunde. Donner grollte verhalten im Westen.

»Historischer Fachbereich«, sagte eine Frauenstimme.

»Hi. Hier spricht Trent Bradbury. Ich muß mit meinem Stiefvater Lewis Evans sprechen.«

»Professor Evans hält eine Vorlesung«, sagte die Sekretärin, »er ist wieder frei um ...«

»Ich weiß, er unterrichtet moderne britische Geschichte bis halb vier. Sie sollten ihn trotzdem holen lassen. Es handelt sich um einen Notfall. Es geht um seine Frau.« Nach einer vielsagenden, berechnenden Pause sagte er: »Meine Mom.«

Es folgte ein längeres Schweigen, und Trent verspürte aufkeimende Panik. Es war, als wollte sie sich weigern oder auflegen, und das sah sein Plan ganz eindeutig nicht vor.

»Er ist im Oglethorpe, gleich nebenan«, sagte sie schließlich. »Ich werde ihn selbst holen. Ich sage ihm, er soll zu Hause anrufen, sobald er ...«

»Nein, ich warte«, sagte Trent.

»Aber ...«

»Bitte, würden Sie aufhören, Zeit zu verschwenden, und ihn holen?« fragte er und gestattete sich einen gequälten Unterton in der Stimme. Was ihm nicht schwerfiel.

»Na gut«, sagte die Sekretärin. Es war unmöglich zu sagen, ob sie mehr verdrossen als besorgt war. »Wenn du mir sagen könntest, um was für einen ...«

»Nein«, sagte Trent.

Mit einem beleidigten Schniefen entfernte sie sich.

»Und?« fragte Laurie. Sie tanzte von einem Fuß auf den anderen wie jemand, der aufs Klo muß.

»Ich muß warten. Sie holen ihn.«

»Und wenn er nicht kommt?«

Trent zuckte die Achseln. »Dann sind wir angeschmiert. Aber er wird kommen. Wirst schon sehen.« Er wünschte sich, er wäre so überzeugt, wie er sich anhörte, aber er glaubte immer noch, daß es funktionieren würde. Es *mußte* funktionieren.

»Wir haben schrecklich wenig Zeit.«

Trent nickte. Sie *hatten* schrecklich wenig Zeit, und Laurie wußte warum. Die Tür des Arbeitszimmers bestand aus solidem Eichenholz, ziemlich kräftig, aber sie wußten nichts über das Schloß. Trent wollte sicherstellen, daß Lew so wenig Zeit wie möglich blieb, diese Möglichkeit auszuprobieren.

»Und was ist, wenn er Brian und Lissie an der Ecke stehen sieht, wenn er nach Hause kommt?«

»Wenn ihm so heiß unter der Perücke wird, wie ich glaube, würde er sie nicht sehen, wenn sie auf Stelzen gehen und Leuchtkapuzen tragen würden«, sagte Trent.

»Warum geht er nicht ans *Telefon?*« fragte Laurie, und da nahm ihr Stiefvater den Hörer.

»Hallo?«

»Hier ist Trent, Lew. Mom ist in deinem Arbeitszimmer. Ihre Kopfschmerzen müssen wieder da sein, weil sie ohnmächtig geworden ist. Ich kann sie nicht aufwecken. Du solltest besser gleich kommen.«

Es überraschte Trent nicht, daß ihr Stiefvater sich zuerst wegen etwas anderem aufregte – tatsächlich war es ein fester Bestandteil seines Plans –, aber er wurde trotzdem so wütend, daß seine Finger sich weiß um den Hörer krallten.

»Meinem Arbeitszimmer? Meinem *Arbeitszimmer*? Verdammt, was hat sie da drin zu suchen?«

Trotz seiner Wut klang Trents Stimme gelassen. »Ich glaube, sie hat geputzt.« Und dann legte er den letzten Köder für den Mann aus, dem mehr an seiner Arbeit als an seiner Frau lag: »Es liegen überall auf dem Boden Papiere herum.«

»Ich komme sofort«, bellte Lew, dann fügte er hinzu: »Falls irgendwelche Fenster offenstehen, macht sie um Gottes willen zu. Es kommt ein Sturm auf.« Er legte auf, ohne sich zu verabschieden.

»Und?« fragte Laurie, als Trent auflegte.

»Er ist unterwegs«, sagte Trent und lachte grimmig. »Der Dreckskerl war so außer sich, daß er nicht einmal gefragt hat, weshalb ich nicht in der Schule bin. Komm mit.«

Sie rannten zur Kreuzung Maple und Walnut zurück. Der Himmel hatte sich inzwischen verdunkelt, der Donner grollte fast ununterbrochen. Als sie den blauen Briefkasten der

US-Post an der Ecke erreichten, gingen in der Maple Street eine nach der anderen die Straßenlaternen an, ein stetiger Marsch bergauf.

Lissa und Brian waren noch nicht da.

»Ich möchte mit dir kommen, Trent«, sagte Laurie, aber ihr Gesicht verriet, daß sie log. Es war zu blaß, und ihre Augen schwammen in unvergossenen Tränen.

»Auf keinen Fall«, sagte Trent. »Du wartest hier auf Brian und Lissa.«

Als sie die Namen hörte, drehte sich Laurie um und sah die Walnut Street hinab. Sie sah zwei Kinder, die Vesperkoffer schwenkten und auf sie zugelaufen kamen. Sie waren noch so weit entfernt, daß man ihre Gesichter nicht erkennen konnte, aber sie war überzeugt, daß es sich um die beiden handelte, und das sagte sie Trent auch.

»Gut. Ihr drei versteckt euch hinter Mrs. Redlands Hecke und wartet, bis Lew vorbeikommt. Dann kommt ihr die Straße entlang. *Aber geh nicht ins Haus und laß die beiden auch nicht.* Wartet draußen auf mich.«

»Ich hab Angst, Trent.« Jetzt liefen ihr die Tränen an den Wangen hinab.

»Ich auch, Sprotte«, sagte er und gab ihr einen flüchtigen Kuß auf die Stirn. »Aber bald ist alles überstanden.«

Bevor sie noch etwas sagen konnte, lief Trent die Straße entlang zum Haus der Bradburys in der Maple Street. Er sah im Laufen auf die Uhr. Es war zwölf nach drei.

In dem Haus herrschte eine stumme, aufgeladene Atmosphäre, die ihm angst machte. Es war, als wäre in jeder Ecke Schießpulver ausgestreut worden, und Leute, die er nicht sehen konnte, standen bereit, um unsichtbare Zündschnüre anzuzünden. Er stellte sich vor, wie die Uhr im Weinkeller unbarmherzig weiter rückte. Inzwischen stand sie bei

00 : 19 : 06.

Und wenn Lew zu spät kam?

Jetzt hatte er keine Zeit mehr, sich darüber den Kopf zu zerbrechen.

Trent rannte durch die reglose Luft in den zweiten Stock hinauf. Ihm war, als könnte er spüren, wie sich das Haus regte und zum Leben erwachte, während der Countdown dem Ende entgegenging. Er versuchte sich einzureden, daß er sich das nur *einbildete*, aber ein Teil von ihm wußte es besser.

Er betrat Lews Arbeitszimmer, riß wahllos drei Aktenschränke und Schubladen auf und warf Papiere auf den Boden. Das dauerte nur einige Augenblicke, aber er war gerade fertig, als er den Porsche die Straße entlangrasen hörte. Heute schnurrte der Motor nicht; Lew drehte ihn hoch, daß er heulte.

Trent ging aus dem Arbeitszimmer in die Schatten des Flurs im zweiten Stock, wo sie die ersten Löcher gebohrt hatten, was schon ein Jahrhundert her zu sein schien. Er steckte die Hand in die Tasche, um den Schlüssel zu holen, aber seine Hand kam leer heraus, abgesehen von einer alten, zerknüllten Essensmarke.

Ich muß ihn verloren haben, als ich die Straße entlanggerannt bin. Er muß mir aus der Tasche gefallen sein.

Er stand erstarrt und schwitzend da, während der Porsche in der Einfahrt quietschte. Der Motor verstummte. Die Fahrertür wurde aufgerissen und zugeschlagen. Lews Schritte tappten zur Hintertür. Donner grollte wie Artilleriegeschosse am Himmel, grelle Blitze zuckten durch die Dunkelheit, und irgendwo tief im Inneren des Hauses sprang ein mächtiger Motor an, stieß ein leises, gedämpftes Bellen aus und begann zu summen.

Großer Gott, o gütiger Gott, was soll ich tun? Was KANN ich tun? Er ist größer als ich! Wenn ich versuche, ihm eins über den Kopf zu geben, wird er …

Er hatte die linke Hand in die andere Tasche gesteckt, und sein Gedankengang brach ab, als er die altmodischen Metallzähne des Schlüssels berührte. Irgendwann im Verlauf des langen Nachmittags im Park mußte er ihn von einer Tasche in die andere gesteckt haben, ohne es selbst zu bemerken.

Trent, dem das Herz bis zum Hals schlug, schlich den Flur entlang zum Kofferschrank, versteckte sich darin und zog die Ziehharmonikatür fast ganz zu.

Lew kam die Treppe heraufgestürmt und bellte den Namen seiner Frau immer wieder, so laut er konnte. Trent sah ihn kommen – das Haar stand ihm in Strähnen vom Kopf ab (er mußte es sich beim Fahren gerauft haben), die Krawatte hing schief, große Schweißperlen standen auf der breiten Denkerstirn, die Augen waren zu wütenden Schlitzen zusammengekniffen.

»*Catherine*!« brüllte er und stürzte den Flur entlang zu seinem Arbeitszimmer.

Bevor er ganz drinnen war, schlüpfte Trent aus dem Schrank und lief lautlos den Flur entlang. Er hatte nur eine Chance. Wenn er das Schlüsselloch verfehlte – wenn der Schlüssel sich nicht beim ersten Mal drehte ...

Wenn so etwas passiert, kämpfe ich mit ihm, konnte er gerade noch denken. *Wenn ich nicht dafür sorgen kann, daß er allein geht, werde ich auf jeden Fall dafür sorgen, daß er mich begleitet.*

Er packte die Tür und schlug sie so fest zu, daß Staubwölkchen aus den Ritzen zwischen den Angeln stoben. Einen Blick konnte er in Lews verblüfftes Gesicht werfen. Dann steckte der Schlüssel im Schloß. Er drehte ihn, und das Schloß rastete in dem Augenblick ein, in dem Lew sich gegen die Tür warf.

»He!« brüllte Lew. »He, du kleines Aas, was machst du da? Wo ist Catherine? Laß mich hier raus!«

Der Knauf wurde vergebens hin- und hergedreht. Dann hörte das auf, aber Lew ließ ein Bombardement von Faustschlägen auf die Tür regnen.

»Laß mich sofort hier raus, Trent Bradbury, bevor du die schlimmsten Prügel deines ganzen Lebens bekommst!«

Trent wich langsam den Flur entlang zurück. Als seine Schultern die gegenüberliegende Wand berührten, stöhnte er. Der Schlüssel zum Arbeitszimmer, den er, ohne es zu merken, abgezogen hatte, fiel ihm aus der Hand und auf den verblaßten Läufer zwischen seine Füße. Jetzt, nachdem es getan war, setzte die Reaktion ein. Die Welt verschwamm vor seinen Augen, als befände er sich unter Wasser, und er mußte sich anstrengen, um nicht selbst das Bewußtsein zu verlieren. Erst jetzt, nachdem Lew eingesperrt, seine Mutter auf eine vergebliche Suche geschickt und die Kinder wohlbehalten hinter Mrs. Redlands Gartenhecke versteckt waren, wurde es ihm klar: er hatte im Grunde nie damit gerechnet, daß alles klappen würde. Daddy Lew mochte überrascht darüber sein, daß er eingesperrt war, aber Trent Bradbury war es mindestens ebenso.

Der Türknauf des Arbeitszimmers wurde kurz und ruckartig hin- und hergedreht.

»LASS MICH RAUS, VERDAMMT NOCH MAL!«

»Ich laß dich um Viertel vor vier raus, Lew«, sagte Trent mit unsicherer, zitternder Stimme, dann mußte er kichern. »Das heißt, falls du um Viertel vor vier noch *hier* bist.«

Dann, von unten: »Trent? Trent, alles in Ordnung?«

Großer Gott, das war Laurie.

»Trent?«

Und Lissa.

»He, *Trent!* Alles okay?«

Und Brian.

Trent sah auf die Uhr und stellte entsetzt fest, daß es 15:31 Uhr war ... und auf 15:32 zuging. *Angenommen, seine Uhr ging nach?*

»*Raus!*« schrie er ihnen zu und rannte den Flur entlang zur Treppe. »*Verschwindet aus dem Haus!*«

Der Flur des zweiten Stocks schien sich wie Karamel vor ihm zu dehnen; je schneller er lief, desto weiter rückte das Ende von ihm weg. Lew hämmerte gegen die Tür und stieß Verwünschungen aus; Donner grollte; und aus dem tiefsten Inneren des Hauses erklangen die noch lauteren Geräusche von Maschinen, die zum Leben erwachten.

Endlich erreichte er die Treppe und hastete hinunter, wobei sein Oberkörper den Beinen so weit vorauseilte, daß er fast gestürzt wäre. Dann schwang er sich um den Geländerpfosten und lief die Treppe zwischen erstem Stock und Erdgeschoß hinunter, wo seine Geschwister warteten und zu ihm aufsahen.

»*Raus!*« schrie er, packte sie, stieß sie zur offenen Tür und in die stürmische Schwärze draußen. »*Schnell!*«

»Trent, was ist denn los?« fragte Brian. »Was passiert mit dem *Haus?* Es *bebt!*«

Das stimmte – eine tiefe Vibration, die durch den Boden heraufdrang und Trents Augen in den Höhlen schüttelte. Mörtelstaub regnete ihm ins Haar.

»Keine Zeit! Raus! Schnell! Laurie, hilf mir!«

Trent riß Brian in die Arme. Laurie packte Lissa unter den Armen und stolperte mit ihr zur Tür.

Donner knallte. Blitze zuckten über den Himmel. Der Wind, der die ganze Zeit nur geheult hatte, brüllte jetzt wie ein Drachen.

Trent hörte, wie ein Erdbeben unter dem Haus anfing. Als er mit Brian zur Tür hinauslief, sah er elektrisierend blaues Licht aus den schmalen Kellerfenstern leuchten – so grell, daß er noch eine Stunde später Geisterbilder vor Augen sah (und sich überlegte, welch großes Glück er gehabt hatte, daß er nicht erblindet war). Es fiel in Strahlen über den Rasen, die fast einen soliden Eindruck erweckten. Er hörte Glas brechen. Und als er gerade zur Tür hinausstürzte, konnte er spüren, wie sich das Haus unter seinen Füßen *hob*.

Er sprang die Eingangstür hinunter und ergriff Lauries Arm. Sie stolperten und taumelten den Fußpfad entlang zur Straße, wo mittlerweile schwärzeste Nacht herrschte.

Dann drehten sie sich um und beobachteten, wie es passierte.

Das Haus in der Maple Street schien sich zu sammeln. Es sah nicht mehr gerade und solide aus, es schien zu wackeln wie das Comicbild eines Mannes auf Pogostelzen. Gewaltige Risse gingen davon aus, nicht nur im betonierten Gehweg, sondern auch in der Erde um das Haus herum. Der Rasen zerteilte sich zu riesigen Grasflächen, die wie Kuchenstücke aussahen. Unter dem Grün reckten sich schwarze Wurzeln nach oben, und der ganze Vorgarten schien sich auf einmal zu wölben, als wollte er das Haus halten, das er so lange geschmückt hatte.

Trent sah zum zweiten Stock hinauf, wo das Licht in Lews Arbeitszimmer immer noch brannte. Trent fand, daß das Geräusch brechenden Glases von da oben gekommen war – noch *kam* –, aber dann verwarf er den Gedanken als Einbildung – wie sollte er in dem ganzen Tohuwabohu *überhaupt* etwas hören können? Erst ein Jahr später gestand Laurie ihm, sie glaubte gehört zu haben, wie ihr Stiefvater von da oben geschrien hatte.

Das Fundament des Hauses wurde erst rissig, dann brüchig, dann zerfiel es mit einem Prasseln bröckelnden Mörtels. Gleißendes blaues Feuer loderte auf. Die Kinder schirmten die Augen ab und stolperten rückwärts. Die Maschinen heulten. Die Erde wurde in einem letzten Versuch, das Haus zu halten, in die Höhe gezogen ... und ließ schließlich los. Plötzlich schwebte das Haus einen Meter über dem Boden auf einem Kissen grellblauen Feuers.

Es war ein perfekter Start.

Die Wetterfahne auf dem mittleren Dachfirst drehte sich wie verrückt.

Das Haus stieg zuerst langsam, aber dann beschleunigte es. Es raste auf seinem grellblauen Feuerkissen in die Höhe, und die Eingangstür schlug heftig hin und her.

»Meine Spielsachen!« plärrte Brian, und da fing Trent hysterisch an zu lachen.

Das Haus erreichte eine Höhe von dreißig Metern, schien sich auf den großen Sprung nach oben vorzubereiten, und stürmte dann den rasenden nachtschwarzen Wolken entgegen.

Und weg war es.

Zwei Schindeln schwebten wie große schwarze Blätter herunter.

»Paß auf, Trent!« rief Laurie einen Moment später und stieß ihn so hart, daß er fiel. Die gummierte Fußmatte mit der Aufschrift WILLKOMMEN klatschte dort, wo er eben noch gestanden hatte, auf das Trottoir.

Trent sah Laurie an. Laurie erwiderte den Blick.

»Die hätte dich plattgeschlagen, wenn sie auf dich gefallen wäre«, sagte sie zu ihm, »also solltest du mich besser nicht mehr Sprotte nennen, Trent.«

Er sah sie einen Augenblick ernst an, dann fing er an zu kichern. Laurie stimmte ein. Ebenso die Kleinen. Brian nahm eine Hand von Trent; Lissa die andere. Sie halfen ihm beim Aufstehen, dann standen sie zu viert nebeneinander und betrachteten das rauchende Kellerloch inmitten des aufgerissenen Rasens. Inzwischen kamen Leute aus ihren Häusern, aber die Bradbury-Kinder schenkten ihnen keine Beachtung. Genauer gesagt: die Bradbury-Kinder bemerkten überhaupt nicht, daß sie da waren.

»Mann«, sagte Brian ehrfürchtig. »Unser Haus ist abgehoben, Trent.«

»Ja«, sagte Trent.

»Vielleicht gibt es dort, wo es hinfliegt, Leute, die etwas über die Geschichte der Normannen erfahren möchten«, sagte Lissa.

Trent und Laurie legten die Arme umeinander und kreischten abwechselnd vor Freude und Schrecken. Und dann setzte der Regen ein.

Mr. Slattery von der anderen Straßenseite gesellte sich zu ihnen. Er hatte nicht mehr viele Haare, aber die wenigen klebten in dünnen Strähnen an seinem Schädel.

»*Was ist passiert?*« rief er über das Rumpeln des Donners hinweg, das jetzt ununterbrochen ertönte. »*Was ist hier passiert?*«

Trent ließ seine Schwester los und sah Mr. Slattery an. »Star Trek«, sagte er, worauf sie wieder alle losprusteten.

Mr. Slattery warf einen fragenden, ängstlichen Blick auf das leere Kellerloch, kam zu dem Ergebnis, daß Diskretion das beste wäre, und zog sich wieder auf seine Straßenseite zurück. Es schüttete immer noch wie aus Kübeln, aber er lud die Kinder der Bradburys nicht zu sich ein. Und denen war das egal. Sie setzten sich auf den Bordstein, Trent und Laurie in der Mitte, Brian und Lissa auf den Seiten.

Laurie beugte sich zu Trent und flüsterte ihm ins Ohr: »Wir sind frei.«

»Noch besser«, sagte Trent. »*Sie* ist es.«

Dann legte er die Arme um sie – wenn er sie streckte, schaffte er es gerade eben –, und so saßen sie im strömenden Regen auf dem Bordstein und warteten darauf, daß ihre Mutter nach Hause kam.

Der Fall des Doktors

Ich glaube, es kam nur ein einziges Mal vor, daß ich ein Verbrechen tatsächlich früher aufklärte als mein etwas berühmterer Freund, Mr. Sherlock Holmes. Ich sage *glaube,* denn zu der Zeit, als mein neuntes Lebensjahrzehnt begann, wurde meine Erinnerung ein wenig unsicher; jetzt, da ich mich meinem Hundertsten nähere, ist alles recht nebelhaft geworden. Es *könnte* noch ein anderes Mal gegeben haben, aber wenn, so erinnere ich mich nicht daran.

Ich bezweifle jedoch, daß ich diesen speziellen Fall jemals vergessen werde, wie verschwommen meine Gedanken und Erinnerungen auch werden können, aber ich dachte mir, ich bringe alles zu Papier, bevor Gott mir endgültig den Federhalter aus der Hand nimmt. Es kann Holmes jetzt nicht mehr demütigen, weiß Gott; er ruht seit vierzig Jahren im Grab. Ich glaube, die Geschichte ist damit lange genug unerzählt geblieben. Selbst Lestrade, der sich Holmes' bei mancher Gelegenheit bediente, ihn aber nie besonders gemocht hat, brach niemals sein Schweigen in der Angelegenheit Lord Hull – er hätte es auch kaum tun können, wenn man die Umstände bedenkt. Und selbst wenn die Umstände anders gewesen wären, bezweifle ich, daß er es gebrochen hätte. Er und Holmes mögen einander in den Haaren gelegen haben, und es ist möglich, daß Holmes tief in seinem Herzen den Polizisten tatsächlich gehaßt hat (auch wenn er eine derart niedere Empfindung selbst nie zugegeben hätte), aber Lestrade empfand einen merkwürdigen Respekt vor meinem Freund.

Es war ein nasser, kalter Nachmittag, und die Uhr hatte gerade halb zwei geschlagen. Holmes saß am Fenster und hielt die Violine in der Hand, spielte aber nicht, sondern sah schweigend in den Regen hinaus. Es gab Zeiten, besonders nach seinen Kokaintagen, da konnte Holmes bis zur Verdrießlichkeit schwermütig werden, wenn der Himmel eine Woche oder länger störrisch grau blieb, und an diesem Tag war er doppelt enttäuscht worden, denn seit der vergangenen Nacht war das Barometer gestiegen, und er hatte für spätestens zehn Uhr an diesem Morgen zuversichtlich klaren Himmel vorhergesagt. Statt dessen war dem Nebel, der in der Luft hing, als ich aufgestanden war, ein Dauerregen gefolgt. Und wenn es etwas gab, das Holmes noch verdrießlicher machte als lange Regenperioden, dann war es, wenn er unrecht hatte.

Plötzlich richtete er sich auf, zupfte mit dem Fingernagel an einer Violinsaite und lächelte sardonisch. »Watson! Das ist ein Anblick! Der nasseste Bluthund, den Sie jemals gesehen haben!«

Es war natürlich Lestrade, der auf dem Rücksitz eines offenen Wagens saß und dem das Wasser in die eng zusammenstehenden, grimmig stechenden Augen lief. Die Droschke war kaum zum Stillstand gekommen, da war er auch schon draußen, warf dem Kutscher eine Münze zu und eilte dann auf 221 B Baker Street zu. Er bewegte sich so schnell, daß ich dachte, er würde wie ein wütender Widder gegen unsere Tür laufen.

Ich hörte, wie Mrs. Hudson wegen seines eindeutigen feuchten Zustandes und der Auswirkungen zankte, die dieser auf die Teppiche unten wie oben gleichermaßen haben konnte; doch dann stand Holmes, der Lestrade wie eine Schildkröte aussehen lassen konnte, wenn es ihm in den Sinn kam, auf, ging mit ausholenden Schritten zur Tür und rief hinunter: »Lassen Sie ihn herein, Mrs. Hudson – ich lege eine Zeitung unter seine Füße, falls er länger bleibt, aber irgendwie glaube ich, ja, ich glaube wirklich …«

Und dann hastete Lestrade auch schon die Treppe herauf und ließ Mrs. Hudson allein unten schimpfen. Seine Miene hektisch, die Augen stechend, und die Zähne – vom Tabakgenuß deutlich gelb verfärbt – hatte er zu einem wölfischen Grinsen entblößt.

»Inspektor Lestrade!« rief Holmes jovial. »Was führt Sie denn an so einem Tag auf die Str ...?«

Weiter kam er nicht. Lestrade, der vom Treppensteigen immer noch keuchte, sagte: »Ich habe Zigeuner sagen hören, daß der Teufel Wünsche gewährt. Jetzt glaube ich es. Kommen Sie sofort, Holmes, wenn Sie es versuchen wollen; der Leichnam ist noch warm, und die Verdächtigen sind alle in einer Reihe aufgestellt.«

»Sie ängstigen mich mit Ihrem Eifer, Lestrade!« rief Holmes, allerdings mit einem sardonischen Heben und Senken der Brauen.

»Spielen Sie nicht den Witzbold mit mir, Mann – ich komme im Laufschritt hierher, um Ihnen genau das zu bieten, was Sie in Ihrem Stolz sich schon hundertmal oder häufiger in meiner Gegenwart gewünscht haben: das perfekte Verbrechen in einem verschlossenen Zimmer!«

Holmes hatte in die Ecke gehen wollen, wahrscheinlich um den abscheulichen Gehstock mit dem goldenen Knauf zu holen, dem er momentan aus unerfindlichen Gründen den Vorzug gab. Jetzt wirbelte er mit aufgerissenen Augen zu unserem feuchten Besucher herum. »Lestrade! Ist das Ihr Ernst?«

»Hätte ich mit einer Fahrt in der offenen Droschke eine Lungenentzündung riskiert, wenn es nicht so wäre?« gab Lestrade zurück.

Und dann hörte ich Holmes zum ersten und einzigen Mal sagen (wenngleich ihm der Ausruf unzählige Male in den Mund gelegt worden ist): »Rasch, Watson! Das Spiel fängt an!«

Auf dem Weg zum Haus von Lord Hull bemerkte Lestrade gallig, daß Holmes auch das *Glück* des Teufels hätte; obwohl Lestrade dem Kutscher befohlen hatte zu warten, hörten wir, kaum aus unserer Unterkunft herausgekommen, jene außerordentliche Seltenheit die Straße entlangscheppern; eine leere, geschlossene Droschke in einem immer heftiger werdenden Regenguß. Wir stiegen ein und brausten wie der Wind los. Holmes saß wie immer auf der linken Seite, seine Augen waren hellwach und registrierten alles, obschon es an diesem Tag herzlich wenig zu sehen gab – so schien es jedenfalls für meinesgleichen. Ich zweifle nicht daran, daß für Holmes jede einsame Straßenecke und jedes regenüberspülte Schaufenster Bände gesprochen hat.

Lestrade lotste den Fahrer zu einer Adresse in der Savile Row und fragte Holmes, ob er Lord Hull kannte.

»Ich weiß einiges über ihn«, sagte Holmes, »aber ich hatte nie das Glück, ihn persönlich kennenzulernen. Es scheint so, als wäre mir dies nun auch nicht mehr vergönnt. Eine Reederei, nicht wahr?«

»Eine Reederei«, bestätigte Lestrade, »aber das Glück war ganz auf Ihrer Seite. Lord Hull war nach Meinung aller (auch der seiner nächsten und – ahem – liebsten Angehörigen) ein durch und durch übler Zeitgenosse und darüber hinaus so verdreht wie das Suchbild in einem Kinderbuch. Nun, heute morgen gegen elf Uhr hörte er endgültig auf, übel und verdreht zu sein. Vor gerade ...«, er zog sein Monstrum von einer Taschenuhr aus der Tasche und sah darauf, »... zwei Stunden und vierzig Minuten hat ihm jemand ein Messer in den Rücken gestoßen, als er in seinem Arbeitszimmer saß und sein Testament vor sich auf dem Schreibtisch liegen hatte.«

»Aha«, sagte Holmes nachdenklich und zündete seine Pfeife an. »Sie glauben also, das Arbeitszimmer des unangenehmen Lord Hull wäre das perfekte verschlossene Zimmer meiner Träume, ja?« Seine Augen funkelten skeptisch durch aufsteigende Wölkchen blauen Dunstes.

»Ich glaube«, sagte Lestrade leise, »das ist es.«

»Watson und ich haben schon früher in solchen Löchern gegraben, sind aber noch nie auf Wasser gestoßen«, sagte er und sah mich an, bevor er zu seinem unablässigen Katalogisieren der Straßen zurückkehrte, durch die wir fuhren. »Erinnern Sie sich an das ›Gefleckte Band‹, Watson?«

Ich brauchte ihm nicht zu antworten. Zugegeben, auch bei diesem Fall hatten wir es mit einem verschlossenen Zimmer zu tun gehabt, aber auch mit einem Ventilatorschacht, einer Giftschlange und einem Schurken, der verkommen genug war, letztere durch ersteren kriechen zu lassen. Es war die

Ausgeburt eines tückischen, brillanten Hirns gewesen, aber Holmes hatte der Angelegenheit binnen kürzester Zeit auf den Grund gesehen.

»Wie sehen die Fakten aus, Inspektor?« fragte Holmes.

Lestrade breitete sie in der knappen Sprechweise eines erfahrenen Polizisten vor uns aus. Lord Albert Hull war ein Tyrann im Geschäft und ein Despot zu Hause gewesen. Seine Frau hatte Angst vor ihm gehabt, und das offenbar zu Recht. Die Tatsache, daß sie ihm drei Söhne geboren hatte, schien seine ungestüme Art in häuslichen Fragen im allgemeinen und ihr gegenüber im besonderen keineswegs gemildert zu haben. Lady Hull hatte nur zögerlich über ihre gesellschaftlichen Beziehungen sprechen wollen, aber ihre Söhne hegten keinerlei diesbezügliche Vorbehalte; ihr Vater, sagten sie, hatte keine Gelegenheit ausgelassen, sie zu demütigen, sie zu kritisieren oder sich auf ihre Kosten lustig zu machen – und das alles in Gesellschaft. Wenn sie allein waren, schenkte er ihr praktisch gar keine Aufmerksamkeit. Außer, fügte Lestrade hinzu, wenn er sich veranlaßt sah, sie zu schlagen, was keineswegs selten vorkam.

»William, der älteste Sohn, sagte mir, sie erzählte immer die gleiche Geschichte, wenn sie mit einem geschwollenen Auge oder einem Bluterguß auf der Wange zum Frühstückstisch kam; daß sie vergessen hatte, ihre Brille aufzusetzen, und gegen eine Tür gelaufen war. ›Manchmal lief sie ein- oder zweimal pro Woche gegen eine Tür‹, sagte William. ›Ich wußte gar nicht, daß wir so viele Türen im Haus hatten.‹«

»Aha!« sagte Holmes. »Ein fröhlicher Zeitgenosse! Und die Söhne haben ihm nie Einhalt geboten?«

»Das gestattete sie nicht«, sagte Lestrade.

»Wahnsinn!« sagte ich. Ein Mann, der seine Frau schlägt, ist ein Scheusal, eine Frau, die es freiwillig zuläßt, ist ein Scheusal und ein Rätsel.

»Aber ihr Wahnsinn hatte Methode«, sagte Lestrade. »Wahnsinn und etwas, das man ›wissende Geduld‹ nennen könnte. Immerhin war sie zwanzig Jahre jünger als ihr Herr und Meister. Überdies war Hull ein gestandener Trinker und ein noch gestandenerer Esser. Im Alter von siebzig, vor fünf Jahren, bekam er Gicht und Angina.«

»Warten, bis der Sturm vorüber ist, und dann den Sonnenschein genießen«, bemerkte Holmes.

»Ja«, sagte Lestrade, »aber das ist eine Vorstellung, die schon viele Männer und Frauen durch des Teufels Pforte geführt hat, wie man weiß. Hull stellte sicher, daß seine Angehörigen sowohl sein Vermögen wie auch die Bedingungen seines Testaments kannten. Sie waren wenig mehr als Sklaven.«

»Und das Testament war das Dokument ihrer Verpflichtung«, murmelte Holmes.

»Ganz genau, alter Junge. Zum Zeitpunkt seines Todes belief sich Hulls Vermögen auf dreihunderttausend Pfund. Er hat nie von ihnen verlangt, sich auf sein Wort zu verlassen; er ließ vierteljährlich seinen Chefbuchhalter ins Haus kommen und die Bilanz der Reederei Hull erläutern, obgleich er die Finanzen selbst in der Hand hielt und straff führte.«

»Teuflisch!« rief ich aus und dachte an die grausamen Gesellen, die man mitunter in Eastcheap oder Picadilly sehen kann, wenn sie einem ausgehungerten Hund eine Leckerei hinhalten – und sie dann selbst verschlingen und das hungrige Tier dabei zusehen lassen. Ich sollte alsbald feststellen, daß dieser Vergleich zutreffender war, als ich für möglich gehalten hätte.

»Im Falle seines Todes sollte Lady Rebecca Hull einhundertfünfzigtausend Pfund erhalten. William, sein ältester Sohn, fünfzigtausend; Jory, der mittlere, vierzig; und Stephen, der jüngste, dreißig.«

»Und die restlichen dreißigtausend?« fragte ich.

»Kleinere Vermächtnisse, Watson: für einen Vetter in Wales, eine Tante in Brittany (aber keinen Cent für Lady Hulls Verwandte), fünftausend in unterschiedlicher Verteilung für die Dienerschaft. Oh, und – das wird Ihnen gefallen, Holmes – zehntausend für Mrs. Hemphills Heim für heimatlose Katzen.«

»Sie *scherzen!*« rief ich aus, doch falls Lestrade eine ähnliche Reaktion von Holmes erwartet hatte, wurde er enttäuscht. Holmes zündete sich lediglich seine Pfeife wieder an und nickte, als hätte er das erwartet – das oder etwas Ähnliches. »Während am East End Babys immer noch Hungers sterben und zwölfjährige Kinder fünfzig Stunden die Woche in den Fabriken arbeiten, hat dieser Mann zehntausend Pfund einem Heim für *Katzen* vermacht?«

»Genau das«, sagte Lestrade liebenswürdig. »Mehr noch, er hätte Mrs. Hemphills heimatlosen Miezen die *siebenundzwanzigfache* Summe vermacht, wäre nicht der Vorfall heute morgen gewesen – und derjenige, der es getan hat.«

Daraufhin konnte ich nur noch keuchen und versuchen, im Kopf zu multiplizieren. Während ich zu der Schlußfolgerung kam, daß Lord Hull beabsichtigt haben mußte, seine Frau und seine Kinder zugunsten eines Tierheims zu enterben, sah Holmes Lestrade mit säuerlicher Miene an und sagte etwas, das sich für mich vollkommen *non sequitur* anhörte. »Ich werde niesen müssen, nicht?«

Lestrade lächelte. Es war ein Lächeln süßester Liebenswürdigkeit. »Ja, mein lieber Holmes! Oft und gründlich, fürchte ich.«

Holmes nahm seine Pfeife, die gerade zu seiner Zufriedenheit brannte (das konnte ich an seiner Art erkennen, sich etwas in den Sitz zurückzulehnen), betrachtete sie einen Augenblick und hielt sie dann in den Regen hinaus. Ich sah ihm fassungsloser denn je zu, wie er den feuchten, schwelenden Tabak ausklopfte.

»Wie viele?« fragte Holmes.

»Zehn«, sagte Lestrade mit diabolischem Grinsen.

»Ich hatte mir gleich gedacht, daß es mehr als dieses berühmte verschlossene Zimmer sein mußte, das Sie an einem so regnerischen Tag in einer offenen Droschke zu mir führte«, sagte Holmes giftig.

»Denken Sie, was Sie wollen«, sagte Lestrade fröhlich. »Ich fürchte, ich muß zum Ort des Verbrechens zurück – die Pflicht ruft, Sie wissen schon –, aber wenn Sie möchten, kann ich Sie und den guten Doktor hier aussteigen lassen.«

»Sie sind der einzige Mensch, den ich je kennengelernt habe«, sagte Holmes, »für dessen Humor schlechtes Wetter förderlich zu sein scheint. Ich frage mich, ob das möglicherweise etwas über Ihren Charakter sagt. Aber lassen wir das – vielleicht ist es ein Thema für einen anderen Tag. Verraten Sie mir eins, Lestrade: Wann war sich Lord Hull gewiß, daß er sterben mußte?«

»*Sterben?*« sagte ich. »Mein lieber Holmes, wie kommen Sie auf die Idee, daß der Mann glaubte ...«

»Das ist offensichtlich, Watson«, sagte Holmes. »Wie ich Ihnen schon mindestens tausendmal gesagt habe – Charakter bestimmt Verhalten. Es gefiel ihm, sie mit seinem Testament gefügig zu halten ...« Er sah Lestrade an. »Keine Treunhandvereinbarungen, nehme ich an? Keine Erbfolge?«

Lestrade schüttelte den Kopf. »Keine.«

»Außergewöhnlich!« sagte ich.

»Keineswegs, Watson; Charakter bestimmt Verhalten, vergessen Sie das nicht. Er wollte sie in dem Glauben wiegen, daß alles ihnen gehören würde, wenn er ihnen den Gefallen tat zu sterben; aber er hatte nie die Absicht, es ihnen zukommen zu lassen. Dieses Verhalten hätte seinem Charakter widersprochen. Stimmen Sie mir zu, Lestrade?«

»Durchaus«, erwiderte Lestrade.

»Dann sind wir uns bis zu diesem Punkt einig, Watson, oder nicht? Alles klar? Lord Hull weiß, daß er sterben wird. Er wartet ... vergewissert sich eindeutig, daß dieses Mal kein Irrtum vorliegt, kein blinder Alarm ... und dann ruft er seine geliebte Familie zusammen. Wann? Heute morgen, Lestrade?«

Lestrade grunzte zustimmend.

Holmes legte die Fingerspitzen unter dem Kinn zusammen. »Er ruft sie heute morgen zusammen und sagt ihnen, daß er ein neues Testament gemacht hat, das sie alle enterbt ... das heißt, abgesehen von der Dienerschaft, den wenigen entfernten Verwandten, und natürlich den Miezen.«

Ich machte den Mund auf, stellte aber fest, daß ich zu erbost war, etwas zu sagen. Das Bild jener grausamen Straßenbengel fiel mir wieder ein, die die Köter am East End mit einem Stück Fleisch oder der Kruste einer Pastete zum Tanzen brachten. Ich muß gestehen, es fiel mir nicht ein, zu fragen, ob man so ein Testament nicht vor Gericht anfechten konnte. Heute würde ein Mann ziemliche Schwierigkeiten haben, seine engsten Verwandten zugunsten eines Katzenheims auszubooten, aber 1899 war der letzte Wille eines Mannes noch unantastbar, und wenn man nicht zahlreiche Anzeichen von Wahnsinn – nicht Exzentrizität, sondern regelrechtem *Wahnsinn* – nachweisen konnte, dann war es so, daß der Wille dieses Mannes geschah, wie der Gottes.

»Wurde dieses neue Testament ordnungsgemäß beglaubigt?« fragte Holmes.

»Das wurde es«, antwortete Lestrade. »Gestern kamen Lord Hulls Notar und einer seiner Assistenten ins Haus und wurden ins Arbeitszimmer geführt. Sie blieben etwa fünfzehn Minuten dort. Stephen Hull sagt, daß der Notar einmal protestierend die Stimme erhoben hat – weswegen, das konnte er nicht sagen –, aber von Hull zum Schweigen gebracht wurde. Jory, der mittlere Sohn, war oben und malte, und Lady Hull besuchte eine Freundin. Aber Stephen und William haben sie kommen und gehen sehen. William sagte, der Notar und sein Assistent gingen mit gesenkten Köpfen, und als William sie ansprach und Mr. Barnes – den Notar – fragte, ob es ihm gut ginge und ein paar beiläufige Bemerkungen über den beharrlichen Regen machte, antwortete Barnes nicht, und der Assistent schien sich sogar zu ducken. Es war, als schämten sie sich, sagte William.«

Nun, soviel zu diesem Schlupfloch, dachte ich.

»Da wir gerade bei dem Thema sind, erzählen Sie mir von den Söhnen«, bat Holmes.

»Wie Sie wollen. Man kann guten Gewissens sagen, daß ihr Haß auf den Vater nur noch von der grenzenlosen Verachtung übertroffen wurde, die der Vater für sie empfand – obwohl mir unbegreiflich ist, wie er Stephen verachten konnte ... Nun, vergessen Sie das, ich werde alles in der richtigen Reihenfolge erzählen.«

»Ja, bitte seien Sie so gut und tun Sie das«, sagte Holmes trocken.

»William ist sechsunddreißig. Hätte sein Vater ihm eine Art Taschengeld gegeben, dann wäre er wahrscheinlich ein Prolet geworden. Da er wenig oder gar nichts hatte, verbrachte er seine Tage in verschiedenen Turnhallen und frönte dort der ›Körperkultur‹, wie man wohl heutzutage sagt – er ist ein überaus muskulöser Bursche –, und seine Nächte überwiegend in verschiedenen billigen Kaffeehäusern. Wenn er einmal etwas mehr Geld in der Tasche hatte, besuchte er höchstwahrscheinlich einen Spielsalon, wo er es schnellstens wieder verlor. Kein angenehmer Mann, Holmes. Ein Mann, der kein Lebensziel hat, kein Hobby und keinerlei Ambitionen (abgesehen davon, seinen Vater zu überleben), kann schwerlich ein angenehmer Mensch sein. Als ich ihn verhörte, hatte ich das unheimliche Gefühl, daß ich nicht einen Mann verhörte, sondern eine leere Vase, der das Gesicht von Lord Hull aufgeprägt war.«

»Eine Vase, die darauf wartete, mit Pfund Sterling gefüllt zu werden«, kommentierte Holmes.

»Jory ist ein anderer Fall«, fuhr Lestrade fort. Für ihn reservierte Lord Hull den größten Teil seiner Verachtung; er bedachte ihn von frühester Kindheit an mit so liebevollen Kosenamen wie ›Fischgesicht‹ und ›Krummbein‹ und ›Fettwanst‹. Unglücklicherweise fällt es nicht schwer, diese Namen zu verstehen. Jory Hull ist kaum größer als einen Meter sechzig, wenn überhaupt; er hat O-Beine und ein bemerkenswert häßliches Äußeres. Er hat eine gewisse Ähnlichkeit mit diesem Dichter. Der Schwuchtel.«

»Oscar Wilde?« fragte ich.

Holmes maß mich mit einem kurzen, amüsierten Blick. »Ich glaube, Lestrade meint Algernon Swinburne«, sagte er. »Der meiner Meinung nach ebensowenig eine Schwuchtel ist wie Sie, Watson.«

»Jory Hull kam tot zur Welt«, sagte Lestrade. »Nachdem er eine Minute blau und still gewesen war, erklärte ihn der Arzt für tot und breitete eine Serviette über seinen mißgestalteten Körper. In einem Anfall von Heldenmut richtete Lady Hull sich auf, entfernte die Serviette und tauchte die Beine des Kindes in das heiße Wasser, das für den Geburtsvorgang hereingebracht worden war. Das Baby fing an zu schreien und sich zu bewegen.«

Lestrade grinste und zündete sich mit einer schwungvollen Bewegung ein Zigarillo an.

»Hull behauptete immer, daß dieses Eintauchen schuld an den krummen Beinen des Jungen wäre, und wenn er zuviel getrunken hatte, machte er seiner Frau deshalb Vorwürfe. Sagte ihr, sie hätte es dabei bewenden lassen sollen. Es wäre besser gewesen, Jory wäre eine Totgeburt geblieben als das zu sein, was später aus ihm geworden wäre, sagte er – ein wuselndes Geschöpf mit den Beinen einer Krabbe und dem Gesicht eines Stockfisches.«

Holmes' einzige Reaktion auf diese außergewöhnliche (und für meinen Ärzteverstand eher suspekte) Geschichte war der Kommentar, daß Lestrade eine große Vielzahl von Informationen innerhalb kurzer Zeit bekommen hatte.

»Das bringt uns zu einem Aspekt des Falles, der, so dachte ich mir, Ihnen zusagen würde, mein lieber Holmes«, sagte Lestrade, als wir mit einem Aufspritzen und einem Platschen in die Rotten Row einbogen. »Sie brauchten keinen Druck, um zu sprechen; es war eher schwierig, sie zum Schweigen zu bringen. Sie mußten viel zu lange schweigen. Und dann ist da die Tatsache, daß das neue Testament verschwunden ist. Ich habe festgestellt, daß Erleichterung die Zungen über alle Maßen löst.«

»*Verschwunden!*« rief ich aus, aber Holmes nahm keine Notiz davon; seine Gedanken verweilten immer noch bei Jory, dem mißgestalteten Kind.

»*Ist* er denn häßlich?« fragte er Lestrade.

»Eine Schönheit ist er nicht gerade, aber nicht so schlimm wie viele, die ich schon gesehen habe«, entgegnete Lestrade ungezwungen. »Ich glaube, sein Vater überschüttete ihn unablässig mit Schmähungen, weil ...«

»... weil er der einzige war, der das Geld seines Vaters nicht brauchte, um seinen Weg in der Welt zu machen«, sprach Holmes für ihn zu Ende.

Lestrade war verblüfft. »Zum Teufel! Woher wissen Sie das?«

»Weil Lord Hull nichts anderes konnte, als Jory dessen körperliche Unzulänglichkeiten vorzuwerfen. Wie sehr muß es das alte Ekel geärgert haben, sich einem potentiellen Opfer gegenüberzusehen, das in anderer Hinsicht so einen dikken Panzer hatte! Einen Mann wegen seines Aussehens oder seiner Haltung zu verspotten, mag für Schuljungen oder betrunkene Raufbolde gut genug sein, aber ein Schurke wie Lord Hull war zweifellos Besseres gewöhnt. Ich gestatte mir die Vermutung, daß er seinen O-beinigen mittleren Sohn sogar ein wenig gefürchtet haben könnte. Was war denn Jorys Schlüssel zur Zellentür?«

»Habe ich das nicht erwähnt? Er malt«, sagte Lestrade.

»Ah!«

Jory Hull war sogar, wie die Bilder auf den unteren Fluren von Hull House später bewiesen, ein sehr guter Maler. Nicht großartig; das will ich damit keineswegs andeuten. Aber die Porträts seiner Mutter und seiner Brüder waren so wirklichkeitsnah, daß ich viele Jahre später, als ich zum ersten Mal Farbfotografien sah, an den verregneten Novembernachmittag des Jahres 1899 denken mußte. Und dasjenige seines Vaters, das er uns später zeigte, war möglicherweise tatsächlich ein großes Kunstwerk. In jedem Falle erschreckte es (es schüchterte fast ein) durch die Aura des Bösen, die von der Leinwand auszugehen schien wie feuchte Friedhofsluft. Vielleicht hatte Jory *wirklich* Ähnlichkeit mit Algernon Swinburne, aber das Aussehen seines Vaters – durch Auge und Hand des mittleren Sohnes festgehalten – gemahnte mich an eine Gestalt von Oscar Wilde: den beinahe unsterblichen *roué* Dorian Gray.

Seine Ölgemälde waren langwierige Angelegenheiten, aber er konnte so schnell Skizzen zeichnen, daß er manchmal an Samstagnachmittagen mit zwanzig Pfund in der Tasche vom Hyde Park nach Hause kam.

»Ich könnte mir denken, daß *das* seinem Vater gefallen hat«, sagte Holmes. Er griff automatisch nach seiner Pfeife, steckte sie aber wieder weg. »Der Sohn eines Peers, der Porträtzeichnungen von wohlhabenden amerikanischen Touristen und ihren Begleiterinnen anfertigt wie ein französischer Bohémien.«

Lestrade lachte von Herzen. »Er war *wütend* deswegen, wie Sie sich wohl denken können. Aber Jory – gut für ihn! – gab seinen Stand im Hyde Park nicht auf – jedenfalls nicht, bis sein Vater einem Taschengeld von fünfunddreißig Pfund pro Woche zustimmte. Er nannte es eine gemeine Erpressung.«

»Mir blutet das Herz«, sagte ich.

»Meines ebenso, Watson«, sagte Holmes. »Der dritte Sohn, Lestrade, rasch – wir haben das Haus fast erreicht, glaube ich.«

Wie Lestrade angedeutet hatte, hatte Stephen Hull eindeutig den triftigsten Grund, seinen Vater zu hassen. Als seine Gicht schlimmer und sein Kopf wirrer wurde, überließ Lord Hull die Geschäfte der Firma mehr und mehr Stephen, der beim Tode seines Vaters erst achtundzwanzig Jahre alt war. Die Verantwortung fiel Stephen zu, und die Schuld fiel ihm ebenfalls zu, sollte auch nur die unbedeutendste Entscheidung sich als falsch erweisen. Aber es brachte ihm keinerlei finanziellen Lohn, wenn er eine richtige Entscheidung traf und die Geschäfte seines Vaters blühten.

Lord Hull hätte eigentlich mit Wohlwollen auf Stephen schauen müssen, das einzige seiner Kinder, das Interesse und Geschick für das Geschäft mitbrachte, welches er gegründet hatte; Stephen war ein perfektes Beispiel für das, was in der Bibel als »guter Sohn« bezeichnet wird. Doch statt Liebe und Dankbarkeit zu zeigen, entlohnte Lord Hull die überwiegend erfolgreichen Unternehmungen seines Sohnes mit Spott, Argwohn und Eifersucht. In seinen beiden letzten Lebensjahren hatte der alte Mann immer öfter der Meinung Ausdruck verliehen, daß Stephen ›einem toten Mann die Pennies aus der Tasche stehlen würde‹.«

»Der T ... l«, rief ich aus; ich konnte mich nicht mehr beherrschen.

»Lassen wir das neue Testament einen Moment außer acht«, sagte Holmes und legte wieder die Fingerspitzen zusammen, »und wenden wir uns dem alten zu. Selbst unter den Bedingungen dieses marginal großzügigeren Dokuments hätte Stephen Hull Grund zum Verdruß gehabt. Trotz seiner Arbeit, die das Familienvermögen nicht nur gerettet, sondern sogar vermehrt hatte, wäre seine Belohnung doch nur der Anteil des jüngsten Sohnes gewesen. Was sollte übrigens das Schicksal der Firma gemäß des neuen Testaments sein, das wir einmal den Letzten Miezenwillen nennen wollen?«

Ich sah Holmes eindringlich an, aber wie immer konnte man nur schwer sagen, ob er ein kleines *Bonmot* versucht hatte. Nach all den Jahren, die ich mit ihm verbracht hatte, und trotz aller gemeinsamen Abenteuer blieb Sherlock Holmes' Humor auch für mich ein weitgehend unerforschtes Land.

»Sie sollte dem Aufsichtsrat übertragen werden, ohne Provision für Stephen«, sagte Lestrade und schnippte sein Zigarillo zum Fenster hinaus, während die Droschke die geschwungene Zufahrt eines Hauses hinauffuhr, welches mir in diesem Augenblick überaus häßlich erschien, wie es inmitten brauner Rasenflächen im strömenden Regen stand. »Aber nachdem der Vater tot und das neue Testament unauffindbar ist, hat Stephen Hull das, was die Amerikaner einen ›Fuß in der Tür‹ nennen. Die Firma wird ihn als Geschäftsführer behalten. Das hätte sie wahrscheinlich ohnehin getan, aber jetzt geschieht es zu Stephen Hulls Bedingungen.«

»Ja«, sagte Holmes. »Einen Fuß in der Tür. Ein guter Ausdruck.« Er lehnte sich in den Regen hinaus. »Anhalten, Kutscher!« rief er. »Wir sind noch nicht fertig!«

»Wie Sie meinen, Guv'nor«, antowortete der Kutscher, »aber es ist teuflisch naß hier draußen.«

»Und Sie werden mit soviel in der Tasche von hier wegfahren, daß Sie Ihr Inneres ebenso teuflisch naß machen können wie Ihr Äußeres«, sagte Holmes. Das schien den Mann zufriedenzustellen, denn er hielt dreißig Meter vom Tor entfernt an. Ich lauschte dem Regen, der gegen die Seiten der Droschke prasselte, während Holmes sich wieder hereinbeugte und sagte: »Das alte Testament – mit dem er sie quälte – ist doch nicht verschwunden, oder?«

»Ganz im Gegenteil. Es lag auf dem Schreibtisch, dicht neben seiner Leiche.«

»Vier exzellente Verdächtige! An das Gesinde braucht man nicht zu denken – so scheint es jedenfalls. Kommen Sie rasch zum Ende, Lestrade – die letzten Umstände und das verschlossene Zimmer.«

Lestrade beendete seinen Bericht hastig, wobei er ab und

zu seine Notizen zu Rate zog. Vor etwa einem Monat hatte Lord Hull einen schwarzen Fleck an seinem rechten Bein bemerkt, direkt hinter dem Knie. Der Hausarzt wurde gerufen. Seine Diagnose lautete Brand, eine ungewöhnliche, aber alles andere als seltene Folge von Gicht und schlechter Blutzirkulation. Der Arzt sagte ihm, das Bein müßte abgenommen werden, und zwar ein gutes Stück oberhalb des Infektionsherdes. Lord Hull lachte, bis ihm die Tränen die Wangen hinabliefen. Der Arzt, der jede Reaktion außer dieser erwartet hatte, war sprachlos. »Wenn Sie mich in den Sarg legen, Knochensäbler«, sagte Hull, »dann nur mit beiden Beinen, schönen Dank auch.«

Der Arzt sagte ihm, daß er für Lord Hulls Wunsch, das Bein zu behalten, größtes Verständnis hätte, aber ohne Amputation würde er in sechs Monaten tot sein – und wenigstens zwei davon würde er unter großen Schmerzen verbringen. Lord Hull fragte den Arzt, wie seine Überlebenschancen aussehen würden, sollte er sich der Operation unterziehen. Er lachte immer noch, sagte Lestrade, als wäre es der beste Witz, den er je gehört hatte. Nach einigem Zaudern und Drumherumreden sagte der Arzt, die Chancen stünden ungefähr gleich.

»Unsinn«, sagte ich.

»Genau das sagte Lord Hull auch«, antwortete Lestrade. »Nur gebrauchte er einen Ausdruck, den man häufiger in der Gosse als in einem Salon zu hören bekommt.«

Hull sagte dem Arzt, daß er selbst seine Chancen bestenfalls eins zu fünf einstufte. »Und was die Schmerzen anbelangt, so glaube ich nicht, daß es dazu kommen wird«, fuhr er fort, »solange Opiumtinktur und ein Löffel zum Umrühren in Reichweite sind.«

Am nächsten Tag eröffnete Hull schließlich seine Überraschung – daß er daran dachte, sein Testament zu ändern. Wie genau, verriet er jedoch nicht.

»Oh?« sagte Holmes und betrachtete Lestrade mit seinen grauen Augen. »Und sagen Sie, wer war überrascht?«

»Keiner, sollte man meinen. Aber Sie kennen ja die menschliche Natur, Holmes; die Menschen hoffen immer wider jede Hoffnung.«

»Und manche treffen Vorkehrungen gegen Katastrophen«, sagte Holmes verträumt.

Heute Morgen hatte Lord Hull seine Familie in den Salon gerufen, und als alle versammelt waren, hatte er etwas getan, was nur wenigen Erblassern vergönnt ist, etwas, das für gewöhnlich von den flinken Zungen ihrer Notare erledigt wird, nachdem ihre eigenen für immer verstummt sind. Kurz gesagt, er las ihnen sein neues Testament vor, in dem er den Löwenanteil seines Vermögens Mrs. Hemphills heimatlosen Miezen überließ. In dem anschließenden Schweigen erhob er sich, nicht ohne Mühe, und bedachte sie alle mit einem Totenschädelgrinsen. Auf seinen Stock gestützt, gab er dann folgende Erklärung ab, welche ich heute noch ebenso unfaßbar abscheulich finde wie damals, als Lestrade sie uns in jener Droschke wiedergab: »So! Jetzt ist alles gut, nicht? Ja, alles ist bestens! Ihr, meine Frau und meine Söhne, habt mir vierzig Jahre lang getreulich gedient. Und nun habe ich vor, euch alle mit dem reinsten und ungetrübtesten Gewissen zu enterben. Aber faßt euch! Es könnte schlimmer sein! Wenn genügend Zeit blieb, ließen die Pharaonen, bevor sie starben, ihre Lieblingshaustiere – größtenteils Katzen – töten, damit die Haustiere sie im Nachleben willkommen heißen und sich ganz nach Laune ihres Herrn treten oder streicheln lassen konnten, und zwar ewig – ewig – ewig.« Er fing an, sie auszulachen. Er stützte sich auf seinen Stock und lachte aus seinem teigigen, vom Tod gekennzeichneten Gesicht, und das neue Testament – unterschrieben und beglaubigt, wie sie alle sehen konnten – hielt er in einer Klauenhand festgekrallt.

William stand auf und sagte: »Sir, Ihr mögt mein Vater und Urheber meiner Existenz sein, aber Ihr seid gleichzeitig das abscheulichste Geschöpf, das je auf dem Anlitz der Erde gekrochen ist, seit die Schlange Eva im Paradies verführte!«

»Ganz im Gegenteil!« gab das alte Monster immer noch lachend zurück. »Ich kenne vier, die noch abscheulicher sind. Wenn ihr mich nun entschuldigen wollt, ich habe noch wichtige Dokumente, die ich in meinem Tresor unterbringen muß – und einige wertlose, die ich im Ofen verbrennen werde.«

»Er hatte das alte Testament noch, als er sie konfrontierte?« fragte Holmes. Er schien mehr interessiert als verblüfft zu sein.

»Ja.«

»Er hätte er verbrennen können, sobald das neue unterschrieben und beglaubigt war«, überlegte Holmes. »Er hatte den ganzen vorangegangenen Nachmittag und Abend dazu Zeit. Aber er hat es nicht getan, nicht wahr? Warum nicht? Was meinen Sie zu dieser Frage, Lestrade?«

»Daß er noch nicht genug davon hatte, sie zu quälen. Er bot ihnen eine Möglichkeit – eine *Versuchung*, der seiner Meinung nach keiner von ihnen erliegen würde.«

»Vielleicht glaubte er, daß einer von ihnen ihr doch erliegen würde«, sagte Holmes. »Ist Ihnen der Gedanke nicht zumindest einmal gekommen?« Er drehte sich um und suchte mit dem momentanen Strahlen seiner brillanten – und irgendwie beängstigenden – Aufmerksamkeit in meinem Gesicht. »Oder *Ihnen*? Wäre es nicht möglich, daß ein so böser Mensch diesen Köder nur auswirft, weil er wußte, wenn einer seiner Familie – nach allem, was Sie sagten, dürfte er dabei an Stephen gedacht haben – anbiß, seine Leiden beendete und dabei erwischt wurde, würde er dafür gehängt werden?«

Ich sah Holmes in stummem Entsetzen an.

»Vergessen Sie es«, sagte Holmes. »Weiter, Inspektor – ich glaube, es wird allmählich Zeit, daß das verschlossene Zimmer in Erscheinung tritt.«

Die vier saßen in gelähmtem Schweigen da, während der alte Mann langsam und unter Mühen den Flur entlang zu seinem Arbeitszimmer ging. Kein Laut war zu hören, abgesehen vom Klopfen seines Stocks, dem angestrengten Rasseln seines Atems, dem kläglichen *Miau* einer Katze in der Küche und dem unablässigen Ticken des Pendels der Salonuhr. Dann hörten sie das Quietschen der Angeln, als Hull die Tür seines Arbeitszimmers öffnete und eintrat.

»Warten Sie!« sagte Holmes scharf und neigte sich nach vorne. »Niemand hat ihn tatsächlich hineingehen *sehen*, oder?«

»Ich fürchte, das ist nicht so, altes Haus«, antwortete Lestrade. »Mr. Oliver Stanley, Lord Hulls Kammerdiener, hörte

Lord Hull den Flur entlanggehen. Er kam aus Hulls Ankleidezimmer, ging zum Geländer der Galerie und rief hinunter, ob Hull wohlauf sei. Hull schaute empor – Stanley sah ihn so deutlich, wie ich Sie jetzt sehe, alter Freund – und sagte, alles wäre in bester Ordnung. Dann rieb er sich den Hinterkopf, ging hinein und schloß die Tür des Arbeitszimmers hinter sich ab.

Als sein Vater die Tür erreicht hatte (der Flur ist ziemlich lang, und er könnte gut zwei Minuten gebraucht haben, um ohne Hilfe dorthin zu gelangen), hatte Stephen seine Benommenheit abgeschüttelt und war zur Salontür gegangen. Er beobachtete den Wortwechsel zwischen seinem Vater und dem Kammerdiener. Natürlich hatte Lord Hull ihm den Rücken zugekehrt, aber Stephen hörte die Stimme seines Vaters und beschrieb dieselbe charakteristische Geste: Hull hatte sich den Hinterkopf gerieben.«

»Könnten Stephen Hull und dieser Stanley miteinander gesprochen haben, bevor die Polizei eintraf?« fragte ich – listig, wie ich fand.

»Selbstverständlich konnten sie das«, sagte Lestrade ergeben. »Sie haben es wahrscheinlich auch. Aber es bestand kein Einvernehmen.«

»Sind Sie dessen gewiß?« fragte Holmes, aber es hörte sich desinteressiert an.

»Ja. Ich halte Stephen Hull für einen vorzüglichen Lügner, aber Stanley für einen sehr schlechten. Akzeptieren Sie meine berufliche Meinung oder nicht; ganz wie es Ihnen beliebt, Holmes.«

»Ich akzeptiere sie.«

Lord Hull ging also in sein Arbeitszimmer, das berühmte verschlossene Zimmer, und sie alle hörten das Klicken des Schlosses, als er den Schlüssel herumdrehte – den einzigen Schlüssel zu diesem *sanctum sanctorum*, den es überhaupt gab. Dem folgte ein ungewöhnliches Geräusch: Der Riegel wurde vorgeschoben.

Dann Stille.

Die vier – Lady Hull und ihre Söhne, die bald blaublütige Habenichtse sein würden – blickten einander schweigend an.

Die Katze in der Küche miaute wieder, und Mrs. Hull sagte mit abwesender Stimme, wenn die Haushälterin der Katze keine Schale Milch gab, würde sie es wohl tun müssen; das Geschrei würde sie verrückt machen, wenn sie es noch länger anhören müßte. Sie verließ den Salon. Einen Augenblick später gingen auch die drei Söhne, ohne ein Wort miteinander zu wechseln. William ging nach oben in sein Zimmer, Stephen schlenderte ins Musikzimmer, und Jory setzte sich auf eine Bank unter der Treppe, wo er, wie er Lestrade erzählte, seit seiner frühesten Kindheit hinging, wenn er traurig war oder schwerwiegende Fragen zu überdenken hatte.

Keine fünf Minuten später ertönte ein Schrei aus dem Arbeitszimmer. Stephen kam aus dem Musikzimmer gestürzt, wo er einzelne Töne auf dem Klavier geklimpert hatte. Jory begegnete ihm vor der Arbeitszimmertür. William war bereits halb die Treppe heruntergekommen und sah sie die Tür aufbrechen, als Stanley, der Kammerdiener, aus Lord Hulls Ankleidezimmer kam und zum zweiten Mal ans Geländer der Galerie trat. Stanley hat ausgesagt, daß er sah, wie Stephen Hull in das Arbeitszimmer hineinstürmte; wie William den Fuß der Treppe erreichte und dabei beinahe auf den Marmorboden gestürzt wäre; wie Lady Hull mit einem Milchtopf in der Hand zur Eßzimmertür herauskam. Augenblicke später hatte sich der Rest der Dienerschaft versammelt.

»Lord Hull lag zusammengesunken auf seinem Schreibtisch, seine drei Söhne standen daneben. Er hatte die Augen offen, und der Ausdruck darin ... ich glaube, es war Überraschung. Es steht Ihnen wieder frei, meine Meinung nach Belieben zu akzeptieren oder abzulehnen, aber für mich sah es sehr nach Überraschung aus. In den Händen hielt er das Testament – das alte. Vom neuen war keine Spur zu sehen. Und in seinem Rücken steckte ein Dolch.«

Damit gab Lestrade dem Fahrer ein Zeichen, er solle weiterfahren.

Wir betraten das Haus zwischen zwei Constables, deren Gesichter so steinern waren wie die der Wachtposten am Buckingham Palace. Hier gelangten wir zuerst in einen sehr langen Flur mit einem Boden aus weißen und schwarzen

Marmorfliesen, die schachbrettartig angeordnet waren. Er führte zu einer offenen Tür am Ende, vor der zwei weitere Constables Posten bezogen hatte: der Eingang zu dem unrühmlichen Arbeitszimmer. Links befand sich die Treppe, rechts zwei Türen: Salon und Musikzimmer, vermutete ich.

»Die Familie ist im Salon versammelt«, sagte Lestrade.

»Gut«, sagte Holmes freundlich. »Aber vielleicht dürfen Watson und ich erst den Schauplatz des Verbrechens besichtigen.«

»Soll ich Sie begleiten?«

»Vielleicht nicht«, sagte Holmes. »Wurde der Leichnam bereits entfernt?«

»Als ich zu Ihrem Haus aufbrach, war er noch da, aber er sollte mittlerweile fortgeschafft worden sein.«

»Sehr gut.«

Holmes setzte sich in Bewegung. Ich folgte ihm. Lestrade rief: »Holmes!«

Holmes drehte sich mit hochgezogenen Brauen um.

»Keine Tapetentüren, keine Geheimtüren. Zum dritten Mal, nehmen Sie mein Wort darauf oder nicht, ganz wie Sie belieben.«

»Ich glaube, ich werde warten, bis ...«, begann Holmes, und dann wurde sein Atem keuchend. Er wühlte in seiner Tasche, fand eine Serviette, die er wahrscheinlich geistesabwesend aus dem Gasthaus mitgenommen hatte, in dem wir am Abend zuvor gespeist hatten, und schneuzte sich heftig hinein. Ich senkte den Blick und sah eine große struppige Katze, die hier ebenso fehl am Platze wirkte wie einer der Bengel, über die ich vorher nachgedacht hatte; sie strich Holmes um die Beine. Ein Ohr hatte sie an den vernarbten Schädel angelegt. Das andere war verschwunden, wahrscheinlich bei einem lange zurückliegenden Straßenkampf.

Holmes nieste wiederholt und stieß mit dem Fuß nach der Katze. Sie zog sich mit einem vorwurfsvollen Blick zurück, nicht mit dem wütenden Fauchen, das man von so einem alten Kämpfer erwartet haben würde. Holmes sah Lestrade über die Serviette hinweg mit anklagenden, tränenden Augen an. Lestrade, der keineswegs zerknirscht wirkte, neigte den Kopf und grinste wie ein Affe. »Zehn, Holmes«, sagte er. »*Zehn.* In diesem Haus wimmelt es von Katzen. Hull liebte sie.« Damit entfernte er sich.

»Wie lange plagt Sie dieses Leiden schon, alter Freund?« fragte ich.

»Schon immer«, sagte er und nieste erneut. Das Wort *Allergie* war zu jener Zeit noch kaum bekannt, aber das war natürlich ganz genau sein Problem.

»Möchten Sie gehen?« Ich war ein wenig besorgt. Ich hatte einmal einen Erstickungsanfall als Folge einer solchen Aversion gesehen, zwar gegen Schafe, aber sonst in jeder Hinsicht identisch.

»Das würde ihm gefallen«, sagte Holmes. Er mußte mir nicht sagen, wen er meinte. Holmes nieste noch einmal (auf seiner normalerweise blassen Stirn erschien ein großer roter Fleck), dann passierten wir die Constables an der Tür des Arbeitszimmers. Holmes machte sie hinter sich zu.

Das Zimmer war lang und vergleichsweise schmal. Es befand sich am Ende von so etwas wie einem Seitenflügel, das Hauptgebäude breitete sich nach beiden Seiten von einem Areal aus, das jeweils drei Viertel des Wegs den Flur entlang ausmachte. Auf beiden Seiten des Arbeitszimmers befanden sich Fenster, und es war trotz des grauen, regnerischen Tages hell. An den Wänden hingen farbenfrohe Seekarten in hübschen Teakholzrahmen, dazwischen fand sich eine gleichermaßen hübsche Auswahl von Wetterinstrumenten in einem messinggefaßten Schaukasten. Dieser enthielt einen Windstärkemesser (ich vermute, daß Hull die kleinen drehbaren Schalen, die dazugehörten, auf einem Dachfirst hatte anbringen lassen), zwei Thermometer (eines zeigte die Außentemperatur, das andere die im Arbeitszimmer) und ein Barometer, dem nicht unähnlich, das Holmes zu dem irrigen Glauben veranlaßt hatte, das schlechte Wetter würde zu Ende gehen. Ich stellte fest, daß es immer noch stieg, dann sah ich nach draußen. Der Regen fiel heftiger denn je, steigendes Barometer hin oder her. Wir glauben viel zu wissen mit unseren Instrumenten und Geräten, aber ich war damals schon alt genug zu glauben, daß wir nicht halb soviel wissen, wie wir denken, und heute bin ich alt genug zu glauben, daß wir auch das nie erreichen werden.

Holmes und ich drehten uns beide um und betrachteten die Tür. Der Riegel war herausgerissen, zeigte aber einwärts, wie es sein sollte. Der Schlüssel steckte noch im Schloß.

Holmes' Augen, so sehr sie tränen mochten, waren überall gleichzeitig, erfaßten, katalogisierten, speicherten.

»Es geht Ihnen ein wenig besser«, sagte ich.

»Ja«, sagte er, senkte die Serviette und steckte sie gleichgültig wieder in die Manteltasche. »Er hat sie vielleicht geliebt, aber hier hat er sie offenbar nicht hereingelassen. Jedenfalls nicht regelmäßig. Was schließen Sie daraus, Watson?«

Meine Augen waren langsamer als seine, aber ich sah mich ebenfalls um. Die Doppelfenster waren alle mit Griffen und kleinen Messingriegeln verschlossen. Keine der Scheiben war zerbrochen. Die gerahmten Karten und die meteorologischen Instrumente befanden sich zwischen diesen Fenstern. Die beiden anderen Wände vor und hinter dem Schreibtisch, welcher das Zimmer beherrschte, wurden von Büchern eingenommen. Ich sah einen kleinen Kohleofen, aber keinen Kamin; der Mörder war auch nicht durch den Kamin gekommen wie Sankt Nikolaus, es sei denn, er wäre schlank genug gewesen, um durch das Ofenrohr zu kriechen, und mit einem Asbestanzug bekleidet, denn der Ofen war immer noch recht warm.

Der Schreibtisch stand an einem Ende dieses langen, schmalen, hell erleuchteten Zimmers; das gegenüberliegende Ende bildete eine gemütliche Bücherecke, nicht ganz eine Bibliothek, mit zwei Polstersesseln mit hoher Lehne und einem Kaffeetischchen dazwischen. Auf diesem Tischchen war ein Stapel Bücher nachlässig aufgeschichtet. Auf dem Boden lag ein großer türkischer Teppich. Falls der Mörder durch eine Falltür heraufgekommen war, hatte ich nicht die geringste Ahnung, wie er wieder unter den Teppich hätte gelangen können, ohne ihn zu verschieben – und er war *nicht* verschoben, nicht im geringsten. Die Schatten der Beine des Kaffeetischchens fielen darauf, ohne auch nur eine Andeutung von Falten zu zeigen.

»Glauben Sie es, Watson?« fragte Holmes und riß mich aus einer fast hypnotischen Trance. Etwas – etwas an diesem Kaffeetisch …

»Was soll ich glauben, Holmes?«

»Daß alle vier einfach aus dem Salon gingen, in vier verschiedene Richtungen, vier Minuten vor dem Mord?«

»Ich weiß es nicht«, sagte ich.

»*Ich* glaube es nicht; nicht einen Au …« Er verstummte. »Watson! Alles in Ordnung?«

»Nein«, sagte ich mit einer Stimme, die ich selbst kaum hören konnte. Ich sank auf einen Sessel in der Bücherecke. Mein Herz schlug zu schnell. Mir stockte der Atem. Mein Kopf pochte; meine Augen schienen plötzlich zu groß für ihre Höhlen geworden zu sein. Ich konnte sie nicht von den Schatten der Tischbeine auf dem Teppich abwenden. »Es ist … ganz eindeutig … nicht alles in Ordnung.«

In diesem Augenblick erschien Lestrade in der Tür des Arbeitszimmers. »Wenn Sie sich genügend umgesehen haben, H …« Er verstummte. »Was zum Teufel ist mit Watson los?«

»Ich glaube«, sagte Holmes mit ruhiger, gefaßter Stimme, »daß Watson den Fall gelöst hat. Ist es so, Watson?«

Ich nickte. Vielleicht nicht alles, aber den größten Teil. Ich wußte, wer; ich wußte, wie.

»Steht es so mit Ihnen, Holmes?« fragte ich.

»Ja«, sagte er, »doch gelingt es mir gewöhnlich, auf den Füßen zu bleiben.«

»*Watson* hat den Fall aufgeklärt?« sagte Lestrade ungeduldig. »Pah! Watson hat schon früher Tausende von Lösungen für Hunderte von Fällen offeriert, Holmes, wie Sie sehr genau wissen, und alle waren falsch. Ich weiß noch sehr gut, letzten Sommer …«

»Ich weiß mehr über Watson, als Sie je wissen werden«, sagte Holmes, »und diese Mal ist er darauf gestoßen. Ich kenne diesen Ausdruck.« Er fing wieder an zu niesen; die Katze mit dem fehlenden Ohr war durch die Tür, die Lestrade offengelassen hatte, ins Zimmer gekommen. Mit einem Ausdruck auf dem häßlichen Gesicht, der auf Zuneigung schließen ließ, tappte sie direkt auf Holmes zu.

»Wenn es bei Ihnen auch so ist«, sagte ich, »werde ich Sie nie wieder beneiden, Holmes. Mein Herz zerspringt.«

»Man gewöhnt sich sogar an Einsicht«, sagte Holmes ohne die geringste Spur Eigendünkel in der Stimme. »Also heraus damit – oder sollen wir die Verdächtigen hereinbringen, wie im letzten Kapitel eines Detektivromans?«

»Nein!« rief ich voller Entsetzen aus. Ich hatte keinen von ihnen gesehen. Ich verspürte auch kein Verlangen danach. »Aber ich glaube, ich muß Ihnen *zeigen*, wie es ausgeführt wurde. Wenn Sie und Inspektor Lestrade einen Augenblick auf den Flur hinausgehen würden ...«

Die Katze war bei Holmes angelangt und sprang auf seinen Schoß; sie schnurrte dabei wie das zufriedenste Geschöpf auf Erden.

Holmes explodierte in eine regelrechte Salve von Niesen. Die roten Flecken auf seinem Gesicht, die zu verblassen begonnen hatten, traten erneut deutlich hervor. Er stieß die Katze weg und stand auf.

»Beeilen Sie sich, Watson, damit wir aus diesem verfluchten Haus fortkönnen«, sagte er und verließ dieses perfekt verschlossene Zimmer mit ungewöhnlich hängenden Schultern, gesenktem Kopf, und ohne sich umzusehen. Glauben Sie mir, wenn ich Ihnen sage, daß ein Teil meines Herzens mit ihm ging.

Lestrade lehnte an der Tür, sein feuchter Mantel dampfte ein wenig, seine Lippen verzogen sich zu einem verabscheuungswürdigen Grinsen. »Soll ich Holmes' neue Verehrerin mitnehmen, Watson?«

»Lassen Sie sie hier«, sagte ich, »aber machen Sie die Tür zu, wenn Sie hinausgehen.«

»Ich wette einen Fünfer, daß Sie unsere Zeit vergeuden, alter Freund«, sagte Lestrade, aber in seinen Augen las ich etwas anderes. Wenn ich auf seine Wette eingegangen wäre, hätte er sicher eine Möglichkeit gefunden, sich herauszuwinden.

»Machen Sie die Tür zu«, wiederholte ich. »Es wird nicht lange dauern.«

Er machte die Tür zu. Ich war allein in Hulls Arbeitszimmer – abgesehen von der Katze natürlich, die jetzt mitten auf dem Teppich saß, den Schwanz säuberlich um die Pfoten gelegt, und mich mit ihren grünen Augen ansah.

Ich suchte in meinen Taschen und fand mein Souvenir vom gestrigen Abendessen – ich fürchte, Junggesellen sind ein recht unordentliches Volk, aber abgesehen von allgemeiner Unordentlichkeit gab es noch einen anderen Grund für das Brot. Ich hatte fast immer eine Kruste in der einen oder anderen Tasche, weil ich es liebte, die Tauben zu füttern, die vor eben dem Fenster landeten, an dem Holmes gesessen hatte, als Lestrade vorgefahren war.

»Miez«, sagte ich und legte das Brot unter den Kaffeetisch – den Kaffeetisch, dem Lord Hull den Rücken zugewendet haben mußte, als er sich mit seinen beiden Testamenten hinsetzte – das garstige alte und das noch garstigere neue. »Miez-miez-miez.«

Die Katze erhob sich und trabte gemächlich zum Kaffeetisch, um die Kruste zu begutachten.

Ich ging zur Tür und machte sie auf. »Holmes! Lestrade! Rasch!«

Sie kamen herein.

»Kommen Sie hierher«, sagte ich und ging zum Kaffeetisch.

Lestrade sah sich um und runzelte die Stirn, weil er nichts sah. Holmes fing natürlich wieder an zu niesen. »Können wir dieses vermaledeite Tier nicht hinausschaffen?« stieß er hinter der Serviette hervor, die mittlerweile ziemlich durchgeweicht war.

»Gewiß doch«, sagte ich. »*Aber wo ist das vermaledeite Tier?*«

Seine feuchten Augen nahmen einen erstaunten Ausdruck an. Lestrade ging auf Hulls Schreibtisch zu und sah dahinter. Holmes wußte, daß seine Reaktion nicht so heftig gewesen wäre, hätte die Katze sich am anderen Ende des Zimmer befunden. Er bückte sich, sah unter den Kaffeetisch, erblickte nur Leere und die beiden untersten Reihen des Bücherregals an der Nordwand des Zimmers und richtete sich wieder auf. Hätten seine Augen nicht wie Springbrunnen geströmt, so hätte er jetzt alles sehen müssen; er stand buchstäblich direkt davor. Aber man muß Ehre geben, wem Ehre gebührt, und die Illusion war teuflisch gut. Die Leere unter dem Kaffeetisch seines Vaters war Jory Hulls Meisterwerk.

»Ich verstehe nicht ...«, begann Holmes, aber dann kam die Katze, die Holmes eindeutig anziehender fand als eine Kruste altbackenes Brot, wieder unter dem Tisch hervor und strich ihm ekstatisch um die Knöchel. Lestrade war zurückgekommen, und seine Augen wurden so groß, daß ich tatsächlich glaubte, sie würden herausfallen. Obwohl ich den Trick durchschaut hatte, war auch ich verblüfft. Die struppige Katze schien aus dem Nichts Gestalt anzunehmen; Kopf, Körper, zuletzt der Schwanz mit der weißen Spitze.

Sie rieb sich an Holmes' Beinen und schnurrte, während Holmes nieste.

»Das genügt«, sagte ich. »Du hast deine Arbeit getan und kannst gehen.«

Ich hob die Katze auf, trug sie zur Tür (für meine Mühe mit einem gehörigen Kratzer belohnt) und warf sie mir nichts, dir nichts auf den Flur hinaus. Dann machte ich die Tür hinter ihr zu.

Holmes setzte sich. »Mein Gott«, sagte er mit näselnder Stimme. Lestrade brachte kein Wort heraus. Er wandte den Blick nicht von dem Tischchen und dem verblichenen türkischen Teppich unter seinen Beinen ab; eine Leere, die irgendwie eine Katze hervorgebracht hatte.

»Ich hätte es sehen müssen«, murmelte Holmes. »Ja ... aber Sie ... Wie konnten Sie *so schnell* begreifen?« Ich hörte leisesten Schmerz und Pikiertheit aus seiner Stimme heraus, verzieh ihm aber sofort.

»*Deshalb*«, sagte ich und deutete auf den Teppich.

»Natürlich!« stöhnte Holmes beinahe. Er schlug sich gegen die gerötete Stirn. »Idiot! Ich bin ein vollkommener *Idiot!*«

»Unsinn!« sagte ich schroff. »Mit zehn Katzen im Haus und dazu noch einer, die Sie offensichtlich zu ihrem speziellen Freund erkoren hat, haben Sie wahrscheinlich alles zehnfach gesehen.«

»Was ist mit dem Teppich?« fragte Lestrade ungeduldig. »Er ist sehr schön, zugegeben, und wahrscheinlich teuer, aber ...«

»Nicht der *Teppich*«, sagte ich. »Die *Schatten*.«

»Zeigen Sie es ihm, Watson«, sagte Holmes niedergeschlagen und senkte die Serviette in den Schoß.

Also bückte ich mich und hob einen der Schatten vom Boden auf.

Lestrade ließ sich heftig in einen Sessel fallen wie ein Mann, der einen plötzlichen Schlag bekommen hat.

»Ich habe sie immerzu angesehen, wissen Sie«, sagte ich im Tonfall eines Mannes, dem nicht anderes einfällt, als sich zu entschuldigen. Es war Holmes' Sache, zum Abschluß einer Ermittlung das Wie und Warum zu erklären. Ich sah zwar, daß er jetzt alles begriff, wußte aber, daß er sich weigern würde, in diesem Fall zu sprechen. Und ich nehme an, ein Teil von mir – der Teil, der wußte, daß ich wahrscheinlich nie wieder eine Gelegenheit haben würde, so etwas zu tun – *wollte* derjenige sein, der erklärte. Und ich muß sagen, die Katze war wirklich die Krönung; ein Zauberkünstler hätte es mit Kaninchen und Zylinder nicht besser machen können.

»Ich wußte, daß etwas nicht stimmte, aber ich brauchte einen Augenblick, bis ich es begriffen hatte. Dieses Zimmer ist ungewöhnlich hell, aber heute gießt es in Strömen. Wenn Sie sich umsehen, dann werden Sie feststellen, daß kein einziger Gegenstand in diesem Zimmer einen Schatten wirft – *abgesehen von diesen Tischbeinen*.«

Lestrade stieß einen Fluch aus.

»Es hat seit fast einer Woche geregnet«, sagte ich, »aber Holmes' Barometer und das des verstorbenen Lord Hull ...«, ich deutete darauf, »... zeigten an, daß wir heute mit Sonnenschein rechnen durften. Deshalb hat er die Schatten als letztes i-Tüpfelchen hinzugefügt.«

»Wer?«

»Jory Hull«, sagte Holmes. »Wer sonst?«

Ich bückte mich und griff mit der Hand unter die rechte Ecke des Kaffeetischchens. Sie verschwand in der Luft, so wie die Katze erschienen war. Lestrade stieß einen weiteren verblüfften Fluch aus. Ich klopfte gegen die Leinwand, die straff zwischen den Vorderbeinen des Tischchens gespannt war.

Die Bücher und der Teppich bewegten sich und wankten, und die Illusion, so perfekt sie gewesen war, wurde offenbar.

Jory Hull hatte das Nichts unter dem Kaffeetisch seine Vaters gemalt; hatte sich hinter das Nichts gekauert, während sein Vater das Zimmer betrat, die Tür absperrte und mit seinen beiden Testamenten, dem neuen und dem alten, am Schreibtisch Platz nahm. Und als er wieder von seinem Stuhl aufstehen wollte, war er mit dem Dolch in der Hand hinter dem Nichts hervorgesprungen.

»Er war der einzige, der eine so realistische Täuschung vollbringen konnte«, sagte ich und strich dieses Mal mit der Hand über die Leinwand. Wir alle hörten das leise, raschelnde Geräusch, das sie erzeugte, gleich dem Schnurren einer sehr alten Katze. »Der einzige, der sie malen, und der einzige, der sich dahinter verstecken konnte: Jory Hull, der nicht größer als einen Meter sechzig ist und krumme Beine und hängende Schultern hat.

Wie Holmes schon sagte, die Überraschung mit dem neuen Testament war im Grund gar keine Überraschung. Selbst wenn der alte Mann ein Geheimnis daraus gemacht hätte, daß er die Verwandten aus dem Testament streichen wollte, hätten nur Einfaltspinsel den Besuch des Notars und, noch wichtiger, seines Assistenten, mißdeuten können. Man braucht zwei Zeugen, um ein Testament vor dem Gesetz rechtskräftig zu machen. Was Holmes sagte, daß manche Menschen Vorkehrungen gegen Katastrophen treffen, war nur allzu richtig. Eine so perfekte Leinwand wie diese läßt sich nicht über Nacht oder im Laufe eines Monats anfertigen. Sie dürften feststellen, daß er sie schon seit einem Jahr bereit hatte, sollte sie sich als notwendig erweisen …«

»Oder fünf«, warf Holmes ein.

»Könnte sein. Wie dem auch sei, als Hull seine Familie heute morgen im Salon zusammenrief, war Jory wahrscheinlich klar, daß der Zeitpunkt gekommen war. Nachdem sein Vater gestern abend zu Bett gegangen war, kam er herunter und brachte seine Leinwand an. Ich vermute, daß er die falschen Schatten zur selben Zeit angebracht hat. Nur – ich an seiner Stelle hätte mich heute morgen vor der Versammlung im Salon auf Zehenspitzen hier hereingeschlichen, um mir noch einmal das Barometer anzusehen und mich zu vergewissern, ob es immer noch stieg. Wenn die Tür verschlossen war, hat er wahrscheinlich den Schlüssel aus der Tasche seines Vaters entwendet und später wieder hineingetan.«

»War nicht abgeschlossen«, sagte Lestrade lakonisch. »Er machte die Tür stets zu, um die Katzen draußen zu halten, schloß aber nur selten ab.«

»Was die Schatten anbelangt, handelt es sich um Filzstreifen, wie Sie jetzt sehen können. Er hat wirklich ein gutes Auge; sie sind fast genau dort, wo sie heute morgen um elf gewesen sein müßten – wenn das Barometer recht gehabt hätte.«

»Wenn er erwartete, daß die Sonne schien, warum hat er dann überhaupt Schatten ausgelegt?« knurrte Lestrade. »Die Sonne hätte sie sowieso geworfen, falls Sie Ihren eigenen noch nicht gesehen haben, Watson.«

Hier war ich überfragt. Ich sah zu Holmes, der dankbar zu sein schien, *überhaupt* einen Teil der Lösung beisteuern zu können.

»Ist Ihnen das nicht klar?« Das ist die größte Ironie von allem! Wenn die Sonne geschienen hätte, wie es das Barometer vorhersagte, hätte die Leinwand die Schatten vorgetäuscht! Gemalte Tischbeine werfen keine Schatten, wissen Sie. Er wurde von Schatten an einem Tag zu Fall gebracht, an dem es keine gab, weil er fürchtete, von den fehlenden Schatten an einem Tag zu Fall gebracht zu werden, an dem das Barometer seines Vaters sagte, daß sie mit Sicherheit überall sonst im Zimmer sein würden.«

»Ich verstehe immer noch nicht, wie Jory hier hereinkam, ohne daß Hull ihn gesehen hat«, sagte Lestrade.

»Das gibt mir auch ein Rätsel auf«, sagte Holmes – der gute alte Holmes! Ich bezweifle, ob es ihm auch nur das geringste Rätsel aufgab, aber dennoch sagte er es. »Watson?«

»Der Salon, in dem sich Lord Hull mit seiner Frau und den Söhnen traf, hat eine Tür zum Musikzimmer, oder nicht?«

»Ja«, sagte Lestrade, »und das Musikzimmer hat eine Tür zu Lady Hulls Morgenzimmer, das als nächstes kommt, wenn man in den rückwärtigen Teil des Hauses geht. Gäbe es *zwei*

Türen, die in Hulls Arbeitszimmer führen, wäre ich kaum so hastig zu Holmes gekommen, wie ich es getan habe.«

Das letztere sagte er in einem Tonfall schwacher Selbstrechtfertigung.

»Oh, Jory ging schon auf den Flur zurück«, sagte ich. »Aber sein Vater hat ihn nicht gesehen.«

»Verflucht!«

»Ich werde es Ihnen zeigen«, sagte ich und ging zum Schreibtisch, wo der Stock des alten Mannes noch lehnte. Ich nahm ihn und drehte mich zu ihnen um. »In dem Augenblick, als Lord Hull den Salon verließ, sprang Jory auf und rannte los.«

Lestrade warf Holmes einen verblüfften Blick zu; Holmes erwiderte den Blick des Inspektors kühl und ironisch. Ich verstand diese Blicke damals nicht, und ich dachte auch nicht weiter darüber nach, um die Wahrheit zu sagen. Ich begriff auch die weitere Bedeutung des Bildes nicht, das ich skizzierte, eine ganze Weile nicht. Ich nehme an, ich war zu sehr mit meiner Rekonstruktion beschäftigt.

»Er ging durch die erste Verbindungstür, lief durch das Musikzimmer und in Lady Hulls Morgengemach. Dann ging er zur Flurtür und sah hinaus. Wenn Lord Hulls Gicht so schlimm geworden war, daß sie zu Wundbrand führte, konnte er nicht mehr als ein Viertel des Weges über den Flur zurückgelegt haben, und das ist noch optimistisch geschätzt. Und nun hören Sie gut zu, Inspektor Lestrade; ich werde Ihnen schildern, wie ein Mann, der sein Leben lang gutem Essen und starken Getränken zugesprochen hat, dafür bezahlen mußte. Wenn Sie mir nicht glauben, dann werde ich Ihnen ein Dutzend Gichtkranke herbeischaffen, und jeder einzelne wird Ihnen genau die Symptome zeigen, die ich jetzt vorführen möchte.«

Damit hinkte ich langsam durch das Zimmer auf sie zu und stützte mich mit beiden Händen auf den Knauf des Stocks. Ich hob einen Fuß hoch, setzte ihn ab, machte eine Pause und zog den anderen nach. Ich richtete den Blick nicht ein einziges Mal in die Höhe. Statt dessen ließ ich ihn zwischen dem Stock und dem vorgesetzten Fuß hin und her wandern.

»Ja«, sagte Holmes leise. »Der gute Doktor hat ganz recht, Inspektor Lestrade. Die Gicht kommt zuerst; dann kommen Schwierigkeiten mit dem Gleichgewicht; und endlich (wenn der Kranke lange genug lebt) das charakteristische gebückte Gehen eines Menschen, der unablässig zu Boden sehen muß.«

»Jory muß gewußt haben, wohin sein Vater den Blick richtet, wenn er von einem Ort zum anderen ging«, sagte ich. »Und folglich waren die Geschehnisse des heutigen Vormittags diabolisch einfach. Als Jory das Morgengemach erreichte, sah er zur Tür heraus, beobachtete seinen Vater, dessen Blick – wie immer – auf seine Füße und die Spitze seines Stocks gerichtet war, und wußte, daß er sicher war. Er kam heraus, *direkt vor seinem ahnungslosen Vater,* und schlich einfach ins Arbeitszimmer. Die Tür, ließ uns Lestrade wissen, war nicht abgeschlossen, und selbst wenn, wie groß wäre das Risiko gewesen? Sie hielten sich drei Sekunden gemeinsam auf dem Flur auf, wahrscheinlich weniger.« Ich machte eine Pause. »Der Boden des Flurs besteht aus Marmor, nicht? Er muß die Schuhe ausgezogen haben.«

»Er trug Hausschuhe«, sagte Lestrade mit seltsam ruhiger Stimme und sah Holmes zum zweiten Mal in die Augen.

»Ah«, sagte ich. »Ich verstehe. Jory gelangte also lange vor seinem Vater ins Arbeitszimmer und schlüpfte hinter seine ausgeklügelte Bühnenkulisse. Dann zog er den Dolch und wartete. Sein Vater kam zum Ende des Flurs. Er hörte, wie Stanley zu ihm hinunterrief und wie er erwiderte, daß es ihm gutging. Dann betrat Lord Hull sein Arbeitszimmer zum letztenmal … machte die Tür zu … und schloß sie ab.«

Sie sahen mich beide gespannt an, und mir wurde klar, welch gottgleiche Macht Holmes in solchen Augenblicken empfunden haben mochte, wenn er anderen Dinge erzählte, die nur er selbst wissen konnte. Und dennoch muß ich wiederholen, daß es ein Gefühl ist, das ich nicht allzu oft erleben möchte. Ich glaube, der Drang nach diesem Gefühl würde die meisten Menschen verderben – Menschen mit weniger Stahl in den Seelen als mein Freund Sherlock Holmes.

»Krummbein machte sich vor dem Abschließen so klein wie möglich, weil er wahrscheinlich wußte (oder vermutete), daß sein Vater sich noch einmal genau umsehen würde, bevor er den Schlüssel herumdrehte und den Riegel vorschob. Er mag Gicht gehabt haben und ein wenig vergeßlich geworden sein, aber das heißt nicht, daß er blind gewesen wäre.«

»Stanley sagt, seine Augen waren tadellos«, bemerkte Lestrade. »Das war eine meiner ersten Fragen.«

»Er sah sich also um«, sagte ich, und plötzlich *sah* ich es vor mir; ich vermute, auch das ist bei Holmes genau so; die Rekonstruktion hatte, obschon sie auf Fakten und Schlußfolgerungen basierte, etwas Visionäres. »Er sah nichts, das ihn abschreckte, nur das Arbeitszimmer, wie es immer war, leer, abgesehen von ihm. Es ist ein bemerkenswert offenes Zimmer – ich sehe keine Schranktür, und wegen der Fenster auf beiden Seiten gibt es keine dunklen Ecken und Nischen, nicht einmal an einem Tag wie diesem.

Nachdem er sich vergewissert hatte, daß er allein war, machte er die Tür zu, drehte den Schlüssel um und legte den Riegel vor. Jory muß gehört haben, wie er zum Schreibtisch stapfte. Er muß das schwere Plumpsen und das Knarren des Stuhlpolsters gehört haben, als sein Vater sich daraufsetzte – ein Mann mit so fortgeschrittener Gicht wie er setzt sich nicht, sondern bringt sich über eine weiche Stelle und läßt sich darauffallen – und erst da wird Jory einen Blick riskiert haben.«

Ich sah Holmes an.

»Weiter, Mann«, sagte er herzlich. »Sie machen das hervorragend. Absolut erstklassig.« Ich sah, daß es sein Ernst war. Tausende hätten ihn als gefühlskalt bezeichnet, und sie wären nicht gerade im Unrecht gewesen, aber er besaß auch ein großes Herz. Holmes schützte es einfach nur besser als die meisten Menschen.

»Danke. Jory muß gesehen haben, wie sein Vater den Stock wegstellte und die Dokumente – die beiden Dokumente – auf die Schreibunterlage legte. Er ermordete seinen Vater nicht gleich, obwohl er es hätte tun können; das ist so grausam pathetisch an dieser Sache, und deshalb würde ich nicht für tausend Pfund in den Salon gehen, wo sie sich versammelt haben. Ich würde nur hineingehen, wenn Sie und Ihre Leute mich hineinzerren würden.«

»Woher wissen Sie, daß er es nicht auf der Stelle getan hat?« fragte Lestrade.

»Der Schrei ertönte mehrere Minuten nachdem der Schlüssel herumgedreht und der Riegel vorgelegt worden waren; das haben Sie selbst gesagt, und ich nehme an, Sie haben so viele Aussagen dazu, daß man es glauben kann. Und doch können es nur ein Dutzend große Schritte von der Tür zum Schreibtisch sein. Selbst für einen gichtigen Mann wie Lord Hull dürfte es nur eine halbe Minute, bestenfalls vierzig Sekunden gedauert haben, zum Stuhl zu gehen und sich zu setzen. Geben wir ihm noch fünfzehn Sekunden, um den Stock dort zu plazieren, wo Sie ihn gefunden haben, und seine Testamente auf den Schreibtisch zu legen.

Was ist dann geschehen? Was geschah in den letzten ein oder zwei Minuten, die zumindest Jory Hull wie eine Ewigkeit vorgekommen sein müssen? Ich glaube, Lord Hull saß einfach nur da und blickte von einem Testament zum anderen. Jory mußte den Unterschied zwischen den beiden deutlich sehen können; die unterschiedliche Farbe der Pergamente war ein unverkennbarer Hinweis.

Er wußte, sein Vater hatte die Absicht, *eines* davon in den Ofen zu werfen; ich glaube, er wartete ab, welches es sein würde. Immerhin bestand die Möglichkeit, daß der alte Teufel seiner Familie lediglich einen grausamen Streich gespielt hatte. Vielleicht würde er das neue Testament verbrennen und das alte wieder in den Tresor legen. Dann hätte Jory aus dem Zimmer gehen und seiner Familie sagen können, daß das neue Testament vernichtet worden war. Wissen Sie, wo er ist, Lestrade? Der Tresor?«

»Fünf der Bücher in diesem Regel schwingen nach außen«, sagte Lestrade kurz angebunden und deutete auf ein Regal in der Bücherecke.

»In diesem Fall wären sowohl die Familie wie auch der alte Mann zufrieden gewesen; die Familie hätte ihr Erbvermögen in Sicherheit gewußt, und der alte Mann wäre mit der Gewißheit ins Grab gegangen, daß er seinen Angehörigen einen der grausamsten Streiche aller Zeiten gespielt hatte … Aber er wäre als Gottes Opfer oder sein eigenes gegangen, und nicht als das von Jory Hull.«

Und zum drittenmal dieser merkwürdige Blick, halb amüsiert und halb abgestoßen, zwischen Holmes und Lestrade.

»Ich selbst glaube, daß der alte Mann nur den Augenblick ausgekostet hat, wie ein Mann die Aussicht auf einen Drink nach dem Essen oder eine Süßigkeit nach langer Zeit der Abstinenz genießen kann. Wie dem auch sei, die Minute verstrich, und Lord Hull schickte sich an, aufzustehen, aber mit dem dunklen Pergament in der Hand, und nicht in Richtung Tresor, sondern in Richtung Ofen. Was auch immer er gehofft haben mag, Jory zögerte nicht, als der Augenblick kam. Er kam aus seinem Versteck heraus, durchquerte die Strecke zum Schreibtisch in Sekundenbruchteilen und stieß seinem Vater den Dolch in den Rücken, noch bevor dieser ganz aufgestanden war.

Ich vermute, die Autopsie wird zeigen, daß die Klinge durch die obere Herzkammer in die Lunge eingedrungen ist – das würde die Menge Blut auf dem Schreibtisch erklären. Es erklärt auch, weshalb Lord Hull noch schreien konnte, bevor er starb, und das hat Jorys Untergang besiegelt.«

»Wie das?« sagte Lestrade.

»Ein Verbrechen in einem verschlossenen Zimmer ist eine schlechte Sache, wenn man nicht vorhat, den Mord als Selbstmord auszugeben«, sagte ich und sah zu Holmes. Der nickte und lächelte, als er seine eigene Maxime hörte. »Jory wollte auf gar keinen Fall, daß alles so blieb, wie es aussah – das verschlossene Zimmer, die verschlossenen Fenster, der Mann mit einem Messer an einer Stelle, an der er selbst es niemals hineingestoßen haben konnte. Ich glaube, er hatte nicht damit gerechnet, daß sein Vater mit einem solchen Schrei sterben würde. Sein Plan war, ihn zu erstechen, das neue Testament zu verbrennen, den Schreibtisch zu verwüsten, eines der Fenster zu öffnen und auf diesem Weg zu entkommen. Er wäre durch eine andere Tür wieder ins Haus gekommen, hätte seinen Platz unter der Treppe eingenommen, und wenn der Leichnam schließlich gefunden wurde, hätte es wie ein Raubüberfall ausgesehen.«

»Nicht für Hulls Notar«, sagte Lestrade.

»Er hätte wahrscheinlich Stillschweigen gewahrt«, sagte Holmes und fügte dann hinzu: »Ich wette, unser künstlerisch begabter Freund hatte die Absicht, noch ein paar Spuren hinzuzufügen. Ich habe festgestellt, daß die intelligentere Gattung von Mördern immer einige Spuren hinzufügt, die vom Ort des Verbrechens fortweisen.« Er stieß ein kurzes, humorloses Geräusch aus, das mehr ein Bellen als ein Lachen war, dann sah er vom Fenster neben dem Schreibtisch zu mir und Lestrade zurück. »Ich glaube, wir sind uns alle einig, daß es unter den gegebenen Umständen wie ein verdächtig motivierter Mord ausgesehen haben würde, aber selbst wenn der Notar geredet hätte, hätte man nichts *beweisen* können.«

»Mit seinem Schrei hat Lord Hull alles verdorben«, sagte ich, »wie er sein ganzes Leben lang alles verdorben hat. Das ganze Haus wurde aufgeschreckt. Jory, der in Panik geraten sein muß, stand wahrscheinlich nur da wie ein Reh in grellem Licht. Es war Stephen Hull, der den Tag rettete – zumindest aber Jorys Alibi, demzufolge Jory auf der Bank unter der Treppe saß, als sein Vater ermordet wurde. Stephen lief aus dem Musikzimmer, brach die Tür des Arbeitszimmers auf und muß Jory zugeflüstert haben, sofort mit ihm zum Schreibtisch zu gehen, damit es so aussah, als wären sie beide gleichzeitig in das Zimmer einge …«

Ich verstummte wie vom Donner gerührt. Endlich begriff ich die Blicke, die Holmes und Lestrade gewechselt hatten. Ich begriff, was ihnen von dem Augenblick an klar gewesen sein muß, als ich ihnen das Versteck zeigte: *Die Tat konnte nicht allein ausgeführt worden sein.* Der Mord ja, aber der Rest …

»Stephen hat ausgesagt, daß er und Jory sich vor der Arbeitszimmertür getroffen haben«, sagte ich langsam. »Daß er, Stephen, die Tür aufgebrochen hat und sie gemeinsam eingedrungen sind. Er hat gelogen, um seinen Bruder zu schützen; aber so gut zu lügen, wenn man nicht weiß, was geschehen ist, scheint – scheint …«

»*Unmöglich*«, sagte Holmes, »ist das Wort, nach dem Sie gesucht haben, Watson.«

»Dann haben Jory und Stephen gemeinsame Sache gemacht«, sagte ich. »Sie haben es gemeinsam geplant, und vor dem Gesetz sind sie damit beide des Mordes an ihrem Vater schuldig! Mein Gott!«

»Nicht beide, mein lieber Watson«, sagte Holmes in eigentümlich sanftem Tonfall. »*Alle*.«

Ich konnte nur staunen.

Er nickte. »Heute morgen haben Sie bemerkenswerte Einsicht gezeigt, Watson. In Ihnen hat sogar das Feuer der Erkenntnis gebrannt, das Sie, worauf ich wetten möchte, nie wieder entfachen können. Ich ziehe den Hut vor Ihnen, mein Freund, wie vor jedem Mann, der imstande ist, seine normale Natur zu überwinden, und sei es für noch so kurze Zeit. Aber in einer Hinsicht sind Sie derselbe alte Kerl geblieben, der Sie immer waren. Sie wissen zwar, wie gut die Menschen sein können, aber Sie haben keine Ahnung, wie schlecht sie sein können.«

Ich sah ihn schweigend, fast verlegen an.

»Nicht, daß hier viel Schlechtigkeit im Spiel gewesen wäre, wenn nur die Hälfte von dem stimmt, was ich über Lord Hull gehört habe«, sagte Holmes. Er stand auf und begann, gereizt im Arbeitszimmer auf und ab zu gehen. »Wer bezeugt, daß Jory bei Stephen war, als die Tür eingeschlagen wurde? Jory natürlich. Stephen natürlich. Aber da sind noch zwei andere Gesichter in diesem Familienporträt. Eines gehört William, dem dritten Bruder. Stimmen Sie mir zu, Lestrade?«

»Ja«, sagte Lestrade. »Wenn dies der Ablauf der Ereignisse ist, dann ist William auch darin verwickelt. Er sagte, er wäre auf halber Höhe der Treppe gewesen, als er sah, wie die beiden gemeinsam hineingingen, Jory ein Stückchen voraus.«

»Wie interessant!« sagte Holmes mit funkelnden Augen. »*Stephen* bricht die Tür auf – als jüngster und kräftigster muß er das natürlich tun –, also würde man erwarten, daß ihn sein Schwung als ersten ins Zimmer getragen hat. Und doch sah William, der auf halber Höhe der Treppe stand, *Jory* als ersten eintreten. Warum das, Watson?«

Ich konnte nur benommen den Kopf schütteln.

»Fragen Sie sich, wessen Zeugenaussagen – *und wessen*

Zeugenaussage allein – wir hier vertrauen können. Die Antwort lautet, dem einzigen Zeugen, der nicht zur Familie gehört: Lord Hulls Kammerdiener, Oliver Stanley. Er kam rechtzeitig zum Galeriegeländer, um Stephen eintreten zu sehen, was korrekt ist, da *Stephen* allein war, als er einbrach. *William*, der auf der Treppe die bessere Sicht hatte, hat gesagt, er hätte gesehen, wie Jory vor Stephen ins Arbeitszimmer ging. William sagte das, weil er Stanley gesehen hatte und wußte, was er sagen *mußte*. Es läuft auf folgendes hinaus, Watson: Wir wissen, daß Jory bereits im Zimmer war. Da beide Brüder darin übereinstimmen, daß er *außerhalb* stand, besteht zumindest ein Einvernehmen. Aber wie Sie sagten, die reibungslose Zusammenarbeit deutet auf etwas weitaus Ernsteres hin.«

»Eine Verschwörung«, sagte ich düster.

»Ja. Erinnern Sie sich, Watson, daß ich gefragt haben, ob Sie glauben, daß alle vier einfach in dem Augenblick, als sie hörten, wie das Arbeitszimmer abgeschlossen wurde, stumm in vier verschiedene Richtungen den Salon verließen?«

»Ja. Jetzt erinnere ich mich wieder.«

»Alle *vier*.« Er sah kurz zu Lestrade, der nickte, und dann wieder zu mir. »Wir wissen, daß Jory sofort aufgesprungen sein muß, als der alte Mann den Salon verlassen hatte, damit er vor ihm im Arbeitszimmer sein konnte, aber alle vier verbliebenen Familienmitglieder – einschließlich Lady Hull – behaupten, daß Jory sich noch im Salon aufhielt, nachdem Lord Hull die Arbeitszimmertür abgeschlossen hatte. Der Mord an Lord Hull war eindeutig eine Familienverschwörung, Watson.«

Ich war zu bestürzt, um etwas zu sagen. Ich sah Lestrade an und bemerkte einen Ausdruck in seinem Gesicht, den ich noch nie gesehen hatte und auch nie wieder sehen sollte: eine Art müder, ekelerfüllter Schwere.

»Was dürften sie erwarten?« fragte Holmes fast beiläufig.

»Jory wird ganz sicher hängen«, sagte Lestrade. »Stephen wird lebenslänglich in den Kerker wandern. William Hull könnte auch lebenslänglich bekommen, wahrscheinlicher aber zwanzig Jahre in Broadmoor, eine Art lebender Tod.«

Holmes bückte sich und strich über die Leinwand zwischen den Beinen des Kaffeetischs. Sie gab dieses seltsame heisere Schnurren von sich.

»Lady Hull«, fuhr Lestrade fort, »darf damit rechnen, die nächsten fünf Jahre in Beechwood Manor zu verbringen, den Einsitzenden besser als Syphilis-Palast bekannt; aber nachdem ich die Dame kennengelernt habe, vermute ich, daß sie einen anderen Ausweg finden wird. Ich würde auf die Opiumtinktur ihres Mannes tippen.«

»Und das alles, weil Jory Hull keinen sauberen Stich ausführen konnte«, bemerkte Holmes und seufzte. »Wenn der alte Mann die Höflichkeit besessen hätte, lautlos zu sterben, dann wäre alles gut gewesen. Jory wäre, wie Watson gesagt hat, durch das Fenster geflüchtet und hätte natürlich auch seine Leinwand mitgenommen, von seinen unglücklichen Schatten ganz zu schweigen. Statt dessen hat er das ganze Haus aufgeschreckt. Alle Diener versammelten sich und lamentierten über den toten Herrn. Die Familie war in Verwirrung. Wie elend ihr Glück doch gewesen ist, Lestrade! Wie nahe war der Constable, als Stanley ihn rief?«

»Näher, als Sie denken«, sagte Lestrade. »Er lief bereits die Zufahrt herauf. Als er zufällig gerade am Haus vorbeikam, hörte er den Schrei. Sie hatten wirklich *großes* Pech.«

»Holmes«, sagte ich und fühlte mich in meiner alten Rolle wesentlich behaglicher, »woher wußten Sie, daß ein Constable in der Nähe war?«

»Nichts leichter als das, Watson. Wenn nicht, hätte die Familie die Dienerschaft lange genug hinausgescheucht, um die Leinwand und die falschen Schatten zu verstecken.«

»Und um wenigstens ein Fenster aufzumachen, würde ich meinen«, fügte Lestrade mit einer ungewöhnlich leisen Stimme hinzu.

»Sie *hätten* die Leinwand und die Schatten nehmen können«, sagte ich plötzlich.

Holmes wandte sich mir zu. »Ja.«

Lestrade zog die Brauen hoch.

»Es lief auf eine Entscheidung hinaus«, sagte ich zu ihm. »Die Zeit reichte nur aus, *entweder* das neue Testament zu verbrennen *oder* die Leinwand wegzuschaffen … Stephen oder Jory hätten es in den wenigen Augenblicken nach dem Aufbrechen der Tür tun können. Sie – oder, wenn wir das Temperament der handelnden Personen richtig einschätzen, *Stephen* – beschlossen, das Testament zu verbrennen und das Beste zu hoffen. Ich nehme an, sie hatten gerade noch Zeit genug, es in den Ofen zu werfen.«

Lestrade sah ihn an, dann wieder uns. »Nur ein so schlechter Mensch wie Hull konnte am Ende die Kraft gefunden haben, noch einen Schrei auszustoßen«, sagte er.

»Nur ein so schlechter Mensch wie Hull brauchte einen Sohn, um ihn zu töten«, sagte Holmes.

Er und Lestrade sahen einander an, und wieder ging etwas zwischen ihnen vor, etwas perfekt Übermitteltes, von dem ich ausgeschlossen blieb.

»Haben Sie es jemals getan?« fragte Holmes, als knüpfe er an eine alte Unterhaltung an.

Lestrade schüttelte den Kopf. »Einmal war ich verdammt nahe dran«, sagte er. »Es hatte mit einem Mädchen zu tun, und es war im Grunde gar nicht wirklich ihre Schuld. Aber ich war nahe daran. Aber – das war nur eine Person.«

»Und hier sind es vier«, gab Holmes zurück, der ihn genau verstand. »Vier Menschen, die von einem Schurken übel behandelt wurden, der innerhalb von sechs Monaten sowieso gestorben wäre.«

Jetzt endlich begriff ich, wovon sie sprachen.

Holmes richtete seine grauen Augen auf mich. »Was sagen Sie, Lestrade? Watson hat diesen Fall allein aufgeklärt, wenn er auch nicht alle Zusammenhänge erkannt hat. Sollen wir Watson entscheiden lassen?«

»Also gut«, sagte Lestrade grimmig. »Aber beeilen Sie sich. Ich möchte aus diesem verdammten Zimmer heraus.«

Statt zu antworten, bückte ich mich, rollte die Filzschatten zusammen und steckte sie in die Manteltasche. Ich kam mir sehr seltsam vor, als ich das tat; ich fühlte mich wie im Griff des Fiebers, das mich in Indien fast das Leben gekostet hatte.

»Kapitaler Bursche, Watson!« rief Holmes. »Sie haben Ihren ersten Fall gelöst und wurden am selben Tag zum Komplizen bei einem Mord, und das noch vor der Teestunde! Und hier ist noch ein Souvenir für mich – ein echter Jory Hull. Ich bezweifle, daß er signiert ist, aber man muß für alles dankbar sein, was einem die Götter an einem regnerischen Tag schicken.« Er benutzte sein Taschenmesser, um den Leim zu lösen, mit dem die Leinwand an den Beinen des Kaffeetischs befestigt war. Er arbeitete rasch; weniger als eine Minute später schob er die schmale Leinwandröhre in die Innentasche seines weiten Übermantels.

»Dies ist eine schmutzige Tat«, sagte Lestrade, aber er ging zu einem der Fenster und öffnete nach einem Augenblick des Zögerns den Riegel, der es hielt, und machte es einen Spalt auf.

»Sagen wir lieber, eine schmutzige Tat wird ungeschehen gemacht«, sagte Holmes in einem Tonfall fast erregter Fröhlichkeit. »Sollen wir gehen, meine Herren?«

Wir gingen zur Tür. Lestrade machte sie auf. Einer der Constables fragte Lestrade, ob es schon Fortschritte gab.

Bei einer anderen Gelegenheit hätte Lestrade dem Mann wahrscheinlich seine groben Gepflogenheiten demonstriert. Dieses Mal sagte er nur: »Sieht so aus, als wäre ein Einbruch zu etwas Schlimmerem geworden. Ich habe es sofort gesehen; Holmes einen Augenblick später.«

»Zu dumm!« sagte der andere Constable.

»Ja, zu dumm«, sagte Lestrade. »Aber nach dem Schrei des alten Mannes flüchtete der Dieb, bevor er etwas stehlen konnte. Machen Sie weiter.«

Wir gingen. Die Tür zum Salon stand offen, aber ich wandte den Blick ab, als wir daran vorbeigingen. Holmes sah natürlich hin; er konnte wohl nicht anders. So war er eben. Was mich betrifft, so habe ich keinen Angehörigen der Familie jemals wiedergesehen. Ich wollte es auch nie.

Holmes nieste wieder. Die Katze strich um seine Beine und miaute wonniglich. »Laßt mich hier raus«, sagte er und stob davon.

Eine Stunde später saßen wir wieder in 221 B Baker Street, ungefähr an denselben Plätzen, an denen wir gesessen hatten, bevor Lestrade vorgefahren war: Holmes am Fenster, ich auf dem Sofa.

»Nun, Watson«, sagte Holmes nach einer Weile, »was meinen Sie, wie werden Sie heute nacht schlafen?«

»Vorzüglich«, sagte ich. »Und Sie?«

»Ebenso, kein Zweifel«, sagte er. »Ich bin froh, daß ich nicht mehr in der Nähe dieser verdammten Katzen bin, das kann ich Ihnen sagen.«

»Wie wird Lestrade schlafen, was meinen Sie?«

Holmes sah mich an und lächelte. »Heute nacht schlecht. Vielleicht die ganze Woche schlecht. Aber dann wird wieder alles in Ordnung sein. Lestrade hat ein außerordentliches Talent, schöpferisch zu vergessen.«

Darauf mußte ich lachen.

»Sehen Sie, Watson!« sagte Holmes. »Das ist ein Anblick!« Ich stand auf, ging zum Fenster und war sicher, daß Lestrade wieder in einer Droschke vorfahren würde. Statt dessen sah ich, wie die Sonne durch die Wolken brach und London in ein herrliches Nachmittagslicht tauchte.

»Sie ist doch noch herausgekommen!« sagte Holmes. »Großartig, Watson! Da freut man sich, am Leben zu sein!« Er griff nach seiner Violine und fing an zu spielen, und die Sonne schien ihm ins Gesicht.

Ich sah auf sein Barometer und stellte fest, daß es fiel. Da mußte ich so lachen, daß ich mich setzen mußte. Als Holmes fragte – in gelinde gereiztem Tonfall –, was denn los sei, konnte ich nur den Kopf schütteln. Ich bezweifle ohnehin, ob er es verstanden haben würde. So arbeitete sein Verstand einfach nicht.

Umneys letzter Fall

Der Regen ist vorbei. Die Hügel sind noch grün, und im Tal jenseits der Hollywood Hills kann man Schnee auf den höchsten Bergen sehen. Die Pelzhändler bieten ihre jährlichen Ausverkaufsangebote feil. Die Hurenhäuser, die sich auf sechzehnjährige Jungfrauen spezialisiert haben, verzeichnen Hochkonjunktur. Und in Beverly Hills fangen die Jacarandabäume an zu blühen.

RAYMOND CHANDLER

Die kleine Schwester

1. Neues von Peoria

Es war einer dieser Frühlingsmorgen, die so perfekt zu L. A. gehören, daß man damit rechnet, irgendwo das kleine Zeichen für geschützte Markennamen – ®- aufgedruckt zu sehen. Die Abgase der Fahrzeuge auf dem Sunset rochen schwach nach Oleander, der Oleander war schwach mit Abgasen parfümiert, und der Himmel war so rein wie das Gewissen eines bigotten Baptisten. Peoria Smith, der blinde Zeitungsjunge, stand an seiner gewohnten Stelle Ecke Sunset und Laurel, und wenn das nicht hieß, daß Gott im Himmel wohnte und alles in der Welt ihm wohlgefällig war, dann wüßte ich nicht, was es sonst heißen konnte.

Doch seit ich heute morgen zu ungewohnter Zeit, um halb acht, die Füße aus dem Bett geschwungen hatte, schien alles ein wenig aus dem Lot geraten zu sein; ein bißchen verschwommen an den Rändern. Erst als ich mich rasierte – oder zumindest, als ich den widerborstigen Stoppeln den Rasierapparat zeigte und mich bemühte, sie damit einzuschüchtern –, wurde mir einer der Gründe dafür klar. Ich war mindestens bis zwei wach gewesen und hatte gelesen; aber ich hatte die Demmicks nicht nach Hause kommen hören, bis zu den Ohrläppchen abgefüllt und in diese kurzangebundenen Einzeiler vertieft, die offenbar die Grundlage ihrer Ehe bilden.

Und Buster hatte ich auch nicht gehört, was wahrscheinlich noch seltsamer war. Buster, der Welsh Corgi der Demmicks, hat ein schrilles Bellen an sich, das einem wie Glasscherben durch den Kopf schneidet, und er macht, sooft er kann, Gebrauch davon. Außerdem ist er von der eifersüchtigen Sorte. Er stößt jedesmal einen seiner schrillen Beller aus, wenn George und Gloria sich in den Armen liegen, und wenn sie nicht miteinander zanken wie zwei Vaudevillekomiker, liegen George und Gloria sich normalerweise *immer* in den Armen. Ich bin mehr als einmal zu Bett gegangen und habe sie kichern gehört, während dieser Köter um ihre Füße springt und sein *Kläffkläffkläff* ausstößt, und habe mich gefragt, ob es wohl schwierig wäre, einen muskulösen, mittelgroßen Hund mit einer Klaviersaite zu erwürgen. Aber letzte Nacht war es im Apartment der Demmicks so still wie im Grab. Das war seltsam, aber längst nicht weltbewegend; die Demmicks waren schon im günstigsten Fall nicht gerade das perfekte Paar mit geregeltem Lebenswandel.

Peoria Smith dagegen schien wohlauf – quietschfidel wie immer, und er erkannte mich an meinem Gang, obwohl es mindestens eine Stunde vor meiner üblichen Zeit war. Er trug ein ausgebeultes T-Shirt mit der Aufschrift *CalTech*, das ihm bis zu den Schenkeln reichte, und eine abgeschnittene Cordhose, die seine schorfigen Knie freiließ. Sein verhaßter weißer Stock lehnte achtlos an der Seite des Kartentischs, auf dem er seine Geschäfte abwickelte.

»Ah, Mr. Umney! Wie geht's dem Jungen?«

Peorias dunkle Brille funkelte im morgendlichen Sonnenlicht, und als er sich mit meinem Exemplar der *L. A. Times* in der Hand zum Geräusch meiner Schritte umdrehte, hatte ich kurz einen beunruhigenden Gedanken: es war, als hätte ihm jemand zwei große schwarze Löcher ins Gesicht gebohrt. Ich schüttelte den Gedanken erschauernd ab und dachte, es wäre vielleicht an der Zeit, den Whiskey vor dem Schlafengehen auszulassen. Entweder das, oder die Dosis zu verdoppeln.

Das Titelbild der *Times* zeigte Hitler, wie so oft in letzter Zeit. Dieses Mal ging es um Österreich. Ich dachte mir, und nicht zum ersten Mal, wie passend dieses blasse Gesicht mit der schlappen Haarsträhne auf einem Fahndungsplakat im Postamt aussehen würde.

»Dem Jungen geht's prächtig, Peoria«, sagte ich. »Dem Jungen geht es so geschmiert wie frischer Farbe an einer Abortwand.«

Ich warf ein Zehncentstück in die Corona-Zigarrenkiste auf Peorias Zeitungsstapel. Die *Times* kostet drei Cent, und auch das ist noch zu teuer, aber ich werfe seit urdenklichen Zeiten die gleiche Münze in Peorias Kleingeldkiste. Er ist ein guter Junge und bekommt gute Noten in der Schule – das habe ich letztes Jahr selbst überprüft, als er mir im Fall Weld geholfen hatte. Wenn Peoria nicht auf Harris Brunners Hausboot aufgekreuzt wäre, würde ich immer noch versuchen, mit den Füßen in einem Betonklotz irgendwo vor Malibu zu schwimmen. Es wäre untertrieben zu sagen, daß ich ihm eine Menge verdanke.

Im Lauf dieser speziellen Ermittlung (Peoria Smith, nicht Harris Brunner und Mavis Weld) fand ich sogar den richtigen Namen des Jungen heraus, aber den können keine zehn Pferde aus mir herauslocken. Peorias Vater sprang am schwarzen Freitag vom neunten Stock eines Bürogebäudes in eine ewige Kaffeepause, seine Mutter ist die einzige Weiße, die in der abgewirtschafteten chinesischen Wäscherei in La Punta arbeitet, und der Junge ist blind. Muß die Welt zu alledem noch erfahren, daß sie ihm Francis angehängt haben, als er noch zu klein war, sich zu wehren? Die Verteidigung ruht.

Wenn in der Nacht zuvor etwas Saftiges passiert ist, findet man es fast immer auf Seite eins der *Times,* linkerhand gleich unter dem Knick. Ich drehte die Zeitung um und fand heraus, daß ein Bandleader kubanischer Herkunft einen Herzanfall gehabt hatte, als er mit seiner Sängerin im Carousel in

Burbank tanzte. Er starb eine Stunde später im L. A. General. Ich empfand ein gewisses Mitgefühl für die Witwe des Maestro, aber keines für den Mann selbst. Meiner Meinung nach verdienen Leute, die in Burbank tanzen gehen, was sie bekommen.

Ich schlug den Sportteil auf, um zu erfahren, wie sich Brooklyn tags zuvor beim Doppel mit den Cards geschlagen hatte. »Was ist mit dir, Peoria? In deinem Schloß alles zum besten? Zinnen und Wachttürme in gutem Zustand?«

»Klar, Mr. Umney! O Mann!«

Etwas in seiner Stimme weckte meine Aufmerksamkeit, also senkte ich die Zeitung und sah ihn genauer an. Da sah ich dann, was ein hochkarätiger Schnüffler wie ich eigentlich gleich hätte bemerken sollen. Der Junge platzte förmlich vor Glück.

»Du siehst auf, als hätte dir gerade jemand sechs Freikarten für das erste Spiel der Weltserie gegeben«, sagte ich. »Was ist los, Peoria?«

»Meine Mom hat unten in Tijuana in der Lotterie gewonnen!« sagte er. »Vierzigtausend Mäuse! Wir sind reich, Bruder! *Reich!*«

Ich schenkte ihm ein Grinsen, das er nicht sehen konnte, und raufte ihm das Haar. Sein Wirbel stand danach hoch, aber was soll's. »Mann, du kriegst die Tür nicht zu. Wie alt bist du, Peoria?«

»Zwölf, im Mai. Das müßten *Sie* doch wissen, Mr. Umney, Sie haben mir ein Polohemd geschenkt. Aber ich verstehe nicht, was das damit zu tun hat, daß ...«

»Zwölf ist alt genug, um zu wissen, daß die Leute manchmal das, was sie sich *wünschen*, mit dem verwechseln, was *tatsächlich* passiert. Mehr wollte ich damit nicht sagen.«

»Wenn Sie von Tagträumen sprechen, haben Sie recht – ich weiß *alles* darüber«, sagte Peoria und strich mit den Händen über den Hinterkopf, um seinen Wirbel wieder glattzustreichen. »Aber das ist kein Tagtraum, Mr. Umney. Es ist echt! Mein Onkel Fred war gestern nachmittag unten und hat das Geld geholt. Er hat es in der Satteltasche seines Vinnie zurückgebracht! Ich habe es gerochen! Verdammt, ich habe mich darin *gewälzt!* Es war alles auf Moms Bett ausgebreitet! Ich kann Ihnen sagen, das tollste Gefühl, das ich je hatte – vierzigtausend Mäuse!«

»Zwölf mag alt genug sein, den Unterschied zwischen Tagträumen und der Wirklichkeit zu kennen, aber es ist mit Sicherheit nicht alt genug für solche Worte«, sagte ich. Das hörte sich gut an – ich bin sicher, die Liga für Anstand und Sitte hätte es zweitausendprozentig gebilligt –, aber mein Mund lief auf Autopilot, und ich hörte kaum, was herauskam. Ich war zu sehr damit beschäftigt, ins Hirn zu bekommen, was er mir gerade gesagt hatte. Eines wußte ich mit Sicherheit: er hatte sich geirrt. Er *mußte* sich geirrt haben, denn wenn es zutraf, dann würde Peoria nicht mehr hier stehen, wenn ich auf dem Weg zu meinem Büro im Fulwider Building vorbeikam. Und das konnte einfach nicht sein.

Ich stellte fest, daß meine Gedanken zu den Demmicks zurückkehrten, die zum ersten Mal seit Anbeginn der Geschichtsschreibung keine ihrer Big-Band-Platten mit voller Lautstärke gespielt hatten, bevor sie zu Bett gegangen waren, und an Buster, der zum ersten Mal seit Anbeginn der Geschichtsschreibung nicht mit einem Bombardement von Gebell reagiert hatte, als George den Schlüssel im Schloß herumdrehte. Der Gedanke, daß etwas aus dem Lot war, stellte sich wieder ein, stärker als vorher.

Derweil betrachtete mich Peoria mit einem Ausdruck, den ich nie auf seinem ehrlichen, offenen Gesicht erwartet hätte: mürrische Gereiztheit, verbunden mit verzweifeltem Humor. So sah ein Kind einen Windbeutel an, der seine ganzen Geschichten, selbst die langweiligen, drei- oder viermal erzählt hat.

»Kapieren Sie die Nachricht nicht, Mr. Umney? Wir sind *reich!* Meine Mutter muß keine Hemden für diesen verfluchten Lee Ho mehr bügeln, und ich muß keine Zeitungen mehr verkaufen, im Winter zittern, wenn es regnet, und diesen verrückten alten Säcken in den Arsch kriechen, die bei Bilder's arbeiten. Ich kann aufhören, so zu tun, als wäre ich im Himmel, wenn mir irgendein Schwanzlutscher einen Nickel Trinkgeld gibt.«

Daraufhin zuckte ich ein wenig zusammen, aber zum Teufel – ich war kein Nickel-Typ. Ich gab Peoria tagaus, tagein sieben Cent – es sei denn, ich war so pleite, daß ich es mir nicht leisten konnte. Aber in meiner Branche gehörte eine gelegentliche Dürreperiode zum Geschäft.

»Vielleicht sollten wir zu Blondie's gehen und eine Tasse Java trinken«, sagte ich. »Und über alles reden.«

»Geht nicht. Das ist geschlossen.«

»*Blondie's?* Was du nicht sagst!«

Aber Peoria konnten so weltliche Dinge wie der Coffee Shop oben an der Straße nicht irritieren. »Das Beste haben Sie noch gar nicht gehört, Mr. Umney! Mein Onkel Fred kennt einen Arzt in Frisco – einen Spezialisten –, der glaubt, daß er etwas mit meinen Augen machen kann.« Er wandte mir das Gesicht zu. Seine Lippen unter der Brille und der zu schmalen Nase bebten. »Er sagt, vielleicht liegt es doch nicht am Sehnerv, und wenn nicht, könnte man es operieren. Ich verstehe die technischen Sachen nicht, aber ich könnte wieder sehen, Mr. Umney!« Er tastete blind nach mir ... na klar. Wie sonst hätte er denn nach mir tasten sollen? »*Ich könnte wieder sehen!*«

Er tastete nach mir, und ich ergriff seine Hände und drückte sie kurz, bevor ich ihn sanft wegschob. Er hatte Druckerschwärze an den Fingern, und mir war es nach dem Aufstehen so gut gegangen, daß ich mein neues weißes Hemd angezogen hatte. Selbstverständlich zu warm für den Sommer, aber heutzutage ist die ganze Stadt klimatisiert, und außerdem friere ich von Natur aus.

Im Augenblick allerdings war mir alles andere als kalt.

Peoria sah zu mir auf, und sein dünnes und irgendwie perfektes Zeitungsjungengesicht wirkte besorgt. Eine leichte Brise – mit Oleander und Abgasen geschwängert – zauste seinen Wirbel, und da fiel mir auf, daß ich den nur sehen konnte, weil er seine Tweedmütze nicht aufhatte. Ohne die sah er irgendwie nackt aus, warum auch nicht? *Jeder* Zeitungsjunge sollte eine Tweedmütze tragen, so wie jeder Schuhputzer eine in den Nacken geschobene Baskenmütze tragen sollte.

»Was ist denn los, Mr. Umney? Ich dachte mir, Sie würden sich freuen. Herrgott, ich hätte nicht zu dieser verfluchten Ekke kommen müssen, wissen Sie, aber ich bin gekommen – ich kam sogar früher her, weil ich so eine Ahnung hatte, daß *Sie* früher kommen würden. Ich dachte mir, Sie würden sich freuen, daß meine Mom in der Lotterie gewonnen hat und ich vielleicht operiert werden kann, aber Sie freuen sich nicht.« Jetzt bebte seine Stimme vor Enttäuschung. »Gar nicht!«

»Aber ja doch«, sagte ich und *wollte* mich freuen – jedenfalls ein Teil von mir –, aber das Schlimme war, er hatte so ziemlich recht. Sehen Sie, es bedeutete, daß die Welt sich verändern würde, aber die Welt *sollte* sich nicht verändern. Peoria Smith sollte genau hier stehen, jahrein, jahraus, mit seiner perfekten Mütze, die er an heißen Tagen in den Nakken schob und an regnerischen tief in die Stirn zog, so daß der Regen vom Schirm tropfte. Er sollte immer lächeln, er sollte niemals »Hölle« oder »Bockmist« sagen, aber vor allem mußte er *blind* sein.

»Sie freuen sich *nicht!*« sagte er, und dann stieß er schockierenderweise seinen Kartentisch um. Er fiel auf die Straße, Zeitungen flatterten in alle Richtungen. Sein weißer Stock rollte in den Rinnstein. Peoria hörte ihn fallen und bückte sich, um ihn aufzuheben. Ich konnte Tränen sehen, die unter seiner dunklen Brille hervorliefen und an seinen blassen, dünnen Wangen hinabrannen. Er tastete nach dem Stock, aber der war zu mir gerollt, und er suchte in der falschen Richtung. Ich verspürte plötzlich den übermächtigen Wunsch, ihn zu packen und in seinen blinden Zeitungsjungenarsch zu treten.

Statt dessen bückte ich mich, hob seinen Stock auf und klopfte ihm damit leicht gegen die Hüfte.

Peoria drehte sich wie der Blitz um und packte ihn. Aus den Augenwinkeln sah ich Bilder von Hitler und dem jüngstverstorbenen kubanischen Bandleader über den ganzen Sunset Boulevard flattern – ein Bus Richtung Van Ness schnaubte durch eine kleine Verwehung von ihnen und ließ einen bitteren Nachgeschmack von Dieselabgasen hinter sich. Mir mißfiel der Anblick dieser Zeitungen, die hierhin und dorthin flatterten. Sie sahen unordentlich aus. Schlimmer, sie sahen *falsch* aus. Durch und durch *falsch.* Ich kämpfte gegen einen erneuten Impuls, so stark wie der erste, Peoria zu packen und zu schütteln. Ihm zu sagen, daß er den ganzen Vormittag damit verbringen würde, diese Zeitungen aufzuheben, und daß ich ihn erst nach Hause gehen ließe, wenn er jede einzelne eingesammelt hatte.

Mir fiel ein, daß ich noch vor zehn Minuten gedacht hatte, dies wäre ein perfekter L. A.-Morgen – so perfekt, daß er das eingetragene Warenzeichen verdiente. Und das *war* er auch gewesen, verdammt. Wie hatte alles nur so schiefgehen können? Und wie konnte es so schnell geschehen?

Keine Antworten kamen, nur die irrationale, aber mächtige Stimme aus dem Inneren, die mir sagte, daß die Mutter des Jungen *unmöglich* in der Lotterie gewonnen haben konnte, daß der Junge *nicht* aufhören konnte, Zeitungen zu verkaufen, und daß er vor allen Dingen nicht sehen konnte. Peoria Smith mußte für den Rest seines Lebens blind sein.

Nun, es wird etwas wie ein Experiment sein, dachte ich. *Selbst wenn der Arzt in Frisco kein Quacksalber ist, und das ist er wahrscheinlich, wird es schiefgehen.*

Und so bizarr es sich anhören mag, dieser Gedanke beruhigte mich.

»Hör zu«, sagte ich, »wir sind beide heute morgen mit dem falschen Fuß aufgestanden, das ist alles. Ich will es wieder gutmachen. Gehen wir zu Blondie's, und ich spendiere dir ein Frühstück. Was meinst du, Peoria? Du kannst einen Teller Eier mit Speck verputzen und mir erzählen ...«

»Hol dich der Teufel!« schrie er und schockierte mich damit bis in die Zehenspitzen. »Hol dich der Teufel, mitsamt dem Pferd, auf dem du hergeritten bist, du billiger Schwindler! Glaubst du, Blinde merken nicht, wenn Leute wie du gedruckt lügen? Hol dich der Teufel! Und laß von jetzt an die Hände von mir! Ich glaube, du bist eine Tunte!«

Das reichte – niemand nennt mich eine Tunte und kommt ungestraft davon, nicht einmal ein blinder Zeitungsjunge. Ich vergaß vollkommen, daß mir Peoria während des Falls Mavis Weld das Leben gerettet hatte; ich griff nach seinem

Stock, wollte ihn ihm wegnehmen und ihm den Hosenboden damit strammziehen. Ihm Manieren beibringen.

Aber bevor ich ihn ergreifen konnte, holte Peoria aus und rammte mir den Stock in den Unterleib – tatsächlich. Ich knickte zusammen, aber noch während ich versuchte, nicht vor Schmerzen zu heulen, überlegte ich mir, daß ich Glück gehabt hatte; drei Zentimeter tiefer, und ich konnte aufhören, meinen Lebensunterhalt mit Schnüffeln zu verdienen, und statt dessen einen Job als Sopran im Dogenpalast annehmen.

Ich streckte dennoch rasch und unwillkürlich die Hand nach ihm aus, und da schmetterte er mir den Stock in den Nacken. Fest. Der Stock brach nicht, aber ich hörte ihn knirschen. Ich überlegte mir, daß ich dem Stock den Rest geben konnte, wenn ich ihn Peoria ins rechte Ohr rammte. Ich würde ihm schon zeigen, wer eine Tunte war.

Er wich vor mir zurück, als hätte er meine Gedanken gelesen, und warf den Stock auf die Straße.

»Peoria«, brachte ich heraus. Vielleicht war es noch nicht zu spät, die Vernunft noch am Rockzipfel zu erwischen. »Peoria, verdammt, was ist denn nur los mit …«

»Und nennen Sie mich nicht so!« schrie er. *»Mein Name ist Francis! Frank! Sie haben damit angefangen, mich Peoria zu nennen! Sie haben damit angefangen, und jetzt nennen mich alle so, und das stinkt mir!«*

Meine tränenden Augen sahen ihn doppelt, als er herumwirbelte und über die Straße rannte, ohne auf den Verkehr zu achten (zum Glück für ihn herrschte gerade keiner), und dabei die Hände vor sich ausstreckte. Ich dachte, er würde auf der anderen Seite über den Bordstein stolpern – freute mich sogar schon darauf –, aber ich schätze, Blinde müssen einen guten Satz topographischer Karten im Kopf haben. Er sprang behende wie eine Ziege auf den Gehweg, dann drehte er die schwarze Brille in meine Richtung zurück. Sein tränenüberströmtes Gesicht drückte einen irren Triumph aus, und die dunklen Gläser sahen mehr denn je wie Löcher aus. Große, als hätte ihm jemand zwei Schüsse mit einer Schrotflinte verpaßt.

»Blondie ist weg, das hab ich Ihnen gesagt!« schrie er. *»Meine Mom sagt, er ist mit dieser rothaarigen Schlampe auf und davon,*

die er letzten Monat eingestellt hat! Dein Pech, du häßlicher Wichser!«

Er drehte sich um und lief in seiner seltsamen Gangart den Sunset entlang, die gespreizten Finger vor sich ausgestreckt. Leute standen in kleinen Gruppen auf beiden Straßenseiten, betrachteten ihn, betrachteten die flatternden Zeitungen, betrachteten mich.

Hauptsächlich mich, schien es.

Dieses Mal schaffte es Peoria – gut, meinetwegen Francis – bis zu Derringer's Bar, bevor er sich umdrehte und seine letzte Salve abfeuerte.

»Der Teufel soll Sie holen, Mr. Umney!« schrie er und lief weiter.

2. Vernons Husten

Ich schaffte es, mich aufzurichten und über die Straße zu gehen. Peoria, alias Francis Smith, war längst verschwunden; aber ich wollte auch die flatternden Zeitungen hinter mir lassen. Wenn ich sie ansah, bekam ich Kopfschmerzen, die irgendwie noch schlimmer waren als die Schmerzen im Unterleib.

Auf der anderen Straßenseite gaffte ich ins Schaufenster von Felt's Schreibwarengeschäft, als wäre der neue Kugelschreiber von Parker das Faszinierendste, das ich je in meinem Leben gesehen hatte (vielleicht auch wegen der Terminkalender mit den Kunstledereinbänden). Nach etwa fünf Minuten – Zeit genug, mir jedes einzelne Stück in dem staubigen Schaufenster einzuprägen – fühlte ich mich imstande, meinen Weg den Sunset entlang fortzusetzen, ohne allzu deutlich Schlagseite nach Backbord zu haben.

Fragen kreisten in meinem Kopf, wie einem im Autokino in San Pedro Insekten um den Kopf kreisen, wenn man vergessen hat, einen oder zwei Insektenstäbe mitzubringen. Ich konnte die meisten ignorieren, aber ein paar kamen durch. Erstens, was um Himmels willen war nur in Peoria gefahren? Zweitens, was um Himmels willen war in mich gefahren? Diese unbequemen Fragen stellte ich mir, bis ich an der Ecke Sunset und Travernia zu Blondie's City Eats kam, 24 Std. geöffnet, Brötchen sind unsere Spezialität; und als ich da stand, verschwanden sie mit einem einzigen Schlag aus meinem Kopf. Blondie's befand sich, seit ich mich erinnern konnte, an dieser Ecke – die Pufflouis und Nutten und Hipsters gingen da ein und aus, ganz zu schweigen von den Lesben und Junkies. Ein berühmter Stummfilmstar wurde einmal wegen Mordes verhaftet, als er aus Blondie's kam, und ich selbst hatte vor gar nicht so langer Zeit dort eine häßliche Sache abgeschlossen, als ich einen angetörnten Modeschöpfer erschießen mußte, der im Anschluß an eine Hollywooder Drogenparty drei Haschbrüder umgelegt hatte. Dort hatte ich auch der silberhaarigen Ardis McGill mit den violetten Augen Lebewohl gesagt. Den Rest der Nacht war ich durch den seltenen Nebel von Los Angeles geschlendert, der möglicherweise nur hinter meinen Augen existierte und mir die Wangen hinunterlief, als die Sonne aufging.

Blondie's geschlossen? Blondie's fort? Unmöglich, hätte man gesagt – eher wäre die Freiheitsstatue von ihrem kahlen Felsen im Hafen von New York verschwunden.

Unmöglich, aber wahr. Das Schaufenster, in dem einst eine Auswahl von Kuchen und Torten gestanden hatte, daß einem das Wasser im Mund zusammenlief, war zugenagelt, aber die Arbeit war schlampig ausgeführt, und deshalb konnte ich durch die Ritzen in den fast leeren Raum sehen. Das Linoleum sah schmutzig und kahl aus. Die vom Fett gedunkelten Blätter der Deckenventilatoren hingen herunter wie die Propeller abgestürzter Flugzeuge. Einige Tische waren noch da, auf die man sechs oder acht der altbekannten rotgepolsterten Stühle gestapelt hatte, Beine nach oben, aber das war alles – abgesehen von einigen leeren Zuckerdosen, die in einer Ecke lagen.

Ich stand da und versuchte, es in den Kopf zu bekommen, und das war, als wollte ich ein großes Sofa eine schmale Treppe hinaufbefördern. Das Leben und die Aufregungen, das nächtliche Treiben und die Überraschungen – wie konnte das zu Ende sein? Es schien nicht nur ein Irrtum zu sein, es war wie eine Blasphemie. Für mich war Blondie's die Summe aller glitzernden Widersprüche des dunklen und lieblosen Herzens von L. A. gewesen; manchmal hatte ich gedacht, Blondie's *war* L. A., wie ich es seit fünfzehn oder zwanzig Jahren kannte, nur in kleinerem Maßstab. Wo sonst konnte man morgens um neun einen Gangsterboß sehen, der mit einem Priester frühstückte, oder ein diamantenbehangenes Glamourgirl, das an der Theke neben einem Automechaniker saß, der das Ende seiner Schicht mit einer Tasse Java feierte? Plötzlich mußte ich wieder an den kubanischen Bandleader und seinen Herzanfall denken, diesmal mit weitaus mehr Mitgefühl.

Das ganze *Leben* der ruhmreichen Stadt der Verlorenen Engel – kapieren Sie das, mein Freund? Empfangen Sie diese Nachricht?

Auf einem Schild an der Tür stand WEGEN RENOVIERUNG GESCHLOSSEN, DEMNÄCHST NEUERÖFFNUNG. Aber das glaubte ich nicht. Leere Zuckerdosen, die in Ecken liegen, deuten nach meinem Dafürhalten nicht auf Renovierungsarbeiten hing. Peoria hatte recht gehabt: Blondie's gehörte der Vergangenheit an. Ich wandte mich ab und trabte weiter die Straße entlang, aber jetzt ging ich langsam und mußte meinen Kopf mit Willenskraft oben halten. Als ich mich dem Fulwider Buildung näherte, wo ich schon länger, als mir lieb ist, ein Büro unterhalte, überkam mich eine seltsame Gewißheit. Die Griffe der großen Doppeltür würden mit einer dicken Kette umwickelt und mit einem Vorhängeschloß versperrt sein. Die Scheiben hätten sie in verschiedenen Farben übermalt. Und es würde ein Schild dort hängen: WEGEN RENOVIERUNG GESCHLOSSEN, DEMNÄCHST NEUERÖFFNUNG.

Als ich das Gebäude erreichte, beherrschte diese verrückte Vorstellung mein Denken beinahe zwanghaft, und nicht einmal der Anblick von Bill Tuggle, dem mürrischen CPA vom zweiten Stock, konnte sie verscheuchen. Man sagt, sehen ist glauben; doch als ich die Nummer 2221 erreicht hatte, sah ich keine Kette, kein Schild und keine Farbe auf dem Glas. Nur das Fulwider, wie immer. Ich betrat die Halle, nahm den vertrauten Geruch wahr – der mich an die rosa Würfel erinnerte, die sie heutzutage in die Pissoirs öffentlicher Toiletten legen – und sah dieselben ausgefransten Palmen über demselben verblichenen roten Fliesenboden hängen.

Bill stand neben Vernon Klein, dem ältesten Liftboy der Welt, in Kabine 2. In seiner verblichenen roten Livree und dem steifen Hut sieht Vernon aus wie eine Kreuzung zwischen dem Pagen von Philip Morris und einem Rhesusaffen, der in einen großindustriellen Dampfreiniger gefallen ist. Er sah mit seinen traurigen Bassettaugen zu mir auf, die wegen der Camel in seinem Mund tränten. Seine Augen hätten sich schon seit Jahren an den Rauch gewöhnt haben müssen; ich kann mich nicht erinnern, daß ich ihn jemals ohne eine Camel im Mundwinkel gesehen hätte.

Bill rückte ein Stück, aber nicht weit genug. Er hatte in der Kabine nicht hinreichend Platz, um weit genug zu rücken. Ich bezweifle, ob er auf Rhode Island Platz genug gehabt hätte, möglicherweise sogar in Delaware. Er roch nach einer Salami, die schätzungsweise ein Jahr in billigem Bourbon mariniert worden war. Und als ich gerade dachte, es könnte nicht schlimmer kommen, rülpste er.

»Tut mir leid, Clyde.«

»Nun, das sollte es auch«, sagte ich und fächerte die Luft vor meinem Gesicht, während Vern die Tür der Kabine zuzog und sich darauf vorbereitete, uns zum Mond zu schießen – zumindest aber in den sechsten Stock. »In welchem Abflußrohr haben Sie denn die Nacht verbracht, Bill?«

Und doch hatte der Geruch etwas Tröstliches – ich würde lügen, wenn ich sagen würde, daß es anders war. Weil es ein *vertrauter* Geruch war. Das war nur der stinkende, verkaterte Bill Tuggle, der leicht breitbeinig dastand, als hätte ihm jemand Geflügelsalat in die Unterhose gefüllt, und er hätte es gerade bemerkt. Nicht angenehm, nichts an dieser morgendlichen Fahrstuhlfahrt war angenehm, aber es war wenigstens *bekannt*.

Bill bedachte mich mit einem widerlichen Lächeln, als sich der Fahrstuhl in Bewegung setzte, sagte aber nichts.

Ich drehte den Kopf in Vernons Richtung, um dem Gestank von zu lange gegartem Buchhalter zu entkommen, aber das belanglose Gespräch, das ich anfangen wollte, blieb mir im Hals stecken. Die beiden Bilder, die seit Anbeginn der Zeit über Verns Hocker gehangen hatten – eines von Christus, wie er auf dem See Genezareth wandelte, während seine Jünger im Boot ihn fassungslos anstarrten, und eines von Verns Frau in einem wildledergesäumten Liebchen-vom-Rodeo-Kostüm und einer Frisur im Stil der Jahrhundertwende –, waren verschwunden. Was an ihrer Stelle dort hing, hätte mich nicht so schockieren sollen, zumal angesichts von Vernons Alter – aber es traf mich trotzdem wie eine Wagenladung Backsteine.

Es handelte sich um eine Karte, mehr nicht – eine einfache Glückwunschkarte, die die Silhouette eines Mannes beim Angeln auf einem See bei Sonnenuntergang zeigte. Die Zeile unter dem Kanu machte mich fertig: FRÖHLICHER RUHESTAND!

Sie hätten meine Empfindung, als Peoria mir eröffnete, er könnte vielleicht wieder sehen, glatt verdoppeln können und hätten den Kern trotzdem nicht annähernd getroffen.

Erinnerungen rasten durch meinen Kopf mit der Geschwindigkeit von Karten, die ein Glücksspieler auf dem Mississippi mischte. Einmal war Vern in das Büro neben meinem eingebrochen, um einen Krankenwagen zu rufen, als die Irre, Agnes Sternwood, zuerst mein Telefon aus der Wand gerissen und dann etwas geschluckt hatte, das, wie sie versicherte, Abflußreiniger war. Der Abflußreiniger entpuppte sich als Kristallzucker und das Büro, in das Vern einbrach, als erstklassiges Wettbüro. Soweit ich weiß, bekommt der Kerl, der es gemietet und das Schild »MacKenzie Import« an der Tür angebracht hat, seinen jährlichen Katalog von Sears Roebuck immer noch nach San Quentin nachgeschickt. Dann war da der Typ, den Vern mit seinem Hocker umgehauen hat, als er mir gerade Lüftungsschlitze in die Eingeweide schnitzen wollte; das war natürlich wieder im Fall Mavis Weld. Ganz zu schweigen von der Zeit, als er seine Enkeltochter zu mir brachte – was war *das* für ein Baby! –, als die in die Sache mit den schmutzigen Fotos verwickelt war.

Vern ging in den Ruhestand?

Das war unmöglich. Einfach unmöglich.

»Vernon?« sagte ich. »Was soll das für ein Witz sein?«

»Kein Witz, Mr. Umney«, sagte er, und als er den Lift im zweiten Stock anhielt, stieß er ein Husten aus, das er in all den Jahren, seit ich ihn kannte, noch nie von sich gegeben hatte. Es war, als hörte man Bowlingkugeln aus Marmor eine Kopfsteinpflastergasse entlangrollen. Er nahm die Camel aus dem Mund, und ich sah voller Entsetzen, daß das Ende rotgefleckt war, aber nicht von Lippenstift. Er betrachtete sie einen Moment, verzog das Gesicht, steckte sie wieder in den Mund und zog das Gitter beiseite. »*Dritter*, Mr. Tuggle.«

»Danke, Vern«, sagte Bill.

»Vergessen Sie die Party am Freitag nicht«, sagte Vernon. Seine Worte klangen gedämpft; er hatte ein Taschentuch voll brauner Flecken aus der Gesäßtasche geholt und wischte sich die Lippen damit ab. »Würde mich wirklich freuen, wenn Sie kommen könnten.« Er sah mich mit seinen Triefaugen an, und was ich darin sah, jagte mir eine Heidenangst ein. Etwas wartete direkt hinter der nächsten Kurve auf Vernon Klein, und der Ausdruck verriet mir, daß Vernon das selbst genau wußte. »Sie auch, Mr. Umney – wir haben viel zusammen durchgemacht, und ich würde mich freuen, ein Gläschen mit Ihnen zu trinken.«

»Augenblick mal!« rief ich und packte Bill, als er aus dem Fahrstuhl aussteigen wollte. »Wartet einen verdammten Augenblick, alle beide! *Was* für eine Party? Was geht hier vor?«

»Pensionierung«, sagte Bill. »Das passiert gewöhnlich irgendwann einmal, wenn man weiße Haare bekommen hat, falls Sie zu beschäftigt waren, es zu bemerken. Vernons Abschiedsparty findet am Freitagnachmittag im Keller statt. Alle im Haus werden da sein, und ich mache meinen weltberühmten Dynamitpunsch. Was ist denn los mit Ihnen, Clyde? Sie wissen seit einem Monat, daß Vern am dreißigsten Mai in Pension geht.«

Das machte mich wieder wütend, wie vorhin, als Peoria mich eine Tunte genannt hatte. Ich packte Bill an den Schulterpolstern seines Zweireihers und schüttelte ihn. »Einen Dreck weiß ich!«

Er bedachte mich mit einem knappen, gequälten Lächeln. »Einen Dreck wissen Sie, Clyde. Aber wenn Sie nicht kommen wollen, auch gut. Bleiben Sie fort. Sie benehmen sich schon seit mindestens sechs Monaten *poco loco*.«

Ich schüttelte ihn wieder. »Was meinen Sie damit, *poco loco?*«

»Total plemplem, verrückt, wie eine Bettwanze, nicht mehr alle Tassen im Schrank, nicht ganz richtig im Oberstübchen, einen Sprung in der Schüssel – läutet da was bei Ihnen? Und bevor Sie antworten, möchte ich Ihnen noch sagen, wenn Sie mich noch einmal schütteln, auch nur ein *kleines bißchen*, dann explodieren meine Gedärme durch die Brust, und nicht einmal die chemische Reinigung wird *die* Schweinerei wieder von Ihrem Anzug runterbekommen.«

Er wich zurück, bevor ich es noch einmal tun konnte, selbst wenn ich es gewollt hätte, und ging den Flur entlang, wobei sein Hosenboden wie gewöhnlich irgendwo zwischen den Knien hing. Er drehte sich nur einmal um, während Vernon das Messinggitter schloß. »Sie sollten einmal Urlaub machen, Clyde. Und letzte Woche anfangen.«

»Was ist nur in Sie gefahren?« schrie ich ihn an. »Was ist in *euch alle* gefahren?« Aber die Innentür wurde geschlossen, und wir fuhren wieder hoch – dieses Mal in den sechsten. Mein kleines Stück vom Himmelreich. Vern warf seine Zigarette in den Sandeimer in der Ecke und steckte sich sofort eine frische in den Mund. Er schnippte ein Streichholz mit dem Daumennagel an, zündete den Glimmstengel an und fing sofort wieder an zu husten. Jetzt konnte ich kleine Blutströpfchen auf seinen rissigen Lippen erkennen. Ein scheußlicher Anblick. Er hatte den Blick gesenkt, starrte leer in die gegenüberliegende Ecke, sah nichts und hoffte auf nichts. Bill Tuggles Gestank hing zwischen uns wie der Geist vergangener Zechgelage.

»Okay, Vern«, sagte ich. »Was ist es, und wo gehen Sie hin?«

Vernon hatte noch nie zu denen gehört, die mit ihrer Meinung hinter dem Berg hielten, und zumindest daran hatte sich nichts geändert. »Krebs«, sagte er. »Am Samstag fahre ich mit dem Desert Blossom nach Arizona. Ich werde bei meiner Schwester wohnen. Glaube aber nicht, daß ich ihre Geduld überstrapaziere. Wahrscheinlich muß sie das Bett nur zweimal neu beziehen.« Er brachte den Fahrstuhl zum Stillstand und zog das Gitter scheppernd zurück. »*Sechs*, Mr. Umney. Ihr kleines Stück vom Himmelreich.« Er lächelte darüber wie immer, aber dieses Mal sah es aus wie das Lächeln, das man an den Totenschädeln aus Zucker unten in Tijuana sieht – am Tag der Toten.

Nachdem die Fahrstuhltür aufgegangen war, roch ich in meinem kleinen Stück vom Himmelreich hier oben etwas so Ungewöhnliches, daß ich einen Augenblick brauchte, es zu erkennen: frische Farbe. Nachdem ich es erkannt hatte, heftete ich es ab; ich hatte andere Eisen im Feuer.

»Es ist nicht recht«, sagte ich. »Das wissen Sie, Vern.«

Er richtete seine erschreckend leeren Augen auf mich. Der Tod stand darin, eine schwarze Gestalt, die flatterte und gleich unter dem wäßrigen Blau winkte. »Was ist nicht recht, Mr. Umney?«

»Sie sollen *hier* sein, verdammt! Genau *hier!* Sie sollen auf diesem Stuhl sitzen und Christus und Ihre Frau über sich haben. Nicht *das*.« Ich griff nach oben, nahm die Karte mit dem Angler, zerriß sie in zwei Teile, legte die Teile aufeinander, zerriß sie in vier und ließ sie dann los. Sie flatterten auf den verblaßten roten Teppich des Fahrstuhls wie Konfetti.

»Genau hier sein«, wiederholte er, ohne diese schrecklichen Augen von mir abzuwenden. Hinter uns hatten sich zwei Männer in farbverschmierten Overalls umgedreht und sahen zu uns herüber.

»Ganz recht.«

»Wie lange, Mr. Umney? Da Sie alles andere zu wissen scheinen, können Sie mir das wahrscheinlich auch verraten, oder? Wie lange soll ich diese verfluchte Kabine noch fahren?«

»Nun – für immer«, sagte ich, und diese Worte hingen zwischen uns – weitere Geister in dem verrauchten Fahrstuhl. Hätte man mir die Wahl zwischen diesen Geistern gelassen, hätte ich mich wahrscheinlich für Bill Tuggles Gestank entschieden. Aber ich hatte keine Wahl. Statt dessen sagte ich. »Für immer, Vern.«

Er nahm die Camel aus dem Mund, hustete Rauch und winzige Blutströpfchen aus und sah mich weiter an. »Es steht mir nicht zu, den Mietern Ratschläge zu geben, Mr. Umney, aber ich denke, ich gebe Ihnen trotzdem einen – schließlich ist es meine letzte Woche. Sie sollten sich überlegen, ob Sie nicht einmal einen Arzt aufsuchen sollten. Einen von der Sorte, die einem Tintenkleckse zeigen und einen fragen, was man sieht.«

»Sie können nicht in den Ruhestand, Vern.« Mein Herz schlug schneller denn je, aber es gelang mir, mit ruhiger Stimme zu sprechen. »Sie können einfach nicht.«

»Nicht?« Er nahm die Zigarette aus dem Mund – die Spitze war bereits in frisches Blut getaucht – und sah mich wieder an. Sein Lächeln war garstig. »Aus meiner Perspektive habe ich nicht gerade eine andere Wahl, Mr. Umney.«

3. Von Malern und Pesos

Der Geruch von frischer Farbe stach mir in die Nase und überlagerte sogar den von Vernons Qualm und Bill Tuggles Achselhöhlen. Die Männer in den Overalls bearbeiteten gerade eine Fläche, die nicht weit von meiner Bürotür entfernt war. Sie hatten eine Abdeckplane auf dem Boden ausgebreitet, und ihre Werkzeuge lagen darauf verteilt – Dosen und Pinsel und Terpentin. Dazu zwei Klappleitern, die die Maler flankierten wie dürre Buchstützen. Ich wollte den Flur entlanglaufen und dabei ihre sämtliche Werkzeuge hierhin und dorthin kicken. Welches Recht hatten sie, diese alten, dunklen Wände in so einem grellen, entweihenden Weiß zu streichen?

Statt dessen ging ich zu demjenigen, der aussah, als bestünde sein IQ aus einer zweistelligen Zahl, und fragte ihn höflich, was er und sein Kollege denn hier veranstalteten. Er drehte sich zu mir um. »Nach was sieht's denn aus? Ich verpasse Miss America grade einen Fingerfick, und Chick dort trägt Rouge auf Betty Grables Nippel auf.«

Ich hatte genug. Genug von ihnen, genug von allem. Ich streckte die Hand aus, packte den Klugscheißer unter der Achsel und drückte mit den Fingerspitzen auf einen besonders wüsten Nerv, der sich dort versteckt. Er schrie und ließ den Pinsel fallen. Weiße Farbe spritzte auf seine Schuhe. Sein Partner warf mir einen zaghaften Rehblick zu und machte einen Schritt vorwärts.

»Wenn du versuchst, einen Abgang zu machen, bevor ich mit euch fertig bin«, fauchte ich, »schieb ich dir den Stiel deines Pinsels so tief in den Arsch, daß man die Borsten mit einem Angelhaken suchen muß. Willst du es darauf ankommen lassen, ob ich lüge?«

Er erstarrte und blieb einfach am Rand der Abdeckplane stehen, wo er von einer Seite zur anderen sah und nach Hilfe Ausschau hielt. Es kam keine. Ich rechnete fast damit, daß Candy die Tür meines Büros aufmachen und nachsehen würde, was der Aufstand sollte, aber die Tür blieb fest geschlossen. Ich wandte meine Aufmerksamkeit wieder dem Klugscheißer zu, den ich festhielt.

»Die Frage war doch ganz einfach, mein Alter – was zum Teufel veranstaltet ihr hier? Kannst du mir das sagen, oder muß ich dir noch eine Dosis verpassen?«

Ich krümmte die Finger unter seiner Achselhöhle, um die Erinnerung aufzufrischen, und er schrie wieder. »*Wir streichen den Flur! Herrgott, können Sie das nicht sehen*?«

Ich konnte es tatsächlich sehen, und selbst wenn ich blind gewesen wäre, hätte ich es *riechen* können. Mir gefiel nicht, was beide Sinne mir verrieten. Der Flur *sollte* nicht gestrichen werden, schon gar nicht in diesem grellen, blendenden Weiß. Er sollte düster und schattig sein; er sollte nach Staub riechen und nach alten Erinnerungen. Was mit dem ungewöhnlichen Schweigen der Demmicks angefangen hatte, wurde immer schlimmer. Ich war stinksauer, wie dieser unglückliche Bursche gerade feststellte. Außerdem hatte ich

Angst, aber das ist eine Empfindung, die man gut zu verbergen lernt, wenn der Beruf es mit sich bringt, daß man ständig eine Wumme im Schulterholster mit sich rumschleppt.

»Wer hat euch zwei Komiker geschickt?«

»Unser *Boss*«, sagte er und sah mich an, als hätte ich den Verstand verloren. »Wir arbeiten für den Malerbetrieb Challis Custom in der Van Nuys. Der Boss ist Hap Corrigan. Wenn Sie wissen wollen, wer der Firma den Auftrag gegeben hat, dann müssen Sie …«

»Das war der Besitzer«, sagte der andere Maler leise. »Der Besitzer dieses Hauses. Ein Mann namens Samuel Landry.«

Ich kramte in meiner Erinnerung und versuchte, den Namen Samuel Landry mit dem in Verbindung zu bringen, was ich über das Fulwider Building wußte, konnte es aber nicht. Ich konnte den Namen Samuel Landry tatsächlich mit gar nichts in Verbindung bringen – und doch schien er in meinem Kopf zu läuten wie eine Kirchenglocke, die man an einem nebligen Morgen aus meilenweiter Ferne hören kann.

»Ihr lügt«, sagte ich, aber ohne Nachdruck. Ich sagte es nur, um überhaupt etwas zu sagen.

»Rufen Sie den Boss an«, sagte der andere Maler. Der Schein konnte trügen; offenbar war er doch der schlauere der beiden. Er griff in seinen schmutzigen, farbverschmierten Overall und holte eine kleine Karte heraus.

Ich winkte plötzlich müde ab. »Wer, in Gottes Namen, möchte dieses Loch überhaupt gestrichen haben?«

Ich fragte nicht sie, aber der Maler, der mir die Visitenkarte geben wollte, antwortete trotzdem. »Nun, es sieht viel heller aus«, sagte er vorsichtig. »Das müssen Sie zugeben.«

»Junge«, sagte ich und ging einen Schritt auf ihn zu, »hat deine Mutter auch Kinder gehabt, die überlebten, oder hat sie nur ab und zu eine Nachgeburt wie dich zur Welt gebracht?«

»He, schon gut, schon gut«, sagte er und wich einen Schritt zurück. Ich folgte seinem besorgten Blick auf meine geballten Fäuste und öffnete sie wieder. Er sah nicht sehr erleichtert aus, was ich ihm im Grunde nicht verdenken kann. »Es gefällt Ihnen nicht – das haben Sie laut und deutlich gemacht. Aber ich muß tun, was der Boss mir sagt, oder nicht? Ich meine, verdammt, so läuft das in Amerika.«

Er sah seinen Partner an, dann wieder mich. Es war ein rascher Blick, kaum mehr als ein Blinzeln, aber in meiner Branche hatte ich ihn schon öfter gesehen; es ist ein Blick, den man sich merkt. *Laß dich nicht mit dem Burschen ein,* sagte der Blick. *Stoß ihn nicht an, tret ihm nicht auf die Füße. Er ist reines Nitro.*

»Ich meine, ich muß eine Frau und ein kleines Kind versorgen«, fuhr er fort. »Da draußen herrscht Depression, wissen Sie.«

Da kam Verwirrung über mich und ertränkte meine Wut wie ein Regenguß einen Waldbrand. *Herrschte* da draußen eine Depression? Ja?

»Ich weiß«, sagte ich, obwohl ich nichts wußte. »Vergessen wir es einfach, was meint ihr?«

»Klar«, stimmten die Maler so eifrig zu, daß sie sich wie ein halbes Barbier-Quartett anhörten. Derjenige, den ich irrtümlich für halbintelligent gehalten hatte, hielt die linke Hand tief unter der rechten Achselhöhle vergraben und versuchte, den Nerv dort wieder zu beruhigen. Ich hätte ihm sagen können, daß das eine Stunde dauern würde, möglicherweise länger, aber ich wollte nicht mehr mit ihnen reden. Ich wollte mit niemandem reden und niemand sehen – nicht einmal die ergötzliche Candy Kane, deren feuchte Blicke und geschwungene, subtropische Kurven bekanntermaßen schon hartgesottene Gossenschreier in die Knie gezwungen haben. Ich wollte nur das Vorzimmer durchqueren und mich in mein innerstes Heiligtum verkriechen. In der linken unteren Schublade lag eine Flasche Rob's Rye, und im Augenblick war mir verzweifelt nach einem Schluck zumute.

Ich ging zu der Tür mit der Ornamentglasscheibe und der Aufschrift CLYDE UMNEY, PRIVATDETEKTIV und kämpfte dabei gegen den neu erstarkten Wunsch an, eine Dose weiße Wandfarbe – austernweiß – Marke Dutch Boy durch das Fenster am Ende des Flurs auf die Feuerleiter hinauszukicken. Ich streckte die Hand schon nach meinem Türknauf aus, als mir etwas einfiel und ich mich noch einmal zu den Malern umdrehte – aber langsam, damit sie nicht denken sollten, ich hätte einen neuen Anfall. Außerdem hegte ich die Vermutung, wenn ich mich zu schnell umdrehte, würde ich sehen, wie sie einander angrinsten und die Finger um die Ohren kreisen ließen – die Geste für Irre, die wir alle auf dem Schulhof gelernt haben.

Sie ließen die Finger nicht kreisen, hatten mich allerdings auch nicht aus den Augen gelassen. Der Halbintelligente schien die Entfernung bis zur Tür mit der Aufschrift TREPPENHAUS abzuschätzen. Plötzlich wollte ich ihnen sagen, daß ich kein schlechter Mensch war, wenn man mich näher kannte; daß es sogar einige Klienten und eine Ex-Frau gab, die in mir eine Art Helden sahen. Aber so etwas konnte man nicht über sich selbst sagen, schon gar nicht zu zwei Holzköpfen wie denen.

»Keine Bange«, sagte ich zu ihnen. »Ich werde nicht über euch herfallen. Ich wollte nur noch eine Frage stellen.«

Sie entspannten sich ein wenig. Sehr wenig.

»Nur zu«, sagte Maler Nummer zwei.

»Hat einer von euch schon mal in Tijuana gespielt?«

»*La Loterìa?*« fragte Nummer eins.

»Deine Spanischkenntnisse setzen mich in Erstaunen. Ja. *La Loterìa.*«

Nummer eins schüttelte den Kopf. »Mexikanische Lotterien und mexikanische Hurenhäuser sind nur was für Wichser.«

Was meinst du, warum ich dich gefragt habe, dachte ich mir, sagte es aber nicht.

»Außerdem«, fuhr er fort, »gewinnt man zehn- oder zwanzigtausend Pesos, tolle Sache. Was macht das in richtigem Geld? Fünfzig Mäuse? Achtzig?«

Meine Mom hat unten in Tijuana in der Lotterie gewonnen, hatte Peoria gesagt, und schon da hatte ich gewußt, daß etwas nicht stimmte. *Vierzigtausend Piepen ... Mein Onkel Fred war gestern nachmittag unten und hat das Geld geholt. Er hat es in der Satteltasche seines Vinnie zurückgebracht!*

»Ja«, sagte ich, »in der Gegend, schätze ich. Und sie zahlen immer so aus, oder nicht? In Pesos?«

Er betrachtete mich wieder mit diesem Blick, als wäre ich verrückt, dann fiel ihm ein, daß ich es ja tatsächlich war, und er arrangierte sein Gesicht neu. »Na, klar. Schließlich ist es ja eine *mexikanische* Lotterie. Sie können schlecht in Dollar ausbezahlen.«

»Wie wahr«, sagte ich, und in Gedanken sah ich Peorias dünnes, eifriges Gesicht und hörte ihn sagen: *Es war alles auf Moms Bett ausgebreitet! Vierzigtausend Mäuse!*

Nur, wie konnte ein blinder Junge sicher sein, um welche Summe es sich genau handelte – oder ob er sich tatsächlich in Geld wälzte? Die Antwort war einfach: gar nicht. Aber selbst ein blinder Zeitungsjunge mußte wissen, daß *La Lotерìa* in Pesos ausbezahlte, nicht in Dollar, und selbst ein blinder Zeitungsjunge mußte wissen, daß man vierzigtausend mexikanische Lappen nicht in der Satteltasche eines Vincent-Motorrads spazierenfahren konnte. Sein Onkel hätte einen Müllkipper der Stadt Los Angeles gebraucht, um soviel Kohle zu befördern.

Verwirrung, Verwirrung – nichts als dunkle Wolken der Verwirrung.

»Danke«, sagte ich und ging in mein Büro.

Ich bin sicher, das war für uns alle drei eine Erleichterung.

4. Umneys letzter Klient

»Candy, Süße, ich will heute niemand sehen und keine Anru ...«

Ich verstummte. Das Vorzimmer war leer.

Candys Schreibtisch in der Ecke sah ungewöhnlich kahl aus, und einen Moment später wurde mir der Grund klar: der Korb mit der Aufschrift EINGANG/AUSGANG lag im Papierkorb, und ihre Bilder von Errol Flynn und William Powell waren verschwunden. Wie ihre Philco. Der blaue Bürostuhl, von dem aus Candy ihr strahlendes Lächeln herumzeigte, war unbesetzt.

Ich richtete den Blick auf den EINGANG/AUSGANG-Korb, der aus dem Papierkorb ragte wie der Bug eines sinkenden Schiffs, und einen Moment lang setzte mein Herzschlag aus. Vielleicht war jemand hier drin gewesen, hatte das Büro auseinandergenommen, Candy entführt. Mit anderen Worten, vielleicht war es ein Fall. In diesem Augenblick wäre mir ein Fall recht gewesen, auch wenn das bedeutete, daß irgendein Ganove Candy gerade eben fesselte und den Strick mit besonderer Sorgfalt über den Rundungen ihres Busens zurechtrückte. Jeder Ausweg aus dem Spinnennetz, das sich über mich gesenkt hatte, war mir willkommen.

Das Problem mit diesem Gedanken war nur: das Zimmer war nicht auseinandergenommen worden. Der Postkorb lag im Müll, richtig, aber das deutete nicht auf einen Kampf hin. Es sah vielmehr aus, als ...

Nur eines lag noch auf dem Schreibtisch, genau in der Mitte der Unterlage. Ein weißer Umschlag. Als ich ihn ansah, wurde mir mulmig. Meine Füße trugen mich trotzdem durch das Zimmer, und ich hob ihn auf. Es überraschte mich nicht, daß mein Name in Candys verschnörkelter Handschrift daraufstand; es war nur ein weiterer Teil dieses langen, unerfreulichen Vormittags.

Ich riß ihn auf, und ein einziges Schmierblatt fiel mir in die Hand.

Lieber Clyde,

ich habe mich lange genug von dir begrapschen und anmachen lassen, und ich habe deine kindischen und lächerlichen Witze über meinen Namen satt. Das Leben ist zu kurz, um es mit einem geschiedenen Detektiv in mittleren Jahren mit Mundgeruch zu verplempern. Du hattest deine guten Seiten, Clyde, aber die schlechten überwiegen allmählich, besonders seit du angefangen hast, ständig zu trinken.

Tu dir selbst etwas Gutes und hör auf.

Alles Liebe,
Arlene Cain

PS: Ich gehe zurück zu meiner Mutter in Idaho. Versuch nicht, mit mir Verbindung aufzunehmen.

Ich hielt den Brief noch einen Moment in der Hand und betrachtete ihn fassungslos, dann ließ ich ihn fallen. Ein Satz fiel mir wieder ein, während ich zusah, wie das Blatt schaukelnd in den bereits vollen Abfalleimer schwebte: *Ich habe deine kindischen und lächerlichen Witze über meinen Namen satt.* Aber hatte ich je gewußt, daß sie *nicht* Candy Kane hieß? Ich suchte in meinem Verstand, während das Papier seine trägen – und scheinbar endlosen – Hin- und Herbewegungen fortsetzte, und die Antwort bestand aus einem herzlichen und aufrichtigen Nein. Ihr Name war *immer* Candy Cane gewesen, wir hatten häufig Witze darüber gemacht, wenn wir unsere Büroanzüglichkeiten und Kabbeleien hatten, na und? Es hatte ihr immer Spaß gemacht. Uns beiden.

Hat es ihr wirklich Spaß gemacht? sagte eine Stimme aus meinem tiefsten Inneren. *Wirklich und* wahrhaftig, *oder ist das auch eines der kleinen Märchen, die du dir all die Jahre selbst eingeredet hast?*

Ich versuchte, diese Stimme zu verdrängen, was mir nach einem oder zwei Augenblicken auch gelang, aber die Stimme, die ihr folgte, war noch schlimmer. Diese Stimme gehörte keinem anderen als Peoria Smith. *Ich kann aufhören, so zu tun, als wäre ich im Himmel, wenn mir irgendein Schwanzlutscher einen Nickel Trinkgeld gibt,* sagte er. *Kapieren Sie diese Nachricht nicht, Mr. Umney?*

»Halt den Mund, Junge«, sagte ich zu dem leeren Zimmer. »Gabriel Heatter bist du nicht.« Ich wandte mich von Candys Schreibtisch ab, und dabei defilierten Gesichter vor meinem geistigen Auge wie die Fratzen einer irren Marschkapelle aus der Hölle: George und Gloria Demmick, Peoria Smith, Bill Tuggle, Vernon Klein, eine Millionen-Dollar-Blondine, die auf den Namen Arlene Cain hörte – sogar die beiden Maler waren dabei.

Verwirrung, Verwirrung, nichts als Verwirrung.

Ich trottete mit gesenktem Kopf in mein Büro, machte die Tür hinter mir zu und setzte mich an den Schreibtisch. Durch das geschlossene Fenster konnte ich leise den Verkehr auf dem Sunset hören. Ich hatte eine Ahnung, daß es für den richtigen Menschen immer noch ein so L. A.-typischer Frühlingsmorgen sein mußte, daß man irgendwo das eingetragene Warenzeichen zu sehen erwartete, aber für mich war jegliches Licht aus dem Tag gewichen, innen wie außen. Ich dachte an die Flasche Fusel in der untersten Schublade, aber plötzlich schien mir die Anstrengung zu groß, mich auch nur zu bücken, um sie zu holen. Es kam mir vor, als müßte ich den Mount Everest mit Turnschuhen besteigen.

Der Geruch frischer Farbe drang bis in mein innerstes Heiligtum. Es war ein Geruch, den ich normalerweise mochte, aber jetzt nicht. In diesem Augenblick war er für mich der Geruch von allem, was schiefgegangen war, seit die Demmicks nicht ihren Hollywood-Bungalow betraten, einander klugscheißerische Bemerkungen zuwarfen wie Tennisbälle, ihre Schallplatten mit voller Lautstärke abspielten und ihren Corgi mit ihrem endlosen Grapschen und Turteln zu hysterischen Anfällen reizten. Mir fiel klar und einfach ein – ich könnte mir denken, daß großen Menschen ihre Einfälle immer so kommen –, wenn es einem Arzt gelingen würde, den Krebs herauszuschneiden, der den Liftboy des Fulwider Building umbrachte, dann wäre der weiß. *Austernweiß.* Und er würde genau wie frische Farbe der Marke Dutch Boy riechen.

Dieser Gedanke war so ermüdend, daß ich den Kopf senken, die Handballen an die Schläfen pressen und ihn stützen mußte ... vielleicht wollte ich auch nur verhindern, daß er explodierte und eine Schweinerei auf die Wände spritzte. Selbst als die Tür leise geöffnet wurde und Schritte im Raum zu hören waren, sah ich nicht auf. Es schien eine größere Anstrengung zu sein, als ich sie im Augenblick bewerkstelligen konnte.

Außerdem hatte ich die seltsame Vorstellung, daß ich bereits *wußte*, wer es war. Ich konnte dieses Wissen nicht erklären, aber die Schritte klangen irgendwie vertraut. Ebenso das Kölnisch, auch wenn ich den Namen nicht hätte nennen können, wenn mir jemand eine Waffe an die Schläfe gehalten hätte, und zwar aus einem einfachen Grund: ich hatte es in meinem ganzen Leben noch nicht gerochen. Wie konnte ich einen Geruch kennen, den ich noch nie wahrgenommen hatte, werden Sie sich fragen? Das weiß ich selbst nicht, Freund, aber es war so.

Und das war noch nicht das Schlimmste. Das Schlimmste war: ich war fast besinnungslos vor Angst. Ich habe schußbereiten Waffen in den Händen verrückter Männer gegenübergestanden, was schlimm ist, und Dolchen in den Händen wütender Frauen, was tausendmal schlimmer ist; einmal war ich ans Lenkrad eines Packard gefesselt worden, der auf den Schienen einer vielbefahrenen Güterzuglinie geparkt worden war; ich bin sogar schon einmal aus einem Fenster im zweiten Stock hinausgeworfen worden. Durchaus ein ereignisreiches Leben, aber nichts hatte mir je solche Angst gemacht, wie mir der Geruch dieses Kölnisch und das Geräusch dieser Schritte angst gemacht hatten.

Mein Kopf schien mindestens sechshundert Pfund zu wiegen.

»Clyde«, sagte eine Stimme. Eine Stimme, die ich noch nie gehört hatte, eine Stimme, die ich dennoch so gut kannte wie meine eigene. Ein einziges Wort, und das Gewicht meines Kopfes schnellte glatt auf eine Tonne hinauf.

»Machen Sie, daß Sie rauskommen, wer immer Sie sind«, sagte ich, ohne aufzusehen. »Wir haben geschlossen.« Aus einem unerfindlichen Grund fügte ich hinzu: »Wegen Renovierung.«

»Schlechter Tag, Clyde?«

Drückte die Stimme Mitgefühl aus? Ich fand, irgendwie ja, was alles noch schlimmer machte. Wer der Kerl auch immer sein mochte, ich wollte sein Mitleid nicht. Etwas sagte mir, daß sein Mitleid schlimmer sein würde als sein Haß.

»Nicht so schlecht«, sagte ich, stützte den schweren, schmerzenden Kopf mit den Handflächen und starrte auf meine Schreibtischunterlage, als hinge mein Leben davon ab. In die linke, obere Ecke hatte ich die Telefonnummer von Mavis Weld gekritzelt. Ich studierte sie immer und immer wieder – Beverly Hills 6-4214. Es schien eine gute Idee zu sein, die Schreibtischunterlage zu studieren. Ich wußte nicht, wer mein Besucher war, aber ich wußte, ich wollte ihn nicht sehen. Das war in dem Augenblick das *einzige*, was ich wußte.

»Ich glaube, du bist ein wenig … sagen wir, unlauter?« fragte die Stimme, und es war tatsächlich Mitleid; bei dem Klang verkrampfte sich mein Magen zu etwas, das sich wie eine zitternde, säuregetränkte Faust anfühlte. Ein Knarren ertönte, als er auf dem Klientenstuhl Platz nahm.

»Ich weiß nicht genau, was das Wort bedeutet, aber sagen wir es meinetwegen«, stimmte ich zu. »Und nachdem wir es nun gesagt haben, warum stehen Sie nicht gleich wieder auf, Moggins, und verziehen sich? Ich denke, ich werde einen Tag krankfeiern. Das kann ich ohne großes Hin und Her, verstehen Sie, weil ich der Boss bin. Schön, wie sich manchmal alles so trefflich fügt, was?«

»Kann schon sein. Sieh mich an, Clyde.«

Mein Herzschlag wurde unregelmäßig, aber ich hielt den Kopf gesenkt und studierte weiter Beverly 6-4214. Ein Teil von mir fragte sich, ob für Mavis Weld die Hölle heiß genug war. Als ich das Wort ergriff, hörte sich meine Stimme gelassen an. Das überraschte mich, aber ich war dankbar dafür. »Vielleicht feiere ich sogar ein ganzes Jahr krank. Möglicherweise in Carmel. Ich sitze mit dem *American Mercury* auf dem Schoß da und sehe zu, wie die großen Schiffe von Hawaii einlaufen.«

»Sieh mich an.«

Ich wollte nicht, hob aber trotzdem den Kopf. Er saß auf dem Klientenstuhl, wo Mavis einst gesessen hatte und Ardis McGill und Big Tom Hatfield. Sogar Vernon Klein hatte einmal dort gesessen, als er mir die Bilder seiner Tochter zeigte, auf denen sie nichts außer einem Opiumgrinsen und dem Kostüm trug, in dem sie zur Welt gekommen war. Er saß da, und dasselbe kalifornische Sonnenlicht fiel auf seine Gesichtszüge – Züge, die ich *eindeutig* schon einmal gesehen hatte. Zum letzten Mal vor nicht einmal einer Stunde, in meinem Badezimmerspiegel. Ich hatte sie mit einer Gillette Blue Blade rasiert.

Der Ausdruck von Mitleid in seinen Augen – *meinen* Augen – war das Teuflischste, das ich je gesehen hatte, und als er seine Hand ausstreckte – *meine* Hand –, verspürte ich den plötzlichen Wunsch, mit meinem Drehstuhl herumzuwirbeln, aufzustehen und mich aus dem Fenster im sechsten Stock zu stürzen. Ich hätte es vielleicht auch getan, wäre ich nicht so verwirrt, so durch und durch verloren gewesen. Ich hatte das Wort *unmännlich* schon oft gehört – es ist ein Lieblingswort der Schundschreiber und Heulsusen –, aber dies war das erste Mal, daß ich mich selbst so fühlte.

Plötzlich wurde es dunkler im Büro. Der Tag war völlig klar gewesen, das hätte ich beschwören können, aber jetzt hatte sich eine Wolke vor die Sonne geschoben. Der Mann auf der anderen Seite des Schreibtisches war mindestens zehn Jahre älter als ich, möglicherweise fünfzehn, das Haar fast völlig weiß, während meines noch fast völlig schwarz war; aber das änderte nichts an der simplen Tatsache – wie er sich auch nennen mochte und wie alt er auch aussah, er war ich. Hatte ich gedacht, daß mir seine Stimme bekannt vorkam? Klar. So wie die eigene Stimme klingt – wenn auch nicht ganz so wie im eigenen Kopf –, wenn man sie auf Tonband hört.

Er nahm meine schlaffe Hand vom Schreibtisch, schüttelte sie so heftig wie ein Grundstücksmakler beim Verkauf und ließ sie wieder fallen. Sie landete mit einem Plop auf der Schreibtischplatte und bedeckte Mavis Welds Telefonnummer. Als ich die Finger wieder hob, stellte ich fest, daß Mavis' Nummer fort war. Tatsächlich waren *alle* Nummern fort, die ich im Lauf der Jahre auf die Unterlage gekritzelt hatte. Sie war so rein – nun, so rein wie das Gewissen eines bigotten Baptisten.

»Herrgott«, krächzte ich. »Herrgott noch mal.«

»Keineswegs«, sagte die ältere Version von mir, die auf der anderen Seite des Schreibtischs auf dem Klientenstuhl saß. »Landry. Samuel D. Landry. Zu deinen Diensten.«

5. Ein Interview mit Gott

Obwohl ich so erschüttert war, brauchte ich nur zwei oder drei Sekunden, bis ich den Namen zuordnen konnte, wahrscheinlich weil ich ihn erst vor so kurzer Zeit gehört hatte.

Laut Maler Nummer zwei war Samuel Landry der Grund, weshalb der lange, dunkle Flur zu meinem Büro bald austernweiß sein würde. Landry war der Besitzer des Fulwider Building.

Plötzlich kam mir ein verrückter Gedanke, aber diese Verrücktheit änderte nichts an der plötzlichen Hoffnung, die mich erfüllte. Sie – wer immer *sie* sein mögen – sagen, daß jeder Mensch auf der Welt einen Doppelgänger hat. Vielleicht war Landry meiner. Vielleicht waren wir identische Zwillinge, nicht verwandte Doubles, die irgendwie von verschiedenen Eltern zehn oder fünfzehn Jahre auseinander gezeugt worden waren. Dieser Gedanke erklärte die anderen seltsamen Vorkommnisse des Tages natürlich nicht, aber verdammt noch mal, ich konnte mich trotzdem daran klammern.

»Was kann ich für Sie tun, Mr. Landry?« fragte ich. Ich gab mir größte Mühe, aber meine Stimme hörte sich nicht mehr gelassen an. »Wenn es um die Miete geht, müssen Sie mir bitte einen oder zwei Tage Zeit lassen, mich sachkundig zu machen. Sieht so aus, als hätte meine Sekretärin gerade festgestellt, daß sie daheim in Kuhkaff, Idaho, etwas Dringendes zu erledigen hat.«

Landry schenkte meinem kläglichen Versuch, das Thema der Unterhaltung zu wechseln, nicht die geringste Bedeutung. »Ja«, sagte er mit nachdenklicher Stimme, »ich vermute, es war der Prototyp eines schlechten Tages – und das ist meine Schuld. Es tut mir leid, Clyde – wirklich. Sie persönlich kennenzulernen ist nicht so, wie ... nun, wie ich es mir vorgestellt hatte. Überhaupt nicht. Zunächst einmal kann ich Sie viel besser leiden, als ich dachte. Aber jetzt gibt es kein Zurück mehr.« Und er stieß einen Stoßseufzer aus. Gefiel mir überhaupt nicht.

»Was meinen Sie damit?« Meine Stimme zitterte jetzt noch schlimmer, und der Anflug von Hoffnung verschwand. Sauerstoffmangel in der eingestürzten Höhle, die einmal mein Gehirn gewesen war, schien der Grund dafür zu sein.

Er antwortete nicht gleich. Statt dessen bückte er sich und faßte den Griff eines schmalen Lederkoffers, der an einem

Bein des Klientenstuhls lehnte. Die Initialen S. D. L. standen darauf, und ich schlußfolgerte daraus, daß mein unheimlicher Besucher ihn mitgebracht hatte. Wissen Sie, ich habe 1934 und 1935 nicht umsonst den Preis für den »Schnüffler des Jahres« gewonnen.

So einen Koffer hatte ich in meinem ganzen Leben noch nicht gesehen – er war zu klein und schmal für einen Aktenkoffer, und er war nicht mit Schnallen verschlossen, sondern mit einem Reißverschluß. Und jetzt, da ich darüber nachdachte – so einen Reißverschluß hatte ich auch noch nie gesehen. Die Zähne waren außerordentlich winzig und sahen überhaupt nicht wie Metall aus.

Aber mit Landrys Gepäck fing das Seltsame erst an. Selbst wenn man sein unfaßbares Aussehen – wie ein älterer Bruder – außer acht ließ, sah Landry nicht wie ein Geschäftsmann aus, wie ich sie kannte, und schon gar nicht wie einer, der so reich sein konnte, daß ihm das Fulwider Building gehörte. Zugegeben, es ist nicht das Ritz, aber es liegt in der Innenstadt von L. A., und mein Klient (falls er einer war) sah aus wie ein Penner an einem guten Tag, zu dem ein Bad und eine Rasur gehörten.

Er hatte blaue Jeans an, das war eines, und ein Paar Turnschuhe an den Füßen; aber sie sahen nicht wie die Turnschuhe aus, die ich kannte. Es waren große, klobige Dinger. Eigentlich sahen sie mehr wie die Schuhe aus, die Boris Karloff zu seinem Frankenstein-Kostüm trägt, und wenn sie aus Segeltuch bestanden, dann fresse ich meinen Lieblingshut. Das Wort, das mit roten Buchstaben auf den Seiten geschrieben stand, hörte sich wie der Name eines Gerichts auf der Speisekarte in einem chinesischen Schnellimbiß an: REEBOK.

Ich betrachtete die Schreibtischunterlage, die einst mit einem Wirrwarr von Telefonnummern vollgekritzelt war, und da fiel mir auf, daß ich mich auch nicht mehr an die von Mavis Weld erinnern konnte, obwohl ich sie im vergangenen Winter tausendmal angerufen haben mußte. Das Gefühl des Grauens nahm zu.

»Mister«, sagte ich, »ich wollte, Sie würden zur Sache kommen und wieder verschwinden. Wenn ich darüber nachdenke, warum lassen Sie das mit der Sache nicht einfach weg und gehen gleich zum Verschwinden über?«

Er lächelte müde, fand ich. Das war das andere. Das Gesicht über dem schlichten weißen Hemd mit dem offenen Kragen sah schrecklich müde aus. Und schrecklich traurig. Es drückte aus, daß der Mann, dem es gehörte, Dinge durchgemacht haben mußte, die ich mir nicht einmal vorstellen konnte. Ich verspürte eine gewisse Sympathie für meinen Besucher, aber am meisten verspürte ich Angst. Und Wut. Weil es auch *mein* Gesicht war, und der Dreckskerl hatte offenbar einiges dazu getan, es zu verbrauchen.

»Tut mir leid, Clyde«, sagte er. »Kann nicht.«

Er griff nach diesem winzigen, erstaunlichen Reißverschluß, und plötzlich wollte ich als allerletztes auf der Welt, daß Landry diesen Koffer öffnete. Um ihn daran zu hindern, sagte ich: »Besuchen Sie Ihre Mieter immer in einem Aufzug wie die Typen, die ihr Leben damit verbringen, hinter dem Pflug herzulaufen? Was sind Sie, einer dieser exzentrischen Millionäre?«

»Exzentrisch bin ich durchaus«, sagte er. »Und es wird dir nichts nützen, die Sache hinauszuzögern, Clyde.«

»Wie kommen Sie darauf, daß ich …«

Dann sprach er das aus, wovor mir graute, und löschte gleichzeitig das letzte winzige Fünkchen Hoffnung aus. »Ich kennen *alle* deine Gedanken, Clyde. Schließlich bin ich *du*.«

Ich leckte mir die Lippen und zwang mich zu sprechen; ich hätte alles getan, um ihn daran zu hindern, diesen Reißverschluß zu öffnen. Rein alles. Meine Stimme klang heiser, aber wenigstens klang sie *überhaupt*.

»Ja, die Ähnlichkeit ist mir auch schon aufgefallen. Nur das Kölnisch kenne ich nicht. Ich selbst schwöre auf Old Spice.«

Er hielt Daumen und Zeigefinger an dem Reißverschluß, zog aber nicht daran. Jedenfalls noch nicht.

»Aber es gefällt dir«, sagte er durch und durch überzeugt, »und du würdest es auch benützen, wenn du es im Rexall unten an der Ecke bekommen könntest, oder nicht? Unglücklicherweise kannst du das nicht. Es ist *Aramis*, und es wird erst in etwa vierzig Jahren oder so erfunden werden.«

Er betrachtete seine seltsamen, häßlichen Basketballschuhe. »Wie meine Turnschuhe.«

»Teufel noch mal.«

»Nun, ja, ich denke, der Teufel könnte auch irgendwann ins Spiel kommen«, sagte Landry, aber er lächelte nicht.

»Woher kommen Sie?«

»Ich dachte, das wüßtest du.« Landry zog den Reißverschluß auf und nahm ein rechteckiges Ding aus glattem Plastik heraus. Es hatte dieselbe Farbe, die der Flur im sechsten Stock bei Sonnenuntergang haben würde. Ich hatte so etwas noch nie gesehen. Es stand kein Markenname darauf, nur so etwas wie eine Seriennummer: T-1000. Landry nahm es aus dem Koffer, ließ mit dem Daumen die Laschen an den Seiten aufschnappen, klappte das Oberteil an Scharnieren zurück und brachte etwas ans Licht, das wie der Teleschirm in einem Buck-Rogers-Film aussah. »Ich komme aus der Zukunft«, sagte Landry. »Genau wie in einer Geschichte in einem Groschenheft.«

»Wahrscheinlicher ist, daß Sie aus dem Sunnyland-Sanatorium kommen«, krächzte ich.

»Aber nicht *genau* wie in einem Groschenheft«, sagte er und achtete überhaupt nicht auf das, was ich gesagt hatte. Er drückte einen Knopf an der Seite des Plastikgehäuses. Im Inneren des Dinges ertönte ein leises Surren, gefolgt von einem kurzen, pfeifenden Piepsen. Das Ding, das er auf dem Schoß hielt, sah wie eine seltsame Stenographenmaschine aus – und ich hatte so eine Ahnung, als wäre das gar nicht so weit von der Wahrheit entfernt.

Er sah zu mir auf und fragte: »Wie heißt dein Vater, Clyde?«

Ich sah ihn einen Moment an und widerstand dem Impuls, wieder die Lippen zu lecken. Es war noch dunkel im Zimmer, die Sonne war hinter einer Wolke verborgen, die nicht zu sehen gewesen war, als ich von der Straße hereinkam. Landrys Gesicht schien in der Düsternis zu schweben wie ein verschrumpelter Ballon.

»Was hat das mit dem Preis von Gurken in Monrovia zu tun?« fragte ich.

»Du weißt es nicht, oder?«

»Natürlich weiß ich es«, sagte ich, und ich wußte es auch. Es fiel mir nur nicht ein, das war alles – der Name lag mir auf der Zunge, wie die Telefonnummer von Mavis Weld, die Bayshore so-oder-so gewesen war.

»Wie ist es mit dem Namen deiner Mutter?«

»Hören Sie auf, Spielchen mit mir zu spielen!«

»Na gut, dann etwas Einfaches – welche High School hast du besucht? Jeder amerikanische Mann erinnert sich an die Schule, die er besucht hat, richtig? Oder das erste Mädchen, mit dem er bis zum Letzten gegangen ist. Oder die Stadt, in der er aufgewachsen ist. Bist du es in San Luis Obispo?«

Ich machte den Mund auf, aber dieses Mal kam nichts heraus.

»Carmel?«

Das hörte sich richtig an und schien völlig falsch zu sein. Mir schwirrte der Kopf.

»Oder vielleicht war es Dusty Bottom, New Mexico.«

»Hören Sie auf mit dem Scheiß!« schrie ich.

»Weißt du es? *Ja?*«

»Ja! Es war ...«

Er bückte sich. Tippte auf die Tasten seiner seltsamen Stenomaschine.

»San Diego! Geboren und aufgewachsen!«

Er stellte die Maschine auf den Schreibtisch und drehte sich um, damit ich die Worte lesen konnte, die im Fenster über den Tasten schwebten:

»San Diego! Geboren und aufgewachsen!«

Mein Blick fiel von dem Fenster auf das Wort, das in den Plastikrahmen darum herum eingestanzt war.

»Was ist ein Toshiba?« fragte ich. »Eine Beilage, wenn man eine Portion Reebok bestellt?«

»Das ist eine japanische Elektronikfirma.«

Ich lachte trocken. »Wem wollen Sie was vormachen, Mister? Die Japse können nicht einmal aufziehbares Spielzeug machen, ohne die Sprungfedern durcheinanderzubringen.«

»Jetzt nicht«, stimmte er zu, »und da wir gerade vom Jetzt sprechen, Clyde, wann *ist* jetzt? Welches Jahr schreiben wir?«

»1938«, sagte ich, dann hob ich eine halb gelähmte Hand zum Gesicht und rieb mir die Lippen. »Moment mal – 1939.«

»Es könnte sogar 1940 sein. Habe ich recht?«

Ich sagte nichts, spürte aber, wie mein Gesicht heiß wurde.

»Nicht traurig sein, Clyde. Du weißt es nicht, weil *ich* es nicht weiß. Ich habe es immer unklar gelassen. Der Zeitraum, den ich erreichen wollte, war mehr wie eine *Atmosphäre*. Wenn du willst, kannst du es *Chandlers Amerikanische Zeit* nennen. Für die meisten meiner Leser war das okay, und es machte auch vom Standpunkt des Recherchierens aus alles einfacher, weil man das Verstreichen der Zeit nie ganz in den Griff bekommt. Ist dir noch nie aufgefallen, wie oft du so etwas wie ›seit mehr Jahren, als ich mich erinnern kann‹ oder ›länger her, als ich zurückdenken will‹ oder ›als Hector noch ein Welpe war‹ sagst?«

»Nein – kann ich nicht sagen.« Aber jetzt, da er es erwähnte, fiel es mir *doch* auf. Und da mußte ich an die *L. A. Times* denken. Ich las sie jeden Tag, aber von welchem Tag stammte sie genau? Der Zeitung selbst sah man es nicht an, weil nie ein Datum im Kopf stand, nur der Wahlspruch, der lautete: »Amerikas beste Zeitung in Amerikas bester Stadt.«

»Du sagst das, weil die Zeit in dieser Welt nicht wirklich vergeht. Das ist ...« Er machte eine Pause, dann lächelte er voller Sehnsucht und seltsamem Verlangen. »Das ist einer ihrer vielen Vorteile«, sagte er.

Ich hatte Angst, aber ich habe dem Teufel schon immer auf den Kopf treten können, wenn es erforderlich war, und jetzt war es erforderlich. »Verdammt noch mal, verraten Sie mir, was hier los ist?«

»Na gut. Aber du kommst langsam selbst dahinter, Clyde. Oder nicht?«

»Vielleicht. Ich kenne den Namen meines Dads oder meiner Mom oder des ersten Mädchens, mit dem ich ins Bett gegangen bin, nur deshalb nicht, weil *Sie* ihn nicht kennen. Ist es das?«

Er nickte und lächelte, wie ein Lehrer einem Schüler zulächeln würde, der einen logischen Fehler gemacht hat und entgegen allen Erwartungen dennoch zum richtigen Ergebnis gekommen ist. Aber in seinen Augen stand immer noch dieses schreckliche Mitleid.

»Und als Sie San Diego hier mit Ihrem Spielzeug geschrieben haben und es mir gleichzeitig selbst eingefallen ist ...«

Er nickte und ermutigte mich.

»Sie besitzen nicht nur das Fulwider Building, oder?« Ich schluckte und versuchte, den dicken Kloß in meiner Kehle loszuwerden, aber er wollte nicht weichen. »Sie besitzen alles.«

Aber Landry schüttelte den Kopf. »Nicht alles. Nur Los Angeles und einige umliegende Gegenden. Das heißt, diese Version von Los Angeles, einschließlich ihrer gelegentlichen Brüche in der Kontinuität und ihrer erfundenen Zusätze.«

»Blödsinn«, sagte ich, aber ich flüsterte das Wort.

»Siehst du das Bild an der Wand links von der Tür, Clyde?«

Ich sah es an, aber das war kaum nötig; es zeigte Washington, wie er den Delaware überquerte, und es hing schon da, als ... nun, als Hector noch ein Welpe gewesen war.

Landry hatte seine Buck-Rogers-Stenomaschine wieder auf den Schoß genommen und beugte sich darüber.

»Tun Sie das nicht!« schrie ich und wollte ihn packen. Ich konnte es nicht. Es schien, als hätten meine Arme keine Kraft, und es schien, als könnte ich die Willenskraft nicht aufbringen. Ich fühlte mich lethargisch, ausgelaugt, als hätte ich drei Liter Blut verloren und verlor ständig mehr.

Er ließ die Tasten wieder klappern. Drehte die Maschine zu mir um, damit ich die Worte im Fenster lesen konnte. Sie lauteten: *An der Wand neben der Tür, die ins Candy-Land hinausführt, hängt unser hochgeschätzter Landesvater – aber immer ein wenig schief. So halte ich ihn in der richtigen Perspektive.*

Ich sah zu dem Bild. George Washington war fort, ersetzt durch ein Foto von Franklin D. Roosevelt. FDR grinste und hatte die Zigarettenspitze in einem Winkel im Mund, den seine Befürworter keck und seine Gegner arrogant finden. Das Bild hing etwas schief.

»Ich brauche den Laptop nicht«, sagte er. Es klang ein wenig verlegen, als hätte ich ihm etwas unterstellt. »Ich kann es auch, indem ich mich einfach konzentriere – wie du gesehen hast, als die Telefonnummern von deiner Schreibtischunterlage verschwanden –, aber das Notebook hilft. Wahrscheinlich weil ich gewöhnt bin, alles aufzuschreiben. Und es dann zu bearbeiten. In gewisser Weise sind Bearbeiten und Umschreiben die faszinierendsten Arbeiten unseres Jobs, weil da die letzten Veränderungen stattfinden – normalerweise geringfügig, aber oft von entscheidender Bedeutung –, die das Bild richtig realistisch machen.«

Ich sah Landry an, und als ich sprach, klang meine Stimme tot. »Sie haben mich erfunden, richtig?«

Er nickte seltsam beschämt, als hätte er etwas Schmutziges getan.

»Wann?« Ich stieß ein kurzes, seltsam krächzendes Lachen aus. »Oder ist das nicht die richtige Frage?«

»Ich weiß nicht, ob sie es ist oder nicht«, sagte er, »und ich könnte mir denken, jeder Schriftsteller würde dir ungefähr dasselbe sagen. Es passierte nicht schlagartig – da bin ich ganz sicher. Es war ein langwieriger Prozeß. Zum erstenmal bist du in *Scarlet Town* aufgetaucht, aber das habe ich 1977 geschrieben, und seither hast du dich ziemlich verändert.«

1977, dachte ich. Wahrhaftig ein Buck-Rogers-Jahr. Ich wollte nicht glauben, daß ich das erlebte, wollte glauben, daß alles ein Traum war. Seltsam. Der Geruch seines Kölnisch verhinderte, daß ich das konnte – der vertraute Geruch, den ich in meinem ganzen Leben noch nicht gerochen hatte.

Wie konnte ich auch? Es war *Aramis*, eine Marke, die mir so unbekannt war wie *Toshiba*.

Aber er fuhr fort.

»Du bist weitaus komplexer und interessanter geworden. Am Anfang warst du ziemlich eindimensional.« Er räusperte sich und betrachtete einen Moment lächelnd seine Hände.

»Wie beschissen für mich.«

Er zuckte angesichts der Wut in meiner Stimme zusammen, zwang sich aber trotzdem, wieder aufzusehen. »Dein letztes Buch war *Wie ein gefallener Engel.* Das habe ich 1990 angefangen, war aber erst 1993 damit fertig. In der Zwischenzeit hatte ich einige Probleme. Mein Leben ist interessant gewesen.« Er verlieh dem Wort einen verbitterten, häßlichen Beigeschmack. »Schriftsteller schreiben ihre besten Werke nicht in interessanten Zeiten, Clyde. Glaub mir.«

Ich betrachtete die verlotterte Pennerkleidung, die an ihm hing, und kam zum Ergebnis, daß er recht haben könnte. »Vielleicht haben Sie deshalb diesmal so grandios Scheiße gebaut«, sagte ich. »Die Geschichte mit der Lotterie und den vierzigtausend Dollar war reiner Quatsch – südlich der Grenze zahlen sie in Pesos aus.«

»Das habe ich gewußt«, sagte er gelassen. »Ich will nicht sagen, daß ich nicht ab und zu einmal Mist baue – in dieser Welt mag ich eine Art Gott sein, oder *für* diese Welt, aber in meiner eigenen bin ich ein ganz normaler Mensch. Doch wenn ich Mist baue, dann erfahren du und deine Mitmenschen es nie, Clyde, denn meine Fehler und Kontinuitätssprünge sind Teil deiner Wahrheit. Nein, Peoria hat gelogen. Ich wußte es, und ich wollte, daß *du* es auch weißt.«

»Warum?«

Er zuckte wieder die Achseln und sah unbehaglich und ein wenig beschämt drein. »Ich denke, um dich ein wenig auf meine Ankunft vorzubereiten. Darum das alles, angefangen mit den Demmicks. Ich wollte dir nicht mehr Angst machen als unbedingt nötig.«

Jeder Privatschnüffler, der die Butter aus Brot wert ist, hat eine ziemlich gute Ahnung, wenn die Person auf dem Klientenstuhl lügt und wenn sie die Wahrheit sagt; zu wissen, wenn ein Klient die Wahrheit sagt, aber bestimmte Sachen verschweigt, ist ein selteneres Talent, und ich bezweifle, daß selbst die Genies unter uns es immer fertigbringen. Vielleicht merkte ich es jetzt nur, weil meine und Landrys Gehirnwellen im Gleichschritt marschierten; jedenfalls merkte ich es. Er sagte mir nicht alles. Die Frage war nur: sollte ich ihn darauf ansprechen oder nicht?

Was mich hinderte, war die plötzliche und gräßliche Intuition, die aus dem Nichts getanzt kam wie ein Gespenst, das aus der Wand eines Spukhauses schwebt. Es hatte mit den Demmicks zu tun. Der Grund, weshalb sie gestern nacht so still gewesen waren, war der, daß Tote keinen ehelichen Zank ausfechten – das ist eine der Regeln, auf die man sich immer ziemlich gut verlassen kann, genau wie auf die, daß Scheiße bergab fließt. Schon als ich ihm zum ersten Mal begegnet war, hatte ich eine gewalttätige Ader unter Georges großstädtischem Lack gespürt und geahnt, daß sich hinter Gloria Demmicks hübschem Gesicht und schnippischem Gebaren ein Biest mit scharfen Krallen verbergen mochte. Sie waren einfach ein bißchen zu sehr Cole Porter, um wahr zu sein, wenn Sie wissen, was ich meine. Und jetzt war ich irgendwie überzeugt, daß George endgültig durchgedreht war und seine Frau getötet hatte – und wahrscheinlich auch den kläffenden Welsh Corgi. Gloria saß möglicherweise aufrecht in der Ecke des Badezimmers zwischen Dusche und Toilette, das Gesicht schwarz, die Augen aufgerissen wie alte, trübe Murmeln, die Zunge zwischen blauen Lippen herausgestreckt. Der Hund hatte den Kopf auf ihrem Schoß liegen und einen Kleiderbügel aus Draht um den Hals gedreht, und sein schrilles Kläffen war für immer verstummt. Und George? Tot auf dem Bett mit Glorias Flasche Veronal – leer – neben sich auf dem Nachttisch. Keine Partys mehr, kein Jitterburg bei Al Arif, keine aufregenden Oberschichtsmorde in Pam Desert oder Beverly Glen. Sie kühlten gerade ab, lockten Fliegen an, wurden blaß unter ihrer modischen Swimmingpoolbräune.

George und Gloria Demmick, die in der Maschine dieses Mannes gestorben waren. Die im *Kopf* dieses Mannes gestorben waren.

»Wenn Sie mir keine Angst machen wollten, haben Sie Ihre Aufgabe beschissen gelöst«, sagte ich und fragte mich sofort, ob er sie überhaupt besser hätte lösen können. Stellen Sie sich mal folgende Frage: Wie bereitet man jemanden darauf vor, Gott kennenzulernen? Ich wette, selbst Moses wurde ein wenig heiß unter der Kutte, als der Busch zu brennen anfing, und ich bin nichts weiter als ein Schnüffler für vierzig pro Tag plus Spesen.

»*Wie ein gefallener Engel* – das war die Geschichte mit Mavis Weld. Der Name Mavis Weld stammt aus einem Roman mit dem Titel *Die kleine Schwester.* Von Raymond Chandler.« Er sah mich mit dieser besorgten Unsicherheit an, in der eine Spur Schuldbewußtsein mitschwang. »Es ist eine *Hommage.*« Er sprach die erste Silbe so aus, daß sie sich auf Rom reimte.

»Schön für Sie«, sagte ich, »aber der Name des Burschen sagt mir nichts.«

»Natürlich nicht. In deiner Welt – das heißt in meiner Version von L. A. – hat Chandler nie existiert. Trotzdem habe ich alle möglichen Namen aus seinen Büchern in meinen verwendet. Im Fulwider Building hatte Philip Marlowe, Chandlers Detektiv, sein Büro. Vernon Klein ... Peoria Smith ... und selbstverständlich Clyde Umney. Das war der Name des Anwalts in *Playback.*«

»Und so etwas nennt man *Hommage*?«

»Genau.«

»Wenn Sie das sagen; mir scheint es ein neues Wort für schlichtes Abschreiben zu sein.« Aber es war ein komisches Gefühl, zu wissen, daß mein Name von einem Mann, von dem ich nie gehört hatte, in einer Welt, von der ich nicht einmal träumte, erfunden worden war.

Landry besaß den Anstand, zu erröten, senkte den Blick aber nicht. »Na gut; vielleicht habe ich ein bißchen gewildert. Ich habe auf jeden Fall Chandlers Stil nachgeahmt, aber da war ich nicht der erste. Ross Macdonald hat es in den fünfziger und sechziger Jahren auch getan, Robert Parker in den siebziger und achtziger Jahren, und die Kritiker haben sie dafür mit Lorbeerkränzen geschmückt. Außerdem hat Chandler selbst von Hammett und Hemingway gelernt, ganz zu schweigen von Pulp-Autoren wie ...«

Ich hob die Hand. »Lassen wir den Literaturunterricht und kommen wir zu des Pudels Kern. Es ist verrückt, aber ...« Mein Blick wanderte zu dem Bild von Roosevelt, von dort zu der unheimlich leeren Schreibtischunterlage, und von dort wiederum zu dem hageren Gesicht auf der anderen Seite des Schreibtisches, »... aber sagen wir mal, ich glaube es. Was machen Sie hier? Weshalb sind Sie gekommen?«

Aber ich wußte es bereits. Ich verdiene meinen Lebensunterhalt als Detektiv, aber die Antwort darauf kam aus meinem Herzen, nicht aus dem Kopf.

»Ich bin deinetwegen gekommen.«

»Meinetwegen.«

»Ja, tut mir leid. Ich fürchte, du wirst dein Leben auf eine neue Art und Weise betrachten müssen, Clyde. Als ... nun, sagen wir einmal, als ein Paar Schuhe. Du ziehst sie aus, und ich ziehe sie an. Und wenn ich die Schnürsenkel gebunden habe, gehe ich weg.«

Na klar. Selbstverständlich. Und plötzlich wußte ich, was ich tun mußte – das einzige, was ich tun *konnte*.

Ihn wegschaffen.

Ich verzog das Gesicht zu einem breiten Lächeln. Einem Erzählen-Sie-mir-mehr-Lächeln. Gleichzeitig zog ich die Beine unter den Stuhl und bereitete mich darauf vor, ihn über den Schreibtisch hinweg anzuspringen. Nur einer von uns konnte dieses Büro verlassen, soviel stand fest. Und das würde ich sein.

»Ach *wirklich*?« sagte ich. »Wie faszinierend. Und was wird aus mir, Sammy? Was wird aus dem Privatschnüffler ohne Schuhe? Was passiert mit Clyde ...«

Umney, das letzte Wort sollte mein Nachname sein, das letzte Wort, das dieser aufdringliche, dreiste Störenfried in seinem Leben zu hören bekam. In dem Augenblick, wenn ich es aussprach, würde ich springen. Das Problem war, die Telepathie schien in beiden Richtungen zu funktionieren. Ich sah einen erschrockenen Ausdruck in seinen Augen, dann machte er sie zu und verzog den Mund vor Konzentration. Er bemühte die Buck-Rogers-Maschine gar nicht erst; wahrscheinlich wußte er, daß er keine Zeit haben würde.

»›Seine Enthüllungen wirkten auf mich wie eine Art lähmende Droge‹«, sagte er im leisen, aber tragenden Tonfall eines Mannes, der rezitierte, nicht nur spricht. »›Jegliche Kraft schwand aus meinen Muskeln, meine Beine fühlten sich wie zwei Spaghetti *al dente* an, und ich konnte nur in meinen Sessel zurücksinken und ihn ansehen.‹«

Ich sank in meinen Sessel zurück, meine Beine unter mir wurden schlaff, ich konnte ihn nur ansehen.

»Nicht besonders gut«, sagte er leutselig. »Aber Stegreifimprovisation war nie meine Stärke.«

»Sie Dreckskerl«, sagte ich kläglich. »Sie elender Hurensohn.«

»Ja«, stimmte er zu. »Das bin ich wohl.«

»Warum tun Sie das? Warum stehlen Sie mein Leben?«

Da blitzten seine Augen zornig auf. »*Dein* Leben? Du weißt es besser, Clyde, auch wenn du es nicht einsehen willst. Es ist ganz und gar nicht dein Leben. Ich habe dich erfunden; ich habe an einem regnerischen Tag des Jahres 1977 angefangen und bis in die Gegenwart weitergemacht. Ich habe dir dein Leben gegeben, daher steht es mir zu, es dir auch wieder zu nehmen.«

»Sehr nobel«, höhnte ich, »aber wenn Gott in diesem Augenblick herunterkommt und *Ihr* Leben auseinandertrennen würde wie schlechte Nähte an einem Schal, könnten Sie meinen Standpunkt vielleicht ein bißchen besser verstehen.«

»Schon gut«, sagte er, »Sie haben wohl recht. Aber warum streiten? Mit sich selbst zu streiten, das ist wie mit sich selbst Schach zu spielen – ein faires Spiel führt jedesmal zu einem Remis. Sagen wir einfach, ich tue es, weil ich es kann.«

Plötzlich war ich etwas ruhiger. Ich befand mich auf vertrautem Gelände. Wenn sie einen in der Hand hatten, mußte man sie zum Reden bringen und dafür sorgen, daß sie weiterredeten. Das hatte bei Mavis Weld funktioniert, und es würde auch hier funktionieren. Sie sagten Sachen wie: *Nun, ich denke, es kann nicht schaden, wenn Sie es erfahren* oder *Was kann es schon anrichten?*

Mavis' Version war elegant gewesen: *Sie sollen wissen, Mr. Umney – ich möchte, daß Sie die Wahrheit mit in die Hölle nehmen. Sie können sie dem Teufel bei Kaffee und Kuchen erzählen.* Es spielte eigentlich keine Rolle, was sie sagten; solange sie redeten, schossen sie nicht.

Immer dafür sorgen, daß sie redeten, darauf kam es an. Man mußte sie am Reden halten und hoffen, daß die Kavallerie rechtzeitig eintraf.

»Die Frage ist, warum *wollen* Sie es?« fragte ich. »Es ist doch sicher nicht üblich, oder? Ich meine, seid ihr Schriftsteller normalerweise nicht zufrieden, die Schecks zur Bank zu bringen, wenn sie kommen, und euren Angelegenheiten nachzugehen?«

»Sie versuchen, mich am Reden zu halten, Clyde. Oder nicht?«

Das traf mich wie ein Schwinger in die Magengrube, aber ich hatte keine andere Wahl, als es bis zum Ende durchzuspielen. Ich grinste und zuckte die Achseln. »Vielleicht. Vielleicht auch nicht. Wie auch immer, ich will es wirklich wissen.« Und das war nicht gelogen.

Er sah noch einen Moment unsicher drein, bückte sich und strich über die Tasten in seinem seltsamen Plastikkoffer (ich spürte Krämpfe in Beinen und Eingeweiden, als er sie berührte), dann richtete er sich wieder auf.

»Ich denke, es kann nicht schaden, wenn Sie es erfahren«, sagte er schließlich. »Immerhin, was kann es schon anrichten?«

»Nicht das geringste.«

»Du bist ein kluger Junge, Clyde«, sagte er, »und du hast ganz recht – Schriftsteller tauchen nur selten ganz in die Welten ein, die sie geschaffen haben, und falls doch, dann ausschießlich in ihren Köpfen, während ihre Körper in einem Irrenhaus vegetieren. Die meisten von uns geben sich damit zufrieden, einfach nur Touristen im Land der Phantasie zu sein. Bei mir war das auf jeden Fall so. Ich bin kein schneller Schreiber – ich glaube, ich habe dir gesagt, daß das Schreiben immer eine Tortur für mich war –, aber ich schaffte fünf Bücher mit Clyde Umney in zehn Jahren, und jedes war etwas erfolgreicher als das vorherige. 1983 kündigte ich meinen Job als Bezirksleiter einer großen Versicherungsgesellschaft und wurde freier Schriftsteller. Ich hatte eine Frau, die ich liebte, einen kleinen Jungen, der jeden Morgen die Sonne aus dem Bett kickte und sie jeden Abend wieder zu Bett brachte – jedenfalls kam es mir so vor –, und ich glaubte nicht, daß das Leben noch besser werden könnte.«

Er veränderte die Haltung auf dem dickgepolsterten Klientenstuhl, nahm die Hand weg, und ich sah, daß die verbrannte Stelle von Ardis McGills Zigarette auf der Armlehne ebenfalls verschwunden war. Er stieß ein bitterkaltes Lachen hervor.

»Und ich hatte recht«, sagte er. »Es konnte nicht mehr besser werden, aber viel, *viel* schlechter. Und es wurde schlechter. Etwa drei Monate nachdem ich mit *Wie ein gefallener Engel* begonnen hatte, fiel Danny – unser kleiner Junge – im Park von der Schaukel und schlug sich den Kopf an. Hat sich ausgeknockt, um deine Wortwahl zu gebrauchen.«

Ein flüchtiges Lächeln, in jeder Hinsicht so bitter und kalt, wie sein Lachen gewesen war, huschte über sein Gesicht. Es kam und ging so schnell wie der Kummer.

»Er hat stark geblutet – du hast genügend Kopfverletzungen gesehen und weißt, wie sie sind –, und Linda hatte schreckliche Angst, aber die Ärzte waren gut, und wie sich herausstellte, war es nur eine Gehirnerschütterung; sie stabilisierten ihn und gaben ihm einen Liter Blut als Ersatz für das, das er verloren hatte. Vielleicht war es nicht nötig – und das quält mich –, aber sie taten es. Das echte Problem war nicht sein Kopf, weißt du; es war dieser Liter Blut. Er war mit AIDS infiziert.«

»Bitte?«

»Das ist etwas, das du nicht kennen kannst, und dafür solltest du deinem Gott danken«, sagte Landry. »Es existiert zu deiner Zeit noch nicht, Clyde. Es taucht erst Mitte der siebziger Jahre auf. Wie Aramis.«

»Was macht es?«

»Es zerstört das Immunsystem, bis alles zusammenbricht wie ein Kartenhaus. Dann kommt jeder Virus, der da draußen herumfliegt, von Krebs bis Windpocken, herbeigestürzt und feiert eine Party.«

»Großer Gott!«

Sein Lächeln kam und ging wie ein Kampf. »Wie du meinst. AIDS ist primär eine sexuell übertragene Krankheit, aber ab und zu taucht sie auch in Blutkonserven auf. Man könnte sagen, mein Kind hat den Hauptgewinn in einer sehr unglücklichen Version von *La Loterìa* gewonnen.«

»Das tut mir leid«, sagte ich, und es war mein Ernst, obwohl ich vor diesem dünnen Mann mit dem müden Gesicht schreckliche Angst hatte. Ein Kind wegen so etwas zu verlieren – was konnte schlimmer sein?

Wahrscheinlich gab es etwas – es gibt immer etwas –, aber man mußte sich setzen und darüber nachdenken, richtig?

»Danke«, sagte er. »Danke, Clyde. Wenigstens ging es bei ihm schnell. Er fiel im Mai von der Schaukel. Die ersten purpurnen Flecken – Kaposi-Sarkom – traten kurz vor seinem Geburtstag im September auf. Am achtzehnten März 1991 starb er. Vielleicht mußte er nicht so sehr leiden wie viele andere, aber er litt. O ja, er litt.«

Ich hatte nicht die geringste Ahnung, was ein Kaposi-Sarkom war, beschloß aber, nicht zu fragen. Ich wußte auch so schon mehr, als ich je wissen wollte.

»Du verstehst vielleicht, warum ich mit deinem Buch etwas langsamer war«, sagte er. »Oder nicht, Clyde?«

Ich nickte.

»Aber ich machte weiter. Hauptsächlich, weil ich glaubte, daß etwas zu erfinden eine heilsame Wirkung hat. Vielleicht *muß* ich das glauben. Ich versuchte auch, mein Leben weiterzuführen, aber es ging alles schief damit – es war fast, als wäre *Wie ein gefallener Engel* eine Art böser Fluch, der mich in Hiob verwandelt hatte. Meine Frau verfiel in schwere Depressionen nach Dannys Tod, und ich war so besorgt um sie, daß ich die roten Flecken kaum bemerkte, die ich an den Beinen und an Bauch und Brust bekam. Und den Juckreiz. Ich wußte, es war kein AIDS, und am Anfang war das das einzige, das mich interessierte. Aber die Zeit verging, und es wurde immer schlimmer. – Hast du jemals Gürtelrose gehabt, Clyde?«

Dann lachte er und schlug sich mit der Hand auf die Stirn – eine Was-bin-ich-für-ein-Narr-Geste –, bevor ich den Kopf schütteln konnte.

»Natürlich nicht – du hast nie mehr als einen Kater gehabt. Gürtelrose, mein Schnüfflerfreund, ist ein komischer Name für ein schreckliches chronisches Leiden. In meiner Version von Los Angeles steht ziemlich gute Medizin zur Verfügung, um die Symptome zu lindern, aber das half mir nicht viel; Ende 1991 litt ich Qualen. Teilweise lag das natürlich an allgemeinen Depressionen wegen Dannys Schicksal, aber vor allem lag es an den Schmerzen und dem Juckreiz. Das gäbe einen interessanten Buchtitel für die Geschichte eines gepeinigten Schriftstellers ab, glaubst du nicht? *Die Schmerzen und der Juckreiz oder Thomas Hardy in der Pubertät*.« Er stieß ein schroffes, geistesabwesendes Lachen aus.

»Wie Sie meinen, Sam.«

»Ich sage, es war eine Zeit der Hölle. Natürlich ist es jetzt leicht, Witze darüber zu machen, aber zu Thanksgiving des Jahres war es kein Witz – ich schlief höchstens drei Stunden pro Nacht, und an manchen Tagen war mir, als wollte mir die ganze Haut vom Körper kriechen und davonlaufen wie der Pfefferkuchenmann. Wahrscheinlich habe ich darum nicht gemerkt, wie schlimm es mit Linda wurde.«

Ich wußte es nicht, *konnte* es nicht wissen ... und doch wußte ich es. »Sie hat Selbstmord begangen.«

Er nickte. »Im März 1992, am Jahrestag von Dannys Tod. Das ist jetzt über zwei Jahre her.«

Eine einzige Träne rann an seiner runzligen, vorzeitig gealterten Wange hinab, und ich hatte den Eindruck, als wäre er verdammt schnell gealtert. Es war eine irgendwie niederschmetternde Erkenntnis, daß ich von so einer Billigversion von einem Gott erschaffen worden war, aber es erklärte auch einiges. Zum Beispiel meine Unzulänglichkeiten.

»Das genügt«, sagte er mit einer Stimme, die von Wut ebenso wie von Tränen verzerrt wurde. »Kommen wir zur Sache, wie du sagen würdest. In meiner Zeit sagen wir *Mach endlich hin*, aber das läuft auf dasselbe hinaus. Ich schrieb das Buch zu Ende. An dem Tag, als ich Linda tot im Bett fand – wie die Polizei später Gloria Demmick finden wird, Clyde –, hatte ich hundertneunzig Manuskriptseiten fertig. Ich war an der Stelle, an der du Mavis' Bruder aus dem Lake Tahoe fischst. Drei Tage später kam ich von der Beerdigung nach Hause, warf den Textcomputer an und machte mit Seite hunderteinundneunzig weiter. Schockiert dich das?«

»Nein«, sagte ich. Ich wollte ihn fragen, was ein Textcomputer sein könnte, überlegte dann aber, daß das nicht nötig war. Das Ding auf seinem Schoß war selbstverständlich ein Textcomputer. Mußte einer sein.

»Da bist du ganz entschieden in der Minderheit«, sagte Landry. »Es schockierte die wenigen Freunde, die ich noch hatte, und zwar gewaltig. Lindas Verwandte waren der Meinung, ich hätte nicht mehr Gefühl als ein Warzenschwein. Ich hatte nicht die Kraft, zu erklären, daß ich nur versuchte, mich selbst zu retten. Ich scherte mich nicht drum, wie Peoria sagen würde. Ich klammerte mich an mein Buch wie ein Ertrinkender an einen Rettungsring. Ich klammerte mich an *dich*, Clyde. Meine Gürtelrose war immer noch schlimm, und das verlangsamte mein Tempo – bis zu einem gewissen Ausmaß hielt es mich *draußen*, sonst wäre ich vielleicht schon früher hier eingetroffen, aber es hielt mich nicht auf. Als ich das Buch fertig hatte, ging es mir ein wenig besser – jedenfalls körperlich. Aber als ich es fertig hatte, verfiel ich ebenfalls in Depressionen. Ich ging das Manuskript in einer Art Benommenheit durch. Ich verspürte so ein Gefühl des Bedauerns ... des *Verlustes* ...« Er sah mich direkt an und sagte: »Ergibt das alles überhaupt einen Sinn für dich?«

»Er ergibt einen Sinn«, sagte ich. Auf eine verrückte Weise war es tatsächlich so.

»Es waren noch eine Menge Tabletten im Haus«, sagte er. »Linda und ich ähnelten den Demmicks in vieler Hinsicht, Clyde – wir waren fest davon überzeugt, daß Chemikalien das Leben besser machen konnten, und ich war manchmal nahe dran, zwei Händevoll zu nehmen. Ich dachte dabei nicht an Selbstmord, sondern daran, daß ich Linda und Daniel einholen würde. Daß ich sie einholen würde, solange ich noch Zeit hatte.«

Ich nickte. Das hatte ich bei Ardis McGill gedacht, als ich sie drei Tage, nachdem wir bei Blondie's *Tüdel-dü* zueinander gesagt hatten, mit einem kleinen blauen Loch mitten in der Stirn auf jenem vollgestopften Dachboden gefunden hatte. Selbstverständlich war er es gewesen. In meiner Welt war Sam Landry, der müde Mann mit der Pennerhose, für alles verantwortlich. Der Gedanke hätte verrückt wirken müssen, und das tat er auch; aber er kam mir immer normaler vor.

Ich stellte fest, daß ich gerade noch genügend Kraft in mir hatte, den Stuhl zu drehen und zum Fenster hinauszusehen.

Was ich sah, überraschte mich nicht: Der Sunset Boulevard und alles um ihn herum war erstarrt. Autos, Busse, Fußgänger, alle hatten einfach in der Bewegung angehalten. Das da draußen war die Welt in einem Kodak-Schnappschuß, und warum auch nicht? Ihr Schöpfer hatte keine Zeit, sie vollständig zu beleben, jedenfalls im Augenblick nicht; er steckte immer noch im Mahlstrom seines eigenen Kummers. Verdammt, ich konnte von Glück sagen, daß ich noch atmete.

»Also, was ist passiert?« fragte ich. »Wie sind Sie hergekommen, Sam? Darf ich Sie so nennen? Stört es Sie?«

»Nein, es stört mich nicht. Ich kann dir aber keine befriedigende Antwort geben, weil ich es selbst nicht genau weiß. Ich weiß nur eins mit Sicherheit – jedesmal, wenn ich an die Tabletten dachte, dachte ich an dich. Speziell dachte ich: Clyde Umney würde so etwas nie tun, und er würde jeden verachten, der es tut. Er würde es den Ausweg von Feiglingen nennen.«

Ich dachte darüber nach, fand es zutreffend und nickte. Bei jemandem, der einem schrecklichen Schicksal ins Auge sah – Vernons Krebs oder dem unfaßbaren Alptraum, der den Sohn dieses Mannes getötet hatte –, würde ich vielleicht eine Ausnahme machen, aber die Flatter machen nur wegen Depressionen? Das war etwas für Memmen.

»Dann dachte ich: ›Aber das ist Clyde Umney, und Clyde ist nur eine Erfindung ... nur eine Ausgeburt deiner Phantasie.‹ Doch dieser Gedanke hatte keinen Bestand. Die Dummköpfe dieser Welt – vor allem Politiker und Anwälte – machen sich über die Phantasie lustig und glauben, daß nichts real ist, wenn man es nicht rauchen oder streicheln oder spüren oder ficken kann. Das glauben sie, weil sie selbst keine Phantasie haben und nichts von ihrer Macht wissen. Ich wußte es besser. Verdammt, ich sollte es auch besser wissen – mit meiner Phantasie verdiene ich seit zehn Jahren die Brötchen und bezahle die Hypothek.

Gleichzeitig wußte ich, ich konnte nicht weiter in der Welt leben, die ich als ›die wirkliche Welt‹ betrachtete, womit wir wahrscheinlich alle ›die einzige Welt‹ meinen. Da wurde mir klar, ich konnte nur noch an einen Ort gehen und mich zu

Hause fühlen, und wenn ich dort ankam, konnte ich nur eine einzige Person sein. Der Ort war hier – Los Angeles in den dreißiger Jahren. Und die Person warst du.«

Ich hörte wieder das leise Surren seiner Maschine, drehte mich aber nicht um.

Teilweise, weil ich Angst davor hatte.

Und teilweise, weil ich nicht mehr wußte, ob ich es noch konnte.

6. Umneys letzter Fall

Unten auf der Straße, sechs Stockwerke tiefer, war ein Mann erstarrt, der den Kopf halb gedreht hatte, um die Frau an der Ecke zu beobachten, die gerade in den Bus Nummer achtundfünfzig Richtung Innenstadt einstieg. Sie hatte vorübergehend ein wunderschönes Bein entblößt, und der Mann bewunderte es. Ein Stück weiter die Straße hinab hielt ein Junge einen fadenscheinigen alten Baseballhandschuh hoch, um einen Ball zu fangen, der erstarrt über seinem Kopf in der Luft hing. Und knapp zwei Meter über der Straße schwebte wie ein Geist, den ein drittklassiger Swami bei einer Jahrmarktsséance beschworen hatte, eine der Zeitungen von Peoria Smiths umgestürztem Tisch. Unglaublicherweise konnte ich selbst von hier oben die beiden Fotos erkennen: Hitler oberhalb des Falzes, der jüngst verstorbene kubanische Bandleader darunter.

Landrys Stimme klang wie aus weiter Ferne.

»Zuerst dachte ich, das bedeutet, daß ich den Rest meines Lebens in einer Irrenanstalt verbringen und denken würde, ich wäre du, aber das hätte mich nicht gestört, weil ja nur mein *Körper* in der Klapsmühle eingesperrt wäre, verstehst du? Doch allmählich wurde mir klar, daß es wesentlich mehr sein könnte ... daß es eventuell eine Möglichkeit gab, wie ich ... nun ... ganz überwechseln konnte. Und weißt du, was der Schlüssel war?«

»Ja«, sagte ich, ohne mich umzudrehen. Das Surren seiner

Maschine ertönte wieder, und plötzlich flatterte die Zeitung, die in der Luft hing, auf den erstarrten Boulevard. Einen oder zwei Augenblicke später rollte ein alter DeSoto ruckartig über die Kreuzung Sunset und Fernando. Er stieß mit dem Jungen zusammen, der den Baseballhandschuh trug, woraufhin er und die DeSoto-Limousine verschwanden. Aber nicht der Ball: er fiel auf die Straße, rollte halb in den Rinnstein und erstarrte wieder.

»Tatsächlich?« Er hörte sich überrascht an.

»Ja. Peoria war der Schlüssel.«

»Stimmt genau.« Er lachte, dann räusperte er sich – beides nervöse Geräusche. »Ich vergesse immer wieder, daß du ich bist.«

Das war ein Luxus, über den ich nicht verfügte.

»Ich habe an einem neuen Buch herumgemacht, aber das führte zu nichts. Ich habe bis Sonntag sechs verschiedene Entwürfe für Kapitel eins geschrieben, bis mir etwas Interessantes einfiel: Peoria Smith konnte dich nicht leiden.«

Da wirbelte ich hastig herum. »Was Sie nicht sagen!«

»Ich dachte mir, daß du es nicht glauben würdest, aber es stimmt, und irgendwie hatte ich es schon immer gewußt. Ich will nicht schon wieder Literaturunterricht erteilen, Clyde, aber ich kann dir eines über mein Metier verraten – Geschichten in der ersten Person zu schreiben, ist eine vertrackte Angelegenheit. Es ist, als käme alles, was der Autor weiß, von seiner Hauptperson, wie eine Reihe von Briefen oder Berichten aus einem weit entfernten Kampfgebiet. Es kommt äußerst selten vor, daß der Schriftsteller ein Geheimnis hat, aber in diesem Fall hatte ich eines. Es war, als wäre dein kleiner Abschnitt des Sunset Boulevard der Garten Eden …«

»Ich habe noch nie gehört, daß ihn jemand *so* genannt hat«, bemerkte ich.

»… und es gab eine Schlange darin, die ich sah und du nicht. Eine Schlange namens Peoria Smith.«

Draußen wurde die erstarrte Welt, die er meinen Garten Eden nannte, noch dunkler, obwohl der Himmel wolkenlos war. Das Red Door, ein Nachtclub, der angeblich Lucky Luciano gehörte, verschwand. Einen Augenblick lang war da nur ein Loch, wo er gewesen war, und dann entstand ein neues Gebäude – ein Restaurant namens Petit Déjeuner mit einem Fenster voller Farne. Ich sah die Straße hinauf und stellte fest, daß noch andere Veränderungen vonstatten gingen – neue Häuser ersetzten alte mit lautloser, unheimlicher Schnelligkeit. Das bedeutete, meine Zeit wurde knapp; ich wußte es. Unglücklicherweise wußte ich noch etwas – wahrscheinlich hatte ich in der verbleibenden Zeit keine Chance mehr. Wenn Gott einem ins Büro spaziert kommt und sagt, daß ihm dein Leben besser gefällt als sein eigenes, was hat man da schon für Möglichkeiten?

»Ich vernichtete die verschiedenen Fassungen des Romans, den ich zwei Monate nach dem Tod meiner Frau angefangen hatte«, sagte Landry. »Das fiel mir leicht – es waren armselige, verkrüppelte Versuche. Und dann fing ich einen neuen an. Er trägt den Titel ... kannst du ihn erraten, Clyde?«

»Klar«, sagte ich und wirbelte herum. Er erforderte meine ganze Kraft, aber was dieser Penner meine »Motivation« nennen würde, war gut. Sunset Strip ist nicht gerade die Champs Elysées oder der Hyde Park, aber er ist meine Welt. Ich wollte nicht mit ansehen, wie er ihn zerstörte und so wieder aufbaute, wie er ihn haben wollte. »Ich vermute, Sie haben ihn *Umneys letzter Fall* genannt.«

Er sah mich gelinde überrascht an. »Da vermutest du richtig.«

Ich winkte mit der Hand. Es war ein Kraftakt, aber ich schaffte es. »Wissen Sie, ich habe 1934 und 1935 nicht umsonst den Preis ›Schnüffler des Jahres‹ gewonnen.«

Darüber mußte er lächeln. »Ja. Der Satz hat mir immer gut gefallen.«

Plötzlich haßte ich ihn – haßte ihn wie die Pest. Wenn ich die Kraft hätte aufbringen können, über den Schreibtisch zu hechten und ihm den Hals umzudrehen, hätte ich es getan. Und das sah er mir an. Das Lächeln verschwand.

»Vergiß es, Clyde – du hättest keine Chance.«

»Warum verschwinden Sie nicht einfach von hier?« knurrte ich ihn an. »Warum machen Sie sich nicht dünne und lassen einen arbeitenden Menschen in Ruhe?«

»Weil ich es nicht kann. Ich könnte es nicht einmal, wenn ich es wollte. Aber ich will es auch nicht.« Er sah mich mit einer seltsamen Mischung aus Zorn und Flehen an. »Versuch es von meiner Warte aus zu sehen, Clyde ...«

»Habe ich eine andere Wahl? Hatte ich je eine?«

Das überhörte er. »Hier ist eine Welt, in der ich nie älter werde, ein Jahr, in dem alle Uhren rund achtzehn Monate vor Ausbruch des Zweiten Weltkriegs stehengeblieben sind, in dem Zeitungen immer drei Cent kosten, in dem ich so viele Eier und rotes Fleisch essen kann, wie ich will, ohne mir Sogen wegen meines Cholesterinspiegels machen zu müssen.«

»Ich habe nicht die geringste Ahnung, von was Sie reden.«

Er beugte sich ernst nach vorn. »Nein, natürlich nicht! Und genau darum geht es, Clyde! Dies ist eine Welt, in der ich *wirklich* den Job haben kann, von dem ich als kleiner Junge träumte – ich kann Privatdetektiv sein. Ich kann um zwei Uhr morgens mit einem schnellen Auto herumbrausen, ich kann Schießereien mit Gangstern veranstalten – und weiß, daß sie sterben können, aber ich nicht –, und ich kann acht Stunden später neben einer wunderschönen Sängerin aufwachen, während die Vögel in den Bäumen zwitschern und die Sonne in mein Schlafzimmerfenster scheint. Die klare, wunderschöne Sonne Kaliforniens.«

»Mein Schlafzimmerfenster liegt nach Westen«, sagte ich.

»Nicht mehr«, antwortete er gelassen, und ich spürte, wie ich die Hände auf den Stuhllehnen zu kraftlosen Fäusten ballte. »Siehst du, wie wunderbar es ist? Wie perfekt? In dieser Welt werden die Leute wegen einer dummen, würdelosen Krankheit namens Gürtelrose nicht halb verrückt vor Juckreiz. In dieser Welt werden Menschen nicht grau, geschweige denn kahl.«

Er sah mich gleichgültig an, und in diesem Blick sah ich keine Hoffnung für mich. Überhaupt keine Hoffnung.

»In dieser Welt sterben geliebte Söhne nie an AIDS, und geliebte Ehefrauen nehmen nie eine Überdosis Schlaftabletten. Außerdem warst *du* immer der Außenseiter hier, nicht ich, wie du es selbst auch immer gesehen haben magst. Dies ist *meine* Welt, die aus meiner Phantasie geboren wurde und durch meine Bemühungen und Ambitionen bestehen bleibt. Ich habe sie dir eine Zeitlang geliehen, das ist alles. Und jetzt hole ich sie mir zurück.«

»Erzählen Sie mir noch, wie Sie hergekommen sind, würden Sie das wenigstens tun? Ich möchte es wirklich wissen.«

»Das war ganz leicht. Ich nahm sie auseinander, angefangen mit den Demmicks, die nie mehr als eine lausige Imitation von Nick und Nora Charles waren, und baute sie nach meinem Ebenbild neu auf. Ich habe alle geliebten Nebenrollen herausgenommen, und jetzt entferne ich alle alten Örtlichkeiten. Mit anderen Worten, ich ziehe dir Faden für Faden den Teppich unter den Füßen weg, und darauf bin ich nicht stolz, aber ich *bin* stolz auf die Willenskraft, die dazu erforderlich ist.«

»Was ist in Ihrer eigenen Welt mit Ihnen passiert?« Ich hielt ihn immer noch hin, aber jetzt nur noch aus Gewohnheit, so wie ein altes Pferd an einem verschneiten Morgen den Weg in den Stall zurückfindet.

Er zuckte die Achseln. »Wahrscheinlich tot. Oder vielleicht habe ich tatsächlich einen Körper hinterlassen – eine leere Hülle –, der katatonisch in einem Sanatorium sitzt. Aber ich glaube nicht, daß es so ist – dies alles hier scheint real zu sein. Nein, ich glaube, ich habe es vollkommen herübergeschafft, Clyde. Ich glaube, zu Hause suchen sie nach einem verschwundenen Schriftsteller ... und haben keine Ahnung, daß er im Speicher seines eigenen Textcomputers verschwunden ist. Und um die Wahrheit zu sagen, es ist mir im Grunde auch völlig egal.«

»Und ich? Was wird aus mir?«

»Clyde«, sagte er, »das ist mir auch egal.«

Er beugte sich wieder über seine Maschine.

»Nicht!« sagte ich schneidend.

Er sah auf.

»Ich ...« Ich hörte das Zittern meiner Stimme, versuchte es zu unterdrücken, mußte aber feststellen, daß ich es nicht konnte. »Mister, ich habe Angst. Bitte, lassen Sie mich in Ruhe. Ich weiß, das da draußen ist gar nicht mehr meine Welt

– verdammt, hier drinnen auch nicht –, aber es ist die einzige Welt, die ich auch nur annähernd gekannt habe. Lassen Sie mir, was noch davon übrig ist. Bitte.«

»Zu spät, Clyde.« Wieder hörte ich dieses unbarmherzige Bedauern in seiner Stimme. »Schließ die Augen. Ich mache, so schnell ich kann.«

Ich versuchte, mich auf ihn zu stürzen – versuchte es, so verbissen ich konnte. Ich bewegte mich kein Jota. Und was meine Augen betraf, ich stellte fest, daß ich sie gar nicht schließen mußte. Alles Licht war aus dem Tag gewichen, in dem Büro war es so finster wie in einem Kohlensack.

Ich spürte mehr, wie er sich über den Schreibtisch zu mir beugte, als daß ich es sah. Ich versuchte zurückzuweichen und mußte feststellen, daß ich nicht einmal das konnte. Etwas Trockenes und Raschelndes berührte meine Hand, und ich schrie.

»Ganz ruhig, Clyde.« Seine Stimme kam aus der Dunkelheit, von überall her. *Logisch,* dachte ich. *Schließlich bin ich nur eine Ausgeburt seiner Phantasie.* »Das ist nur ein Scheck.«

»Ein … Scheck?«

»Ja. Über fünftausend Dollar. Du hast mir das Geschäft verkauft. Die Maler werden heute abend, bevor sie gehen, deinen Namen von der Tür kratzen und meinen anbringen.« Er hörte sich verträumt an. »Samuel D. Landry, Privatdetektiv. Klingt hervorragend, oder nicht?«

Ich versuchte zu flehen, aber auch das konnte ich nicht. Selbst meine Stimme ließ mich im Stich.

»Mach dich bereit«, sagte er. »Ich weiß nicht genau, was passieren wird, Clyde, aber es passiert jetzt. Ich glaube nicht, daß es weh tun wird.« *Aber selbst wenn, wäre es mir egal* – das war der Teil, den er unausgesprochen ließ.

Das leise Summen kam aus der Schwärze. Ich spürte, wie mein Stuhl unter mir schmolz, und plötzlich fiel ich. Landrys Stimme fiel mit mir, rezitierte im Einklang mit dem Klicken und Klappern seiner futuristischen Stenomaschine, rezitierte die beiden letzten Sätze eines Romans mit dem Titel *Umneys letzter Fall.*

»›Und so verließ ich die Stadt, und wo ich schließlich landete – nun, Mister, ich glaube, das ist meine Angelegenheit. Finden Sie nicht auch?‹«

Unter mir war ein gleißendes grünes Leuchten zu sehen. Ich fiel darauf zu. Bald würde es mich verschlingen, und bei dem Gedanken verspürte ich nur Erleichterung.

»›ENDE‹« dröhnte Landrys Stimme, und dann fiel ich durch das grüne Licht, es schien durch mich, *in* mir, und Clyde Umney existierte nicht mehr.

Lebwohl, Schnüffler.

7. Die andere Seite des Lichts

Das alles geschah vor sechs Monaten.

Ich erwachte auf dem Boden eines düsteren Raumes, hatte ein Summen in den Ohren, richtete mich auf die Knie auf, schüttelte den Kopf, um einen klaren Gedanken zu fassen, und sah zu dem grünen Leuchten auf, durch das ich gefallen war wie Alice durch den Spiegel. Ich sah eine Buck-Rogers-Maschine, die der große Bruder derjenigen sein konnte, die Landry mit in mein Büro gebracht hatte. Grüne Buchstaben leuchteten darauf, ich rappelte mich auf, damit ich sie lesen konnte, und kratzte dabei mit den Fingernägeln geistesabwesend über die Unterarme:

Und so verließ ich die Stadt, und wo ich schließlich landete … nun, Mister, ich glaube, das ist meine Angelegenheit. Finden Sie nicht auch?

Und darunter, in Versalien und zentriert, noch ein Wort:

ENDE.

Ich las es noch einmal, und dann kratzte ich mit den Fingern über den Bauch. Ich tat es, weil etwas mit meiner Haut nicht stimmte, das nicht gerade schmerzhaft war, aber auf jeden Fall nervtötend. Kaum hatte ich daran gedacht, stellte ich fest, daß dieses unheimliche Gefühl von überall kam – vom Halsansatz, den Oberschenkeln, dem Schritt.

Gürtelrose, dachte ich plötzlich. *Ich habe Landrys Gürtelrose. Ich spüre den Juckreiz, und ich habe ihn nur deshalb nicht gleich erkannt, weil …*

»Weil ich vorher noch nie einen Juckreiz hatte«, sagte ich, und dann fügte sich auch der Rest zusammen. So schnell und fest, daß ich tatsächlich schwankte. Ich ging langsam zu einem Spiegel an der Wand, bemühte mich, meine seltsam kribbelnde Haut nicht zu kratzen, und wußte, ich würde eine ältere Version meines Gesichts sehen, ein Gesicht mit Runzeln wie ausgetrocknete Bachbetten und von einem Schopf weißen Haars gekrönt.

Jetzt wußte ich, was passiert, wenn Schriftsteller irgendwie das Leben einer Figur übernahmen, die sie geschaffen hatten. Es handelte sich doch nicht exakt um Diebstahl.

Mehr um einen Tausch.

Ich stand da und betrachtete Landrys Gesicht – *mein* Gesicht, nur um fünfzehn Jahre gealtert –, und spürte meine Haut kribbeln und jucken. Hatte er nicht gesagt, daß seine Gürtelrose besser wurde? Wenn dies besser war, wie hatte er das Schlimmere ertragen können, ohne völlig den Verstand zu verlieren?

Ich befand mich natürlich in Landrys Haus – das jetzt mein Haus war –, und im Bad neben dem Arbeitstisch fand ich die Medizin, die er gegen die Gürtelrose nahm. Meine erste Dosis nahm ich nicht einmal eine Stunde, nachdem ich auf dem Boden unter seinem Schreibtisch und der summenden Maschine auf dem Schreibtisch erwacht war, und es war, als hätte ich statt seiner Medizin sein Leben geschluckt.

Als hätte ich sein ganzes Leben geschluckt.

Heute gehört die Gürtelrose der Vergangenheit an, kann ich glücklicherweise sagen. Vielleicht hat sie einfach ihren Lauf genommen, aber ich denke gern, daß der alte Kampfgeist von Clyde Umney etwas damit zu tun hat. Clyde war sein ganzes Leben lang nicht einen einzigen Tag krank gewesen, wissen Sie, und obwohl ich in diesem abgehalfterten Körper von Sam Landry immer Schnupfen zu haben scheine, soll mich der Teufel holen, wenn ich mich davon unterkriegen lasse. Und seit wann hat es geschadet, wenn man ein wenig positives Denken betrieb? Ich glaube, die korrekte Antwort darauf lautet: noch nie.

Aber ich habe eine schlimme Zeit durchgemacht, und die erste unangenehme Überraschung erfolgte keine vierundzwanzig Stunden, nachdem ich in diesem unvorstellbaren Jahr 1994 aufgewacht war. Ich suchte in Landrys Kühlschrank nach etwas Eßbarem (am Abend zuvor hatte ich mich über sein Black Horse-Bier hergemacht und stellte jetzt fest, daß es meinem Kater nicht schaden konnte, wenn ich etwas dazu äße), als plötzlich Schmerzen in meine Eingeweide schnitten. Ich glaubte, ich müßte sterben. Es wurde schlimmer, und da *wußte* ich, daß ich sterben würde. Ich fiel auf den Küchenboden und versuchte, nicht zu schreien. Einen oder zwei Augenblicke später geschah etwas, und die Schmerzen ließen nach.

Ich habe fast mein ganzes Leben lang den Ausdruck »scheißegal« verwendet. Das hat sich seit jenem Morgen geändert. Ich säuberte mich, dann ging ich die Treppe hinauf und wußte, was ich im Schlafzimmer finden würde: nasse Laken auf Landrys Bett.

Die erste Woche in Landrys Welt verbrachte ich hauptsächlich mit Toilettentraining. In meiner Welt ging natürlich nie jemand aufs Klo. Oder zum Zahnarzt, was das anbetraf; an meinen ersten Ausflug zu dem, dessen Adresse in Landrys Rolodex stand, möchte ich gar nicht denken, geschweige denn darüber sprechen.

Doch gelegentlich gab es auch einen Lichtblick in dieser Dunkelheit. Zunächst einmal brauchte ich in dieser verwirrenden, düsenbetriebenen Welt von Landry nicht auf Jobsuche zu gehen; seine Bücher verkaufen sich offenbar nach wie vor ausgezeichnet, und ich habe keine Schwierigkeiten, die Schecks einzulösen, die mit der Post kommen. Meine Unterschrift und seine sind natürlich identisch. Und was mögliche moralische Bedenken betrifft – daß ich nicht lache! Diese Schecks sind für Geschichten über *mich*. Landry hat sie nur geschrieben; ich habe sie erlebt. Verdammt, ich habe die fünfzigtausend allein dafür verdient, daß ich auch nur in Reichweite von Mavis Welds Krallen gekommen bin.

Ich rechnete damit, daß ich Probleme mit Landrys Freunden bekommen würde, aber ein hochkarätiger Schnüffler wie ich hätte das eigentlich besser wissen müssen. Würde jemand mit echten Freunden allen Ernstes in eine Welt verschwinden wollen, die er auf der Bühne seiner eigenen Phantasie geschaffen hat? Unwahrscheinlich. Landrys Freunde waren seine Frau und sein Sohn, und die waren tot. Es gab Verwandte und Nachbarn, aber die schienen mich für ihn zu akzeptieren. Die Frau auf der anderen Straßenseite wirft mir von Zeit zu Zeit verwirrte Blicke zu, und ihre Tochter weint, wenn ich auch nur in ihre Nähe komme, obwohl ich schon den Babysitter für sie gemacht habe (jedenfalls *behauptet* sie das, und warum sollte sie lügen?), aber das macht nichts.

Ich habe sogar mit Landrys Agenten gesprochen, einem Mann aus New York namens Verrill. Er will wissen, wann ich mit meinem neuen Buch anfangen werde.

Bald, sagte ich ihm. Bald.

Ich bleibe weitgehend drinnen. Ich habe keine Lust, die Welt zu erforschen, in die Landry mich gestoßen hat, nachdem er mich aus meiner eigenen vertrieb; ich sehe bei den wöchentlichen Ausflügen zur Bank und dem Lebensmittelladen mehr, als ich will, und ich habe mich keine zwei Stunden, nachdem ich herausgefunden hatte, wie man sie bedient, mittels dieser schrecklichen Fernsehmaschine umgesehen. Es überraschte mich nicht mehr, daß Landry diese ächzende Welt mit ihrer Last von Krankheiten und sinnloser Gewalt verlassen wollte – eine Welt, in der nackte Frauen in den Schaufenstern von Nachtclubs tanzen und Sex mit ihnen einen umbringen kann.

Nein, ich verbringe meine Zeit weitgehend drinnen. Ich habe jeden seiner Romane noch einmal gelesen, und jedesmal war mir, als blätterte ich die Seiten eines heißgeliebten Albums durch. Und selbstverständlich habe ich mir beigebracht, seinen Textcomputer zu benutzen. Der ist nicht wie die Fernsehmaschine; der Bildschirm sieht ähnlich aus, aber mit dem Textcomputer kann man die Bilder erzeugen, die man *selbst* sehen will, weil sie alle aus dem eigenen Kopf stammen.

Das gefällt mir.

Sehen Sie, ich habe mich vorbereitet – habe Sätze ausprobiert und wieder verworfen, wie man Teile eines Puzzles ausprobiert. Und heute morgen habe ich ein paar geschrieben, die richtig klingen – jedenfalls fast richtig. Möchten Sie sie hören? Okay, los geht's:

Als ich zur Tür sah, erblickte ich einen ausgesprochen betrübten und niedergeschlagenen Peoria Smith, der dort stand. »Ich glaube, ich habe Sie beim letzten Mal ziemlich mies behandelt, Mr. Umney«, sagte er. »Ich bin gekommen, um zu sagen, daß es mir leid tut.« Es waren mehr als sechs Monate vergangen, aber er sah unverändert aus. Und ich meine unverändert.

»Du trägst immer noch deine Brille«, sagte ich.

»Ja. Wir haben die Operation versucht, aber es hat nicht geklappt.« Er seufzte, dann grinste er und zuckte die Achseln. In dem Augenblick sah er wieder wie der Peoria aus, den ich immer gekannt habe. »Aber was soll's, Mr. Umney – blind zu sein ist gar nicht so schlimm.«

Es ist nicht perfekt; klar, das weiß ich. Ich war Detektiv, jetzt bin ich Schriftsteller. Aber ich glaube, man kann fast alles, wenn man nur will, und wenn man dahin geht, wo der Hund begraben liegt, dann ist es auch nur eine andere Art von Schlüssellochgucken. Größe und Form des Textcomputerschlüssellochs sind ein wenig anders, aber es ist trotzdem noch so, als sähe man in das Leben anderer Leute und meldete dann den Klienten, was man gesehen hat.

Ich bringe es mir aus einem ganz einfachen Grund bei. Ich will nicht hier sein. Sie können es als L. A. 1994 bezeichnen, wenn Sie wollen; ich nenne es die Hölle. Die gräßlichen Tiefkühlgerichte, die man in einer Kiste namens »Mikrowelle« kocht, die Turnschuhe, die wie Frankensteins Pantoffeln aussehen, die Musik im Radio, die sich anhört, als garte man Kühe bei lebendigem Leib in einem Dampfkochtopf; es ist …

Nun, es ist einfach *alles*.

Ich will mein Leben zurück. Ich will alles wieder so, wie es war, und ich glaube, ich weiß, wie ich es anstellen muß.

Sie sind ein trauriger, diebischer Dreckskerl, Sam – darf ich Sie noch so nennen? –, und Sie tun mir leid … aber nur bis zu einem gewissen Punkt, denn das entscheidende Wort hier ist *diebisch*. Meine anfängliche Meinung zu diesem Thema hat sich durchaus nicht geändert, sehen Sie – ich bin immer noch nicht der Meinung, daß die Gabe, etwas zu erschaffen, auch zum Stehlen berechtigt.

Was machen Sie in diesem Augenblick, Sie Dieb? Speisen Sie im Petit Déjeuner, das Sie geschaffen haben? Schlafen Sie neben einer atemberaubenden Puppe mit perfekten, straffen Brüsten, die Mord auf den Ärmel ihres Negligés gestickt hat? Fahren Sie sorglos nach Malibu? Oder lehnen Sie sich einfach nur im Schreibtischstuhl zurück und erfreuen sich Ihres schmerzfreien, geruchsfreien und scheißefreien Lebens? Was machen Sie?

Ich habe mir das Schreiben beigebracht, das ist meine Beschäftigung, und nachdem ich es heraus habe, glaube ich, daß ich zunehmend besser werde. Ich kann Sie schon fast sehen.

Morgen werden Clyde und Peoria ins Blondie's gehen, das neu eröffnet hat. Diesmal wird Peoria Clydes Einladung zum Frühstück annehmen. Das ist der zweite Schritt.

Ja, ich kann Sie schon fast sehen, Sam, und bald werde ich es. Aber ich glaube nicht, daß Sie mich sehen werden. Erst wenn ich hinter Ihrer Bürotür hervorkomme und Ihnen die Hände um den Hals lege.

Diesmal geht niemand nach Hause.

Kopf runter

ANMERKUNG DES AUTORS: Ich melde mich hier zu Wort, mein Dauerleser, um darauf hinzuweisen, daß dies keine Geschichte ist, sondern ein Essay – fast ein Tagebuch. Es erschien erstmals im *New Yorker* im Frühjahr 1990.

S. K.

»Kopf runter! Nimm den Kopf runter!«

Es ist bei weitem nicht die schwierigste Aufgabe im Sport, aber jeder, der es einmal versucht hat, wird Ihnen bestätigen, daß es schwierig genug ist: mit einem runden Schläger einen runden Ball genau in der Mitte zu treffen. So schwierig, daß die Handvoll Männer, die es gut können, reich, berühmt und zu Leitfiguren erhoben werden: die Joe Cansecos, die Mike Greenwells, die Kevin Mitchells. Für Tausende von Jungen (und nicht wenige Mädchen) sind es ihre Gesichter (nicht das Gesicht von Axl Rose oder Bobby Brown), auf die es ankommt; ihre Poster nehmen an Zimmerwänden und Spindtüren Ehrenplätze ein. Heute bringt Ron St. Pierre einigen dieser Jungen – Jungen, die Bangor West Side beim Turnier des Distrikts 3 der Little League repräsentieren werden – bei, wie man den runden Ball mit dem runden Schläger trifft. Im Augenblick arbeitet er mit einem Jungen namens Fred Moore, während mein Sohn Owen danebensteht und sie eingehend beobachtet. Er ist der nächste, den St. Pierre sich vorknöpfen wird. Owen hat breite Schultern und ist kräftig gebaut, wie sein alter Herr; Fred sieht in seinem hellgrünen Trainingsanzug fast schmerzhaft zerbrechlich aus. Und er macht keinen guten Kontakt.

»Kopf runter, Fred!« schreit St. Pierre. Er steht auf halbem Weg zwischen dem Hügel und dem Schlagmal eines der beiden Spielfelder der Little League hinter der Colafabrik in

Bangor; Fred steht fast ganz hinten am Schutzgitter. Der Tag ist heiß, aber weder Fred noch St. Pierre lassen erkennen, daß ihnen die Hitze zu schaffen macht. Sie konzentrieren sich auf das, was sie tun.

»Laß ihn *unten!*« schreit St. Pierre noch einmal und führt einen kräftigen Wurf aus.

Fred schlägt unter dem Ball durch. Das blecherne Aluminium-auf-Rindsleder-Geräusch ist zu hören – ein Geräusch, wie wenn jemand mit einem Löffel auf eine Blechtasse schlägt. Der Ball trifft gegen das Schutzgitter, prallt ab und fliegt ihm fast an den Helm. Beide lachen, dann holt St. Pierre einen neuen Ball aus dem roten Plastikeimer neben sich.

»Mach dich bereit, Freddy!« ruft er. »Kopf runter!«

Maines Distrikt 3 ist so groß, daß er zweigeteilt ist. Die Mannschaften von Penobscot County bilden die eine Hälfte, die von Aroostook und Washington County die andere. All-Star-Jungen werden aufgrund ihrer Leistungen ausgewählt und aus allen Mannschaften der Jugendliga zusammengeholt. Die zwölf Mannschaften im Distrikt 3 spielen in gleichzeitigen Turnieren. Gegen Ende Juli tragen die beiden übriggebliebenen Mannschaften es untereinander aus, um den Distriktchampion zu bestimmen. Diese Mannschaft repräsentiert dann Distrikt 3 beim Spiel um die Meisterschaft des Bundesstaates, und es ist lange her – achtzehn Jahre –, seit es eine Mannschaft aus Bangor einmal bis ins Turnier des Bundesstaates geschafft hat.

Dieses Jahr werden die Meisterschaftsspiele in Old Town ausgetragen, wo die Kanus gebaut werden. Vier der fünf Mannschaften, die dort spielen, werden wieder nach Hause reisen. Die fünfte wird Maine beim Eastern-Regional-Turnier vertreten, das dieses Jahr in Bristol, Connecticut, stattfinden wird. *Danach* kommt selbstverständlich Williamsport, Pennsylvania, wo die Weltserie der Jugendliga stattfindet. Die Spieler von Bangor West scheinen selten an solch schwindelerregende Höhen zu denken; sie sind schon froh, wenn sie nur Millinocket schlagen, ihren ersten Gegner beim Penobscot County-Wettbewerb. Die Trainer freilich dürfen träumen – sie sind sogar fast *verpflichtet* zu träumen.

Dieses Mal nimmt Fred, der Witzbold der Mannschaft, den Kopf tatsächlich runter. Er schlägt den Ball auf der falschen Seite der ersten Mal-Linie zu Boden, etwa zwei Meter im Aus.

»Paß auf«, sagt St. Pierre und holt einen anderen Ball. Er hält ihn hoch. Der Ball ist verschrammt und schmutzig und voller Grasflecken. Dennoch ist es ein Baseball, und Fred betrachtet ihn respektvoll. »Ich werde dir jetzt einen Trick zeigen. Wo ist der Ball?«

»In Ihrer Hand«, sagte Fred.

Saint, wie Dave Mansfield, der Chefcoach der Mannschaft, ihn nennt, läßt ihn in den Handschuh fallen. »Und jetzt?«

»In Ihrem Handschuh.«

Saint dreht sich zur Seite; seine Wurfhand gleitet in den Handschuh. »Und jetzt?«

»In Ihrer Hand, glaube ich.«

»Du hast recht. Also achte auf meine Hand. Achte auf meine Hand, Fred Moore, und warte darauf, daß der Ball herauskommt. Du achtest auf den Ball. Auf sonst nichts. Nur auf den Ball. Ich sollte nicht mehr als ein Schemen für dich sein. Warum solltest du auch mich sehen wollen? Interessiert dich, ob ich lächle? Nein. Du wartest darauf, wie ich werfe – seitwärts oder drei Viertel oder über den Kopf. Wartest du?«

Fred nickt.

»Siehst du hier?«

Fred nickt wieder.

»Okay«, sagt St. Pierre und geht wieder in seine Wurfübungshaltung.

Dieses Mal schlägt Fred den Ball souverän: eine harte, sinkende Gerade ins rechte Feld.

»*Ausgezeichnet!*« ruft St. Pierre. »Das war *ausgezeichnet*, Fred Moore!« Er wischt sich den Schweiß von der Stirn. »Nächster Schläger!«

Dave Mansfield, ein kräftiger, bärtiger Mann, der mit einer Fliegersonnenbrille und einem offenen T-Shirt mit der Aufschrift College World Series (ein Glücksbringer) auf dem Feld erscheint, bringt zum Spiel Bangor West gegen Millinocket eine Papiertüte mir. Sie enthält sechzehn Wimpel in verschiedenen Farben. BANGOR steht auf jedem; das Wort ist auf einer Seite von einem Hummer und auf der anderen von einer Pinie flankiert. Jeder Spieler von Bangor West, der namentlich durch Lautsprecher aufgerufen wurde, die an den Masken des Grenzzauns hängen, nimmt einen Wimpel aus der Tüte, die Dave für ihn offenhält, läuft über das Innenfeld und gibt ihn seinem Gegenspieler.

Dave ist ein lauter, rastloser Mann, der Baseball und die Kinder liebt, die in dieser Liga spielen. Er glaubt, daß die All-Star Little League zwei Zwecken dient: Spaß zu haben und zu gewinnen. Beides ist wichtig, sagt er, aber am wichtigsten ist, es in der richtigen Reihenfolge zu tun. Die Wimpel sind kein schlauer Trick, um den Gegner zu verunsichern, sondern nur ein Gag. Dave weiß, daß die Jungen beider Mannschaften sich an dieses Spiel erinnern werden, und er möchte, daß jeder Junge aus Millinocket ein Souvenir hat. So einfach ist das.

Die Spieler aus Millinocket scheinen von dieser Geste überrascht zu sein; sie wissen nicht genau, was sie mit den Wimpeln anfangen sollen. Doch dann beginnt ein Tonbandgerät Anita Bryants Version des »Star-Spangled Banner« abzuspielen. Der Fänger von Millinocket, der fast unter seiner Montur erstickt, löst das Problem auf einmalige Weise: er hält den Wimpel von Bangor über sein Herz.

Nachdem die Nettigkeiten erledigt sind, leitet Bangor West ein rasantes und offensives Spiel ein; der Endstand ist Bangor West 18, Millinocket 7. Aber die Niederlage entwertet die Souvenirs nicht; als Millinocket mit dem Mannschaftsbus abreist, ist der Unterstand der Besucher leer, abgesehen von einigen Dixie-Bechern und Eisstielen. Die Wimpel – jeder einzelne – sind fort.

»Schlag *zwei!*« brüllt Neil Waterman, der Field Coach von Bangor West. »Schlag *zwei*, Schlag *zwei!*«

Es ist der Tag nach dem Spiel gegen Millinocket. Sämtliche Mannschaftsmitglieder erscheinen zum Training, aber es ist noch früh. Ermüdungserscheinungen werden sich breitmachen. Davon kann man ausgehen: Eltern sind nicht immer bereit, ihre Pläne für den Sommer aufzugeben, damit die Kinder nach der regulären Spielzeit noch in der Little League spielen können, und manchmal haben die Kinder selbst die Tretmühle des Trainings satt. Manche fahren lieber Fahrrad, üben mit ihren Skateboards oder hängen einfach nur in den öffentlichen Anlagen herum und halten nach den Mädchen Ausschau.

»Schlag *zwei!*« brüllt Waterman. Er ist ein kleiner, kompakter Mann in Khakihosen und mit einem Bürstenschnitt à la Joe Coach. Im wirklichen Leben ist er Lehrer und Basketballcoach am College, und in diesem Sommer versucht er, den Jungen beizubringen, daß Baseball mehr mit Schach gemeinsam hat, als viele von ihnen für möglich halten. Man muß sein Spiel kennen, sagt er ihnen immer wieder. Ihr müßt wissen, wen ihr unterstützt. Am wichtigsten ist aber, ihr müßt immer wissen, wer in jeder Situation euer Schlagmann ist, und den müßt ihr treffen können. Er versucht geduldig, ihnen die Wahrheit zu vermitteln, die den Kern des Spiels bildet: daß es mehr im Kopf als mit dem Körper gespielt wird.

Ryan Iarrobino, Mittelfeldspieler von Bangor West, feuert ein Geschoß zu Casey Kinney am zweiten Mal. Casey visiert einen unsichtbaren Läufer an, dreht sich und wirft ein zweites Geschoß zum Schlagmal, wo J. J. Fiddler den Wurf entgegennimmt und den Ball zu Waterman zurückwirft.

»Doppelspielball!« ruft Waterman und legt Matt Kinney (nicht mit Casey verwandt) einen vor. Matt spielt heute beim Training den Shortstop. Der Ball macht einen komischen Schlenker und scheint ins linke Feld zu ziehen. Matt schlägt ihn herunter, hebt ihn auf und leitet ihn zu Casey am zweiten weiter; Casey wirbelt herum und wirft ihn Mike Arnold zu, der auf dem ersten steht. Mike bringt ihn zu J. J. am Schlagmal.

»Okay!« ruft Waterman. »Gute Arbeit, Matt Kinney! *Gute Arbeit!* Eins-zwei-drei! Du deckst, Mike Pelkey!« Beide Namen. Immer beide Namen, um Verwechslungen vorzubeugen. In der Mannschaft wimmelt es von Matts, Mikes und Jungen namens Kinney.

Die Würfe werden makellos ausgeführt. Mike Pelkey, Werfer Nummer zwei von Bangor West, ist genau da, wo er sein soll, er deckt den ersten. Das ist ein Spielzug, an den er nicht immer denkt, aber diesmal schon. Er grinst und trottet zum Hügel zurück, während Neil Waterman sich bereit macht, die nächste Kombination vorzugeben.

»Das ist die beste All-Star-Mannschaft der Little League, die ich seit Jahren gesehen habe«, sagt Dave Mansfield ein paar Tage, nachdem Bangor West Millinocket geschlagen hat. Er wirft sich eine Handvoll Sonnenblumenkerne in den Mund und fängt an zu kauen. Die Hülsen spuckt er beim Reden beiläufig aus. »Ich glaube nicht, daß sie zu schlagen ist – jedenfalls nicht in dieser Abteilung.«

Er verstummt und sieht zu, wie Mike Arnold vom ersten zum Schlagmal losstürmt, einen Übungswimpel schnappt und zur Tüte herumwirbelt. Er winkelt den Arm an – dann hält er den Ball. Mike Pelkey steht immer noch auf dem Hügel; diesmal hat er vergessen, daß es seine Aufgabe ist, zu decken, und die Tüte ist ungedeckt. Er wirft Dave einen raschen, schuldbewußten Blick zu. Dann läßt er sein sonniges Grinsen sehen und macht sich bereit, es noch einmal zu versuchen. Nächstesmal wird er es richtig machen, aber wird er auch während eines Spiels daran denken?

»Selbstverständlich können wir uns selbst schlagen«, sagt Dave. »So passiert es normalerweise.« Dann bellt er mit lauter Stimme: *»Wo warst du, Mike Pelkey? Du solltest das erste decken!«*

Mike nickt und stapft hin – lieber zu spät als gar nicht.

»Brewer«, sagt Dave und schüttelt den Kopf. »Brewer auf ihrem Spielfeld. Das wird hart. Brewer ist *immer* hart.«

Bangor West macht Brewer nicht gerade dem Erdboden gleich, aber sie gewinnen ihr erstes »Auswärtsspiel« ohne große Anstrengung. Matt Kinney, Werfer Nummer eins der Mannschaft, ist in Bestform. Er ist alles andere als überwältigend, aber sein Fastball macht einen kurzen, schlangengleichen Schlenker; außerdem verfügt er über einen bescheidenen, aber wirkungsvollen Wechselball. Ron St. Pierre sagt immer wieder gern, daß jeder Little-League-Werfer in Amerika überzeugt ist, er hat einen irre angeschnittenen Ball drauf. »Was sie für eine angeschnittene Kurve halten, ist normalerweise dieser große Schlenker«, sagt er. »Ein Schläger mit etwas Selbstdisziplin könnte das arme Ding kaltmachen.«

Matt Kinneys angeschnittener Ball beschreibt allerdings tatsächlich eine Kurve, und heute abend wächst er über sich selbst hinaus und schafft acht. Wichtiger ist, er hat nur vier Walks. Walks sind der Fluch im Leben eines Coach der Little League. »Sie bringen einen um«, sagt Neil Waterman. »Die Walks bringen einen jedesmal um. Absolut keine Ausnahme. Sechzig Prozent aller Schläger haben bei Spielen der Little League durch Walks Punkte gemacht.« Nicht in diesem Spiel: zwei der Schläger von Kinneys Walks werden am zweiten abgefangen; die beiden anderen stranden. Nur ein Schläger von Brewer landet einen Treffer: Denise Hewese, Centerfield, schafft ihn in der fünften, wird aber am zweiten gestoppt.

Nachdem das Spiel sicher in der Tasche ist, schenkt Matt Kinney, ein ernster und fast unheimlich beherrschter Junge, Dave ein seltenes Lächeln, bei dem er glänzende Zahnspangen entblößt. »Die konnte *treffen!*« sagt er fast ehrfürchtig.

»Warte, bis du Hampden siehst«, sagt Dave trocken. »Da treffen sie *alle.*«

Als sich die Mannschaft von Hampden am 17. Juli auf dem Spielfeld von Bangor West hinter der Colafabrik sehen läßt, beweisen die Spieler ziemlich schnell, daß Dave recht hatte. Mike Pelkey ist recht gut und hat sich wesentlich besser unter Kontrolle als beim Spiel gegen Millinocket, aber er ist für die Jungen von Hampden ziemlich schnell zu durchschauen. Mike Tardif, ein kompakter Junge mit einem verblüffend schnellen Schläger, haut Pelkeys dritten Wurf über den linken Spielfeldzaun, sechzig Meter entfernt, und ermöglicht so einen Homerun in der ersten Runde. Hampden schafft zwei weitere Runs in der zweiten und führt mit 3 : 0 gegen Bangor West.

In der dritten allerdings legt Bangor West los. Hampdens

Würfe sind gut, Hampdens Schläge sind ehrfurchtgebietend, aber ihr Feldspiel, besonders das Innenfeldspiel, läßt einiges zu wünschen übrig. Bangor West bringt drei Treffer zustande, zusammen mit fünf Fehlern und zwei Walks, und verbucht sieben Runs. So wird in der Little League am häufigsten gespielt, und sieben Runs sollten eigentlich genügen, aber diesmal genügen sie nicht; der Gegner läßt nicht locker und schafft zwei in seiner Hälfte der dritten Runde und zwei weitere in der fünften. Als Hampden am Anfang der sechsten dran ist, liegen sie nur noch drei zurück, 10 : 7.

Kyle King, ein Zwölfjähriger, der diesen Abend für Hampden angefangen hat und in der fünften zum Fänger wurde, beginnt die sechste mit einem Doppel. Dann schafft es Mike Pelkey, Mike Tardif auszuschalten. Mike Wentworth, der neue Werfer von Hampden, entscheidet sich für einen tiefen, kurzen Wurf. King und Wentworth rücken auf einen verfehlten Ball vor, sind aber gezwungen zu halten, als Jeff Carson es zum Werfer zurückschafft. Das bringt Josh Jamieson ins Spiel, eine der fünf Homerun-Bedrohungen von Hampden, mit zwei drinnen und zwei draußen. Er repräsentiert den Run zum Unentschieden. Mike, obwohl sichtlich erschöpft, mobilisiert letzte Kraftreserven und schaltet ihn bei einem Eins-zwei-Wurf aus. Das Spiel ist vorbei.

Die Kinder stellen sich auf und verabschieden sich in gewohnter Weise, aber es wird deutlich, daß Mike nicht der einzige Junge ist, den das Spiel geschlaucht hat; mit hängenden Schultern und gesenkten Köpfen sehen sie alle wie Verlierer aus. Bangor West steht nun mit 3 : 0 im Spiel der Gruppe, aber der Sieg ist ein Zufallstreffer, die Art von Spiel, die die Little League zu einem so nervenaufreibenden Erlebnis für Zuschauer, Coaches und die Spieler selbst macht. Bangor West, normalerweise sicher im Feld, hat heute abend an die neun Fehler verbucht.

»Ich konnte die ganze Nacht nicht schlafen«, murmelt Dave am nächsten Tag beim Training. »Verdammt, wir waren die schlechtere Mannschaft. Wir hätten dieses Spiel verlieren müssen.«

Zwei Abende später hat er noch etwas, weswegen er düster

in die Zukunft schauen kann. Er und Ron St. Pierre fahren die sechs Meilen nach Hampden und sehen zu, wie Kyle King und seine Kameraden gegen Brewer spielen. Es handelt sich um eine Erkundungstour; Bangor hat gegen beide Clubs gespielt, und beide Männer haben sich ausreichend Notizen gemacht. Was sie wirklich sehen wollen, gibt Dave offen zu, ist, daß Brewer Glück hat und Hampden aus dem Weg räumt. Dazu kommt es nicht; was die beiden Männer zu sehen bekommen, ist kein Baseballspiel, sondern ein Übungsschießen.

Josh Jamieson, der im Clinch mit Mike Pelkey unterlegen war, schlägt einen Homerun über alles hinweg ins Trainingsfeld von Hampden. Und Jamieson ist nicht der einzige. Carson schafft einen, Wentworth schafft einen, und Tardif schafft zwei. Der Endstand ist Hampden 21, Brewer 9.

Auf der Rückfahrt nach Bangor kaut Dave Mansfield eine Menge Sonnenblumenkerne und sagt wenig. Er rappelt sich nur einmal auf, als er den alten grünen Chevy auf den Parkplatz neben der Colafabrik steuert. »Dienstagabend hatten wir Glück, und das wissen sie«, sagt er. »Wenn wir am Donnerstag da runterkommen, werden sie auf uns warten.«

Die »Diamanten«, auf denen die Mannschaften von Distrikt 3 ihre Dramen über sechs Runden spielen, haben alle dieselben Abmessungen, plus minus ein paar Zentimeter hier und ein Spielfeldtor dort. Die Coaches haben alle das Regelwerk in den Gesäßtaschen und machen regen Gebrauch davon. Dave betont immer wieder, es kann nicht schaden, sich zu vergewissern. Das Innenfeld mißt an jeder Seite 27,45 Meter, ein Quadrat, das mit der Spitze auf dem Schlagmal steht. Das Schutzgitter, verlangen die Regeln, muß mindestens sechs Meter vom Schlagmal entfernt sein, um dem Fänger wie auch einem Läufer am dritten eine faire Chance bei einem verfehlten Ball zu geben. Die Zäune müssen sechzig Meter vom Mal entfernt sein. Auf dem Spielfeld von Bangor West sind es sogar dreiundsechzig bis zum Mittelpunkt. Und in Hampden, der Heimat von Schlagwundern wie Tardif und Jamieson, sind es eher dreiundfünfzig.

Die starrste Strecke ist auch die wichtigste: die Entfernung zwischen dem Wurfmal und dem Mittelpunkt des Schlagmals. Vierzehn Meter – nicht mehr und nicht weniger. Wenn es darum geht, sagt nie jemand: »Ach, das kommt so ungefähr hin – belassen wir es dabei.« Die meisten Mannschaften der Little League leben und sterben mit dem, was sich auf den vierzehn Metern zwischen diesen beiden Punkten abspielt.

Die Spielfelder des Distrikts 3 unterscheiden sich in anderer Hinsicht beachtlich, und ein rascher Blick sagt einem für gewöhnlich sofort etwas darüber, wie eine Gemeinde dem Spiel gegenübersteht. Das Spielfeld von Bangor West ist in schlechtem Zustand – kläglicher Beweis dafür, daß die Stadt es regelmäßig übergeht, wenn der Etat für Freizeitanlagen verteilt wird. Der Untergrund besteht aus einem sterilen Ton, der sich, wenn das Wetter schlecht ist, in Suppe verwandelt und in Beton, wenn die Sonne scheint, wie in diesem Sommer. Durch Bewässerung ist der größte Teil des äußeren Felds einigermaßen grün, aber das Innenfeld ist hoffnungslos. Struppiges Gras wächst an den Linien, aber der Bereich zwischen Schlag- und Wurfmal ist fast völlig kahl. Das Schutzgitter ist verrostet; verfehlte Bälle und Fehlschläge verschwinden gelegentlich durch große Löcher zwischen Boden und Maschendraht. Zwei große, hügelige Dünen verlaufen durch das rechte und das Mittelfeld. Diese Dünen sind sogar zu einem Vorteil für das Heimatteam geworden. Die Spieler von Bangor West lernen, die Abpraller von ihnen zu spielen, so wie die Red Sox lernen, Abpraller vom Green Monster zu spielen. Gastspieler hingegen müssen ihre fehlgeschlagenen Bälle nicht selten bis zum Zaun jagen.

Das Spielfeld von Brewer, das zwischen dem dortigen IGA-Lebensmittelladen und einem Marden's Discount Store eingequetscht ist, muß sich den engen Platz mit der wahrscheinlich ältesten und rostigsten Spielplatzausrüstung in Neuengland teilen; die kleinen Brüder und Schwestern sehen sich das Spiel von den Schaukeln aus verkehrt herum an, Köpfe unten, Füße in der Luft.

Das Bob-Beal-Feld in Machias mit seinem pockennarbigen Innenfeld voller Kieselsteine ist wahrscheinlich das schlechteste aller Spielfelder, die Bangor West dieses Jahr besuchen wird; Hampden mit dem ordentlich gemähten Außenfeld und dem schönen Verbundinnenfeld ist wahrscheinlich das beste. Mit dem Picknickbereich hinter dem Zaun des Mittelfelds und einer Snackbar mit öffentlichen Toiletten sieht der Diamant von Hampden hinter der dortigen VFW-Halle wie das Spielfeld reicher Kinder aus. Aber der Schein kann trügen. Die Mannschaft setzt sich aus Kindern von Newburgh und Hampden zusammen, und Newburgh ist immer noch eine Gegend kleiner Farmen mit Milchwirtschaft. Viele dieser Kinder fahren in alten Autos mit Spachtelmasse um die Scheinwerfer herum und mit Draht befestigten Stoßstangen zu den Spielen; sie haben Sonnenbrand, den sie sich bei der Feldarbeit geholt haben, nicht am Swimmingpool des Country Club. Stadtkinder und Landkinder. Wenn sie ihre Trikots anhaben, spielt es keine Rolle mehr, wer was ist.

Dave hat recht: die Fans von Hampden-Newburgh warten. Bangor West hat den Titel der Little League von Distrikt 3 zuletzt 1971 gewonnen; Hampden hat noch nie einen Titel gewonnen, und viele dortige Fans hoffen, daß dies das Jahr sein wird, trotz der vorherigen Niederlage gegen Bangor West. Die Mannschaft von Bangor spürt zum ersten Mal, daß sie unterwegs ist; sie sieht sich einer großen Zahl heimischer Fans gegenüber.

Matt Kinney fängt an. Hampden kontert mit Kyle King, und das Spiel gerät rasch zur seltensten und interessantesten Form eines Treffens der Little League, zu einem echten Werfer-Duell. Am Ende der dritten Runde steht es Hampden 0, Bangor West 0.

Zu Beginn der vierten Runde erntet Bangor zwei unverdiente Runs, als Hampdens Innenfeld wieder versagt. Owen King, der erste Baseman von Bangor West, kommt an den Schläger mit zwei drinnen und einem draußen. Die beiden Kings, Kyle von der Mannschaft aus Hampden und Owen von der Mannschaft Bangor West, sind nicht verwandt. Das muß man nicht eigens erwähnen; ein Blick genügt. Kyle King ist etwa einen Meter sechzig groß. Owen King überragt ihn mit einem Meter siebenundachtzig. Die Größenunterschiede der Little League sind so extrem, daß man sich wie das Opfer einer Halluzination vorkommt.

Bangors King klopft einen kurzen Bodenball. Ein maßgeschneidertes Doppelspiel, aber der Shortstop von Hampden bringt ihn nicht sauber ins Feld zurück, und King, der seine rund zweihundert Pfund mit Höchstgeschwindigkeit zum ersten schleppt, schafft die Reihe. Mike Pelkey und Mike Arnold schaffen es zum Schlagmal.

Ende der fünften Runde trifft Matt Kinney, der gelaufen ist, Chris Witcomb, Nummer acht in Hampdens Reihenfolge. Brett Johnson, Schläger Nummer neun, jagt einen zu Casey Kinney, dem zweiten Baseman von Bangor West. Wieder ist es ein maßgeschneiderter Doppelspielball, aber Casey gibt auf. Seine Hände, die automatisch nach unten gezuckt sind, erstarren zwölf Zentimeter vom Boden entfernt, und Casey wendet das Gesicht ab, um es vor einem möglichen Abpraller zu schützen. Das ist der häufigste aller Spielfehler der Little League, und gleichzeitig der verständlichste; es ist ein Akt reiner Selbsterhaltung. Der betroffene Gesichtsausdruck, den Casey Dave und Neil zuwirft, als der Ball ins Mittelfeld rollt, vollendet diesen Teil des Balletts.

»Macht nichts, Casey! Nächstes Mal!« bellt Dave mit seiner rumpelnden, selbstsicheren Yankeestimme.

»Neuer Schläger!« ruft Neil, der überhaupt nicht auf Caseys Miene achtet. »Neuer Schläger! Ihr müßt euer Spiel kennen! Wir liegen immer noch vorne. Macht ein Aus! Konzentriert euch nur darauf, ein Aus zu machen!«

Casey entspannt sich langsam wieder, fügt sich wieder ins Spiel ein, und dann fangen jenseits des Spielfeldzauns die Hupen von Hampden an zu tröten. Einige gehören Autos neuer Modelle – Toyotas und Hondas und wendigen kleinen Dodge Colts mit Aufklebern wie USA RAUS AUS NICARAGUA und SPALTET HOLZ, KEINE ATOME auf den Stoßstangen. Aber die meisten Hupen von Hampden sitzen in älteren Autos und Pickups. Viele dieser Pickups haben rostige Türen und FM-Konverter, die unter Armaturenbrettern festgebunden sind, und Campingaufbauten über den Ladeflächen. Wer sitzt in diesen Fahrzeugen und hupt? Niemand scheint es zu wissen – nicht mit Sicherheit. Es handelt sich nicht um Eltern oder Verwandte der Spieler von Hampden; die Eltern und Verwandten (dazu ein ansehnliches Kontingent eiscremeverschmierter kleiner Brüder und Schwestern) sitzen auf den Tribünen und drängen sich am Zaun auf der Seite des dritten Mals des Diamanten, wo sich der Unterstand der Mannschaft von Hampden befindet. Möglicherweise handelt es sich um Einheimische, die gerade von der Arbeit kommen – Jungen, die angehalten haben, um sich einen Teil des Spiels anzusehen, bevor sie sich in der VFW-Halle nebenan ein paar Alks reinziehen – oder die Geister der vergangenen Little League von Hampden, die sich nach der Flagge der Bundesstaatsmeisterschaft sehnen, die ihnen so lange vorenthalten blieb. Das zumindest könnte wahrscheinlich sein; die Hupen von Hampden haben etwas Unheimliches und zugleich Unausweichliches an sich. Sie tröten harmonisch – hohe Hupen, tiefe Hupen, ein paar von kümmerlichen Batterien angetriebene Nebelhörner. Mehrere Spieler von Bangor West drehen sich unbehaglich nach dem Lärm um.

Hinter dem Backstop bereitet sich ein lokales Fernsehteam darauf vor, ein Videoband über das Spiel für den Sportteil der Elf-Uhr-Nachrichten zu drehen. Das führt zu etwas Unruhe in der Zuschauerschaft, aber nur wenige Spieler auf der Bank von Hampden scheinen es zu bemerken. Matt Kinney jedenfalls nicht. Er konzentriert sich völlig auf Matt Knaide, den nächsten Schläger von Hampden, der mit seinem Aluschläger Marke Worth einmal auf seinen Sportschuh klopft und sich dann auf den Platz des Schlägers begibt.

Die Hupen von Hampden verstummen. Matt Kinney beginnt sein Aufwärmen. Casey Kinney fällt auf seine Position östlich des zweiten Mals zurück und hält den Handschuh gesenkt. Sein Gesicht drückt aus, daß er nicht die Absicht hat, sich noch einmal abzuwenden, falls ihm der Ball erneut zugespielt werden sollte. Die Läufer von Hampden stehen erwartungsvoll am ersten und zweiten Mal. (In der Litte League gibt es kein Wegführen von der Tüte.) Die Zuschauer an den gegenüberliegenden Seiten des Diamanten sehen gespannt her. Ihre Unterhaltungen verstummen. Baseball ist am besten (und dies ist wirklich ein sehr gutes Spiel, für das man gerne Eintritt bezahlen würde), wenn es sich um eine Partie ruhiger Pausen mit kurzen, kontrapunktierten Ausbrüchen handelt. Die Fans spüren jetzt, daß einer dieser Ausbrüche bevorsteht. Matt Kinney rafft sich auf und wirft.

Knaide schlägt den ersten Wurf über das zweite Mal, ein Treffer, und jetzt steht es 2 : 1. Kyle King, Hampdens Werfer, geht zum Schlagmal und jagt einen flachen, heulenden Linienball direkt zum Hügel. Er trifft Matt Kinney am rechten Schienbein. Der unternimmt einen instinktiven Versuch, den Ball ins Feld zu bringen, der bereits Richtung Loch zwischen dem dritten Mal und dem Short gerollt ist, als Matt merkt, daß er verletzt ist, und zusammenklappt. Jetzt sind die Schlagmale besetzt, aber im Moment interessiert das keinen; in dem Augenblick, als der Linienrichter die Hand hebt und eine Auszeit signalisiert, stürmen sämtliche Spieler von Bangor West zu Matt Kinney. Hinter dem Mittelfeld tröten die Hupen von Hampden triumphierend.

Kinney ist blaß und hat eindeutig Schmerzen. Ein Eisbeutel wird aus dem Erste-Hilfe-Set gebracht, das sich in der Snackbar befindet, und nach ein paar Minuten kann er aufstehen und vom Spielfeld hinken, indem er die Arme um Dave und Neil legt. Die Zuschauer applaudieren laut und teilnahmsvoll.

Owen King, der einstige Mann am ersten Mal, wird zum neuen Werfer von Bangor West, und der erste Schläger, dem er gegenübersteht, ist Mike Tardif. Die Hupen von Hampden lassen ein kurzes, erwartungsvolles Blöken ertönen, als Tardif das Spielfeld betritt. Kings dritter Schlag landet als Irrläufer am Schutzgitter. Brett Johnson schafft seine Runde; King läuft vom Wurfmal zum Schlagmal, wie man es ihm beigebracht hat. Im Unterstand von Bangor West singt Neil Waterman, der den Arm noch um Matt Kinneys Schulter gelegt hat: »Deckung-Deckung-DECKUNG!«

Joe Wilcox, der erste Fänger von Bangor West, ist dreißig Zentimeter kleiner als King, aber außerordentlich schnell. Am Anfang seiner All-Star-Saison wollte er nicht fangen, und es gefällt ihm immer noch nicht, aber er hat gelernt, damit zu leben und in einer Position hart zu werden, die sehr wenige kleine Spieler lange überleben; selbst in der Little League ähneln die meisten Fänger menschlichen Panzern. Zu Beginn des Spiels hat er einen fehlgeschlagenen Ball auf erstaunliche Weise mit einer Hand erwischt. Jetzt schnellt er in Richtung Backstop und streicht die Gesichtsmaske mit einer Hand beiseite, während er mit der anderen gleichzeitig den abprallenden Ball schnappt. Er dreht sich zum Mal um und wirft zu King, während die Hupen von Hampden zu einem Chor wilden – und, wie sich herausstellt, verfrühten – Triumphgeheuls anschwellen.

Johnson hat abgebremst. Sein Gesichtsausdruck gleicht auf kaum faßbare Weise dem von Casey Kinney, als dieser Johnsons fest geschlagenen Bodenball durch das Loch schießen ließ. Es ist ein Ausdruck großer Angst und Bestürzung, der Ausdruck eines Jungen, der sich plötzlich wünscht, anderswo zu sein. *Irgendwo* anders. Der neue Werfer blockiert das Mal.

Johnson setzt zu einem halbherzigen Ausfall an. King nimmt den Wurf von Wilcox entgegen, wirbelt mit überraschender, behender Anmut herum und berührt den hilflosen Johnson mühelos. Er geht zur Werferplatte zurück, wischt sich den Schweiß von der Stirn und bereitet sich darauf vor, Tardif noch einmal gegenüberzutreten. Hinter ihm sind die Hupen von Hampden wieder verstummt.

Tardif schneidet einen zum dritten Mal hin an. Kevin Rochefort, Bangors Mann am dritten Mal, macht als Reaktion darauf einfach einen Schritt nach vorne. Es ist ein einfacher Spielzug, aber sein Gesicht drückt schreckliches Mißfallen aus, und erst als Rochefort vor einem problemlosen Ball erstarrt, merkt man richtig, wie sehr die ganze Mannschaft durch Matts Verletzung erschüttert wurde. Der Ball landet in Rocheforts Handschuh und fällt wieder heraus, weil Rochefort – dem Freddy Moore und dann die ganze Mannschaft den Spitznamen Roach Clip gegeben haben – ihn nicht festhalten kann. Knaide, der zum dritten Mal vorgestoßen ist, während sich King und Wilcox um Johnson gekümmert haben, ist schon unterwegs zum Schlagmal. Rochefort hätte Knaide mühelos aufhalten können, wenn er den Ball gefangen hätte, aber wir haben es hier, wie bei großen Baseballturnieren, mit einem Spiel von Wenns und Zentimetern zu tun. Rochefort fängt den Ball nicht. Statt dessen macht er einen Fehlwurf zum ersten. Mike Arnold hat dort übernommen, und er ist einer der besten Feldspieler der Mannschaft, aber niemand hat ihn mit Stelzen ausgestattet. Derweil stürmt Tardif zum zweiten Mal. Das Werferduell ist wieder zu einem klassischen Spiel der Little League geworden, und jetzt brechen die Hupen von Hampden in eine Kakophonie der Freude aus. Das Heimteam hat die Laufschuhe an, und der Endstand ist Hampden 9, Bangor West 2. Dennoch kann man zwei positive Dinge mit nach Hause nehmen: Matt Kinney ist nicht schwer verletzt, und als Casey Kinney in einer späteren Spielrunde wieder eine tolle Chance bekam, versagte er nicht und machte das Spiel.

Nachdem das letzte Aus vermerkt wurde, trotten die Spieler von Bangor West in ihren Unterstand und setzen sich auf die Bank. Es ist ihre erste Niederlage, und die meisten werden nicht gut damit fertig. Manche werfen die Handschuhe verdrossen zwischen die schmutzigen Turnschuhe. Manche weinen, andere scheinen den Tränen nahe zu sein, niemand sagt etwas. Nicht einmal Freddy, Bangors Chefpossenreißer, hat an diesem verhangenen Abend in Hampden etwas anzumerken. Hinter dem Zaun des Mittelfelds tröten einige der Hupen von Hampden immer noch fröhlich.

Neil Waterman ist der erste, der etwas sagt. Er sagt den Jungen, sie sollen die Köpfe heben und ihn ansehen. Drei tun das bereits: Owen King, Ryan Iarrobino und Matt Kinney. Etwa der halben Mannschaft gelingt es, seinem Wunsch zu folgen. Mehrere andere jedoch – Josh Stevens, der das letzte Aus gemacht hat – scheinen sich ausgesprochen für ihre Fußbekleidung zu interessieren.

»Nehmt die *Köpfe* hoch«, sagt Waterman wieder. Diesmal sagt er es lauter, aber nicht unfreundlich, und jetzt schaffen es alle, ihn anzusehen. »Ihr habt ziemlich gut gespielt«, sagt er leise. »Ihr seid erschüttert worden, und das war ihr Vorteil. Kommt vor. Das heißt aber nicht, daß sie besser sind – das werden wir erst am Samstag herausfinden. Heute abend habt ihr nur ein Baseballspiel verloren. Die Sonne wird morgen wieder aufgehen.« Sie regen sich verhalten auf der Bank; das alte Sprichwort hat seine tröstende Wirkung offenbar noch nicht verloren. »Ihr habt heute abend gegeben, was ihr konntet, und mehr wollen wir nicht. Ich bin stolz auf euch, und ihr könnt auch stolz auf euch sein. Es ist nichts passiert, weswegen ihr die Köpfe hängen lassen müßtet.«

Er macht Dave Mansfield Platz, der seine Mannschaft betrachtet. Als Dave das Wort ergreift, ist seine sonst so laute Stimme noch leiser als die von Waterman. »Wir wußten schon, als wir hierhergefahren sind, daß sie uns schlagen mußten, oder nicht?« fragt er. Er spricht nachdenklich, fast so, als führte er ein Selbstgespräch. »Hätten sie es nicht getan, wären sie draußen. Am Samstag kommen sie auf unser Feld. Da müssen *wir* sie schlagen. Wollt ihr das?«

Jetzt sehen sie alle zu ihm auf.

»Ich möchte, daß ihr nicht vergeßt, was Neil zu euch gesagt hat«, sagt Dave mit dieser nachdenklichen Stimme, die keine Ähnlichkeit mit seinem Bellen auf dem Spielfeld hat. »Ihr seid ein Team. Das bedeutet, ihr habt euch gern. Ihr habt euch gern – ob ihr gewinnt oder verliert –, weil ihr ein Team seid.«

Als diesen Jungen zum ersten Mal gesagt wurde, sie müßten sich gernhaben, wenn sie auf dem Spielfeld sind, haben sie unsicher darüber gelacht. Jetzt lacht keiner. Nachdem sie gemeinsam die Hupen von Hampden über sich ergehen ließen, scheinen sie zu verstehen, zumindest ein bißchen.

Dave betrachtet sie noch einmal, dann nickt er. »Okay. Nehmt eure Sachen.«

Sie nehmen Schläger, Helme, Fangausrüstung und stopfen alles in Säcke aus Segeltuch. Als sie bei Daves altem, grünem Pickup angelangt sind, lachen einige sogar schon wieder.

Dave lacht mit ihnen, aber auf der Heimfahrt lacht er nicht. Heute nacht scheint die Fahrt lang zu sein. »Ich weiß nicht, ob wir sie am Samstag schlagen können«, sagt er mit derselben nachdenklichen Stimme. »Ich will es, und *sie* wollen es, aber ich weiß nicht. Hampden hat jetzt Mo auf ihrer Seite.«

Mo ist selbstverständlich das Moment, der Schwung – diese

mythische Kraft, die nicht nur einzelne Spiele bestimmt, sondern ganze Spielzeiten. Baseballspieler sind auf jeder Spielebene launisch und abergläubisch, und die Spieler von Bangor West haben aus unerfindlichen Gründen eine kleine Plastiksandale zu ihrem Maskottchen gewählt – Überbleibsel der Puppe eines jungen Fans. Diesen absurden Talisman haben sie Mo getauft. Sie stecken ihn bei jedem Spiel in den Maschendrahtzaun des Unterstands, und die Schläger berühren ihn nicht selten verstohlen, bevor sie das Schlagmal betreten. Nick Trzaskos, der normalerweise für Bangor im linken Feld spielt, hatte Mo zwischen den Spielen zu hüten. Heute abend hat er zum ersten Mal vergessen, den Talisman mitzubringen.

»Nick sollte am Samstag besser an Mo denken«, sagt Dave grimmig. »Aber selbst wenn er daran denkt ...« Er schüttelt den Kopf. »Ich weiß einfach nicht.«

Spiele der Little League kosten keinen Eintritt; das verbieten die Bestimmungen ausdrücklich. Statt dessen geht ein Spieler während der vierten Runde mit dem Hut herum und sammelt Spenden für Ausrüstung und Wartung des Spielfelds. Am Samstag, als sich Bangor West und Hampden zum letzten Spiel der Little League von Penobscot County gegenüberstehen, kann man das erwachte Interesse am Schicksal der Mannschaft durch einen einfachen Vergleich ermitteln. Beim Spiel Bangor-Millinocket kamen 15,45 Dollar zusammen; als der Hut während der fünften Spielrunde des Spiels gegen Hampden zurückkommt, läuft er fast über vor Münzgeld und zusammengeknüllten Dollarscheinen. Die Einnahmen belaufen sich insgesamt auf 94,25 Dollar. Die Tribünen sind besetzt, an den Zäunen drängen sich die Zuschauer, der Parkplatz ist belegt. Die Little League hat eines mit fast allen sportlichen und geschäftlichen Aktivitäten in Amerika gemeinsam: nichts weckt das Interesse mehr als Erfolg.

Es fängt gut an für Bangor – sie führen mit 7 : 3 am Ende der dritten Runde –, aber dann fällt alles zusammen. In der sechsten Runde verbucht Hampden sechs Runs, die meisten ehrlich. Bangor West bricht nicht zusammen, so wie nach Matt Kinneys Verletzung in Hampden – die Spieler lassen die Köpfe nicht hängen, um Neil Watermans Ausdruck zu gebrauchen. Aber als sie zu Beginn der sechsten Runde an den Schläger kommen, liegen sie mit einem Spielstand von 14 : 12 zurück. Das Ausscheiden ist in reale, greifbare Nähe gerückt. Mo befindet sich an seinem üblichen Platz, aber Bangor West ist immer noch drei Aus vom Ende seiner Saison entfernt.

Ein Junge, dem man nach der 9 : 2-Niederlage von Bangor West nicht sagen mußte, er solle den Kopf nicht hängenlassen, war Ryan Iarrobino. Er machte in diesem Spiel zwei von dreien, spielte gut und verließ das Spielfeld in dem Wissen, daß er gut gespielt hatte. Er ist ein großer, ruhiger Junge mit breiten Schultern und einem dunkelbraunen Haarschopf. Er ist einer der natürlichen Athleten der Mannschaft von Bangor West. Matt Kinney ist der andere. Die beiden Jungen sind krasse Gegensätze, was die Statur betrifft – Kinney ist schlank und immer noch recht klein, Iarrobino groß und muskulös –, aber sie haben eines gemeinsam, das bei Jungen ihres Alters ungewöhnlich ist: sie vertrauen auf ihre Körper. Die meisten anderen der Truppe von Bangor West, wie begabt sie auch sein mögen, betrachten ihre Füße, Arme und Hände als Spione und potentielle Verräter.

Iarrobino ist einer der Jungen, die irgendwie mehr *da* wirken, wenn sie sich zu einem Wettkampf angezogen haben. Er ist einer der wenigen Jungen der Mannschaft, der einen Helm aufsetzen kann und damit nicht aussieht wie ein Trottel mit dem Kochtopf seiner Mutter auf dem Kopf. Wenn Matt Kinney auf dem Hügel steht und einen Ball wirft, scheint er genau zur rechten Zeit am rechten Ort zu sein. Und wenn Ryan Iarrobino in die rechte Schlägerbox tritt und mit dem Ende des Schlägers einen Moment auf den Werfer deutet, bevor er ihn hochhält, an die rechte Schulter, scheint auch er genau da zu sein, wo er hingehört. Er wirkt schon, bevor er sich auf den ersten Schlag vorbereitet, wie gemalt: man könnte eine perfekte Linie von der Schulter zur Hüfte ziehen und weiter bis zum Knöchel hinab. Matt Kinney ist dafür geschaffen, Basebälle zu werfen; Ryan Iarrobino ist dafür geschaffen, sie zu schlagen.

Letzte Chance für Bangor West. Jeff Carson, dessen Homerun in der vierten Runde das Spiel entscheidend beeinflußte und der zuvor Mike Wenthworth auf der Werferplatte für Hampden ablöste, wird jetzt gegen Mike Tardif ausgewechselt. Er sieht sich als erstes Owen King gegenüber. King macht drei und zwei (und schwingt wild zu den Zäunen bei einem Schlag in den Dreck), dann landet er einen Wurf gerade noch drinnen für einen Walk. Roger Fisher folgt ihm zum Mal und wirft-trifft für den stets geselligen Fred Moore. Roger ist ein kleiner Junge mit indianischen dunklen Augen und dunklem Haar. Er sieht wie ein leichter Gegner aus, aber der Eindruck kann täuschen; Roger hat eine Menge Kraft. Heute jedoch ist er zu aufgeregt. Er schlägt ins Aus.

Auf dem Feld drehen sich die Spieler von Hampden und sehen sich an. Sie sind nahe dran, und das wissen sie. Hier ist der Parkplatz so weit entfernt, daß die Hupen von Hampden kein Faktor sind; ihre Fans müssen sich mit gewöhnlicher Unterstützung begnügen. Zwei Frauen mit den purpurnen Mützen von Hampden stehen hinter dem Unterstand und umarmen einander fröhlich. Mehrere andere Fans sehen wie Läufer aus, die auf den Knall der Startpistole warten; es ist klar, daß sie in dem Augenblick auf das Feld stürmen wollen, wenn ihre Jungen Bangor West endgültig des Platzes verwiesen haben.

Joe Wilcox, der kein Fänger sein wollte und es schließlich doch sein mußte, hämmert einen einzelnen ins linke Feld. King stoppt am zweiten Mal. Auftritt Arthur Dorr, der rechte Feldspieler von Bangor, der das älteste Paar hoher Turnschuhe der Welt trägt und den ganzen Tag noch keinen Treffer hatte. Diesmal schafft er einen, aber direkt auf den Shortstop von Hampden, der sich kaum zu bewegen braucht. Der Shortstop wirft den Ball zum zweiten Mal und hofft, daß er King aufhalten kann, aber er hat kein Glück. Trotzdem sind zwei raus.

Die Fans von Hampden brüllen weiter aufmunternd. Die Frauen hinter dem Unterstand hüpfen auf und ab. Jetzt tröten einige Hupen von Hampden irgendwo, aber sie kommen ein wenig früh, und das weiß man schon, wenn man in Mike

Tardifs Gesicht sieht, der sich die Stirn abwischt und den Ball in den Handschuh rammt.

Ryan Iarrobino betritt die rechte Schlägerbox. Er verfügt über einen schnellen, fast natürlichen Schwung; selbst Ron St. Pierre kann daran nicht mehr viel verbessern.

Ryan schlägt Tardifs ersten Wurf, den schwersten des Tages – er landet mit einem Knall wie ein Pistolenschuß in Kyle Kings Handschuh. Dann vergeudet Tardif einen außerhalb. King bringt den Ball zurück, Tardif meditiert kurz und wirft dann einen flachen Fastball. Ryan sieht ihn, und der Linienrichter pfeift ab. Der Ball hat die äußere Ecke gestreift – vielleicht. Der Linienrichter sagt es jedenfalls, und das ist das Ende.

Jetzt sind die Fans beider Mannschaften verstummt, ebenso die Coachs. Alle sind raus. Jetzt dreht es sich nur noch um Tardif und Iarrobino vor dem letzten Schlag der letzten Runde, die eine dieser beiden Mannschaften spielen wird. Vierzehn Meter zwischen den beiden Gesichtern. Aber Iarrobino achtet nicht auf Tardifs *Gesicht*. Er achtet auf Tardifs *Handschuh*, und irgendwo kann ich hören, wie Ron St. Pierre zu Fred sagt: *Du wartest darauf, wie ich werfe – seitwärts oder drei Viertel oder über den Kopf.*

Iarrobino wartet, wie Tardif werfen wird. Als Tardif sich in Position begibt, kann man leise das *Tock-tock-tock-tock* von Tennisbällen auf einem Platz in der Nähe hören, aber hier findet man nur Stille und die schwarzen Schatten der Spieler, die auf dem Boden liegen wie aus schwarzem Papier ausgeschnittene Silhouetten, und Iarrobino wartet darauf, wie Tardif werfen wird.

Er wirft ihn über die Schulter. Und plötzlich setzt sich Iarrobino in Bewegung, beide Knie und die linke Schulter neigen sich leicht, der Aluminiumschläger ist nur eine Schliere im Sonnenlicht. Das Geräusch von Aluminium auf Rindsleder – *Klink*, als schlüge jemand mit einem Löffel auf eine Blechtasse – ist diesmal anders. Ganz anders. Kein *Klink*, sondern ein *Krunsch*, als Ryan trifft, und dann ist der Ball in der Luft und zischt über das linke Feld hinaus – ein langer Schuß, der eindeutig hoch, weit und sauber im Sommernachmittag verschwindet. Der Ball wird später fünfundachtzig Meter vom Schlagmal entfernt unter einem Auto hervorgeholt werden.

Das Gesicht des zwölfjährigen Mike Tardif drückt fassungslose, wie vom Donner gerührte Ungläubigkeit aus. Er wirft einen raschen Blick in seinen Handschuh, als hoffte er, den Ball immer noch darin zu finden, als wäre Iarrobinos dramatischer Weitschlag nur ein böser Traum gewesen. Die beiden Frauen hinter dem Unterstand sehen einander vollkommen fassungslos an. Zuerst gibt keiner einen Ton von sich. In diesem Augenblick, bevor alle anfangen zu brüllen und die Spieler von Bangor West aus ihrem Unterstand stürmen, Ryan am Schlagmal erwarten und förmlich über ihn herfallen, als er eintrifft, sind nur zwei Menschen ganz sicher, daß es tatsächlich passiert ist. Einer ist Ryan selbst. Als er das erste Mal passiert, hebt er die Hände an die Schultern – eine kurze, aber nachdrückliche Geste des Triumphs. Und als Owen King das Mal beim ersten von drei Runs passiert, die das Ende der All-Star-Saison von Hampden bedeuten, wird es auch Mike Tardif bewußt. Er steht zum letzten Mal als Little Leaguer auf der Werferplatte und bricht in Tränen aus.

»Man darf nicht vergessen, sie sind erst zwölf«, sagt jeder der drei Coachs das eine oder andere Mal, und jedesmal, wenn es einer sagt – Mansfield, Waterman oder St. Pierre –, haben die Zuhörer den Eindruck, als müsse er sich selbst daran erinnern.

»Wenn ihr auf dem Spielfeld seid, haben wir euch gern, und ihr müßt euch selbst gern haben«, sagt Waterman den Jungen immer wieder, und im Kielwasser von Bangors 15 : 14-Sieg gegen Hampden, als sie alle einander wirklich gern hatten, lachen die Jungen nicht mehr darüber. Er fährt fort: »Von jetzt an werde ich hart mit euch sein – sehr hart. Wenn ihr spielt, werdet ihr nichts als uneingeschränkte Zuneigung von mir bekommen. Aber wenn wir trainieren, werden einige von euch herausfinden, wie laut ich schreien kann. Wenn ihr etwas vermasselt, müßt ihr euch setzen. Wenn ich euch sage, ihr sollt etwas tun, und ihr tut es nicht, müßt ihr euch setzen. Die Erholungspause ist vorbei, Freunde – alle aus dem Pool raus. Jetzt fängt die harte Arbeit an.«

Ein paar Abende später landet Waterman beim Training einen Schlag nach rechts. Der amputiert im Vorbeifliegen fast Arthur Dorrs Nase. Arthur war vollauf damit beschäftigt, sich zu vergewissern, daß sein Hosenschlitz zu ist. Oder er hat die Schnürsenkel seiner Keds inspiziert. Oder sonst einen Scheiß.

»*Arthur!*« brüllt Neil Waterman, und angesichts dieser Stimme zuckt Arthur mehr zusammen als beim dichten Passieren des Balls. »*Komm hierher!* Auf die Bank! *Sofort!*«

»Aber ...«, fängt Arthur an.

»Hierher!« brüllt Neil zurück. »Du bist raus!«

Arthur stapft mürrisch fort, Kopf gesenkt, und J. J. Fiddler nimmt seinen Platz ein. Ein paar Abende später verpaßt Nick Trzaskos seine Chance zu schlagen, als er es nicht schafft, zwei Würfe bei fünf Versuchen zu treffen. Er sitzt mit flammenden Wangen allein auf der Bank.

Machias, der Sieger von Aroostook County/Washington County, steht als nächstes auf dem Terminkalender – eine Serie von zwei aus drei, und der Sieger wird Champion des dritten Distrikts. Das erste Spiel soll auf dem Feld von Bangor stattfinden, hinter der Colafabrik, das zweite auf dem Bob-Beal-Feld in Machias. Das letzte Spiel soll, falls erforderlich, auf neutralem Boden zwischen den beiden Städten stattfinden.

Wie Neil Waterman versprochen hat, macht das Coachteam nur noch in Zuspruch, sobald die Nationalhymne gespielt wurde und das erste Spiel beginnt.

»Macht nichts, noch kein Schaden angerichtet!« ruft Dave Mansfield, als Arthur Dorr einen langen Schuß nach rechts falsch einschätzt und der Ball hinter ihm landet. »Mach jetzt ein Aus! Bauchspiel! Mach einfach ein Aus!« Niemand scheint genau zu wissen, was »Bauchspiel« ist, aber da es darum zu gehen scheint, Ballspiele zu gewinnen, sind die Jungen rückhaltlos dafür.

Es ist kein drittes Spiel gegen Machias nötig. Bangor West bekommt beim ersten schon starke Würfe von Matt Kinney zu sehen und gewinnt 17 : 5. Das zweite Spiel zu gewinnen ist nur deshalb etwas schwerer, weil das Wetter nicht mitspielt: ein sommerlicher Platzregen spült den ersten Anlauf davon, und die Mannschaft von Bangor West muß die Reise von hundertachtundsechzig Meilen nach Machias zweimal auf sich nehmen, um zu siegen. Schließlich kommt es zu dem Spiel; am neunundzwanzigsten Juli. Mike Pelkeys Familie hat den Werfer Nummer zwei von Bangor West mit nach Disney World in Orlando genommen; Mike ist der dritte Spieler, der aus der Mannschaft ausscheidet, aber Owen King übernimmt leise die Vertretung, wirft einen fünffachen Treffer und befördert acht ins Aus, bevor er müde wird und in der sechsten Runde an Mike Arnold übergibt. Bangor West gewinnt mit 12 : 2 und wird Little League Champion des dritten Distrikts.

In solchen Augenblicken ziehen sich die Profis in ihre klimatisierten Umkleideräume zurück und gießen einander Champagner über die Köpfe. Das Team von Bangor West geht ins Helen's, das beste (möglicherweise auch einzige) Restaurant in Machias, um mit Hot Dogs, Hamburgern, literweise Pepsi und Bergen von Pommes frites zu feiern. Wenn man sie so sieht, wie sie miteinander lachen, miteinander herumtollen und durch ihre Strohhalme Papierbällchen aus Servietten aufeinander schießen, kann man nicht umhin, zu denken, daß sie bald ausgelassenere Wege zu feiern entdecken werden.

Aber im Augenblick ist es vollkommen okay so – sogar riesig. Sie sind nicht überwältigt von dem, was sie geschafft haben, wirken aber ungeheuer erfreut, ungeheuer zufrieden und durch und durch *voll da*. Falls sie diesen Sommer einem Zauber unterliegen, dann wissen sie es nicht, und bisher war noch niemand so unfreundlich, ihnen zu sagen, daß es so sein könnte. Im Augenblick gönnt man ihnen die fritierten Köstlichkeiten von Helen's, und diese einfachen Freuden reichen aus. Sie haben das Turnier ihrer Division gewonnen; die Bundesstaatsmeisterschaft, wo größere und bessere Mannschaften aus den dichter besiedelten Regionen des

Bundesstaats sie wahrscheinlich wegpusten werden, ist noch eine Woche entfernt.

Ryan Iarrobino hat sein Tank Top wieder angezogen. Arthur Dorr hat Ketchup auf der Wange verschmiert. Und Owen King, der Furcht in die Herzen der Schläger von Machias gesät hat, indem er ihnen beim Stand 0 : 2 mit einem mächtigen seitlichen Fastball kam, blubbert vergnügt Luftblasen in sein Glas Pepsi. Nick Trzaskos, der unglücklicher als jeder Junge auf Erden aussehen kann, wenn es nicht so läuft, wie er sich das wünscht, sieht heute abend überglücklich aus. Und warum auch nicht? Heute abend sind sie zwölf, und sie sind Sieger.

Nicht, daß sie einen von Zeit zu Zeit nicht selbst daran erinnern würden. Auf halbem Weg von Machias zurück, nach dem ersten Ausflug, der wegen Regens buchstäblich ins Wasser fiel, fängt J. J. Fiddler an, sich unbehaglich auf dem Rücksitz des Autos zu winden, in dem er fährt. »Ich muß mal«, sagt er. Er umklammert sich selbst und fügt bedrohlich hinzu: »Mann, ich muß echt schlimm. Ich meine richtig doll.«

»J. J. bringt es!« ruft Joe Wilcox vergnügt. »Paßt auf! J. J. wird das Auto überfluten!«

»Halt den Mund, Joey«, sagt J. J. und rutscht wieder auf dem Sitz hin und her.

Er hat sich den denkbar schlechtesten Augenblick für seine Eröffnung ausgesucht. Die vierundachtzig Meilen lange Strecke zwischen Machias und Bangor ist zum überwiegenden Teil ein Musterbeispiel für Leere. An diesem Abschnitt der Straße gibt es nicht einmal eine anständige Baumgruppe, in der J. J. für ein paar Augenblicke verschwinden könnte – nur Meile für Meile offene Wiesen, durch die die 1A ein kurvenreiches Band schneidet.

Als die Blase von J. J. gerade ALARMSTUFE ROT meldet, taucht glücklicherweise eine Tankstelle auf. Der Assistant Coach fährt rein und tankt auf, während J. J. zur Herrentoilette flitzt. »Mann!« sagt er und streicht sich die Haare aus den Augen, als er zum Auto zurückkommt. »Das war knapp!«

»Du hast was auf der Hose, J. J.«, sagte Joe Wilcox beiläufig, und alle brechen in wilde Lachsalven aus, als J. J. nachsieht.

Am nächsten Tag, während der Rückfahrt nach Machias, enthüllt Matt Kinney, warum die Zeitschrift *People* für Jungen der Little League so faszinierend ist. »Ich bin sicher, daß irgendwo eine drin ist«, sagt er und blättert eine Ausgabe durch, die er auf dem Rücksitz gefunden hat. »Fast in jedem Heft ist eine drin?«

»Was? Wonach suchst du?« fragt Kevin Rochefort, der dritte Baseman, und sieht Matt über die Schultern, während Matt die Berühmtheiten der Woche überblättert, die er kaum eines Blickes würdigt.

»Die Brustuntersuchungsanzeige«, erklärt Matt. »Man kann nicht alles sehen, aber man sieht eine Menge. Da ist sie!« Er hält die Zeitschrift triumphierend hoch.

Vier weitere Köpfe, die alle eine rote Baseballmütze von Bangor West tragen, drängen sich sofort um das Heft. Zumindest ein paar Minuten liegt diesen Jungen nun nichts ferner als Baseball.

Das Turnier um die Meisterschaft der Little League des Staates Maine beginnt am 3. August, gerade vier Wochen, nachdem für die beteiligten Mannschaften die All-Star-Spiele angefangen haben. Der Staat ist in fünf Distrikte unterteilt, und alle fünf entsenden Mannschaften nach Old Town, wo das diesjährige Turnier stattfindet. Die Teilnehmer sind Yarmouth, Belfast, Lewiston, York und Bangor West. Alle Mannschaften außer Belfast sind größer als das All-Star-Team von Bangor West, und Belfast soll angeblich über eine Geheimwaffe verfügen. Ihr Werfer Nummer eins ist das diesjährige Wunderkind des Turniers.

Die Auswahl des Turnierwunderkinds ist eine jährliche Zeremonie, ein kleiner Tumor, der sich allen Versuchen widersetzt, ihn zu entfernen.

Dieser Junge, der Kid Baseball getauft wird, ob er die Ehre will oder nicht, gerät nun in das zuvor gemiedene Rampenlicht und wird zum Gegenstand von Diskussionen, Spekulationen und, unweigerlich, Wetten. Außerdem ist er in der wenig beneidenswerten Situation, daß er nun allen möglichen aufgeputschten Gerüchten gerecht werden muß, die in

Umlauf sind. Ein Turnier der Little League ist schon unter normalen Umständen eine Belastung für einen Jungen; wenn man aber ins Turnier geht und feststellen muß, daß man irgendwie zur Legende geworden ist, ist das meistens zuviel.

Das diesjährige Objekt von Mythen und Diskussionen ist Belfasts Stanley Sturgis. In seinen zwei Auswärtsspielen für Belfast hat er dreißig Spieler ins Aus schicken können – vierzehn bei seinem ersten und sechzehn bei seinem zweiten Spiel. Dreißig Treffer in zwei Spielen wären in jeder Liga eine eindrucksvolle Statistik, aber um Stanley Sturgis' Leistung wirklich zu verstehen, muß man sich vergegenwärtigen, daß ein Spiel der Little League nur aus sechs Runden besteht. Das bedeutet, 83 Prozent der Rauswürfe, die Belfast mit Sturgis auf der Platte verbuchen konnte, waren Treffer mit dem Ball.

Dann ist da York. Sämtliche Mannschaften, die zum Knights-of-Columbus-Feld in Old Town kommen, um am Turnier teilzunehmen, haben ausgezeichnete Erfolge vorzuweisen, aber York, ungeschlagen, ist der klare Favorit für ein Ticket zum Eastern Regional. Keiner der Spieler ist ein Gigant, aber einige sind über einen Meter fünfundsiebzig groß, und ihr bester Werfer, Phil Tarbox, bringt einen Fastball, der bei manchen Würfen über siebzig Stundenmeilen erreicht – nach den Maßstäben der Little League herausragend. Die Spieler von York kommen, wie Yarmouth und Belfast, in speziellen All-Star-Uniformen und dazu passenden Schuhen, in denen sie wie Profis aussehen.

Nur Bangor West und Lewiston kommen in Zivil – was bedeuten soll, in Hemden unterschiedlicher Farbe, die die Namen der Sponsoren der regulären Spielzeit tragen. Owen King trägt das Orange der Elks, Ryan Iarrobino und Nick Trzaskos das Rot von Bangor Hydro, Roger Fisher und Fred Moore das Grün der Lions und so weiter. Die Mannschaft von Lewiston ist gleichermaßen angezogen, aber da wurden die Spieler immerhin mit passenden Schuhen ausgerüstet. Verglichen mit Lewiston wirkt die Mannschaft von Bangor, die eine Vielzahl von ausgebeulten grauen Jogginghosen und Straßenschuhe trägt, recht exzentrisch. Aber im Vergleich mit den anderen Mannschaften sehen sie regelrecht aus wie Lumpensammler. Niemand, abgesehen vielleicht von den Coachs von Bangor West und den Spielern selbst, nimmt sie besonders ernst. Im ersten Bericht über das Turnier widmet die Lokalzeitung Sturgis von Belfast mehr Platz als der gesamten Mannschaft von Bangor West.

Dave, Neil und Saint, das seltsame, aber überraschend tüchtige Gespann, das die Mannschaft so weit gebracht hat, beobachten Belfast bei ihren Innenfeld- und Schlagübungen, ohne etwas zu sagen. Die Jungen von Belfast sehen in ihren neuen purpurfarbenen und weißen Uniformen toll aus – Uniformen, die bis zum heutigen Tag noch kein Fleckchen Spielfelddreck gesehen haben. Schließlich sagt Dave: »Nun, endlich haben wir es wieder einmal bis hierher geschafft. Soviel haben wir erreicht. Das kann uns keiner mehr nehmen.«

Bangor West kommt aus dem Distrikt, in dem das Turnier dieses Jahr stattfindet, und die Mannschaft muß erst spielen, wenn zwei der fünf Mannschaften ausgeschieden sind. Das nennt man einen »Abschied in der ersten Runde«, und im Augenblick ist das der größte, möglicherweise aber auch der einzige Vorteil, den die Mannschaft hat. In ihrem eigenen Distrikt haben sie wie Champions ausgesehen (abgesehen von dem einen gräßlichen Spiel gegen Hampden), aber Dave, Neil und Saint wissen nur zu gut, daß sie es hier mit einem vollkommen anderen Niveau von Baseball zu tun haben. Ihr Schweigen, als sie am Zaun stehen und Belfast beim Training beobachten, spricht diesbezüglich Bände.

Im Gegensatz dazu hat York bereits Anstecknadeln »Distrikt 4« bestellt. Anstecknadeln auszutauschen ist eine Tradition bei Regionalturnieren, und die Tatsache, daß sich York bereits einen Vorrat davon zugelegt hat, erzählt eine interessante Geschichte. Die Nadeln besagen, daß York die Absicht hat, in Bristol mit den Besten der Ostküste zu spielen. Die Nadeln besagen, sie glauben nicht, daß Yarmouth sie aufhalten kann; oder Belfast mit ihrem Wunderkind; oder Lewiston, die über die Verliererschiene in die Endausscheidung der Abteilung zwei gekommen sind, nachdem sie ihr erstes Spiel mit 15 : 12 vermasselt hatten; oder, am allerwenigsten, vierzehn durch und durch deprimierte Zimperliesen aus dem Westen von Bangor.

»Zumindest bekommen wir eine Chance zu spielen«, sagt Dave, »und wir werden versuchen, daß sie nicht vergessen, daß wir hier waren.«

Aber zuerst haben Belfast und Lewiston ihre Chance zu spielen, und nachdem der Boston Pops eine aufgezeichnete Version der Nationalhymne heruntergehechelt hat und ein bekannter Schriftsteller aus der Gegend den obligatorischen ersten Wurf tun durfte (er segelt bis ganz zum Backstop), geht es los. Sportreporter aus der Gegend haben eine Menge Druckerschwärze zum Thema Stanley Sturgis verbraucht, aber Reporter werden nicht auf dem Spielfeld geduldet, wenn das Spiel angefangen hat (eine Situation, die durch einen Fehler bei der Ausarbeitung der Regeln entstanden ist, wie viele zu glauben scheinen). Nachdem der Linienrichter den Mannschaften das Zeichen gegeben hat, Ball zu spielen, muß Sturgis feststellen, daß er auf sich allein gestellt ist. Die Reporter, die Sachverständigen und die gesamte aufgekratzte Fangemeinde von Belfast befinden sich ausnahmslos auf der anderen Seite des Zauns.

Baseball ist ein Mannschaftssport, aber in der Mitte des Diamanten steht nur ein Spieler mit einem Ball, und nur ein Spieler mit einem Schläger am tiefsten Punkt des Diamanten. Der Mann mit dem Schläger wechselt, aber der Werfer bleibt – es sei denn, daß er nicht mehr kann. Heute ist der Tag, an dem Stan Sturgis die grausame Wahrheit eines Turnierspiels herausfinden muß: früher oder später findet jedes Wunderkind seinen Meister.

Sturgis hat in seinen beiden letzten Spielen dreißig Spieler rausgeschickt, aber das war Distrikt 2. Heute spielt die Mannschaft Belfast, ein rauher Haufen aus Lewistons Elliot Avenue League, und die sind etwas vollkommen anderes. Sie sind nicht so groß wie die Jungen aus York und beherrschen das Feldspiel nicht so reibungslos wie die Jungen aus Yarmouth, aber sie sind zäh und hartnäckig. Carlton Cagnon, der erste Schläger, verkörpert den nagenden, beißenden Geist der Mannschaft. Er entscheidet sich für die Mitte, stiehlt das zweite, wird am dritten geopfert und vollendet den Lauf dann mit einem gestohlenen Ball, der von der Bank hereingeworfen wird. In der dritten Runde, beim Stand 1 : 0, erreicht Cagnon wieder das Mal, diesmal durch Entscheidung eines Feldspielers. Randy Gervais, der dieser Pest in der Aufstellung folgt, schlägt zu, aber bevor er ihn erwischen kann, läuft Cagnon mit einem fehlgeschlagenen Ball zum zweiten Mal. Er macht einen Punkt durch einen Zwei-raus-Treffer von Bill Paradis, dem Spieler am dritten Mal.

Belfast bringt in der vierten einen Run zustande und kann kurz ein Spiel daraus machen, aber dann fegt Lewiston sie und Stanley Sturgis ein für allemal weg, indem sie zwei in der vierten und vier weitere in der sechsten Runde verbuchen. Der Endstand ist 9 : 1. Sturgis hält elf auf, vergibt aber auch sieben Treffer, während Carlton Cagnon, Lewistons Werfer, acht ausschaltet und nur drei Treffer zuläßt. Als Sturgis am Ende des Spiels das Feld verläßt, sieht er deprimiert und erleichtert zugleich aus. Für ihn sind Trubel und Aufregung vorbei. Er kann aufhören, für Schlagzeilen in der Lokalzeitung zu sorgen, und wieder ein Kind sein. Sein Gesicht läßt erkennen, daß er darin einige Vorteile erkennt.

Später schlägt York in einem Zweikampf der Giganten dann Yarmouth. Danach gehen alle nach Hause (oder im Falle der Gastspieler in ihre Motels oder Häuser der Gastgeberfamilien). Morgen, Freitag, wird Bangor West spielen, während York darauf wartet, dem Sieger in der Endausscheidung gegenüberzutreten.

Der Freitag ist heiß, neblig und wolkenverhangen. Schon im ersten Frühlicht sieht es nach Regen aus, und etwa eine Stunde bevor Bangor West und Lewiston einander gegenübertreten sollen, fängt es tatsächlich an zu regnen – eine Sintflut. Als diese Art Wetter in Machias anfing, wurde das Spiel sofort abgesagt. Hier nicht. Dies ist ein anderes Feld – das Innenfeld besteht aus Rasen, nicht aus Sand –, aber das ist nicht der einzige Faktor. Das Endspiel wird im Fernsehen übertragen. Dieses Jahr haben sich zum ersten Mal zwei Sender bereitgefunden, das Finale des Turniers landesweit am

Samstagnachmittag zu übertragen. Wenn das Halbfinale zwischen Bangor und Lewiston verschoben wird, bedeutet das Probleme mit dem Zeitplan, und selbst in Maine, selbst im amateurhaftesten Amateursport, bringt man eines nicht durcheinander, nämlich den Zeitplan der Medien.

Daher werden die Mannschaften von Bangor West und Lewiston nicht weggeschickt, als sie das Feld betreten. Statt dessen sitzen sie in Autos oder drängen sich in kleinen Gruppen unter der bonbonfarben gestreiften Plane des zentralen Unterstands. Selbstverständlich macht sich Ratlosigkeit breit. Viele dieser Kinder werden bei wichtigen Spielen dabei sein, bevor ihre sportliche Laufbahn zu Ende ist, aber bisher ist es für sie alle das wichtigste; sie sind zum Zerreißen gespannt.

Schließlich hat jemand einen Geistesblitz. Nach einigen raschen Telefonanrufen fahren zwei Schulbusse von Old Town vor dem nahegelegenen Elks Club vor, die gelb im strömenden Regen leuchten, und die Spieler werden zu einer Rundfahrt zur Kanufabrik und der hiesigen James-River-Papiermühle abgeholt. (Die Firma James River hat die meiste Werbezeit bei der bevorstehenden Übertragung des Endspiels gekauft.) Keiner der Spieler sieht besonders glücklich aus, als sie in die Busse steigen; als sie zurückkommen, hat sich daran nichts geändert. Jeder Spieler hat ein kleines Kanupaddel bekommen, etwa die richtige Größe für eine gut gebaute Elfe. Geschenk der Kanufabrik. Keiner der Jungen scheint zu wissen, was er mit diesem Paddel anfangen soll, aber als ich später nachsehe, sind alle fort, genau wie die Wimpel von Bangor nach dem ersten Spiel gegen Millinocket. Gratissouvenirs – guter Tausch.

Und es sieht aus, als würde das Spiel doch noch stattfinden. Irgendwann – wahrscheinlich während die Little Leaguers zugesehen haben, wie die Arbeiter von James River Bäume in Klopapier verwandeln – hat es aufgehört zu regnen. Das Feld ist einigermaßen abgelaufen, Werferplatte und Schlagmal sind mit Quick-Dry behandelt, und jetzt, kurz nach drei Uhr nachmittags, riskiert eine wäßrige Sonne ihren ersten Blick zwischen den Wolken hindurch.

Die Mannschaft von Bangor West ist niedergeschlagen und lustlos von ihrem Ausflug zurückgekommen. Niemand hat bisher einen Ball geworfen oder einen Schläger geschwungen oder ist ein einziges Mal angelaufen, aber alle machen schon einen müden Eindruck. Die Spieler traben zum Übungsfeld und sehen einander nicht einmal an; Handschuhe baumeln achtlos an Händen. Sie gehen wie Verlierer, und sie reden wie Verlierer.

Anstatt ihnen einen Vortrag zu halten, läßt Dave sie in einer Reihe antreten und beginnt seine Version des Aufwärmens mit ihnen. Wenig später tollen die Spieler von Bangor miteinander herum, pfeifen, versuchen zirkusreife Fänge, stöhnen und keifen, wenn Dave einen Fehler anprangert und jemand ans Ende der Reihe schickt. Als Dave fast bereit ist, das Aufwärmen abzubrechen und sie zu Neil und Saint zum Spieltraining zu bringen, tritt Roger Fisher aus der Reihe, hält sich den Handschuh an den Bauch und bückt sich. Dave geht sofort zu ihm, und sein Lächeln verwandelt sich in eine Maske der Besorgnis. Er will wissen, ob mit Roger alles in Ordnung ist.

»Ja«, sagt Roger. »Ich wollte das nur haben.« Er bückt sich noch ein bißchen tiefer, seine dunklen Augen blicken stechend, pflückt etwas aus dem Gras und gibt es Dave. Es ist ein vierblättriges Kleeblatt.

Bei Spielen der Little League wird das Heimteam immer durch das Werfen einer Münze bestimmt. Dave hat dabei immer ungewöhnliches Glück gehabt, aber heute verliert er, und Bangor West wird zur Gastmannschaft. Aber manchmal erweist sich sogar Pech als Glück, und dies ist so ein Tag. Der Grund dafür ist Nick Trzaskos.

Die Fähigkeiten der Spieler haben sich während der sechswöchigen Saison verbessert, aber in manchen Fällen hat sich auch ihr Verhalten gebessert. Nick hat trotz seiner erwiesenen Meriten als Verteidiger und seinem Potential als Schläger ganz hinten auf der Bank angefangen; seine Angst davor, zu versagen, hat ihn als Spieler disqualifiziert. Nach und nach hat er mehr Selbstvertrauen bekommen, und jetzt ist Dave bereit, es mit ihm zu versuchen. »Nick ist endlich dahintergekommen, daß die anderen ihm nicht die Hölle heiß machen, wenn er den Ball fallenläßt oder gestoppt wird«, sagt St. Pierre. »Für einen Jungen wie Nick ist das eine gewaltige Veränderung.«

Heute wirft Nick den dritten Wurf des Spiels tief ins Mittelfeld. Es ist ein harter, aufsteigender Linienball, über den Zaun und fort, noch ehe der Mittelfeldspieler auch nur eine Chance hat, sich umzudrehen und hinzusehen, geschweige denn hinzulaufen und ihn zu fangen. Als Nick Trzaskos das zweite Mal umrundet und in den Homerun-Trab verfällt, den diese Jungen alle so gut aus dem Fernsehen kennen, wird den Fans hinter dem Backstop ein seltener Anblick zuteil: Nick grinst. Und er überquert das Schlagmal, wo seine überraschten, glücklichen Mannschaftskameraden über ihn herfallen; da fängt er sogar an zu lachen. Als er den Unterstand betritt, klopft Neil ihm auf den Rücken, und Dave Mansfield nimmt ihn kurz und heftig in die Arme.

Nick hat das zu Ende geführt, was Dave mit seinem Aufwärmen angefangen hat: Die Mannschaft ist hellwach und bereit für etwas *Action*. Matt Kinney gibt einen Eröffnungsball zu Carl Cagnon, der Pest, die mit der Demontage von Stanley Sturgis angefangen hat. Cagnon gelangt durch Ryan Trettons Opfer zum zweiten, rückt nach einem Fehlschlag zum dritten vor und macht durch einen neuerlichen Fehlschlag einen Punkt. Es ist eine fast unheimliche Wiederholung des ersten Schlags gegen Belfast. Kinneys Selbstbeherrschung ist heute nicht sehr gut, aber Cagnon bringt den einzigen Run fertig, den die Mannschaft von Lewiston zu Anfang bewerkstelligen kann. Das ist ihr Pech, denn Bangor ist am Ende der zweiten mit Schlagen dran.

Owen King legt mit einem weiten Wurf los; Arthur Dorr läßt einen folgen; Mike Arnold kommt ins Ziel, als Jason Auger, der Fänger von Lewiston, Arnolds Schlag fängt und zum ersten Mal fehlwirft. King kann durch diesen Fehler einen Punkt machen und bringt Bangor West mit 2 : 1 in Führung. Joe Wilcox, Bangors Fänger, macht sich einen Innenfeldtreffer zunutze. Nick Trzaskos schlägt beim zweiten Mal zu, und das bringt Ryan Iarrobino auf das Schlagmal. Beim ersten Mal hat er danebengeschlagen, aber jetzt nicht. Er verwandelt Matt Noyes ersten Wurf in einen erstklassigen Homerun, und nach eineinhalb Runden ist der Spielstand Bangor West 6, Lewiston 1.

Bis zur sechsten Runde ist es ein echter Glückstag für Bangor West. Als Lewiston zum – wie die Fans von Bangor hoffen – letzten Mal an den Schläger kommt, liegen sie mit 9 : 1 Punkten zurück. Die Pest, Carlton Cagnon, fängt an und schafft es durch einen Fehler. Der nächste Schläger, Ryan Stretton, schafft es durch einen Fehler. Die Fans von Bangor, die ausgelassen gejubelt haben, schauen ein wenig unbehaglich drein. Es ist schwer zu verlieren, wenn man mit acht Punkten führt, aber nicht unmöglich. Diese nördlichen Neuengländer sind Fans der Red Sox. Sie haben es schon viele Male gesehen.

Bill Paradis verschlimmert das Zittern und Zagen noch, indem er scharf in die Mitte schlägt. Cagnon und Stratton schaffen den Durchgang. Der Punktestand ist jetzt 9 : 3, Läufer auf dem ersten, keiner draußen. Die Fans von Bangor schlurfen mit den Füßen und sehen einander nervös an. *Nachdem das Spiel so weit fortgeschritten ist, kann uns doch keiner mehr den Sieg streitig machen, oder?* fragt ihr Blick. Die Antwort lautet: Aber klar kann man das. In der Little League kann alles passieren, und nicht selten passiert es auch.

Aber diesmal nicht. Lewiston macht noch einen Punkt, und das war's. Noyes, der dreimal gegen Sturgis geschwungen hat, schwingt heute zum dritten Mal, und endlich ist einer draußen. Auger, Lewistons Fänger, schlägt den ersten Wurf hart zum Shortstop, Roger Fisher. Roger hat zu Anfang der Runde den Ball von Carl Cagnon vergeigt und so die Tür geöffnet, aber diesen erwischt er mühelos und schaufelt ihn zu Mike Arnold, der ihn zu Owen King am ersten Mal weitergibt. Auger ist langsam, und King hat lange Arme. Das Ergebnis ist ein Spiel mit dem Endstand 6 : 4 : 3-Doppelspiel. In der maßstabsgetreuen kleinen Welt der Little League, wo die Schlagmalpfade nur zwei Meter lang sind, sieht man nicht oft Doppelspiele, aber Roger hat heute ein vierblättriges Kleeblatt gefunden. Das könnte durchaus der Grund sein, wenn man einen dafür suchen will. Welchem Umstand man es auch immer zuschreiben will, die Jungen von Bangor haben wieder ein Spiel gewonnen, 9 : 4.

Morgen sind die Giganten von York an der Reihe.

Es ist der 5. August 1989, und im Bundesstaat Maine spielen nur noch neunundzwanzig Jungen Baseball in der Little League – vierzehn in der Mannschaft von Bangor West und fünfzehn in der Mannschaft von York. Der Tag ist eine fast perfekte Kopie des vergangenen: heiß, dunstig, regnerisch. Das Spiel soll pünktlich um 12.30 Uhr anfangen, aber der Himmel öffnet wieder seine Schleusen, und um elf sieht es so aus, als würde – müßte – das Spiel abgesagt werden. Es regnet wie aus Kübeln.

Aber Dave, Neil und Saint gehen kein Risiko ein. Keinem hat die niedergeschlagene Stimmung gefallen, in der die Jungen gestern von der Stegreifrundfahrt zurückgekommen sind, und sie haben nicht vor, eine Wiederholung zuzulassen. Heute will sich niemand auf das Aufwärmen oder ein vierblättriges Kleeblatt verlassen. *Falls* es zu einem Spiel kommt – und das Fernsehen ist eine mächtige Motivation –, dann um alle Murmeln. Die Sieger fahren nach Bristol; die Verlierer fahren nach Hause.

Daher wird die behelfsmäßige Karawane der Lieferwagen und Kombis, die von Coachs und Eltern gefahren werden, am Feld hinter der Colafabrik versammelt, und die Mannschaft wird zehn Meilen zur Turnhalle der University of Maine gefahren, einer scheunenähnlichen Anlage, wo Neil und Saint mit ihnen trainieren, bis die Jungen schweißgebadet sind. Dave hat vereinbart, daß die Mannschaft von York die Turnhalle ebenfalls benutzen darf, und als die Mannschaft von Bangor in den verhangenen Tag hinausgeht, läuft das Team aus York in seinen adretten blauen Trikots ein.

Um drei Uhr hat der Regen nachgelassen, es tröpfelt nur noch vereinzelt, und die Bodencrew bemüht sich verzweifelt, das Feld in einen spielbaren Zustand zu bringen. Fünf behelfsmäßige Fernsehplattformen wurden auf Stahlgerüsten rings um das Spielfeld herum aufgebaut. Auf dem nahegelegenen Parkplatz steht ein riesiger Laster mit der Aufschrift MAINE BROADCASTING SYSTEM LIFE REMOTE. Dicke Kabelstränge, die mit Isolierband zusammengehalten werden, führen von den Kameras und der Kabine des Sprechers zu diesem Lastwagen zurück. Eine Tür steht offen; viele Monitore flimmern im Inneren.

York ist noch nicht von der Turnhalle zurück. Die Jungen von Bangor West fangen an, außerhalb des linken Feldzauns zu werfen, damit sie etwas zu tun haben und die Nervosität verbannen können; aufwärmen müssen sie sich nach der schweißtreibenden Stunde, die sie gerade in der Turnhalle verbracht haben, sicher nicht. Die Kameraleute stehen auf ihren Türmen und beobachten, wie die Bodencrew versucht, das Wasser wegzuschaffen.

Das äußere Feld ist in einem passablen Zustand, die unbewachsenen Teile des Innenfelds wurden geharkt und mit Quick-Dry behandelt. Das größte Problem ist das Stück zwischen dem Schlagmal und der Werferplatte. Dieser Teil des Spielfelds wurde vor dem Turnier frisch angesät, und die Wurzeln konnten noch nicht Fuß fassen und eine natürliche Drainage bilden. Die Folge ist eine schlammige Schweinerei vor dem Schlagmal – eine Schweinerei, die sich bis zur dritten Baselinie erstreckt.

Jemand hat eine Idee – eine Inspiration, wie sich herausstellt –, die darauf hinausläuft, daß ein großer Teil des verwundeten Innenfelds entfernt wird. Während das geschieht, trifft ein Lastwagen von der High School von Old Town ein, zwei Rinsenvacs von Industriegröße werden entladen. Fünf Minuten später saugt die Bodencrew buchstäblich die untere Schicht des Innenfelds ab. Es funktioniert. Um 15.25 Uhr legen die Männer der Bodencrew Rasenstücke wie Teile eines großen grünen Puzzles aus. Um 15.35 knödelt sich eine hiesige Musiklehrerin, die selbst Gitarre spielt, durch eine atemberaubende Version des »Star-Spangled Banner«. Und um 15.37 macht sich Roger Fisher von Bangor West, der statt des abwesenden Mike Pelkey den Anfang macht, endlich warm. Hat Rogers Fund vom Vortag etwas damit zu tun, daß Dave ihn heute anfangen läßt, statt King oder Arnold? Dave legt lediglich den Finger seitlich an die Nase und lächelt weise.

Um 15.40 Uhr betritt der Linienrichter das Feld. »Schick ihn her, Fänger«, sagt er forsch. Joey gehorcht. Mike Arnold visiert den unsichtbaren Läufer an, dann schickt er den Baseball auf seine kurze Reise durch das Innenfeld. Ein Fernsehpublikum, das von New Hampshire bis zu den Küstenprovinzen von Kanada reicht, sieht zu, wie Roger nervös an den Ärmeln seines grünen Jersey und des grauen Hemdes zupft, das er darunter trägt. Owen King wirft ihm den Ball vom ersten Mal aus zu. Fisher nimmt ihn und hält ihn an die Hüfte.

»Spielen wir Ball«, fordert der Linienrichter – eine Aufforderung, die Linienrichter seit mittlerweile fünfzehn Jahren an Spieler der Little League richten – und Dan Bouchard, Fänger und erster Schläger von York, betritt die Box. Roger begibt sich in Position und bereitet sich darauf vor, den ersten Wurf des Meisterschaftsspiels des Jahres 1989 zu machen.

Fünf Tage zuvor:

Dave und ich fahren das Wurfteam von Bangor West nach Old Town. Dave möchte, daß sie wissen, wie sich die Werferplatte anfühlt, wenn sie hierherkommen, um richtig zu spielen. Nachdem Mike Pelkey fort ist, besteht das Team aus Matt Kinney (dessen Triumph über Lewiston noch vier Tage in der Zukunft liegt), Owen King, Roger Fisher und Mike Arnold. Wir kommen spät los, und als die vier Jungen der Reihe nach werfen, sitzen Dave und ich im Besucherstand und sehen den Jungen zu, während das Licht langsam aus dem Sommerhimmel entweicht.

Auf dem Hügel wirft Matt Kinney J. J. Fiddler einen harten, angeschnittenen Ball nach dem anderen zu. Im Unterstand des Heimteams, auf der anderen Seite des Diamanten, sitzen die drei anderen Werfer, die fertig mit Aufwärmen sind, zusammen mit einigen Mannschaftskameraden, die mitgefahren sind. Ich bekomme zwar nur Bruchstücke der Unterhaltung mit, aber immerhin so viel, daß ich weiß, es geht hauptsächlich um die Schule – ein Thema, das im letzten Monat der Sommerferien immer häufiger zur Sprache kommt. Sie sprechen von einstigen und künftigen Lehrern und geben die Anekdoten weiter, die einen wichtigen Bestandteil ihrer vorpubertären Mythologie bilden: die Lehrerin, die im letzten Monat vor den Ferien durchgedreht hat, weil ihr Sohn in einen Autounfall verwickelt war; der irre Coach der Grundschule (bei ihnen hört er sich wie eine tödliche Mischung aus Jason, Freddy und Leatherface an); der naturwissenschaftliche Lehrer, der angeblich einmal ein Kind so heftig gegen ein Spind gestoßen hat, daß es das Bewußtsein verlor; die Pausenaufsicht, die einem Geld für das Vesper gibt, wenn man seines vergessen hat oder einfach nur sagt, man habe es vergessen. Es sind Apokryphen der Junior High School, gewichtige Sachen, und sie erzählen sie voller Begeisterung, während die Dämmerung näherrückt.

Zwischen den Umständen ist der Baseball ein weißer Streifen, da Matt ihn unablässig wirft. Sein Rhythmus ist eine Art von Hypnose. Nehmen, ausholen, werfen. Nehmen, ausholen, werfen. Nehmen, ausholen, werfen. J. J.s Schläger kracht bei jedem Kontakt.

»Was werden sie mitnehmen?« frage ich Dave. »Wenn dies alles vorbei ist, was werden sie mitnehmen? Was, meinen Sie, hat es für sie verändert?«

Daves Gesichtsausdruck ist überrascht und nachdenklich. Dann dreht er sich um, sieht zu Matt und lächelt. »Sie werden einander mitnehmen«, sagt er.

Das ist nicht die Antwort, die ich erwartet habe – ganz im Gegenteil. Heute stand ein Aufsatz über die Little League in der Zeitung – einer dieser nachdenklichen Artikel, die man normalerweise in der Inseratenwüste zwischen Todesanzeigen und Horoskopen findet. Er faßte die Ergebnisse eines Soziologen zusammen, der ein Jahr lang Little Leaguers untersucht und dann ihren weiteren Lebensweg noch kurze Zeit weiterverfolgt hat. Er wollte wissen, ob das Spiel tatsächlich bewirkt, was Befürworter der Little League immer behaupten – das heißt, so altmodische amerikanische Wertvorstellungen wie Fair Play, harte Arbeit und den Wert von Teamgeist zu vermitteln. Der Bursche, der die Untersuchung durchgeführt hatte, behauptete, daß es irgendwie schon so wäre. Aber er wies auch darauf hin, daß die Little League das *individuelle* Leben der Spieler kaum veränderte. Unruhestifter in der Schule blieben Unruhestifter, wenn der Unterricht im September wieder anfing; gute Schüler waren immer noch gute Schüler; der Klassenclown (sprich: Fred Moore), der sich Juni und Juli freinahm, um ernsthaft Little League zu spielen, war nach dem Labor Day immer noch der Klassenclown. Der Soziologe hatte Ausnahmen gefunden; außergewöhnliches Spiel bewirkt manchmal außergewöhnliche Veränderungen. Aber im großen und ganzen, hatte der Mann herausgefunden, kamen die Jungen ungefähr so heraus, wie sie hineingegangen waren.

Ich vermute, meine Verwirrung angesichts von Daves Antwort liegt darin begründet, daß ich ihn kenne – er ist ein beinahe fanatischer Befürworter der Little League. Ich bin sicher, er hat den Artikel gelesen, und ich war davon ausgegangen, er würde den Schlußfolgerungen des Soziologen widersprechen und meine Fragen als Sprungbrett dazu nutzen. Statt dessen hat er eine der abgedroschensten Floskeln des Sports von sich gegeben.

Auf der Platte wirft Matt weiterhin härtere Bälle denn je zu J. J. Er hat die mystische Stelle gefunden, die Werfer den »groove« nennen, und wenn es sich auch nur um ein formloses Training handelt, um die Jungen mit dem Spielfeld vertraut zu machen, will er nicht aufhören.

Ich frage Dave, ob er das etwas deutlicher erklären kann, aber ich tue es in einer schüchternen Weise und hege fast die Befürchtung, daß ich einen bis dahin unvermuteten Haupttreffer voller Klischees lande: Eulen fliegen nicht bei Tage; Sieger verlieren nie, und Verlierer siegen nie; benutz es, verlier es nicht. Vielleicht sogar, Gott steh uns bei, ein knappes Hmmmmm, Baby.

»Sehen Sie sich das an«, sagt Dave, immer noch lächelnd. Etwas in diesem Lächeln erweckt den Eindruck, als läse er meine Gedanken. »Sehen Sie genau hin.«

Ich gehorche. Etwa ein halbes Dutzend sitzt auf der Bank, sie lachen immer noch und erzählen Geschichten aus dem Krieg an der Junior High School. Einer klinkt sich gerade so lange aus der Unterhaltung aus, um Matt Kinney zu bitten, einen Angeschnittenen zu werfen, und Matt tut ihm den Gefallen – einen mit einer besonders wüsten Drehung. Die Jungen auf der Bank lachen und johlen alle.

»Sehen Sie sich die beiden an«, sagt Dave und deutet auf sie. »Einer kommt aus gutem Hause. Der andere aus einem nicht so guten.« Er wirft ein paar Sonnenblumenkerne in den Mund, dann deutet er auf einen anderen Jungen. »Oder der da. Er wurde in einer der schlimmsten Gegenden von Boston geboren. Glauben Sie, er würde einen Jungen wie Matt Kinney oder Kevin Rochefort kennen, wenn die Little League nicht wäre? Sie wären in derselben Klasse, würden auf dem Flur nicht miteinander reden, hätten nicht die geringste Ahnung, daß der andere überhaupt lebt.«

Matt wirft einen weiteren angeschnittenen Ball, und zwar so gemein, daß J. J. nichts damit anfangen kann. Er rollt bis zum Backstop, und als J. J. aufsteht und hinterhertrottet, fangen die Jungen auf der Bank wieder an zu jubeln.

»Aber dies verändert das alles«, sagt Dave. »Diese Jungen haben zusammen gespielt und zusammen die Distriktmeisterschaft gewonnen. Manche stammen aus wohlhabenden Familien und einige aus Familien, die so arm sind wie Kirchenmäuse, aber wenn sie das Trikot anziehen und die Kreidelinie überschreiten, lassen sie das alles auf der anderen Seite zurück. Gute Noten in der Schule helfen einem nicht zwischen den Kreidestrichen, auch nicht, was die Eltern tun oder was sie nicht tun. Was sich zwischen den Kreidestrichen abspielt, ist einzig und allein Sache der Kinder. Und darum kümmern sie sich selbst, so gut sie können. Der ganze Rest ...« Dave macht eine wegwerfende Bewegung mit einer Hand. »Wird alles zurückgelassen. Und das wissen sie selbst auch. Sehen Sie sie nur an, wenn Sie mir nicht glauben – der Beweis ist genau hier.«

Ich sehe über das Spielfeld und erblicke meinen eigenen Jungen und einen von denen, die Dave erwähnt hat; sie sitzen nebeneinander, stecken die Köpfe zusammen und unterhalten sich ernsthaft über etwas. Sie sehen einander erstaunt an, dann fangen sie an zu lachen.

»Sie haben zusammen gespielt«, wiederholt Dave. »Sie haben Tag für Tag zusammen geübt, und das ist wahrscheinlich noch wichtiger als die Spiele selbst. Und jetzt kommen sie ins Turnier des Bundesstaates. Und sie haben sogar die Chance, es zu gewinnen. Ich glaube nicht, daß sie gewinnen werden, aber das ist unerheblich. Sie werden dabeisein, und das genügt. Selbst wenn Lewiston sie in der ersten Runde vom Platz fegt, genügt es. Weil es etwas ist, das sie zwischen diesen Kreidelinien gemacht haben. Daran werden sie sich erinnern. Sie werden sich daran erinnern, wie das gewesen ist.«

»Zwischen der Kreide«, sage ich, und plötzlich kapiere ich – der Groschen fällt. Dave Mansfield *glaubt* diesen alten Stuß. Nicht nur das – er kann es sich leisten, daran zu glauben. In den großen Ligen mögen solche Klischees hohl sein, wo jede Woche ein anderer Spieler wegen Doping disqualifiziert wird und jeder Talentsucher Gott ist, aber dies sind nicht die großen Ligen. Hier singt Anita Bryant die Nationalhymne über alte PA-Lautsprecher, die mit Draht am Maschendrahtzaun hinter dem Unterstand befestigt wurden. Hier zahlt man keinen Eintritt, sondern legt etwas in den Hut, wenn er herumgereicht wird. Natürlich nur, wenn man will. Keines dieser Kinder wird nach der Saison Fantasy-Baseball mit übergewichtigen Geschäftsleuten in Florida spielen, bei Nostalgieveranstaltungen teure Baseballkarten signieren oder für zweitausend Dollar pro Nacht den Chicken Circuit abklappern. Wenn alles frei ist, deutet Daves Lächeln an, dann müssen sie die Klischees zurückgeben. Man kann wieder an Red Barber, John Tunis und den Jungen aus Tomkinsville glauben. Dave Mansfield glaubt daran, wenn er sagt, daß die Jungen zwischen der Kreide gleich sind, und er hat ein Recht darauf, das zu glauben, weil er und Neil und Saint die Kinder geduldig so weit gebracht haben, daß *sie* es glauben. Sie glauben es; ich sehe es ihren Gesichtern an, als sie im Unterstand auf der anderen Seite des Diamanten sitzen. Das könnte der Grund sein, weshalb Dave Mansfield und alle Dave Mansfields überall im ganzen Land das Jahr für Jahr tun. Es ist ein freier Durchgang. Nicht zurück in die Kindheit – so funktioniert das nicht –, aber zurück in einen Traum.

Dave verstummt einen Moment, denkt nach und läßt ein paar Sonnenblumenkerne auf der Handfläche hüpfen.

»Es geht nicht ums Gewinnen oder Verlieren«, sagt er schließlich. »Das kommt später. Es geht darum, wie sie dieses Jahr auf dem Flur aneinander vorbeigehen werden, oder meinetwegen auch bald in der High School, wie sie einander ansehen und wie sie sich erinnern. In gewisser Weise werden sie sehr lange zu der Mannschaft gehören, die 1989 die Distriktmeisterschaft gewonnen hat.« Dave sieht hinüber in den Halbschatten des Unterstands beim ersten Mal, wo Fred Moore gerade über etwas mit Mike Arnold lacht. Owen King sieht grinsend von einem zum anderen. »Es geht darum, zu wissen, wer die Mannschaftskameraden sind. Die Leute, auf die man angewiesen war, ob man wollte oder nicht.«

Er beobachtet die Jungen, die vier Tage, bevor ihr Turnier anfangen soll, lachen und scherzen, dann hebt er die Stimme und sagt Matt, er soll noch vier oder fünf werfen und es dann gut sein lassen. Nicht alle Coaches, die beim Münzenwerfen gewinnen – wie Dave Mansfield am 5. August zum sechsten Mal bei neun Spielen der Nachsaison –, entscheiden sich für ein Heimspiel. Einige (der Coach von Brewer zum Beispiel) halten den sogenannten Heimspielvorteil für reinen Aberglauben, besonders bei einem Turnier, bei dem keine Mannschaft tatsächlich auf ihrem Heimfeld spielt. Die Argumentation dafür, bei einem entscheidenden Spiel das Gastteam zu sein, sieht folgendermaßen aus: Am Anfang des Spiels sind die Jungen beider Mannschaften nervös. Diese Nervosität kann man ausnutzen, so die Argumentation, indem man zuerst schlägt und die Feldpartei genügend Walks und Fehler machen läßt, so daß man selbst Oberwasser bekommt. Wenn man zuerst schlägt und vier Runs verbuchen kann, führen dies Theoretiker weiter aus, hat man das Spiel in der Tasche, noch ehe es richtig angefangen hat – was zu beweisen wäre. Das ist eine Theorie, der sich Dave Mansfield nie angeschlossen hat. »Ich will meine vertraute Umgebung«, sagt er, und damit ist das Thema für ihn erledigt.

Aber heute liegt der Fall ein wenig anders. Es handelt sich nicht nur um ein Turnierspiel, sondern um ein *Meisterschaftsspiel* – sogar ein Meisterschaftsspiel, das im *Fernsehen* übertragen wird. Und als Roger Fisher seinen ersten Wurf an allem vorbei als Ball eins donnert, ist das Gesicht von Dave Mansfield das eines Mannes, der inbrünstig hofft, daß er keinen Fehler gemacht hat. Roger weiß, daß er zweite Wahl ist – daß Mike Pelkey an seiner Stelle stehen würde, wenn er nicht gerade unten in Disneyworld Goofy die Hand schütteln würde. Aber er unterdrückt sein Zittern in der ersten Runde so gut, wie man es erwarten kann, vielleicht sogar ein bißchen besser. Er steigt nach jedem Return des Fängers – Joe Wilcox – vom Hügel herunter, studiert den Schläger, zupft an seinen Hemdsärmeln und läßt sich so viel Zeit, wie er braucht. Aber er weiß, wie wichtig es ist, den Ball im untersten Viertel der Schlagzone zu halten. Die Besetzung von York ist von Kopf bis Fuß mit *Power* vollgepackt. Wenn Roger einen Fehler macht und einen unter die Augen des Schlägers schießt – besonders eines Schlägers wie Tarbox, der so kräftig schlägt, wie er wirft –, wird alles im Handumdrehen verloren sein.

Trotzdem verliert er den ersten Schläger von York. Bouchard trottet zum ersten, begleitet vom hysterischen Jubel der Fans von York. Der nächste Schläger ist Philbrick, der Shortstop. Der haut den ersten Wurf zu Fisher zurück. In einem Spielzug, wie sie manchmal Ballspiele entscheiden, beschließt Roger, zum zweiten zu gehen und den ersten Läufer aufzuhalten. Bei den meisten Spielen der Little League ist das eine fragwürdige Vorgehensweise. Entweder macht der Werfer einen Fehlwurf ins Mittelfeld oder ermöglicht dem ersten Läufer so, zum dritten Mal vorzustoßen, oder er muß feststellen, daß sein Shortstop nicht rübergelaufen ist, um das zweite zu decken. Aber heute klappt es. St. Pierre hat den Jungen ihre Verteidigungspositionen eingebleut. Matt Kinney, der heutige Shortstop, steht genau da, wo er sein soll. Und Rogers Wurf geht genau dahin, wo er hingehen soll. Philbrick erreicht das erste, aber Bouchard ist raus. Diesmal bekunden die Fans von Bangor West johlend ihre Zustimmung.

Das Spiel beseitigt die Nervosität von Bangor West fast völlig und verleiht Roger Fisher etwas dringend benötigtes Selbstvertrauen. Phil Tarbox, der erfolgreichste Schläger von York und zugleich ihr Werfer-As, vermasselt einen tiefen Wurf außerhalb der Wurfzone. »Schnapp ihn dir das nächste

Mal, Phil!« ruft einer der Spieler von York von der Bank. »Du bist es einfach nicht gewöhnt, so langsam zu werfen!«

Aber Schnelligkeit ist nicht das Problem, das die Schläger von York mit Roger haben; es ist die Lage. Ron St. Pierre hat die ganze Spielzeit über das Evangelium des tiefen Schlags gepredigt, und Roger Fisher – Fish, wie die Jungs ihn nennen – war ein stummer, aber außerordentlich aufmerksamer Zuhörer der Ball-Seminare von Saint. Daves Entscheidung, Roger zum Werfer und zum letzten Schläger zu machen, sieht ziemlich gut aus, als Bangor am Anfang der ersten Runde an den Schlag kommt. Ich kann mehrere Jungen sehen, die Mo berühren, die kleine Plastiksandale, als sie den Unterstand betreten.

Selbstvertrauen – der Mannschaft, der Fans, der Coachs – ist eine Eigenschaft, die man auf unterschiedliche Weise messen kann. Aber welchen Maßstab man auch immer anlegt, York befindet sich auf der langen Seite. Die heimischen Cheerleaders haben ein Transparent an den Pfosten der Anzeige aufgehängt; YORK GEHT NACH BRISTOL, lautet dieses überschwengliche Fan-O-Gram. Und dann sind da diese Anstecker vom Distrikt 4, alle fertiggestellt und zum Verkauf bereit. Aber der deutlichste Beweis für das große Selbstvertrauen des Coach zeigt sich an seinem ersten Werfer. Alle anderen Clubs, einschließlich Bangor West, stellten in der ersten Runde ihren Top-Starter auf. Ihre Maxime war: wer keine Verabredung hat, kann nicht beim Abschlußball tanzen. Gewinnt man den Auftakt nicht, braucht man sich über das Finale keine Gedanken zu machen. Aber der Coach von York verstieß gegen diese Maxime und stellte seinen Werfer Nummer zwei, Ryan Fernald, im ersten Spiel gegen Yarmouth auf. Er schaffte es – um Haaresbreite –, als seine Mannschaft Yarmouth mit 9 : 8 schlug. Das war haarscharf, aber heute sollte es sich auszahlen. Er hat Phil Tarbox für das Finale aufgehoben, und auch wenn Tarbox technisch gesehen nicht so gut ist wie Stanley Sturgis, hat er einen Vorteil, den Sturgis nicht hat. Phil Tarbox ist *furchteinflößend.*

Nolan Ryan, wahrscheinlich der größte Fastballwerfer, der jemals Baseball gespielt hat, erzählt gern die Geschichte von einem Turnierspiel der Babe Ruth League, bei dem er geworfen hat. Er traf den ersten Schläger der gegnerischen Mannschaft am Arm und brach ihn ihm. Den zweiten Schläger traf er am Kopf, spaltete den Helm des Jungen und machte ihn einige Augenblicke bewußtlos. Während der zweite Junge versorgt wurde, ging Schläger Nummer drei aschfahl und zitternd zu seinem Coach und flehte den Mann an, ihn nicht schlagen zu lassen. »Und ich kann es ihm nicht verdenken«, fügte Ryan hinzu.

Tarbox ist kein Nolan Ryan, aber er wirft hart, und er weiß: Einschüchterung ist die Geheimwaffe des Werfers. Sturgis warf ebenfalls hart, hielt den Ball aber tief und an der Außenseite. Sturgis war höflich. Tarbox wirft gerne hoch und fest. Die Jungen von Bangor West haben es dahin gebracht, wo sie heute sind, indem sie den Schläger geschwungen haben. Wenn es Tarbox gelingt, sie einzuschüchtern, nimmt er ihnen die Schläger aus der Hand, und dann ist Bangor am Ende.

Nick Trzaskos schafft es heute nicht einmal annähernd zu einem Eröffnungshomerun. Tarbox schafft ihn mit einem dichten Fastball, bei dem sich Nick aus der Box ducken muß. Nick dreht sich ungläubig zum Linienrichter am Schlagmal um und macht den Mund auf, um zu protestieren. »Kein Wort, Nick!« plärrt Dave vom Unterstand. »Komm einfach wieder hierher!« Nick gehorcht, aber sein Gesicht hat wieder den vorherigen verschlossenen Ausdruck angenommen. Im Unterstand wirft er den Schutzhelm verdrossen unter die Bank.

Tarbox will heute versuchen, bei allen außer Ryan Iarrobino hoch und fest zu schlagen. Iarrobinos Fähigkeiten haben sich herumgesprochen, und nicht einmal Tarbox, der so selbstsicher wirkt, will ihn herausfordern. Er bedient Ryan flach an der Außenseite und zwingt ihn schließlich zu einem Walk. Ebenso Matt Kinney, der Ryan folgt, aber jetzt spielt er wieder hoch und fest. Matt hat ausgezeichnete Reflexe, die er braucht, um nicht getroffen zu werden. Als er mit dem ersten Mal belohnt wird, ist Iarrobino bereits am zweiten – dank eines Fehlschlags, der Zentimeter an Matts Gesicht vorbeigepfiffen ist. Dann mäßigt sich Tarbox ein bißchen, bringt das Aus für Kevin Rochefort und Roger Fisher und beendet die erste Runde.

Roger Fisher arbeitet weiter, langsam und methodisch, zupft zwischen den Würfen an seinen Ärmeln, sieht zum Innenfeld und beobachtet gelegentlich sogar den Himmel; vielleicht sucht er UFOs. Bei zwei dran und einem draußen sprintet Estes, der durch einen Walk herkam, nach einem Wurf, der Joe Wilcox aus dem Handschuh prallt und zu Boden fällt, in Richtung des dritten Mals los. Der Ball wartet auf Estes, als er ankommt, und er trottet zum Unterstand zurück. Zwei draußen; Fernald ist im Spiel bis zum zweiten gekommen.

Wyatt, Yorks Schläger Nummer acht, dribbelt an der rechten Seite des Innenfelds entlang. Der Ball wird zusätzlich durch den aufgeweichten Boden gebremst. Fisher stürzt sich auf den Ball. Ebenso King, der erste Baseman. Roger packt ihn, dann rutscht er im feuchten Gras aus und *kriecht* mit dem Ball in der Hand auf den Bag zu. Wyatt schlägt ihn mühelos. Fernald schafft es nun bis zum Schlagmal und verbucht so den ersten Run des Spiels.

Falls Roger zusammenbricht, sollte man erwarten, daß es genau hier passiert. Er checkt sein Innenfeld und untersucht den Ball. Er scheint zum Wurf bereit zu sein, dann steigt er von der Werferplatte. Seine Ärmel, scheint es, entsprechen doch nicht seinen Erwartungen. Er läßt sich Zeit damit, sie zu richten, während Matt Francke, der Schläger von York, in der Schlagbox alt und schimmlig wird. Als Fisher endlich wirft, hat er Francke praktisch in der Tasche, der einen einfachen Hopser zu Kevin Rochefort am dritten schlägt. Rochefort wirft weiter zu Matt Kinney und zwingt Wyatt. Dennoch hat York erstes Blut gewittert und führt 1 : 0 am Ende von anderthalb Runden.

Bangor West verbucht in der zweiten Runde keine Runs, aber sie machen trotzdem Punkte gegen Phil Tarbox. Der kräftige Werfer von York ging am Ende der ersten Runde hocherhobenen Hauptes vom Hügel. Nachdem er in der zweiten Werfer war, stapft er mit gesenktem Kopf davon, und einige seiner Mannschaftsgefährten sehen ihn unbehaglich an.

Owen King, der in Bangors Hälfte der zweiten Runde als

erster schlägt, läßt sich von Tarbox nicht einschüchtern, aber er ist ein großer Junge und viel langsamer als Matt Kinney. Nachdem er die volle Zählung hat, versucht Tarbox ihn drinnen zu treffen. Der Fastball fliegt hoch und einwärts – zuviel von beidem. King wird heftig unter der Achselhöhle getroffen. Er fällt zu Boden und hält sich die verletzte Stelle, ist zunächst zu erschrocken, um zu weinen, hat aber eindeutig Schmerzen. Schließlich kommen die Tränen, nicht viele, aber aufrichtige. Mit seinen einssiebenundachtzig und über zweihundert Pfund ist er so groß wie ein Mann, aber dennoch erst zwölf und nicht daran gewöhnt, von Fastbällen mit über siebzig Stundenmeilen getroffen zu werden. Tarbox sprintet sofort von der Werferplatte zu ihm; sein Gesicht ist eine Maske aus Sorge und Zerknirschung. Der Linienrichter, der sich bereits über den gestürzten Spieler beugt, winkt ihn ungeduldig fort. Der Sanitäter, der hinzueilt, würdigt ihn nicht einmal eines Blickes. Die Fans allerdings schon. Die werfen ihm alle möglichen Blicke zu.

»Nehmt ihn raus, bevor er noch jemanden trifft!« ruft jemand.

»Nehmt ihn raus, bevor jemand *wirklich schwer* verletzt wird!« fügt ein anderer hinzu, als wäre ein Fastball in die Rippen keine wirklich schwere Verletzung.

»Verwarnen Sie ihn, Linienrichter!« fällt eine dritte Stimme ein. »Das war ein absichtlicher Fehlwurf! Sagen Sie ihm, was passiert, wenn er das noch einmal macht!«

Tarbox schaut zu den Fans, und einen Augenblick sieht dieser Junge, der noch vor kurzem eine gelassene Selbstsicherheit gezeigt hat, sehr jung und sehr unsicher aus. Er sieht tatsächlich fast so aus wie Stanley Sturgis, als das Spiel Belfast–Lewiston sich dem Ende näherte. Als er zum Hügel zurückgeht, rammt er den Ball frustriert in den Handschuh.

Derweil hat man King auf die Füße geholfen. Nachdem er Neil Waterman, dem Sanitäter und dem Linienrichter klargemacht hat, daß er im Spiel bleiben will und es auch kann, stapft er zum ersten Mal. Die Fans beider Lager spenden ihm donnernden Applaus.

Phil Tarbox, der selbstverständlich nicht die Absicht hatte, den ersten Schläger des Spiel zu treffen, demonstriert auf der Stelle, wie erschüttert er ist, indem er einen direkt in die Mitte zu Arthur Dorr befördert. Arthur, der zweitkleinste Junge der ersten Aufstellung von Bangor West, akzeptiert dieses unerwartete, aber willkommene Geschenk, indem er es weit ins rechte Mittelfeld wirft.

King startet durch, sobald er das Krachen des Schlägers hört. Er umrundet das dritte Mal und weiß, er kann keinen Punkt machen, hofft aber, er kann den Wurf auf sich lenken, der Arthur am zweiten Mal sichern wird, und dabei wird der nasse Boden zu einem Faktor. Die Seite des Diamanten am dritten Mal ist immer noch naß. Als King versucht abzubremsen, rutschen die Füße unter ihm weg, und er landet auf dem Hintern. Tarbox ist an der Reihe, aber er will keinen Wurf riskieren und setzt statt dessen King nach, der klägliche Anstrengungen unternimmt, wieder auf die Füße zu kommen. Zuletzt hebt der größere Spieler von Bangor nur die Arme zu einer ausgiebigen, rührenden Geste: *Ich gebe auf.* Dank des rutschigen Bodens hat Tarbox jetzt einen Läufer auf dem zweiten, und einer ist raus, statt zwei auf dem zweiten und dritten und keinen draußen. Das ist ein gewaltiger Unterschied, und Tarbox demonstriert sein neu gestärktes Selbstvertrauen, indem er Mike Arnold direkt anvisiert.

Beim dritten Wurf zu Joe Wilcox, dem nächsten Schläger, trifft er ihn direkt am Ellbogen. Diesmal sind die erbosten Schreie der Fans von Bangor West lauter und haben einen bedrohlichen Unterton. Mehrere richten ihren Zorn auf den Linienrichter am Schlagmal und fordern, daß Tarbox aus dem Spiel genommen wird. Der Linienrichter, der die Situation voll und ganz versteht, macht sich nicht einmal die Mühe, Tarbox zu verwarnen. Der betroffene Gesichtsausdruck des Jungen, als Wilcox benommen zum ersten Mal joggt, sagt ihm wahrscheinlich, daß das nicht nötig ist. Aber der Manager von York muß herauskommen, den Werfer beruhigen, das Offensichtliche aussprechen: *Du hast zwei draußen, und das erste Mal war sowieso offen. Kein Problem.*

Aber für Tarbox *ist* es ein Problem. Er hat in dieser Runde zwei Spieler verletzt, beide so sehr, daß sie weinten. Wenn das kein Problem wäre, müßte er sich auf seinen Geisteszustand untersuchen lassen.

York nimmt drei einzelne zusammen und macht zwei Punkte am Ende der dritten Runde, womit es einen Vorsprung von 3 : 0 schafft. Wären diese Runs, die redlich verdient sind, in der ersten Runde gekommen, hätte Bangor ernste Probleme bekommen, aber als die Spieler ans Schlagen kommen, machen sie einen eifrigen und aufgeregten Eindruck. Es gibt kein Gefühl, als wäre das Spiel verloren, keine Atmosphäre der Niederlage.

Ryan Iarrobino ist der erste Schläger von Bangor zu Beginn der dritten Runde, und Tarbox begegnet ihm vorsichtig – zu vorsichtig. Er hat angefangen, mit dem Ball zu zielen, daher sind die Ergebnisse vorhersehbar. Beim Stand von 1 : 2 brettert er Iarrobino eins auf die Schulter. Iarrobino dreht sich um und schlägt einmal mit dem Schläger auf den Boden – ob aus Schmerz, Frustration oder Zorn, ist schwer zu sagen. Wahrscheinlich alles zusammen. Die Stimmung der Zuschauer läßt sich viel leichter lesen. Die Fans von Bangor springen auf und stoßen wütende Schreie gegen Tarbox und den Linienrichter aus. Auf der Seite von York sind die Fans still und bestürzt; das ist nicht das Spiel, das sie erwartet haben. Als Ryan zum ersten Mal antrabt, sieht er zu Tarbox hinüber. Es ist ein kurzer Blick, aber deutlich genug: *Das ist das dritte Mal, du. Sieh bloß zu, daß es das letzte Mal war.*

Tarbox spricht sich kurz mit seinem Coach ab, dann dreht er sich zu Matt Kinney um. Sein Selbstvertrauen ist erschüttert, und sein erster Schlag zu Matt geht fehl, was darauf hindeutet, daß er in diesem Spiel ebensowenig weiter werfen möchte, wie sich eine Katze ein Schaumbad wünscht. Iarrobino schlägt den Wurf des Yorker Werfers Dan Bouchard zum zweiten mit Leichtigkeit. Tarbox macht einen Walk für Kinney. Der nächste Schläger ist Kevin Rochefort. Nach zwei fehlgeschlagenen Versuchen gibt Roach auf und überläßt Phil Tarbox die Chance, sein Grab noch ein bißchen tiefer zu schaufeln. Das tut er, indem er Kevin einen Walk machen läßt, nachdem dieser das 1 : 1 herbeiführen konnte. Tarbox hat jetzt mehr als sechzig Würfe in nicht einmal drei Runden gemacht.

Roger Fisher geht ebenfalls 3 : 2 mit Tarbox, der sich jetzt fast ausschließlich auf weiche Bälle versteift; er scheint sich überlegt zu haben, wenn er noch einmal einen Spieler trifft, dann will er ihn nicht hart treffen. Fish findet keinen Platz, die Male sind voll. Tarbox weiß das und geht ein kalkuliertes Risiko ein, schneidet wieder einen an und glaubt, daß Roger in der Hoffnung auf einen Walk losstürmen wird. Roger schnappt statt dessen gierig danach und donnert ihn zwischen das erste und zweite für einen Base-Treffer. Iarrobino läuft los und macht Bangors ersten Run. Owen King, der Spieler, der den Schläger hielt, als Phil Tarbox mit seiner Selbstzerstörung anfing, ist der nächste Schläger. Der Coach von York, der vermutet, daß sein As diesmal noch weniger erfolgreich gegen King sein wird, hat genug gesehen. Matt Francke kommt ihn ablösen, und Tarbox wird zum Fänger von York. Als er sich hinter dem Mal duckt, sieht er resigniert und erleichtert zugleich aus. Francke trifft keinen, kann das Bluten aber nicht beenden. Am Ende der dritten Runde hat Bangor nur zwei Treffer vorzuweisen, führt aber vor York mit 5 : 3.

Es ist jetzt die fünfte Runde. Graue Feuchtigkeit hängt in der Luft, und das Spruchband YORK GEHT NACH BRISTOL an der Anzeigetafel hängt traurig durch. Die Fans machen auch einen traurigen Eindruck und werden zunehmend nervöser. Geht York *wirklich* noch nach Bristol? *Nun, angeblich müßten wir es,* sagen ihre Gesichter, *aber dies ist die fünfte Runde, und wir liegen immer noch zwei Runs zurück. Mein Gott, wie konnte es so früh schon so spät werden?*

Roger Fisher kreuzt weiter, und am Anfang der fünften schlägt Bangor die anscheinend letzten Nägel in den Sarg von York. Mike Arnold fängt mit einem einzelnen an. Joe Wilcox opfert Werfer-Läufer Fred Moore dem zweiten, und Iarrobino doppelt von Francke und macht mit Moore einen Punkt. Das bringt Matt Kinney auf die Werferplatte. Nach einem fehlgeschlagenen Ball rückt Ryan zum dritten vor, Kinney schlägt einen leichten Bodenball kurz, aber der prallt vom Handschuh des Innenfeldspielers ab, und Iarrobino beendet den Run.

Bangor West nimmt das Feld im Triumph, sie führen mit 7 : 3 und müssen nur noch drei Spieler rausbringen.

Als Roger Fisher auf die Werferplatte tritt und sich York Ende der sechsten stellt, hat er siebenundneunzig Würfe hinter sich und ist ein müder Junge. Das demonstriert er sofort, indem er den Schläger Tim Pollack einen Durchmarsch machen läßt. Dave und Neil haben genug gesehen. Fisher geht zum zweiten Mal, und Mike Arnold, der sich zwischen den Runden aufgewärmt hat, spurtet zum Hügel. Normalerweise ist er ein guter Werfer, aber heute ist nicht sein Tag. Möglicherweise Nervosität oder der nasse Boden der Werferplatte hat seine normalen Bewegungsabläufe verändert. Er bringt Francke dazu, daß er rausfliegt, aber dann macht Bouchard einen Walk, Philbrick verdoppelt und Pollack, der Läufer, rennt zu Fish, macht einen Punkt, und Bouchard wird am dritten Mal aufgehalten. Für sich genommen, bedeutet Pollacks Run nichts. Wesentlich ist aber, daß York jetzt Läufer auf dem zweiten und dritten Mal hat, und der Läufer, der möglicherweise den Einstand schafft, kommt zum Mal. Der Läufer, der möglicherweise den Einstand schafft, ist jemand, der ein ganz persönliches Interesse daran hat, einen Treffer zu landen, ist er doch der Hauptgrund dafür, daß York nur zwei Aus-Spieler von der Vernichtung entfernt ist. Der Läufer, der möglicherweise den Einstand schafft, ist Phil Tarbox.

Mike bringt den Stand auf 1 : 1, dann wirft er einen Fastball genau die Mitte der Platte entlang. Im Unterstand von Bangor West zuckt Dave Mansfield zusammen und hebt eine Hand als abwehrende Geste zur Stirn, während Tarbox zu seinem Schlag ansetzt.

Das harte Knallen ist zu hören, als Tarbox die schwierigste aller Baseballaufgaben bewerkstelligt: er trifft den runden Ball genau mit dem runden Schläger.

Ryan Iarrobino startet in dem Augenblick durch, in dem Tarbox den Treffer landet, aber er läuft viel zu früh. Der Ball geht sechs Meter über den Zaun, prallt von einer Fernsehkamera ab und springt ins Spielfeld zurück. Ryan sieht ihm fassungslos nach, während die Fans von York durchdrehen und die ganze Mannschaft von York aus dem Unterstand stürzt, um Tarbox in Empfang zu nehmen, der einen Homerun über drei Male geschafft und sich auf spektakuläre Weise rehabilitiert hat. Er tritt nicht auf das Schlagmal, er *springt* darauf. Sein Gesicht zeigt einen Ausdruck überwältigter Zufriedenheit. Er wird von seinen ekstatischen Mannschaftskameraden umringt; auf dem Rückweg zum Unterstand berühren seine Füße kaum den Boden.

Die Fans von Bangor sitzen stumm da und sind von dieser unerwarteten Wendung völlig vor den Kopf gestoßen. Gestern, gegen Lewiston, hat Bangor mit dem Desaster geflirtet; heute wurden sie in seinen Armen ohnmächtig. Mo hat wieder die Seiten gewechselt, und die Fans befürchten, daß es diesmal endgültig ist. Mike Arnold bespricht sich mit Dave und Neil. Sie sagen ihm, er soll zurückgehen und hart werfen; es ist nur ein Einstand, das Spiel ist noch nicht verloren, aber Mike ist eindeutig ein niedergeschlagener, unglücklicher Junge.

Der nächste Schläger, Hutchins, schlägt einen leichten Doppelhüpfer zu Matt Kinney, aber Arnold ist nicht der einzige, der erschüttert ist; der sonst so verläßliche Kinney vergeigt den Ball, und Hutchins legt los. Andy Estes übergibt zu Rochefort am dritten, aber Hutchins rückt mit einem Fehlwurf zum zweiten vor. King schnappt Matt Hoyts Abpraller zum dritten Aus, und Bangor West ist aus dem Schneider.

Die Mannschaft hat zu Beginn der sechsten eine Chance, es zu erledigen, aber dazu kommt es nicht ganz. Sie gehen eins-zwei-drei gegen Matt Francke, und auf einmal ist Bangor West in seinem ersten Spiel der Nachsaison auf einem Gleichstand von 7 : 7 gegen York.

Beim Spiel gegen Lewiston hat sich das schlechte Wetter mit der Zeit gebessert. Heute nicht. Als Bangor West das Feld Ende der siebten übernimmt, wird der Himmel immer dunkler. Es geht jetzt auf achtzehn Uhr zu, und selbst unter diesen Umständen sollte das Feld noch klar und ziemlich hell sein, aber es kommt Nebel auf. Wenn jemand, der nicht dabei war, ein Videoband des Spiels ansehen würde, würde er denken, daß etwas mit den Kameras nicht gestimmt hat; alles sieht lustlos, stumpf und unterbelichtet aus. Fans in Hemdsärmeln auf den Mittelfeldtribünen werden zu körperlosen Köpfen und Händen; im Außenfeld kann man Trzaskos, Iarrobino und Arthur Dorr nur an den Hemden erkennen.

Kurz bevor Mike zum ersten Wurf der siebten Runde ansetzt, rempelt Neil Dave mit dem Ellbogen an und deutet zum rechten Feld. Dave bittet sofort um eine Auszeit und läuft hin, um nachzusehen, was mit Arthur Dorr los ist, der gebückt dasteht und den Kopf fast zwischen den Knien hat.

Arthur sieht überrascht zu Dave auf, als dieser näher kommt. »Alles in Ordnung«, sagt er als Antwort auf die unausgesprochene Frage.

»Und was machst du dann, um Gottes willen?« fragt Dave.

»Ich suche nach vierblättrigen Kleeblättern«, antwortet Arthur.

Dave ist zu fassungslos oder zu amüsiert, dem Jungen eine Standpauke zu halten. Er sagt Arthur nur, daß es vielleicht besser wäre, danach zu suchen, wenn das Spiel vorbei ist.

Arthur sieht sich nach dem schleichenden Nebel um, bevor er sich wieder Dave zuwendet. »Ich glaube, dann ist es zu dunkel«, sagt er.

Nachdem das mit Arthur geklärt ist, kann das Spiel weitergehen, und Mike Arnold macht seine Sache ausgezeichnet – wahrscheinlich weil er es mit den von Ersatzspielern wimmelnden Trümmern der Yorker Aufstellung zu tun hat. York machen keinen Punkt, und Bangor steht am Anfang der siebten mit einer erneuten Siegeschance da.

Und sie sind nahe dran, genau das zu schaffen. Mit besetzten Malen und zwei draußen, schlägt Roger Fisher einen harten Ball hoch zur ersten Baselinie. Matt Hoyt steht aber bereit, ihn zu nehmen, und die Mannschaften wechseln wieder die Seiten.

Philbrick fliegt zu Nick Trzaskos und eröffnet die achte Runde, und dann kommt Phil Tarbox wieder. Tarbox ist noch nicht mit Bangor West fertig. Er hat sein Selbstvertrauen wiedererlangt, sein Gesicht ist gelassen, als er Mikes ersten Wurf für einen gerufenen Schlag entgegennimmt. Er schwingt nach dem nächsten, einem ziemlich dezenten Wechselball, der von Joe Wilcox' Beinschutz abprallt. Er tritt aus der Box, kauert mit dem Schläger zwischen den Knien und konzentriert sich. Das ist eine Zen-Technik, die der Coach von York den Jungen beigebracht hat – Francke hat es auf der Werferplatte mehrmals gemacht, wenn es eng wurde –, und diesmal klappt es auch bei Tarbox, mit etwas Hilfe von Mike Arnold.

Arnolds letzter Wurf zu Tarbox ist ein Kurvenball genau auf Augenhöhe des Schlägers, genau da, wo Dave und Neil gehofft hatten, daß heute kein Schlag landen würde, und Tarbox sahnt ab. Er schlägt ihn tief ins linke Feld und hoch über den Zaun. Da oben ist kein Kameraaufbau, der den Ball aufhalten könnte; er verschwindet im Wald, und die Fans von York sind wieder auf die Füße gesprungen und singen »Phil-Phil-Phil«, während Tarbox das dritte Mal umkreist, die Linie entlangrennt und hoch in die Luft springt. Er springt nicht auf das Schlagmal; er *durchbohrt* es.

Und zunächst sieht es nicht aus, als wäre das alles. Hutchins hämmert einen einzelnen die Mitte entlang und kommt durch einen Fehler zum zweiten. Estes folgt dem, indem er einen zum dritten schlägt, und Rochefort wirft schlecht zum zweiten. Glücklicherweise wird Roger Fisher von Arthur Dorr unterstützt, der einen zweiten Run verhindert, aber jetzt hat York Spieler auf dem ersten und zweiten und nur einen draußen.

Dave ruft Owen King als Werfer hinein, und Mike Arnold geht zum ersten. Nach einem Fehlschlag, bei dem die Läufer auf das zweite und dritte vorrücken, hämmert Matt Hoyt einen auf den Boden zu Kevin Rochefort. In dem Spiel, in dem Bangor West Hampden unterlag, gelang Casey Kinney ein Comeback, er konnte das Spiel machen, nachdem er einen Fehler begangen hatte. Rochefort schafft das heute auch, und mit Macht. Er nimmt den Ball, dann hält er ihn einen Moment und vergewissert sich, daß Hutchins nicht zum Schlagmal losprescht. *Dann* wirft er quer über den Diamanten zu Mike und schafft den langsam laufenden Matt Hoyt um zwei Schritte. Wenn man die Belastung bedenkt, die die Jungen ausstehen mußten, ist das ein unglaublich gerissener Spielzug. Bangor West hat sich wieder erholt, und King erledigt Ryan Fernald – der einen Homerun über drei Male gegen Yarmouth erzielte – perfekt, indem er seinen unheimlich wirkungsvollen seitlichen Wurf einsetzt, um einen Fastball über die Schulter zu werfen. Fernald schleppt sich erschöpft zum ersten, und die Runde ist zu Ende. Am Ende von siebeneinhalb führt York mit 8 : 7 vor Bangor. Sechs von Yorks RBIs gehören Philip Tarbox.

Matt Francke, der Werfer von York, ist so müde, wie Fisher es war, als Dave schließlich beschloß, ihn gegen Mike Arnold auszuwechseln. Der Unterschied ist, Dave *hatte* einen Mike Arnold und hinter Mike noch einen Owen King. Der Coach von York hat niemanden mehr; er hat Ryan Fernald gegen Yarmouth verheizt, so daß er heute nicht werfen kann, und jetzt bleibt nur noch Francke, für alle Zeiten.

Er fängt die achte ziemlich gut an und befördert King ins Aus. Arthur Dorr kommt als nächster, einer für vier an diesem Tag (ein Doppel von Tarbox). Francke, der inzwischen eindeutig zu kämpfen hat, aber ebenso eindeutig entschlossen zu sein scheint, das Spiel zu beenden, geht voll mit Arthur, dann legt er einen vor, der weit außerhalb liegt. Arthur läuft zum ersten Mal.

Mike Arnold kommt als nächster. Es war nicht sein Tag auf der Platte, aber diesmal macht er seine Sache am Schlagmal gut und legt einen perfekten Schlag vor. Er hat nicht die Absicht, zu opfern; Mike schlägt für den Mal-Treffer und schafft ihn beinahe. Aber der Ball ist nicht bereit, in dem nassen Fleck zwischen Werferplatte und Schlagmal zu sterben. Francke schnappt ihn, sieht zum zweiten Mal und entscheidet sich dann für das erste. Jetzt sind zwei Männer draußen und ein Läufer auf dem zweiten. Bangor West ist ein Aus vom Ende entfernt.

Joe Wilcox, der Fänger, ist der nächste. Beim Stand von 2 : 1 schlägt er eine Granate an der ersten Baselinie entlang. Matt Hoyt packt ihn, aber einen Augenblick zu spät; er erwischt den Ball keine fünfzehn Zentimeter im Aus, und der Linienrichter am ersten Mal steht sofort bereit und notiert es. Hoyt, der sich bereit gemacht hat, zum Hügel zu laufen und Matt Francke zu umarmen, gibt statt dessen den Ball zurück.

Nun ist der Stand von Joey 2 : 2. Francke steigt von der

Platte, sieht starr in den Himmel und konzentriert sich. Dann stellt er sich wieder darauf und wirft einen hoch und außerhalb des Schlagbereichs. Joey geht ihm trotzdem nach, sieht nicht einmal hin und schwingt den Schläger in Selbstverteidigung. Der Schläger bekommt Kontakt mit dem Ball – reines Glück – und hüpft ins Aus. Francke zieht wieder die Konzentrations-Nummer ab, dann wirft er – knapp ins Aus. Ball drei.

Jetzt kommt möglicherweise der Wurf des Spiels. Es *scheint* ein hoher zu werden, ein Wurf, der das Spiel beendet, aber der Linienrichter befiehlt Ball vier. Joe Wilcox stapft mit einem leicht ungläubigen Ausdruck zum ersten Mal. Erst später, beim Abspielen der Zeitlupenwiederholung des Videobandes, kann man erkennen, wie richtig und wie gut die Anweisung des Linienrichters war. Joe Wilcox, der so nervös ist, daß er den Schläger bis zum Augenblick des Wurfs in den Händen dreht wie einen Golfschläger, stellt sich auf Zehenspitzen, als der Ball angebraust kommt, und aus diesem Grund erscheint er ihm brusthoch, als er das Mal passiert. Der Linienrichter, der sich überhaupt nicht bewegt, läßt das ganze nervöse Zappeln von Joe unberücksichtigt und trifft eine gewichtige Entscheidung. Die Regeln schreiben vor, daß man die Schlagzone nicht verkleinern darf, indem man sich duckt. Aus demselben Grund darf man sie nicht vergrößern, indem man sich streckt. Hätte sich Joe nicht auf die Zehenspitzen gestellt, wäre Franckes Wurf in Höhe des Halses gekommen. Und darum wird Joe nicht zum dritten Ausgeschiedenen, der das Spiel beendet hätte, sondern zu einem weiteren Baseläufer.

Eine der Fernsehkameras war auf Yorks Matt Francke gerichtet, als dieser seinen Wurf machte, und sie hat ein bemerkenswertes Bild aufgezeichnet. Die Videowiederholung zeigt, wie Francke strahlt, als der Ball einen Sekundenbruchteil vor dem Schlag wegschmiert. Er hebt die Wurfhand zum Salut des Siegers. In diesem Augenblick geht er nach rechts, zum Unterstand von York, und der Linienrichter verdeckt ihn. Als er einen Moment später wieder zu sehen ist, stellt er einen unglücklichen und ungläubigen Ausdruck zur Schau. Er widersetzt sich dem Urteil nicht – den Kindern wird beigebracht, das während der regulären Spielzeit nicht zu machen, aber nie, nie *niemals* während eines Meisterschaftsspiels –, doch als er sich darauf vorbereitet, den nächsten Schläger einzuweisen, scheint Francke zu weinen.

Bangor West hat überlebt, und als sich Nick Trzaskos dem Mal nähert, springen sie auf die Füße und fangen an zu schreien. Nick hofft eindeutig auf eine Freifahrt, und er bekommt eine. Francke macht bei fünf Würfen einen Walk mit ihm. Es ist heute der elfte Walk durch einen Werfer von York. Nick stapft zum ersten, lädt die Male, und Ryan Iarrobino kommt herein. Immer und immer wieder lief es in solchen Situationen auf Ryan Iarrobino hinaus, und jetzt wieder. Die Fans von Bangor West sind aufgesprungen und johlen. Die Spieler von Bangor drängen sich am Unterstand, haben die Finger in den Maschendraht gekrallt und beobachten alles ängstlich.

»Ich kann es nicht glauben«, sagt einer der Fernsehkommentatoren. »Ich kann das Drehbuch dieses Spiels nicht glauben.«

Sein Partner wirft ein: »Nun, ich will dir was sagen. Wie auch immer, das ist das Ende, das sich beide Mannschaften für das Spiel gewünscht haben.«

Noch während er spricht, bietet die Kamera einen garstigen Kontrapunkt zu der Bemerkung, indem sie sich auf das betroffene Gesicht von Matt Francke konzentriert. Das Bild zeigt deutlich, daß das der Linksaußen von York am *allerwenigsten* gewollt hat. Warum sollte er auch? Iarrobino hat zweimal verdoppelt, zwei Walks gemacht und wurde von einem Wurf getroffen. York hat ihn nicht ein einziges Mal aufhalten können. Francke wirft hoch und ins Aus, dann flach. Es sind sein hundertfünfunddreißigster und hundertsechsunddreißigster Wurf. Der Junge ist erschöpft. Chuck Bittner, der Manager von York, ruft ihn zu einer kurzen Besprechung zu sich. Iarrobino wartet, bis diese Besprechung vorbei ist, dann tritt er wieder vor.

Matt Francke konzentriert sich, legt den Kopf zurück und schließt die Augen; er sieht aus wie ein Vogeljunges, das darauf wartet, gefüttert zu werden. Dann rafft er sich auf und setzt zum letzten Wurf der Spielzeit der Little League von Maine an.

Iarrobino hat die Konzentrationsphase nicht mitverfolgt. Er hält den Kopf gesenkt und achtet nur darauf, wie Francke werfen wird, wobei er den Ball nicht einmal aus den Augen läßt. Es ist ein Fastball, flach und auf die Außenkante des Schlagmals gerichtet. Ryan Iarrobino duckt sich ein wenig. Die Spitze des Schlägers wirbelt herum. Er erwischt ihn voll, und als der Ball aus dem Park ins tiefe rechte Mittelfeld fliegt, reißt er die Arme über den Kopf und beginnt einen köstlichen Steptanz an der Linie zum ersten Mal entlang.

Auf dem Hügel senkt Matt Francke, der zweimal kurz davor war, sein Spiel zu gewinnen, den Kopf; er will nicht hinsehen. Und als Ryan das zweite Mal umrundet und zum Homerun ansetzt, scheint er endlich zu begreifen, was er getan hat, und er fängt an zu weinen.

Die Fans sind hysterisch; die Sportreporter sind hysterisch; sogar Dave und Neil scheinen fast hysterisch zu sein – sie blockieren das Mal und müssen Platz machen, damit Ryan es berühren kann. Er umrundet das dritte, passiert den Linienrichter dort, der immer noch einen erhobenen Zeigefinger in die Luft streckt und einen Homerun signalisiert.

Hinter der Werferplatte nimmt Phil Tarbox die Maske ab und kehrt den Feierlichkeiten den Rücken zu. Er stampft einmal mit dem Fuß auf und verzieht das Gesicht in hilfloser Frustration. Er geht aus dem Bereich der Kameras hinaus und verläßt damit auch die Little League endgültig. Nächstes Jahr wird er in der Babe Ruth League spielen, und wahrscheinlich gut, aber für Tarbox wird es keine Spiele wie dieses mehr geben, auch nicht für einen anderen der Jungen. Dieses ist, wie man so sagt, in die Geschichte eingegangen.

Ryan Iarrobino lacht, weint, hält sich mit einer Hand den Helm auf dem Kopf und deutet mit der anderen zum grauen Himmel empor, hüpft hoch, landet auf dem Mal und springt dann noch einmal – direkt in die Arme seiner Mannschaftskameraden, die ihn im Triumphzug davontragen. Das Spiel ist vorbei; Bangor West hat 11 : 8 gewonnen. Sie sind Meister der Little League von Maine des Jahres 1989.

Ich sehe zum Zaun auf der Seite des ersten Mals, und da bietet sich mir ein bemerkenswerter Anblick: ein Wald winkender Hände. Die Eltern der Spieler drängen sich am Maschendrahtzaun und greifen darüber hinweg, um ihre Söhne zu berühren. Viele Eltern sind ebenfalls in Tränen ausgebrochen. Die Jungen tragen alle dieselben Mienen fassungsloser Glückseligkeit zur Schau, und sämtliche Hände – Hunderte, scheint es –, winken ihnen zu, wollen berühren, wollen gratulieren, wollen umarmen, wollen *fühlen*.

Die Jungen achten nicht auf sie. Umarmen und Drücken kommen später. Zuerst ist noch etwas zu erledigen. Sie stellen sich in einer Reihe auf und schütteln den Jungen von York die Hände, wobei sie sich in ritueller Weise am Schlagmal überkreuzen. Die meisten Jungen beider Mannschaften weinen jetzt, manche so sehr, daß sie kaum gehen können.

Dann, in dem Augenblick, bevor die Jungen von Bangor zum Zaun gehen, wo alle Hände noch winken, umringen sie ihre Coachs und knuffen sie und sich selbst in freudigem Triumph. Sie haben durchgehalten und ihr Turnier gewonnen – Ryan und Matt, Owen und Arthur, Mike und Roger Fisher. In diesem Augenblick jubeln sie einander zu, und alles andere wird eben warten müssen. Dann laufen sie zum Zaun, zu ihren weinenden, jubelnden, lachenden Eltern, und die Welt dreht sich wieder ganz normal weiter.

»Wie lange sollen wir noch spielen, Coach?« fragte J. J. Fiddler Neil Waterman, nachdem Bangor gegen Machias den Sieg davongetragen hatte.

»J. J.«, antwortete Neil, »wir werden spielen, bis uns jemand aufhält.«

Die Mannschaft, die Bangor West schließlich aufhielt, war Westfield, Massachusetts. Bangor West spielt am 15. August 1989 in der zweiten Runde der Eastern Regional Little League-Ausscheidung in Bristol, Connecticut, gegen sie. Matt Kinney warf für Bangor West und bestritt das Spiel seines Lebens, er traf neun, machte fünf Walks (einen absichtlich) und vermurkste nur drei Schläge. Bangor West dagegen landete nur einen Treffer bei Tim Laurita, dem Werfer von Westfield, und der gehörte, durchaus vorhersehbar, Ryan Iarrobino. Der Endstand war 2 : 1, Westfield. Bangors einziger RBI in dem Spiel ging auf das Konto von King bei einem Walk um die Male. Der spielentscheidende RBI ging auf das Konto von Laurita, ebenfalls ein Walk um die Male. Es war ein verdammt gutes Spiel, ein Spiel für Puristen, aber es reichte nicht an das gegen York heran.

In der Profiwelt war es ein schlechtes Jahr für Baseball. Ein sicherer Anwärter für die Ruhmeshalle wurde auf Lebenszeit vom Spiel ausgeschlossen; ein Werfer im Ruhestand erschoß seine Frau und nahm dann sich selbst das Leben; der Commissioner erlitt einen tödlichen Herzinfarkt; das erste Spiel der Weltserie seit zwanzig Jahren, das im Candlestick-Park ausgetragen werden sollte, mußte abgesagt werden, weil ein Erdbeben Nordkalifornien erschütterte. Aber die Profispiele machen nur einen kleinen Teil des Baseball aus. An anderen Orten, in anderen Ligen – der Little League zum Beispiel, wo es keine freien Agenten, keine Gehälter und kein Eintrittsgeld gibt –, war es ein gutes Jahr. Der Gewinner des Eastern Regional-Turniers war Trumbull, Connecticut. Am 26. August 1989 schlug Trumbull Taiwan und gewann die Weltserie der Little League. Es war das erste Mal seit 1983, daß eine amerikanische Mannschaft die Williamsport-Weltserie gewann, und das erste Mal seit vierzehn Jahren, daß der Sieger aus der Region kam, in der Bangor West spielt.

Im September wählte die Sektion Maine der Baseballföderation der Vereinigten Staaten Dave Mansfield zum Amateurcoach des Jahres.

August in Brooklyn

Für Jim Bishop

In Ebbets Field wächst Fingergras
(wo Alston wirkte), Reihe für Reihe
wenn sich die Achse des Tages ins Zwielicht dreht,
sehe ich sie noch, mit dem grünen Geruch
vom gerade gemähten Gras des Innenfelds,
schwer zum dunkelnden Ende des Tages:
im Schein der Flutlichter des rechten Felds,
die gerade eingeschaltet wurden, schon
von Falterschwärmen bedrängt
und von Käfern der Nachtschicht;
unten trinken alte Männer und dienstfreie Taxifahrer
große Becher Schlitz auf den Sitzen zu 75 Cent.
Flatbush, so real wie die samtenen Straßen von
Harlem,
wo im Juni '56 der Jive in die Jukes kommt.

In Ebbets Field ist das Innenfeld geschlossen,
die Sitze verlassen, Reihe für Reihe
Hodges duckt sich über dem ersten, Handschuh
ausgestreckt,
um den Wurf von Robinson am dritten zu fangen,
die Schlägerboxen schweben im Geisterlicht
dieses himmelvollen Freitagabends
(Mantle schaffte früh einen Run; Flatbush liegt 2 zurück).
Newcombe stapft früh zu den Duschen durch einen Regen
von Popcorn und Zeitungsschlagzeilen.
Carl Erskine ist dran und wirft hart, aber
Johnny Podres und Clem Labine wärmen sich auf,
falls er zu spät in Form kommt;
das kann er, wissen Sie, das können alle.

In Ebbets Field kommen und gehen sie
und spielen ihre Runden, Schlag für Schlag.
Auszeit wird im Dämmer der fünften verlangt;
jemand hat ein Bier nach Sandy Amoros im rechten
geworfen,
er spießt den leeren Becher wortlos auf
und gibt ihn einem Platzwart, der Mail Pouch kaut,
während anonyme Fans saftige Brooklyner Vokale brüllen,
die Pest auf ihre beiden Häuser.
Pee Wee Reese geht westlich des zweiten auf die Knie,
Campanella gibt das Zeichen;
mit geschlossenen Augen sehe ich alles,
rieche heiße Würstchen und 8-Uhr-Schmutz,
sehe die himmlischen Schattierungen des Abends,
sie schwimmen wie Engel über dem Stadion am
Firmament,
während Erskine ausholt und flach einwärts wirft.

Der Bettler und der Diamant

ANMERKUNG DES AUTORS: Diese kleine Geschichte – in der ursprünglichen Form eine Hindu-Parabel – wurde mir erstmals von Mr. Surendra Patel in New York City erzählt. Ich habe sie frei bearbeitet und möchte mich bei allen entschuldigen, die sie in der ursprünglichen Form kennen, in der Lord Shiva und seine Frau Parvati die Hauptpersonen sind.

Eines Tages kam der Erzengel Uriel mit betretenem Gesicht zu Gott. »Was kümmert dich?« fragte Gott.

»Ich habe etwas sehr Trauriges gesehen«, antwortete Uriel und deutete dann zwischen seinen Füßen hinunter. »Da unten.«

»Auf Erden?« fragte Gott lächelnd. »Oh! Da unten ist kein Mangel an Traurigkeit. Nun, laß uns sehen.«

Sie beugten sich gemeinsam nach vorn. Tief unten sahen sie eine zerlumpte Gestalt, die langsam eine Landstraße am Rand von Chandrapur entlangschlurfte. Sie war sehr mager, diese Gestalt, Arme und Beine mit Schwären bedeckt. Hunde jagten ab und zu bellend hinter dem Mann her, aber der Mann schlug nicht einmal mit dem Stock nach ihnen, wenn sie ihn in die Fersen bissen; er schlurfte einfach weiter und belastete dabei überwiegend das rechte Bein. Einmal drängte eine Schar hübscher, wohlgenährter Kinder aus einem großen Haus; sie warfen Steine nach dem zerlumpten Mann, als er ihnen seine leere Schale entgegenstreckte.

»Geh weg, du häßlicher Kerl!« rief eines von ihnen. »Geh weg in die Felder und stirb!«

Darauf brach der Erzengel Uriel in Tränen aus.

»Aber, aber«, sagte der liebe Gott und klopfte ihm auf die Schulter. »Ich habe gedacht, du wärst aus stärkerem Holz geschnitzt.«

»Ja, sicher«, sagte Uriel und trocknete sich die Augen. »Es

ist nur so, daß der Mann da unten alles zu verkörpern scheint, was jemals mit den Söhnen und Töchtern der Erde schiefgegangen ist.«

»Gewiß, das tut er«, antwortete Gott. »Das ist Ramu, und das ist seine Aufgabe. Wenn er stirbt, wird sie ein anderer übernehmen. Es ist ein ehrenvoller Job.«

»Möglich«, sagte Uriel und bedeckte erschauernd die Augen, »aber ich kann es nicht ertragen, ihm dabei zuzusehen. Sein Leid erfüllt mein Herz mit Dunkelheit.«

»Dunkelheit ist hier oben nicht erlaubt«, sagte Gott, »darum muß ich etwas unternehmen, um zu ändern, was sie in dir hervorgerufen hat. Sieh her, mein guter Erzengel.«

Uriel hob den Blick und sah, daß Gott einen Diamanten in der Hand hielt, der so groß war wie ein Pfauenei.

»Ein Diamant dieser Größe und Qualität wird Ramu für den Rest seines Lebens ernähren, und seine Nachkommen bis ins siebte Glied«, sagte Gott. »Es ist der kostbarste Diamant auf Erden. Nun … mal sehen …« Er beugte sich auf Händen und Knien nach vorne, hielt den Diamanten zwischen zwei Wattewölkchen und ließ ihn fallen. Er und Uriel sahen ihm nach und warteten, bis er mitten auf die Straße fiel, auf der Ramu unterwegs war.

Der Diamant war so groß und schwer, daß Ramu, wäre er ein jüngerer Mann gewesen, zweifellos gehört hätte, wie er auf der Straße aufschlug. Aber in den letzten Jahren hatte sein Gehör arg nachgelassen, ebenso wie seine Lungen, sein Rücken und die Nieren. Nur sein Augenlicht war noch so gut wie mit einundzwanzig Jahren.

Als er die Steigung der Straße hinaufging, ohne den riesigen Diamanten zu bemerken, der glänzend und funkelnd im dunstigen Sonnenschein auf der anderen Straßenseite lag, seufzte Ramu tief; dann blieb er stehen und stützte sich auf seinen Stock, als das Seufzen in einen Hustenanfall überging. Er klammerte sich mit beiden Händen an seinem Stock fest und versuchte, des Anfalls Herr zu werden, und als er gerade nachließ, brach der Stock – der alt und trocken und fast ebenso verbraucht war wie Ramu selbst – mit einem trockenen Knacken, und Ramu fiel in den Staub.

Da lag er, sah zum Himmel empor und fragte sich, weshalb Gott so grausam war. »Ich habe alle überlebt, die ich am meisten liebte«, dachte er, »aber nicht die, die ich hasse. Ich bin so alt und häßlich geworden, daß die Hunde hinter mir herbellen und die Kinder Steine nach mir werfen. Ich hatte in den letzten Monaten nur Abfälle zu essen, und seit zehn Jahren oder mehr kein anständiges Mahl mehr mit Freunden oder mit der Familie. Ich bin ein Wanderer auf dem Antlitz der Erde, ohne Heimat; heute nacht werde ich unter einem Baum oder in einem Gebüsch schlafen, ohne Dach, das den Regen abhält. Ich bin mit Schwären bedeckt, mein Rücken tut weh, und wenn ich Wasser lasse, sehe ich Blut, wo kein Blut sein sollte. Mein Herz ist so leer wie meine Bettelschale.«

Ramu stand langsam auf, merkte nicht, daß keine sechzig Schritte entfernt ein trockener Erdhaufen den größten Diamanten der Welt vor seinem noch scharfen Blick verbarg, und er sah zum Himmel empor. »Herrgott, ich bin arm dran«, sagte er. »Ich hasse Dich nicht, aber ich fürchte, Du bist nicht mein Freund oder überhaupt eines Menschen Freund.«

Nachdem er das gesagt hatte, ging es ihm ein wenig besser, und er schlurfte weiter, wobei er nur einmal innehielt, um das längere Stück seines zerbrochenen Stockes aufzuheben. Im Weitergehen schalt er sich wegen seines Selbstmitleids und seines undankbaren Gebets.

»Denn ich habe doch einiges, wofür ich dankbar sein muß«, führte er aus. »Zunächst einmal ist der Tag ausgesprochen schön, und selbst wenn ich in vielerlei Hinsicht gebrechlich bin, ist mein Augenlicht doch noch makellos. Man stelle sich nur vor, wie schrecklich es wäre, wäre ich blind!«

Um sich das vorzustellen, kniff Ramu die Augen fest zu und schlurfte weiter, wobei er den abgebrochenen Stab wie ein Blinder vor sich hielt. Die Dunkelheit war schrecklich, erstickend und verwirrend. Bald hatte er keine Ahnung mehr, ob er noch in dieselbe Richtung ging wie vorher oder ob er von der einen auf die andere Straßenseite wanderte und bald im Straßengraben landen würde. Der Gedanke, was in diesem Fall aus seinen alten, brüchigen Knochen werden könnte, machte ihm angst, aber er hielt die Augen dennoch fest zugekniffen und stapfte weiter.

»Das ist genau die Richtung, um dich von deiner Undankbarkeit zu heilen, alter Mann!« sagte er zu sich. »Du wirst den Rest des Tages damit verbringen, zu bedenken, daß du zwar ein Bettler bist, aber zumindest kein *blinder* Bettler, und du wirst glücklich sein!«

Ramu fiel weder auf der einen noch auf der anderen Seite in den Straßengraben, aber er schwenkte doch zum rechten Straßenrand, als er die Kuppe der Steigung erreicht hatte und auf der anderen Seite wieder hinunterging, und so ging er an dem riesigen Diamanten vorbei, der funkelnd im Staub lag; sein linker Fuß verfehlte ihn um nicht einmal fünf Zentimeter.

Etwa dreißig Meter weiter schlug Ramu die Augen auf. Grelles Sonnenlicht strömte in sie ein und schien auch in sein Herz zu strömen. Er sah glücklich zum staubigen blauen Himmel auf, über die staubigen gelben Felder, über den Silberstreif der Straße, auf der er dahinwanderte. Er verfolgte lachend den Weg eines Vogels von einem Baum zum nächsten, und obwohl er sich nicht ein einziges Mal umdrehte und den riesigen Diamanten nicht sah, der hinter ihm lag, hatte er seine Schwären und den schmerzenden Rücken vergessen.

»Danke, Gott, für mein Augenlicht!« rief er. »Zumindest dafür hab Dank, Gott! Vielleicht finde ich etwas Wertvolles auf der Straße – eine alte Flasche, die auf dem Basar etwas einbringt, oder vielleicht sogar eine Münze –, doch selbst wenn nicht, werde ich mich ausreichend umsehen. Danke, Gott, für mein Augenlicht! Danke, Gott, daß es Dich gibt!«

Damit setzte er seine Wanderschaft zufrieden fort und ließ den Diamanten hinter sich zurück. Da griff Gott hinunter, hob ihn auf und legte ihn wieder unter den Berg in Afrika, wo Er ihn hergeholt hatte. Wie als verspäteten Einfall (sofern Gott überhaupt verspätete Einfälle haben kann) brach Er einen Eisenholzast aus dem Buschland und ließ ihn wie den Diamanten auf die Straße bei Chandrapur fallen.

»Das ist der Unterschied«, sagte Gott zu Uriel. »Unser Freund Ramu wird den Ast finden, und er wird ihm für den Rest seines Lebens als Stab dienen.«

Uriel sah Gott (soweit überhaupt jemand – selbst ein Erzengel – dieses flammende Gesicht ansehen kann) unsicher an. »Hast Du mir eine Lektion erteilt, o Herr?«

»Ich weiß es nicht«, antwortete Gott. »Habe ich?«

Anmerkungen

Nicht lange nachdem ich *Skeleton Crew* veröffentlicht hatte, meinen letzten Erzählungenband, sprach ich mit einer Leserin, die mir versicherte, wie gut er ihr gefallen hätte. Es war ihr gelungen, die Geschichten einzuteilen, sagte sie – jeden Abend eine, etwa drei Wochen lang. »Aber die Anmerkungen am Ende habe ich ausgelassen«, sagte sie und behielt mich dabei scharf im Auge (ich glaube, sie hielt es für möglich, daß ich mich dieses schrecklichen Affronts wegen auf sie stürzen würde). »Ich gehöre zu den Leuten, die nicht wissen wollen, wie der Zauberer seine Tricks bewerkstelligt.«

Ich hatte Besorgungen zu erledigen und wollte mich nicht auf eine lange, hitzige Diskussion einlassen; deshalb nickte ich nur und versicherte ihr, das wäre durchaus in Ordnung. Aber heute morgen habe ich keine Besorgungen zu machen und will zwei Dinge ein für allemal klarstellen, wie unser alter Freund aus San Clemente immer zu sagen pflegte. Erstens: Es ist mir gleich, ob Sie die nachfolgenen Anmerkungen lesen oder nicht. Es ist Ihr Buch, und meinetwegen können Sie es beim Pferderennen auf dem Kopf tragen. Zweitens: Ich bin *kein* Zauberer, und dies sind *keine* Tricks.

Das soll nicht heißen, daß beim Schreiben keine Magie im Spiel wäre; ich glaube in der Tat, daß es so ist und daß sie sich besonders üppig um erzählende Literatur rankt. Paradox ist nur dies: Zauberer haben nicht das geringste mit Magie zu tun, wie die meisten bereitwillig zugeben werden. Ihre unbestreitbaren Wunder – Tauben aus Taschentüchern, Münzen aus leeren Gläsern, Seidenschals aus leeren Händen – bewerkstelligen sie durch ständige Übung, geschickte Ablenkungsmanöver und Taschenspielertricks. Ihr Gerede von den »uralten Geheimnissen des Orients« und »den vergessenen Legenden von Atlantis« ist nur Beiwerk. Ich vermute, im großen und ganzen werden sich Bühnenzauberer mit dem alten Witz über den Ortsfremden identifizieren können, der einen New Yorker Beatnik fragt, wie er zur Carnegie Hall kommt. »Üben, Mann, üben«, antwortet der Beatnik.

Dasselbe gilt auch für Schriftsteller. Nachdem ich seit zwanzig Jahren Unterhaltungsliteratur schreibe und von den intellektuellen Kritikern als Schundschreiber abgetan werde (die Intellektuellen scheinen Schundschreiber zu definieren als »Schriftsteller, dessen Werk von zu vielen Leuten geschätzt wird«), kann ich nur bestätigen, daß handwerkliches Können dazugehört, daß der häufig nervtötende Vorgang von Niederschreiben, Umschreiben und nochmaligem Umschreiben erforderlich ist, um gute Arbeit hervorzubringen, und daß harte Arbeit das einzige akzeptable Training für diejenigen unter uns ist, die ein gewisses Talent besitzen, aber wenig oder gar kein Genie.

Dennoch hat der Job seine Magie. Sie macht sich am häufigsten bemerkbar, wenn dem Schriftsteller eine Story einfällt, für gewöhnlich als Bruchstück, aber manchmal auch im ganzen (wenn das passiert, ist es ein bißchen so, als würde man von einer taktischen Atombombe getroffen). Der Schriftsteller kann hinterher schildern, wo er sich befand, als das passierte, und welche Elemente dazu beigetragen haben, daß ihm die Geschichte eingefallen ist, aber der *Einfall selbst* ist etwas Neues, eine Summe, die größer ist als ihre Teile, etwas, das aus dem Nichts entstanden ist. Es ist, um Marianne Moore zu zitieren, eine echte Kröte in einem imaginären Garten. Sie brauchen also keine Angst davor zu haben, die nachfolgenden Anmerkungen zu lesen, weil Sie denken, ich würde die Magie zerstören, indem ich Ihnen verrate, wie der Trick funktioniert. Echte Magie kennt keine Tricks; wenn es um echte Magie geht, gibt es nur Geschichte.

Natürlich ist es möglich, eine Geschichte zu verderben, bevor man sie gelesen hat. Wenn Sie also zu den Leuten gehören (zu den *gräßlichen* Leuten), die den Zwang verspüren, die letzten Seiten eines Buches zuerst zu lesen – wie ein eigensinniges Kind, das seinen Schokoladenpudding vor dem falschen Hasen essen will –, dann fordere ich Sie an dieser Stelle auf, sofort damit aufzuhören. Sonst werden Sie den schlimmsten aller Flüche erleben: Entzauberung. Für alle anderen nun eine kurze Schilderung, wie einige der Geschichten in *Abgrund* zustande gekommen sind.

»Mein hübsches Pony«: Anfang der achtziger Jahre bemühte sich Richard Bachman, einen Roman mit dem Titel *Mein hübsches Pony* zu schreiben. Der Roman sollte von einem Auftragskiller namens Clive Banning handeln, der eine Gruppe gleichgesinnter Psychopathen zusammenstellen und eine Reihe mächtiger Unterweltbosse bei einem Hochzeitsempfang umbringen soll. Banning und seine Bande sind erfolgreich und verwandeln das Hochzeitsfest in ein Blutbad, aber dann werden sie von ihren Auftraggebern übers Ohr gehauen und erledigen sie einen nach dem anderen. Der Roman sollte von Bannings Versuchen handeln, der Katastrophe zu entkommen, die er ausgelöst hatte.

Das Buch war eine schlechte Arbeit, die in einer unglücklichen Zeit entstand, als vieles, was bis dahin ausgezeichnet für mich gelaufen war, mit Donnerhall in sich zusammenfiel. Richard Bachman starb in dieser Zeit und hinterließ zwei Fragmente: einen nahezu vollständigen Roman mit dem Titel *Machine's Way* unter seinem Pseudonym George Stark, und sechs Kapitel von *Mein hübsches Pony*. Als literarischer Nachlaßverwalter von Richard Bachman machte ich aus *Machine's Way* einen Roman mit dem Titel *Stark* und veröffentlichte ihn unter meinem eigenen Namen (nicht ohne Bachman zu erwähnen). *Mein hübsches Pony* wanderte in den Müll – abgesehen von einer kurzen Reminiszenz, in der Banning, während er darauf wartet, seine Attacke auf den Hochzeitsempfang zu starten, sich daran erinnert, wie sein Großvater ihm von der dehnbaren Natur der Zeit erzählte. Als ich diese Reminiszenz fand – wundersam vollständig, fast eine eigenständige Kurzgeschichte –, da war mir, als hätte ich eine Rose auf einem Schuttplatz gefunden. Ich pflückte sie dankbar. Wie sich herausstellte, war sie einer der wenigen guten Texte, die ich in einem ausgesprochen schlimmen Jahr geschrieben habe.

»Mein hübsches Pony« wurde ursprünglich in einer überteuerten (und meiner bescheidenen Meinung nach allzu üppig ausgestatteten) Ausgabe des Whitney Museum veröffentlicht. Später erschien sie in einer etwas zugänglicheren (aber meiner bescheidenen Meinung nach immer noch überteuerten und zu üppig ausgestatteten) Ausgabe bei Alfred A. Knopf. Und hier ist sie nun, poliert und ein wenig klarer gehalten, wie sie wahrscheinlich von Anfang an hätte sein sollen – nur eine weitere gute Geschichte, ein bißchen besser als manche, nicht ganz so gut wie andere.

»Entschuldigung, richtig verbunden«: Wissen Sie noch, wie ich zu Anfang dieses Buches von *Ripley's Unglaublich, aber wahr!* gesprochen habe? Nun, »Entschuldigung, richtig verbunden« steht diesem Thema sehr nahe. Der Einfall zu diesem Fernsehdrehbuch kam mir eines Abends, als ich ein Paar Schuhe gekauft hatte und mich auf dem Nachhauseweg befand. Es war, glaube ich, ein »visueller« Einfall, weil die Fernsehausstrahlung eines Films hier eine so große Rolle spielt. Ich habe es fast so, wie es hier erscheint, in zwei Sitzungen geschrieben. Mein Agent an der Westküste, der die Filmverträge aushandelt, hatte es Ende der Woche. Anfang der darauffolgenden Woche las es Steven Spielberg für *Amazing Stories,* eine Fernsehserie, die er damals in der Produktion hatte (die aber noch nicht ausgestrahlt worden war).

Spielberg lehnte es ab – sie wollten *Amazing Stories,* die etwas optimistischer waren, sagte er –, und deshalb ging ich damit zu meinem langjährigen Freund und Mitarbeiter Richard Rubinstein, der gerade eine Serie mit dem Titel *Tales from the Darkside* im Fernsehen laufen hatte. Ich will nicht gerade sagen, daß Richard verächtlich schnaubt, wenn es um ein Happy-End geht – ich denke, er mag ein gutes Ende, wie alle anderen auch –, aber er scheute auch nie vor etwas Traurigem zurück; immerhin war er der Mann, der aus *Friedhof der Kuscheltiere* einen Film gemacht hat (ich glaube, *Friedhof der Kuscheltiere* und *Thelma und Louise* sind Ende der siebziger Jahre die einzigen Hollywood-Filme, die mit dem Tod der Hauptpersonen enden). Richard kaufte »Entschuldigung« an dem Tag, an dem er es gelesen hatte, und ging eine oder zwei Wochen später schon in die Produktion. Einen Monat danach wurde es ausgestrahlt – als Auftakt einer Saison, wenn mich mein Gedächtnis nicht im Stich läßt. Das war eine der schnellsten Umsetzungen vom Schreiben bis zum Senden, die ich kenne. Bei der vorliegenden Version handelt es sich übrigens um meine erste Fassung, die ein bißchen länger ist als das endgültige Drehbuch, das aus Budgetgründen nur zwei Dekorationen haben durfte. Ich habe es hier als Beispiel für eine andere Art des Geschichtenerzählens eingefügt ... anders, aber ebenso gültig wie alle anderen.

»Die Zehn-Uhr-Leute«: Im Sommer des Jahres 1992 schlenderte ich durch die Innenstadt von Boston und suchte nach einer Adresse, die ich nicht fand. Schließlich fand ich das Haus doch, nach dem ich gesucht hatte, aber vorher fand ich diese Story. Meine Suche spielte sich gegen zehn Uhr morgens ab, und mir fielen Gruppen von Leuten auf, die sich vor jedem schicken Hochhaus drängten – Gruppen, die keinen soziologischen Sinn ergaben. Da standen Zimmerleute neben Geschäftsmännern, Hausmeister pafften mit elegant frisierten Frauen in Managerkleidung, Botenjungen vertrieben sich die Zeit in der Gesellschaft von Chefsekretärinnen.

Nachdem ich mich etwa eine halbe Stunde über diese Gruppen gewundert hatte – *Ganfalloons,* wie sie sich Kurt Vonnegut nie hätte träumen lassen –, fiel der Groschen: für eine bestimmte Klasse amerikanischer Stadtbewohner hat die Sucht die Kaffeepause zur Zigarettenpause gemacht. Die teuren Bürogebäude sind inzwischen fast ausschließlich Nichtraucherzonen, während das amerikanische Volk eine der erstaunlichsten Kehrtwendungen des zwanzigsten Jahrhunderts vollzieht; wir gewöhnen uns unsere alte, schlechte Angewohnheit ab, und zwar ohne Fanfarenstöße, und die Folge davon sind einige sehr seltsame Nischen soziologischen Verhaltens. Diejenigen, die sich weigern, ihre schlechte Angewohnheit aufzugeben – die Zehn-Uhr-Leute des Titels –, bewohnen solche Nischen. Die Geschichte ist einzig und allein als kurzweilige Unterhaltung gedacht, aber ich hoffe, sie sagt etwas über eine Woge der Veränderung aus, die zumindest vorübergehend wieder einige Aspekte der »Getrennt-aber-gleich«-Einrichtungen der vierziger und fünfziger Jahre hervorgebracht hat.

»Das fünfte Viertel«: Wieder Bachman. Oder vielleicht auch George Stark.

»Das Haus in der Maple Street«: Erinnern Sie sich an Richard Rubinstein, meinen Freund, den Filmproduzenten? Er schickte mir die erste Ausgabe von Chris Van Allsburgs *The Mysteries of Harris Burdick.* Richard legte einen Zettel mit seiner spitzen Handschrift bei. »Das wird dir gefallen«, stand darauf, sonst nichts, und mehr mußte auch nicht darauf stehen. Es gefiel mir *wirklich.*

Das Buch gibt vor, eine Reihe von Zeichnungen, Überschriften und Bildlegenden des geheimnisvollen Mr. Burdick zu enthalten – die Geschichten selbst sind nicht dabei. Jede Kombination von Bild, Titel und Legende ist eine Art Rorschachtintenklecks, der möglicherweise eher einen Index für das Denken des Lesers/Betrachters liefert, als Mr. Van Allsburg beabsichtigt hatte. Eines meiner Lieblingsbilder zeigt einen Mann mit einem Stuhl in der Hand – er ist eindeutig bereit, ihn als Keule zu benutzen, sollte es erforderlich sein –, der einen seltsamen und irgendwie *organischen* Wulst unter dem Wohnzimmertisch ansieht. »Zwei Wochen sind vergangen, und es ist wieder passiert«, lautet die Bildunterschrift.

Wenn man meine Meinung über Motivation kennt, sollte eigentlich einleuchten, weshalb mich so etwas fasziniert. *Was* ist nach zwei Wochen wieder passiert? Ich glaube nicht, daß das wichtig ist. In unseren schlimmsten Alpträumen, gibt es nur Pronomen für das Ding, das uns bis ins Erwachen verfolgt, schwitzend und vor Grauen und Erleichterung zitternd.

Meiner Frau Tabitha hat *The Mysteries of Harris Burdick* auch gefallen, und sie schlug vor, daß jedes Mitglied unserer Familie anhand von einem der Bilder eine Kurzgeschichte schreiben sollte. Sie hat eine geschrieben, ebenso unser jüngster Sohn Owen (damals zwölf). Tabby nahm das erste Bild in dem Buch; Owen entschied sich für eines in der Mitte; ich wählte das letzte. Ich habe meine Geschichte mit freundlicher Genehmigung von Chris Van Allsburg in dieses Buch aufgenommen. Eigentlich ist nicht mehr dazu zu sagen, abgesehen davon, daß ich eine entschärfte Version der Geschichte in den letzten drei oder vier Jahren mehrmals vor Dritt- und Viertkläßlern gelesen habe, und denen scheint sie sehr gefallen zu haben. Ich glaube, am meisten spricht sie hier die Vorstellung an, daß sie den bösen Stiefvater in die unendliche Weite schicken können. *Mich* jedenfalls hat das angesprochen. Die Geschichte ist vorher noch nie veröffentlicht worden, was hauptsächlich an ihrem verworrenen Ursprung liegt, und ich freue mich, daß ich sie hier präsentieren kann. Ich wünschte nur, ich könnte auch die meiner Frau und meines Sohnes vorstellen.

»Umneys letzter Fall«: Ein *Pastiche* – offensichtlich –, und aus ebendiesem Grund gleich nach »Der Fall des Doktors«; aber diese Geschichte ist ein wenig ambitionierter. Ich bewundere Raymond Chandler und Ross Macdonald glühend, seit ich sie am College entdeckte (und ich finde es lehrreich und ein wenig beängstigend, daß Chandler immer noch gelesen und diskutiert wird, die hochgelobten Lew-Archer-Romane von Ross Macdonald aber außerhalb des kleinen Kreises von *Livre-noir*-Fans kaum mehr bekannt sind), und ich glaube, es war die Sprache dieser Romane, die meine Phantasie so angestachelt hat; sie eröffnete eine vollkommen neue Methode zu sehen, die Herz und Verstand des einsamen jungen Mannes, der ich damals was, über die Maßen ansprach.

Es war ein Stil, der tödlich einfach nachzuahmen war, wie ein halbes Hundert Romanciers in den letzten zwanzig oder dreißig Jahren festgestellt haben. Ich habe mich lange Zeit von dieser Chandlerschen Sprache ferngehalten, weil ich keine Verwendung für sie hatte; ich hatte nichts im Tonfall von Philip Marlowe zu sagen, das *auf meinem Mist* gewachsen wäre.

Eines Tages fand ich dann doch etwas. »Schreibt über das,

was ihr kennt«, sagen die weisen alten Männer zu uns armseligen Nachfolgern von Sterne und Dickens und Defoe und Melville, und für mich heißt das Unterrichten, Schreiben und Gitarrespielen – wenn auch nicht notwendigerweise in dieser Reihenfolge. Was meine eigene Laufbahn-in-der-Laufbahn des Schreibens über das Schreiben betrifft, muß ich an einen Ausspruch denken, den Chet Atkins einmal eines Abends über *Austin City Limits* von sich gegeben hat. Nachdem er eine oder zwei Minuten vergeblich seine Gitarre zu stimmen versucht hatte, sah er zum Publikum auf und sagte: »Ich habe ungefähr fünfundzwanzig Jahre gebraucht, um herauszufinden, daß ich darin nicht besonders gut bin, und da war ich zu reich, um einfach wieder aufzuhören.«

Dasselbe gilt für mich. Es scheint mein Schicksal zu sein, immer wieder in die seltsame kleine Stadt zurückzukehren – sei ihr Name nun Rock and Roll Heaven, Oregon; Gatlin, Nebraska; oder Willow, Maine – und ebenso scheine ich immer wieder zu dem zurückkehren zu müssen, was ich tue. Die Frage, die mich quält und nervt und die nie ganz verschwindet, ist die: Wer bin ich, wenn ich schreibe? Und wer sind *Sie?* Was genau spielt sich hier ab, und warum, und spielt es eine Rolle?

Mit dieser Frage im Hinterkopf setzte ich meinen Sam-Spade-Hut auf, zündete mir eine Lucky an (heutzutage metaphorisch gesprochen) und fing an zu schreiben. »Umneys letzter Fall« ist das Ergebnis, und diese Geschichte gefällt mir von allen in diesem Band am besten. Es ist eine Erstveröffentlichung.

»Kopf runter«: Meine ersten bezahlten schriftstellerischen Gehversuche waren Sportberichte (eine Zeitlang war ich die gesamte Sportredaktion der wöchentlichen *Lisbon Enterprise*), aber das machte den vorliegenden Essay nicht einfacher. Meine Verbindung zum All-Star-Team von Bangor West, als die Mannschaft ihren unerwarteten Aufstieg zur Bundesstaatsmeisterschaft begann, war entweder reiner Zufall oder Schicksal, je nachdem, wie man zur möglichen Existenz einer höheren Macht steht. Ich neige zur Theorie der höheren Macht, aber wie auch immer, ich war nur dabei, weil mein Sohn der Mannschaft angehört. Dennoch erkannte ich ziemlich schnell – schneller als Dave Mansfield, Ron St. Pierre oder Neil Waterman, glaube ich –, daß etwas Ungewöhnliches geschah oder bevorstand. Ich wollte eigentlich nicht darüber schreiben, aber irgend etwas sagte mir, daß ich darüber schreiben *sollte.*

Meine Arbeitsmethode, wenn ich mich nicht in meinem Element fühlte, ist brutal einfach: Ich nehme den Kopf runter und laufe, so schnell ich kann und so lange ich kann. Das habe ich hier auch getan, habe Dokumentationen gesammelt wie eine durchgedrehte Beutelratte und einfach versucht, mit der Mannschaft Schritt zu halten. Etwa einen Monat lang war das so, als lebte ich in einem dieser abgedroschenen Sportromane, die viele von uns heimlich an langweiligen Nachmittagen im Klassenzimmer gelesen haben: *Go Up For Glory, Power Forward* und gelegentliche Lichtblicke wie John R. Tunis' *The Kid from Tomkinsville.*

Schwer oder nicht, »Kopf runter« war die Gelegenheit eines Lebens, und noch ehe ich fertig war, hatte Chip McGrath vom *New Yorker* die beste essayistische Arbeit meines Lebens aus mir herausgelockt. Dafür danke ich ihm, aber am meisten bin ich Owen und seinen Mannschaftskameraden zu Dank verpflichtet, die die Geschichte erst ins Rollen brachten und mir dann erlaubten, meine Version davon zu veröffentlichen.

»August in Brooklyn«: Paßt selbstverständlich zu »Kopf runter«; aber ich habe einen besseren Grund, es fast an den Schluß dieses umfangreichen Buches zu setzen: es ist dem ermüdenden Käfig des fraglichen Ruhms seines Schöpfers entkommen und hat unabhängig von ihm ein eigenes, stilles Leben geführt. Es wurde mehrmals in verschiedenen Anthologien über Baseball-Kuriosa nachgedruckt und scheint dabei jedesmal von Herausgebern ausgewählt worden zu sein, die nicht die geringste Ahnung davon hatten, wer ich angeblich bin und was ich angeblich tue. Und das gefällt mir wirklich.

Okay; stellen Sie das Buch ins Regal, und geben Sie auf sich acht, bis wir uns wiedersehen. Lesen Sie ein paar gute Bücher, und wenn einer Ihrer Brüder oder eine Ihrer Schwestern fällt, und Sie sehen es, helfen Sie ihm oder ihr auf. Schließlich könnten *Sie* nächstes Mal derjenige sein, der Hilfe braucht – oder ein bißchen Hilfe, um den dreisten Finger aus dem Abfluß zu verjagen, was das betrifft.

16. September 1992 — Bangor, Maine

»Ein mitreißender Thriller«
Cosmopolitan

Hilflos muß Melis Nemid mit ansehen, wie vor ihren Augen die Jacht ihres Vaters explodiert – mit ihm an Bord. Nun besitzt sie als einzige den Schlüssel zu einem Geheimnis, dem ihr Vater seit Jahren auf der Spur war. Und ist einem grausamen Killer ausgeliefert, der genau weiß, mit welcher Art von Folter er ihr dieses Wissen entreißen kann …

»Iris Johansen ist ein Bestseller-Phänomen!«
New York Times

Bodenlose Tiefe
ISBN-13: 978-3-548-26325-0
ISBN-10: 3-548-26325-9

ULLSTEIN

UB312